羁旅

于德立 著

作家出版社

敬畏生命

——题记

目 录

第一章

进号：来的不是客

一

陈默被关进号房时，巡洋舰正在开骂。

巡洋舰是十三号号房的号长，号房里最有权势的人物。只要号房的屋顶能遮蔽蓝天，紧闭的铁门能隔断外界，巡洋舰绝对是这个封闭王国为所欲为的君主。

本来，看守所的干警指定他担任号房学习协管员，负责在号房组织光头们学习法律和监规，反省罪行，维护监管秩序，可协管员这个称呼令光头们犯嫌，有相当的官方色彩，让他们联想起派出所和刑侦队的联防队员，不是警察胜似警察。光头们根本不理睬协管员这个官方称谓，依旧按照江湖习俗恭维着巡洋舰。南来的叫他仓头；北往的称他当家的、管事的；东面飘过来的叫他岛主；大西北的过客恭维他大值星；润江的当地土著们都高喊他老大。看着光头们毕恭毕敬地拍着自己的马屁，巡洋舰的自尊心得到不小的满足。

偏偏老官司不买账，他来了个一锤定音："叫号长吧，咱这个号子有一个酋长，再加一个长，也算般配。"

明明是给我和酋长拴对儿，巡洋舰看透了老官司的弯弯绕，但不好道破，还得赔着笑脸点头认可。他得给老官司一个面子，因为老官司是他的前任。

巡洋舰是从隔壁十二号号房调来当号长的。十三号房是个死牢，刑板上躺着一个即将执行死刑的亡命徒。死鬼是从江西一所监狱里脱逃出来的重刑犯，亡命天涯的途中，在润江落网。宣布死刑判决的当天晚上，死鬼借大便之际吞下一颗铁镣上的螺栓。监护不利的失职，让老官司就地免职。负责监房的沈干部想到了巡洋舰，他要重拳出击，启用恶霸来看管亡命徒。

巡洋舰临危受命，好不得意。沈干部刚一离开号房，巡洋舰立马开始行使职权：调换铺位。当然，老官司只能屈尊二号位，而且是搬到对面给东铺一号酋长当下手，与死鬼睡的刑板比邻而居。凡润江当地的光头，不管认识与否，一律视

为亲信，通通坐上了西铺的中板，成了号房管事的爷们儿。巡洋舰给他们的交代是："老少爷们儿各司其职，对死鬼昼夜死守。"巡洋舰又挑选了几个看着顺眼的光头，委以擦板、洗碗、打扫便池等重任，他们也荣幸地坐上了西铺下板。其余光头的铺位全都安排在东西铺之间的过道上，巡洋舰解释说："水泥地睡觉凉快，保证你们有足够的清醒去反省自己的罪行。"

座次重新排定后，巡洋舰又给光头们命名绰号，采用的是摩托车系列。在号房三朝元老老官司的记忆中，在他前面的光头绰号是野字辈的，野马、野牛、野狗、野驴、野鸡，依次排下，号房就成了野生动物园。第二代绰号来自狗家族，什么狗头、狗腿子、狗毛、狗尾巴，不一而足。互相叫起来，能把号房吵成狗窝。老官司当政时，属于无为而治，光头们约定俗成地按地域互相叫起来，小四川、广东仔、香港佬、东北虎、西北狼，叫红塔山的必是云南人，喊茅台的一定来自贵州，新疆人不管什么民族，统称葡萄干或者是羊肉串。这么一来，号房就像是来自五湖四海，为了一个共同的目标走到一起来的人流中心。

这次是巡洋舰自报家门，他参与了一起巡洋舰摩托车的盗窃案，便自封巡洋舰，亲信们得到了雅马哈、本田、铃木、金太子等洋货品牌的册封，其他光头属于杂碎，随便安了个木兰、125、250等头衔。巡洋舰预言，本世纪末以盗窃摩托车走红的贼们将面临着淘汰出局的危险，如果你不能在服刑期间练成盗窃汽车的行家里手，你就会失业，你的命运就惨了。十年后我们再相会，一定以宝马、奔驰、凯迪拉克相称，最次也得叫奥迪。

只有老官司和酋长是两个例外。老官司嘛，人家是老江湖，扒手界的老前辈，又是巡洋舰的老牢友，理当放一码头。酋长嘛，是个经济犯，有来头，上面又有人罩着，听说还是润江的前父母官，当然也得另眼看待。

遭了灾的是躺在刑板上的死鬼。除了喂饭，其他活动一概全免。洗澡、更衣、用布条缠镣铐，甚至放风，都被取消，连政府给死鬼用于排泄螺栓而特意安排的每餐一盘炒韭菜，也都进了巡洋舰的肚子里。至死，那颗铁家伙依然留在死鬼的体内，相当于多吃了一颗铁蚕豆。

巡洋舰一面嚼着嫩绿的炒韭菜，一面不停地奚落死鬼："只要我吃得比你好，只要你死得比我早，咱们俩就两清了。"

死鬼大骂："巡洋舰！我日你姥姥！"

巡洋舰并不恼怒。他可以虐待死鬼，但绝不敢动他一根毫毛。谁要给死刑犯

破了相，这个麻烦就惹大了，政府绝不会轻饶你。跟死鬼斗法，巡洋舰讲究的是君子动口不动手，不能荤素不分。

今天早上死鬼上路时拼足了力气吼出的那一嗓子，足以让全体光头为之一震。

"巡洋舰，我是你的克星，我到了阴曹地府也要追杀你！"

巡洋舰表现得异常宽容，他对死鬼拱手抱拳说："兄弟，运气不错，黄泉路上有我的一个同案与你同行，不会变成孤魂野鬼。"

平心而论，死鬼走得硬气，像一条汉子。从刑板上摘下来后，自己不要武警架着，硬是拖着四十八斤的脚镣迈步出监，还要拧回身子用怒吼向巡洋舰告别，巡洋舰也不得不佩服。

但是，运气不好，硬气又有什么用？你他妈的都成功越狱了，为什么偏偏为了一个女人跑到了润江找死，那个女人没有举报你，她掩藏你的可疑举动成了告发你的线索。七科长没有小看你，睐了你一眼就和通缉令联系起来。你落网了，七科长立功了。你的克星不是我，是七科长。不知道你挨枪倒地时能不能死个明白。

走廊里响起了砸铁镣的撞击声和混乱的脚步声，好像如临大敌般紧张。听动静，今天上路的弟兄还真不少。巡洋舰坚信，同案的第一被告也在此列。

与其说巡洋舰耐着性子跟死鬼告别，还不如说他是在向同案第一被告告别，甚至是向看守所告别。一切都结束了。第一被告上路了，我也该上山了。从旁门左道探到点法律门道的巡洋舰知道，第一被告一旦被执行死刑，表明案子已经了结。只要能躲过这一劫，他就可以上山旅游了，四年官司，小菜一碟。

整整一上午，巡洋舰都处在极度兴奋中，连头上的疤痕都在放光。他催促本田和金太子为他打点行装，明天离所投改必定无疑。

不愿相信又不能不信的消息是中午传来的，第一被告没有上路。

这个消息是劳役犯癞哥送饭时亲口告诉他的。通常，这是号房里的光头和号房外的光头暗地里进行易货贸易的时刻。巡洋舰甩过去一件新版梦特娇T恤，要求换五包一品梅香烟，说要给已经命归黄泉的第一被告焚烟遥祭。癞哥不动声色地把T恤藏到饭车下面，又趁着递饭菜的工夫，从饭口递进五包一品梅。买卖成交后，癞哥才对巡洋舰说："你有没有搞错啊？你的那个同案眼下正同你一样，坐在铺板上等着大爷我去开饭呢。"

"怎么，他没有上路？"巡洋舰这一惊吃的非同小可，说话间，冷汗唰唰地从

脊梁骨里冒了出来。

"案子已由省高院发回润江中院重审。"不知道巡洋舰心事的癫哥还报喜似的说，"人已经从刑板上卸下来了，该着死不了啦。"

"这家伙上诉啦？"

"那还用说？也就是你们号里的死鬼不上诉，哪个号里的死刑犯会放弃这个机会？"癫哥没有注意到巡洋舰的脸色变得苍白，接着说，"他开始也没有上诉，架不住七科长和陈干部的一劝再劝，终于动了心。"

"怎么又冒出一个陈干部？"

"刚从收审站调来的，还没有向你号长大人报到呢。"

"上诉？"巡洋舰急切地问，"我那第一被告走的是什么路子？"

"一个破落户能有什么路子好走？举报呗！不咬出别人的案底，他怎么能逃过死劫？活命要紧啊。"

巡洋舰顿时像被人从背后打了一闷棍，只差瘫倒在地。毕竟，他是一个有重大余罪的在押犯。如果第一被告动了举报立功的心思，会不会把自己当成他的一个垫背的？这家伙一直在恨自己，比江西逃犯还他妈恨自己。

巡洋舰悬着的一颗心忽悠一下沉到了死亡的深渊。

恐惧折磨了巡洋舰整整一个中午。他蒙着头，生怕因心慌意乱引起的灰色表情暴露出来，惹得光头们怀疑。无奈天气炎热，号房闷得喘不过气来，窒息的感觉又给了他大难临头的惊悸。他一闭上眼睛，就看见一个满脸血污披头散发的女人从血泊中站起来，挥舞着剪刀，向他扑来。这个女人喊出的声音竟是江西逃犯临上路前对他的怒吼，咬牙切齿的吼叫伴随着一阵阴风，只见死鬼吐出的那个铁螺栓像子弹头向他飞来，正击中天灵盖，身子也就随着抖了起来。

"一准是噩梦缠身。"惊魂未定的巡洋舰惊醒后就听到老官司这句话，心中又是一阵慌乱。

"号长醒了，该上班啦。"金太子赶紧把毛巾递过去，让巡洋舰擦去冷汗，又递过来一瓶凉开水，看着巡洋舰直发愣，便提醒说，"你该开讲啦。"

金太子说的上班是指每天下午政府规定的学习，当然得由号长亲自主持。上午盘腿端坐反省，要的是肃静，连巡洋舰也得闭上臭嘴，整个看守所静得像死人的部落——坟圈子。下午的学习就不一样了，几乎成了巡洋舰开讲开练的专场。开讲是文戏，打诨逗乐，开练是武戏，打人取乐。号房里的事说到底就是无事，无事生非没事找事就是事。

凡号房里的事，巡洋舰都有独特的称谓，一律"开"字打头。吃饭叫开撮，睡觉叫开眯，打人叫开练，打得头破血流叫开片，损人牙眼叫开涮，骂得狗血喷头叫开心，手淫叫开擦，仿佛号房里的事只有开始没有结束。只有死刑犯绑缚刑场叫上路，好像全国的监房都这么叫，巡洋舰没好意思像东洋鬼子似的叫开路。

金太子的催促让巡洋舰从噩梦中走了出来，看到光头们都在东西铺按标准姿势坐好，清一色的期待目光，还有些躲躲闪闪的样子，他又找回了号长的感觉。

巡洋舰站起来，伸了伸懒腰，从猫洞里摸出一支香烟点上，吸了两口，干咳了两声，甩足了派头，示意开讲。要是有人不知趣，在这个当口打哈欠或交头接耳，巡洋舰便会飞起一脚，让他从蒙眬和放肆中找到清醒。

光头们很乖，屏住呼吸小心翼翼地等待着巡洋舰魔鬼式的发泄。光头们知道他刚刚被噩梦惊醒，心情不舒畅，注定他的开讲是一次开骂。知趣的光头生怕成为巡洋舰的出气筒，一个个低眉垂目，把目光放在铺板上。江西逃犯上路后留给号房的哀伤此刻又被巡洋舰的淫威取代，他们面对的活魔远比离去的死鬼可怕。

巡洋舰踱步到刑板前，看着金太子在墙上刻下了"××年×月××日，江西死鬼上路"几个字后，好像来了灵感，张口就骂开了。

他骂的是自己的同犯。

"你们都要向江西逃犯学着点，今后哪位要是踩上高压线，从刑板上卸下来那天，可别筛糠尿裤子。也别像我的那位同犯，宣判死刑时，当着我们的面硬充老卵，发誓说一个人过奈何桥无怨无悔。可他妈的一背上刑板就阳痿了，上诉求饶，贪生怕死。"

"癞哥不是说七科长让他上诉的吗？还不是死马当活马医。上诉就保住脑袋啦，法官又不是他亲娘舅。"金太子宽慰地说。

"万一瞎猫碰上个死耗子，那不是捡回一条命吗？"老官司说。

"人是从刑板上放下来了，可那套家把什不是还在身上挂着吗？"金太子不以为然地说，"盗窃案值超过四万元以上的，哪个逃过打头的厄运？一辆纯进口的巡洋舰摩托车价值十二万，这得打几个头。号长不过是提供了一条线索，就跟着吃四年官司，主犯不死等什么？"

老官司是牢底子，有经验判断的功底，七科长定夺的事，他从不往好处想。他搞不懂的是，同案上诉，碍着你巡洋舰什么屁事，人家要是死里逃生，你该高

兴才是，怎么像是触了霉头似的？

金太子纯属拍马屁。他在号房里混日子，认准了一条硬道理，围着号长转，绝不对着干。老官司当号长，他就是老官司的哈巴狗，巡洋舰是号长，他转身就成了巡洋舰的贴身仆役。

金太子说："有枣没枣三竿子，要是人家上诉成功，咱号长不也跟着减刑吗？"

"做梦！"巡洋舰说，"人家吃肉我喝汤，我是那种人吗？四年官司我巡洋舰吃得起。想减刑也不能出卖弟兄，这事一做下，日后还怎么在江湖上混？"

"号长减刑也得到山上混。看守所这个鬼地方，是龙你得盘着，是虎你得卧着，哪是咱爷们儿施展本事的地方。"金太子接过话茬奉承说，"号长上山也是号长，减刑还不是轻而易举的事？哪怕是减一年，也让嫂子在家少寂寞三百六十五天。"

"别提那个小婊子，一提她我就撮火。"巡洋舰气不打一处来地说，"我收监半年了，那个小婊子没有来送过一次东西。肯定又跟什么人姘上啦，我他妈从山上下来的第一件事就是花了这个小骚货。"

巡洋舰挥舞着拳头在墙上画了一个大大的"×"。

"牢话说得好，人等心不等，心等身不等。男人坐牢，女人是守不住的。"金太子总有拍不尽的马屁话伺候着巡洋舰。

"妈的，男人堆里我最恨叛徒，女人堆里我最恨婊子。"金太子挑起了巡洋舰心中的怒火，愈加显得愤愤然。

"有人敢出卖号长？"金太子听出一点话外之音，赶紧问。

"人心隔肚皮，不能不防。"

"你是说你的第一被告吧？"老官司一语道破。

巡洋舰心想，到底是老官司，能摸准我的脉搏。干脆把话挑明了说："他就是一个王连举，临死还要找个垫背的。要想立功改判，还不得把我往枪口上推？谁不知道他们恨我。"

"你的同案我也认识几个，都玩明火执仗，没听说玩阴的。他们就是恨你，也得抓住你的什么把柄才行。"老官司接着巡洋舰的话说道。

"我能有什么把柄？我是刑侦队里扒过皮，预审科又审个底朝上的人，七科长会让我漏罪？再说，老子是个独行侠，一向天马行空，玩活儿从不拖泥带水，这辈子是睡不上刑板了。"

老官司决定做一个试探。

"可我怎么瞅着你中午睡起后印堂发黑？"

巡洋舰像遭到雷击似的愣住了。刚刚消失的噩梦又浮上心头，两个男女死鬼和正中天灵盖的那个螺栓难道是不祥之兆？那个飞来的铁螺栓难道真的在额头留下了痕迹？

老官司已经窥视到巡洋舰心中的不安。不管这份不安来自何处，他都有理由怀疑巡洋舰隐瞒了什么。

"你说咱们当中有谁会有这个福分，能光荣地躺在刑板上，让大伙把他像爷爷似的扶持得舒舒服服，然后头也不回地离去？"

老官司亮出一道挑逗式的题目，大有一追到底的意味。

"你是说号房下一个死刑犯是哪一位？不会是咒我吧？"巡洋舰故作镇静地问，口气有点发虚。

"当然不会是你，"老官司虚晃一枪说，"你已经判下来，不在此列。"

"那你是想借我这张臭嘴点出一个冤大头来，让他在法院宣判之前提前品尝到死刑犯的绝望和恐惧？"

"过把瘾再去死？亏得你老官司想得出来。"金太子说。

"可惜，我今天没有心情乱点鸳鸯谱。"巡洋舰见金太子插了一嘴，立刻掉转矛头说，"还是借你金太子的慧眼给我们指出一位候补死鬼吧。"

金太子没有看出巡洋舰和老官司之间唇枪舌战中暗藏的玄机，竟有些受宠若惊地对巡洋舰说："我不敢推辞，但有一求。"

"别拐弯抹角，直说。"

"斗胆跟号长赌一把。"

"你小子是惦记着我中午到手的香烟吧？"巡洋舰发现金太子瞄的是他的精神食粮，不想来真格的。

"岂敢，只是想碰碰运气。"

"赌你个头，昨天输给我的烟呢？害得老子弹尽粮绝，憋了一天一夜。"

"说了不算，算了不说，这次是来真的，老官司作证。"

"你有多少血，敢跟号长叫板。"老官司火上浇油。

"大不了把我准备上山的衣服输给号长，把他包装成美男，也省得他总惦记着我这套日本山本耀司大师设计的国际名牌。"

"就你这套破衣服，包装成吃软饭的鸭子还差不多，我不稀罕。要赌就赌香

烟。"巡洋舰想把金太子难倒算了。

金太子来劲了。

"我出一件意大利皮衣，送给癞哥，换一条香烟没有问题，这你该满意了吧？"

"又是赃物吧？当心落到看守所干部手里，牵出你的余罪。癞哥是个过路财神，他把货转给哪家可就难说了。"老官司说的是金太子，点的却是巡洋舰。

"要是衣服也算赃物，我就把跑马裤头交上去，货真价实的嫖娼证据呢。"

巡洋舰笑起来。光头们也在笑，只是捂着嘴笑，不敢笑出声来。他们趁机活动着坐僵的身子，用眼神交换着开心的期许。

"只要你不赖账，我就跟你赌一把。"巡洋舰被推进了角色，他心想，只要死鬼不是他，输几包香烟算什么，权当破财消灾。

"老官司你得主持公道。"巡洋舰不忘拉上老官司。

"题目已经有了，答案无非两种，要么看守所给我们号房送进一个死鬼，要么在座的哪位弟兄中标。你们二位说句痛快话，我好定夺。"老官司把选择交给巡洋舰和金太子。

"这年头，高级宾馆和度假村都有空床率，咱们死牢里的刑板什么时候闲下来了？不出二十四小时，死鬼就会出现在号房，没准儿还会乖乖地躺在刑板上。"巡洋舰煽呼来煽呼去就是不肯说出答案。

"你是说死鬼必定在咱们号房胜出？"金太子逼着他正面回答。

"难道人民政府会为你金太子的胜算专门发配一个死鬼进号？"巡洋舰反问道。

连光头都认为金太子输定了。一个周六的下午即将过去，干部就要下班，进新犯的可能几乎渺茫。不过，他们认为金太子是故意以一个失败的结局来向巡洋舰讨好，这家伙顶着脑袋的脖子是个轴承。

"号房任何时候都会有奇迹发生。"金太子不以为然地说。

"有兆头吗？"巡洋舰问，不乏得意之色。

"我赌的是运气。"

"你的运气就要变成香烟飘到放风场的上空了。"巡洋舰胸有成竹地说。

"先请你给这位不速之客注册个名字。"金太子向巡洋舰提出要求，也是发出挑战。

"国产摩托车长江750。"巡洋舰顺口说出。

"好，一言为定。"

金太子立马在墙上刻下"××年×月××日傍晚，死鬼长江750进号。"然后带着胜利的微笑说，"这算是我们俩人立下的字据。"

金太子的话音还在四面墙上回响，号房的铁门就不声不响地打开了，随着一股清新空气的涌入，陈默被推进号房。

所有的光头们都瞪大了眼睛，几乎不敢相信面前发生的事实不是看花了眼。

老官司张口结舌，无法适应突如其来的事变。

巡洋舰根本来不及调整表情，把惊诧、失望和疑问全都冻结在脸上，凝成一个大大的惊叹号。

金太子也怔住了，足足十秒钟，他才缓过神来。金太子再没有片刻的犹豫，他把铅笔甩在地上，从铺板上跳下来，站在过道上，满怀着沾沾自喜的得意，向着陈默弯腰鞠躬，张开双手做了一个优美的动作，欢天喜地地说：

"欢迎长江750先生入住润江宾馆总统套房。"

光头们嘘声一片，恶狠狠的快意和无法掩饰的惊诧顷刻间充斥在号房，形成了一股咄咄逼人的高气压。

二

铁门咣当一声关上后，陈默立刻被锁定在十八双兴奋而惊讶的目光中。这是一群同类打量另一个奇异同类的目光，深不可测和幸灾乐祸的意味都深藏在好奇的视线里。陈默不敢和这些目光对视，更猜不透这些目光的含义：欢迎还是拒绝，友好还是敌视，嘲笑还是怜悯。他更不知道，从进号的那一刻起，他已经钻进了一个刚刚设定的赌局，他带来了一个问题，同时，他又是这个问题的答案。

陈默只是觉得自己的亮相相当狼狈，甚至有几分可怜。十足的叫花子尊容闭上眼睛就想象得出来：蓬勃的长发像一堆乱草顶在脑袋上，失眠的红眼睛，只差配上一对长耳朵就成了兔爷，目光躲闪着，不知应该把它投向哪里，那个叫鼻子的地方疯长的胡子霸道地遮住了嘴巴，两只手也不在其位，一只手紧紧地提着搜走腰带而随时可能脱落的裤子，另一只手举着一条脏毛巾，里面裹着一块香皂，浸透汗水污渍的汗衫紧贴在身上，衣兜里插着一支牙膏一支牙刷，两只赤裸的脚龟缩在一长一短的裤管里，哆哆嗦嗦总也站不稳的样子。脚下是他的行头，毛巾被包裹着被褥和衣服，像个难民的包袱，被干警一脚踢进来的。

羁旅

　　一个嫌犯和他的全部家当就这么一览无遗都暴露在同类挑剔的目光中。那目光啄着他的脸、他的脖子、他的裤裆，一直啄到他脏兮兮的脚面上。陈默想到了"没有鞋矮半截"的那句老话，顿时"啄"就变成了"灼"，又痛又痒的感觉漫上心头。

　　鞋是十分钟前被看守所的干警扣下的。没收皮带可以理解，鞋碍着什么事了？又不是能致伤致残的违禁品。连同鞋和皮带被一起没收的还有他在收审站写在手纸上的日记，他很不情愿，可又无权制止，眼睁睁地看着干警把它放进案卷中。案卷中还放着另外一份一张纸的材料——他的刑事拘留证，他只是远远地看过一眼。

　　整整三个月的收审站生活，让他知道看守所的干警在做完这一切之后，他还要面对另一番折磨，那就是关上牢门之后还要过一道鬼门关。暂住在收审站的人们一向谈"市看"色变，在他们看来，收审站不是天堂，但看守所绝对是地狱。地狱中的魔鬼不是天罡地煞，而恰恰是自己的同类。鬼门关是同类对同类的作践，手段残忍，花样翻新，陈默只是不知道自己的身体能不能扛得住这场疾风暴雨般的摧残。二十六年前那场自卫反击战造成的脊椎损伤让昔日的侦察英雄雄风不再，中年事业学业家业的忙碌一直让他在亚健康状态中奔波。九十天的关押除了哭诉无门，就是衣带渐宽，绝望至极，几乎崩溃。之后的五天五夜突击审讯，就成了压垮骆驼的最后一根稻草。眼下，他只想让那场该来的恶作剧尽早开始尽快结束，然后他会像死狗一样睡去。他已经五天五夜没有合眼了，睡意席卷全身的每一条神经，任凭山崩地裂也无法驱散它，因为他还活着，还要活下去。他能做到的是，竭力保持清醒的头脑和足够的警惕，以便应对随时可能爆发的突然袭击。在即将到来的这场惨绝的袭击中，胜负是早已确定的，他必然是一个孤独的受难者，他只能尽力避免受到更大的伤害。

　　嘘声过后，号房出奇的寂静。陈默听到了窃窃私语。

　　"死鬼怎么会是这副模样？"

　　"万一是个经济犯呢，那就难说了。一查账一抄家，数额就到顶了，不打头才怪呢。"

　　"经济犯从宽，刑事犯从严，你有没有搞懂？"

　　"那他得命大。"

　　"这年头凭钱不凭命。"

　　"我去探探底。"

金太子再次从铺板上跳下来，把陈默的行李放到巡洋舰的面前。陈默知道洗劫开始了，它是肆虐的前奏，他只能任其搜刮。

"货还不少，先给号长挑几件像样的衣服窖起来，上山时好用。"金太子摊开陈默的包袱，让巡洋舰过目。

"你知道我还缺双鞋。"巡洋舰不屑一顾地说。

"巧了，没有。"

"难道死鬼是飘进来的？"

"整个儿一个赤脚大仙。"不知谁说了一句，号房终于又有了笑声。趁着这个机会，陈默对已经入住的环境快速地扫过一眼，他在一排光头中间发现了一张熟悉的面孔，收审站里人称"大鲍翅"的福建老板。刚一对眼，大鲍翅就把头低下去了。可以看出，他在号房混得不好，这个时候站出来与陈默攀近乎，十足的犯嫌。

看到大鲍翅，陈默想起了离开收审站时的承诺，他曾答应出了收审站的大门就给号房送进鲍翅饭，因意想不到的拘捕而无法兑现这个承诺，只能让大家伙失望了。大鲍翅的称呼就是他福建老板吹嘘自己一旦放票，一定回敬收审站的难兄难弟一人一份大鲍翅，有去无回的结果是留下了讥笑和大鲍翅的绰号，当然除了陈默，他们无人知道大鲍翅已经荣升"市看"。在此之前，陈默也认为大鲍翅是回到社会后自食其言，看守所的重逢，才知道是一个误会。

"别看这家伙没有穿鞋，可带钱进来了，账上写着呢，两千六百块现大洋。"金太子翻到一张看守所内部的收款单据，惊喜地说。

巡洋舰一把把账单抢了过来，很仔细地端详了一番，满意的神色便浮上青灰的脸颊。凭这张单据可以购物或买不同于牢饭的饭菜，在等待上山的日子里，尽情地挥霍享受的可能不期而至。号房里，不管何人打进来的钱物，都是号长的私产，巡洋舰不像他的前任，一向花别人的钱不心疼。

陈默祈盼收款单这份厚厚的见面礼足以让他轻松过关。可惜，这个美好的遐想没有持续两秒钟，他就知道是肉包子打狗了。鬼门关就横在他的面前，他听到了劈空而来的叫喊：

"长江750，过来！"

陈默意识到这是在叫他，可他没有看清是谁喊他，不知道过来是走到哪儿。

"喂，新来的死鬼，喊你哪。"声音表达着催促和不耐烦。

陈默还是没有反应。死鬼的呼声让他打了一个激灵，这话像咒语，裹着阴森

森的气味。

陈默最终还是被人推到巡洋舰的面前。推他的两人中竟有大鲍翅，这是他没有想到的。

"认识号长吗?"金太子问。

陈默抬起头来，瞟了巡洋舰一眼。直接的印象是奇丑无比，五官仿佛是被几道疤痕连接起来的，僵硬地龟缩在苍白的面瓜脸上，发黑的印堂像一个鱼眼挂在锃亮的额头上。只有不停转动的眼珠子透出的那股杀气，才能让人看得出他是一个狼级别以上的恶棍。

尽管如此，陈默还是想努力地挤出些许微笑，向这位操刀手表示必要的敬畏。示弱也许是必要的，因为初来乍到，你得入乡随俗。看守所号房里的这一套从久远年代沿袭下来的开场戏，都冠以"顺毛""杀威""严打""拔刺""立棍""洗人味"等充满火药味的名目。这是一种属于号房牢头的弹压手段，目的是把你打服制服，成为他一统天下的顺民。

陈默还未来得及冲着巡洋舰点点头，背后就挨了一拳。他回头一看，竟是大鲍翅。这家伙离开收审站才几天，怎么这么快就从人变成兽了呢。难道看守所是专做变态手术的医院?陈默注视大鲍翅的目光还没有离开，后脑勺又挨了一巴掌，这是巡洋舰向他做的一个手势，示意他蹲下。陈默没有动，他要站着挨打。宁可把自己打趴下，也不能先屈下身子。蹲下比没穿鞋更矮半截。

巡洋舰轻蔑地把烟灰弹到陈默的脚面上，这个挑逗被陈默忍住了。

"不懂规矩是吧?"巡洋舰冷笑着问。

陈默只能沉默，巡洋舰提出的这个问题无论回答"是"还是"不是"都是错，都是下一轮折磨的把柄。这套把戏他在收审站见得多了，属于小儿科的小把戏，更大的动静应当在后面。

"哪儿来的?"巡洋舰又问。

"收审站。"

陈默刚把话说完，巡洋舰扬起的巴掌就落在他的脸上。陈默本能地用手捂脸，背后又被人踢了一脚，倒地的一瞬间，毛巾香皂牙膏牙刷四下散落。

"知道为什么打你吗?"

陈默摇摇头，不明就里地装糊涂。

"你撒谎!"巡洋舰怒不可遏，声音提高了八度，"收审站早在三天前就奉命

撤销了，原封不动地变成了社会救助中心，警察都转到看守所来了。你他妈的撒谎也不看看黄历。"

陈默暗暗吃惊，对这个始料不及的变化只能保持目瞪口呆。自己才离开收审站不过五天，怎么会撤销了呢？那些收罗在一栋大楼里的流浪汉、乞丐、无家可归者，上访告状的喊冤人、醉鬼，汽车肇事者、不明身份的盲聋哑孤鳏寡，还有犯了错送到里面接受反省的警察不会像我一样都转到这里来吧？还有那么多管事的干警，总不能关门歇业吧？陈默搞不清原因，更无法解释自己的始料不及。

其实，此时只要站在陈默身后的大鲍翅说一句话，就可以替他解围。大鲍翅依旧是异常的沉默。

陈默也只能继续沉默着。那一耳光的教训就是没有把沉默保持到底。陈默更相信巡洋舰的话不管是真是假，都是套他上当的陷阱。

陈默没有理会巡洋舰的怒视，蹲下来收拾落在地上的毛巾香皂牙膏牙刷。他刚刚站起来，还没有来得及把脱落到膝盖的裤子提起来，巡洋舰穿着骆驼牌休闲鞋的脚就飞了过来。陈默再次捂住脸，免得在袭击中破相。

巡洋舰飞起的脚停在半空中。金太子恰到好处的吟唱像预警信号制止了他。

> 小小的一片云呀，
> 慢慢地走过来，
> 请你歇歇脚呀，
> 暂时停下来。

窗户探进来一个陈默熟悉的面孔，金太子抢先向他打招呼："陈干部，难得您到我们号房视察。"

"想吵监闹狱吗？"准是陈干部听到号房的异常动静，过来看个究竟。

"哪敢呀。"巡洋舰堆着笑脸卑微地说，"陈干部从收审站调来第一次当班，我怎么会不识相？"

"别当牢头狱霸，当心关你的禁闭。"

"我都是快要上山的人啦，不想在看守所蹚浑水。"

"陈默，你怎么今天才到看守所？我都从收审站调来好几天了。"陈干部发现陈默孤零零地站在号房的过道上，奇怪地问，"我记得你是五天前离开收审站的。"

"你不是告诉我要换个地方住几天吗？"陈默想起离开收审站时陈干部说过的一句话，他以为陈干部应该知道换个地方住几天是怎么回事。

陈干部显然有些吃惊，只是不肯表现出来。陈默却认为陈干部无意中替他证实了自己来自收审站并非谎言，而且还在危难时刻为他化解一场即将开始的羞辱。巡洋舰可以不把他陈默看在眼里，但不能不服陈干部的管教。虽然陈干部已经转身离去，中断的肆虐也只好到此结束。陈默庆幸进号后第一关的结局竟如此轻巧。

"都给我安稳点，别没事找事。"陈干部说完转身离去。

巡洋舰冲着陈干部的背影喊："请陈干部转告我的那个没骨气的第一被告，好汉做事好汉当，别他妈的像疯狗似的乱咬人！"

三

善良的人们总以为看守所的监房黑暗、阴冷、肮脏、腥臭，斑驳的石墙上结满蜘蛛，潮湿的水泥地上铺着腐烂的稻草，狭小的天窗透进一丝昏暗的光线，灰尘和蚊蝇在光影中飞舞，人不人鬼不鬼的囚徒彻夜发出呻吟和哀号……这种揣摩不是来自毫无亲身经历的想象，就是受到一些文学作品描述的影响，或许是来自一些进过宫犯过科的人神吹海摔的煽情。这与陈默此时的亲身观感截然不同。

身临其境的陈默有另外一番真实的感触。号房是洁净的，四面墙一色粉白，因没有任何装饰，更显得朴实无华。铁门上方悬着的平台上摆放着电视机，渲染着文化气息，表明监房并不闭塞。南北墙上各有两面大窗户高高在上，执勤的武警和干警只要站在巡逻通道上，就可以透过窗户俯视号房，一切情况尽收眼底。号房是安静的，甚至是空旷死寂的，尤其在夜晚，安详得像一所世外桃源。连执勤的武警班长都脚步轻轻，不忍踏碎洒落在通道的月光。一支二百度的电灯悬挂在屋顶，无所不在的灯光照亮了每一处阴暗的角落。能够打破号房亘古般寂静的只有武警班长换岗时验枪的拉枪栓声，偶尔半夜接收新犯入监时开锁开铁门的响动声。

但今天的夜晚静悄悄。

号房闷热得像蒸笼，像洗桑拿似的令人汗流浃背。这只能怪天气，三十八度的持续高温，除非空调能送来清凉。可牢房毕竟不是私宅和宾馆。这时候闻到的汗臭和腥臊，都是同类人的排泄物，可谓臭味相投，自产自销。

陈默本以为熬过五天五夜的轮番审讯，躲过进号后的非人折磨，他可以一睡解千愁了。可他一直躺在铺板上翻烧饼，无法入睡是因为缠绕着他的困惑像一层浓浓的迷雾，他在迷雾中听到了陈干部那句"你怎么今天才到看守所"的问话。这是一个连自己都说不清楚的疑问：如果今天他才来到看守所，那么之前的五天五夜他是在哪里度过的？这期间发生了什么事？

可以肯定，这五天不是一个空白，可思绪抵达到这里后呈现的却是一片混沌，仿佛是无法闯入的冻土层。陈默决定从思绪的源头开始回忆，尽管这段经历充满诡异，但是记忆还算清晰。

三个月零五天前，陈默从北京乘火车到达润江，立即被接站的人们客气地送到一座不是宾馆胜似宾馆的高楼。接站的人并不陌生，因为他们提前上车后，一直在他的软卧车厢门前守候着。显然，他们是提前获知了他乘坐的车次和卧铺号。

是郭大昌给他们打过招呼了吗？

陈默是被总经理郭大昌临时拉来替他出差的，郭总因一个项目纠纷缠住了身，把软卧车票拍在他的办公桌上，说了一句"替我跑一趟"，就算是把事情交代完毕。茫然的陈默还是从项目责任人那里了解到星星点点的情况，项目责任人告诉他，这是个"肥差"，对方请郭总去谈润江开发区二期工程的规划和投资，只要把他们的底盘摸清就算大功告成。没准还要把你当贵宾招待呢，你这个烟酒不沾的家伙当心别中了美人计，醉倒在江南的温柔之乡爬不回来呀！

陈默没有看出迎接他的人们热情中蕴含着别样的警惕，却有一种受宠若惊的不自在。他坐在敞亮的会客厅里一再说"不麻烦你们了""请回吧"，可人家就是不肯离开，连他带来的公文包和拉杆箱，都被他们放到了自己够不着的地方。

有人告诉他，主任要见他。

陈默心中的疑团顿时烟消云散。这位主任应该是润江开发区管委会的苏主任，老熟人了，不管他担任省科委主任，还是担任润江开发区管委会主任，他们都有过愉快而成功的合作。郭大昌姑且不论，仅他陈默应苏主任之约，曾在科委讲授过技术市场交易规则，也为开发区引进了先进的变频技术，挽救了一个濒临倒闭的微电机厂。

难怪郭大昌派他来应差，他在润江有人脉啊。

一个被称作"主任"的警察进来了，一见面就像审问犯人似的问道："你是

郭大昌？"

"我是郭大昌总经理的助理陈默。您是……"陈默显然已经明白此主任非彼主任，一时陷入了不知所措的慌乱。

那位主任显然没有想到前来与他会晤的竟是一个总经理助理，二话没说，竟拂袖而去。

陈默误以为对方或许就是润江开发区管委会的新任主任，人家不仅不认识自己，以自己较低的职位，也是不配和地市长级的管委会主任平起平坐的。人家的不屑一顾是情有可原的，何况又是一位警察。陈默感到浑身不自在，迎送他的那些人并没有随着主任离去，他们依旧站在他的周围，不动声色地候着，像看护一件贵重的物品。

会客厅的空气充斥着冰冷的氛围。陈默后悔不该冒昧地以郭总的名义撞入管委会的领地。这个闭门羹吃得实在冤枉。

陈默被冷落在会客厅里，进退两难。陪伴他的人也在那里候着，不变的是警觉，像银行里的保安。陈默心想，如果不欢迎我，我可以原路返回，但总得给句话吧？我也好回去交差。

"我是不是可以回去了？"陈默忍不住地问。

"等我们老板来了再说。"

"老板？"陈默心想，或许因为咱是一个不受待见的小人物，人家换了一个级别低的企业领导来跟自己对话。这也好，丑媳妇总得见公婆。

等了足足三个钟头，终于等来了老板。因为他身后跟着一帮子人，有警察，也有便衣，还有刚刚离去的那位主任，陈默一看便知道老板的来头不小，因为他的派头很大。

"既然你不是郭总，有什么身份证明吗？"老板没说废话，先要陈默明确自己的真实身份。

"我是总经理助理，"陈默解释说，"我来润江只是负责把开发区二期工程的合作意见带给郭总。"

"我想看看郭总给你的授权书。"

"只是口头交代。"

"那你总不会没有身份证吧？"

还真叫人家老板说着了，陈默没有带身份证。因为出行的时间紧迫，他是从公司直接来到火车站的。身份证丢在家里，无暇顾及。

陈默没有想到一个小小的疏忽，给人家捕捉到了一个速战速决的机会，不到一分钟的时间便结束了这场出其不意的造访。

"单凭你没有身份证，我就可以依法收容审查你。"那位老板不再废话，像完成一件公务似的离开了。

"不是没有身份证，是我忘记带在身上。"陈默追着解释说。

"我也相信你的身份会查清楚的，不过你得在我这里住几天。"说这话时，人家连头也没有回。

这时，一位警察从门外走进来，掏出一张早已准备好的收审证，让陈默签字。陈默拒签，他完全不能接受这种意想不到的"礼遇"。

这位警察见陈默坐在椅子上不肯离去，就说："不签也得到我们那里去吃晚饭，没有欢迎晚宴了。"他又掏出手铐晃了晃说："警车就在楼下，要么自己走下去，要么我押你下去。"

"你得告诉我，这位老板是你们的哪一级领导？我有什么事犯在他手里？"陈默对突发的事变缺乏思想准备，一时如坠五里云雾。他觉得这是一场误会，渴望就地获得澄清。

"少废话，什么事你自己还不清楚？"

见陈默不配合行动，那个警察一挥手，几个警察冲上来就把他铐着双手押了出去。在推推搡搡的挪动中，陈默看到迎面有一台摄像机从老板身边窜了出来，把镜头对准了他，直到押解他的警车离去。

陈默被送进收审站。就在这里，他受到一次洗劫，告别了公文包、拉杆箱和手机，连皮带、手表和现金也被没收了。

"这是你们老板和我们老板之间的事，关我什么事？"陈默冲着离开收审站的警察吼了起来。

收审站的陈干部办完手续后，有些于心不忍地对陈默说："别喊了，我们的老板是公安局的常局长，听说你们的老板也是局级干部，旗鼓相当嘛。"

"把我夹在中间当肉夹馍算怎么回事？"

"你不进来，你的郭老板怎么会来润江？"

原来我是常局长的人质！陈默不理解也得理解。他要换回的不是身份证明，而是郭总本人。关进收审站毕竟不是什么光彩的事，以我名誉上蒙受不白之冤来

换取郭总来润江潇洒地走一回的代价实在是太大了。我承受不起！

陈默相信郭总会像救兵似的飞快来润江。他有一万个理由相信郭总一定会以最快的速度赶到润江，救他跳出火坑。收审站关押的乌合之众也都有一万个理由相信他的祈盼不过是一厢情愿的梦想，用讥笑和摇头说出了他们藏在心里的话。

一个跟他前后脚送进收审站的卖老鼠药的河南人劝说道："别瞎琢磨了，要是关你几天就放票，压根儿就不会送你进来。这地界是请神容易送神难，好进不好出。想关你，就不愁没有理由。您就是有身份证，照样找个理由办你。"

陈默日复一日的祈盼终于成了痴心妄想的笑柄。他记得收审证上注明收审的日期是三十天，可两个月过去了，他没有办任何手续，依旧在收审站滞留着。别说郭总，北京公司也没有一个人来润江。润江方面也没有人找他。陈默像被人遗忘了。

好在收审站的老少爷们儿没有奚落他，倒有几番"同是天下沦落人，相逢何必曾相识"的同情。他们看到陈默吃不下去饭，睡不着觉，口舌生疮，目光日渐迷茫，都来宽慰他："什么时候放你，那是政府的事，你想也没有辙。""日子在哪还不是过，安心住着吧。"其实他们猜想陈默的案由很有来头，这辈子能不能出来都不一定。因为卖老鼠药的河南人在外面听说陈默的案子已经见报，润江警方出动了三辆警车去北京抄底，竟没有抓到姓郭的，不是惊天大案，怎么会动这么大的阵势？

陈默就去找收审站的干警，他总不能默默无闻地待在这个鬼地方。陈干部说："急什么？你的收审期已经延长了两个月。收审三个月就到顶了，到时候不下单子转看守所，我都有权放你。"

"郭总不会不管我呀。"这是陈默唯一的希望。

"郭总？别说请不到他，连通缉他都找不到影子。"陈默这才晓得事情麻烦了，连郭总都成了通缉对象，已经说明了问题的严重性。要么郭总到位，要么三个月的收审到期，否则，人质这个头衔他是摘不掉的。理智告诉他，再也不能指望郭总前来替换他了。困厄中，他失去了自救的能力，除了等待，只有苦熬，独自忍受委屈和对女儿的思念，再挺上一个月，熬到收审到期。转"市看"是绝对不可能的，他没有犯罪。他有限的法律知识也宽慰着他，看守所不是收审站，只收人犯不收人质。

这期间，陈默成了劳动能手。收审站不是让人吃闲饭的地方，你得干活，不是因为劳动光荣能改造人的世界观，而是不能白白浪费这么多的劳动力资源。收审站的号房在他进来之前就变成了加工车间，装配串灯，也叫满天星。这活儿没有技术含量，讲究的是手疾眼快。每天提前完成定额的准是混迹公共汽车和菜市场的小扒手，那都是掏钱包不架拐飞摘的行家里手。他们最希望能以吃苦耐劳的表现赢得政府的好感，决定他们命运的劳教委员会就在收审站里面办公，等于在眼皮子底下看着他们。他们最希望政府对他们从重而不是从宽，能转"市看"最好。想法来自经验计算，劳改一年抵得上劳教三年，既然投入和产出的时间越短越好，所以他们宁可判刑也不愿劳教。陈默怎么也不会有这种心情，他心事重重，看见了串灯就想起了满天星装饰下的北京夜景，想起了自由的生活，想起女儿，眼泪就流了出来。三只手们最不愿意看到陈默哭天抹泪的惨样，就把他的灯头底座扒拉到自己面前，帮他完活儿。

自从和陈干部谈过话后，陈默的祈盼变成了无奈的等待，反而不烦了，串起手指大小的灯泡也得心应手了。只要陈默能完成自己的定额，号房就提前歇菜。老少爷们儿纷纷用自来水冲洗过身上的汗渍后，一天最开心的时刻就来到了，他们终于不再是劳动工具，能像个人似的唠起了家常。话题自然离不开他们的经历，吹嘘着各行门道的经验和捷径，也不掩饰翻车掉脚的教训。听着他们神吹海侃地说着南京的提篮桥、上海的功德林、沈阳的秦城、合肥的老虎桥、河北的天堂河、北京的大北，虽是风马牛不相及的胡诌八扯，并不影响说者的兴奋、听者的兴趣。苦中作乐的惬意像傍晚吹拂的凉风，抚慰着他们干渴焦灼而又贫瘠的心灵。

陈默不会加入他们的神聊，他觉得自己同这些人是格格不入的满拧，就像螺丝和螺母不对型号。号房的人能走到一起，纯属命运的偶然。虽然是同吃同住同劳动，但不能欢乐着同一个欢乐痛苦着同一种痛苦。他像一滴油无法融进一桶水中似的，保持着孤独。这份孤独给了他一份独到的内心体验。陈默躲在一旁用圆珠笔在草纸上胡写乱画，用以排遣寂寞。圆珠笔是留在号房记录装配进度的唯一文化用品，草纸则是陈默对它功能的再利用。开始时，陈默无非是想闹中取静，用涂鸦消除烦恼。画着写着，他突然涌动起发自内心的感触，面对一张皱皱巴巴的白纸，仿佛像面对一位久违的老朋友，陈默找到了倾诉的对象。于是草纸上面文字和图画变成了日记，一篇篇只有一个读者的日记。凡是文字不能表达或者是不便表达的意思，便用图画和符号来代替。陈默心想，没收这本日记的看守所干警一定很费解，因为他们面对的是一本天书。不知道为什么，进了收审站后，他

多了一种本不该有的东西：戒意。在书写中，他时刻警惕着秉笔直书。那些类似动漫的画面和神秘的符号，配以简洁的文字，当然只有他一个人看得懂。他的担心是必要的，日记最终还是落在警察手中。自由已经不属于你，收审站的经历告诉过你，看守所的经历还将不断地提示你。

在九十天即将到来的前夜，陈默把这些纸片收拾起来，用串满天星的铜线订成小册子。这将是他离开收审站带走的唯一纪念。那一夜，枕着这个小册子，他睡得很踏实。自由将随着明天的黎明来临，这是无须怀疑的。自由是理所当然的归还，不是恩赐，不需理由。一切都过去了，包括误解、委屈和耽误的时间。留下的只有疑问，一个误打误撞的来龙去脉。他相信误会一定是这个疑问最明确也最能让他接受的解释。

第二天的每分每秒，都成了自由的倒计时。

"收审站不供应免费的饭菜，不把今天的活儿干完，把吃的饭钱给挣出来，人家是不会放你出去的。"卖老鼠药的河南人经验老到，他见陈默整装待发的样子，半是玩笑半是安抚地说。

陈默只有一个心思，快点走出这个不是监狱却形同监狱的地方。不仅他应该离开，所有行走在生活底层和边缘的人们都应该离开，这里不应该是社会的垃圾站。

那一天，老少爷们儿干活儿的速度极快，不到下午三时就完活儿了。他们对陈默拜托的事刚刚说了一件："要是你真的放票了，作为证明，你买五斤小笼包送进来。"这时，大家一齐听到陈干部开门点名的声音。

陈默几乎是冲出去的。他在内心呼喊着自由万岁，用一个迎风展翅的姿势去拥抱这个庄严的时刻。他自己的逻辑判断和理性分析是那么的坚定：收审站的铁门一打开，他就是一个自由人了。

"行李呢？"陈干部问。

"留给他们用吧。"陈默心想收审站干部用他带来的钱买的被褥衣物全部行头，是伤心物，他已经不需要了，可这里的人们需要它。他只要怀揣着那几十片纸的日记就算是满载而归了。此时，陈默对自由的坚信是用决绝表示的。

"去把行李带上，你还得换个地方住些日子。"陈干部如此明显的暗示并没有打破陈默对虚无缥缈的自由的执着，连老少爷们儿都听明白的话，他却没有任何顾及，依然沉湎在自己营造的梦幻中。

"我可以住旅馆，住几天都行。"陈默在袒露痴心的同时，也把自己的全部幼稚暴露无遗。

这句话令陈干部的表情变得复杂起来。他叹了口气说："你的住处会有人安排的，带上行李跟我走吧。"

陈干部把陈默送上警车，像完成一件公务似的转身返回，没有留下一句话。五天后，他才把一个大大的问号投进陈默的心中，激起了他百思不解的思考旋涡。

陈默不知道自己被押送到的那个森然的地方是什么机关，在他的猜想中，至少，这个地方就应该是看守所。虽然他没有如期获得自由，但他是被警察押走的，除了看守所，还有什么地方能让他住几天的呢。四面高墙围起的深宅大院、进进出出的警车警察，还有深夜响起的审讯声，都印证着陈默心中的这个判断。

回忆就在这个神秘的大院里迷失了。思绪一旦触及到这个神秘的地方，就好像陷入寸草不长的荒地，被厚厚的冻土覆盖着。陈默的眼前就出现明晃晃的灯光，心一慌眼一闭，思绪就断开了。一片空白中，他感到了恐惧穿透全身。陈默能断定的是，他只是这个神秘地方来去匆匆的过客，五天五夜的面对，换得了另一个身份。突然间的苏醒为时已晚，座上宾到阶下囚的法律转换业已完成。

陈默能断定是五天五夜，是因为身上有五处烟头留下的烫伤，那是每一个夜晚留下的痕迹。疤痕还在溃烂，像无处不在的提醒。夏季连续的高温天气，加上面前的三百瓦电灯泡的灼热烙在赤裸的面部和上身，造成你多次昏厥。你唯一的渴望是水。一瓶矿泉水就在你的眼前摆着，道具般的诱惑。于是，你的眼前出现了幻影，你由烈火烹油中浸入温柔的池塘里，被月光轻轻地抚摸着。这一刻你几近瘫痪，意志力飘逸出体外。这时，你听到了一个声音，一个缥缈而又熟悉的声音，"我们总得有个结束吧，签上你的名字，我会送你到另外一个地方睡觉，你太需要休息了。"这个声音曾不厌其烦地向你提问，从不同角度窥测你的内心，启开你的嘴巴，诱导你的舌头，期待它说出终结的话。清醒时，你警惕着，可你的本能总是力不从心。那个本能是渴望睡觉，强迫你闭上五天五夜未曾合上的双眼。于是，就在你闭上眼睛的那一刻，另一个你就在一张仿佛飘来的纸上写下了自己的名字。此后，一切都结束了，梦幻、三百瓦的电灯泡，还有烫伤、呵斥，已经到了极限的疲乏、饥渴和喝不到的矿泉水……

虽然细节若隐若现，但是，陈默还是敲不开失忆的大门。回忆被阻断，思绪无法切入。经过都在梦醒的那一刻散去，成了断线的风筝。它飘在半空中，你就

是够不着，不能拉回到自己的身边。

当所有的努力都无法复原真实的经历时，陈默失望了。难耐的睡意趁机袭上心头，这是五天五夜压抑到了极限的本能在呼唤。此时的上帝不再令他破解失忆的密码，而是暗示他入眠。陈默闭上了疲惫的双眼，不堪的身心有了由衷的放松。他并不知道，一场早有预谋的暴力袭击正在悄悄向他逼近。

起初，陈默只是觉得铺板有些轻微的震动，那种感觉就像躺在摇晃的摇篮中。当骤然爆发的捶击和踢打滚石般砸在身上，把他从梦中惊醒时，一条棉被早已经把他裹得严严实实，黑暗中拼力挣扎的空间已被剥夺，瞬时间，他成了捆在砧板上任人宰割的一坨肉。他只能感觉到拳打脚踢的快意和肆虐的技巧，落在脊背上的是肘的力劈，落在大腿肚子和脚脖子上的是脚跟的狠剁，仿佛要抽筋剥皮的踩蹁，展现了手指的掐功。有人竟然骑在他的身上，揪着他的头发使劲地揉搓。烫伤的疤痕再次撕裂，脓水渗出，窒息的闷热中，陈默嗅到了血腥气。他命令自己要咬住牙挺住，挺住！既然必经的鬼门关躲不过去，只能挺过去。

暗算结束时，陈默掀开被子看到光头们全都躺到铺板上，好像在闭着眼睛回味刚刚发生的恶作剧，你无法分清谁是参与者，谁是旁观者。只有巡洋舰半倚着身子，坐在用被子堆成的沙发上，享受着木兰的按摩，还有一个光头站在身后，用被单当扇子给他扇风。那脸色分明是欣赏完一段精彩的动作大片后的得意。那份得意告诉陈默，他的被蒙面被暗算被当成烂泥踩被打瘫在铺板上，都是这个恶魔的杰作。

"号房的规矩是不能免的，看在你是从收审站转来的份儿上，这个见面礼算是一碟小菜。"巡洋舰故作轻松地说。

陈默只跟巡洋舰照了一面，便扭过头去。那个邪恶冷酷丑陋的嘴脸，不值得他多看一眼。一向以"人不犯我，我不犯人，人若犯我，我必犯人"为行为准则的陈默只有一个愿望，等待时机，对巡洋舰以牙还牙。

巡洋舰似乎摸到陈默的脉搏。他把话挑明了："你恨我是吧？等你坐上一号位，你也得这么干。不过那时我已经上山了，你只能多找几个替罪羊出出无名火。"

如果巡洋舰多说一句，就将激起陈默拼命的反抗。

几天后，陈默知道那晚巡洋舰为他备下的那碟小菜名曰"拍黄瓜"，但他没有预见到一年后遭到不测后愤然还击的"拍蒜"，竟把自己置于死地。

四

上午的阳光从两米高的铁窗上溜进来，沿着墙壁胆怯地爬行，越过一个又一个光秃秃的头顶，扑向号房斑驳的牢门。灰尘、棉絮屑像黑精灵在光晕中飞舞，除了空气外，它们是号房最自由的群体。

正襟危坐的光头们正在迎接一天中最庄重的时刻。如果说，号房一整天的活动是做功课，那么，即将到来的查号，不是一场考试，也是一次作业检查。

"一天的坐牢成绩就显示在这一刻。谁他妈跟干部过不去，就是跟我过不去。给我上眼药，当心你的皮。干部可能不尿你，可我不是干部。"巡洋舰用恶狠狠的语言告诫光头们。

今天是周日，看守所开两顿饭，例行的查号总是推迟到九点过后。这是因为带班的干部都是些头头脑脑，难免姗姗来迟。正因为有大人物莅临，巡洋舰不敢大意，他要防备有人跪倒在领导面前喊冤，丢他的脸，他要把预防针打在前面。

陈默学着身旁木兰的样子，坐在铺板上，背靠着墙，双手抱着双腿，微闭着眼睛，像老僧入定似的做沉思状。陈默坐的位置是金太子指定的叨陪末座，左边有四个人，右边放着一个空荡荡的单人铺板，木兰叫它"刑板"。无需木兰介绍，陈默一看就知道"刑板"是惩戒用的刑具，板面上三个磨得锃亮的固定铁螺栓，就是很有震慑意味的告示。刑板紧靠着一段墙台，把一个一平方米见方的卫生间隔在号房的东北角。扑面而来的腥臊气让陈默品味到自己铺位的卑微，表明他已经跌落到号房的最底层。

紧挨着卫生间，不等于你有捷足先登方便使用的权利。早上洗漱和小便是有顺序的。陈默被木兰推醒时，十三个光头已经蹑手蹑脚地起床，一个挨着一个地站在过道上，像祷告似的默默伫立着。陈默便急，就挤了过去，被木兰拉回到排尾，那意思是你得按部就班地排着。大鲍翅站在水池旁往牙刷上挤牙膏，总共只有两把牙刷轮流在每个光头的口腔里刷过。洗面池的水头一天晚上已经放满，为的是不惊动巡洋舰等人的晨睡。木兰把一条湿漉漉脏兮兮的毛巾在池子里投过，让它依次在每张脸上抹来抹去，把口臭、鼻涕、眼屎留在上面。抹完脸的光头，才有解便的资格，而且只能小便。谁要闹肚子，臭醒了巡洋舰，结局只能是吃不了兜着走。最后一个轮到陈默，他拒绝了前两项活动，他张不开嘴，抹不开脸，

如果不是那股憋不住的体液不争气，他也不会站到便池旁。

看来收审站的经验不管用了。那里的人们没有剃光头，也没有这么多自我限制，在允许人们用自己的生活用品上，至少保留了些许人的尊严。陈默顿时感到这里的水土不服，犯顶，拧巴极了，像从草根荟萃的山寨来到了草莽集聚的野山，处处不自在。

陈默刚回到座位上，雅马哈、本田、金太子三个人懒洋洋地起来了。大鲍翅已经把便池冲洗干净，洗面池也换过水。三个人各自拿着自己的洗漱用具，开始了轻松加愉快的洗漱，连小便都很放肆，像比赛似的撒欢儿。在陈默看来，他们是在有意无意间显示中板的优越。

就在中板的三个光头洗漱完毕，趴在铺板上练俯卧撑时，老官司和一号位的一个老头同时披衣坐起。老官司知道自己已经沦落为二号位，只能自己动手，穿衣洗漱。金太子和本田则忙着给那个老头穿衣叠被，小心殷勤地伺候得无微不至。陈默发现这个人与众不同之处是那么明显：他留着头发。这个区别好像给了他一种高人一等的自信，尽管浮肿的脸上泛着青灰，步履明显的不利落，但腰杆子挺得很直。他的洗漱很优雅，还能当着大家的面蹲在便池上放肆地解大便。

木兰告诉陈默这个人是"酋长"，接着悄悄问：

"酋长是啥子官？真的比镇长、县长大？"

陈默摇摇头。这年头什么官衔都有，传统的，西方舶来的，富有中国特色独创的，不伦不类的，还没有听说借用非洲部落首领的尊称的。这个名字有些古怪，有点神秘。

酋长蹲下解便前，把嘴上叼着的香烟递给金太子。金太子接过来，猛吸了两口，方觉得有些造次，赶忙塞进本田的嘴里。本田吸得不慌不忙，一副细细品尝的样子，直到坐在铺板上的老官司用咳声发出提醒时，本田才恋恋不舍地把已经烧到过滤嘴的烟屁股送给老官司。老官司哀叹了一句"落架的凤凰不如鸡"，就把它丢到过道上。

酋长蹲了大半天也没有拉出个屎蛋，只好起身洗漱。这时，巡洋舰打着哈欠起来了。金太子立马从酋长身边跑过去，把猫洞里的干净衣服放到巡洋舰的跟前，又把巡洋舰的跑马裤头丢给大鲍翅。看样子，洗裤头的活儿也归他。

陈默这时发现，他带来的衣物全给巡洋舰做了嫁衣裳。巡洋舰铺的是他的褥子和被子，盖的是他的毛巾被，连他从北京带来的衣服也都塞进巡洋舰的枕套

里。明火执仗地抢夺，硬是让你无从发火，号房是巡洋舰的天下，陈默已经领教过什么叫逆来顺受，他必须强压自己要咽下这口气。

巡洋舰展示的是裸睡裸起。

"我他妈的喜欢赤果（裸）果（裸）的课（裸）体，人他妈的一穿上衣服就他妈的虚伪起来，就他妈的不是你了。"巡洋舰从西铺跳到东铺，把空荡荡的刑板当成裸体表演的舞台，做了一个猥亵的亮相。早已被荒唐生活掏空了身子板的裸体，如果不是几处虎豹豺狼的刺青点缀，你还以为是一具僵尸再现。巡洋舰却在尽情地自我陶醉。他摆出一个下流的姿势，吹嘘说："我当年睡刑板，戴着手铐脚镣照样他妈的钢枪不倒，夜夜跑马，江西死鬼行吗？你们他妈的行吗？老卯底气壮嘛！"

"嘿！哥儿们，又在上形体课搞课（裸）体表演哪，又他妈的不当饭吃。"癞哥打开饭口，敲打着饭勺朝巡洋舰喊道。

"每个周日必有的开心一刻。"巡洋舰收起架势，回应道。

光头们的目光由呆滞变为兴奋。他们的眼睛随着金太子、本田忙碌的身影在转动，盯着金太子把一个个塑料饭盆在东西铺上排开，本田再把两个盛满热粥和十九个馒头一撮咸萝卜条的饭盆端回来。早餐就齐活了。

光头们却无动于衷。这和收审站的老少爷们儿一窝蜂地疯抢疯吃显得格外拘谨，也少了几分热闹。

木兰朝巡洋舰努努嘴，意思是告示陈默要等号长发话。

巡洋舰在洗头，刚刚长出发根的头上蓬勃着洗发香波的泡沫，冲起来没完没了。擦干头上的最后一抹沫渍，巡洋舰又往脸上涂洗面乳，紧搓慢揉地好个仔细。

"不急，今天是星期天，公检法不办公，干部查号也来得晚，咱们得给自己放一天假。"说着，金太子就把点着的香烟送给巡洋舰叼上，满脸雪白的巡洋舰站在便池上。金太子扶他刚一蹲下，一股臭气便弥漫开来。

"开撮！"巡洋舰把吃饭的最佳时机选定在他解大便的时候。

号房顿时响起一片稀里哗啦的喝粥声。牙刷派上了用场，除了当筷子搅动稀粥外，还能代替舌头舔净碗底，吃馒头时，它又成了叉子，把掰碎的馒头串起来像啃羊肉串。余下的萝卜条，是回味无穷的珍品，每一根都是总也嚼不够的五香牛肉干。

金太子、本田和雅马哈围在一起，每个人吃双份。除了巡洋舰、酋长的那一

份，还泡了一碗方便面。陈默则把自己的那份悄悄推到木兰面前，木兰留下一半，把另一半推到老官司面前。

穿上一身新衣的巡洋舰邀请对面的酋长来西铺共进早餐。他俩互相谦让着，在金太子备好早餐后，恰到好处地聚到一起，此时，光头们已经风扫残云般吃完可怜的早餐，正在眼巴巴地瞅着巡洋舰和酋长即将开始的盛宴。

摆在巡洋舰和酋长面前的早点是陈默无论如何也想象不出来的丰盛：速溶咖啡、火腿肉、卤鸡蛋、巧克力、蛋糕和面包。这个印象太深刻了，尽管不吃牢饭是今日看守所关押的特殊人物的时尚，但陈默还是没有想到他们的早餐会这么丰富，甚至是有些奢侈。从饭食上可以看出，号房里的穷富差别是那么的明显。

陈默想起木兰告诉他"朗格是下板人"。毫无疑问，巡洋舰和酋长是上板人，是号房里的贵族。能给上板人不停地献殷勤，又在号房管点事，捞点好处的金太子、本田、雅马哈，属于中板，自大鲍翅以下均是下板人。只有老官司不好定位，前任号长是个模糊人物。

一个铁定的潜规则是，你坐的铺位就是你在号房身份的标志。上中下三板人不是你原在社会的身份，而是你在号房所处的地位。如果没有人关照，新进号的一律从下板末位坐起，这就注定你是备受欺辱惨遭搜刮的贱民、奴隶，甚至被剥夺了表达自己意愿、痛苦、喜悦的权利。享有特权的只是少数人。一个蜗居着十九个人的狭小空间，两块仅供起居的大通铺，竟然还要画地为牢，分成上中下三等级，霸权和驯服真是无处不在。明确而严格的等级界限，是以上板的威严、中板的凶残和下板的忍受和服从为前提的，就像土司、管家和奴隶组成的稳定的金字塔。这让陈默想起高尔基的一句话，监狱"有一种忧郁的美和庄严的气象"。陈默觉得这位俄国底层出身的作家未免过于天真浪漫，他所处的号房，压抑中充斥着忧郁，但等级森然绝不是庄严，而是暴力之下的歧视和丑恶。

大鲍翅借着上厕所小便的机会，隔着墙台向陈默递过一个无奈的眼神。高压把这个昔日的建材大老板骇成唯唯诺诺的奴仆，不惜用作践同类表示自己的顺从。他的眼神充满了无奈和无助，希望能够得到陈默的理解。

陈默终于看到了一个富有人情味的表情。在此之前，陈默经历了光头们莫名其妙的目光审视，金太子半是揶揄半是诅咒的欢迎，巡洋舰一手策划的突然袭击，他看到的其他光头都是毫无表情的面孔，就像眼前等待干部查号时表现出陶俑般的样子，呆板、木讷、机械、无动于衷。也许他们的表情已被冻僵，也许他们最丰富的表情就是无表情。虽然他们的每一颗心都在跳动，你却很难通过他们的表情窥视到他们真实的内心。大鲍翅袒露的是渴望沟通又害怕招灾，乞求谅解又担心误会的复杂心态，仅仅一个眼神足以让陈默理解了大鲍翅处境的微妙。他在西铺的五号位，仅次于金太子。这个位置的微妙之处就是下板的首席，只要进一步就升迁为中板，就摇身一变成为二等公民。他在小心翼翼地向中板进取，诱惑他跻身的不是权力，是小恩小惠似的利益，是那份有限的自由空间。经商的经验给了他在号房生存的能力，有权势必有奴仆的微妙现实，他比陈默拎得清。

巡洋舰轻轻的一声咳嗽把大鲍翅唤回到铺位上，查号干部的脚步声在走廊里响了起来，一扇扇牢门也随着哐当哐当的开锁声打开了。这一刻，连巡洋舰都屏住了呼吸，做出毕恭毕敬的样子，光头们却依旧麻木着，个个像刚出土的兵马俑，就是上帝朝他们吹口气，也不能使他们复活。

三个警官走进号房，轻松的神态像在农贸市场挨着摊位转悠。陈默立刻把头埋进臂弯，昨晚挂在脸上的彩，加上须发散乱，像个晦气的熊猫。他极力躲避着来自政府干部的目光，耳朵却听到了一个熟悉的声音。

那个人没有理睬巡洋舰的点头哈腰，而是直接走到酋长面前，询问的口气透着关怀，好像是老熟人。

"还没有下起诉书？"

"都三个月了，检察院的人影没有见到一个。"

"经济犯的事麻烦，一般都延期羁押。"那人的意思是得有长期囚禁的思想准备。

"看守所能不能帮我催催，时间长了，身体吃不消。"

"检察院会忘掉你？正加班加点地忙着取证呢。你们这些高官哪，个个都是高智商，做事不留把柄，取证难呀。"

声音好熟，陈默抬头望去，看见正在与酋长说话的那位警官就是曾对他进行五天五夜突击审讯的人。他虽然脱去了汗衫，换上了警服，陈默照样认出他。仅仅一个照面，陈默记忆的大门仿佛开启了一条缝，见到光了。

"他是谁？"陈默问身边的木兰。

"预审科的七科长，你怎么会不认识？"

第二章

追问：惘然之后是茫然

一

　　陈默好不容易驱逐烦躁迷瞪着了，就被大鲍翅推醒，示意他起来坐班。号房此起彼伏的呼噜声掩饰着他递给陈默的悄悄话："看守所的号房不比收审站，黑，不是说理的地方，你得多加小心。要是有路子，赶快过来打招呼。没有路子，有条子进来也顶事。这里讲究硬通货。"说着，他把一个报纸包着的半块方便面塞进陈默的手中。懵懵懂懂的陈默接受了大鲍翅的这份心意，他有饥饿感，可嗓子眼冒火，咽不下这块干面。

　　看守所不同于收审站，号房晚间安排光头值班，每班两个钟头，一夜四班，与武警班长换岗同时交接，起到互相监督的作用。这本来是由政府干部信得过的光头干的活儿，却在巡洋舰的安排下，变成了下板光头的苦役。

　　每晚排班的事比较烦，中板不屑一顾，就打发给下板的首席大鲍翅安排。昨晚，陈默看见大鲍翅把自己的名字写在黑板上，是最后一班。原来他是要安排一个机会跟陈默过话。那半块干面表示不忘旧情的关怀和爱莫能助的歉意。

　　陈默把干面还了回去，他只是把那半张旧报纸留了下来，借着微弱的灯光贪婪地阅读。在物质和精神同时匮乏时，陈默更需要精神的哺育。那种难耐的心灵饥渴，需要外界清新空气的吹拂，需要新鲜文字的滋润。他想，这半张旧报纸的信息量足够他仔细阅读和举一反三地回味了，不管是新闻报道还是街头巷尾的杂谈，哪怕是形形色色的广告，都是他久违的朋友。如果能看到有关他的报道更是幸运，酋长曾说他的事在润江日报有报道。

　　陈默几乎是用虔诚的心态翻开报纸，他不愿相信自己的眼睛，呈现在面前的竟是两幅动漫广告：一列火车在广袤的田野上飞驰；一片高楼在阳光下茁壮成长。所有的文字都被拦腰斩断，只留下虚无的天空和沉默的原野。

　　陈默努力地解读无字画面背后的蕴含，身陷囹圄的他已经沉痛地领悟到，

无尽的天空未必虚无，无涯的原野却有鲜花掩盖的陷阱。具有象征意义的那列火车，也许正在朝着高墙电网一头撞去。如果你知道此行的终点是收审站和看守所的牢房，还会义无反顾地前往吗？一路上，上苍从虚空中不断地抛出暗示隐喻的告诫难道还少吗？问题是你毫无体察，听任内心使命感的驱动，向着歧路狂奔。

死胡同都是走到头时才发现的。噩运降临时，并非悄然无声地溜到你的身旁，不动声色地给你背后一击。它的逼近常常伴有异常、吊诡和内心的焦灼，这表明上苍没有在危难时抛弃你，而是你没有顾及或没有读懂它的神谕，甚至是拒绝相信。

陈默想起了自己来润江的奇妙经历。

列车在淅淅沥沥的春雨中南行。一路闪过麦田的嫩绿，油菜花的鹅黄，垂柳掩映的粉墙黛瓦，还有小桥流水高楼人家。陈默是被敲窗的春雨惊醒的，他想到今天是清明，一个雨纷纷泪淋淋欲断魂的日子。在这个日子里冒雨的赶路人，大都是去墓地祭扫故人，而你却涌动着和节气天气完全不合拍的探访杏花村的兴奋。上苍把你叫醒，并把凶险的未来暗示给你，你没有领悟。你像一只迷途羔羊，正在饶有兴趣地吟诵着杜牧的诗句。

此时，陈默的心情何止是兴奋，还有几分儿女情长的牵挂。陈默把目光从车窗外掠过的雨色中收回来，借着渐渐亮起了的晨曦，端详着女儿的照片，照片出现在手机的显示屏上。在砖头大的手机尚未全面更新的1995年，陈默翻盖带摄像的手机不仅时尚而且前卫。那是他随团到日本考察变频技术和设备时倾其所有买下的，为的是能把女儿的相貌带在身边。这组照片是陈默临行前在女儿的学校门前拍下的，这是他们见面的老地方。像往常一样，陈默在校门涌出的一片小黄帽中急切地寻找那张熟悉的脸。常常是陈默还没有发现女儿，女儿却早已看到了他。女儿不会直接向陈默跑来，她故意掉队，躲在传达室的后面，等同学们走开了，她才怯怯地出来。

陈默和妻子离婚后，他和女儿海珠的见面方式就这样被约定俗成。海珠的学校在一条长长的胡同里，可属于他俩的路却很短很短：从学校大门到女儿午餐的"小饭桌"餐厅只有百十步。父女俩一边躲避过往的车辆，一边携手漫步，诉说着一个大人和一个孩子既熟悉又陌生的话题。总是在话未说尽事还未交代完时，他俩的路已经走到了尽头。海珠站在餐厅的台阶上，向陈默喊"拜拜"。于是，

在忙乱地递交食物和语无伦次的叮嘱中，陈默草草结束了尚未满足的会见，继而是下一次的期待……

这一次的分别，海珠竟有些恋恋不舍。女儿依依惜别的样子，让陈默好一阵子感动。女儿长大了，懂事了，她已经从父母离异的悲伤中走出来。陈默就在这时按下了快门，把海珠的眷恋揽进镜头。分手时，海珠躲开镜头扑到陈默的怀里，贴着他的耳朵说："我不让你走。"好像这个即将到来的分别就是诀别，语调竟有些异样的沉重。陈默把这话当成了充满稚气的三年级小学生在撒娇，用大人的口吻不在意地对她说："在爸爸看来，工作永远是第一位的。"海珠噘着小嘴说："那你要早点回来。我会想你的。"

看着女儿的照片，陈默的心被父女情深的温馨浸润着。他后悔离去的脚步太匆忙，只能留下这些被镜头定格的瞬间，供他回味。人生的步履太匆忙，工作像一台永不熄火的发动机，用从不停歇的节奏驱动着每个人疲惫的脚步。他们每一个开心的时刻都是那么短暂，稍纵即逝。"此情可待成追忆，只是当时已惘然"的遗憾，总是在后来的日子里不时地冒出来忧伤着你的蓦然回首。

其实，他没有读懂女儿海珠的语言，上苍假借一个三年级小学生道出的挽留，是阻止他飞蛾扑火的委婉警示。女儿不同寻常的懂事和亲昵，没有让他感到异常。他又一次忽略了上苍巧妙的规劝，一味地听从于内心愚蠢的工作念头，失掉一个宝贵的拯救自我的机会。

显示屏上的倩影突然消失，消失在黑暗的存储中。意想不到的手机断电，让惘然的回忆戛然而止。从这时起，陈默与外界完全中断了联系，等于他把自己也屏蔽在黑暗中。一个裹挟着阴雨的黎明，是应该伴随着北京一些信息到来的，至少会让他在猝不及防的面对时多少有点精神准备。事实上，北京多次来电都被阻断了，任凭"山雨欲来风满楼"，也不能"铁马冰河入梦来"。陈默不仅盲视，而且还耳塞。离京时他刚刚充好的电池，存储的电量莫名其妙地蒸发，本应该视为一种诡异，陈默却没有理会。上苍的警示再次被搁置，"盲人骑瞎马，夜半临深池"的结局已经在本次列车的终点站等着他。

现在回想起来，还有一个机会足以让自己中止危险的旅途。列车过了丹宁，陈默肚子突然疼得难以忍受。所有的原因都想到了，北京火车站买的矿泉水不洁，江南潮湿阴冷的天气让他受凉，匆忙赶路加上胃有虚火饮食不周……就是没有意识到这是上苍通过触及肉体唤醒灵魂的最后一击。陈默对疾病的一贯态度是

扛住挺住顶住，任凭软卧车厢的旅客一再规劝，还是没有在下一站下车。在自以为是的惯性支配下，他与安全脱险的最后机会失之交臂。

可恨的是自己不仅漠视上苍的神谕，而且漠视世间已经显现出来的吊诡。

列车到润江的前一站时，几个从未谋面的彪形大汉闯进软卧车厢，坐在刚刚下车的旅客座位上，不由分说地把陈默的手提箱放在他们的脚下。如果来的是劫匪，陈默还能与他们有一拼。没想到人家是半熟脸，说的话透着半真半假的亲热。

"郭总的箱包怎么这么沉，不会是装满炸弹吧？"

虽然他们认错了人，但至少还知道郭总。陈默放弃了警惕，躺在铺上一个劲地揉着肚子。当他们得知陈默染疾，又是倒水又是宽慰："郭总你躺着休息，我们四个人借你的贵宝地玩会儿扑克，算是替你站岗放哨，还有一个小时就到润江了，我们会安排车送你去医院。"

陈默顾不上声明自己不是郭总，腹部的剧烈疼痛分散了他的注意力。后来想起这四个人离奇的闯入与离奇的误认，才有事后诸葛亮的懊恼。他们能把自己当成郭总，说明他们并不认识郭总，但又是冲着郭总来的。纵然当时明白了自己已被当成郭总监视起来，你能逃得出虎口吗？

四个人没有食言，列车进站时，两辆小车已在站台恭候，很有大驾光临的气势。陈默还是懵懵懂懂，既觉得迎接的规格超乎想象，自己承受不起，又觉得合作方的热情让人感动。连两个陌生人绑架似的把他请到座位中间，他都没有感到一丝的不对头，受宠若惊的感觉并没有让陈默像刘备步入准夫人卧室时嗅到一丝不安的兵气，只是有些不自在。毕竟是张冠李戴，让人家误把他当成郭总恭维着。

可以想象得出，当公安局的大老板发现他们劫来的并不是郭总时，对于一路把他当成郭总保驾护航的随员们来说，该是多么的惊诧！

按说误会应该到此消除。陈默希望是这样，也相信误会只能以恢复他的真实身份而告终。又一个想不到粉碎了他的一厢情愿：假作真时真亦假，人家是假戏照样真唱，他作为郭总的替身被送到收审站看守所关押起来。

陈默悔之晚矣。无数个疑点用反思串起后，一条通往十三号号房的暗路就显现出来，冥冥中频频出现的上苍隐喻没有阻挡他奔向命定渊薮的脚步。落到人家的手里，上苍还能护佑我吗？神谕还能穿过高墙电网渗进到号房吗？我还能以愚钝的天性破译上苍的天语吗？

微露的晨曦中，光头们已经鸦雀无声地起床，在过道上排着队，听候大鲍翅安排洗漱。

面对令人作呕的毛巾、每个人口中轮番刷过的牙刷、一池脏水，从回忆回到现实的那一刻，他想起了瓦西里那句"面包会有的"的话，事情会弄明白的，身份会改变的，误会会消除的，也许就在今天。毕竟我还留着头发呢，与光头的身份到底是有区别的。

二

星期一早上查号时，管号的沈干部问巡洋舰："号房怎么还是十九个人？你不会把江西逃犯的亡魂也给我算上了吧。"

"哪敢哪敢！"巡洋舰指着陈默说，"江西死鬼上路的那天下午，又进来一名新犯。"

沈干部扭过头，像打量老熟人似的看了陈默一眼说："是你啊，电视上见过，不过不像以前那么有风度了。"

陈默看到沈干部脸上掠过一丝讥笑。

"沈干部，我想跟您谈谈。"陈默贸然地请求。

"你不找我，我也得找你，跟我来吧。"说完，沈干部用手指着酋长说，"你还是到老地方去吧，别忘了带上茶缸，看守所只供应开水，不供应茶叶。"酋长会意地点点头，提着一个保温杯径直走出号房，自由行走的派头完全不像一个在押的嫌犯，让陈默好生羡慕。

趁着这个空当，巡洋舰从西铺跳到东铺，故弄玄虚地对陈默交代说："进干部办公室要喊报告，跟干部谈话要蹲下，这是规矩，你懂吗？"还不等陈默不置可否的回答，他又压低嗓音警告说："沈干部要是问起昨天的事，你要闭嘴，别给老子打小报告上他妈眼药，当心我巡洋舰敲碎你的卵子。"

当陈默坐在沈干部办公室的凳子上时，想到巡洋舰刚才那一番诈唬是多么可笑。他没有喊报告，也没有屈膝蹲下，就端端地坐在沈干部的对面。不同的是，他臀下的凳子是一个石墩，警戒的象征，死沉又不乏凉意。

陈默想把满肚子的疑问倒给沈干部，其中包括经历的收审、拘留和传唤的法律意义、依据和时限。这些在收审站看守所被人们所熟知并不断引用的法律

名词，陈默一无所知，好像面对着哥德巴赫猜想。说来可笑，一个从军七年、读过大学，又在科研机关和企业混到中层的技术干部，没想到竟是一个十足的法盲。这个失误的造成，源于他对庄严的法律抱有实用主义的态度。他学交通法规，是因为要开汽车，他学《合同法》，是因为从事技术转让，他对《刑法》敬而远之的疏离，是因为他坚信自己永远不会触犯它。世事难料的是，井水可以不犯河水，但河水未必不犯井水。河水一旦泛滥，难免不向井水倒灌，那可是井水的灭顶之灾。

倒是沈干部先问他："你的眼眶乌了两圈是怎么回事，昨天'吃生活'了吧？"好像他对号房发生的事了如指掌，把一场暴打说成是吃生活，这个比喻实在幽默，幽默得令人心酸。

陈默淡淡一笑，不置可否。

"把衣服掀开让我看看。"他似乎要寻找牢头狱霸作恶的证据。

陈默撩开脓水粘连的上衣，露出烟头的烫伤。

沈干部叹了口气，不再言语。只有断定这份灼伤不会是来自号房，他才会保持如此沉默。号房以外发生的事不归他管。

沈干部说："既来之则安之吧，别再有逃跑的邪念了，火车轮子也没有我们追捕你的速度快。"

逃跑、火车轮子、追捕，陈默简直是听到了莫须有的天方夜谭。

"难道你不是在火车上被我们的刑警抓获的吗？"沈干部不等陈默解释，快人快语地说。

陈默不能否认他是在火车上被客客气气地绑架的，沈干部已经亮出这四个闯进包厢的彪形大汉的身份是便衣警察。失去自由就是从这时开始的，他不能否认这个事实。他只是不知道这个事实已被演绎成另外一个逃犯被捕的故事。

难怪收审站看守所几位初次见到他的警察，都用含混不清的语言问过他的来龙去脉，无一不是点到为止。

最初问道这件事的是收审站的陈干部，他把陈默叫到放风场上问："听说你是在火车上被送到这里来的？"那时陈默还惊魂未卜，只是万分委屈的默认。陈干部也是一声长叹，打住话题。

再次提起这件事的是看守所的孙所长。他在办理完陈默进所收押的登记搜身等手续后，极神秘又抑制不住好奇心地问："你真的是在火车上被我们派去的刑

警抓获的?"陈默不能说不。获得满意回答的孙所长就在掏出钥匙打开牢门的一瞬间,又多了一句话表示出他的惊讶:"你的消息可真灵啊!"

即将步入号房的陌生和恐慌,加上对号房门上"13"这个不祥号码的反感,正充斥着陈默的内心,他没有听明白这句话的弦外之音。

沈干部的快人快语如醍醐灌顶,不知为什么,一个编造的说法从一开始就掩盖了事实的真相。

"我可不是听刑警队的人自吹自擂,我是看了《润江晚报》的新闻报道才知道这件事的,后来又在电视里看到了你,新闻报道总不会错吧?"沈干部注意到陈默的诧异,道出了消息的来源。

陈默正想问沈干部怎么会在电视里见过他,沈干部倒是痛快地说出了原委,还从抽屉里翻出一张报纸作为见证。

陈默从报纸上看到了一个熟悉的场面。那是他戴着手铐从润江公安局走出的一瞬间,身后挂着巨大警徽的建筑就是他从火车站被带到的那座神秘大楼,此时已经成为他在照片中的坚实背景。便衣警察让他把头抬起来,对着一台摄像机的镜头,旁边是一个擎着话筒侃侃而谈的记者,他用官方语言说:"由于润江警方准确地掌握了犯罪嫌疑人的动向,及时出动警力,在火车上实施了成功的抓捕……"

后面的话陈默没有听清楚,但他可以从陈干部、朱所长和沈干部的多次问话中猜出来。他们的问话肯定不是出于臆想,却大大超乎陈默的真实经历。悲哀袭上陈默的心头,在这篇报道中,我不仅是"犯",而且是"逃犯"。故事编到这个份儿上,单凭我的一张嘴能说得清楚吗?我就是长一千张嘴,也只能在号房里面壁哭泣。陈默突然想起了火车票,这是一个推翻这篇虚假的新闻报道的证据,它清楚地印证我从北京到润江的时间、车次。这张火车票连同书籍、差旅费就放在公文包里,我有权要求归还给我的私人物品。

陈默问沈干部:"我的随身携带的行李里有火车票,可以证明事实与新闻报道所说的恰恰相反。"

沈干部一愣,摇着头说:"不会吧?"

还没等陈默提出归还的请求,沈干部就摇头拒绝。他不会相信一个嫌犯的表白,他也无权帮一个嫌犯取证,况且证明的内容不仅是对嫌犯的开脱,更是对公安局宣传报道的颠覆。要知道,公安局对外宣传报道的基调都是头头们定的,怎么会有假？

"你的案子已经封卷了。能证明你有罪或无罪的材料都应该包括在里面，到时候会跟你见面的。"沈干部说。

"我会有什么材料？"陈默瞪大眼睛问。

"别忘了你在收审站蹲了三个月，其间专案组可没有闲着，他们一直在忙着调查取证，你又在刑侦大队预审科做过笔录，怎么会没有材料呢。难道会冤枉你？除非你们的郭总归案把罪责顶下来。"

"郭总是郭总，我是我。"陈默说，"再说，我不记得我在预审科做过什么笔录。"

"你不签字，笔录怎么会入卷，你当是做假材料？"

陈默想起在预审科最后一个晚上，在七科长许诺完成一个手续可以给他安排一个地方休息后，他曾迷迷糊糊地在一张纸的下方签过自己的名字。不过，一张纸可不是一本厚厚的案卷。

陈默又一次困惑了。在预审科的五天五夜可能是命运中的又一个拐点，如果在这里形成了一份案卷，案卷里描述的肯定是另外一个陈默。

"我在一张白纸上签过字，但我没有看到过什么笔录，也没有人出示任何证件，告诉我经历的五天五夜是审讯。"

"我们七科长亲自上阵，你都看不明白这是正式的审讯？你这位北京高管的智商不会这么低吧。"

"我不知道正式审讯竟会是不宣而战的车轮战，还要辅助一些道具。"陈默说这话时，带有抑制不住的感慨。他想到刺眼的灯光、灼烫的烟头和铐在铁椅子上的冰凉手铐。说它们是道具其实是一种委婉，陈默不愿意展示自己的伤痛、愤懑。

"这些话，你留着说给检察院的人吧。他们很快就会来提审。"沈干部显然不愿意把话题引向这层内幕，起身从柜子里拿出一个黑布袋子，对陈默说，"回号吧。"

陈默立在门旁，意在请沈干部先走。无论是出于礼貌，还是出于眼下身份的考虑，他都应该不失彬彬有礼。

沈干部几乎用命令的口吻要求他走在前面，只是没有像孙所长送他进号时一路不准抬头的告诫，搞得陈默是听着一个又一个陌生的开锁响动才走到十三号号房。一次闲聊，陈默曾把沈干部给他让路的经历，当作新鲜事说给酋长听时，酋长哈哈大笑地说："你当是社会哪，领导总是打头阵走在前面。这是看守所，你的一举一动都不能离开干警的视线，让你走在后面，万一你捡起一块砖头拍死他怎么办？"陈默顿悟警察的警惕就是对潜在对立的戒意。

因为沈干部没让低头，陈默用贪婪的目光把走过的一路风景看了个够。从干部的一排办公室到监房的第一道铁门不过约百十米的距离，之间却隔着一处花园。茂密的花草簇拥着几杆剪得低矮的翠竹，环绕的溪水清澈见底，有鱼有莲有石桥横跨，干部办公的平房是古色古香的徽居建筑，像是老宅改建的。它古朴的民俗气息与牢房黑灰色现代建筑的阴暗深沉形成明显对比。

陈默很留恋这里的生活气息，心情备受压抑。就在他沉重的脚步即将迈入号房大门时，忽然看到隔着看守所围墙还有一扇铁门通向另外一个院落。那扇铁锈斑驳的大门把他的思绪引向那个神秘的院落和五天五夜的遭遇，他正是通过这扇铁门进入看守所牢房的。

"那个大院也是看守所吗？"陈默问沈干部，想证明心中的悬念。

"你待过的地方，怎么会不认识？"沈干部说，"市局刑警大队预审科嘛。"

陈默有"相看恍如昨"的惊讶和哀叹。

三

沈干部一进号房，立刻变成一副公事公办的样子，把手中的黑布袋子往铺板上一丢，对放风场的巡洋舰喊道："把新收的头给剃了。"

光头们正在院子里放风，看见沈干部进来，齐刷刷地贴着墙根蹲了下来。放风场不过是和号房连在一起的露天小院落，四面围墙加一个钢筋和铁网编织成的棚顶，围起一个二十平方米的"笼子"，天空和阳光被分割，空气也不流通，封闭造成的压抑不比号房强多少。此时，号房由过道连接的两扇铁门都已洞开，一扇被叫作后门的通往放风的院子，一扇是沈干部打开的连接走廊的铁门，被称作前门。过道倒是涌动着新鲜空气，放风的意义更多的是给蓄满一天一夜甚至是几天几夜的浑浊气体的号房透透气罢了。

巡洋舰刚把黑布袋子里的推子拿出来，陈默知道是要给他剃光头，慌忙跟沈干部讲："七科长不是说是让我换个地方住几天吗？再说检察院也会查清问题的。"意思是求得一个宽限。在陈默的自我盘算中，误会可以尽快解除，但剃光

的头发却不会短时间长出了。他不愿意光着头走出大墙。

"人家七科长给你的是鸡毛，不是他妈的令箭。谁他妈的不是在这里住几天再挪窝去上山投改的？铁打的牢房流水的人犯，看守所不是养老院，就是枪响命终，你也得去刑场了结，不能死在号房。他妈的一点规矩也不懂，装他妈的什么正人君子。"巡洋舰抢在沈干部的前面把陈默呵斥了一顿，带有献殷勤的神态。

"人都进来了，还在乎剃头？"沈干部不以为然，只是口气比较委婉。

"我是想……"

"你要丢掉幻想，这念头害人，它会使你在号房过得不安生。"沈干部对陈默的心态了如指掌，意在让他正视和接受现实，看守所的牢房不是宾馆的客房。

"你去打一盆水放到院子里，让他看看自己的样子，这个模样见检察官怎么得了，还不得怪我们没有尽到责任？"

沈干部不想啰唆，他叮嘱了巡洋舰一句，径直去了放风场，不再顾忌巡洋舰和陈默跟在他的身后。

木兰端来一盆清水，放在放风场中间。借助阳光和云影，陈默看到了自己久违的面容，那是一个陌生形象，将近一百个日夜煎熬展现的苍老消瘦枯萎是那么的刻骨铭心。"这不是我！"陈默差一点惊叫起来。这分明是一个鬼，一个被封存在所罗门瓶子里备受折磨的痛苦生命。当这个不幸的生命经过漫长的幽禁、窒息、屈辱、欺骗和等待后，一旦突破瓶颈，释放的必然是复仇的本能，扼制它的黑暗势力将面临灭顶之灾。

陈默只看了一眼，便痛苦地闭上了眼睛。他体味到瓶中岁月孕育出的可怕蜕变，不只体貌，还有心灵。事非经过不知哀啊。他恨不得一头扎进水中，击碎那个水中魔影。

大鲍翅手中的推子贴着头皮在蠕动，一缕缕长短不齐的头发飘落下来，犹如尘埃落定，搅乱了一盆清水。魔影不见了，唯有一摊黑发夹杂着的那么多白发格外醒目。那白发是一百多天关押审讯的产物。

又一盆清水端了过来，陈默看到水中映出一个和尚。

沈干部像是履行完一件公务，收拾好推子就离开了。前门刚一落锁，号房又成了巡洋舰的天下。他走到陈默跟前，讨好似的递过一条崭新的毛巾，被陈默一个转身回绝了。

"长江750，咱俩总不能吃冰棍拉冰棍——没化（话）吧。你有种，没有在干部面前告我的阴状，咱俩算是扯平了。"陈默没有想到，巡洋舰追在后面甩出的是这么一句话。

陈默置身于斑驳的阳光中，感受着阳光对光头的抚摸，化解着心中的失落。在一百天的经历中，有两件事难以忘怀：戴手铐，剃光头。冰冷的手铐带给他的是震惊，锃亮的光头带给他的是失落。虽然没有任何法律文件出示在前，强制性的行为却是无法抵抗的，好像你的身份就要靠这样的手段来锁定。因此，剃光头的意义不外是提前完成了一个法律上的同类项合并。

想到这儿，陈默心中有了些许慰藉。是的，任何一个事物一种经历，不管是幸运还是厄运，不管是幸福还是苦难，不过是事实和心态的演变而已，关键是你赋予它什么意义，用什么心态去承受。囚犯是光头，和尚乃至高僧大德不也是光头吗？临战的士兵不是也要把头发剃光，便于负伤时抢救吗？

我这样想是不是太阿Q了？陈默问自己，他想来想去也无法否定这个突然冒出来的想法。

顺着这条思路想下去，由光头想到号房的囚居生活，陈默竟幽默出一首打油诗：

> 受戒须剃度
> 但食三餐素
> 双手合十时
> 默念风雅颂
> 有经即金刚
> 无根是浮萍
> 井底观云灭
> 禅房听潮生

陈默想找支笔把这首诗记下来，方知能写字的笔，在号房也是违禁品。善解人意的金太子从猫洞里摸出一支秃头笔芯给他，说可以写到墙上，那是有墨水的光头展示才华的地方。陈默没敢造次，他把它涂抹在大鲍翅给他的报纸上，放进衣兜。

四

"别占着茅坑不拉屎，摆他妈的什么谱呀！"

"就是下金蛋也不需要费那么大的劲嘛，磨蹭什么！"

"装什么洁癖，老子就看不惯这种假模假式的人。"

中板的本田和雅马哈在放风场催促着，三分恼怒七分讥讽。

陈默放弃了最后努力的挣扎，极不情愿地提起裤子离开便池。两个排在队伍里等不及的光头冲了进来，背靠背地蹲下去，愉快地宣泄着。

陈默记不清这是多少次失败了，他只记得进号后没有解过大便。开始几天，陈默没有食欲，吃饭少，又没有水喝，上腹不觉空，下腹不觉胀，无便秘骚扰。后来，口舌生疮，牙龈肿痛，查号时，狱医看过，说是"问题出在下面"，再就没有了下文。酉长给了三粒牛黄解毒丸服下，下坠感有了，随之而来的排泄却没有发生。酉长劝他每天放风排便时都去厕所蹲一蹲，陈默又不想放弃呼吸新鲜空气活动身子骨的机会。

号房解大便一律安排在下午放风时进行。这与一起吃饭一起睡觉不同，一是僧多坑少，一个蹲坑无法同时伺候十几个人使用，二是解便这等自然排泄之事听不得统一号令。何况便池的功能不只是解便，而且还能蹲在那里偷偷地吸烟。号房不准吸烟，越禁止的东西越畅销越珍惜也越隐蔽。只有放风时，躲在便池吸烟才最保险。号房的主管干部不会冒着臭气熏天进号房巡视，巡逻的武警班长关注的重点是放风场而不是号房的厕所，况且，号房的那道短墙刚好又遮住了他们的视线。因此，放风时使用频率最高的地方是厕所，而不是放风场，厕所使用率最高的不是解便，而是吸烟。光头蹲在那里不仅要解决下面的问题，还要解决上面的问题。这就苦了在放风场排着队等待使用便池的光头，无不是急切切地叫骂和催促。谁要是拎勿清，在这个关口肆意地占用时间，必然惹起众怒。光头们把这点眼前的利益看得挺重。

虽然陈默不习惯当众褪下裤子，却不得不一次次地在本田、雅马哈的注视下憋红了脸与自己较量。陈默越急越是排不出浊物，还得忍受腹痛和本田、雅马哈哼哈二将的挖苦和督促。对号房的水土不服，让陈默无所适从，积蓄在肚子里的恶气毒物无从宣泄。陈默再次领略号房不是展示痛苦的地方，号房厌恶眼泪，拒

绝叹息，不相信表白。展示内心的痛苦，等于展示懦弱，换来的不是怜悯，而是嘲弄和怒斥。号房要的是冷血不是热泪。

陈默忍着肉体和心灵的双重痛苦离开厕所回到放风场。

偏西的太阳在放风场的东墙留下一抹耆蒿的光线，按照光头在墙上刻下的位置判断，还有片刻工夫，放风就要结束。收监的情形有点像暮归的牧羊人挥动着皮鞭把羊群驱赶回羊圈，值班的干警吹着口哨，依次走过放风场，看着光头进了号房，再把铁门关上，放风便宣告结束。

陈默想抓紧时间沿着墙根跑几圈，又担心过量的运动会造成肠胃的蠕动。一旦收监，就失去了方便的机会，他还得克制汹涌的便意，不能把肚子里的存货勾引出来。号房不准随时大小便，自由只属于巡洋舰和酋长两个人，其他人得忍着憋着，忍不住憋不住你就得想法兜得住。兜的方法多种多样，陈默略见过一二，无不为光头们的生存能力而叹为观止。陈默做不到，纵然可以不去顾及巡洋舰的怒骂，但不能不顾及光头们的感受，他抹不开脸。

陈默由小跑变成漫步，大鲍翅跟了上来。

"你已经熬过十天了……"大鲍翅提醒说。

"还能挺得住。"陈默以为大鲍翅问的是排便的事。

"谁关心你屁眼的事，我说的是你该进检了，今天可是法律规定的最后期限。我给你记着呢，"大鲍翅指着墙角一块红砖上刻下的两个"正"字说，"正好十天。"

进检就是案子由公安机关移送检察院批捕，须在当事人被刑拘后十天之内进行。这个经常见报的法律名词，被号房的光头简化为"进检"或"上检"。

陈默感叹号房枯燥的拘禁生活让他更多地关注肉体和精神上的痛苦，而忽略了时间的流逝，忽略了时间在法律上的意义。他忘记了自己已经纳入法律程序，每一道程序都有法定的时限。

"不会是检察院把长江750给漏了吧？"本田说。

"废话！就是检察院漏检了，看守所也要打电话催问，他们可不想犯过期羁押的错误。"金太子不以为然。

"真是皇帝不急太监急，人家长江750都不在意，你们瞎吵吵什么？检察院今晚十二点前来提你都不晚。"一向沉稳得要把牢底坐穿的老官司有着自己的经验判断。

　　巡洋舰当然不会放过这样一个挑逗陈默的机会，他坐在破棉絮上幽幽地说："如果过了时限没有检察官来提审，长江750你敢不敢敲门要求看守所放你出去？"

　　巡洋舰见陈默没有搭理他，又挖苦说："法律允许的事，你长江750未必敢干，你的父辈师长和大老板们早已把你教育成循规蹈矩的驯服工具了，不像我们这帮野孩子出身的人，从小就跟警察叔叔对着干，有的就是贼心贼胆。"

　　陈默依旧没有理睬巡洋舰。不管巡洋舰表示缓和关系的套近乎，还是讥讽挑逗，他都冷眼相对，既不对抗也不对话。

　　收监了。在武警班长的一再催促下，光头们才懒洋洋地回到号房。厕所的功能立马改为洗浴，唯一的一个水龙头大开着，群裸的光头簇拥着用面盆盛水冲凉，不时地开着下半身的玩笑。

　　洗浴过后就要开晚饭，一天的号房生活接近尾声。看守所的警察也该下班了，光头们只要关进号房，他们就可以放心地回家。看守所最大的隐患是害怕人犯逃跑，这涉及相关责任人脱警服的大事。只要把人犯关进牢门成一统，就可不必管它冬夏与春秋。

　　陈默坐在铺板上，一套洗干净的衣裤放在身边，随时准备检察院来提审。他已经没有祈盼奇迹发生的念头，而是真诚地相信，该来的一定会来。就像头发会剃光一样，检察院会来的。剃头不仅剃掉了头发，而且还打掉了幻想。他甚至愿意与检察官面对，他相信恳谈是沟通的前提，只要检察官愿意听取他的表白，他一定能够说服对方，相信他是无罪的、冤枉的。无数次技术市场的商业谈判，练就了他缜密的思路、犀利的辩锋，几个不眠之夜的思索，他已经打下腹稿，脱口而出的一定是逻辑性极强的自我辩护。他如此相信检察官是出于对他们职务的尊敬，这个崇高的职位决定他们审视案件的角度不同于公安机关，会更冷静更客观更公正。除此之外，陈默别无他求。

　　本田冲洗后，从猫洞里掏出脏兮兮的扑克牌，要老官司为陈默算上一卦。老官司嫌本田手臭，自己洗牌摆牌，让本田和金太子在一边干瞪着。

　　扑克牌摆在铺板上，像是个矩阵。老官司双眼紧闭，口中念念有词。一阵子后，老官司睁开眼，隔着铺板邀请陈默过来摸牌。

　　陈默不想冷落老官司的热情，抱着游戏的心情随意摸出两张牌。他更在意的是纯手工做出的扑克牌带有先锋艺术的色彩。

　　围上来的光头都在陈默摸出的两张牌的画面上停下了目光。

老官司一看牌的花色是黑桃A和红桃Q，不由得倒吸一口凉气，说了句"官司难缠啊"便止住了。

"你不妨把话挑明，什么叫难缠啊？我愿意听也承受得住。"陈默当然要问个究竟，无非是凶险的预言罢了。

"你的官司是一个大人物拍板定的，这是难；办你案子的是一个女检察官，这是缠。"

陈默说："这个难我理解，这个缠我不明白。是纠缠不清的意思吗？"

"缠嘛，就是破裤子缠腿，揪住不放。"

"那得是我有小辫子！"

"我帮你捋吧捋吧……"

老官司正要详解，牢门的那个叫饭口的小窗打开了，递进来的不是晚饭，而是陈默的提审单。

老官司依旧不动声色地对陈默说："难缠开始了，你要记住，抗拒从宽，坦白从严，胡搅对难缠。"

陈默带着满腹的疑问包括老官司的预言离开了号房。他并不在意老官司的猜测和抗审经验，他只是在心中叮嘱自己：一定要抓住这个消除误解的机会，表白自己，洗刷冤屈。

五

惊讶在一瞬间萌生又在一瞬间消失。果然有一位女检察官来提审，从她坐的位置看，必是主诉检察官无疑。书记员的座位上坐着一个年轻的检察官，正在翻看案卷。见陈默进来，两个人都用职业性目光盯着陈默，最终把目光锁定在陈默锃亮的光头上。

凭借着最初的印象，陈默并不觉得女检察官是个难缠的主儿，反倒像一个贤妻良母。她的一声"你坐吧"击碎了老官司的一番胡言乱语，陈默相信真诚沟通的机会就在眼前。

陈默坐在石墩子上，他好像不是面对检察官，而是面对提审室墙上醒目的标语："坦白从宽，抗拒从严"。这标语对他毫无警示可言，无须坦白从宽，何来抗拒从严？

尽管双方都明白彼此的身份，讯问还是从陈默的姓名、年龄、文化程度、籍贯、家庭住址开始，检察官除了表明自己是润江市检察院指派的公诉人外，没有更多的自我介绍。陈默期待转入正题后有一个宽裕的表达时间，让他把一肚子的疑问、委屈，甚至是莫名其妙通通表达出来。他需要一次井喷式的爆发。

在确认了陈默的身份后，两位检察官的脸上并没有出现陈默期待的抓错人搞错案的惊讶，倒是陈默心中浮现出一丝不祥的失望。

"时间不多了，我们只问你一个问题，你在公安机关的供述是否属实？"女检察官转入正题。

"我没有在公安机关做过供述。"陈默一口否定。他看到书记员飞快地把他的话记录在案，心中反倒轻松起来。他说的是实话，能够经得起检验。

"你在审讯笔录上签过字，白纸黑字，怎么能抵赖得了呢？"

"能让我看看这份笔录吗？"陈默渴望用自己的慧眼识破这份假口供的破绽。

"法庭上见吧，我们会呈堂的。"

女检察官的这句话差点把陈默击晕，检察院都没有弄清的问题，怎么会捅到法院？听着女检察官坚定的口吻，法庭上见将是必然的，她的提审不过是为移交法院做铺垫。陈默的心顿时就凉了下来。

"我记得签过一次字。"陈默想到了作假或许就是从在预审科五天五夜开始的，他要从源头澄清事实真相。

"承认就好，你说吧。"

痛苦的记忆再次被唤醒，刑警队预审科五天五夜的惨痛经历浮现在陈默眼前。熬不住的感觉贯通全身，本能在崩溃，意志却在拼命抵抗，幻想在第六天获得转机。一个陌生人的出现，给了陈默一线希望。一个眼神就能把联防队员赶走，还能把陈默已经被没收的公文包旅行袋等物品带回到他的面前，并且亲自给他解开手铐，对他手腕上落下的疤痕表示了微怒的人，肯定是一位职位高而且讲政策的大人物。能把公文包旅行袋提到自己面前，无疑有归还和送行的意思。陈默判断一场叫着误会的噩梦就要结束，这个误判让他变得轻松起来。那人倒是沉得住气，一直坐在桌子旁翻看各种书面材料，偶尔还在纸上写点什么。陈默很渴望跟他交谈，敞开心扉地倾诉，只要那个人表示一点同情，哪怕是不做任何表态的专注和倾听，陈默都会感激得忘掉五天五夜的屈辱。即便是离去，他也要把话讲明白。

那个人似乎忘记了陈默的存在，忙于埋头审阅和思考。陈默远远地坐在角落的椅子上，感到不适的孤单，还有焦急。呵斥声已经远去，香烟头也不见了，罩在他头顶的大灯泡也调低了亮度，温柔的光线正在温柔地诱发他的睡意。他拼命地抑制自己，不让昏沉搞乱头脑。但是没有支持多久，无法克制的睡意早已浸透全身的每一个细胞，他坐在椅子上睡着了。

一听打开的可乐递来时，他已经进入梦乡。他听到那个人的说话声，很柔和，也很简练。陈默在蒙眬中断断续续地听到让他签字的要求，不过是履行一道手续而已。那人说得很中肯，语气像姥姥哼唱的摇篮曲："我们没有必要在往事上兜圈子啦，我知道你有话要说，还有你表达的机会嘛。在这里，只要你签个字，表明程序性工作已经结束……我会安排你去睡觉。"他还记得签字时手抖得很厉害，他还没有从熟睡中完全醒过来，另一只端着易拉罐的手竟把可乐洒在那张白纸上。

那个人就是七科长。那张被可乐浸染的白纸应该是无意中留下的宝贵证据。

只是当时已惘然。当时是月朦胧鸟朦胧人也朦胧。

几天前，陈默还把这段朦胧往事告诉过沈干部，沈干部以为是在说书，根本不信。沈干部回敬他的那句话，至今还记忆犹新：

"这些话，你留着说给检察院的人听吧。"

当陈默再次努力地把这段朦胧往事归纳成清晰的脉络，想说给检察院的人听时，那个无意洒落的可乐滴不经意间从记忆深处捞起，就像一个巨大的惊叹号呈现在他的面前。他找到证据了！不要以为两个人在深更半夜发生的事就无法说清楚讲明白，有污渍为证。

陈默的叙述变得自信而有力，有污渍为证的陈述引起了女检察官和书记员的注意。他看到书记员翻开案卷在一张纸上找到污渍时的吃惊的表情，用于记录的手停在半空中，不知是否应该落笔记下陈默的这番话。女检察官用眼神制止了他，她的答复竟然与沈干部的回敬如出一辙：

"这些话，你留着上法庭去说吧。"

缓过神来的书记员也赶忙随声附和地说："你想翻案，办不到，除了你的口供，我们还有大量的证据足以定罪起诉你。"

"今天就谈到这儿吧。"女检察官宣布提审结束。

书记员连忙收拾案卷笔录，对女检察官说："我还要到幼儿园接孩子去。"

"打车去吧，别让孩子等急了。"女检察官爱莫能助地说。

陈默所有的期望在这一刻像升空的气球一样破裂，来去匆匆的提审只留下一个意义：应付程序，走个过场。他心中敬畏的检察官不是在质疑案卷，而是在维护案卷。他们不相信案卷之外还有一个真实的当事人存在，在他们看来，维护案卷的完整性，就是维护法律的尊严，就是履行自己的职责。

陈默几乎是冲动地拦住两位即将离去的检察官。

"能告诉我犯了什么罪吗？"陈默由惘然变成追问。

"提示一下吧，"女检察官不耐烦地说，"天堂度假村的资金来源问题，你不要再装糊涂了，转变态度对量刑有好处。"

"天堂度假村？"陈默又一次朦胧了，一直处在失望中的心猛地痉挛起来。他仿佛看见案卷上那滴可乐污渍正在变成一个黑洞，按照司法程序，他将被投进这个黑洞。

天堂度假村，我曾经主持改建工程的天堂度假村，你为何成了陷害我的陷阱？这个置我于冤狱的陷阱是郭大昌制造的吗？还是有另外一只黑手在幕后操纵我的命运？

空荡荡的审讯室回荡着陈默愤懑的发问。

六

陈默一路精神恍惚地念叨着"天堂度假村""天堂度假村"回到号房。脚下的走廊是看守所的主干道，一道道铁门打开又关上，轰响逼近耳畔，刺激心灵，蔓延着从天堂到地狱坠落的茫然感。黑洞再次在眼前闪现，像一个怪兽张开血口，在走廊的尽头等待着他。

当晚，陈默腹泻不止。提审的耽搁，一碗热粥变成了凉坨坨。陈默忍着痉挛的胃痛把凉粥送进肚里，不亚于服下去一服奇特的泻药。沉积在肠道里的淤积物稀释成黏液，夹杂着脓血和没有消化的米粒宣泄而下。身体仿佛被掏空，虚脱让他失去了站起来的力气。

光头们惊呼"长江750放毒气弹啦"！他们看到陈默瘫在便池上，纷纷跳下铺板，一拥而上，把浑身肮脏的陈默扶起来。昔日作践他的打手，此刻变成救难的朋友。

陈默艰难地站起来。希望之火的熄灭，腹泻的排空，陈默虚弱的身体透着一种灰烬感。他用感激的眼神冲着大家直点头，不断地说："不要紧，不要紧。"

巡洋舰看不下去了，这简直是往他眼里揉沙子。他不能容忍陈默违规排便，更不能容忍光头们众星捧月似的围着陈默转，自尊心受挫的滋味搅得他坐不住了。巡洋舰开始发难，他告诉本田停发手纸，既要看陈默的洋相，也要给光头们一点颜色，免得他们肆无忌惮地开染坊。号房里任何无视他巡洋舰存在的言行都在他的严打之列。

光头们看着苗头不好，纷纷回到铺位。动弹不得的陈默，面对一身的腌臜，无水可洗，无纸可用。留着明早洗漱用的一池子水冲了便池，手纸掌控在巡洋舰手中。陈默唯一清醒的大脑提示他，这就是号房的现实，向善的是亚伯，作恶的是该隐。在承受过检察官的冷落后，你还要面对巡洋舰的冷酷。

陈默干脆脱光衣服，不管不顾地放开水龙头尽情地冲洗，包括身上的污垢，心中的郁闷，通通洗去。他知道擅自打开水龙头是对巡洋舰淫威的挑战，但是没有人告诉他巡洋舰此时的脸色正由苍白变成青紫。

巡洋舰寻找亲自动手的机会终于来了，他不能在光头们面前丢面子掉份子。

陈默洗干净身子后，又开始清洗池子里的衣服。擅自行动已经开始，那就让它进行到底吧。陈默想起自己的干净衣服已被收进巡洋舰的小包袱，此刻正坐在他的屁股底下。陈默跳上铺板，径直朝巡洋舰走去。

光头们暗自骚动起来，一场恶战在即，他们有得好戏看了。号房枯燥无味的生活，全靠大打出手来调剂。能把人脑子打出狗脑子那才叫精彩呢。眼睛过一把瘾，够几天回味的。

巡洋舰倏地站起来。他不知道陈默的来意，但是知道来者不善的路数。他起身是为了迎敌。

这等于给了陈默一个机会。他避开巡洋舰的正面，迅速弯腰把小包袱捡起夹在胳膊间扭头就回，一气呵成的动作没给巡洋舰一个转过神的空当，只留给他一个离去的背影。

光头们看得目瞪口呆。敢跟号长叫板的人，绝对不是等闲之辈。好戏有得瞧了。

陈默穿上自己的衣服，倒显得格外精神。捅了马蜂窝也是出于无奈，他并非成心与巡洋舰过不去。陈默心安理得地坐在自己的铺位上，希望用自己的息事宁人来化解巡洋舰的恼怒。

若不是木兰捅了他一下，陈默还没有看到站在铺板上的巡洋舰正在向他招手，用一根手指勾来勾去的轻蔑。陈默没有搭理他，陈默不想挑起事端，因为他没有招惹是非的资格。凭身份、凭眼下的体力、凭在号房的地位，他都不是巡洋舰的对手。陈默只能置之不理。

"这套衣服也配你穿？你的案由可不是抢劫，怎么在号房干起这一行来了？"巡洋舰说。

"你是认打还是认罚？认打，我用板蓝根、青霉素伺候，认罚嘛，你痛快地把这身皮给我扒下来，滚到厕所去唱东方红，替弟兄们值一夜的班。"巡洋舰又说。

"说话呀？"巡洋舰不依不饶地逼问。

陈默依旧保持着沉默。他牢牢地抓住自己的一定之规：避其锋芒，避免扩大事态。今晚，他有更为重要的事需要思考，他不能面对一个黑洞，又落入一个圈套。

巡洋舰掏出一枚硬币，在手中摩挲良久，然后对陈默说："任凭老天定夺吧。"说罢，他把硬币抛出去，再伸手接住，送到金太子面前说："看好了。"

金太子确认说："对不起，是认罚。"

"认罚就认罚，我这面子可是给足了。"

陈默以静制动，不动声色。

"雅马哈，你和本田给我上。"巡洋舰吆喝着自己手下的哼哈二将。雅马哈和本田磨叽了半天，也没有动弹。

陈默从这个戏剧性的细节中揣摩到两个信息：一是巡洋舰不肯出面与自己对决，不论是不愿还是不敢。二是他的亲信雅马哈、本田也不愿意掺和进来。或许，聪明的金太子早已看透巡洋舰的心里，故意选择"认罚"来给巡洋舰一个下台的台阶。

"长江750，你想怎么着？说句痛快话。"巡洋舰尽管派头不减，口气却有些发软。

轮到陈默用什么方式收场了。逼到这种地步，你必须得做出回应。也许该给巡洋舰一个台阶下？自尊心随即否定了陈默脑海里的这一闪念，因为巡洋舰是个得寸进尺的家伙，你的谦让可能被他误解为是懦弱甚至乞求。在巡洋舰把持的号房，你难以做到不卑不亢。

陈默还是选择了对抗。号房不是儒家谦谦君子的故土，只有另外一种对应方式能够达到"君子和而不同"的境界，那就是"人不犯我，我不犯人，人若犯我，我必犯人"的法则。必要的自卫是以有效遏制对手的进犯为前提，而不是一味的退让和委曲求全。对手想弱肉强食，我也可以以死相拼，不是说软的怕硬的，硬的怕不要命的吗？咱是从小唱着"东风吹，战鼓擂"长大的，号房里面谁怕谁呀！

"你问我想干什么，我告诉你，我想死！"陈默指着巡洋舰的鼻子厉声厉色地说，"刚才，我在审讯室灌满了一肚子炸药，就等着你来拉导火索呢。"

底气十足的豪气震慑了号房的霸气。空气虽然有些紧张，但是，陈默摸清了巡洋舰的脉搏，他看到巡洋舰惊诧之后的萎缩。

"我一向不跟死鬼较劲。"巡洋舰遮遮掩掩地说，"既然长江750从检察官那里嗅到火药味，我也不想隐瞒，天堂度假村的事只怕是你一个脑袋抵不过去的呀，那可是润江公安局的三产呀，容得了你的假投资，瞒天过海地引进假设备，欺骗我们的警察叔叔？你就等着睡刑板吧。到时候你再硬气，算你能。"

犹如石破天惊，巡洋舰竟然道破了检察官的提示，陈默心中的追问由惘然变为茫然。巡洋舰的滔滔不绝像是在背诵一篇新闻报道或是官方消息的副本，而且比检察官说得更加详细。难道封闭的牢房真得是由密不透风的墙围起来的？

陈默的关注点立刻被巡洋舰的话吸引了。即便他从不知道天堂度假村的所在，也和他八竿子打不着，他也想听听详情，这个莫须有的故事是怎么编到他头上的？

一直像一个影子似的睡在号房的酋长坐不住了，他对巡洋舰说："你知道什么呀就瞎说。人家的事，人家心中能没有数？用不着你说死说活的，怪吓人的。睡觉！"

陈默还想探听点什么，巡洋舰乖乖地闭嘴了。

号房归于寂静，光头们将用熟睡打发对于陈默注定无眠的一夜。

第三章

凶手：假作真时真亦假

一

　　歌手是半夜躺在刑板上被抬进号房的。这在号房可是件新鲜事，连死刑犯都是走着进来架着出去的，什么鸟人，还值得躺在刑板上由沈干部亲自陪同进号？

　　沈干部一再交代："你们谁都不准碰他，有事向我报告。"

　　这阵势有点非同寻常。

　　老官司悄悄地问抬刑板的癞哥："哪个码头的？什么科？"

　　癞哥瞅了沈干部一眼，努努嘴说："人命关天的血案，听说是位演艺界人士，不玩吉他玩他妈的刀子。"

　　一听来者是个杀人凶手，躺在铺板上装睡的光头似乎都松了一口气。死牢号房的地位终于保住了，号房的特权也就保住了。

　　他们刚刚被忽悠了一把。癞哥半夜进号搬刑板时，惊醒的光头用惋惜的目光眼睁睁地看着号房的优惠条件被收回了。刑板是死牢的标志，因为要看护死刑犯，死牢是免除劳动的。死刑犯带给死牢的不是荣誉，是实惠，是以逸待劳自由自在的好处。巡洋舰骂骂咧咧地说："明天准备干活吧，弟兄们。今夜刑板落他家了，咱们号房降格啦。"

　　号房要保住刑板，就要有死刑犯进号。起先，光头们无不把希望锁定在陈默身上，可是"进检"都过了半个月，也没有见他被批捕，指望他睡上刑板的热乎劲儿也就凉了下去。他们开始担心，一旦没有死刑犯进号，政府就要安排号房劳动，苦日子就落到他们头上了。

　　没想到沈干部真够意思，还是把个死鬼送进了号房。到底是管自己号房的干部，肥水不流外人田。看样子，这家伙是个铁定的死刑犯，不用等宣判，就提前躺在刑板上让大家伺候。号房有活儿干了，看好管好扶持好死囚，就是死牢的活儿，看守所的内部职称叫"陪号"。

巡洋舰当下吩咐木兰和大鲍翅照顾歌手的起居，其他下板的光头昼夜值班，防范重于服侍，不能再出江西逃犯的责任事故。说完，巡洋舰来到刑板前，踢了歌手两脚，见他没有动弹，恼火地说："哎哎，打头鬼，你该醒了吧，都到家了，用不着再他妈的装死装活啦。你这套把戏糊弄警察行，在号房可吃不开，我的眼睛不揉沙子。"

歌手没有任何反应，像蒙着被单的一具僵尸。

巡洋舰触摸歌手鼻息的手倏地抽了回来，他的感觉有些不对头，便用讨教的口吻对老官司说："这家伙不会是从停尸间的冰柜里抬来的吧？"

老官司把手掌伸到歌手的鼻下，摸了摸后不以为然地说："电警棍吃多了，晕菜了。"

巡洋舰依然觉得不对劲儿地问："不会死在咱们号房吧？然后把责任推到咱们头上，这可是要加刑的，别把咱们当替罪羊要啦？我都是要上山的人啦，不想惹是生非。"

"还有一口气，活到天亮没有问题。"老官司说完，又伏在歌手的耳畔喝道，"小兄弟，你别吓唬我们，就是犯了死罪，咱也得活到上路的那一天。"

歌手依旧没有反应，深度昏迷如同死了过去。

老官司掀开包裹着歌手的被单一看，吓了一跳，顿时明白自己刚才说的那句话是多么臭！眼前这个人处在命悬一丝的弥留之际，浑身的青淤血紫就像刚从染缸里捞出来的，两条胳膊上盘着蛇似的旋状勒痕，这是警绳勒后的印记。老官司有亲身体会，他清楚，上警绳不算是技术，充其量算是雕虫小技，松警绳才是技术，讲究的是慢慢地松，只要勒久了，松急了，小命就没了。歌手的窒息纯属警绳勒久了松急了造成的，过来人都知道，这是录取口供的代价。招与不招是熬得住与熬不住的事，与案件事实本身无关，只与人的意志有关，屈打成招也是招。可见人的意志都有脆弱的一面，它经不起刑讯逼供的一击再击。何况是对这位演艺界的小白脸，只需戴着手铐脚镣挂在窗户梁上，不过半个钟头，必尿无疑。能熬过预审就算是命大。

"嗨！小兄弟，我没有猜错吧，你是从刑警队出来的。我在那里经过风雨见过世面，只是比你脑筋转得快，一看要警绳伺候，立马就招供，人家问什么，咱就讲什么，上堂再喊冤也不迟，好汉不吃眼前亏嘛，免得皮肉受苦。你这是何苦呢，又不是铁嘴钢牙，再说啦，咱们干得起就输得起，杀人不过头点地，二十年后又是一条好汉。"

老官司这话更像是自言自语。

一向对号房事情不介入不关心的酉长也爬起来，来到歌手跟前，看了看他身上的伤，又伸手摸着他的额头，担心地对老官司说："伤口在化脓，身上在发烧，我这儿倒是有药，可是不敢给他吃。"

"药能治病，救不了命。"老官司说。

"报告沈干部吧，人命关天的大事啊。"酉长担忧地说。

"那得是号长起来敲门，你就是润江市的老市长也没有这个权力。别看你在外面的地位蛮高，在这里也不能滥用职权。"老官司道。

"那你还不去把号长叫醒。"酉长央求道。

"你当他睡着了?"老官司不以为然地回了一句。

巡洋舰果然醒着呢，他说："多大个事呀，烦不烦呀，你以为把干部从空调房间轰起来，就能让死鬼起死回生了吗? 老官司不是说能活到天明吗，就按他的话办吧。"

老官司听罢这话，倒头就睡。酉长也摇着头回到自己的铺位。

陈默突然感到闷热的号房好似刮过一阵寒风，搅得心里冰凉冰凉的。这大概是触景伤情，同病相怜吧，号房对生命的冷漠，令他心寒。此刻，歌手就躺在他的身边，那个刑板就像是一张灵床。他与死神离得这么近，仿佛能够听到死亡的呼吸，嗅到死神的气味。在他看来，死牢并没有因为死囚的光临而充实，反而是对生命的摧残和冷漠让他感到死牢的可怕。

陈默被排在第二班值班。这一班最难人，刚躺下还未睡着就得起来值班，子夜交班后又迟迟睡不着。因为歌手是半夜进号的，第二班顺延到凌晨两点到四点，其实等于陈默一夜未睡。

武警班长清晨交接班时，陈默发现歌手突然抽搐起来，大团大团的白沫从嘴角冒出，喉咙发出奇怪的声响。陈默下意识地感到情况危急，歌手正在濒临死亡的危境中挣扎。他不能成为这个无言结局的旁观者，他不能见死不救。在法律没有判定歌手死罪并交付执行前，他都有活下去的理由，而自己却没有保持沉默的权利。即便"同是天下沦落人"，你都不能在这个节骨眼上见死不救。号房不应该是投入生命产出死亡的地方。

陈默贸然敲响了牢门。

孙所长和沈干部揉着惺忪的眼睛赶到号房，歌手的抽搐变得有气无力，直挺挺地躺在刑板上。光头们已经爬起来等着往外抬尸，能捞着这个俏活儿，不亚于一趟短途旅游。谁不想见见外面世界的风光，哪怕是在看守所的院子里潇洒地走一回呢。

孙所长又翻眼皮又摸脉，紧张的神情才有些放松。

"哪个分局送来的？"孙所长问沈干部。

沈干部在孙所长面前伸出了一个酒桌上划拳时常见的手势，一比画就令孙所长立马哑口无言。沈干部的这个手势极像后来央视一位名嘴在他所主持节目时开场的特定符号。

陈默猜到这个手势是六加一，暗示是刑警队的七科长。

"人都整成这个样子了，怎么还往我们这儿送？"孙所长憋了老半天，还是说了一句无可奈何的话。

"常老板有批示，我能不收？"沈干部边说便递眼神说，"没法子，只好往我管的号房塞。"

孙所长会意地压低嗓音说："快去把狱医喊来，告诉他，要保存好检查和治疗记录，人不能在我们手里出问题。"接着又冲着光头们喊道，"都给我站到放风场去，这儿没你们什么事。"

号房立刻变成了抢救死囚的急救室。

二

奔突炽热的岩浆消失了，歌手从灼热的流火中醒来。他以为自己已经葬身火海，化为灰烬。也许这是一种幸福，他在不堪回首的噩梦中告别人生了。可是，上苍没有抛弃他，上苍之手触摸到他伤口掩盖下的神经，在他微微蠕动的嘴唇张开的一瞬，深情地朝里面吹了一口气。歌手睁开了眼睛，他看到了陌生的地方陌生的人，看到了明晃晃的吊瓶，缓缓转动的吊扇。

歌手小心翼翼地转动着眼球，偷偷地寻找令他既熟悉又恐惧的东西，用以判定自己所处地方是不是那个让他身心俱焚的小黑屋。

喷着火舌的聚光灯不见了，带枷锁的铁椅子不见了，连身上绑缚的那根麻绳也不见了。只有浑身的伤痕能够证明歌手在小黑屋经历的一切，但他不记得了。

记忆已经丢失在那间小黑屋，他找不到回去的路。他躺在陌生的刑板上，犹如躺在摇篮中，眼前的一切都恍然如梦。

天过早地暗了下来，一场夏季常见的雷阵雨即将来临。郁闷的光头们已经对歌手的复活失去了兴趣，他们念念不忘的是为歌手打开的电风扇能吹过一个夏天才好。因在闷热的号房就像窝在桑拿房里接受免费的打浴，赔不起的是汗水。号房的开水是限量供应的，早饭时送进来的开水都被中板的人装在可乐瓶子里，用棉被套包着，专供巡洋舰和酋长睡前打浴用，连老官司都无份儿。"落架的凤凰不如鸡"的歧视，让昔日的号房老大沦为二等房客，从此告别了开水。下板人解渴只能对着水龙头猛灌，而且限时于放风结束，与洗浴同步进行，冬夏都是如此。此外，白天黑夜你都得忍着干渴，哪怕热汗把体内的水分蒸发掉，喉咙冒烟，眼泪是剩下的最后一滴体液时，你都得忍着。光头们盼雷阵雨，其实就是盼那份难得的清凉。昏暗是暴雨的前兆，假如即将来临的暴雨能掀翻牢房的房盖，他们还真就见到天日喝到天水了。

看守所不会容忍号房陷入黑暗，仿佛黑暗中隐藏着不轨之举不祥之兆。电灯赶在雷阵雨之前过早地亮了起来。

一直瞪着大灯泡发呆的歌手突然间大喊道："火！""我要被火烧死啦！"恐怖的声音与天外滚滚而来的惊雷遥相呼应，震撼着号房。

歌手随即挣扎起的身子被巡洋舰飞起的一脚掀翻在刑板上。

"妈的，你要诈尸啊！"

歌手目瞪口呆，苍白的脸色透露出绝望的惊恐。巡洋舰给歌手的这一记重创，再次摧毁了他脆弱的神经。电灯泡洒下的光线被转动的风扇叶片造成神秘的光波时，幻想中的聚光灯又一次向他喷出凶恶的火焰，他在逃避火焰追逐中走到崩溃的边缘，将近一整天的沉默终于变成了魔鬼的号叫："喀齐嚓，喀齐嚓！我要喀齐嚓！"

"咒谁呢？"巡洋舰话音刚落，巴掌就糊在歌手的脸上。

歌手的号叫变成呻吟："我要喀齐嚓，我要喀齐嚓！"

"鸟人说鸟语呢，不要理他。"老官司规劝道。老官司对巡洋舰的秉性再清楚不过了，他从不放过对任何一个新人的凌辱，歌手的昏迷和抢救，无形中阻止了他淫威的发作，他要借机补上。

"没想到你老官司能掐会算，还能听懂鸟语，新鲜，新鲜。"巡洋舰见老官司给他添堵，掉过头来说，"那你给我说说，这个小白脸说的是什么鸟语？"

"癞哥不是说过嘛，他是个演艺界的歌手，润江一起凶杀案的制造者，喀齐嚓说的是用刀抹脖子呗。"

巡洋舰又是一声"新鲜"，然后似信非信地说："你好像是目击者似的，这么说我是小看人啦，那我得跟这位为咱们润江制造血雨腥风的大侠盘盘道。"

"喀齐嚓是什么意思？给你个坦白从宽的机会，快说！"巡洋舰学着警察审讯嫌犯的口吻向歌手发问道。

"我是喀齐嚓，你一说话，我就知道你是警察叔叔。"歌手虔诚的回答。

"知道我是什么人就好，你说喀齐嚓是什么的干活？"

巡洋舰本意是模仿警察的口吻，却顺嘴说出了日本太君的口头语，惹得光头们捧腹大笑不止。

"我要死了。"歌手毫无表情地说。

"你他妈的死啦死啦的干活，就是喀齐嚓？"巡洋舰索性按照东洋鬼子的腔调问到底。

"是，我要杀死了。"

"你他妈的别跟我玩挤牙膏，你要杀死谁啦？是已遂还是未遂？是情杀还是奸杀？是故意还是过失？要不要我把你当炮仗点一下？"巡洋舰又转回到警察预审的口吻，不过表演的成分居多，像客串了一个油头滑脑的角色。

"我对警察叔叔说的是真话，我杀死了吴老师。"

"哪个吴老师？说清楚，别搞得死无对证。我这儿有发案记录。"巡洋舰说得像真的似的。

"润江评弹艺校的吴江媛吴老师。"

歌手像背歌词似的说出来的这句话，让巡洋舰震惊得几乎背过气去。一个炸响的闷雷引爆了他埋藏已久的秘密，如雷贯耳地引起他阴暗心理的轰鸣，他不堪一击的神经在轰鸣中簌簌颤抖。

"你也认识吴老师吧？她上过春晚。"歌手看到巡洋舰异样的表情，还以为遇到了知音。

只有巡洋舰心里明白，这是命中注定的奇遇，真凶手和假凶手始料不及地相会在看守所的死牢。

巡洋舰只能拼命按捺住心中的狂喜，用稳住的沉默来面对和接受这个事实。

仅"吴江媛"三个字就足以让巡洋舰确认，歌手是他莫名其妙的替死鬼。阴差阳错的冒名顶替，是一个无法分享的秘密，无法倾诉的喜悦，无法拒绝的解脱。他得救了，几天来因同案第一被告的上诉而笼罩在头上的那片恐慌的乌云忽地飘散了，消散得无影无踪了。

在这个世界上，只有巡洋舰知道面前的这位目光痴呆脸色苍白的歌手是他的替罪羊，一个屈打成招的霉鬼。让巡洋舰放心的是歌手的招供已经得到七科长的认可，七科长认可的事是很难改变的。

巡洋舰突然觉得这个世界确实存在着侥幸，不可理喻的侥幸。他要除掉的吴江娴是个侥幸，姐姐吴江媛成了替死鬼；他也是一个侥幸，歌手顶着他的罪名将要倒在刑场上，为他的苟活留下一道生机。如果不是害怕暴露自己，引起酋长和老官司这帮人的怀疑，他真要冲着南墙叩几个响头，叩得头破血流才好。

三

按照中间人——一位退出江湖大佬的说法，重赏请巡洋舰动手灭掉吴江娴的甲方是个神秘人物。大佬说："称他为甲方吧，既然是合作，你就是乙方啦。"

半年前的一个午后，这位老大哥请巡洋舰到"江南春"茶楼吃茶。老大哥是带巡洋舰出道的师傅，上个世纪八十年代金盆洗手改换门庭，成了改革开放大潮的第一拨弄潮儿。他靠贩卖走私收录机、电子手表起家，又经倒腾螺纹钢、建材致富，现如今买卖做大了，涉足房地产、餐饮、制衣、娱乐、汽车交易等行业。润江地界数一数二的大亨，又挂着政协委员、扶贫基金会理事的头衔，要风有风，要雨有雨。

师傅级的老大哥当然不必与巡洋舰周旋客气，他的口吻不是商榷而是开门见山般地吩咐："有人想请你摆平一件事，你不能驳他的面子。"

巡洋舰想都没想地满口答应下来。首先，他得给老大哥面子，再则这件事并不难。在圈子里，"摆平"就是"吃讲茶"，把当事人双方请到茶馆讲和，然后井水不犯河水。吃讲茶的条件是主持人得有声望，办事公道，双方看得起。巡洋舰唯独缺的就是这声望，今非昔比，他已名落孙山了。

巡洋舰正在走背字。十二年的大西北劳改生涯，因远离故乡而被人们遗忘，包括恨他的人爱他的人，都用陌生的眼光蔑视着这位归来的西北狼。落魄的凄凉

还不只在江湖无情，新兴的小混混们傲慢甚至是咄咄逼人的气势，让巡洋舰备尝落伍的辛酸。人家是吃麦当劳长大的一代牛仔，不乏经济头脑，在歌舞厅、桑拿浴等新兴产业里占尽风头，收保护费，吃印子钱，腰包鼓鼓的，牛逼大了。相比之下，巡洋舰只能靠老大哥盘给他的那个音像店勉强度日，寒酸得抬不起头来。没有金刚钻怎么能揽下这瓷器活？靠卖弄自己昔日的名气，新一代牛仔怎么会买我的账？巡洋舰勇气有余，信心不足。

"我现在的情况你又不是不知道，谁肯会给我面子呢？"巡洋舰想盘盘道，看看水有多浑。

"不用你的面子，用你的胆量。"

巡洋舰给弄蒙了。他说："摆平不是动家伙的火拼，这你也知道。"

"甲方厌恶一个人，不想在润江地面上再见到她，想借你的手把她……"老大哥做了个巡洋舰熟悉的手势。

"莫非这个甲方就是你老大哥吧？"巡洋舰碍着面子不便直说，心里却是这么想的。他理解已是社会名流的老大哥维护自己正人君子的形象的理由。

"要是我的事就不会麻烦你了，想在我这儿领赏银的多了去了。"老大哥仿佛看到了巡洋舰心里藏着的小九九，不妨一语道破。

"那你得告诉我甲方是何许人，我不能提着脑袋瓜子干玩儿命的活儿，这可是一锤子买卖。"

"你欠人家一个人情。"老大哥点到为止。

什么？欠他一个人情？这个弯儿是不是绕得有点大了？

"大哥，别玩脑筋急转弯行不？"

"你不会忘记吧？二十年前，就在这个茶馆……"

老大哥的提示，让巡洋舰想起了一件往事。也是吃讲茶，老大哥居中调停，一边是城南的小毛和他的一群坐地虎喽啰，另一边是巡洋舰和他的斧头党弟兄。因为争夺长途客运站这块风水宝地引起的南北城流氓团伙的械斗，杀红了眼的双方都被老大哥叫到"江南春"茶馆。作为讲和人的老大哥提出以候车室票房和车站广场为界分而治之的方案遭到小毛一伙的反对，原本不服气的巡洋舰一伙见小毛蹬鼻子上脸，横竖不买账，掏出斧头就砍。小毛手下的坐地虎喽啰们也亮出菜刀拼命抵挡，一场恶斗最终以小毛和坐地虎一伙溃败结束。但是茶馆却留下一具无辜者的尸体，一位谈生意的山西煤矿业务员惨遭杀害，他是在不明真相的劝和

中被巡洋舰用砸碎的酒瓶给戳死了。

当时正值严打，血案轰动社会，引起广泛关注。巡洋舰被囚在车站派出所，自知死路一条，只等着公判后直接拉出去打头。万念俱灰的巡洋舰拉到公判大会时，发现本应该挂在他脖子上的亡命牌，却移到小毛的胸前。毋庸置疑的杀人凶手是小毛而不是他。宣判的结果是不可抗拒的：小毛送命，他领刑无期。

巡洋舰大难不死，能活到今天，原以为是老大哥私下运作的结果。后来才知道，当时的车站派出所常所长放了他一个码头。如果说他巡洋舰欠下一个人情，非常所长莫属。不过昔日的常所长已经坐到润江公安局大老板的交椅上，他怎么会想起他？巡洋舰疑心这是老大哥制造的一箭双雕的鬼把戏，打着常老板的旗号干他老大哥的私活儿。

"甲方是谁，你就别问了，相忘于江湖的规矩你不是不懂。"老大哥说，"人家点到你，是看得起你。我也信得过你。"

"好，我给大哥一个面子，这活儿我接了。"巡洋舰知道不管是老大哥或是常局长的悬赏，都是他无法拒绝的指派。

"甲方有一个要求，做完活儿后，你从润江地面消失，永远不再回来。甲方答应给你五十万酬金，够你下半辈子体面地活着啦。"

"完活儿后再说吧，大哥怎么也得为我做主。"

"只要你不掉链子，我会替你兜底的。"说罢，老大哥摊开一张纸团，是从画册上撕下来的一张印着一位中年美女的玉照，空白处有铅笔写着的"青枫巷三号206室"儿个字。

老大哥指着广告上的美女问："吴江娴，记住了吗？"

巡洋舰刚一点头，老大哥就点着打火机把纸团烧了。接着老大哥又把一个放在茶桌上的黑塑料包推过来说："这是十万预付金，先花着，人家知道你日子紧。"

巡洋舰离开"江南春"茶馆，就去青枫巷踩点。他熟悉润江这条古色古香的老巷，曾用乡下人惊羡的目光远远地掠过它高贵的院墙和古朴厚重的大门。他担心宅门深如海的独门独院会让他陷入迷宫，影响他的进退。偏偏三号院是个大门敞开的评弹艺校员工宿舍，206室又对着楼梯。踩点就是踩道，摸清路径后，巡洋舰倒稳住神了。一个女人、一间单身宿舍，难道还有比这更好的做活儿条件吗？只需黑夜或暴雨的掩饰便可轻而易举地成功。

巡洋舰还记得，那天的雨飘得黏糊糊的，像小女人的眼泪，他独自坐在自家

的音像店等待黑夜的降临。面对一个女人，巡洋舰不需要用刀，刀子可以做凶器，也可以呈堂做证据，比不上手掌可靠。手是自身的家把什，握紧了是拳头是铁锤，张开了是巴掌是钳子。再次检查行囊所带物件，除了手套、鞋套外，还有一件一次性的雨披。对付一个女人，这几样东西足够了。

"活儿"干得很爽，出乎意料的顺利，出乎意料的快捷。除了那个女人脖子上留下他的掐痕，再也没有留下任何能够给警察提供线索的蛛丝马迹，连那把插在她胸前的剪刀，都是戴着手套就地取材的杰作。春雨洗刷了他的足印，夜雾隐匿了他的身影。再有个把钟头，他就要在润江蒸发，火车将带他到一个神秘的地方。之前，他唯一想做的事是禀告老大哥，用意很清楚，他完活儿了，甲方不管是老大哥还是常局长，都应该兑现诺言，付给他余下的银子。如果甲方真的是常大老板，相信他也不会赖账的。人家是什么人物？就是老大哥不与他联系，不出几个钟头，人家也会接到刑警队的发案报告的。但是他要隐身在何处，是不能披露的秘密，对老大哥也不能露。活儿做完账目结清，咱们就大路朝天各走一边。巡洋舰需要销声匿迹，下半辈子隐居生活的前提是无人知晓。

出租车在夜雨中疾驶，天堂度假村辉煌的灯光已经化作一片雨中霓虹，在眼前闪烁。按照老大哥的吩咐，天堂度假村洗浴中心的一个更衣柜里存放着四十万现金，连同预先支付给他的十万，正好是约定的数额。更衣柜是老大哥的专柜，其中一把钥匙就在巡洋舰手中。"江南春"茶馆一晤后，他和老大哥再也没有见面，这个更衣柜就是他俩交换情报和筹码的暗箱。老大哥是天堂度假村工程的承建方，一应的土建工程、设备引进、内部装潢，都是老大哥一手操办的。老大哥说："你就把它当成自己家，该怎么招呼就怎么招呼，一应花销都记在我的账上。"

因囊中羞涩而一直不敢造访天堂度假村的巡洋舰，借着来来去去的暗箱操作，把天堂洗浴中心玩了个够。虽然账单是签在老大哥的名下，但是签单的派头却是让巡洋舰总也过不够瘾，把你当成贵族服侍的跪式服务，让巡洋舰体验到"有钱是大爷，没钱是瘪三"的冷暖人生、酸甜苦辣的个中滋味。对做"活儿"的恐惧和后顾之忧，通通被对金钱的憧憬所取替，他不再有半点犹豫。

雨天的缘故，洗浴中心的浴客反而比以往多。巡洋舰心中窃喜，在这么多陌生人堆里横晃，等于借用了众多的见证人，青枫巷血案的发案时间内，他，真正

的凶手正在大庭广众之下洗浴呢。这个念头蹦出来后，巡洋舰决定自己埋单，腰包里有钱倒在其次，自己签过的单据将成为不在现场的证据，这该有多么重要。

"瞧这智商，都到了这个节骨眼儿上，鬼点子还层出不穷。"巡洋舰不自觉地有几分得意。

巡洋舰出手阔绰，一张老头票的小费甩过去，大堂副理的眼睛立刻鼓了起来，仿佛看到一位踏着红地毯走来的贵宾。大堂副理殷勤地对巡洋舰说："我愿意为您选一间贵宾室供您休息，按摩小姐随后就到。"

巡洋舰几乎是被大堂副理搀扶着踏上滚梯，灯光昏暗的走廊，低回的背景音乐，女人贴着身子散发的香水气息，柔软的地毯上飘一般地走着的脚步，巡洋舰感到自己正在步入天堂。

大堂副理轻轻地拉了一下巡洋舰的衣袖，示意让他和自己一齐给迎面走来的一位女人让路。要不是那个女人高雅的体态和雍容华贵的服饰把巡洋舰给镇住了，他还真不情愿躲在旁边低三下四地行注目礼。巡洋舰色迷迷的目光盯着那个女人款款走来，惊心动魄的一瞬，犹如惊魂出窍般的闪电一击，他看见那个倒在血泊中的吴女士奇迹般站了起来，一路风驰电掣地追杀到这里。

巡洋舰心中响起一片闷雷的轰鸣，空洞的体内爆发出近似虚无的肃杀声。他赶紧用手捂住胸口，生怕那颗恐惧到极点的心蹦出来。

"吴总，您还没下班啊？"大堂副理恭维地说。

"这就回啊。"吴总冲着大堂副理含笑点头，并没有理睬巡洋舰无意中做出的惶惶之举。

巡洋舰进到贵宾室的第一件事就是用纸巾擦冷汗，大堂副理赶紧打开空调，为这位贵宾降温。

"这位吴总好像跟你很熟啊？"一旦冷汗消退，惊魂回归，巡洋舰希望问题的答案是他看错了人。

"天堂度假村的总经理啊，难道您不认识？"大堂副理从茶几上取出天堂度假村的画册，首页的彩照正是玉树临风般的吴总本人，颇具文采的签字写着三个字：吴江娴。似曾相识的印象终于得到证实，这幅印在画册的照片正是老大哥给他看的那幅，真正的名实相符。

未卜的惊魂再次逸出脑壳，无法回避的事实是自己杀错了人！巡洋舰一屁股坐在沙发上，愣愣地盯着大堂副理，仿佛要从她的脸上找出答案。

　　大堂副理误解了巡洋舰怪怪的眼神所传达的意思，投其所好地问："先生，您是不是想让我为您服务？"

　　巡洋舰这才缓过神来。此处不是久留之地，当务之急是尽快溜走。幸存的吴江娴很快就会回到青枫巷，无须猜测，第一个报警人就是她。

　　"我还要等一位客人，你去忙去吧。"巡洋舰支走了大堂副理后，立刻转到楼下更衣间。

　　令巡洋舰大惊失色的第二件事接踵而来：打开的老大哥衣柜，空空如也。巡洋舰眼前腾起一片黑雾，黑雾中他看到一个白精灵似的雪片落在角落里。巡洋舰取出一看，是老大哥的留言：

　　"你玩砸了。甲方知道后还能再放你一个码头吗？爹死娘嫁人，各人顾各人吧。你应该找一个熟悉的地方避风头，从此告别江湖。"

　　玩砸啦！这是巡洋舰不愿面对又不得不接受的事实！吴江娴还活着，而被他在半个钟头前置于死地的替死鬼又不知道是谁。而这一切，好像老大哥都了如指掌，仿佛一直在他身后盯着他的一举一动。巡洋舰惊恐地四处望望，空荡荡的更衣间没有一个人。巡洋舰就在这一刻备尝丧家之犬被玩弄被遗弃的悲哀。

　　老大哥是天堂度假村工程的承包人，而吴江娴又是天堂度假村的总经理，背后还有一个神秘的甲方。老大哥越是闪烁其词，巡洋舰越坚信，甲方非常局长莫属。黑白两道上的大腕加上一个逃过厄运的女强人，似乎像一个铁三角紧紧地扼住了他的命运。虽然巡洋舰一时还搞不清这个铁三角的内幕，但这个神秘的黑三角却成了他杀身之祸的祸根。祸不单行的绝境把他仓皇出逃的行动计划全部打乱，没有钱他将寸步难行。

　　出逃是不行了，眼下最重要的是自己救自己。稍微整理了一下混乱的思路后，巡洋舰心中浮起的第一个清醒想法就是天堂度假村非久留之地，他不能在这里坐以待毙。

　　巡洋舰狼狈地走出洗浴中心，任凭冰冷的雨丝无情地奚落他这个霉鬼，也渐渐冷却了他最初的绝望，冷静的思考后从杂乱无章中滤出一丝清晰。他现在的身份是逃犯，问题是逃到哪里能避祸？他想到老大哥的字条中话里有话，到一个"熟悉"的地方避避风头，这可是一个可信的告诫。巡洋舰想起来一句江湖黑话，老大哥指点的"熟悉的地方"就是看守所，满世界也只有这个地方是自己常去而又熟悉的地方。而"避风头"就是在看守所躲过一个作案的时间差，警察排

查青枫巷凶杀案嫌犯时，绝对会因为此时你已经蹲在看守所或派出所而免除怀疑。江湖大佬指出的是一条"明修栈道，暗度陈仓"的活路啊！

对于安分守己的人们来说，看守所是个不名誉的神秘的院落，既陌生又可怕。但就保险系数来说，这里最安全。高墙电网，武警站岗，水泼不进，针插不进的深宅大院，即可藏龙也可卧虎。而且这里被嫌犯称为"老爹"的警察相当护着里面关押的人，绝对不让提审的人刑讯逼供，更不能随便从这里抓人。何况这块风水宝地是甲方常局长的地界，可以伺机帮他逃过一劫。老大哥不想害他，常局长也未必想把事情闹大。看来，看守所还真是个极好的避风港。

但是，要想进看守所也不是一件容易的事，不像住旅馆、大车店，凭身份证和人民币就可以住进。进看守所不那么简单，你得犯一个不大不小的错误，涉嫌犯罪才能入住这个不收费的鸟巢。而且犯的事儿一定要拿捏得恰到好处，事捅大了，你要多受几年罪，事捅小了，你还不够格，想进也进不去。

也算是急中生智，也算是无巧不成书，也算是天无绝人之路，巡洋舰想起了那辆觊觎已久的摩托车。那是辆市场上绝对没有露面的巡洋舰摩托车，就在天堂湖畔的一处豪宅的院子里放着，巡洋舰不止一次打过它的主意，终因胆量不足而放弃。江湖是各走一道，拿斧头砍人的干不了溜门撬锁的活儿，下夹子的窃贼也没有玩砍刀的贼胆，甚至同为盗贼，偷顶楼的不偷底楼，各有各的熟门熟路。巡洋舰想到一伙人，曾经在一起混过事以后又分道扬镳的昔日朋友。这伙人的老大就是被巡洋舰牵进来的第一被告，他对巡洋舰干一票的提议是招之即来。

结局已被巡洋舰事先搞定。第一被告闻讯后立即带人赶到那家豪宅时，同样也是接到巡洋舰举报电话的警察随后即到。巡洋舰摩托车刚刚抬进面包车，就人赃俱获。当然，现场抓获的盗窃集团成员中也有巡洋舰，因踩点和望风名列第六被告。

押到刑侦大队，已是第二天清晨，巡洋舰看到冒雨赶来上班的警察置他们于不顾，纷纷拿起摄像机勘察包钻进警车，闪着警灯离去。巡洋舰断定他们此行的目标一定是他一手制造的杀人现场。警察不会怀疑昨晚在盗窃现场抓获的贼中有一位是这起血案的元凶，两个现场毫无关联，除非案犯有分身术，否则不可能在同一时间段犯下两宗罪。即便甲方得知他入狱的消息，也会在案情汇报中了解到他只涉案盗窃没有其他余罪。对于那起凶案保持永久的沉默，是他换取甲方庇护的间接表白。

死亡之旅的尽头却通向看守所这个避风港，巡洋舰获得了蒙混过关的转机。

和巡洋舰一同被关进看守所的摩托车盗窃团伙的贼们，绝非一辆巡洋舰那么简单，一连串的摩托车失窃案全都找到了罪魁祸首。巡洋舰成了看守所全体贼们唾弃、怒骂的对象，不断地利用放风时间向他发出抽筋剥皮点天灯的叫嚣。毫无疑问，巡洋舰是出卖朋友的叛徒，是告密者，公安卧底的线人。

那阵子，巡洋舰还没有调到死牢当号长，正在十二号号房过着屈辱的生活，白天要蹲在铺板前一刻不停地干着他的那份劳动定额，收工后还要给贼们洗跑马裤头，晚上最难值的第二班永远是他的苦差。这是各个号房的贼们串通好了的苦肉计，发誓让巡洋舰在看守所的牢房里度过生不如死的日子，然后在山上收拾他。

巡洋舰倒是能坦然面对。对于这些不绝于耳的谩骂和奴役般的凌辱，巡洋舰既不解释，也不表白，只是默默地忍受。与自己干下的那个死罪相比，这不过是毛毛雨罢了。他在克制中更愿意看到这种效果：骂他的人越多越好，结案的时间越快越好，上山的日子越早越好。还有什么比逃过这一劫保住小命更重要？平安无事就是奇迹，除此之外，巡洋舰不再渴望还会有奇迹发生。直到他调到十三号号房，直到他与歌手狭路相逢。

歌手不只是霉鬼、替死鬼和将来的屈死鬼，他还是一个句号，一个轰动润江大案要案终结的句号。让歌手出现在自己的面前，更是一个奇遇，巡洋舰无法解释这个奇遇，值得侥幸的是，罩在自己头上的死亡阴影就是因歌手的顶替而消散，他一了百了地解脱了。

在巡洋舰看来，再也没有比歌手陷入死神的阴影中，整天狂吼"喀齐嚓"更好的精神状态了。问题是这个奇迹靠得住吗？一旦歌手从迷茫中苏醒，警察会不会卷土重来，杀他一个回马枪？

一个真正杀手的侥幸却要靠一个假凶手的迷惘来维持，说来有些悲哀，但为了活命，巡洋舰必须要把歌手的迷惘维护到底。如果他能待在号房看着歌手秋后问斩，把属于他巡洋舰的秘密带进坟墓，他余下的时光就是逍遥岁月。他不再怨恨第一被告，因为上诉为他赢得了在号房滞留的时间，关键是自己要对歌手有所作为。

看来，他不能急着上山投改，他得先把歌手送上西天，才能功德圆满地拍拍屁股走人。第一被告的上诉为他赢得了滞留号房的时间，足够他把歌手折磨得奄奄一息的了。

四

起初，警察并不认为歌手与青枫巷的命案有关。无论沿着情杀的方向排查，还是顺着仇杀的线索追查，歌手都没有进入警察的视线。要不是天堂度假村锅炉发生爆炸，或许润江公安局的刑警永远不会把怀疑的目标投向歌手。

这时距常局长亲自督办的青枫巷血案限期破案的最后日期只剩三天了，案件的侦破似乎走到了山穷水尽的地步。坊间流传着各种版本的说法，无一不是责怪警方的无能，传媒又火上浇油，矛头暗指雇凶杀人的官场背景。死者吴江媛还躺在殡仪馆的冰柜里，仿佛在看着刑警把凶手缉拿归案后，才能闭上眼睛。

刑警顶着巨大压力，一次次重返血案现场，希望发现更多的线索，完善现场重建，进一步修正侦破方向。可惜，案发现场能够提供的有价值的线索太少了，凶手好像是直奔主题，既没有窃取财物，也没有对死者性侵犯，甚至连作案工具都是就地取材。他们有充分的理由怀疑这是一个胆大妄为的杀手所为，而且一定有过前科。三个月的摸底排查，滤遍所有刑满释放人员，都没有发现嫌疑人。其中也包括巡洋舰，因他不具备作案时间而否定。

案件陷入僵局。案件的突破口在哪里？新的思路取决于新的发现，而新的发现却是一无所有。

就在重案组的成员们一筹莫展的时候，天堂度假村的爆炸声给他们提供了一条新线索：炸塌的废墟中有一个写着琵琶协奏曲《烟雨江南》的乐谱，与青枫巷血案死者脸上盖的那本乐谱是同一个版本，而且封面上还有吴江媛的亲笔签字。

刑警们警觉的目光锁定了歌手。因爆炸受伤躺在医院病床上的音响师苏娅坦诚地告诉刑警，这是吴老师送给她男朋友的教材。她压根儿不会想到远在上海学习的歌手会大难临头，即将成为眼前这些前来讨教的警察追捕的猎物。她还一再叮嘱他们不要去打搅歌手紧张的学习生活，也不要把她受伤的事告诉他。

歌手是在就学的音乐学院视听练耳教室被警察带走的，一路穿过校园，便衣警察与歌手保持着亲密无间的样子，更像是一群下课的同学轻松地漫步。一上警车就被铐起来的歌手这才感到情形不对头，面对已经变脸的警察，歌手不停地解释说："警察大哥，你们有没有搞错？我不是杀吴老师的凶手。""我没有杀人，

真的没有杀人，请你们相信我。"在老道的刑警听来，这些话无疑是此地无银三百两的招供。接下来的审讯不过是完成必需的法律程序而已，迫不及待的破案电话早已通过手机报告了常局长。押着歌手的警车尚未返回润江，《润江晚报》就刊登出新闻："经润江警方四个月的不懈追踪，青枫巷血案的犯罪嫌疑人已于今天上午在上海落网。"

急于澄清自己的歌手，一坐上审讯室的铁椅子就开始了滔滔不绝的表白。他渴望用诚实坦然地诉说，赢得警察的理解和信任。

警察听得很耐心，不是因为歌手的故事讲得多么动人，而是他们要在歌手的叙述中捕捉破绽。线索和疑点往往都是从嫌犯欲盖弥彰的表述中露出马脚获得证实的。高明的猎手总是引而不发，让猎物自己走进自己预先设下的陷阱。

歌手没有回避他和凶杀现场的关联。他说吴江媛老师是倒在门厅的血泊中的，他被这个突如其来的场景吓蒙了，直到现在还不敢闭上眼睛，一闭上眼睛，恐怖的场景就浮现在他的眼前。

起初，他以为吴老师因病晕倒在地，一个没有凶器和搏斗痕迹的现场，不会让歌手与凶杀案抑或非正常死亡联系在一起。

那你是怎么进入房间的？

门是虚掩的。吴老师已经挣扎到门前，我猜她想打开房门向邻居呼救。

这是你的想法？

我当时是这么想的。但后来不是了。我把吴老师扶起来时，发现她的鼻孔嘴角都渗出血迹，脖子上有两道酱红色的瘀痕，还有……

还有什么？

她的胸前长出一把剪刀。

是尖刀还是剪刀？你说准确了。

剪刀。正是这把剪刀让我从猝不及防的惊吓中梦醒，吴老师被人杀死了。

后来呢？

过一会儿，我从震惊和悲痛中缓过神来，找到一份乐谱盖住了吴老师的脸。辞行变成了告别。

怎么是告别？

我要离开润江。我已经收到上海一所艺术院校声乐系的录取通知书，我是来向吴老师辞行的。火车票揣在我的衣兜里，还有吴老师写给她在声乐系任教的昔日同学的信。你们大概不知道我和吴老师的关系吧？

是的，我们对这个话题很感兴趣。

那我告诉你们，吴老师是我的恩师。如果没有吴老师的指导和帮助，步入神圣的艺术殿堂永远是我不可企及的梦想。我不会接到声乐系的录取通知书，而只会是接到歌厅老板的演出合同，或者是草台班子走穴的邀请，钱能挣下了，梦想却破灭了，梦寐以求的声乐理论学习和实践只能在失望中成为终身的遗憾。

当往日求学、拜师、苦练和孤独奋斗的经历已成为美好回忆时，歌手还想告诉警察，最值得他感谢的人除了吴老师，还有他的女朋友苏娅和另一位恩师格里沙。见人家警察对他的私事不感兴趣，歌手又乖乖地接着吴老师的话题说下去。

当然，我向吴老师辞行，还有一个目的，希望能为吴老师创作的琵琶组曲《烟雨江南》录音，我想让这首委婉动人的神曲伴随自己度过三年校园生活。

你好像不是江南人？

是的。我是来自呼伦贝尔大草原的歌手，在润江电视台主办的流行歌手大奖赛上认识评委吴老师的。

歌手想起了那段如烟往事。他沉默着，任凭美好的回忆在脑海里蒙太奇般快速闪过。

额尔古纳河在呼伦贝尔大草原缓缓流过，也在一个少年的心中淌过。草原是歌的海洋，河就是被浪花拨动的琴弦，白桦树挺拔的歌手回应着山风河浪和野草的呢喃，用木吉他弹拨出浓郁的华彩乐章，仿佛要把沉积在内心的热情全部点燃。

草原的人们喜欢长调般的歌唱，无论是马头琴史诗般的吟唱，还是说古论今的数来宝，连荤素搭配的二人转，都是夏夜的一阵凉风、冬天里的一把火。草原是个大舞台，苍穹就是天幕，永远有演不完的歌舞，它仿佛是从远古走来，岁月有多久远，歌舞就有多醇厚。

家乡无处不在的赞美和掌声中，歌手的情歌演唱成了那达慕大会最受欢迎的节目。歌手陶醉了，可他的启蒙老师格里沙却忧心忡忡。望着马背上的歌手频频赶场转场的背影，格里沙的隐忧到了非说不可的地步。

格里沙是一位流亡中国的俄罗斯贵族后裔，以烤面包和酿造格瓦斯闻名边城。歌手高二时因肺结核休学回家，被格里沙老爹忧伤的吉他弹唱迷住了。格里沙老爹就像是伏尔加河背着纤绳的纤夫，用坚定的脚步和充满苦难的歌声，给歌手郁闷的心田注入化解悲伤的勇气。歌声沟通了两个人的心灵，一老一少、一中

一外的两个陌生人成了忘年交。每当夜幕降临，劳累了一天的格里沙老爹便邀请歌手来到额尔古纳河畔，把啤酒红肠面包摊在沙滩上，深情地望着对岸的故乡，用酒和歌声为晚霞归舟送行。

歌声琴声飘过对岸，格里沙老爹故乡的人们也来到了河畔，他们坐在篝火旁，静静地倾听着格里沙的歌唱。在俄罗斯本土业已失传的古典名曲和乡间民谣，却在异国他乡完好保存，一经格里沙演唱，犹如打开一瓶窖封多年的陈酿，这乡音乡情怎能不让对岸的人们如痴如醉？

每当格里沙老爹一曲终了，歌手的喉咙就开始涌动，歌声便展开翅膀，掠过浮在河面上的雾霭，在星空中翱翔。格里沙老爹把啤酒瓶举到半空中，迟迟没有送到张开的口中。格里沙老爹听到入迷了，他听到了夜莺的鸣叫，看到了一棵木秀于林的好桦树。

格里沙老爹告诉歌手，行吟歌手的时代已经终结，但是探求艺术真谛和表达民间疾苦的脚步不能停下来。一个属于脚下这片土地的歌手应该到更广阔的天地去寻找自己的发展领地。

格里沙老爹把啤酒倒进一个桦木碗里，对歌手说："你爱的是这酒，而不应该是它泛起的泡沫。"

歌手一下子就明白了格里沙老爹的意思。歌手从自我陶醉中醒悟过来，他只是站在成功的起点上，成功不是目标，永远是追求的动力。他把目标锁定在上海一所著名的音乐学院。

在复习功课、等待报考的日子里，他获知江南名城润江的电视台即将举办第一届流行歌手大奖赛的消息，格里沙老爹和女友苏娅都鼓励他去试试运气，毕竟润江是上海的近邻，等于参加一次热身赛。再说，歌手也需要一个展示才艺的空间和机会。

歌手带着格里沙老爹自己谱曲填词的《红红的高粱白白的雪》走上比赛现场，征服了评委，倾倒了观众。歌手荣获第一名的获奖评语是演唱者"对歌曲主题和旋律的深刻理解和准确把握"。

后来，吴老师告诉他，令她欣赏和感动的是歌曲中弥漫的那种浪漫气息，还有歌手毫不做作的演唱。这种风格她期盼已久，这不是对眼下流行的演唱风格的反叛，而是一种回归。她的评审意见获得专家的一致好评，高票通过《红红的高粱白白的雪》的演唱者位居榜首的决定，也是对她意见的肯定。

歌手才知道自己的获奖只能归于幸运，他的背后站着格里沙和吴江媛两位艺术大师。大师的垂青，在于视野的开阔，境界的高邈，匠心的独运。

签约和邀请纷至沓来，其中不乏港台演艺界大腕的合作意向。歌手没有沉浸在成功成名的喜悦中，他躲进一个小旅馆的地下室，继续攻读高考课程。他不能浮在泡沫上沾沾自喜。

吴老师来信请他吃茶。古朴的信笺，典雅的用词，娟秀的羊毫小楷都可作为字帖临摹。电讯时代几乎绝迹的笔墨功夫跃然纸上。这是一个不能拒绝的邀请。

歌手蹚着大街小巷的雨水赶到"江南春"茶馆，吴老师早已临窗而立，正欣赏着窗外的潇潇春雨。因为在大奖赛现场多次见到吴老师，歌手并没有初来乍到的陌生。话题就是从窗外的润雨开始的。吴老师说绵绵的细雨放慢了江南生活的节奏，歌手说春雨就像草原的风雪，是一首唱不完的歌。吴老师赞同地说，是呀，雨和风雪都是要用心去听的，那是天籁之声，大自然的呢喃。吴老师问，你听过《画船听雨眠》吗？歌手摇摇头。吴老师又说，除了倾听自然师法自然，难道我们还有什么其他的艺术资源吗？大自然是永恒的，而流行却是短暂的。听说你要报考我的母校，我愿意帮助你。一炮走红的草原歌手不会拒绝我的鼎力推荐吧？

一位江南评弹前辈和一位北方的俄裔贵族对他审视和关注的目光是多么惊人的一致。不过，格里沙老爹是一位酒神，赋予他野性的豪爽；吴江媛是一位爱神，给了他"润物细无声"的陶冶。歌手感到两条不同血脉在自己体内的血乳交融，那是北国风光和南国韵味的遥相呼应。

在后来的交往中，歌手从吴老师恬淡的人生道路上，看到了一个立志献身丝竹艺术的坎坷背影。这段经历仿佛与格里沙老爹有着异曲同工之妙，都是苦难酿成的人间美酒。

吴老师出身于一个家道中落的江南世家。弃文经商的祖父把"实业救国"当成修身齐家治国平天下的雄心大略，倾其家产，开办缫丝厂、棉纺厂和印染厂，渴望民族工业的振兴，为日渐衰败的国脉注入新的力量。在八年抗战和三年内战的烽火中，一介儒商饱受磨难，把旗下的三个工厂维持到五星红旗飘扬的日子。在公私合营的鞭炮声中诞生的江媛江娴孪生姐妹，不再是千金小姐，却依然不失大家闺秀的风范，那是赋闲在家的祖父熏陶的结果。江媛生性聪慧，羸弱恬静，对江南丝竹情有独钟。每每跟着祖父去"江南春"茶馆听评弹，总像个小大人似

的，坐在长板凳上听得如痴如醉，凡听到伤心处，必以泪洗面，让人不胜唏嘘。江娴生性活泼，天真无邪，对丝绸锦缎有着与生俱来的喜好。她更愿意让祖父带她到镇上逛街，选衣料，做时装，挑剔的口气也像小大人似的。童年的美好时光过去后，日子变得充满困惑和压抑，姐妹二人回到乡下度过一段知青生活，因祖父的政治身份迟迟不能返城，也失去了报考大学的机会。蜗居在祖父遗留的屋檐下，姐妹两人开始了艰难的自修。当她俩凭借着自己的天分和努力取得社会认同时，自学成才的岁月终于成为了人人称道的一段佳话。江娴顺应潮流成为一名时装设计师，事业不乏大起大落，却也得心应手。江媛在艺校任教，课余或造访民间艺人，或埋头整理古典乐曲，每周还要赶到上海去参加音乐学院的函授学习，风雨交加也不能耽搁。

润江的老人都知道吴家的二女是终身不嫁的才女，但她们内心的追求和精神操守却鲜为人知。在潮起潮落的社会变迁中，姐妹俩都把各自的人生角色演绎得十分精彩：一个自甘寂寞，一个自多风流。

吴老师的艺术情操感动了歌手，给了他奋发向上的动力。润江一家旅馆的地下室成了他卧薪尝胆的蜗居，一处老城墙的残垣，成了他练声的回音壁。

当几十个方便面纸箱里再也找不出一包方便面时，苏娅赶来了。想不到的拮据和困苦，让苏娅心痛得直抹眼泪。

苏娅的运气不错，吴老师介绍她去天堂度假村当了一名音响师。歌手和苏娅都不知道天堂度假村的总经理是吴老师的妹妹，只是感到吴总的气质与吴老师有着颇为相近的高雅。

有了苏娅的接济，歌手更不敢懈怠，"衣带渐宽终不悔，为伊消得人憔悴"是他地下室生活的真实写照。梅雨的泥泞，盛夏的闷热，都在不经意间匆匆而过。只是在赴上海面试获得肯定的回复后，才发现以往的甘苦不过是甜蜜的回报。

为了表示祝贺，吴老师在青枫巷的家中为歌手操琴演奏了她创作的琵琶协奏曲《烟雨江南》。

歌手全神贯注地倾听，他知道自己不配做吴老师的知音，只能把它的旋律记在脑海里，好日后一遍一遍地回味。

清脆的琵琶音像山涧的溪水，仿佛从吴老师纤细的指缝中涓涓流出，欢快地跳荡着，向着水边浣纱的少女倾诉着对太湖的向往。优美的和弦如百鸟齐鸣，疾风般掠过碧空下的吴越大地。正是红肥绿瘦的季节，酒旗山风、小桥人家、牧童

短笛、断魂商旅都变成明快的音符，在青山绿水中飘荡。待千帆过尽，渔歌响起，烟波浩渺的太湖尽现眼前。琵琶的弹拨愈发婉转，好像随意撒下几片清茶的嫩叶，搅得满湖绿水散发着醇香。

歌手陶醉了，他没有注意到吴老师演奏意境的变化。

田园牧歌般的琴声还在一往情深地展开，一丝不和谐的颤音悄悄溜了进来，像地火在潜行，乌云在积聚，预示着一场暴风雨的到来。琴声是清醒的，如泣如诉的低音发出了雾失楼台，月迷津渡，黑云压城的警告。一阵山崩地裂的狂拨急扫，铁马金戈踏着滚滚狼烟呼啸而来。乌云封杀了阳光，战火焚烧了家园，霸主的肆虐和黎民的呻吟演变成两个互相冲突的主题：战争与和平，掠夺与反抗，正义与邪恶。

歌手一旦明白两个并行对立的主旋律深化了历史与现实的意境，不由得想起这方土地上的风云往事。弹冠相庆的吴王夫差，卧薪尝胆的越王勾践，以身许国的西施，功成身退的范蠡，还有李清照、苏东坡、陆游、洪昇、柳如是……充满个性的音乐语言把他们从尘封的历史中呼唤出来，供人们回味与讴歌，为现实提供历史借鉴。

吴老师的琴声在风起云涌中展开化腐朽为神奇的魅力，把歌手的思绪渐渐地引向光明。浅薄的沉醉与痛苦的觉醒在对峙中转换，胆汁战胜了美酒，阳光驱散了乌云。琵琶欢快的奏鸣，如惊涛拍岸，宣泄着大地和江湖的欢腾。

歌手期待着吴老师画龙点睛的收笔。

琴声戛然而止，仿佛演奏者的心弦在这一刻停止了跳动。静息中，歌手突然听到了远古的回声，那是吴老师满怀深情的低吟浅唱：

青螺玉盘云水朦
黄鹤难载千古情
芳草萋萋姑苏台
烟雨菲菲春宵宫
吴王不识越女面
扁舟可泛五湖东
江山易主赖薪胆
玉树只恨植后庭

眼波湖上寻范公

千帆过尽捕鱼翁

欲识风流洗昏眼

若弃功名追清风

天涯应是归舟处

瑶池当传浣纱声

一曲唱罢与神会

波涛呢喃月临空

　　歌手从沉醉中苏醒，双眼蓄满了泪水。为歌者的千古绝唱，为绝唱成为了长恨歌……

　　怎么不说话了？审讯的警察打断了歌手的思绪。

　　想吴老师。悲痛欲绝让歌手无所适从，大脑一片空白。

　　难道没有其他想法？

　　希望你们尽快破案，抓到杀害吴老师的凶手。

　　我们有凶手留在现场的物证，要不要拿出来给你提示一下？

　　歌声看到自己丢在吴老师家中的雨伞出现在警察面前的桌子上。

　　歌手已经忘记自己的这个遗留，他是在惊慌失措中冒雨跑到火车站的。

　　你的所作所为不能用遗忘来掩饰。

　　歌手用不解的目光望着警察。

　　"看这样子，录取这家伙的口供还得费点事呢。"警察丢下这句话就离去了。歌手被遗弃在寂静的审讯室等待澄清事实后的解脱。他想起了格里沙老爹祈祷时常说的一句话："要有光。"于是就念叨说："要有光，要有光。"

　　光真的出现了！那是一个喷着烈焰的大火球。

　　聚光灯参加了审讯。

　　歌手本能地闭上眼睛，想躲避在他脸上舔来舔去的火舌，铁椅子早已把他固定在火球前动弹不得。头皮在冒火，鼻孔充斥着头发的糊焦味，脉管里的血液也因灼热而沸腾起来。火焰把心田烧成荒地，意识迷乱了，他看到一条火龙在追逐自己，张开的血口像一个深渊。歌手发出惊恐的哀鸣："我要死了。"但是在场的人真真切切听到的是"我杀死了……"的供述。

"你杀死了谁?"

"死的是吴老师。"

"哪个吴老师?"

"吴江媛。"

"好,态度不错,再详细地交代你作案的经过。"

歌手似乎觉得不大对头,可也不知道从何说起。沉默的结果是被人用麻绳捆着吊了起来。歌手先是被这阵势吓破了胆,随后就昏死过去。

不知道过了多长时间,也不知道是冷汗还是凉水把歌手激醒。审讯停止了,火球消失了,带走了歌手对往事的记忆和错乱的表述。歌手发现自己裹着紧身衣似的麻绳在电风扇的旋风下面瑟瑟发抖,湿漉漉的麻绳已经绞进他的肉里。两个警察怎么也解不开这个肉球,情急之下,他俩抄起了剪刀。随着麻绳的猛然断裂,歌手像爆开的气球,昏死在热血贲张骨肉分崩的剧痛中。

一个遥远的声音向他飘来:"就你这个小白脸,还想在我们这儿充当杨乃武?"

第四章
上路：恨别鸟惊心

一

陈默领到逮捕证回号，受到光头们的鼓掌欢迎。那阵势迥异于刚进号时的冷漠和歧视，好像他手里拿着的是一张联络图，有了它，便有了充满热情的欢迎和认可，此后，夹皮沟的小炉匠就成了威虎山的老九了，成了在法律面前平等的一家人了。

逮捕不过是一道必经的手续，凭借着"该来的，到日子就会来的"牢房经验，陈默早已预计这件势在必行的事该在"进检"三十天后的今天来到，只是远没有想象得那么简单、匆忙。他所熟悉的警方和检方的人士都没有出场，只有一个年纪大到可以退休的老警察催促陈默在逮捕证上签字。本想作为应对一种程序，陈默不该与这位老警察为难。偏偏逮捕证上没有注明他涉嫌犯的是什么罪，而这又是陈默最最关切的问题，在老警察不能回答这个问题时，陈默只能拒签。老警察也认可，好像对这个结局早有预感似的。

不过，老警察离开审讯室时，还是忍不住问了一句："天堂度假村的资金是你转过去的吗?"陈默很是奇怪地回答："我不知道这件事。"老警察又问："那天堂度假村的锅炉是你安装调试的吧?"陈默点头，只是不知道锅炉的安装调试与坐牢有什么关系。老警察点点头说："这就对了，你好好想想吧! 事情都叫你赶上了。"言下之意好像陈默是踩着倒霉的步点撞进大墙的。

陈默回到自己的铺位上，想静下心来琢磨琢磨这份没有标明涉嫌犯罪的逮捕证，无字的背后隐藏的难言之隐好像被老警察吞吞吐吐地说出来了，这不能不说是一个难得的提示。润江开发区的变频技术转让项目是他主持完成的，在公安局机动车辆检测中心原址改建天堂度假村的项目也是他主持完成的。可他知道变频技术转让费至今没有打到公司账上，天堂度假村的基建和设备安装调试费也没有划给公司。这是总经理郭大昌分内的事，容不得其他人插手。那台由常助理引进

的二手锅炉，他多次提出请压力容器检测中心测试，终因郭大昌不置可否而不了了之。对他来说，这是两件神龙见首不见尾的事，他相信会弄清事实真相的，冤枉只是一时的，一旦水落石出，无须他的表白，事实会证明他的清白。老警察的提示，反而让陈默稳住了狂乱的心。

陈默一旦回过神来，发现木兰不在了，大鲍翅告诉他木兰开庭去了，刚刚被提走。

"等着砸镣睡刑板吧。"见陈默发愣，金太子好像要跟他赌一把似的说。

砸镣睡刑板是死刑犯自宣判之日起必须加带的戒具，陈默不信木兰的命运会这么惨。沈干部在送自己回号时，还特意询问木兰的情况，叮嘱他不要让巡洋舰欺负他。他没有从沈干部的口气中听到异常的关注，沈干部正在为号房即将安排生产劳动操心定额和分工。如果木兰被判了死刑，号房就会免除生产劳动，这种安排岂不成了多此一举？

"该着咱们号房运气好，政府正要安排我们做苦役，死刑犯不请自到。木兰小兄弟为大家排忧解难了，咱们要善待他，一定要实行革命的人道主义。从我做起，我就不再麻烦木兰按摩了。不过，长江750可以担当陪号的重任，你和木兰的感情不错嘛。"巡洋舰借机挑逗陈默的神经，他巴不得有人在反省的时候跟他斗嘴解闷。

"你怎么知道木兰会判死刑？好像你是个大法官似的。"陈默在心中轻蔑了一句，默默地坐在自己的铺位。

"怜悯心是要不得的，这东西害人。"巡洋舰好像摸到了陈默的脉搏，带着教训的口吻说，"法律是无情的。你不是没有看过木兰的起诉书，他撞上了死罪的量刑底线了，盗窃罪的案值在四万元以上就没命了，还能跑掉他？何况又是一个外乡人！除非法院发回，只要开二庭，必判死刑。"

陈默对木兰命运的担忧已经胜过对自己领到逮捕证的莫名恼火。陈默并不在意巡洋舰的断言，权当是他对木兰一派胡言乱语的诅咒，这家伙总是以恶毒的心态度量身边的每一个人，只有所有人的结局比他更不幸更凄惨方可舒心。陈默刚刚放弃对自己逮捕原因的思索，现在又一脑门子寻思锁定在木兰的起诉书上。这份起诉书还在他的屁股底下坐着，是木兰让他收起来的，可怜的木兰连个床单或衣服包做的坐垫都没有。他是号房唯一坐冷铺板的五保户，家里不打钱，外面不来货，一心想吃几年官司后回家和姐姐过苦日子。陈默觉得木兰的这个愿望很实

际，不难达到。起诉书罗列他的犯罪事实是盗窃七辆自行车和一辆摩托车，案值四万元。木兰说："我认了，这是我干的。老子怎么也没有想到会算出这么大的价钱。七辆自行车才卖了一百三十块钱，那辆摩托车根本没有出手，我把它推下水塘了。"木兰说的时候，陈默就想起他看过的意大利电影《偷自行车的人》，这部现实主义新浪潮的代表作正是描绘了一个像木兰这样的窃贼的悲惨遭遇，陈默虽然并不同情窃贼的犯罪行为，但他同情一切生活在社会底层又屡遭不幸的人，并把探究的目光投向引起犯罪的深层原因。陈默认为，历史在进步，社会在宽容，法院对木兰的判刑一定会既符合法律又富有情理。陈默算过，四万元人民币相当于五千美金，中国窃贼的人头再不值钱，也不该是这个数就掉脑袋。被巡洋舰等人望而生畏的四万元底线，一定是来自他们的恐惧和臆测。

木兰一审结束是微笑着回号的，这个一反平日愁眉苦脸的表情给陈默留下了深刻的印象。木兰说他没有想到法院为他请了个律师，辩护时说了许多让他感动的话，人家的辩护理由他想都没有想到。巡洋舰、金太子、老官司一听法院免费为木兰请了个律师，顿时发出了"你死定了"的惊叫，好像这个义务出庭的律师本身就是一个不祥的征兆。陈默把木兰拉回到座位，他更关心律师辩护的理由。

木兰告诉陈默，律师说他偷的那辆摩托车是一个展品，而不是出售的商品，它三万多的估价没有依据；律师还说，他没有占为己有的犯罪动机，他交代这个犯罪事实时警方并不掌握这个情况，具有什么从宽的法定情节。

陈默放心了，他确认木兰没有死罪。辩护律师都能看出的问题，一定是案卷中的矛盾所在，不会不引起法院法官们的注意。人命关天的判决是慎之又慎的事，岂像巡洋舰之流浅薄的看法，四万元人民币就真的成了一个偶然失足的打工仔的生死分界线？

木兰说等酋长回号后，他还要把律师的话告诉酋长。木兰相信酋长，因为他也说过木兰死不了的话。

酋长白天不在号房，他一号位的毛毯坐垫就像一个摆设。一般情况下，他只在号房吃饭和睡觉，早上点过名和午睡后，他都会被干部带出去。癫哥传出的消息说酋长有两个去处，要么在干部的办公室聊天，要么就躲在一间空号房里和一帮子贪污犯喝茶抽香烟。癫哥说："酋长撒香烟特有派，干部办公室里撒上一圈，大半盒玉溪就没有了。一天下来，少说也得撒个十几圈，一条香烟就没影了。你撒得起？"

酋长是个与外界有联系的人物，这也是陈默一直想和酋长聊聊而没有机会的原因。

酋长晚上回号后，并没有像陈默那样对木兰的庭审情况多么见好，好像一审不过是走个过场，连律师的辩护也不过是在履行一道手续。审判的结果早在起诉书中已经埋下伏笔，他只是对巡洋舰故意呵斥道："你们别胡说八道好不好？木兰是初犯，又有自首情节，不可能判死罪。"但是那说话的口气明显是出于对木兰的安抚。

借着这个机会，陈默拿着木兰的起诉书凑了过去。他想把自己的分析说给酋长听听，也有请教的意思。

酋长指着起诉书说，这上面写着两个"特别"，知道是什么意思吗？为什么这里的人就怕在起诉书打上这两个"特别"？别看我以前也是省人大代表，我也是从号房的经历中才知道这两个字的含义的。嗨，时间一长，你也就明白了，见多不怪啊。酋长欲言又止的样子，让陈默觉得这是个城府极深的老家伙。

陈默反复看了大半夜的起诉书，也没有闹明白"数额特别巨大""情节特别恶劣"这两个"特别"有何特别的含义。酋长特别看重的这两个"特别"，也需要最终的审判结果验证。何况，陈默更看重律师的辩护意见，至少律师并不认为木兰盗窃的实际数额特别巨大，情节更算不上特别恶劣。法院能为木兰请律师，想必也应该尊重他的辩护意见。

陈默对木兰二审结果的祈盼，不只是出自对木兰命运的担忧，而是对自己判断验证的自信。进号两个多月，陈默能够阅读的文字，只有起诉书和判决书，除了酋长的起诉书没能看到，其他人的法律文书，包括巡洋舰的起诉书和判决书都一一拜读过。陈默把它视为一种学习，也是对生活在号房这块文化荒漠中的一份自我调剂。陈默相信自己对木兰命运的判断并非出之经验、情感，而是出于理性。

可惜，陈默的这份自信没有维持几分钟，就被走廊猛然响起的金属撞击声给惊醒了。那是一阵带着夸张和震慑意味的恐怖声响，每每在号房沉寂一段时间后便会骤然响起，宣告又一位死刑犯从法院领到亡命牌回来。和死刑犯领刑归来的声势相比，死刑犯的上路却是悄无声息的，连干部开启死牢号房铁门的动作都极度克制，刻意保持号房的寂静，仿佛任何惊动都会引起不必要的骚乱似的。轰轰烈烈地来和静悄悄地去，是死刑犯一路走来的两道迥异景观。

木兰以一具魂不附体的行尸走肉出现在大家面前：苍白的脸上堆满了无以言

说的恐惧和绝望，泛青的嘴唇和全身的骨肉一起在颤抖，若不是不由自主地筛糠被手铐和牵着沉重铁锁链的镣铐紧紧地束缚着，失去支撑的身体就会瘫在地上成为一摊烂泥。陈默不再怀疑木兰已经站在奈何桥上，比木兰手中握着的那份判决书更有证明力的是他袒露的胳膊上有一个带血的棉球伏在针眼上。那是法庭宣判后一道必行的手续：给死刑犯抽一针管血保留着，以便执行时验明正身。听说木兰当场昏厥，连同鲜血被抽出的应该是他的灵魂。另外一种特别的安抚是一支香烟夹在木兰的手指缝里，沈干部用打火机点着的香烟，无论如何也塞不进木兰的嘴里，木兰脸面的抽搐已经延伸到牙齿的颤抖。光头们听到了牙齿的磕碰声，像一阵阴风送来咬牙切齿的声音。

沈干部招呼癞哥给木兰上刑板，这是死刑犯回号后刻不容缓的事，来不得半点迟误和大意。

木兰被抬上刑板，癞哥用娴熟的动作把戴在木兰身上的手铐和脚镣分别拴在刑板固有的铁环上，用螺栓拧紧再拧紧，木兰便和刑板紧密地联成一体。于是，刑板就成了死囚的护身符：躺下，刑板是死囚的灵床，坐着，刑板是死亡之舟，背起来就是一副沉重的棺材板。

砸镣、上刑板的复杂操作被癞哥演绎得炉火纯青。

沈干部仔细查看并确信刑板上的铁环已经通过螺栓和木兰身上的手铐脚镣锁在了一起，又递过一支香烟夹在木兰的耳朵上，然后对巡洋舰交代说："找些布条把铐子缠上，免得磨伤皮肤感染。"

"这活儿我会。"巡洋舰应酬着，贪婪的目光一直没有离开夹在木兰耳朵的香烟。

牢门绝情地关上，号房感到了震颤。

陈默的自信在这一刻被击成碎片。他不知道法院对木兰的死刑判决是失之轻率，还是自己的判断过于天真。他只是感到震惊，对意想不到的死亡突然降临身边的难友而不愿承认，更不敢面对。

二

第一次做贼的经历，是贼们心中永远无法忘却的记忆。不管日后贼们的命运如何得逞于一时或一败涂地，第一次终归像初恋一样新鲜、神秘、胆怯而富

有刺激。

木兰跟着表哥来到润江灰狗自行车制造厂库房的后墙根时，既不紧张，也不恐慌，更没有做贼的负罪感。木兰没有想到此时他人生中一个被称为犯罪的记忆即将成为日后死亡的阴影。

木兰和表哥并不认为自己是在干着娄阿鼠的勾当，反倒觉得自己是在干着一件天经地义的事情。工厂欠他们的工钱，他们想用另外一种方式拿回他们的劳动所得。别的方式都用过了，讨要、找劳动仲裁，甚至告到派出所，都无济于事。两个打工仔义愤的声音太小了，不足以换回老板的良知，唤醒有关部门的缄默。屡屡碰壁后，他们才意识到这个世界没有救世主，只能自己解放自己。尽管解放自己的方式不够无产阶级，但比起黑心的工厂老板克扣工人工资的不义之举，至少心安理得。

半年前，木兰和表哥在四川老家赶圩时遇见灰狗自行车厂的招工广告，被优厚的工资待遇吸引了。为了不让这个充满诱惑的机会从身边溜走，他俩当晚就住在工厂招工的工棚里，只是托回坝子的乡亲告诉家人一声。既然工厂免费提供食宿，他们连行李都不要带了。

第二天早上，当木兰的姐姐赶到码头时，他们乘坐的江轮已经起航。他们坐在底舱，姐姐看不到木兰，木兰也看不到姐姐。木兰看到的是和他一起背井离乡的乡亲，南下广深，北上京津，东去上海南京，成群结队，熙熙攘攘，全都沉浸在共同的兴奋中。那一点点乡愁都在这感人的兴奋情绪中化解成宏愿。拥挤又充斥着污浊气味的底舱，没有禁锢木兰的想象，他的目光早已越过巴山的屏蔽，在长江的下游勾画着未来的图景。

三个月后，木兰和表哥被工厂解雇。解雇的理由很简单，经过三个月的岗位培训和试工，未能达到技术考核标准。招工简章上有这么一条：凡是未能通过技术考核者，不予聘用，不发试工期的工资、返乡路费自理。人家说的是有根有据，木兰和表哥听得目瞪口呆。

命运相同的打工兄弟滞留在润江街头时相遇，说起各自的遭遇，无不义愤填膺，又六神无主。细心的表哥从他们的遭遇中发现了一个秘密，灰狗自行车厂搞的技术考核是一个骗人的鬼把戏。纵然你有天大的本事，也不能通过他们的考核，不是技术不过关，就是完不成定额，他们从不缺乏解聘的理由。当技术考核注定成为他们被解聘的先兆，另外一批从四川招来的农民工已经到达工厂，等待

他们的依旧是三个月无偿劳动后的解聘。如此循环，灰狗自行车厂一年只需招进四批农民工，便可免去全年的劳动力成本。

表哥拍着大腿说："咱们上当了。"

"找他们说理去！"木兰说。

表哥带着几个农民工和木兰去找灰狗自行车厂的老板，人家的看门狗也叫灰狗，凶得很，它一叫，穿着灰色制服的保安就出来喊："灰狗，灰狗！"灰狗不叫了，大门却不给开。他们在门前等了一天一夜，也没有人出来理睬。

他们又找到劳动仲裁部门，人家那里有一份灰狗的招工简章，是用来当挡箭牌的。"招工简章有明确规定，总不能说工厂违约吧。"接待人员说完，就把他们撂在接访窗口扭头回去了。

灰狗依然是灰狗，木兰和表哥他们却成了落水狗。

盲目奔波、无望的交涉终因囊中羞涩而支撑不下去，不少流落街头的农民工只好放弃维权，各奔前程。表哥和木兰也花光了身上的最后一个镍币，但是他们选择了坚守。他们没有返回的路费，也没有脸面回乡。如果不想在润江堕入丐帮，靠乞讨过日子，他们必须要找一份糊口的活儿干。

表哥想到在灰狗自行车厂练就的组装和调试技术，摆一个修理自行车的地摊没有问题。木兰想到灰狗自行车厂的库房里存有不少废弃的自行车零配件，与其放在那里生锈，还不如给他们派上一个白手起家的用场。反正老板欠我们的工钱可以用这种方式顶账。

走投无路的人们最容易萌生冒险的念头。木兰和表哥不谋而合。

木兰和表哥的可悲之处在于他们不是贼，偏要走贼道，用贼的方式谋取生存。先天的不足，必然决定他们的冒险没有侥幸。他们翻墙进院时，不乏勇气和灵巧，钻进库房时，也没有因为熟门熟路而失掉谨慎。如果他俩是偷粮的老鼠，溜进库房等于溜进了米仓，一定会冲着香米而去。可他俩不是贪心的老鼠，组装好的自行车一排排摆放在那里，贵重的工具也随手可取，他俩都没有动心，偏偏直奔零部件而去。由于缺乏经验，他们没有踩点，没有把进出的路径观察清楚，更没有商量好通报情况的暗语。两箱零配件移到墙根下，木兰踩着表哥的肩膀爬上墙头，准备跳下去接货时，他才傻了眼：一个监控探头正对着他的眼睛！随后木兰看到保安牵着狼狗潜伏在墙外草丛的影子。只能豁出去了，木兰给表哥打出一个快逃的手势后，只身跳下墙去，站在保安面前，想给表哥一个可乘之机。没

有想到表哥把逃跑的手势理解成一种催促，两个箱子和他先后翻过高墙时，当场被抓了个人赃俱获。那个千呼万唤不出来的老板此时正得意地站在他俩面前，轻轻地拨了个电话，派出所的警察就把他俩带走了。

在派出所，木兰诚恳地对警察说偷自行车零配件是自己的主意，不关表哥的事。警察斥责他说："小小年纪还想当主犯啊？过了十八岁再说吧。"

木兰十八岁的生日是在少管所里度过的。跨过成人门槛的木兰早已在身边形形色色窃贼的耳濡目染中渐入贼道，无须拜师，无须面授，那些不传六耳的扒窃、盗窃、剽窃的技巧和经验，带着七分吹嘘三分表演日复一日地传布着，等于给木兰上了一堂又一堂免费的职业培训课。什么踩点、钓鱼、开天窗、洗皮子、下夹子、架拐、溜门撬锁、蹬大轮、调包等道上的行话黑话也都记得滚瓜烂熟。少管所给木兰关上一扇门，也给他打开了一扇窗，原来世界上还有那么多人在用这种方式谋生。那些自称是"大众银行取款员"的扒手们，那些自称是"搬家公司"的窃贼们，对人生、社会和命运都有自己独到的见解，他们有充足的理由这么干下去、活下去。木兰无法耻笑他们，因为自己也成了他们当中的一员，至少传到家乡的管教裁定书已经把他说成是贼，这一辈子怕是洗不掉了。木兰感到被误解的委屈，乡亲们戳他的脊梁骨时，是不是也会想到一个老实本分的农家子弟怎么一进城就变坏了呢？会不会想到他曾受到过不公正的遭遇？人家骗他竟然合理合法，可他去拿人家的东西顶账就是偷？直到两年后解除少管，他也没有弄懂这是个什么道理？

走出少管所，木兰被送到润江火车站货场，公家不掏遣送回原籍的路费，你得在这里干活自筹旅费。什么时候挣下一张车票钱，你才能离开润江。

木兰当晚就趁着夜色逃跑了。他要留在润江，等待表哥从大墙里出来。表哥被判刑三年，他还需要在里面干满十二个月的活儿才能熬出来。这时的木兰已经具备了踩点的知识，逃跑时，一辆徐徐开出的火车成了他的掩护，联防以为他扒车而去，放弃了对他的追捕。

此后，润江街头少了一个打工仔，多了一个窃贼。

木兰的目标依旧锁定灰狗自行车厂，他想用一个漂亮的举动给那个没有良心的老板以闪电般一击，也让表哥高兴一回。

灰狗自行车厂早已变成中外合资的猎狗摩托车有限公司，进驻润江开发区。木兰没有贸然行事，他学会了等待时机。

几个少管所的昔日学员没有把木兰拉进圈子，他们挺够意思，丢下几辆破自行车和几把做活儿的家把什，还有一把遮阳伞，帮助木兰把修自行车的地摊支在展览馆的马路边。他们说："这地界风水好，你在这里安营扎寨，我们也有了一个落脚的地方。谁要敢欺负你，我们就抄他的家，绝对实行三光政策。"

实际上，木兰的稳定收入对这些人也是一种接济。木兰知道，这些人都是过着饥一顿饱一顿的日子，只要蹲到木兰的地摊前，一准是断粮了。木兰就倾其所有爽快资助，这一半出于义气一半出于同情的慷慨，总是换回相同的一句话："哥们够意思"，再不就是嘿嘿一笑，扭头就走。

闲暇时，木兰就坐在展览馆的石阶上观风景，直到万家灯火初上，他才收摊回到租住的小房。在等待与表哥相聚的平静日子里，木兰几乎忘记了对灰狗的报复，他千万次的诅咒，千万次的提醒，都在自食其力的劳动中渐渐忘却。人世间，还有什么比安稳的生活更惬意的吗？要不是展览馆门前的一个不经意的相遇，木兰也许会把自行车维修这个脏活苦活做成甜蜜的事业。

木兰在展览馆门前看见了熟悉的灰狗厂保安。他们是乘坐一辆面包车前来送货的，那货就是他们公司的招牌产品猎狗摩托车。木兰一打听，原来展览馆即将举办润江开发区经贸洽谈会，猎狗摩托车被当作门面摆在展厅的中央，以期招揽更多的客户。

报复的念头触景生情般在心中升起。木兰成功制造了一个不以占有为目的的行动。

展览馆正在布展的展品被盗，惊动了润江公安局的常局长。他亲自组织现场勘察，断定这是一起典型的里外结合的团伙作案，内部有人配合，外部有人接应，当即指示猎狗摩托车失窃一事暂时对媒体和社会保密，侦查工作要内紧外松，从内部排查入手，同时密切注视二手摩托车市场的动向，必要时启用线人。

灰狗公司的老板顿时没了主意。丢失的那辆猎狗只是一个样品，两天前才连同生产线一起从国外引进。生产线正在安装调试，不能马上组装出一辆新猎狗滥竽充数。倒是常局长的一个主意稳住了阵脚，他提议将猎狗摩托车的照片放大作为背景，再把润江开发区的远景模型移到这里，配上"猎狗，腾飞的轻骑，润江的骄傲"通栏大标题，也算是一个不错的展台搭配。

展览会的筹备和案件的侦破工作同时开始。猎狗公司因实物的缺席，影响到

客户的洽谈兴趣，猎狗案件的侦破工作也因摸不到有价值线索而陷入僵局。正如大事件并不一定有大原因，偶尔碰撞出来的火星可以烧毁一片草原，常局长撒下的是大网，目标瞄准的是大鱼。这就使木兰脱离了警察的视线，尽管他就在他们的眼皮底下摆摊，人家就是不尿他。木兰很想说出心中的秘密，但是另一个强烈的心愿抑制住了他的冲动。他想亲眼看到他的猎物被从展览馆后面的池塘里打捞出来的情形，亲眼目睹警察的惊讶和灰狗老板的沮丧。他要当着灰狗老板的面挺身而出，来一个好汉做事好汉当。

可人家没有给他这个机会。

半年后，当木兰对七科长道出这个秘密时，七科长一时还没有反应过来。他小看了眼前这个小毛贼，压根儿没想到他就是常局长亲自督办的一起大案的罪魁祸首。

"你再说一遍。"七科长想听得更确切。

"我还把展览馆的猎狗摩托车推到池塘里。"木兰又重复了一遍。

七科长终于醒悟过来，一条大鱼落在他的手中。

木兰是在被感动的时候脱口而出的。一场打击盗窃自行车专项运动把木兰当作窝赃嫌疑人带到刑警队，七辆自行车的销赃线索牵涉到他，警察的意思很明确，要木兰供出他的上家。木兰偏偏全都揽到自己头上，可供述又驴唇不对马嘴。警察就用弹脑崩的方式开导他，一次弹八下，木兰不醒悟，接着再弹八下，木兰硬是不开口。警察就放弃了对他的挽救，提请七科长审批按盗窃罪拘留。

七科长愿意再给木兰一次机会，让他供出上家，也好顺藤摸瓜，揪出自行车盗窃团伙。

"希望你不要再扛下去了，你不过是一个销赃的小角色，为什么硬要冒充主犯呢？这里可不是讲哥们义气的地方，你别拎勿清。"七科长一边说着，一边把一饭盒小笼包和泡好的方便面递到木兰面前。

原以为还要接着吃脑崩的木兰就有些感动。他既不能出卖朋友，还要对得起人家七科长对他的关照，他就在想要不要把猎狗摩托车的事说出去。

七科长看到木兰欲言又止的样子，又不紧不慢地和他唠起了家常。

"你是四川人吧？"

"四川仪陇。"

"啊哦，我知道仪陇是咱们开国元勋朱老总故乡，想回家吗？"

羁旅

"过去不想，现在想回也回不去了。"

"不就是销赃自行车嘛，又是初犯，讲清问题，我保你回家。"

"遣送吗？"木兰想起润江火车站货场的经历，多了一层担忧。

"你又不是上访人员，遣送什么？我给你买票坐车回家。"说着，七科长从衣袋里掏出三张百元大票很有气势地拍在桌子上。

木兰就把猎狗摩托车的事讲了出来。

缓过神来的七科长问："不会是你一个人干的吧？"

"是我一个人做下的。"

"你一个人把猎狗摩托车推出展览馆，又推到水塘里的？"七科长说，"别把话说死，万一漏掉什么，我可不好替你说话。"

"我在润江无亲无友，谁肯跟我搭伙。"

七科长想想也是，赶忙带着木兰去查看现场。在木兰的指点下，锈迹斑斑的猎狗摩托车终于浮出水面。它不再是样品展品，而成了木兰的罪证。

七科长知道木兰罪行的分量，就这一辆猎狗摩托车就可以断送木兰的小命。七科长说："家是回不去了，我带你到街上转转吧！"他不忍心直接把木兰送进看守所，为了兑现他曾许下的诺言，他开着警车押着木兰在润江火车站象征似的转了两圈，给木兰的眼睛过上一把瘾后，才给木兰签发了拘留证。

这是木兰和润江的告别。

三

刑板将陈默与木兰隔开，近在咫尺，却活在两重天地。陈默再也不能去抚摸木兰瘦骨嶙峋的身体，用自己的体温温暖着他冰冷的四肢，只能痛苦地看着他被铁镣钢铐铁锁链齿咬着皮肉，鲸吞着他可怜的热量。木兰蒙在毛巾被子里瑟瑟发抖，每每从梦中惊醒，呆呆地望着四面牢墙，蠕动着嘴唇，不知说些什么。

号房冷得早，刚进九月就得盖棉被睡觉。号房的光头都是夏天进号的，大多是短衣短裤，轻装入住。天一转凉，可就顶不住了。各个号房都缺衣少被，等于看守所提前进入寒冬。

十三号号房只有酋长和巡洋舰是一人一床厚厚的被褥，不同的是酋长的行头是家里送来的，巡洋舰的被褥是霸占别人的财物，其中就有陈默的一条褥子和一

床棉被。大鲍翅的被褥与金太子同铺同盖，陈默的毛巾被和木兰合用，没有褥子，只能躺在铺板上。他的另一件外套给了歌手。两人能盖上一条被子，已经算是号房里的小康，连雅马哈和本田也是勉强混上二人同睡一条被单的待遇。老官司裹着酋长的一件风衣，白天穿黑夜盖，像个流浪汉。其余的十几口人，混得好的，不过是四五个人挤在一起，扯起一条破棉絮避寒，混得不好的，只能夜夜冻冰棍。

与木兰同床共眠给陈默留下了冰冷的回味。

每天晚上，陈默总是先钻进毛巾被，用体温把被窝焙热，好让值第一班的木兰能躺在温暖的被窝中入睡。木兰值完班，会像一条冻僵的蛇带着一身的凉意怯怯地钻进被窝，曲蜷着胳膊腿，一动不动。陈默只要觉察不到木兰的脉动和呼吸，就忍不住把木兰的双脚揽到自己的腋下，无声地传递着热量。皮肤的触觉告诉陈默，他触摸的是一具没有发育好的身体。腿骨像麻秆那么细，胸骨像搓衣板支棱着，脊背永远是弯曲的，因为血液里缺少足够的热量驱逐骨头缝里的寒气，连体表渗出的汗都是凉丝丝的虚汗。你无法想象他怎么会有那么大的力气，把猎狗摩托车推下水塘。

唯一让陈默感到有一丝生气的是木兰的肚子，因浮肿而隆起的腹部不时地发出咕咕的声响。难怪木兰总是喊饿，虽然从饭口送进来的饭菜并不缺斤短两，但几经盘剥后到了木兰嘴里的食物已经所剩无几。饭菜进到号房后有一个强行的再分配，油水和荤腥全都被巡洋舰、本田、雅马哈、金太子占有，老官司和大鲍翅等有头有脸的人也是足吃足喝，剩下的大家分分，轮到木兰，常常只有干瞪眼的份儿。号房绝对是一个弱肉强食的山寨，恃强的总是狼级别以上的牢头狱霸，被凌弱的总是像木兰一类绵羊似的可怜光头。每次提审，木兰都央告检察官法官，请他们早审早判，尽快上山。木兰说："我不怕苦不怕累，只要能填饱肚子就行。"说这话时，木兰绝对没有想到他期盼的快审快判的结果竟是上路而不是上山，他不只是与饥饿告别，还要与青春年华的生命告别。

木兰告诉陈默，饥饿的滋味就是肚子里没有食物后自己咬自己那种空落落的疼痛。陈默听得心酸，泪水就漫上眼眶。陈默恨自己在号房里的地位低下，作为号房里的无产阶级，你自己都不能解放自己，怎么还能解救木兰？虽然你账上有钱，但是支配的大权掌握在巡洋舰手中，你想资助木兰一箱方便面的愿望都纯属一厢情愿。

木兰只是在成了死囚后，他的待遇才有了改善。陈默可以用自己账上的钱为他买食物了，巡洋舰既不阻拦也不再克扣，他怕木兰死后的鬼魂回号找他算账。

可木兰什么也吃不下去了，他默默地拒绝一切照顾。

木兰一沉默，号房就死一般的沉寂，沉闷得让人心慌。光头们开始念叨木兰带给他们的实惠，轻轻松松地当一个死刑犯的陪号，远比其他号房起早贪黑干活强多了。完不成定额要加班加点，完成了定额也不发奖金，更不给减刑，干吗受那份罪？我们大家的罪都叫木兰一个人顶下了。

他们更怀念木兰刚进号时带给他们的欢乐时光。

木兰在号房的真正角色是巡洋舰的玩偶和施虐对象，不过，他却给大家带来了苦中作乐的欢笑。

巡洋舰一听木兰也是一个盗窃摩托车的毛贼，立马在心中萌生了一个恶作剧的念头。巡洋舰一手编导的摩托车表演成了号房经久不衰的娱乐节目，木兰吃尽了苦头，也搞笑了光头。

西铺是演出的舞台，充当观众的光头全都被赶到东铺靠墙坐好。扮演交通警察的巡洋舰一声令下，木兰就要开始表演发动摩托车。无奈木兰虽然头上顶着一个摩托车窃贼的帽子，却有其名无其实，从未开过摩托车的他从一开始就洋相百出。巡洋舰喊发动，木兰不知道手拨钥匙，脚踩油门，更不知道嘴里还要发出发动机启动的声音。巡洋舰的提示就是伸手一巴掌，打得木兰晕头转向，模仿的动作更加手忙脚乱，甚至南辕北辙。巡洋舰喊左转，木兰向右，巡洋舰喊向右，木兰又一个左转，巡洋舰又喊直行，骑马蹲裆式的木兰刚刚起步，巡洋舰马上喊红灯，木兰停是停下来了，可忘了踩刹车，又吃了一耳光。巡洋舰又吼道，接着开。木兰都把摩托车开到了墙跟前，也不见巡洋舰叫停，只好一头撞过去，撞得人仰马翻。在光头们开心的笑声中，木兰还得发动那辆看不见的摩托车重新上路。木兰的摩托车表演是号房就寝前的开心一刻，表演结束后，光头们已经睡下，木兰还要给巡洋舰敲背捏脚按摩。巡洋舰安排木兰每晚值第一班的目的，就是要他提供免费服务。巡洋舰舒服了，木兰才能回到铺位躺下，这时，饥饿又开始折磨他了。

本田对木兰说："也就是你小子盘不亮，条也不丰满，要不早被招到号长被窝里同床共眠了，哪有雅马哈的份儿！"

本田说这话时，巡洋舰和雅马哈正相拥在被子底下搞动作，光头们闭上眼睛

都能想象到这是一出什么节目。木兰露出恶心的样子，向本田撇撇嘴，好像在说自己没那么下贱。

有一天晚上，巡洋舰一面哼哼着"手冲，手冲，男人的运动"，一面试探着把木兰的手拉向自己的下身，遭到木兰拒绝后，巡洋舰突然掀开被子把木兰蒙在里面。光头们知道又一出好戏就要开场了，不成想木兰一记响亮的耳光马上终结了即将到来的耻辱。

巡洋舰恼羞成怒，叫嚣说："老子借你的屁股用用，是看得起你，别他妈的不识抬举。明晚再跟老子装纯，看我怎么收拾你！"

明天没有给巡洋舰机会。木兰睡上了刑板，死刑判决对木兰是一个绝望，对巡洋舰也是个震撼，恐惧令他不敢再对木兰下毒手。死牢里流行着一个信不信由你的说法：虐待死囚的人不得好死。

可刑板对木兰的折磨不亚于巡洋舰的暴行和肆虐。刑板是一个沉默的杀手，它让木兰的四肢磨脱一层皮后，以鲜血和白骨见证了它的威力。好在天气渐凉，要不，伤口的化脓和感染或许会提前对木兰执行死刑。

木兰依旧沉默着，默默地忍受着各种痛苦。他的心仿佛是一摊燃烧后的死灰，沉默让陈默无法打捞出它深处的余烬，无法启动他一定要写上诉的念头。法律规定的七天的上诉期将要过去，陈默没能让木兰说出一个字。

第八天的黎明，木兰仿佛从沉迷中醒过来。他猛地从刑板上坐起来，茫然地喊道："姐姐，我想回家！"

四

木兰又在喊姐，声音凄楚、悲凉，有如子规啼血，夜半歌声。

光头们早已习惯了木兰的深夜独语。死牢里，陪号的光头们见惯了死囚们临终挣扎的种种表现，无不对他们充满着怜悯、宽容。何况木兰是个懂事的温顺型死囚，从未给大家伙出难题找麻烦，也就是半夜被噩梦惊醒，冲着天窗吼几嗓子，不值得大惊小怪。需要用睡眠来与往事告别的光头，即便被木兰凄凉的声音惊醒，也不会感动，号房没有夜莺吟唱的小夜曲和外婆哼唱的摇篮曲。

"这孩子准是被什么吓住了。"老官司爬起来，来到刑板前，轻轻地抚摸着木兰的光头，念叨着："捋捋毛，吓不着。捋捋耳，揪小鬼……"

　　木兰安静了一会儿，又叫嚷起来："我姐在找我，她已经到了润江，表哥也来了。快去报告政府干部，我姐来了，要带我回家。"

　　老官司无奈地对陈默说："这孩子有心事。"

　　陈默没有睡，他正沉湎在因木兰的呼喊而唤起的乡愁中。木兰想姐姐，他想女儿。离开北京快半年了，自由的希望越来越渺茫，思亲的念头愈加强烈。陈默常常梦到女儿变成无家可归的流浪儿，孤独地站在学校门前，空旷的胡同里回荡着她无助的呼喊。这一刻，陈默的心都碎了，男儿有泪不轻弹的古训不再是刚强的表现，而是有情人无法掩饰的情感宣泄。唯一的毛巾被盖在木兰的身上，陈默连个掩面的遮羞布都没有。号房忌讳眼泪如同警察法官不相信眼泪，纵然是铁窗柔情，你也得把眼泪吞到肚子里。

　　号房懂得木兰心思的人不多，就连老官司也是一知半解。除了木兰是个少言寡语的人外，他在下板人中也不过是属于小鸡巴级别的小角色，没有人关心他的喜怒哀乐。地位相同铺位相邻的光头具有交头接耳的条件，但他们交流的尽是案情，探讨的是如何抗审，互相切磋的也是作案技巧，他们不需要沟通感情，慰藉心灵，就像他们不是为情而是为钱而活着一样。

　　因为铺位相邻的缘故，陈默和木兰有了窃窃私语的机会。木兰总是在说，陈默总是在听，两颗心之间涌动的是情感。木兰断断续续地倾诉，在陈默眼前显示出来一个打工仔的一连串的不幸，正是这一连串的不幸像一排排席卷而来的巨浪把木兰推进了牢房，睡上了刑板。或许只有死亡才能结束这种不幸。陈默知道，木兰从小就没了娘，爸爸又常年在外打工，是姐姐一手把他带大的。娘对木兰只是一个血脉相连的想象，姐才是他相依为命的依靠。木兰喊姐，不只是想念，也不只是无望的求助，而是心中蓄满了很多很多的话要对姐姐说。老官司说木兰有心事没有错，木兰有话要说。

　　木兰又在愣愣地喊："姐姐，我在这儿，我有话要对你说。你能听见吗？"空旷的号房只有空洞的回响伴随着阵阵阴风鼓荡着。

　　巡洋舰听得不耐烦了，起身呵斥道："还没到上路的时候，叫你妈的哪门子魂儿！上路前，你姐肯定会来，她不来给你收尸，谁给你收尸？她还要替你交花生米钱呢，你以为打你头的那颗铜花生米是白送你的吗？"

　　"我要卖角膜、肾脏，把钱留给姐姐。"木兰说出了原委。

　　不只是陈默，号房里的光头都在这一刻经历了意想不到的震撼。木兰没有被

行将来临的死亡击溃，思维也没有被刑板和镣铐束缚，他用沉默思索了整整七天七夜的决定不是上诉，不是痛悔，而是想到为亲人能够做出的最后奉献。

陈默没有注意到木兰痴呆的目光中一直有渴望的火花在闪烁，更没有想到木兰面对死亡做出的回应是如此情深义重，他小看这个四川娃了。

第八天早晨，放弃了上诉的木兰向沈干部提出卖器官的请求，沈干部对木兰说："我还以为你要上诉呢，卖器官这事得请示，你先写个申请报告吧。"

"我还要给姐姐写封信，我姐姐来看守所时你要交给她。"

沈干部的脸上有一丝惊讶稍纵即逝。

"你怎么知道你姐姐会来润江，你听到什么了吗？"沈干部的惊愕瞬间变成了疑问。

"梦告诉我的。"木兰平静地说。

"哦，是这样。"沈干部随即对陈默吩咐道，"你帮助他写吧，只准照录，不要添枝加叶。"

一落笔，陈默就感到，木兰断断续续的口述其实就是写给姐姐的遗书。遗书的内容早已在他心中焐热焐熟，和盘托出的都是肺腑之言。陈默快速地记下木兰的话，没有做任何修饰和删改，仅秉笔直书而已。

　　姐，我亲爱的姐姐：

　　你好！我在润江犯下的事，你已经知道了吧？我给姐姐丢人了！

　　本来，开庭审判，是我们姐弟能见上最后一面的唯一机会，我一进法庭，就四处找你。你没有来，我反倒轻松了。我想见到你，又怕见到你，怕在你的责怪和悲痛欲绝的目光下，羞愧难当，无地容身。我不愿意让你看到我受罪的样子，我更害怕你的责怪。法院怎么判我都承受得起，只有你和乡亲们的责怪，我承受不起！

　　姐，我没有想到我会被处以死刑，这个刑罚太重了，只怪我没有把娘给我的命守护好。这边的政府干部劝我上诉，我没有答应。多那道没用的手续干什么？又不是死不起。连法官都说案值达到四万元，他也没有法子办了。我唯一想恳求宽恕的是你，姐，只要你能宽恕我，我会轻松地上路。

　　姐，你知道我从小就是一个胆小鬼。怕山风呼啸，怕黑夜树影，怕

摆龙门阵时大人们说的妖魔鬼怪。我怕死，更不愿意死在异乡。可一想到我将要到地下的那个世界与妈妈相见，心情也就平静了。既然我无法逃避死亡的厄运，我就把它当成提早回家的旅程吧。

我知道，姐一直把我看成是你的骄傲，希望我出息，希望我在外面的世界长见识长本事，让乡亲们把我看成山里的能人。姐，我让你失望了。你不要责怪我命苦，应该怪我没有守住自己的苦命。大山以外的世界，有太多太多的歧路，人家吹个肥皂泡，我还以为是个美丽的大气球，跟着跟着就掉进陷阱。我没有守住大山，我不配做大山的儿子。

姐，我曾发誓要报答你，报答你的养育之恩。命运还给我留下最后一个机会，我要把肾脏和角膜卖掉，给你留下一笔钱，让咱家的苦日子变得好起来。事情办成后，看守所的干警会把钱交给你的。不管钱多钱少，都是我的心意。听说，执行和火化也都需要费用，这钱咱得出。

姐，你一定要把我的骨灰带回家，悄悄埋在妈妈的坟旁，不要让乡亲们知道，也不要告诉爸爸。让他们忘掉我吧。

再见了，姐。不争气的弟弟背着刑板给你跪下了。

眼看着陈默写下最后一个字，木兰好像完成了一件临终嘱托，长长地舒了一口气。陈默的眼泪却止不住地流出来，在信纸上落下一个又一个惊叹号似的水渍。

木兰接过信，双手把它捂在胸口，欣慰地闭上眼睛。那一天，木兰睡得很安详。

陈默无法收拾自己破碎的心情。死刑犯大都不肯放弃最后的上诉，不肯放弃今生今世唯一可能苟活的机会。尽管胜诉改判的希望相当渺茫，出于对于生命的难以割舍的诉求，让他们鼓起绝路求生的勇气，寻找一切理由表明罪不当死或者恳求宽恕，甚至不惜落井下石，揭发他人以求一逞。也有的死因贪恋活在世上的日子，哪怕是躺在刑板上活受罪，也想通过上诉延长审理而多活几天。从戴上死刑戒具回到号房的那一刻，他们所要做的第一件事就是上诉。也只有做完这件事，他们被死刑判决击溃的神经才能重新激活，支撑起死而复生的全部渴望。于是，那些在号房能舞文弄墨的家伙就派上了用场，他们捉刀写下的诉状，不管用语是否规范，格式是否对头，终归是尽心尽力，大有救人一命舍我其谁的慷慨气势。

　　陈默一心想为木兰做好这件事，腹稿已在心中形成，只等木兰从沉默中开口说出一句话，陈默就会一气呵成。陈默觉得木兰有太多复查和从轻的理由。按老官司的说法，木兰纯属被诈供，诈出来的罪行，从另外一个角度看，是属于公安机关并不掌握的罪行，应该视为他本人的主动交代，具有从轻情节。酋长也曾披露，木兰盗窃的那辆摩托车，确实是一个展品，定价缺少合法的依据。如果数额不够特别巨大，情节不够特别严重，木兰至少能保住小命。

　　可木兰拒绝上诉，在沉默中度过了上诉期，怀揣着绝望提前来到鬼门关。按规定，此后的每一天，都有可能是执行的日子。执行是没商量的，这是一种武力对生命的剥夺。也许剥夺木兰的生命是容易的，了结一桩盗窃案也是容易的，一切都结束在枪响命终的一瞬间。可万一在这个世界上留下一个飘荡的冤魂，该如何安抚它，如何打发它魂归故里？毕竟人命关天啊！

　　陈默把木兰命运转折的希望寄托在这份家书上，这是木兰与外界沟通的唯一声音。但愿这份家书不只抵万金，还能感动审查它的刑警、狱警、检察官和法官，引起他们对木兰案件重视，做出复议和改判。或许，木兰的姐姐接到这封信，会赶到润江为弟弟鸣冤叫屈。

　　陈默万万没有料到的是，也许就根本没有也许。

　　木兰亲手把家信交给七科长。七科长是在获知木兰出卖器官的消息后，亲自来到号房了解情况的。对于木兰出卖两个器官的想法，七科长表现出比对木兰拒绝上诉更大的兴趣。七科长当着号房全体光头的面，郑重承诺：一定要把这封信亲手交给木兰的姐姐。

　　木兰点点头，僵硬的嘴角蠕动着欣慰的微笑。

　　木兰有了可贵的食欲。他要吃泡面、火腿肠，连喝开水都不忘就上一袋榨菜，好像干瘪的肚皮总也填不满。陈默陪号的辛苦和满足就在于能让木兰吃好睡好，让他安稳健康地度过生命的最后时光。就在陈默为号房里的食品短缺而犯愁时，七科长打发癞哥往号房送来了点心和卤味，全都是润江"天福居"和"沁园斋"的外卖。

　　一听是七科长的特别照顾，光头们都把馋出来的口水咽到肚子里。只要你不想找抽，你就别动木兰的糕点，就连巡洋舰也没有这个胆子。

　　七科长正在窗户外瞅着呢。

五

　　面对突然莅临的七科长，木兰的任何掩饰都来不及了，骤然的惊恐令他僵直地站在地上，颤抖着把捧在手中的香烟和生日蛋糕抖落下来。蛋糕落地的沉闷声响掠过每个光头的心头，不仅宣告生日庆典的破产，还敲响一场大难临头的丧钟。

　　光头们正在给木兰过生日，庆祝他在号房熬过了二十周岁。陈默明白巡洋舰的这个提议不过是一个借口，目的是名正言顺地鲸吞木兰的食物，光头们异口同声地响应，也不过是为了来一场狼吞虎咽。谁都知道，七科长每天打发癞哥给木兰送美味佳肴，不是体现政府对死囚的人道主义关怀，而是受人之托，让木兰养好身体，好为他提供健康鲜活的脏器。癞哥早已把这件事的来去说得绘声绘色，传遍了所有号房。放风时，不断从各个号房放风场飞进的吼叫，无不是对木兰的挖苦甚至是公开谴责，好像木兰出卖自家身上的零器件是多么大逆不道的下贱。

　　光头们的责骂和嘲讽没有改变木兰的初衷。在等待死亡到来的日子里，木兰只剩下一件事：吃，不顾一切地吃。虽然越吃越瘦，木兰吃得却很尽心，很专注，像是在尽一份责任，为死而活的责任，好像养好身体贡献出两个器官就死而无怨了。

　　为木兰过生日不过是一场分食的盛宴，但巡洋舰、金太子、老官司办得却是有声有色。生日蛋糕是他们几个人的杰作，体现了就地取材的聪明智慧。剪圆的硬纸板上摆满大麻糕和面包片，上面涂着用雪碧冲调好的豆奶粉糊，像一层厚厚白白的奶油，田七牙膏挤出的"祝你生日快乐"五个淡绿色大字，如同点睛之笔落在其上，在二十支香烟壳卷起的"蜡烛"中间，燃烧着苦涩的喜庆。

　　"蜡烛"的烟火刚刚袅袅升起，"祝你生日快乐"的歌声在极力压抑中刚刚起头，七科长就踩着节拍悄悄进来了。

　　谁也不知道七科长是怎么一点没有动响地就进到号房，他们好像没有听到开锁的声音。

　　晚上收监后的号房通常是光头们自由活动的时段，只要号房不鼓包闹事，某个光头不得暴病，干部是不进号房的。即便干部夜晚必须进号，也是非同寻常的举动，不仅要用夸张的开锁声响特意制造出一种气氛，而且巡逻的武警班长也会同时出现在窗户前，警惕地注视着号房的动向，策应进号干部的行动。

这一切好像根本没有发生。在木兰惊慌失措时，光头们也无比惊诧。因为木兰脱离了刑板而成了自由人！死刑犯脱铐等于给他松绑，这是死牢里不能容忍的大忌。光头们暗暗叫苦，大难临头的出路无可选择：号房严管，当事人禁闭，责任人加刑。只能任凭七科长处置了。

尴尬地面对中，七科长再次确认了自己的发现，木兰真真切切地脱离了刑板，像一个自由人似的站在他的面前。七科长迅速做出的反应就是死刑犯脱铐！江西逃犯借洗澡之机吞下铁螺栓的一幕再次在死牢里重演！一场重大的监管事故隐患被他及早发现！

七科长脸色铁青，双眼直逼木兰，仿佛要从木兰的脸上找出脱铐的答案。死囚是看守所监管的重点，平平安安完整无缺地把死囚送上刑场，是他们唯此唯大的职责。只有刑场上的枪声响过，死囚和监管警察才同时完成了法律赋予他们各自的使命。必死无疑的死囚在绝望之际，往往会选择自杀了却自己，或者用自伤自残拖延行刑时间，只是苦于失去行动自由和没有机会而无法得逞。看管木兰不能有丝毫懈怠，七科长不仅要对上级负责，而且也要对常局长的朋友尽责，人家可是疏通了关系要木兰的脏器啊。

"钥匙呢？"七科长问木兰。

在七科长的经验判断中，木兰身上的铁镣钢铐，一定是牢房自制的钥匙打开的。号房不乏溜门撬锁的高手，哪怕手中有一枚曲别针，都能成为开铐的绝佳工具。七科长要木兰交出钥匙，不仅是要见识见识这种别出心裁的开铐工具，而且要从源头上消除这种隐患。

陈默从铺板上站起来，因为木兰的脱铐是在他的帮助下完成的，该惩该罚得认这个账。陈默刚要做出带有承担责任的解释，就被木兰抢先一步的说明给阻止了。

"没有钥匙，是我自己脱出来的。"

七科长不信。他掀开刑板上蒙着的毛巾被，看到铁镣和钢铐完好无缺地固定在完好无缺的刑板上，依旧不相信木兰的说法是真实的。

"你是怎么褪出来的？"七科长要眼见为实。

木兰爬上刑板，给七科长演示了一遍。看到木兰麻秆似的胳膊在手铐里进退自如，已经磨出一层硬皮的脚脖子在涂抹了七科长奉献的香油后，也从铁镣里蹭了出来，动作虽然吃劲，甚至还很别扭，但绝对不是演戏法变魔术。看着看着，

七科长的脸绷得更紧了，老预审员出身的他不得不承认眼前的一幕是他从未见过的奇迹。

监管的疏漏竟在意想不到的地方发生。一时间，七科长不知道该是批评属下的疏忽大意还是该教训木兰的胆大妄为。他唯一能做到的是唤来值班的干警给木兰砸上一副死铐，狠狠地勒进他的皮肉。接下来要做的一件事便是忍着怒火对木兰进行一番的安抚。

"你要安心等待，过些时候，情况也许会有变化。"七科长说着，把毛巾被给木兰盖上。

"您是说木兰有改判的希望？"陈默觉得七科长话中有话，冒昧地问了一句。

"你以为当事人不上诉，省高院就不复查了吗？"七科长反问道。

"这就好，这就好。"陈默几乎是兴奋地说。他最怕因木兰放弃上诉而关闭二审的大门，那木兰就只剩下死路一条了。

"你的家信写得不错，我已经让人发走了，这你就放心了吧？"七科长见木兰了却心事似的冲他点点头，又继续开导说，"二审是需要时间的，耐心等待吧，别想不开。"

七科长离开号房时，还不忘把摔在地上的生日蛋糕一脚踢出门外。说到底，他还是不放心这个自制的糕点里藏有什么名堂。

一场虚惊搅黄了木兰的生日party，木兰觉得过意不去，一个劲儿地催促陈默把猫洞里的食品拿出来给大家分享。陈默也乐意让大家分享木兰的喜悦，不是为他的生日快乐，而是为他的命运有了转机。七科长的话里透着这个信息呢。虽然，陈默对七科长心存戒意，这是难忘的五天五夜遭遇中留下的唯一印象。但在封闭的号房里，你若不信七科长的话，你还能信谁的话呢？信光头们的话，他们说木兰死定了。信其他号房光头们从放风场飞来的话，他们说木兰是个傻帽儿，死到临头也不给自己留个全尸。陈默坚信的是七科长说省高院正在对木兰的案子进行审核，只要高院出面审核，就是死刑复核，应该会做出刀下留人的决定。该着木兰大难不死啊。

欢乐的气氛不再，饕餮食物的劲头不减。无须巡洋舰下令开撮，光头们都围着丰盛的食物甩开了腮帮子。一盆凉开水加醋加糖调制成的"牢酒"成了抢手货，被一个个塑料饭碗淘了个精光，在巡洋舰的带动下，光头们纷纷举杯为最后的晚餐而庆贺。

最后的晚餐？陈默为这句咒语气得几乎要和巡洋舰争执起来。

"你不觉得今晚的情况有些异常吗？"巡洋舰见状抢先解释说。

"你巴不得木兰明早就在人间消失？"

"我知道你跟他铁，甚至还对他抱有幻想，但是我要告诉你，你的怜悯心一钱不值。同情心在号房纯属多余，幻想不过是一厢情愿。你对木兰的最大关心是吃掉自己那份纯属多余的痴心妄想。"

"可惜我不是狼。"

"那是因为你在号房的时间太短，号房是个牢笼，在里面待久了，只能兽化，你要不想变成一只狼，那只能变成一只羊。你是个聪明人，肯定不想让自己成为人家案板上的肉。这年头，做牙齿总比做肉强。"

"我只做人！"

"世上只有大墙里面的人不好做，哪怕你是踩着西瓜皮滑进来的，你也和社会上的人不搭界了，囚犯是什么意思？一个人落进四面高墙嘛，你高尚得起来吗？再说你也是接到帖子的人啦！"

巡洋舰的牢房生存哲学充满着嘲讽和挑战的意味，理智告诉陈默这种歪理不值得一驳，但是，自己的真实经历和痛感并不能帮助自己顺利抵达反驳的阵地，武器的批判需要批判的武器。他虽然能做到在任何时候都会牢牢把握自己，却不能抵挡逮捕证的如期到来。

"也许我把握不了自己的命运，但我能把握自己的人生态度。"陈默还是底气十足地顶了巡洋舰一句。

"知道人生如戏，你不是导演就好。"巡洋舰说罢，脱光衣服冲起澡来。

那一个晚上，陈默最后悔的事就是没能阻止巡洋舰肆无忌惮的洗浴。待木兰要求用热水擦身子时，巡洋舰已经用光了为木兰特意保留的最后一瓶热水。

陈默看到了木兰惋惜的目光。

六

木兰是在第二天凌晨上路的。昨晚弥留之际，他没吃上一口最后的晚餐，也没有擦净身上的汗渍和污泥。

牢门是悄悄打开的。这让陈默想到昨晚七科长静悄悄地闯入不过是一次试

探。光头们沉浸在梦魇中熟睡，有预感的木兰早早坐在刑板上静静地等待这个时刻的到来。四个全副武装的武警班长抬着刑板，像是抬着一副灵柩，把木兰送出号房，除了空气的颤动外，连个告别的背影也没有给大家留下。

牢门很有气势地锁上时，惊醒的光头才发现这个无言的结局。除了陈默，没有人感到意外，好像木兰的离去不过是对他们预感的验证。

"死不开窍的家伙，现在总该明白最后的晚餐是什么意思了吧？"巡洋舰一边把跑马裤头当着胜利的旗帜挥舞着，一边把咒语泼向陈默。

陈默对巡洋舰的愤怒远不如对木兰离去的哀恸。两个月陪号付出的心血和期盼，难道就是为了让他走向刑场，变成一具尸体回应着远去的枪声？生死之间，如若不是近在咫尺，而是远隔关山，我会为一个罪该死刑的罪犯表示惋惜吗？回答是肯定的。我只会以一个公民的身份对一纸盖着人民法院带有天平大红印章的判决书深信不疑，以我受到的教育断定，这无疑是正义的宣判。但是，正因为我陷入了囹圄，使我有机会和木兰近距离的接触，我才知道一纸死刑判决书远不能概括木兰的一生，甚至没有反映出他的作案动机和全部过程，也没有给他一个悔改的机会，判决书高度概括的字句与木兰真实案情相去甚远。陈默的疑问在木兰离去后变成了追问，百思不得其解时，他不再怀疑自己软弱的怜悯和以情代法的天真是这个迷惘的根源。

要不，为什么对昨晚发生的七科长无端探视和虚伪安抚，号房里无人不认为是木兰上路的前兆，连木兰都预感到不幸的降临，自己却做了相反的解读。木兰曾告诉陈默："七科长的话，你千万别信，这人阴着呢。"陈默虽然也有同感，但他不相信七科长会当着众人的面用谎言对木兰做出虚假的承诺和抚慰，如同他不相信木兰真的会为一辆失而复得的摩托车而被法院判处死刑一样坚定。

一切都过去了，只留下了惋惜和遗憾。昨晚安排木兰躺下后，他还在木兰的耳旁喋喋不休地宽慰他有改判的希望，一定要挺到那一天。他想充当一个坚信"面包会有的"的瓦西里，事实上，他却扮演了一个虚伪的牧师。他最应该做的是抢下巡洋舰洗浴的那瓶热水，为木兰净身。木兰惋惜的目光，是他生前唯一的渴求而无法实现的遗憾。当事人木兰是清醒的，而旁观者的他却深陷在自己营造的虚幻中。事实给了他无情的一击。

号房因木兰的仓皇离去而沉寂得像一座坟墓。从光线在墙上漫过的位置判断，此刻应该是上午九时许，光头们正襟危坐，屏住了呼吸，等待着什么。这一

刻正是木兰的大限。早饭的稀粥已经凉了，依旧放在每个人面前，他们要等这一刻过后再吃。昨晚的哄抢和今天的罢饭，让陈默猜不透这帮子人到底犯了哪门子邪。

陈干部打开牢门，冲着号房喊道："把小四川的遗物拿出来。"

巡洋舰倏地站起来，指着地上的那摊蛋糕遗迹说道："死鬼就剩这点东西没有带走了，拿出去喂狗都不吃。"

陈干部没有搭理他，对陈默说："我这儿还有小四川的一些东西，你出来把它送到仓库去。"

一听要去仓库，巡洋舰来神了，改用乞求的口吻向陈干部哀求道："陈干部，把这俏活儿派给我吧，看守所的号房我都住遍了，就差仓库没有去过，让我开开眼，行不行？"

陈干部没有理睬巡洋舰，对着迟疑地坐在铺板上的陈默说："我叫不动你是吧？"

巡洋舰妒忌的眼光里露出了失望。

陈默跟着陈干部走出号房，远远地看见刑板送走木兰后归放在值班室门前，自己的那条毛巾被连同一个小包袱堆放在刑板下面。陈默感到刑板和毛巾被还残留着木兰的体温，是一种恋恋不舍的遗弃。在陈干部的注视下，陈默解开包袱，摆出新鞋、新衣，还有腊肉，一一清点登记。

"食物就不要登记了，拿回号里吃了吧。"陈干部说。

陈默指着软包装的商标问："这是从木兰的四川老家寄来的吧？"意思是说为什么不给木兰生前享用。

"他姐姐送来的，可惜没有赶上开庭，没能见上她弟弟一面。"

难怪木兰不止一次地说他姐姐来了，这不是吃语，高墙电网真的隔不断亲人间的灵感呼应。

陈默把腊肉丢在一边，对陈干部说："可惜木兰没有吃到他姐姐送来的家乡美味。"

"看守所有规定，不能随便给死刑犯送食物吃。"陈干部解释说。

"可七科长天天打发癞哥给木兰送食物。"

"有这事？"陈干部吃惊地问。

"号里的人都说七科长是受人之托，给木兰养膘呢。"陈默全然不顾陈干部

不爽的脸色说道，"木兰不是要卖身上的脏器吗？"

"这小子还挺倔，一听买主是猎狗摩托车公司的老板，不知道为什么，他反悔了。人家可是出了大价钱的，儿子躺在医院等着移植肾脏，老娘等着移植角膜，医院的手术车都开到了刑场……"

陈默的脑海里立刻浮现出七科长的尴尬和猎狗摩托车公司老板沮丧的样子，好像精心打造的一场喜剧因为主角临场拒绝出演而破产。木兰在行刑前的森然气氛中灵魂竟然没有出窍，依然保持着一份难得的清醒和骨气，他的拒绝只能来自对买主的仇视。

默默的赞许尚在陈默心中涌动，就被陈干部的一句话击成碎片。

"一上刑场就由不得他了。我们执行的是死刑，尸体由医院处理。"

木兰的悲剧早已注定。

"问题是木兰的拒绝能够兑现吗？"陈默在心中问自己，"生死离别是灵与肉分离之时，也是他无法对自己生命做主的时刻。他骨肉的肢解已经身不由己了。"

恰巧，陈默在登记木兰的遗物时发现了未寄出去的遗书，证实了他对木兰结局的疑虑。一双棉鞋里塞着一封撕碎的信，像一件不应该出现的东西在不经意间抖落出来。碎片上写的文字准确无误告诉他，这正是自己为木兰代写的家信。按照七科长的承诺，它应该由七科长亲手交给前来探视的木兰姐姐，而不是封存在仓库里腐烂。

足够陈默清醒的了。

一个念头突然萌生出来，让我也做一回贼吧。趁着这个念头尚未消失之际，陈默飞快地把信踩在脚下。

陈默告诉陈干部毛巾被是自己的。

"是你的，你就拿回去。"陈干部不在意的话还没有说完，木兰的家信就裹进了毛巾被，陈默仅在一瞬间就完成了移花接木的全过程。

陈默迎着期盼的眼神回到了号房，他像个毛手毛脚的贼似的把裹着木兰家信的毛巾被坐在屁股下面，才腾出眼睛发现这聚光灯般的目光格外奇怪。

陈默极力保持镇静，用若无其事的目光一一与他们的眼神对接。私藏信件这件事只能天知地知自己知，万万不能让迎面投过来的眼神看穿这个属于自己的秘密。

"别跟咱们爷们儿绷着啦，长江750，你一定看见了什么，快说吧。"老官司用试探的语言打破沉默。

难道老官司发现了这个秘密？陈默心中暗暗吃惊。要知道，老官司是个牢底子，什么动向能瞒过他的眼睛？他故意装出引而不发的样子，其实是在诈供呢。

陈默用不置可否的微笑回应着，让沉默依旧。他不能说看见了什么，也不能说没有看见什么。

倒是巡洋舰等不及了，他的耐心和好奇已经绷到了极限。

"快说吧！你一定看到了那双红皮鞋。"巡洋舰一语道破原委。

陈默绷紧的神经立刻松弛下来。原来光头们关心和急于打探的是一个来自看守所仓库神秘传说的真相。这是一个陈默在号房听了一千遍还要听一千零一遍的传说，虽然版本不同，但主要情节大体相同。看守所仓库里存放死鬼的遗物太多，常年闹鬼；每当夜深人静，总有一双红色高跟鞋带着一股阴风飘进号房，给光头们跳舞；这双红皮鞋是一个冤死的女囚留下的，她的尸体至今还躺在殡仪馆的冰柜里；谁要是敢睁开眼睛看一眼红皮鞋，那他就死定了，不是法院判你死刑，而是冤死鬼要拖你去给她当陪伴；因为你不敢睁开眼睛，所以你就看不见红皮鞋，看不见红皮鞋，你就只能在想象中揣摩它的样子。陈默意外获得进入仓库的机会，正是光头们期待他携带真相而归的缘由。

对于这件事，陈默只能给大家带来遗憾，他一再声明，确实没有在仓库看到什么红皮鞋。

光头们因失望而失语。

突然，金太子惊叫起来。他指着屋顶摇晃的灯泡说："木兰回来啦！木兰回来啦！"

金太子想起了木兰临终时的遗言。

面对看守所所有光头对他贱卖自己脏脏器的谴责，木兰曾说过，如果他真的变卖了自己，他怕吓着大伙就不回来了，要是能保全自己的尸首，他一准回来跟大伙告别。到时候你们看见号房屋顶的灯泡晃动了，那就是我回来啦。

灯泡并没有晃动，光头们更愿意相信彼时的戏言真的成了此时的应验。

"这么说，木兰真的是一个零件不缺的上路的？"老官司疑惑地问陈默。

陈默只能装呆，他要把真想掩藏到底。

"这小子有尿！"老官司说，"放风时，我要把这件事告诉各个号房的老少爷儿们，别让他们错怪了木兰。"

那一天没有安排放风。

第五章
号叫：他有迷魂招不得

一

巡洋舰像个工贼，手里拎着一根鞭子，不停地围着埋头苦干的光头面前转悠，毒蛇般的皮鞭在他们眼前晃来晃去，很有威慑地制造出几声鞭响，警告的意味很明显，如不按时完成看守所派下的生产定额，影响号房收工，一定严惩不贷。

木兰上路后，看守所收回十三号号房享有的死牢特权，和普通号房一样安排生产劳动。降格的结局，光头们早有预料，犯疑的是一向以盗窃犯居多的死刑犯怎么就突然后继无人了？好像木兰的离去给他们必死无疑的命运画上了句号。

巡洋舰团伙盗窃案第一被告的改判给他们带来了一个惊喜，原来不是天下无贼了，而是即将在全国人大通过的新刑法将要取消盗窃犯的死刑，只要贼们不去偷银行窃国宝，你的盗窃数额再大，哪怕案值是木兰的数十倍，也不会丢掉小命。眼下，法院对盗窃犯的审理搁置了，对有可能判处死刑的江洋大盗的审判也顺延了。巡洋舰团伙案中的第一被告也因此获得改判，由死刑改判无期。

窃窃自喜的还有巡洋舰。虽然自己没有获得改判，但是省高院的裁定上写得明明白白，第一被告上诉的理由不是举报立功，而是认为一审判定的摩托车定价有误，那是一辆走私进来的黑车，连失主都没敢报失和认领，法院凭什么给它作价。巡洋舰在法庭上无意说出来的这个情节，竟被律师当作上诉理由而成功挽回第一被告的一条性命。同案们也因此解除了对巡洋舰的怀疑和咒骂，虽然他提供了盗窃线索像是一个圈套，但也提供了一个改判的理由。第一被告从放风场传过话，上山后的事情已经替巡洋舰打点好了，一路都会有各界朋友关照。

这是在木兰走后半个月发生的事，陈默再次想起木兰，心想，如果木兰的案子能够拖下来，他一定会枪下留命。木兰案子的四万元案值应该重新审定，那辆摩托车不值四万元，这个价钱是七凑八凑凑起来的。压死木兰的最后一根稻草，是那些摩托车上装饰物的价值。依照猎狗公司老板的开价，装珠宝的盒子比珠宝贵重。

"一个外乡人，哼！……"巡洋舰用不屑一顾的口吻对陈默说了半句留了半句。他一直对陈默怀有敌意，此时又多了一份警惕。陈默听出了他的言外之意，一个外乡人在润江吃官司，同本地人熟门熟路不能相比，天时地利人和你占哪一条？好事能轮到你？

繁重的劳动没有抑制陈默的追问，可除了沉默的墙壁，他听不到任何回声。无处发泄的憋屈成了陈默投身劳动的内在动力，只有干活儿和出汗使得他觉得活得充实。这和光头们甩开膀子干活儿的劲头多少有些不同。没有一个光头相信劳动会有那么大的功能，能改造思想，让他们重新做人。他们只相信自己的劳动是无偿的被迫的强制的，是为了发挥劳动密集的资源优势为看守所创收罢了。

象征死牢身份的刑板抬出去不到两分钟，三张操作台便抬进了号房，在过道上一字排开，沈干部陪同发包方的女老板跟着走进号房。顿时，号房仿佛亮起一盏耀眼的明灯，光头们恨不得能长出一双透视的眼睛，穿透这个异性闯入者的风衣裙服，探进她徐娘半老的胴体，贪婪地上下搜索。沈干部反倒备受冷落。

女老板的技术指导和操作演示全都被忽略了。以致沈干部陪着女老板离开后，光头们面对一箱箱七扭八歪的二极管不知道该怎么对付。陈默的一句话提醒了他们："搓！"光头们这才明白，他们要干的活儿是搓二极管，也就是把从电镀池捞出来的二极管的两根导线搓直。这在看守所其他号房已是熟能生巧的活儿，在十三号号房还是一个冷门。光头们对坐在东西铺位上，右手掌套着一块橡胶板，在铺着橡胶板的操作台上用反复的滚压把二极管搓直。

第一天是试工，没有定额，大家只当玩儿似的搓来搓去，心情不错。劳动号房也有相应的宽松政策，放风场从早到晚一直开着，保持号房的空气流通，号房的气氛也变得轻松起来，光头们可以随意交谈随时吃东西甚至是开开玩笑，只要你能完成定额。

好心情在第二天便结束了。按八个小时派下的劳动定额，足足让光头们干了十二个小时，结果是成品和需要返工的废品各占一半。料箱和操作台在晚十点才抬出号房，光头们放弃了洗漱，倒头便睡。

这活儿不光是累，更是一个烦。除非你变成了一个机器人，才能在呆板枯燥的往返动作中，无休止地干下去。光头们开始琢磨偷懒磨洋工的法子，巡洋舰却抢先一步想出了奖勤罚懒的高招。

用布条编成的腰带被巡洋舰从裤腰抽了出来，又缠上电线，变成了一根鞭子，不时地在进展落后的光头脊背上抽几鞭子，给你一个提醒。腰带绳索原本是号房的违禁品，巡洋舰为了表现与众不同，特意让金太子撕了一个床单，编成五颜六色的腰带系在裤子上，成了权杖似的象征。这回，巡洋舰为腰带派上新的用场而沾沾自喜，耍起来也得心应手。但是，对于傍晚收工前还没有完活儿的主儿，巡洋舰就不再是孝敬皮鞭了，而是不分青红皂白一律鞋底伺候。

巡洋舰征用了陈默从北京穿来的懒汉鞋，那生硬的塑料鞋底具有意想不到的杀伤力，在受虐者的臀部得到了淋漓尽致的发挥。每晚放风场响起暴风雨般的呼啸声，是巡洋舰对完不成定额的下属名正言顺的惩罚，也给了他丧心病狂的发作机会。这一景观也常常吸引武警班长的驻足，许是非分内的事，只是观看而不干涉。这倒让巡洋舰的鞋底子挥舞得更起劲了，抢起来的塑料鞋底子简直就是旋起的一阵狂风，拍在受虐者的屁股上就是一方血印，像盖上的一枚红印章。巡洋舰把这项惩罚叫"打欠条"。

大鲍翅每天都要"打欠条"，吃巡洋舰的鞋底子。他那个因营养缺乏而不见消瘦的大肚皮害得他无法伏在操作台上干活儿，只能站在操作台旁边费力地搓着。完不成定额自在意料之中，受罚却是难堪的。当众脱下裤子，撅起屁股，等着挨打，首先受挫的自尊心。屁股的红肿和脸面上的羞愧是一个自认为有身份的人难以承受的，可又有谁理解他的苦衷呢？

大鲍翅想起了自己在社会上得心应手的一招：贿赂。

刚躲过两天惩罚的大鲍翅便引起了巡洋舰的注意。大鲍翅按时完成了定额，却没有按时给他进贡香烟。巡洋舰断定大鲍翅的香烟变成了佣金，买通了搓二极管的快手替他完活儿。按理，巡洋舰对此可以睁一只眼闭一只眼，可他不能眼睁睁着孝敬自己的香烟叼在别人嘴上。他每次惩罚大鲍翅时，看在两根香烟的面子上，总是风声大雨点小，至多算是温柔地拍打，这个老东西不该这么忘情。

今天不动声色的观察让巡洋舰"筛出"了这个秘密，一向以好马快刀著称的金太子进展大大落后了，显然，他尚未干完的那一大堆料里有大鲍翅的份额。巡洋舰心想，就算你金太子聪明，也比不上我精明。我要是玩不过你这个小混混，还怎么在号房里混日子？巡洋舰攥紧了手中的鞭子，暗中期待着对金太子的教训。

大鲍翅看出巡洋舰要借故整治金太子的苗头，想偷偷地把自己送过去的料扒回来，却被金太子摁住了手。金太子的眼神是明显的不屑一顾，意思是不尿他。

金太子挑衅般地放慢了干活儿的速度，光头们也跟着"泡"起来。光头们终于有了一个磨洋工的机会，心想，金太子可是你巡洋舰的亲信，连他都完不成定额，你巡洋舰罚谁去？不信你会扒下所有人的裤子抢鞋底子。今天可是金太子跟你叫板，有种的你就把鞋底子像贴饼子似的糊在他的屁股上。

光头们要炸翅！巡洋舰嗅出了一股异常的味道。他发出警告："定额就是定额，今天就是皇太子完不成定额，老子一样格打勿论。"

金太子回敬说："请号长放心，就是大家都完不成定额，我金太子也是干得最快的，你不至于给我打欠条吧。"

"我的鞋底子可是六亲不认。要是鞋底子伺候不了你，我还有一根鞭子。"巡洋舰挑明了说。

一听这话，金太子干脆撂挑子，不少光头跟着歇了下来。雅马哈、本田、老官司也是有一搭无一搭地搓着，冷眼看着巡洋舰如何收场。

号房一旦安静下来，被光头们忽略的歌手吼叫再次充斥耳畔。

"喀齐嚓！""喀齐嚓！""我要喀齐嚓！"

金太子好像获得意外启示，他也挑明了说："不错，我这堆料里是有定额以外的。可操作台上哪堆料里没有定额以外的呢？你号长的定额是谁替你完成的？我们凭什么还要给酋长干一份定额？既然歌手不能劳动，为什么还要算上他一份定额？再说我们之间的互相帮助又有什么错，值得你如此算计？"

金太子说的定额内情，只有中板的人知道。金太子等于揭露了底细，既有巡洋舰的舞弊，也有看守所安排的不合理。

只有一个人在欢呼："喀齐嚓，喀齐嚓！我要喀齐嚓！"

巡洋舰给呛得噎过一口气，半天没有喘上来。金太子当众顶撞，让他的鼻子嗅到了一股众叛亲离的味道，一个即将离号上山的号房老大已是落架的凤凰，鸡们不拿他当回事了。也好，我也给你们留下一道难题，我整不了你金太子，看有人怎么收拾你。

"有本事你让看守所把酋长叫回号房跟你一起干活，也让看守所把我的定额给免了，算你能。歌手就是一个废物点心，你要能把他训练成劳动能手，我向沈干部推荐，未来的号长就是你了。"

金太子没敢应茬。看守所抓得最紧的事就是生产进度，不会减少定额。酋长是个"官儿"，虽说同是阶下囚，人家毕竟还是看守所的座上宾，吃官司也少不

了特殊照顾，没有七科长发话，谁敢安排他干活儿。金太子只能拿歌手这个疯子说事。

"歌手不能干活儿，难道还不能晚上替大伙值班？"

金太子的提议，让光头们突然发现了一个废物利用的好主意。如果说木兰是因死去而被光头们遗忘，歌手却是因为活着而被光头们遗忘。歌手不过是号房里的一个影子，躺在铺板上望着天花板发呆的傻子，整天号叫"喀齐嚓"的疯子。原本晚上值班就是一件苦活儿，何必不把它交给歌手呢，反正他晚上也不睡觉，跟灯光做伴真是再好不过了。

巡洋舰看到了不能拒绝不容商量的目光。

二

水池里盛满了清水，双手掬起些许，轻轻地泼洒在脸颊、脖颈、肩胛，凉丝丝的水珠像欢快跳荡的音符拨动着心中那根久违的琴弦。歌手脱掉衣服，让清水在袒露的胴体上尽兴地流淌，水的浸润如同温柔的安抚，歌手听到了脉管里血液的澎湃，鼓荡着灵魂的徘徊。

沐浴中的歌手仿佛被清凉的水珠激活了，他如痴如醉。

是无处不在的灯光把歌手驱逐到短墙下的阴影中。夜间值班的莫大痛苦来自灯光的挑逗，噩梦般的灯光会把他化为灰烬变成虚无。只有短墙下残留的一抹阴影，给歌手保留了一片狭小的天地，他把自己融进这片黑暗中，努力地保持住心灵的安宁。

歌手需要黑暗，因为只有黑暗才能让他感觉到自己真实的存在。为了制造这种黑暗，晚上他要蒙上被子，白天他要闭上眼睛。一旦目光和灯光对接，噩梦就席卷而来，他就有"喀齐嚓"号叫的冲动。

夜阑，人静，秋虫在呢喃。把头颅埋在臂弯的歌手犹如听到了吴老师如泣如诉的琵琶声，似大珠小珠落玉盘的清脆，如杜鹃啼血唤东风的执着，窃窃私语，殷殷柔情，点点滴滴到心头。歌手睁开眼睛，昏黄的灯光下鼾声一片，哪有秋虫，哪有吴老师的倩影？声音来自水龙头的滴漏。陈旧的水龙头像个闹夜的孩子哭泣不止，把泪珠似的水滴溅落在水池，发出了奇妙的声音。原来地狱也能在无意中营造出属于天堂的天籁之音。

滴水声是诱惑，是感动，歌手觉得自己内心涌动着莫名其妙的渴望，想一头扎进池水中，让恶魔般的灯光在水的浮光掠影中变成碎片。

歌手用双手掬起清水，高高举过头，轻轻泼下去。水的欢畅击退了光的恐惧，沐浴在水中的歌手陶醉了。这是他的泼水节。

出于羞怯的天性，歌手耻于当众裸浴。他的皮肤太白太嫩，无法抵挡光头们淫邪的目光在他身上扫来扫去。夜晚值班给了他独处的机会，歌手才鼓足勇气，偷偷地接受水的滋润，水的洗礼。

歌手没有注意到一双淫秽的眼睛一直在背后盯着他。

"好一个出水芙蓉！"看到歌手洁白的胴体透过若隐若现的水帘一览无遗时，巡洋舰几乎惊叫起来。首先泛上心头的是酸溜溜的自惭形秽。靠玩石锁举哑铃练成的猛男形体，一向是巡洋舰的骄傲，再加上前胸后背两个猛虎下山一条蛟龙出海的刺青，简直就是他炫耀的行头，每每在"美不美，看大腿"的形体展示中出尽风头。此时，巡洋舰的自信心仿佛受到无言的挑战，沐浴中的歌手活像一面镜子，反衬出自己的丑陋、粗俗和卑微。那一层永远也漂不白的黑皮，横七竖八趴在身上头上像虫子一样蠕动的刀疤伤痕，连那技艺低劣的刺青，还有从娘肚子里带来的紫红胎记，无一不反衬出自身致命的缺憾。以往，在巡洋舰的眼中，号房里的光头全都是一堆惨不忍睹的废料。木兰是个欠发育的豆芽菜；金太子永远挺不起精瘦的胸脯，不似反弹琵琶也是搓衣板；本田倒是长了一身滚刀肉，可惜没有练成块，堆成了可怜的啤酒桶；雅马哈简直就是一桶酸奶，再加上那股女里女气的骚劲，酸得让人发腻；老官司已经垂垂老矣，干巴的皮肤像树皮，脸上的皱纹像核桃皮，这个牢底子再住下去，就要被风干成木乃伊喽；大鲍翅肥得像头猪，干一点儿活儿就累得直哼哼，一副活不起的样子；酉长腆起的大肚子或许在社会上是身份的象征，在号房简直就是即将分娩的孕妇，干部待见他，可我怎么看他都像个草包；陈默虽然是行伍出身的知识分子，可受过伤的小腰不作劲了，不撅屁股就直不起腰，一撅屁股就像一只好斗的公鸡。论块论条，巡洋舰自信他绝对是号房里出类拔萃的一枝独秀。

在光彩的歌手面前，巡洋舰的自信心垮掉了，鹤立鸡群的自我感觉不过是一种自欺欺人的可笑罢了。悲哀之后，巡洋舰便萌生了戏弄的念头，戏弄是兽性的发作，也是一种报复。欲火在燃烧，难耐的饥渴告诉巡洋舰，放过眼前的这个尤物简直就是自己不可饶恕的罪过。

就在巡洋舰像一只色狼扑向歌手时，一个昔日惨痛的教训在利令智昏的头脑中亮起了红灯，巡洋舰想到了小不忍则乱大谋。

那则教训出自大西北。那地方天大地大，随便在哪块棉田瓜地里就能公对公地搞上一把。开始是单调乏味生活的别样调剂，夹杂着对同性恋的好奇。尝到甜头的巡洋舰竟一发而不可收，几年劳改生活下来，把一个中队的小白脸都搞遍了。事情发生在即将刑满释放的前一天晚上，巡洋舰把觊觎已久苦苦不得下手的一个梦中情人给搞了，虽然是一场半生不熟的夹生饭，毫无激情可言，无奈这个来自上海的娘娘腔奶油小生是一个新疆黑老大的老妍，卧榻之侧岂容他人鼾睡，一场因争风吃醋的决斗在沙枣树下即将上演。获得举报的干警及时制止了恶战，关进禁闭室的巡洋舰才知道他赶赴的是一场鸿门宴，埋伏在羊圈后面的黑老大帮凶正准备用刀子阉了他，当着他的面，把他肚脐下的三寸肉段割下来喂狗，让即将出狱的巡洋舰净身成一个公公。祸根险些酿成丢掉命根的耻辱。

号房是个危机四伏的地方，已经获刑即将投改的你如果不想在看守所延期羁押，你就得夹起尾巴"猫着"。巡洋舰发现自己的冲动是那么愚蠢，一个在水中复活的歌手不只是与自己较劲的健美明星，神智苏醒的歌手首先是对他的一个致命的威胁。替死鬼的秘密一旦因歌手的清醒而真相败露，他的好日子也就到头了。

巡洋舰知道，守住自己秘密的关键，是要让歌手永远处在"喀齐嚓"的号叫中沉迷。对歌手来说，"喀齐嚓"是这个世界最美的声响，不像水龙头滴答滴答没完没了的杂音，听得让人讨嫌。

巡洋舰开始琢磨不是戏弄而是作弄歌手的法子，闭上眼睛后的耳朵格外灵敏，他没有听到水龙头的滴答声，他想到了停水和空荡荡的水池。

巡洋舰捕捉到一个机会。

三

七科长发现歌手不仅脑子进水了，而且脖子上多了两道掐痕。

七科长用简单的方法对歌手进行测试，为的是判明歌手是故意装疯卖傻还是真的脑子出了问题，是自伤自残还是他人的恶搞。

七科长伸出一根手指头在歌手眼前晃了晃，问道："这是几？"

"哆，"歌手未加思索地回答道，"哆咪咪的哆。"

　　七科长不能说歌手回答的不正确，而且很有创意。他比谁都希望歌手的头脑是清醒的。吴江媛被杀案闹大了，省厅的预审专家即将来润江复查案件，重审歌手，核对证据和口供。他不能把一个呆头呆脑的"喀齐嚓"推到专家面前。

　　七科长又伸出两个手指头。

　　"剪刀。"

　　七科长心中一阵窃喜，这两根手指头被认出是剪刀，竟与锁定了的凶杀现场作案工具一致，也算意外收获。

　　七科长接着伸出了巴掌。

　　"布，"歌手反应极快又带兴奋地说，"石头、剪刀、布。"

　　七科长有点看不懂了。歌手的思维是连贯的，又是错位的。在歌手说出剪刀和布后，七科长原想再举起拳头，一想到歌手已经把"石头"抢先说出来了，就改成两只手掌一起伸到歌手面前。这时，七科长听到了歌手发疯似的号叫：

　　"喀齐嚓，喀齐嚓！我要喀齐嚓！"

　　就在七科长收回双手之际，他看到了歌手脖子上的两道酱紫色的勒痕。七科长熟悉这个部位的伤痕，不是自缢留下的索沟，就是遭到窒息性攻击留下的掐痕。伤疤说明了两点，一是歌手在号房遭到了暗算或者是报复，二是行凶者下手很狠。七科长迅速做出判断后，决定要像破案似的查明情况，否则无法向省厅派来的预审专家交代。

　　人命关天的案件，常常是社会关注的焦点，吴江媛被杀更非比寻常。鉴于她省政协委员的身份和在公众中的声誉，她的不幸被害，一直受到各界人士和媒体的关注，对润江公安局认定歌手是该案的凶手有着种种疑问。有人把这些疑问捅到省里，省公安厅受命调阅案卷，发现歌手的交代与现场勘查的情况多有不符，决定派专家前往润江直接介入此案。七科长趁着省厅专家前去现场勘查之际，先一步到号房观察歌手的状况，为专家的提审铺路垫底。毕竟，对歌手的再审也是对他办案质量和成果的检验。他得保证万无一失，任何纰漏和闪失都瞒不过专家们的眼睛。

　　幸好自己没有贸然把歌手带到省厅专家面前，歌手抑制不住的号叫和脖子上清晰的伤痕，不仅暴露了他们监管不力，而且歌手的精神状况也将引起专家们的怀疑，只要追查，就脱不了自己的干系。这种情况一旦发生，不仅意味着审讯的重新开始，甚至可能引向整个案子的塌台和责任的追究，这可是大老板亲自抓的

案子，一旦办成了冤假错案，常局长即将升任润江市委副书记的官运肯定告吹，而他被常局长默许提携为刑侦大队大队长的承诺也就成了黄粱美梦。七科长绝对不想看到这种局面的出现。

七科长为自己提早发现这个情况而欣慰，至少他还有时间搞清情况，只有心中有数，才能随机应变，应对自如。

七科长故意装着糊涂地问："喀齐嚓是什么意思？"

无人应答。了解七科长的老犯们都知道不能随便回答他老人家的提问，怕一不小心被装进去卖了。他们习惯在七科长面前沉默，而且是微笑的沉默，让七科长没脾气。陈默不知道光头们沉默的原委，以为七科长的发问表明他对歌手神志不清的关注，自己应当如实反映情况。

"不知道为什么，歌手忌光忌亮，总是说自己脑袋里有一个聚光灯……"

七科长一听聚光灯，眉头一皱，立刻打断陈默的话头。他不认为歌手的病变与审讯中的聚光灯有任何联系，也不能容忍和放任对聚光灯的怀疑，哪怕是一点点联想。

"我问的是喀齐嚓。"七科长又重复了一遍。

光头们放肆地笑了起来。那笑声不是对七科长的附和，而是对陈默的嘲讽，讥笑他拍马屁拍到了马腿上，歌手的喀齐嚓干你屁事？号房就你长着嘴巴吗？要说话也轮不到下板的你咋呼。

陈默只顾道出真情，他接着说："喀齐嚓是说有人要杀他。"

"你怎么知道的？"

"因为他总是用手掌横在脖子上发出喀齐嚓的号叫，像是受到了惊吓。"陈默进一步道出了原委。

"手掌横在脖子上？"

显然，七科长对这个情况很感兴趣。他希望歌手的失常与脖子上的伤痕构成因果关系，歌手在号房遭到了不测的暗算或伤害，造成了大脑和精神的损伤。这个结果是对省厅专家的最好解释，也是对上级最好的交代。

七科长指着歌手脖子上的伤痕直截了当地问："这是谁搞的？"

大家伙装着听不明白七科长的话，互相传递了一下惊讶的眼神便低下了头，极力躲避着，害怕七科长问到自己。

七科长把目光转向陈默。

陈默也是刚刚发现歌手脖子上的新鲜伤痕，他只能肯定昨晚睡觉前这两条伤痕还不存在，因为刑板抬出号房后，歌手就睡在他的身边，他没有看到这两道明显得像项链似的伤痕。但是，陈默听到了歌手的号叫，是在今天早上发出的号叫。水池意外的没水了，被巡洋舰轰起来排队等着洗漱的光头把歌手骂了个狗血喷头，虽然都是图个嘴上的快乐而已，在巡洋舰看来却是歌手惹起了众怒。巡洋舰期盼的机会到了，显得尤为兴奋，他一面招呼光头们按部就班地坐在铺板上埋头干活儿，一面抽出腰带准备收拾歌手。

陈默听到歌手发出"喀齐嚓"的号叫时，猛地抬头看到了这样的情形：巡洋舰正用腰带套住了歌手的脖颈，使劲地勒着，歌手拼命的喊叫并没有引起光头们的注意。巡洋舰无意中与陈默的目光对接后，才若无其事地松开了手，歌手却像一根木头棍子似的倒下了。

可以断定，歌手脖子上的伤害是巡洋舰这个恶魔留下的。歌手无法披露这个事实，陈默却不能保持沉默。

陈默刚要道破事情的真相，本田却从铺位上站起来对七科长坦白似的说："报告政府干部，是我违反监规，动手打了歌手。"然后摆出一副认打认罚的赖皮样，好像即将到来的惩罚不是皮肉之苦而是对他冒名顶替的奖赏。

七科长问本田："不会是他招惹你了吧？"

"七科长，别看这家伙整天装疯卖傻，心里阴着哪。晚上值班把水池里的水给偷偷地放了，害得大伙没水洗漱，连解便都没有水冲。难道您没有闻到号房臭烘烘的气味？"本田借题发挥，说的有鼻子有眼。

"谁叫他晚上值班的？"

七科长提出了一个本田不能回答的问题，本田瞄了巡洋舰一眼。巡洋舰知道事情闹大了，决心把沉默保持到底。

七科长发火了，他用命令的口吻告诉一直站在窗外观察动静的武警班长："把孙所长、沈干部给我叫来。"

闻讯赶到号房的孙所长和沈干部，一人手中拎着一副钢铐，一人手中握着一根白蜡棍，犹如临战一般严肃。

"我再给你一次机会，是你动手打了他吗？"七科长指着歌手脖子上的伤痕说。

孙所长和沈干部也被歌手脖子上突然冒出的伤痕震惊了，他们在意识到问题的严重性的同时，也感到了失职。他俩只能静静地等待着顶头上司下达执法

命令。

本田主动走到厕所，双手扶着短墙撅起屁股，这是号房最为熟悉的姿势，摆上这个架势，就是认账甘愿接受惩罚的表示。这时，如果本田有权选择钢铐亦或白蜡棍，他一定选择代表执法的钢铐而不会选择白蜡棍，因为塑胶制成的白蜡棍是看守所内部的家法物件，是继竹板之后的第二代的土制戒具，优越性体现在隐蔽性及稳准狠上。

沈干部举起白蜡棍，朝着本田的臀部挥舞起来。皮开肉绽的声音是那么的沉闷，像是在拳击一个沉重的沙袋。每一下都在旁观者的心中留下一个震撼，却没有在本田的裤子上留下任何痕迹。直到本田忍受不住叫喊起来，代人受过的怜悯才从光头们的心头萌生。

陈默一向鄙薄本田，此时更无同情，但他却一直用愤怒的眼睛盯着巡洋舰，因为他才是残害歌手的罪魁祸首。

四

本田拍着巴掌，一句一句地教歌手念牢房歌谣：

一进牢房，心惊肉跳；
二人同睡，一颠一倒；
三餐牢饭，顿顿不饱；
四面高墙，插翅难逃；
五湖四海，不请自到；
六亲不认，只服管教，
七条罪状，全都套牢；
八点刚过，提审来到；
酒肉朋友，胡说八道；
实在不行，上山改造。

歌手和着节拍哼唱着谁也听不懂的歌，陶醉在自己营造的境界中，茫然又坦然。本田全然不在意歌手驴唇不对马嘴的哼唱，原本就是对牛弹琴的活儿，不看

在免除劳动定额的份儿上，谁愿意揽这个出力不讨好的活计。

歌手因满嘴的"喀齐嚓"而中断了省厅刑侦专家对他的提审。根据专家的建议，七科长让巡洋舰找一个口齿伶俐的人从劳动岗位上下来，专门与歌手闲聊，意在消除他的思维障碍，恢复语言功能。歌手是重刑犯，又是外地人，不宜取保候审。

巡洋舰心中窃喜，报答本田的机会来了。

巡洋舰没有想到本田在危难之际会挺身而出，两肋插刀般替他顶账。事后，他曾问过本田，我该怎么回报你？本田一语道破玄机："把号长的位子留给我！"他要在巡洋舰投改后坐到一号铺位，过一把官瘾。巡洋舰二话没说，拍着本田的肩膀就答应了，虽然他知道号长得由干部指定，他开的不过是一张空头支票。不过，那时他已经拍拍屁股走人了，他走后，哪怕号房闹翻了天，本田不幸在权力的角逐中败北，沦为下板，也与他无关了。

根据七科长的指令，巡洋舰安排本田充当歌手的教师爷既是实实在在的报答，更是放心的安排。正像那天本田演出的苦肉计并非事先设计好的，这份报答也是不期而至。本田当歌手的陪读，是唯一一个让他放心的角色。因为本田只会让歌手变得更痴迷，而不会让他从浑噩中清醒过来。本田本人就是一个四肢发达，头脑简单，口角笨拙的傻帽儿，小学就开始逃学的他，学到的那点可怜的知识又都还给了老师。让一个不及格的小学生去教一个大学生，也只能是发生在牢房里的咄咄怪事。七科长的旨意不能违抗，但能篡改，除非他老人家亲自下号当陪读。

本田倒是难住了，想了半天，也没有弄懂陪读是个什么活计，他只知道有"三陪"，但那是在社会不是在号房。巡洋舰告诉他，陪读就给歌手念监规，可本田又认不出几个大字，能够朗朗上口的也就是这首牢歌，念出来还有些阴阳怪气的，倒是给干活儿的牢友耳朵送去了靡靡之音，让枯燥的劳动不再单调乏味。

于是，光头们也纷纷参与到陪读的行列中，用自己的理解去丰富这首牢歌的内涵。

"号房这地界，自古以来就是一朝天子一朝臣，行的就是专制，不管你是哪路英雄豪杰，进到牢房，那就得从三孙子做起，是龙你得盘着，是虎你得卧着，不能立棍。"

"培养同性恋的爱好就得从二人同睡开始，否则，你无法适应以后的劳改生活，山上可是纯爷们儿的世界，连老鼠都是公的，你那杆枪只能戳屁眼。"

"牢饭吃不饱是早些年的事了，现在号房的生活已经解决温饱开始奔小康了。看看我们号房壁橱里的食物，乡村杂货店未必有这儿全，城市连锁店未必有这儿精，都是外面送来的慰问品嘛。一天三顿白米饭，按说够吃了；菜虽然差点意思，也是油腥不断，可为什么还是老觉得饿？闲饥难忍嘛。有饥饿感说明你活得很正常，要不，哪来的自摸劲头？你歌手什么时候想女人了，你什么时候就清醒正常了。"

"哎哎，人家歌手可是个处男，请别谈色。"

"我不好说透大家伙的心思，其实，这个念头肯定会在各位的头脑里闪过，那就是逃跑。反正我就在脑海里设想各种可能，把自己扮演成亡命天涯的成功者。无奈，四面高墙把这个幻想变成了泡影。一旦落入号房，自由仅仅表现在想象中，你永远不能把想象变成现实。"

"逃跑可是看守所的大忌，你小子不怕线人举报？"

"有想法不可怕，有机会才可怕呢。"

"牢房虽小，却连着全国各地，说咱们来自五湖四海不为过，连台湾的特务都在这儿住过。都是不请自到，进也进来了，跑又跑不掉，权当度假吧。咱们一度假，外面就安定了，没人闹腾了。"

"别忘了江湖总是后浪推前浪，那帮子后起之秀可比咱们爷们儿狠毒，敢下手，镇不住他们就别想消停。"

"听说过老乡见老乡，背后打黑枪这句话吧？在号房混日子，还真得多几个心眼。法国有个专门讲生存的哲学家，也蹲过笆篱子，他总结的经验是他人就是监狱。你被人盯上了，你就落入陷阱了。所以防人之心不可无，别像木兰似的，眼瞅着就要结案了，一感动又说出个摩托车，怎么样，到了这个份儿上，谁也救不了他啦。"

"别影射人家七科长好不好？坦白从宽，牢底坐穿，抗拒从严，回家过年嘛。"

"你这一说，我倒想起昨天提审时，发现审讯室挂的那个坦白从宽，抗拒从严的大标语不见了，空落落的审讯室好像失去了一道风景线，反倒少了些虚张声势的气氛。"

"什么时候坦白从宽，抗拒从严变成可以保持沉默，但不准胡说八道就好了。多少胡编乱造的假口供都是因为不许沉默造成的，说真话人家不信，只得说

瞎话，可瞎话一写到纸上就成了案卷里的笔录了。法官审案不是审你是审案卷，案卷把你写成什么样，你就是什么样。"

"还是歌手聪明，一阵喀齐嚓地乱喊乱叫，就把省厅的刑侦专家给整蒙了。"

"拉倒吧，来者不善知道不？来者可是七科长的上级，歌手能斗得过人家？还不是小菜一碟，聪明反被聪明误的下场等着他呢。"

歌手许是听见了"喀齐嚓"，便跟着号叫起来。

歌手抹脖子似的叫喊声中，光头们敏感地听到了巡洋舰"隔墙有耳"的嘘声。

"说下去，接着说下去。"七科长从窗户外冷笑地说，"刚才还议论风生嘛，怎么突然就鸦雀无声了？接着往下说！"

这回真的鸦雀无声了，连歌手都直勾勾地看着七科长发愣。他刚要喊"喀齐嚓"，就被本田用巡洋舰的跑马裤头给堵住了嘴巴，憋得手脚抽搐直翻白眼。本田低声呵斥道："再喊你妈的，我就掐死你！"反倒受到了惊吓的歌手，拼死地挣扎着，挥舞着嘴里吐出来的跑马裤头，向着七科长没命地狂叫："喀齐嚓，喀齐嚓！我要喀齐嚓！"

巡洋舰趁机对七科长说："我们大家恳切请求政府干部给这个疯子提前上刑板，反正打头是早晚的事，早一天上刑板早一天安生。"

"这是你考虑的事吗？"七科长板起面孔说，"我让你找一个人跟他聊天，没有让你发动这么多人给他上启蒙课，像吵监闹狱似的。是不是政策一放宽，你们就要闹翻天啊？"

巡洋舰赶紧赔着笑脸说："哪敢呢，咱们这些人的肚子里有几根蛔虫您还不是一个门儿清，有什么牢骚能瞒过您，说几句怪话不过是给嘴巴和舌头过把瘾，您千万别当真，过堂时绝对不胡说八道，您放心吧，好赖咱们也知道维护看守所的声誉。"

七科长把一包消炎药丢给本田，透着几分关切地说："伤好些了吗？注意别感染。"

"我这个人天生经打，再说沈干部的白蜡棍打得一点也不疼，感觉挺温柔。"

本田天生会作秀，此时的应答真是口是心非的直率。

"打得不痛不痒还叫惩罚吗？"七科长仿佛在逗本田开心。

"没有伤筋动骨痛什么。"本田不以为然地说，其实，他的臀部和大腿根已经溃烂，开满了恶之花。

"既然没有伤痛，那就回到操作台干活儿吧，工厂催着交货呢。"

本田顿时明白了，他被精明的猎手引进陷阱。那一包消炎药既是安抚也是诱饵，他上当了。

"其实，我早就说过，我对付不了歌手，人家昏了头的智商都比我高，要不我怎么尽干傻事呢。"

本田的揶揄带着明显的牢骚。

七科长又指着巡洋舰说："号房没有特殊在押人员，不需要甩手掌柜的，你也得干活儿，完成自己的定额！"

随后，七科长把手指向陈默，话没说一句，意思大家都明白，本田下课，帮助恢复歌手语言功能的活儿今后就由陈默来干了。

五

杂草从墙缝钻进放风场，沿着墙根和水泥地间的间隙疯长，占尽了秋日的枯荣。歌手努力地呼吸着弥漫在空气中的草香，跟在陈默的身后，围着放风场慢慢地踱步。

放风场虽然也是封闭的，头顶上的蓝天被铁栅栏无情地分割成条条块块，但毕竟隔不断阳光，抵挡不住清新空气的渗透，阻隔不了飞鸟倩影的掠过。借着七科长的指令，陈默把与歌手的交谈地点选在放风场。这个环境适合歌手，不仅安静、空气新鲜，而且远离了令他恐惧的灯泡和光头们对他的有意无意的挑逗。远离号房就是远离森然和压抑，虽然号房与放风场不过只隔一道铁门，咫尺之间却是两重天。歌手需要有利于他神智复苏的安静环境。

七科长的指令就是自由通往放风场的通行证。号房里的光头们要想在放风场溜溜，必须得完成定额。被劳动定额套牢在操作台上的光头们，不仅要完成自己的定额，还要把巡洋舰、酋长、歌手和陈默的定额带出来。他们只能用羡慕的叹息看着这等好事落到陈默的头上，不过这样的叹息没有嫉妒的意思，包含的是无须猜测的臆断。后来金太子道出了这个臆断：从七科长的指派可以断定，未来号房的掌门人就是陈默，搞不好巡洋舰还得提前下岗！

歌手走累了，就像一根被雷火烧焦的木头桩子伫立在放风场中间，仰着头闭着眼，任光斑在脸上跳动，毫无表情。

陈默默默地看着歌手痴迷的样子，心中涌现出兄长般的柔情。能唤醒一个从迷惘中走出来向你倾诉心中悲情的朋友，这不是七科长的本意，而是这个苦难世界赐给自己的恩惠，乃至使命。陈默相信自己能够走进歌手的内心世界，即便歌手不能敞开心扉，他也要尝试着用沟通来揭开这个谜：可怕的魔影是怎么投射到歌手的心中的？

让我从童话说起吧，那是人类心智和良知的源泉，是人类最初的启蒙。

"……丑小鸭从一个地方走到另一个地方，人们见它长得丑，都欺负它。有几次，丑小鸭想埋在雪地里死去。但它熬过了严冬，又见到了天空的太阳。

"……丑小鸭飞起来了。它看见三只美丽的白天鹅从森林里飞出来，浮在一条小河上嬉戏。丑小鸭记得，它从前见过这些美丽的鸟。

"……丑小鸭飞到河里，向美丽的白天鹅游去。三只白天鹅像欢迎久违的朋友把丑小鸭围住了，丑小鸭嫌自己长得丑，羞愧地把头垂下来，它看见……"

它看见了什么？歌手用瞪大的眼睛表示了自己的关切和探询。

"丑小鸭在水面上看见了自己的身影，那不是又黑又丑的丑小鸭，而是一只羽毛丰满的白天鹅。丑小鸭原来是天鹅蛋里孵出来的！"……

陈默为自己的讲述而感动。多少年啦，自己为女儿讲述安徒生这篇童话故事的情景又浮现在眼前。那时的父女情长已变成今日的恍然如梦。陈默原以为早已忘记了的陈年旧事，一经翻腾出来，才发现以往经历的一切都是那么刻骨铭心。

人同此心，心同此理。歌手的心灵中一定保留着纯洁的记忆，迷茫和失忆不过是一层覆盖心灵之上的冻土。

为了给歌手讲童话，陈默只能求助于记忆。文化荒漠的号房，别说书刊杂志，连本字典也没有。两个号房共享的一份《人民日报》也因看守所经费紧张而取消。陈默进号后只能从光头们卷大炮用的报纸残片中读到过期新闻，温故知新的渴望令陈默非常珍惜这些旧报的残片，连不成句续不成篇的文字，丝毫没有影响他的阅读兴趣，连一个标点都不轻易放过。陈默成了文字的拾荒者。凡是有文字的东西，哪怕是香烟壳、食品包装袋、各式衣服的商标都成了他的阅读对象。至于号房里的"老三书"，起诉书、判决书和裁定书，更是他阅读的经典文本，许多法律知识都是从这些文本中琢磨出来的。

可惜，号房没有文学作品，没有童话。为了完成对歌手的启蒙，陈默只能在记忆中打捞。陈默记忆的大门一经打开，白雪公主、青蛙王子、灰姑娘、渔夫和金鱼、小红帽和大灰狼，一一浮出记忆的水面，给了陈默一个又一个温馨的回顾。

陈默从歌手专注的神情中印证自己的判断，丑小鸭的故事给了歌手一份难得的启迪和感动。

陈默问歌手："天鹅蛋掉进野鸭窝里还能孵出白天鹅吗？天鹅蛋是鹅卵石吗？丑小鸭是怎么知道自己是白天鹅的？"

也许问题问得太多太急，歌手尽管嘴角蠕动着，眼睛闪烁着兴奋的光泽，却没有发出声音。

陈默进一步引导说："别急，你要是一时找不到明确的语言来表达自己的意思，也可以用动作来表达。动作，你懂吗？"

歌手点点头。

陈默问："你是丑小鸭还是白天鹅？"

歌手挥动双臂做出一个展翅飞翔的动作。

埋藏在心底奔突的岩浆终于找到了喷薄口，冻土层开裂了，期待的井喷应该不远了。

陈默确认歌手的记忆并没有完全消失，像落了个白茫茫大地真干净似的了无痕迹，他所熟悉的东西依旧在脑子里顽强地保留着。问题在于轻轻地触摸，轻轻地开启。

陈默试着向歌手伸出食指。

"哆！"歌手回答道，"哆咪咪的哆。"

陈默用微笑表示肯定。又问："它还是什么？"陈默要启发歌手更多的想象力。

"指挥棒！"

"完全正确。"陈默接着问，"它还会是什么呢？想想看，你一定能想起来。"

歌手陷入了沉思，聚精会神的样子。

"鼓槌！"歌手又找到一个相似物，同指挥棒一样，都是他熟悉的东西。

陈默又伸出两个手指。

"剪刀！"歌手几乎是机械式像背书似的脱口而出，然后又否定似的摇摇头。

陈默注意到歌手的这个犹豫的动作，又问："还有呢？"

歌手疑惑地摇摇头，再次陷入沉思。

"音叉？"良久，歌手才试探地说道。

陈默中肯的点头鼓舞了歌手，他又说出来一个陈默没有想到的名词："胜利！"

轮到陈默惊诧了，他想起了七科长伸出的两根手指。音叉和剪刀不是两个简单的风马牛不相及的物件，而是标志着连同不同路径的起点。音叉是乐器而剪刀是凶器，面对七科长的二指禅，歌手回答的剪刀，这是七科长满意的回答。倘若歌手对七科长说的是音叉而不是剪刀，结果会是怎么样呢？七科长会欣然接受吗？

这是一个谜，不亚于歌手迷茫的谜，或许是一个谜底制造出来的两个谜面。陈默需要曲径探幽，一步一步地接近谜底。他又伸出一只手掌，五指略微分开的手掌。陈默期待着歌手首先回答其至是号叫："喀齐嚓。"

没想到，歌手的连珠炮似的回答令陈默既惊讶又兴奋。

"五线谱！"

"五指山！"

"五联音！"

"这家伙脑子没有进水。"金太子抢先惊呼道。总是最先完成劳动定额的金太子一身轻松地来到放风场，他不是来观摩陈默的教学，而是来向未来的号房老大套近乎的。没有想到歌手富有想象力的回答，给了他一个向陈默献殷勤的好机会。

"开导有方啊！"

"你不会是说歌手在装疯卖傻吧？"陈默不愿意咋咋呼呼的金太子把歌手吓着，他像一个老天鹅呵护着羽下的小天鹅，示意金太子赶快离去，不要多嘴多舌地烦不清。

"什么话？"金太子靠近陈默神神道道地说，"歌手怎么会是装的？你看他脖子上的掐痕，有人想窒息他呢。也不知道这个人对歌手有多大的仇恨才下如此毒手。"

"窒息？你看见了？"陈默问。

"我看见这个人掐着歌手的脖子，往死里掐。"

"谁？"

"就是那个快要上山的人。"金太子说的是巡洋舰。

陈默想起巡洋舰借故水池无水而对歌手的殴打，他用腰带勒住了歌手的脖子。

"你应该告诉七科长。"

"告诉你也一样，谁不知道七科长器重你，巡洋舰一上山，号房的老大就是你了。就是七科长不发话，沈干部也会这么安排。全号房不服的只有一个人，本田。要是他敢犯顶，不需你动手，我立马摆平他。一个润江街头的小混混，还想跟你争一号铺位，纯属癞蛤蟆想吃天鹅肉。"

陈默全然没有想到金太子会有这样的心计这样的算计，这太有违自己的本意了。寄人篱下，实属身不由己，他虽身居牢房，心却在墙外。在这个充斥着喧哗与骚动、混杂着流氓与文盲、交织着阴谋与暴力的地界生活，做一个卡夫卡式的人物，用坚硬的外壳把自己包起来，是陈默经过最初水土不服后的坚定选择。

但是，陈默不得不佩服金太子的轴承脑袋，他对巡洋舰离开号房后的排座位有自己精确的预计，改换门庭之前，他要讨好未来的号长。陈默只是坦然一笑，心想，聪明过人的金太子，你把宝押错了。我陈默压根儿就不想坐在一号铺位作威作福。

陈默领着歌手在放风场一圈一圈地走着，品味着号房不可多得的自由自在。心想，能在看守所的放风场自由自在的散步，这该是一种怎样的奢侈啊！

六

一只破鞋底空降到放风场，鞋底上写着四个字："明天上山。"本田几乎是飞一般地跑到放风场，把它捡起来，像捧着一个喜帖子似的递给了巡洋舰。

巡洋舰获得明天离所投改的确切消息后，立马放下手中的活计，摔耙子不干了。本来就是对七科长取消他监工资格而心怀不满，本来就是有一搭无一搭地磨洋工式的应对，上午装模作样地干一会儿，中午眯一觉，下午把剩下的料给本田和金太子二一添作五一分，他又成了东西铺来回游荡的幽灵，只是手中少了一根鞭子。

提前获得消息为巡洋舰赢得了准备的时间。鞋底子的功能不仅是屁股的克星，还能作为信使传递消息。

对于放弃上诉和驳回上诉或改判的光头来说，最最期盼的是早日上山。那种急切的心情如同拿着录取通知单等着早日报到早日戴上大学校徽一样。不同的是，人家的报到日期和报到的地方是公开而明确的，而即将上山的光头何时启程，投到何方监狱却是一个未知数。看守所刻意恪守这个秘密，无非是为了押解的安全。只有到了押送的当天早上，才宣布上山名单。名单还没有念完，相关号房就跟炸了营似的闹腾起来。要走的光头急三火四地收拾行李，东奔西跑地寻找

衣服鞋子和毛巾牙刷，乱七八糟地塞进大包小包，顾不及道别，逃荒般冲出号房洞开的铁门。走廊里已经站满了各个号房涌出的难民似的光头，带着各自号房挥之不去的特殊气味，在人群中拥挤着，用喊叫寻找自己的同案、牢友，互致问候和互致道别。说不出是喜气洋洋还是垂头丧气，兴奋中带着麻木，热烈中充满凄凉。上山——走人，走人——上山，不过是从一座四面墙到另外一座四面墙的转运罢了，但是，他们更看重山上有限的自由空间，至少可以像个人似的活着而不是圈着囚着。

这种匆匆离去只能给巡洋舰留下遗憾，因为他需要为上山提前做好准备。时代不同了，上山混刑度日需要充裕的物质基础，没有经济实力是不行的，除非你甘愿过苦日子穷日子。巡洋舰是短刑期，不能指望分配到条件好的监狱工厂，不发配到矿山下井挖煤就算烧高香了。不管发配到茶场还是农场，三年多的余刑是跑不掉的，你得像卖糖稀的盖大楼，一点一点地熬出来。因此，对号房进行最后一次搜刮是必需的，他要捞足了才舍得离开。

巡洋舰摸了摸口袋，掏出三支香烟，递给本田、雅马哈各一支，自己叼上一支后递给金太子说："每个人都抽一口，解解乏。"本田挤眉弄眼地回应说："号长要上山了，大家加把劲儿，早点完活儿早点收工，晚上给号长开个欢送会热闹热闹。"

香烟在每一个光头嘴里像传递火炬似的依次传下去，本田和金太子也就随手把巡洋舰和他俩人的余料分摊了下去。光头们这才明白，巡洋舰的香烟不是好抽的，你得替他们干活儿。

当晚，如期举行的不是欢送会而是追悼会。

按照巡洋舰的布置，两卷展开的卷筒纸权当挽联，用饭粒粘在西墙上，上面有巡洋舰用手指蘸着墨水写的歪七扭八的几个大字："凶犯就地正法，歌手遗臭万年。"一个用食品包装纸和布条条编成的花圈悬挂在墙中央，一个黑骷髅头瞪着不甘的双眼，被两把交叉的吉他架在花圈中央。挽联两旁各站一名护卫灵堂的"卫兵"，一袭黑衣黑裤，头上扣了一个白塑料饭盆，手持一把扫把，肃穆伫立。在金太子"妹妹你大胆地往前走啊"的吟唱中，本田念念有词地向四周抛撒着用判决书、起诉书撕成的"纸钱"，在前面引路，四名光头抬着躺在刑板上的歌手从厕所出来，沿着过道缓缓走到西铺，平稳地置放在"灵堂"前。被巡洋舰的腰带捆绑在刑板上的歌手真的像一具僵尸，静静地卧在白床单下，任"纸钱"如雪片落在胸前。

其他光头全都站在过道上，一字排开，嬉皮笑脸地看着热闹。只有酋长和陈默没有被安排角色，坐在东铺的一角，静观巡洋舰的恶作剧。

老官司用沉痛的口吻宣布歌手的追悼大会开始。

"默哀三分钟。"

巡洋舰、本田和老官司带头向歌手鞠躬致哀，金太子继续哼唱着谁也听不懂的曲调，烘托着悲伤的气氛。

"请号长致悼词。"

巡洋舰装模作样地向歌手三鞠躬，又从口袋里摸出一张纸，展开后，用眼角的余光偷偷地向酋长、陈默扫了一下，开始念起来：

牢友们，同犯们：

今天，我们怀着无比沉痛的心情，向即将奔赴刑场以身殉法的歌手永远告别。借此机会，请允许我代表润江市看守所十三号号房的各界人士向润江一号大案的制造者，穷凶极恶的杀人刽子手，我们最敬仰最留恋的歌手表示无可奈何的哀悼和兔死狐悲的诀别。

歌手，真名不详，男性，民族不详，籍贯不详，家庭住址不详，文化程度：自称大学肄业，现年正值花季二十四岁。长期以来，歌手混迹演艺界，从东北流窜到江南，自封当代中国摇滚歌星猫王二世，网络社会闲杂，拼凑草台班子，混迹江湖，招摇撞骗，为非作歹，流毒甚广。1995年春节前夕，歌手只身一人来到润江，借报考电视台节目主持人之际，施展浑身解数，企图蒙混过关。无奈，评委席上坐着润江的教授、专家和明星大腕，个个都是火眼金睛，岂能揉进沙子看走了眼？落选是歌手必然的结局。不甘碰壁的歌手遂对评审委员会主任吴江媛女士怀恨在心，意欲报复。1995年3月7日夜晚，歌手潜入吴女士家中，趁其不备，用剪刀将其残忍杀死，一手制造了震惊中外、撼动朝野的大惨案。润江黑白两道的人士对此无不义愤填膺，强烈要求公安机关迅速捉拿凶手归案，以报血仇，以平民愤。

案发后，润江公安干警随即架网布控，千里追踪，经过半年不懈的努力，终于将隐藏在上海某高校的歌手抓获，押解至看守所等待庄严的审判和死刑执行。

虽然，歌手作为我们号房黄泉路上的先行者，理应受到关照和厚爱。但是，歌手装疯卖傻，企图以"精神失常"逃避惩罚的丑恶行径，理所当然地引起了我们的愤慨。在这里，我要奉劝歌手丢掉幻想，收起伎俩，息诉服判，安心上路。对于润江中法即将作出的极刑判决，我们表示衷心地拥护。润江人民不会忘记歌手，不会忘记一个披着人皮的豺狼，一个化妆成美男子的毒蝎，一个没安好心眼的小白脸。

我作为即将离任的号长，祝歌手早日入土为安。

我要在山上为你祈祷，愿你长眠地下，永世不得翻身。

巡洋舰念完悼词，又一次向歌手三鞠躬。在他离去的身后，老官司驱赶着光头们依次向歌手告别。金太子鼓着腮帮子，不断地发出号丧的哭腔，因为巡洋舰没有停下脚步，他就得一直号下去。催人昏昏欲睡的小调，真有点像冥界中掠过的阴风。

突然，歌手隔着白床单发出一声斥责："唱错啦！这不是哀乐，这是摇篮曲。"

"你他妈想诈尸啊？"巡洋舰掀起白被单，一脚就踹了过去。

"你明天不想离所了？"酉长的一句话犹如一声棒喝把巡洋舰给镇住了。踹过去的那只脚落在刑板上，踩得山响。

"你是不是他妈的想诈尸？"巡洋舰依旧用追问发泄怒火，掩饰自己的不快。

谁也没有想到歌手的不伦不类的回答竟是："我不想喀齐嚓，我想揪住自己的头发站起来，可我找不到我的头发啦！"

话语虽然依旧浑噩，陈默却发现歌手有了清醒的端倪。也许巡洋舰的悼词是一个激发，也许金太子的哀乐是一个启示，也许在他们之前，童话已经完成了心灵的沟通，那个展翅飞翔的英姿不就是最好的答案吗？

号房复归寂静后，本田和雅马哈忙活着给巡洋舰收拾行李，光头们在洗漱，金太子悄悄把陈默叫到酉长身边，显然这是酉长的意思。

"歌手的起诉书下来了吗？"谨慎的酉长是把"起诉书"三个字写在陈默的手掌上，手指尖传递的是关切和疑问。

陈默用摇头表示否定。

"你不觉得今晚老大的话说多了吗？"

酉长没有直接指名道姓，而是用大拇指点出老大。

"收工前还说要开欢送会呢，不知怎么演变成了追悼会，不像是成心拿歌手逗闷子。"陈默也说出心中的疑惑。

"歌手的起诉书还没有下达，他怎么知道案件细节的？而且还很具体。吴江媛被害时，我还在工作岗位，知道案情细节是严格保密的，可咱们这位老大好像身临其境似的，无一不晓，他又不是刑警，也不是检察官，他是怎么知道吴老师是被一把剪刀杀害的？法院还没有做出判决，他怎么知道歌手必死无疑？"

这么说，巡洋舰把追悼会演砸了，弄巧成拙地把自己演进去了？巡洋舰如此期盼歌手早日走上不归路，不是出于义愤，而是另有隐情？"入土为安"是对歌手的诅咒，还是自己阴暗心理的作祟？陈默顺着酉长提醒的思路琢磨下去，还真是觉得疑点重重。

号房难道真的是庙小神灵大，池浅王八多？

陈默决定为歌手悄悄守夜，直到明天巡洋舰离去。歌手遭到窒息性暗算的事情不能再发生了，他得提防着巡洋舰对歌手背后下毒手。

那一夜，陈默一直在琢磨酉长对他道出的疑问，眼睁睁地挨到天明。

第六章
明信片：家书抵万金

一

本田坐上了西铺一号位这个号长的专座。

本田和巡洋舰是以极其默契的动作完成这一换班举动的。巡洋舰在离开号房的一瞬间，用脚把本田的坐垫往一号位轻轻地一踢，表示了权位的"禅让"，本田心照不宣地一屁股坐在上面，算是就职。当时，号房正沉浸在"送瘟神"的气氛中，没有人跟巡洋舰告别，光头们都故意把脖子扭向窗外，既没有目送巡洋舰汕汕离去，也没有注意到本田的篡位。

倒是光头们发现丢弃在放风场的两个纸箱子已经空空如也，这才觉得不对头。光头们惦记着纸箱里的食物，那是为昨晚开欢送会临时开账买进的食品和饮料，都不见了。不祥的预感被金太子的一句话证实："别一往情深了，那食物早塞进巡洋舰的行囊，你们就是把眼珠子瞪出去也找不回来了。"

就在光头们集体开骂时，才发现本田窜到一号位，一副脸不变色心不跳的样子。

对巡洋舰的声讨立刻变成对本田的暗讽。

"到底是人家有眼力见儿，咱们惦记的是吃的，人家惦记的是权位。"

"暗中交易，顺水人情呢，巡洋舰欠人家一个人情，就等着这个节骨眼儿上偿还呢。"

"怪不得敢为巡洋舰出面顶账，这不是舍生取义而是舍身取利，有付出就得有回报，人家不做赔本的买卖。"

"号房不讲民主，也不会普选，但没听说号长的座位是自己爬上去的。"

"毛遂自荐也得干部批准吧？"

"干部要是不尿你，你可得土豆搬家——滚蛋。"

"搬家就搬家，有本事你把人家一脚踢出号房铁门和看守所高墙，算你能。"

"有那本事我早就进国家足球队当国脚了，何必蹲在这里干苦力。"

"这事怨老官司，你应该名正言顺地官复原职，你是等干部请你出山呀，还是等我们用八抬大轿抬你啊？"

老官司看到了众望所归的目光，心中不免一惊。他深知，号房是个强龙压不过地头蛇的地方，号长不是他这块料能干得了的。不是当地土著出身，里外都有关系罩着的润江籍的恶棍地痞，能够镇得住各路神仙，谁敢接这个烫手山芋？老官司知道自己底气不足，不想在号房招惹是非，更不想站出来与本田对抗。老官司推让说："你们饶了我吧。我要是坐上一号位，那就是资本主义复辟，除非你们成心想跟干部过不去。"

在老官司的铁窗生涯中，号房里围绕着号长地位的明争暗夺无时不在。这是因为号长这个权位不仅象征着霸权，而且关联着利益。号房的常客都熟悉这样一句话："号长的收入和待遇胜过看守所所长"。明摆着，号房进账的钱款和送进来的物品，通通归号长掌控和发落，实际上成了号长的私人财物，花你没商量，吃你没商量，我的是我的，你的还是我的。被侵占者大都敢怒不敢言，甚至不敢怒不敢言，更有少数人为了巴结讨好号长，上贡还怕来不及呢。哪怕只当了几天号长，上山时也是一身名牌披挂，背着殷实的包袱，转账单上还有一笔来路不明数额不菲的钱款。

号长的巧取豪夺是无需本人亲自动手的，只要你坐上一号铺，搜刮的事自然有人帮你干。就像有权势就会有帮凶，中板上的人五人六就是号长的打手兼管家。号长捞足了，中板的人也混了个自由自在和嘴香肚圆，双赢呢。

老官司看透了，号长在号房作威作福，是因为看守所的干部无法进入号房管理，留下的空间当然属于牢头狱霸横行霸道的天地。看守所黑就黑在这里，阳光照不进，在最讲法制的地方，恰恰法制缺位，监管不在。

因此，号长一旦离去，号房难免鼓包，这是常事。干部平息动乱的手段就是快刀斩乱麻，先把叛乱者调出号房，再调进一名外号房的大哥级光头坐镇一号位，由他软硬兼施，一统天下。不行再换人。反正看守所在押人员中不缺号长这样的人选，候补的歹徒和大佬多得是，个个心狠手辣。他们管号房如同警察戒严，绝对令光头们正襟危坐鸦雀无声。选准一个号长，等于稳住一个号房。号长的人选，干部有干部的考虑，光头有光头的想法，归根到底还得是干部说了算。老官司心想，沈干部岂能容忍本田的胡作非为，没准本田的屁股还没有坐热，就会被沈干部一根手指扒拉下来。号房里各路神仙多得是，还能轮得着他？

"别忘了，号长也是光头，多大的脸也是干部给的。沈干部还没发话，你们急个啥？"老官司打出沈干部的旗号，不只是为自己开脱，也给本田上点眼药，告诫他不要高兴得太早了。

光头们这才想起老官司是因为心太软被沈干部就地免职的，没有打入下板就算幸运。沈干部岂能重新启用老官司？

于是，光头们又想到了酉长，只是鉴于酉长在号房像个影子似的早出晚归，来来去去像雨像雾又像风，令人捉摸不透，心中的嘀咕才没有变成七嘴八舌说出来。

酉长已经揣摩出光头们的想法，扭头向外若无其事地张望。这个动作除了表示婉拒，还有一个刻意的暗示：我不属于你们号房，甚至不属于看守所，当然也不会参与你们的事。

酉长没有进来前，对看守所及号房一向深恶痛绝，认为那是社会渣滓的集聚地。他没有想到自己在即将步入花甲之年时落入这个垃圾站。可自视高洁的他，即便是身陷囹圄，也觉得不过是像"文革"时走资派住牛棚，他要自觉地与社会渣滓划清界限，洁身自好是他在号房生活的坚守。酉长从双规的宾馆押解到看守所，办完刑拘手续后，就向七科长、孙所长提出，能不能给我安排个单间，我自己出钱付房费。酉长想用疏离的方式表达自己不愿意鱼龙混杂的初衷。

孙所长无奈地说："人都进来了，还有什么挑剔的？难道号房就不是人住的地方？"

"我毕竟是经济方面的问题，不同于刑事犯罪。这点区别对待还是应该有的嘛。"酉长不愿意自己混同于刑事犯罪，与小偷、流氓、杀人犯、诈骗犯、强奸犯同室而居，他更愿意相信经济方面的贪污受贿还是内部问题，与刑事犯罪不同。再说，他还有机会通过坦白和检举立功免除刑罚，而仅仅受到党纪而非国法的处理。看守所是知道他的身份的，应该另眼看待。

七科长劝道："先住下再说吧，有什么困难告诉管号的干部，所里会尽力帮你解决的。"

七科长又关照孙所长说："找一个安稳的号房，你亲自送他进去，别让嫌犯给他吃生活。"

孙所长为酉长选定十三号号房，指定东铺一号位是他的铺位，并当众声称：

"这是我的一位乡亲，别欺负他，也别问他的案情。"光头们是何等的聪明，能有劳所长大驾光临亲自相送的人，一定有非同小可的身份和背景，自然是惹不起的特殊人物。

东一号铺位是号房的风水宝地，临窗又远离厕所，空气流通，又比邻放风场，既可举头望明月，也可对墙思故乡，闹中取静地躲避开号房的喧嚣和拥挤。即便如此，东一号铺也不过是酉长晚上睡觉的地方。酉长要求住单间的愿望并没有完全落空，白天点名过后，他就会离开号房到另外一个地方去和一帮子难兄难弟喝茶吸烟，下棋打牌，看书读报，优哉游哉。那个地方也叫号房，只是酉长等人独自的自由天地，有时也会有干部把他带到办公室聊天，从前尘往事聊到社会新闻，完全不似看守所在押犯人与警察的监管关系。

对酉长的另外一个照顾就是没有给他剃光头，那黑白相间的长发给了酉长莫大的精神安慰甚至是对处理前景的幻想，哪怕是这么一点点的与众不同，也使他有了不与光头认同的根据。不要搞错哦，落架的雄鹰不是鸡！雄鹰没有折断翅膀，一旦放飞，依旧可以搏击长风，翱翔蓝天，鸡们行吗？所以，酉长在号房的形象从来都是气宇轩昂的，故意要把二八的架子死扛到底。

几天前，沈干部曾向他婉转提出"帮忙管管号房"，意思是接替巡洋舰当号长。酉长当即谢绝了，理由当然也是很委婉："我嘛，什么长都当过了，也不在乎这个号长，不过这事你得请示七科长，听听他的意见为好。"

一提七科长，沈干部就知道没戏了，也没有再坚持。

可酉长心中也没有底。沈干部虽然再也没有抬举他，可万一七科长出面请他出山呢，这个面子是不能驳的，毕竟人在屋檐下不得不低头。酉长就抱定当个甩手掌柜，什么钱物的保管使用分配，监规纪律的整肃维护，生产劳动进度和质量的监管，这一摊子烂事通通交给北京来的长江750，他要是不接受，我就假传七科长的圣旨，逼他就范。

陈默坐在歌手的旁边，全然没有顾及号房发生的变故，他默默思索的不是巡洋舰留下的空位，而是巡洋舰在追悼会上露出的疑点，这疑点一经酉长点拨，让他对歌手案情的思考豁然开朗。他很想把这个疑点梳理清楚后报告给沈干部。歌手是痴迷的，他可不能糊涂。

沈干部没有进号房。因送犯人上山而耽搁的早点名，唯独不见沈干部的身影。孙所长宣布说，沈干部参加业务培训去了，号房的管理暂由狱医刘干部负

责。刘干部不了解号房的情况，见本田人模狗样地坐在一号位，就以为是沈干部安排的号长，便对本田说："号房要安稳，别搞得鸡飞狗跳墙似的没个规矩，有什么事情及时向我报告。"

本田起身承诺："保证不给您添乱。"

刘干部离开后的牢门还没有关上，气哼哼的金太子立马从西铺二号位跳到东铺三号位，坐在老官司的旁边。

"你怎么从红桃二变成黑桃三啊？"老官司故意问道。

"爱谁坐中板谁坐，老子我不伺候了。"金太子挑明了说。

本田好像对金太子的行动并不恼怒，他向大鲍翅轻轻勾了一下手指，大鲍翅就起身把屁股挪到二号位。

"大局已定，等下一个轮回你再当号长吧。"老官司知道金太子为了争夺号长的宝座，一直与本田暗中较劲。今天这个结局，他是不能接受的。他跳到东铺就是表明自己不服从不配合不给本田面子，给他一个冷场。

"那得看我稀罕不稀罕。"金太子酸溜溜地说。

"还是先看笑话吧。"老官司很老成地说，"就他那个熊样，还能整得了号房？"

"等他混不下去，也捞足了，拍拍屁股上山去了，你还能咋的？"

"得了吧，好像你当号长就是清官大老爷？你小子也是个见钱眼开的主儿，别说得那么正经好不好。"

老官司一点穴，金太子就闭上了嘴。

那天上午，除了本田歪打正着地坐上了号长的宝座，还发生了一件让人不解的事：号房的铁门直到晚上睡觉也没有打开，酉长没有像往常一样被干部领出去送进来。面对紧闭的牢门，酉长期盼的目光一次次被冰冷地碰回。他显得有些魂不守舍，又不得不做出若无其事的样子。

二

本田的施政演说只有两个字：哭穷。

"各位存在账上的钱，全都被巡洋舰花光了。别说你们三十、五十、百八十的小户，就连长江、大鲍翅两位千元大户的存款，也被他巧立名目地侵吞了。我接管的是一个空折子。"

本田抖着一个软皮记事本说，好像财政危机的罪魁祸首就是他的前任，自己并不是巡洋舰横征暴敛的助虐者，而是一个愤愤然的谴责者。

"现在，号房仅存的生活用品只剩下两卷手纸，一支牙膏和半块肥皂。别的东西缺了还能对付，手纸断档，你用什么擦屁股？万一有人跑肚拉稀，恨不得用一卷手纸把屁眼堵上，这一点手纸够屁用？政府又不供应，我又有什么办法？"

金太子和老官司交换了一下讥笑的眼神，恨不得本田在号房的经济危机中混不下去而塌台，他们等着看笑话。

本田并不气馁，他亮出损招来："既然政府干部看得起我，我就要把号房的事情办好。我不能看着大家的困难不管，大伙也不能坐视不救。号房是大家的号房，要有钱出钱，有力出力。我从刘干部那要来明信片，每人一个，立马给亲朋好友写信告急，催粮催款。邮资嘛，款到再扣。"

大鲍翅东铺西铺一顿忙活，把一摞明信片发到每个人手上。

无人响应，好像事不关己。

冷落的场面让本田很撮火，仿佛新官上任三把火全都烧到自己的头上。毕竟本田也是牢底子出身，知道光头们大都是属核桃的，你得砸着吃，要不，非把他们惯坏了不可。

本田又来了个绝招：饿饭。

"饭先放在铺上凉着，写好明信片再吃。"本田一声令下，本来已经放下明信片端起饭碗的光头只能饿着肚子挺着。

这倒把酋长、老官司和金太子推到尴尬的境地。酋长不好意思吃，老官司和金太子决计不吃也不写，只是不断地瞄着陈默，希望这位重量级人物也能加入他们对抗的行列。陈默把饭菜递到歌手面前，让他先吃。歌手看出号房的气氛过于紧张，吓得他没敢张嘴。

东铺的人安然不动，西铺的光头也跟着效法。情势一旦形成了较劲，吃不吃、写不写就不是焦点问题了，谁扛得住才是关键。

这是老官司和金太子意想不到的局面，他俩要的就是这个效果，把本田晾在一号位。

这当儿，酋长拿起明信片。他用自己的带头行动破解了这个僵局，他不是给本田解围，而是给自己排难。一旦本田混不下去，没准就得由他接下这个烂摊子。干部意外地把他留在号房，没有像往常按时接他出去，也许就有这方面的考

虑。酉长当然不想看到这样的局面出现，他要对本田采取维护的态度，表面上是维护了大局，实际上也顺应了自己的心愿。

酉长想到，在这个紧张的对峙中贸然而出，当出头的椽子，必然得罪金太子和老官司一帮子人，他得为自己的行动找到一个说得过去的理由。他叹了口气说："饭也得吃，信也得写，都是自己的事，就别耽搁了。"说罢，酉长拿起笔写起来。

酉长写完后，把笔递给金太子说："就算你不想你娘，你娘还不想你？报个平安也是好的嘛。"看在酉长的面子上，金太子接过笔三下五除二地划拉完，又把笔递给老官司。

老官司双手一摊说："你还不知道我是文盲加流氓？"

酉长就对金太子说："你给他写几句。"

金太子说："写给谁呀，这个老绝户头子哪有家啊？"

酉长说："那就写给派出所，问问老官司的儿子找到没有？老官司的儿子不是在派出所走丢的吗，都快三年了，也该有个音信了。"

老官司好像被揭开了心中隐藏的伤疤，长吁短叹起来。

"这事你也知道？"金太子惊奇地问酉长。

酉长点点头说："听说过。"

"真的，老官司的儿子找不到，案子就结不了，老官司还得在号房蹲着。"金太子恍然大悟地说，"我还真得替老官司问问警察叔叔。"

东铺的人写完后，就把用香烟壳卷起的圆珠笔传给西铺。不一会儿工夫，明信片写完了，号房就响起吸吸溜溜喝粥的声音。

大鲍翅一面喝粥一面看手中的明信片，这是本田交代给他的任务，凡是在信中不催粮不催款的，一律由大鲍翅加上具体索要的钱物，多多益善。本田告诉大鲍翅："这活儿得晚上干，别让他们瞅见。"

大鲍翅差点要为明信片上龙飞凤舞的字迹而喷饭。光头们不愧是自成一体的书法家，挥笔写下的墨宝不是张牙舞爪就是缺胳膊少腿，再加上大白字错别字连篇，真是让人惨不忍睹。他所关注的那几个文字加数字，竟少有人提起，好像蹲号房就是入住免费旅馆，无须自家掏腰包。大鲍翅暗自哀叹，这个添枝加叶的活儿得干到半夜。本田的意思他懂，借着他的笔去催款催粮，口气一定要硬且急，就像绑架了这群光头做人质等待漫天要价的交换似的。他觉得本田太黑，自己又

不能不顺从，只能在遣词造句方面多多使用些恳求的口气。这需要动点脑筋，费点时间。

看着看着，一封信像大浪淘沙似的展现在大鲍翅面前。一个署名杨晓易的新犯用蝇头小字给上海的父亲开了一张详细的食品清单，有美国加州提子，日本深海鱼油，新疆无核葡萄干，宁夏枸杞子，上海城隍庙的炒货，杭州的龙井茶，镇江的酱菜，还有奶粉、巧克力、金施尔康和毛毯、鸭绒被等。信中没有一句客气话，而是直奔主题，最后一笔画龙点睛："五千元现金务必到账。"

大鲍翅心想这下可是遇到财神爷了，忙把杨晓易的明信片送给本田看。

本田看后跳起来大喊道："杨晓易！谁是他妈的杨晓易？"

本田连喊三声，也没有见东西铺有人站起来应茬。他正想再吼一嗓子，却见到厕所短墙上冒出一个人头，远远地向本田投去一个献媚的微笑，然后卑谦地垂下眼睑，等待本田发落。

怪不得没有一点印象，从杨晓易站起来的位置和光亮的青头皮可以断定，他是晚饭前刚进号的新犯。号房已经人满为患，新犯一律在过道上睡觉，能被挤兑到厕所安身的家伙，至少表面他是新犯中混得最差或最不受待见的一个霉鬼。要不是明信片那份催款催粮的明细表作证，谁能想到他竟是一个钻石王老五呢？

借着昏暗的灯光，本田用极快的速度把杨晓易上上下下扫了一遍。粗浅的印象是奇丑无比：瘪瘪的腮帮、僵直的下巴和滚珠般的眼睛搭配成鼠眉鼠眼的尊容，就像从昆曲《十五贯》里走出来的娄阿鼠。要不怎么说人不可貌相呢。

"你是上海人？"本田把杨晓易叫到跟前问。

"阿拉是温州人，后来过继给上海的大伯父，也算是半个上海人吧。"

杨晓易谦卑的回答让本田对这半个上海人产生了为人老实巴交的好感。作为润江的土著，本田一向对上海人充满敬意，甚至是几分妒忌，而对苏北人则是打心眼里看不起。什么原因？他也说不清楚。

"你的老爸是什么的干活？"本田学着巡洋舰的腔调，说着从电影里学来的日本腔。

"开公司，"杨晓易回答说，"美钢联在中国的总代理。"

"总代理是什么的干活？"

"我就知道是管十几个公司的总经理。"

本田的想象立刻充实起来。正因为总代理的地位高不可攀，他又不无担忧地问："你老爸能替你办这么一堆杂事吗？"

"毛毛雨啦。"杨晓易不以为然地说，"我家有专职家政。"

"专职家政？"本田蹩脚的见识只能联想到邮政，试探地问，"是给你家送信的邮差吗？"

"管家啦。"

"乖乖，敢情是大宅门账房先生的干活。"本田豁然开朗。

"由他办好啦。"杨晓易蛮有把握地说，"家父会让他开着自家的雪佛兰给我送到看守所的。"

几句话下来，本田有了撞见富家子弟的感慨。他可以断定眼前这个娄阿鼠二世绝对不是骗子，他是一个有背景有实力的上海小开，不用问案由，一准是公子落难，属于号房里的过路财神。人家不张扬，咱不能有眼不识金镶玉，埋没了这个有开发价值的人才。

本田把躺在身边的大鲍翅推了推，示意他让出二号位给杨晓易。

大鲍翅不情愿地挪了一条缝隙，杨晓易硬是挤了进去，生怕迟一秒钟本田就会改变主意。

"今后，咱哥俩就在一起混了。"本田对杨晓易热情地说。

"你是哥，我是弟。"杨晓易受宠若惊地说，"家父送来的东西全归大哥。"

回答杨晓易的是本田心满意足的呼噜声。

"一起混"是号房一个非同凡响的邀请和财力地位相当的组合。"一起混"组成号房里的一个共产共餐圈子，透着格外的亲切和团结。号房有几个圈子，就有几个势力范围。圈子只有到吃饭时才显露出来。凡是围在一起吃喝不分彼此的便是一个圈子，凡是端着饭碗规规矩矩吃自己那份饭菜的，都是圈外的下板人，没钱也没势。只要进了圈子，等于有了保护伞，中板不会找麻烦，下板也跟着高看一眼。

第二天早饭刚一进号，新诞生的三个圈子就公开亮相：本田、雅马哈、杨晓易和刚刚由二把手变成三把手的大鲍翅是一个圈子，显得财大气粗的样子；陈默和歌手是一个圈子，属于名正言顺的搭配；老官司、金太子死拉硬拽地和酉长组成一个圈子，以便大树底下好乘凉，酉长碍着面子，别无选择地应允了。这个共同体的存在前提是，酉长必须蹲在号房，不能早出晚归。因此，老官司和金太子没敢太张扬，一副"谋事在人，成事在天"的样子。有酉长加盟，他们才能有本

钱跟本田对抗，要是没有酋长的参与，他俩的圈子就是一个零。

<h1 style="text-align:center">三</h1>

好久没有在晚饭后开启的牢门极有诱惑力地打开了，好像鳄鱼突然张开了黑洞洞的大嘴。喜悦立刻浮上光头们的脸上，期盼的时刻终于在明信片发出后的第七个晚上出现了。

这个时辰打开号房的铁门，只为一件事：把当天亲属探监或邮寄来的物品、信件和现金记账单送进号房。也只有这个时辰，号房才像会普降甘露似的兴奋起来，不管谁的包裹、信件、钱款，都会给大家带来喜庆和温馨。收到包裹、信件和钱款的光头更是兴奋不已，他们更为感动的是：我跌进来了，可外面的亲人没有抛弃我。

可惜，这种令人高兴的时辰太少了。自从明信片发出后，光头们有理由关注这个时刻的到来，送包裹的手推车一从走廊里吱扭扭地响起，光头们便竖起耳朵，聆听着手推车的一举一动，凭借声响准确地判断手推车在哪个号房停下来，停了多大会儿工夫。当手推车推到十一号号房时，他们的心骤然紧张起来，默默地祈祷手推车继续前进，千万不要停下来。当手推车推到十二号号房时，他们的心就会像潮水一样高涨，所有的光头都会屏住呼吸，像欢迎天使降临一样等待手推车的莅临。失望总在这一刻发生，手推车像一个高傲而又冷漠的公主，总是对筒子里的最后一个房间不屑一顾，仿佛走到十二号号房便是终点，决绝地离你而去。极点上的失望形成了沉重的冲击，光头们忧郁甚至是烦躁地拍打着铺板，表示他们无人理睬的绝望。

今晚，走廊里响起的声响没有让光头们失望：手推车不仅在号房门前戛然而止，而且上面还放有三个大包裹。

东西铺的两位三把手金太子和大鲍翅几乎是同时窜出号房，把包裹抢进自己的领地。金太子抢到两个包裹，大鲍翅抢到一个包裹，分别摆在东西铺的一号位，等待发落。

本田对推车的劳役犯问道："谁的包裹？"

劳役犯等于没有回答地说："上面写着谁的名就是谁的，反正没有你的。"

"一定是杨晓易的包裹。"本田的兴奋与杨晓易的无动于衷形成了鲜明的对比。

干部还在十二号号房忙着办理签字登记手续，三个来路不明的大包裹自然引起了大伙儿的猜测。一听劳役犯说是探监送来的，大家都知道花落谁家了：非杨晓易莫属。长江750发出的明信片虽然回回不落空，可从来都是邮寄到看守所，因为他在润江举目无亲。相反，酋长的包裹都是送到看守所的。关怀酋长的人很多，探监送包裹的人也络绎不绝，可送进来的包裹从不放在号房里，好像保密似的放在他白天潇洒的地方。号房的光头沾不着酋长的香香。

"不管谁的来货，都要归号房统一管理，不能乱了规矩。"本田对金太子瞪着眼睛说。

金太子不理这个茬儿，忙着把包裹里的酥糖、巧克力分到每一个光头的手中，让他们的嘴巴起劲儿地咀嚼着，分享着他对本田挑战的滋味。

值班干部来到号房面前，叫道："陈默！出来签字。"

陈默愣了一会儿，他没有想到会有人来给他送包裹。他的明信片是写给郭大昌的，这是第五封，措辞一封比一封强烈，全都石沉大海，渺无消息。他宁愿相信郭大昌背信弃义，也不再相信郭大昌会良心发现。刚刚发出的明信片措辞只有八个字："落井下石，良心何在？"

陈默从干部手中接过包裹单据，迅速地看了一下探监人的名字，所有的意想不到都在脸上凝固成惊讶。光头们都在品味着北京糖果的美味，没有注意到陈默诧异的表情。

倒是酋长没有理会饕餮的食物，他装作解手来到厕所，隔着短墙若无其事地叮嘱陈默道："仔细查查，看有什么信息捎进来没有？"

陈默明白他的意思，号房里的有心人不仅把收到的食物看成是一种关怀，而且还当成通风报信的媒介。陈默摇摇头说："来看我的人不谙此道，身份也不容许她做非分之事。"

"人都是逼出来的。我家的老太婆原先也不谙此道，后来不也学会了通风报信嘛。你好好查查衣物，注意领口、袖口和口袋，说不定会有所发现。"酋长说，"你可是一点就透的人。"

酋长的话好像是给金太子和老官司下达了搜查令，他俩把两个包裹里的东西全都倒在铺板上，开始了精细的搜查，渴望能够搜寻到一些秘密当作惊喜送给陈默。对面铺板上的杨晓易也在翻腾陈默的另一个包裹，就像探秘比赛似的拉开了对抗。

在老官司、杨晓易这些牢底子看来，亲属送进号房的任何东西都具有双重意义，努力地搜寻每一件物品所隐含的寓意，需要他们的天才想象和经验判断。如果在预审期间送来桃酥，表明有同案在逃，尚未抓捕归案，尽可把罪责往他身上推。如果送来开口酥，意思是别再死扛，开口交代，争取主动。如果送来的是开心果，你就偷着乐吧，预示着好兆头。如果送来的是蛋糕，则表示情况非常糟糕，要倍加小心才是。如果在开庭宣判前送来四双袜子，四双袜子透露的是四年刑期。要是送来一双新鞋，十有八九是判缓刑或监外执行，预备当庭放票时穿的。死刑犯最怕家里人送新鞋子，要是死刑犯接到新鞋子，等于告诉他执行在即，准备穿新鞋上路。死刑犯最喜欢收到家人送来的是桃子，哪怕是在冬季送来黄桃罐头也行，这就意味着上诉成功，逃过一劫，保住一条小命。

事实并非如此容易揣摩。如果没有事先的特别约定，任何物品都难以准确地传递特殊的信息。光头们热衷于从无意义的物品中拼命地挖掘它们的潜在意义，并且不厌其烦地思索、考证自己的判断，大多数情况下，仅仅是一厢情愿的心灵渴求。

猫腻也是有的。陈默见过巡洋舰的老姘在牙膏里藏着一张字条，蒙混过关地送到号房，巡洋舰得意地宣读后，大家才知道不过是一封写得极其肉麻的三流情书而已。大鲍翅收到润江当地朋友送来的一瓶雪碧，打开后发现味道不对头。原来的饮料已被针头从瓶底抽出，重新注入的是五十六度白酒。就是凭着这瓶白酒的奉献，大鲍翅才从下板脱离苦海，成了巡洋舰那一届的中板候补。

陈默不需要什么暗语，送来的食物衣被足以表达了一种意想不到的温暖，还有什么比这种友情更珍贵的呢？这种友情原本是他不敢乞求的。没有想到在他患难的时候，友情不期而至。

虽然翻遍了所有的物件，一无所有的结果仍然给老官司带来了不妙的预感。他指着崭新的棉衣棉被毛衣毛裤对陈默说："孟姜女送寒衣，看样子，你得在号房熬过冬天了。"

"那是呀，长江750进号三个多月了，连份起诉书都没有收到，怕是得明年春天见眉目了。"金太子估算的时间更长。

陈默心想，即便是熬到冬天，等待春天，他也不再感到孤单，因为有人在大墙外面关注着他。孟姜女送的不止是寒衣，是信任，是温暖，是支持。

四

陈默躺在铺板上辗转难眠，家属探监物品清单上娟秀的字迹让他振奋和浮想联翩。

余湘来润江了。老官司说的孟姜女正是余湘，不过她不是自己的妻子，她是一位烈士的妻子，那位烈士也是自己的战友。如果陈默对这位弟妹还有一点点格外熟悉的话，那就是她是一位泼辣的湘妹子，是北京一所著名大学法学系副教授兼法律援助中心主任。

在孤立无援的牢房里，在长久等待的焦虑中，陈默最想求援、最想倾诉衷曲、最想把女儿托付的人，其实就是余湘。虽然写给郭大昌的明信片如泥牛入海，杳无音信，使他白白浪费了四次机会，但最终他也没有勇气拿起笔给余湘写一封明信片。

陈默极力克制自己给余湘写信的初衷，是不想把一份耻辱和难堪转嫁给她。发自看守所的明信片，无疑是对收信人声誉的玷污和自尊的伤害。明信片的通信方式，等于向社会公开了一份羞辱，让陈默难以接受，既然给战友的遗孀寄出的不是立功喜报，他宁可保持沉默。

可余湘还是来了，就在今天，包裹单注明的日期注定是一个难忘的日子。沉默的大墙把世界分割成两个部分，自己在墙里面，余湘在墙外面，她在呼唤着我，我在思念着她。此情此景，真的是"相见时难别亦难，东风无力百花残"。

余湘探监的时间是今天下午两点钟，这个准确的时间是写在物品清单上的。陈默知道北京开往润江的唯一一趟火车是上午十时五十分进站，那么，余湘乘坐出租车抵达看守所的时间应该是十一时半左右，已经过了看守所探监的时间。拎着三个大包裹而被拒之门外的余湘，只能在陌生城市的小巷深处无奈地等待着。冷峻的铁门，阴森的高墙，触目的电网，无处躲避的行人目光，反衬着她的孤独和焦灼。她在凛冽的秋风中伫立了两个多小时，而真正办理探监的时间不过是五分钟，只要把物品递进一个小窗口，经里面的警察检验登记后，探监便结束了。探监是名副其实的探监而不是探人，见物不见人的感觉如同近在咫尺却远隔天涯的疏离。余湘坐了二十多个小时的火车，只是为看守所接待室开启的小窗打个照面，然后再返回火车站乘当晚的火车一路颠簸地回到北京。风尘仆仆地去如同风尘仆仆的来，挥手之间，带走的只是一片云彩漂泊般的忧伤。

此刻，余湘也许正坐在北行的火车中同他一样辗转反侧，陈默仿佛感到火车轮子正从自己的胸口碾过，阵阵疼痛传遍全身。

余湘是怎么知道自己在润江落难而闻风而动的呢？陈默在感动之余，猛然间想到这个问题。是润江当地报纸的报道披露了我的消息？还是北京公司朋友的辗转奉告？恐怕都不会那么直接。

陈默想到了另外一个原因：女儿海珠找到了余湘。

余湘送来的棉被似乎有意让他印证这个判断。被子正盖在陈默的身上，弥漫着新鲜阳光的味道，这是老官司特意拿给自己的，为的是不让打这个被子主意的本田霸占。无意中，陈默发现被套很眼熟，像是自己用过的，再翻开被里一看，被套里面裹着的正是自己转业时的军用棉被。

恍然大悟！此处无声胜有声。再说余湘和女儿不谙此道便是对她们智商的贬低了。细心的余湘和女儿通过被子和被套的巧妙搭配，传递的信息正是女儿与余湘取得了联系。她不止是从北京来，而且还是从陈默的家来的。

对被子的抚摸是那么温馨，像见到了久违的亲人，杂乱的思绪顿时消遁，泪水伴着回忆从这一刻开始漫出……

随着放学的铃声响过，校门里涌出小黄帽的洪流。陈默站在女儿熟悉的角落里，等待她从洪流中像浪花般蹦蹦跳跳地向我跑来。洪流不一会儿就消失了，期盼的浪花也没有呈现，陈默被孤零零地遗落在校门前。短短的几分钟，无数个猜测和担忧充斥心头，关切促使陈默走进学校，想探个究竟。

放学后的学校静得像远山峡谷，偶尔传来扩音器调试的声音犹如深山闻钟。循声而去，陈默在阶梯教室看到了正在帮助老师布置会场的女儿。女儿在挂图表，一位老师模样的中年妇女在指点悬挂的位置，看样子，两个人配合得挺默契。一个需要高高挂起的图表显然不是女儿力所能及的，陈默伸出了手。

女儿发现了陈默，对身边的老师说："余老师，这是我爸爸。"

那位老师刚一转过身，陈默就认出了余湘。意想不到的照面也让余湘愣住了。

"原来是你？"陈默说不上是惊讶还是惊喜。

"真没想到，与我初次合作的竟是你的女儿。"

"我也没有想到你会在这个学校工作，而且还是我女儿的老师。"陈默甚至比余湘还显得更欣喜。

"余老师是来我们学校宣讲未成年人保护法的辅导员，她是大学的老师。"女儿快嘴利舌地解释道。

"宣讲未成年人保护法是我们学校法律援助中心的义务，欢迎你这个又当爸爸又当妈妈的成年人也来听听我的宣讲，多提宝贵意见。"

余湘知道陈默和女儿组成的是单亲家庭，或许是女儿告诉她的，这表明，拘谨的女儿对余湘相当信任。

"改日吧，有些事情还需要你多指导。"陈默说的事情是指一个即将迈入青春期的女儿不便由父亲启蒙的问题。

余湘递过一张名片，名片上写着她的职称、职务和办公地点、电话号码。应该是这张名片把困境中的女儿引向到她的身边。女儿需要法律援助，而余湘则伸出了援助之手。

女儿曾指着名片问陈默，老爸，律师是不是义务普法教育的老师？陈默有限的法律知识只能把律师解释为帮助弱者打官司的人。女儿的理解是：这样的老师还挺仗义。

陈默当即对女儿许愿，有一部描写仗义律师的话剧叫《哗变》，说的是一位美国海军上尉格林沃为一位被指控违反军规的海军军官玛瑞克成功的无罪辩护，可惜陈默只读过《凯恩号哗变》这本书，没有看到这部精彩的话剧。"一旦北京人艺再次公演，我一定带你去。"

"最好也请余老师一起去。"

女儿附加了一个陈默无法拒绝的请求。

陈默答应了，却因身陷囹圄而无法兑现诺言。生活中不尽人意的事真是十有八九。

想到了格林沃、玛瑞克，还有那个凯恩号的老舰长魁格，陈默就想起了余湘的丈夫，他的战友彭军烈士。

彭军已经躺在北国万里冰封的黑土地，欣慰地看着他曾经浴血捍卫的边境升起了和平的炊烟。他是他的战友，也是他为国捐躯的见证人。

彭军是军区《红旗报》的记者，自卫反击战打响之前，他受命奔赴前线，用镜头和文字记录战场上发生的一切，把战争与和平的主题化作新闻消息告诉全中国和全世界。"前指"首长要给他一个扛摄像机拎器材箱的"助手"，他选定了陈默。或许他是看到陈默给报社写的那些"豆腐块"稿件，熟悉陈默这个侦察连副指导员的。这个提议是彭军给陈默的难得参战机会，对于无缘参加突击队的陈默简直是自天而降的喜事。要知道，蹲在指挥所看着首长运筹帷幄，纸上谈兵，是一件多么不情愿的事，陈默渴望在硝烟战火中考验和展示自己，渴望立功。

接到命令后，陈默倍加珍惜这个实战的机会，贯穿全身的是一名军人对胜利的渴望。陈默没有想到胜利要付出生命的代价，更没有想到冲在他前面的彭军被对方坦克射出的炮弹击中。他只见到眼前腾空而起的一道交织着血与肉的彩虹，在取景器里扶摇翻腾，沉重地落下，消失在烈火和浓烟中。

胜利会师时，陈默返回彩虹升起和消失的地方，找见的只是他的尸骨，手里牢牢地握着不见踪影的照相机皮绳，生死已在一瞬间化为虚无。只在陈默的镜头里，留下烈士痛饮壮行酒的最后身影。他把这张照片放大，作为烈士的遗像，送给余湘。他看到了一个坚强的女性接过烈士的遗物，把它和战士们的钢枪一起举向蓝天。这时，他听到了山川在怒吼，江河在鸣咽，军旗在呼啦啦地呼唤着烈士的英名。

为彭军收拾遗物时，陈默把自己的立功奖章别在了他的军衣上。这枚奖章应该归属于彭军烈士。余湘发现后，劝他把这枚奖章寄给他爱人，让她分享一名军人妻子的荣耀。她哪里会知道他的家庭正面临着解体的危机，否则，她一定会横刀立马地阻拦他为挽救婚姻而转业。其实，战争结束后，军人们纷纷把关注的目光投向国内改革开放的经济大潮，也是一种选择。陈默执着地要求转业，除了为了挽救已经破裂的家庭外，还想报考大学深造，在科学前沿经历一次新的突击。但是，他的努力没有成功，战场上的胜利和情场上的失败，逼得陈默重新审视命运，面临生活的低谷，他放弃了突击选择了坚守，在平凡的科技开发岗位上，做一个麦田的守望者，在单亲家庭里，呵护着女儿的成长。

记得离开部队前，陈默又一次来到山林深处的烈士陵园，与彭军告别，与昔日并肩作战的战友们再见。他又一次在彭军的墓前见到了余湘，她是利用寒假来扫墓的。相对无言时，他们都强忍着泪水，不让它漫上眼眶。当她知道他即将脱下军装时，她的鼓励是一句很有前瞻性的话："一定要用知识武装自己。"

部队留守处的同志告诉陈默，余湘回到北京后，一直没有走出彭军牺牲的阴影。工作中，她依旧是一个女强人，用冷峻的面纱遮住自己的脸庞。可一回到家，便陷入悲苦之中难以自拔。她经常梦见彭军在她家的窗户外叫她，朦胧中，余湘起身开门，只见明月当头，满地银辉，唯独不见彭军的身影。理智告诉她这是幻听幻觉，情感却执拗地相信，彭军还在人间，他还会回来。她在漫长的等待

中打发寂寞的方式，是没完没了地为彭军织那件织了又拆、拆了又织的毛衣，常常从傍晚织到天明。

陈默抑制不住的眼泪令留守处的同志不再说下去。他在招待所找到余湘，诚恳地甚至是用命令的口吻对她说："你不能再这样生活下去，这不是彭军的意愿。"

"我做不到。"余湘斩钉截铁地说，"我要为自己保留一个来烈士陵园的资格。"

"我有资格替你来嘛，保证每年清明来一次。"他差一点说出他已经是一个来去自由的单身汉。

"你?"余湘摇摇头说："怎么会代替我!"

余湘的决绝像重锤敲打在陈默的心头。也许他真的无法帮助她解脱，因为他更需要的是自救。

彻夜的回忆是温馨的，它给陈默焦渴的心田注入了力量。余湘不止是探望，而且一定要用行动介入，因为她是一名律师。她一定是从女儿手中接过逮捕证副本后敏锐地发现了问题，才下决心介入案件的。这不仅是法律援助，还有情感的投入，从此，女儿有了归宿，免去了陈默的最大牵挂……当黎明的第一缕曙光漫过号房的铁窗时，陈默睁开眼睛，感到从未有过的轻松。

陈默萌生了给余湘写明信片的欲望。无论作为回应，抑或是感谢，还是对女儿的明确托付，都应该向她秉笔直书。

恰巧早上查号点名的是陈干部。没容陈默说话，陈干部倒是抢先问道："陈默，你的本事不小啊，把我们的老师请来做你的辩护律师。"

"余湘怎么会是你的老师?"

"我们警校的刑法教科书就是她编写的，当然应该是我们的老师。可惜呀，她的名气再大，你的案子还没有起诉，她也不能会见你，甚至不能查阅你的案卷。"陈干部惋惜地说。

"我想给她写封信应该可以吧?"陈默趁机提出要求。

陈干部二话没说，从点名册中抽出一张明信片，放在铺板上。

陈默几乎是一挥而就：

余湘：

你好!

我无法形容接到你送来包裹时的复杂心情，既兴奋而又意想不到。

我面临的最大困境不是失去自由，而是对失去自由原因的一无所知。如果需要，我非常欢迎你作为我的辩护律师。我渴望在庄严的法庭上，弄清事实真相，洗刷不白之冤。

陈默至嘱

　　金璧赎我，重睹芳华。

　　陈默又嘱。

　　陈默在明信片的空白处加上的这两句诗句，是出自蔡文姬的《胡笳十八拍》，这位汉朝的女才子在结束匈奴藩篱，一朝回归故地时喜极而歌。"秦时明月汉时关"，余湘应该明白其中的寓意。

第七章
困厄：乘桴难浮于海

一

夜风由叹息变成了怒吼，鞭笞着暴雨无情地倾泻。放风场响起噼里啪啦的落雨声，像无数个黑精灵在狂欢。风裹挟着雨丝钻进铁窗，驱散了号房长久的骚闷。光头们袒露着身体，尽情地享受着雨夜清风摧残式的抚摸。

秋风秋雨愁不煞听天由命的光头，号房响起了熟睡的鼾声。

陈默没有想到风声雨声酣睡声，竟成为一场早有预谋的行动的掩护。那晚，他睡得太死了，好像要把昨晚的失眠补充回来。

一觉醒来，陈默发现光头们一扫往日一副睡不醒的邋遢相，无不精神抖擞，心满意足的样子，仿佛每个人的心中都揣着一份压抑不住又无可告人的喜悦。早餐也一改往日狼吞虎咽的饿相，变得像绅士似的温良恭俭让。有人端着饭碗不住地打着饱嗝，竟引起一片饱嗝的回响。金太子一口粥都没有喝，就把碗推到一个新犯的面前，恩赐却换来了客客气气的谢绝。歌手依旧嘟嘟囔囔地叫着"喀齐嚓"，他的粥碗里泡着半块方便面，上面飘着厚厚一层酱红色油花。

号房仿佛刚刚结束一场盛宴，此时的早餐不过是一道略显多余的回味。除了陈默和酉长还在哈着热气专注着自己那碗白粥和不咸不淡的萝卜干外，光头们不再对这份搁在平时都要用舌头把饭碗舔个精光的早餐情深意切。热粥受到冷落，萝卜干也无精打采地蔫了下去。

怪事，饥饿感一时在号房消失得无影无踪。

本田是在饭口送进开水时，才发现这个吊诡的变化。那时，他正学着巡洋舰的架势，等待杨晓易给他用开水冲奶粉，吃夹心饼干和火腿肠。这顿丰盛的早餐吃的都该是陈哥的食物，虽然觊觎已久，毕竟号长的宝座还未坐稳，他只是让杨晓易把全部的食物放到高高的储物架上，先储备起来，再伺机独吞。从打这个鬼主意起，本田不再叫陈默长江750，而改口叫陈哥，叫得陈默心里麻簌簌的，一

时还找不到受宠若惊的感觉。

本田看着杨晓易踩着大鲍翅的肩膀到储物架上取货，为他准备早餐，却又眼巴巴看着他空着双手从大鲍翅肩膀上滚落下来，那个惊讶的眼神瞬间让他明白了发生了什么事：摆得满满当当的食物全都被洗劫一空，连个包装袋都没有留下。

这是明火执仗的洗劫！杨晓易揣摩着本田的意思，提出要搜查，他不信在铁桶般的号房搜不出窝藏赃物的窝点。大鲍翅哼哼唧唧没有吱声，夜间发生的事，他不能没有察觉，能爬到储物架上取货的最佳位置就是他躺着的铺位。他只能装糊涂。自己的眼珠子都顾不上，还管什么眼眶子的烂事。让杨晓易去触犯众怒吧，傻帽儿一个！

本田喝住了杨晓易。

"你搜个屁，东西早他妈的吃到肚子里啦，除非你把大粪当赃物！"

光头们都惬意地沉默着，尽力保持着良好的消化和回味状态。

陈默也看出端倪，作为物主，他知道在号房这个特殊的地方，除非牢头狱霸，没有人有能力保护自己私人财物免受侵占。余湘送进来的食物，与其让本田和杨晓易独吞独占，不如让大家分享。光头们的行为固然也算是偷，但它更是对牢头狱霸强取豪夺的一种反抗。

"有种的，站出来！"本田吼了一嗓子。

唯一的回应是鸦雀无声。本田感到了光头们对他的蔑视。管号的狱医刘干部对他的首肯，并没有让这帮龟孙子臣服，昨晚的偷窃不仅是洗劫更是挑衅，现在的装傻充愣更是对他的嘲弄。怒火在本田心中升起，他无论如何也咽不下这口气，蹬鼻子上脸的家伙，不摆平你们这些心怀叵测的小混混，我还在号房这一亩三分地混什么劲儿？

"是站着撒尿的人，站出来让我瞧瞧。"本田又提高嗓门吼道。

金太子刚要起身，被老官司一把给摁住了。

本田没有理睬金太子，他偏偏让歌手站起来。趁着号房还没有查房点名和安排劳动的空当，他要当着大伙儿的面，来一个"三堂会审"。找歌手兴师问罪，不仅因为他是夜晚值班人，更是一个软柿子，好捏。让歌手说出昨晚的秘密，比他直接兴师问罪好。

"你应该告诉我，昨晚号房发生了什么事？"本田指着西墙悬空的储物架问道。

"排排坐，分果果。"歌手的回答既坦率又含糊。

"谁干的，总不会是你监守自盗吧？"

"不是我，是它们。"歌手指着铺板下面的猫洞说。

"谁？"本田咋呼着说，"告诉我，它们是谁！"

"老鼠。"歌手唯恐本田不信，又认真地说，"从洞洞里面爬出的老鼠。"

本田抽出巡洋舰留给他的腰带，从西铺跳到东铺，一脸杀气地问歌手："那你也是老鼠？"

"我是一只小老鼠。"歌手手舞足蹈地唱起来："小老鼠，上灯台，偷油吃，下不来，唧唧哇哇叫奶奶。"

歌手又回到了婴儿状态。现实变成了错觉，错觉又引起幻觉。他讲的是实话，用的是童话般的语言。

歌手的话证实了本田的判断，连歌手都分到了果果，这确是一次策划好的哄抢。带头犯上作乱的一定是老官司和金太子，别人有肚子没胆子，只有这两个人才有这份图谋不轨的心计，上演一场开仓放粮的闹剧给他看，也用果果堵住光头们的嘴巴。

"妈的，你既然是老鼠，为什么不咬人？"本田的问话带有明显的迁怒。

"我是偷油吃的小老鼠，不咬人。"歌手说。

看来，不能指望歌手说出事实的真相，这家伙不管是装疯卖傻还是真的搭错筋，你都不能扇他一个大嘴巴，让他清醒过来。万一扇出羊角风，七科长还不找他算账？一想起劈头盖脸的白蜡棍，本田就胆寒肝颤。

本田开始敲山震虎。

"没看出来，你还是个吃里爬外的家伙，跟我作对，你算看错人了，有种的，别玩阴的，偷鸡摸狗算什么能耐？小人干的事嘛。"本田指着歌手的鼻子，眼睛却瞄着金太子、老官司。

本田的旁敲侧击没有让歌手从童话般的陶醉中醒悟，他还在不厌其烦地吟诵着小老鼠偷食的歌谣："小老鼠，上灯台，偷油吃，下不来，唧唧哇哇叫奶奶。"

"你愿意替别人顶罪，我成全你。"本田的腰带变成鞭子，驱赶着歌手说，"你到放风场去玩猫捉老鼠的游戏去吧，外面的大雨会让你清醒的。"

陈默一时没有拉住，歌手还真的向放风场走去。歌手不知道通往放风场的铁门已锁上，固执地把推门改成擂门。要不是暴雨的喧嚣掩盖了歌手擂门的声音，干警和武警一定会闻声赶到。

本田这一招真毒，果然拔出萝卜带出了泥。

陈默和金太子几乎同时站了出来。陈默扑向歌手，金太子则握着拳头冲到本田面前。

"昨晚的事，你应该找我了结。"金太子平静地说。

"我知道你不会让一个傻瓜去当替罪羊。"本田冷笑道。

"昨晚的电视新闻讲，一个叫樱花的台风登陆后将横扫润江，提醒市民做好防洪防涝的准备。号房一旦被洪水包围，就是一个孤岛，我们得想法渡过难关。我就把陈哥的食物当作救急粮分给了大伙，你和杨晓易的那份放在猫洞里。怎么样，这活儿干得还算仗义吧？"

"你会比政府想的还周到？"

"至少政府干部不会想到号房会有人吃独食。"

"你小看我了。"

"你一改口叫长江750为陈哥，我就不能小看你了。我得先下手了，其实，这很正常，在外面，我们是人为财死，关进号房如同关进笼子，我们得鸟为食亡。"

"你发的救济粮呢？"

"没想到大家饿急了馋疯了，三下五除二全都吃光了。这也好，分光吃净，也就没有人惦记了。剩下的就是咱俩之间的事了。你是发飙还是单挑？我都接着。"

"只怕你满地找不到牙。"

"没准我一不小心还卸下你身上的一个物件呢。"说罢，金太子退后一步，留下一个厮打的空间。

一触即发的殴打突然被歌手喊出的"喀齐嚓"给喝住了。

原来，杨晓易猛地窜到金太子的身后，想用闪电般的偷袭帮助本田轻易取胜。就在歌手发出惊叫的同时，老官司用一个地道的锁脖把杨晓易摔倒，像一条断了脊梁骨的癞皮狗似的趴在歌手的脚下。

歌手的惊叫等于把结局打开，引起了光头们的一片喝彩声，本田顿时明白了自己逞能的必然下场：人心不在自己这边。吃人家的嘴短嘛，金太子、老官司用陈哥的食物收买了人心，在暗中挖了自己的墙角。

于是，他把这口气发泄到杨晓易身上，冲着他气哼哼地吼道："谁叫你搅局的，你不知道人家是一群有奶便是娘的主儿吗？在号房混，你得有钱有物，人家才能看得起你，恭维你，把你当成大爷。赶快叫你大伯把东西送来，也显得咱们爷们儿财大气粗。"

杨晓易尴尬地伫立在铺板上，脸上掠过一丝不易察觉的难堪。

二

肆虐了两天两夜的暴风雨在傍晚收住了势头。发包裹的手推车终于又在走廊里响了起来，光头们的期盼不是发自肺腑而是发自空落落的肠胃。

暴风雨不仅中断原材料的供应，生产劳动陷入停顿，送温暖的外援也中断了。稀汤寡水的牢饭成了维持生命的唯一源泉，不足部分，全靠自来水补充。水龙头流淌出来的自来水不知怎么又变了味，带有一股下水道的浑浊和腥臭，引起的上吐下泻折磨着光头，铺板和过道上倒下一大片，哪怕是早点名晚收监，也是用这个姿势迎接干部。只有手推车响起的时候，他们才睁开眼睛，盼望着发出的明信片有了回应，号房里不管谁送来食物，大家都希望重演一次"排排坐，吃果果"。可恨的是，手推车又一次对十三号号房不屑一顾，在十二号号房滞留很久后，无情地跩回去。

本田比杨晓易更失望。杨晓易的失望仅仅写在脸上，好像是专给他看的，而本田的失望则是深深的哀叹。他想靠杨晓易的外力支援重振号长权威的梦想，又一次化为泡影。无奈中，他想到金太子曾说过，分给他和杨晓易的那份食物放在猫洞里，他一直没有动的原因是不想掉价。这种志气在痢疾洗劫肠胃后，面子不得不让位给肚子。

本田让杨晓易把猫洞里的食物找出来充饥，他熬不住了，权当救济粮吧。

猫洞里的食物不见了！杨晓易把他俩猫洞里的东西全都掏出来摊在铺上，用一无所有来告诉本田。

本田觉得自己遭到了暗算。不是金太子的捉弄就是夜晚值班的歌手干的好事，可惜，虚弱的身体连挑战的力气也没有了。

杨晓易好像听到了什么动静，又把手伸进猫洞，摸索了半天，竟掏出一窝老鼠仔。粉白色小老鼠闭着眼睛挤成肉乎乎的一团，不知所措地发出吱吱的叫声，对突然遭到的袭击颤抖不已。

跟着小老鼠一起掏出来的是分给本田和杨晓易食物的残渣，连包装袋都咬得千疮百孔，成了小老鼠的尿不湿。

本田好像找到了宣泄的目标，他捏起小老鼠，恶狠狠地把它们一个一个丢到窗外，让一片汪洋的放风场成为无辜小生命的葬身之地。

本田残暴的举动让歌手陷入疯狂。发疯的歌手猛地扑到本田面前，把没有抛出去的小老鼠抢回来，搂在自己的怀里，喊着："回家，回家，咱们回家！"把小老鼠轻轻地放回猫洞，好像那个猫洞是通往它们家的大门。

接着，号房的人们有幸地看到了老鼠们神奇的举家迁徙。

就在歌手把濒临死亡绝境的小老鼠送进猫洞后不久，两只黑灰色的大老鼠从这个猫洞钻了出来，试探地伏在洞口向四处张望，警惕的眼睛好像在搜索刚刚发生不测的动响。躺在过道上的光头纷纷坐到通铺上，引起铺板一阵山响。两只大老鼠未敢久留，倏地返回猫洞深处，不见了踪影。

静息仅仅过了不到三五分钟，铺板下面突然传来窸窸窣窣的声音，那是光头们在夜深人静时常常听到的熟悉声音，因为多了些许欢快的尖叫和凌厉的撕咬，此时的异常响动，竟像一个老鼠们嘉年华般热闹。

稍许片刻，两只黑灰色老鼠又从猫洞钻出，此时，过道上已经空无一人，两只老鼠没有半点犹豫地直奔铁门而去。在铁门与水泥地面之间的缝隙中，轻盈地钻了出去。钻出铁门等于穿过国境线逃出牢房，两只老鼠面临的放风场将是它们新的自由天地。

搞不懂的是两只成功偷渡的老鼠又恋栈似的原路返回。它俩蹲在铁门两端，像忠于职守的边境卫士，随时准备应对不测的发生。随着它俩发出的叫声，又有两个老鼠不知从哪里钻出来。光头们发现它俩时，它俩已经跳上厕所的短墙，正与蹲在铁门处的老鼠交换着眼神。

又一声兴奋的叫唤打破了短暂的平静，一支颇为壮观的队伍出现了。一只银灰色的硕鼠在一群活蹦乱跳的小老鼠的簇拥下，大摇大摆地从光头们面前走过，好像在接受他们最后的检阅。跟在后面的是两只黑白相间的大老鼠，它们各自的嘴里叼着一根红色的导线，导线连着一只陈默的北京懒汉鞋，像拉着一个拖车在缓缓行进。懒汉鞋里簇拥在一起的正是刚刚被歌手救下的小老鼠，拖着它们逃生的应该是它们的父母。

队伍在有序地进行，不时地有老鼠从路经的猫洞钻出，汇入迁徙的队伍。承担着搬运的老鼠们，纷纷用导线拖着光头们熟悉的袋装食物，吃力地走着，那些长短不齐颜色各异的导线正是暗藏在铺板下面的窃听设备，就地取材的利用无疑

是一次揭秘——铺板掩盖的秘密曝光，窃听器遭到破坏。队伍的后面是两只硕大的黑老鼠，殿后的重任交付它俩，真是再好不过的选择。茁壮的体态，机敏的步履，警惕的目光，让光头们联想到武装押运的保镖。

硕鼠是最后离开号房的，它一直站在铁门前，目送着旗下的鼠辈一个个平安地逃出号房，又催促两个担任警戒的黑老鼠完成穿越后，才开始自己的告别。硕鼠回首一望的目光饱含着胜利者的微笑，又带有几分决绝。

老鼠们冲出了牢房，却把悲哀留给了光头。

歌手惋惜地说："老鼠不要我们了，你们没看见它们的眼睛都饿绿了吗？"

光头们能理解歌手依依惜别的心情。歌手是号房唯一一个能与老鼠们像朋友一样相处的人，它们是他夜间值班时的伙伴。分给他的那包作为值班夜餐的方便面，全都成了老鼠们的美味。陈默的食物分光吃净后，歌手和老鼠一起陷入饥饿。嗷嗷待哺的幼鼠泣啼，让歌手大动恻隐之心，他就偷着把小老鼠放进本田、杨晓易的那个猫洞。他知道那里还有一份精美的食物，可以帮助它们度过饥荒。

老官司的伤感中带有一种不祥的预感。在这个号房蹲了两年多的他，知道这群老鼠早在他被投进之前已经在铺板底下建立了自己的天堂家园，饥馑和严寒酷暑不止一次地考验过它们的生存能力，它们从未放弃自己的家园，坚韧地坚守着脚下这片黑暗潮湿的土地。这次举家迁徙如同逃难，绝非像歌手所说是饥饿所迫，更像一次绝境突围。老官司自叹没有老鼠们见微知著的预测能力，他担心更大的天灾即将来临，却又无法把握自己的感觉，只是不住地叹气。

"忘恩负义的家伙，"杨晓易骂道，"看我们号房穷，跑到别的号房享清福去了。"

"人家活命要紧呀，"金太子反驳道，"这阵子，除了免费向蚊子提供我们的鲜血外，已经很久没有向老鼠施舍什么东西了。此处不养爷，自有养爷处，你不能剥夺人家的生存权嘛。"

老官司叹了一口气说："但愿老鼠搬家不是一场灾难降临的前兆。"

"什么话？"杨晓易冲着老官司吼道，"你咒我们哪！"

一旦跃上西铺二号位，杨晓易已经不把老官司放在眼里，一副小人得志的样子，让人看不下去。

"不听老人言，吃亏在眼前。"金太子护着老官司说，"要说灾难嘛，其实就在铺下隐藏着呢。今天算开眼了，这么多导线放在铺底下，绝不是给老鼠们晾衣

服荡秋千用的，这是窃听设备，让我们坐牢都不安生的暗道机关。要不是被我们的邻居咬断了，放屁都有人监听呢。"

"你一不策反，二不越狱，怕偷听什么？"老官司笑着问。

"我怕小人诬陷。"金太子盯着杨晓易说。

"怕诬陷你就给我闭上嘴。"本田出面替杨晓易出一口恶气。

"那得看我高兴不高兴。"金太子毫不客气地说。

听着金太子对窃听器的一番高论，看着过道上遗留下的各色导线，酋长只觉得冷汗渗出，一个可怕的猜想在脑海里闪过：莫非当局把我留在号房是为了秘密窃取我的言行，为拼凑罪证而煞费心机？幸好自己在号房一直沉默寡言，低调行事，可是难保夜间熟睡后说梦话，这就不得而知了。白天的守口如瓶如果毁于夜晚的梦话连篇，一旦被号房里面的窃听器告密，他将面临无法抵赖的溃败。

很多时候，勇气来自无知，而胆怯却是因为看到了内幕。酋长是从乡公安助理进入仕途的，他很早就知道"灰色耳目"或者"线人"，还有"窃听"是怎么回事，在告密盛行的年代，他也曾受命扮演过这类角色，也窃听过控制对象的电话。进到看守所时，他要求住单间，就是为了躲避眼线的监视和暗设机关的监听。七科长总算还没有忘记我这个老领导，给我安排了一个白天独处的地方，可不知道为什么又把我丢在号房置之不理。逃难的老鼠帮我找到了这个原因，看守所的牢房不仅隔墙有耳，铺下还有暗道机关，早就把我"网"住了。真是防不胜防啊！

酋长亲切地招呼歌手坐到自己的铺位前，他要打探这位夜间值班员，夜深人静的时候，除了听到老鼠的动静外，是不是还听到了他的夜语梦呓？他相信自己能从歌手语无伦次的诉说中，把脉出真实的情况。

三

就在老鼠们义无反顾地撤离号房不到两个时辰，雷电裹挟着暴风雨再次袭来，把号房内外搅得天昏地暗。可怖的雷声，狂暴的雨柱，猛烈地敲打着牢墙，发出震撼的喧嚣，惊醒了光头们惬意的安睡。此时他们才懵懵懂懂地明白，老鼠的离去是逃难，因为它们有自由，更因为它们具有灾难到来前的预感。

这一天政府干部没有查号，也没有安排生产劳动。早饭过后，光头们心神不宁地靠着墙，眯着眼睛想着各自的心思，很是落寞。送开水时，癞哥说："干部和武警班长都在忙着防洪排涝，顾不上号房的烂事了。老虎不在家，你们就猴子当大王吧。"

一听这话，光头们又眯着乐了。暴雨颠倒了乾坤，干警竟然为光头服务了。他们内心的呼唤是，让暴风雨来得更猛烈些吧！最好是大雨滂沱，江河决堤，山洪暴发，水淹润江，以便让他们长足地品味受保护而不是受歧视的滋味。万一暴雨把固若金汤的看守所冲出一个缺口，那自己会不会也像老鼠们一样？……想到这个问题的光头只觉得心跳得发慌，仿佛遇到的不是一个机会，而是一个要死要活的抉择。

老官司觉得大难临头，不能想象得过于乐观。坚固是看守所的特点，四面高墙围起来的方城，只有在天灾人祸面前，才能显示出它坚不可摧的优越性。癞哥说干警正在防洪排涝，对于看守所而言，排涝可能比防洪更重要。因为看守所在润江的老城，地势低洼，八年前，他曾在这个看守所经历过一次水漫金山，那水是从地上和地下一起冒出来的，那水和这几天水龙头流出来的浑水一个味儿。

老官司趁着大家都在睡觉，悄悄地溜下铺板，在猫洞里摸出几双破塑胶拖鞋，塞进枕套里，坐在屁股底下，这才放心地靠着墙闭上眼睛打盹。别小看那几双破拖鞋，不管是洪水还是地下水，只要漫进号房，绑在身上就是救生衣。一旦大水冲了龙王庙，你得先想法自救。

老官司的这个举动没有瞒过酋长的眼睛，他没有坐着睡觉的本事，却有埋头琢磨事的习惯。对歌手启发式的盘问，让他把悬起的心放下了。歌手不是自己想象中的那种人，他已经精神错乱了，即便自己在夜晚偶尔泄露出一两句牙缝里的话，让他听见了，他也不会在意。这孩子的魂早被吓跑了，直到现在还找不到北呢。

那么，如果号房真的安排了线人，那会是谁呢？在和歌手毫无结果的谈话结束后，酋长一直被这个问题困扰着折磨着。即便没有洪水袭来，他也将会被困在号房里，自由的白天不再属于他，这已经是既定的事实。正因为与他在号房朝夕相处的光头不完全是人，还有鬼，因此，他必须弄清这个敌友的问题。如果号房有暗鬼，这就是他面临的潜在威胁，必须识破并加以防范。支持他做这番苦思冥想的现实原因是老鼠拖出来的窃听设备，足以让他虚惊一场；理论方面则是来自"害人之心不可有，防人之心不可无"的古训。官场上养成的思考习惯也是一个原因，只要琢磨事必先琢磨人，不把人琢磨透了，他做事不踏实。从纪委调查到检察院介入，从双规到身陷囹圄，因为没有部下、关系人和亲朋好友的背叛和检举，他还没有遇到能撬开他嘴巴的力量。这不能不说得益于他看人看得准，没有看走眼。

在排除了歌手后，进入酋长怀疑视线的有三个人：陈默、杨晓易和老官司。如果陈默当线人，一定是被选中的，因为他自身的条件优于号房里的任何人，问题在于他肯不肯接受这个难于拒绝的指派。如果接受，组织的信任当然是一个原因，他自己的迎合也是不能饶恕的卑鄙。杨晓易就不一样了，他本身就是一个骗子，是个有奶便是娘的小人。他那封索要食物的明信片细琢磨起来，还真有点鬼话连篇的味道。或许小报告就是利用明信片的形式传递到干部的手中的，谁知道呢？杨晓易是在他已经困居号房时进来的，还真有点尾随而至的意思，尾随不就是跟踪，跟踪不就是监视吗？当然，躺在他身边的老官司最为可疑。卧底卧底，不就是卧在睡榻旁边的奸细吗？要是我没有琢磨错的话，老官司一定是为立功而主动向干部献媚的。一个牢底子想改变自己的命运，只有靠落井下石。这活儿他能干！

酋长看到老官司起身在猫洞摸索了一阵子后，又若无其事地坐在自己身边装睡，疑心和反感一起涌上心头。他猛然间想起猫洞里放着他的一个枕头包，里面藏着一个用香烟壳订成的小本本，密密麻麻写满了只有自己才能认出的字。如果说这是一个秘密，有点小题大做，它不过是记载了每次与办案人员谈话的简要内容，防止以后回答相同问题时说拧巴了，露出破绽，陷入被动。这个小本本要是落到老官司手里，还不把它当作变天账交给干部？当然，干部是不会与老官司一般见识的，可作为违禁品没收是免不了的。失去了这个小本本，等于丧失了记忆，他将在回答办案人员反复提问时露出前言不搭后语的破绽，语无伦次等于画地为牢。如烟往事虽然历历在目，但对它如何表达或者说是交代，却是另外一码子事，只要录入讯问笔录就是证据，如果作假，那也得一假到底。

一想到猫洞里的小本本，酋长就成了丢斧子的人，总觉得小本本已落入老官司的手中，只等着找机会向干部邀功求赏。酋长又气又急又无可奈何，碍着老官司睁一只眼闭一只眼的假眠，他不能打草惊蛇。

思摸良久，酋长再也躺不住了。估摸着快开午饭了，那时号房将乱成一锅粥，老官司还不趁机把赃物转移？老官司可是个江湖上有名的神偷，会像变戏法

似的玩你一把。

酋长佯装着上厕所解手，站在过道上，一面哼哼肚子受凉了，一面把手伸进猫洞做囊中取物。猫洞里的东西早已乱套了，既有老鼠们逃亡时留下的乱摊子，也有老官司刚刚翻腾过的遗迹。幸好小本本还在，像劫后余烬似的窝在猫洞的犄角旮旯。如果饥饿的老鼠把它当作美餐吃进肚子，或者被老官司不屑一顾地推进铺下的黑洞，他会一直把老官司当成偷斧子的贼。

酋长迅速将小本本裹在手纸里揣进怀中，猫着腰，装着便急的样子来到厕所。就在他刚要蹲下，把小本本藏进内裤时，一个意想不到的发现令他目瞪口呆：大便池像发生了井喷，腥膜的污水喷涌而出，正漫过他的脚面冲向过道。

酋长提起裤子落荒而逃，被污水追赶着退回到铺位，屁股还没有坐稳，又被另一个景观惊呆了：铺下的每一个猫洞都像一个泉眼，急切地流淌着黏糊糊的黑水。眼瞅着黑水和污水在过道迅速地集聚，形成一股势不可挡的洪流，向着通往放风场的铁门冲去。

接着，酋长又看到另外一个场景：已经成了蓄水池的放风场在暴风雨的鞭笞下，也开始策动积水向牢房倒灌。老鼠们逃生的门缝，成了积水向牢房宣泄的通道。凶猛的积水没有遇到任何抵抗，便涌进了号房，占据了过道，前赴后继地扑向铺板。就在洪水即将把铺板当作浅滩无情地冲刷上去时，看守所走廊里涌进的洪水在撞击牢门的同时，把饭口给冲开了。顿时，饭口变成了堤坝的缺口，为向着铺板猛扑过去的洪水放引，促成了内外两股洪流最终在号房的汇合。此时，看守所的走廊已经连成了四通八达的水网，每一个号房都成了汪洋大海中的一个孤岛。

这一切都是在无声无息地进行的，好像一个潜藏很久的魔鬼突然释放了它的巨大能量。灾难突兀降临后，扼杀生机的心计才开始显现，面对张扬的复仇力量，而你却无能为力或为鱼鳖，只能眼睁睁地看着自己成为魔鬼吞噬的生灵。

乌云依然在放风场的上空堆积，等待雷电将它撕碎，化作漫天大雨倾泻下来。此时，又一个意想不到的惨景震慑了酋长，原来以为逃过厄运的老鼠们全都鼓胀着肚子漂浮在放风场的积水上面，白花花的一片尸体表明一个族群注定毁灭的命运。无路可逃的绝望在这一刻抓住了酋长的灵魂，他的脑海里浮现出陆沉的惨景：

看守所成了汪洋中的孤岛；

号房成了洪荒中的诺亚方舟；

还会有鸽子衔着橄榄枝飞落号房吗？

四

"十三号号房的弟兄们，你们受苦了！"

癞哥站在巡逻道上，从窗户探出头，学着政府干部慰问灾民的口吻说，"跟着巡洋舰，你们过的是紧日子，跟着本田太君，你们过的是苦日子。现在，洪水来了，你们又要过霉日子啦，反正坐牢的日子都不是他妈的好日子。"

已经沦落为水城的看守所，巡逻道上高高在上的窗户便成了号房与外界联系的唯一通道，承担着民以食为天的重任。饭菜和少量的半开不开的温水装在箩筐吊进号房，降落在铺板上。洪水在即将漫过铺板时，停止了上涨，特意给光头们留下了两块暂栖身的地方，免得他们泡在水里沤臭骨肉。光头们领情了，如果洪水一味地上涨，他们就是奥运会的游泳冠军，也游不出密封的号房，老鼠们的无言结局在等着他们。铁门不会打开，此时想打也打不开，洪水比铁锁还牢牢地禁锢着它。看守所的防洪抢险一定要加上另外两防才算全面：防暴狱和防脱逃。防人甚于防水，防洪是天灾，犯人的趁机暴动越狱却是人祸，更是失职。警察和武警官兵全都在加固围墙和增高电网的抢险第一线忙乎，送饭送水的活儿就落到癞哥这帮劳役犯身上。

一向是身在曹营心在汉的劳役犯抓住这个机会，决心把以往的易货贸易变成现金交易，狠狠地捞上一把。

金太子举着一件湿漉漉的梦特娇T恤，当一面旗帜向癞哥挥舞着说："五包方便面。"

"我要硬通货。"癞哥不屑一顾地说。

"除非你放我出去，我到银行掏给你。"金太子说，"号房哪有你要的硬通货？"

"洪水无情啊，都把你们隐藏的干货泡出来了，你当我不知道？"

"那是人家的私人财产，你想要，人家还不愿意给呢。"金太子又换了一件崭新的皮夹克，砍价道，"意大利的皮草，穿在癞哥身上一准儿彰显骑士风度，怎么样，就换七包方便面。"

"我真搞不懂，那几张纸放在你们的屁眼里能下崽吗？不趁早甩出去救急，非得等到干部腾出手来抄监没收才舒心啊，你抠门，人家还会抠屁眼呢。"癞哥一副奇货可居的样子，爱答不理地说，"你们不想买，我就不伺候了。"

"请留步！"大鲍翅在湿漉漉的裤裆里摸索了老半天，像变戏法似的摸出了一张卷成卷的百元大钞，放进箩筐。

"香烟！"本田抢先对癞哥说。

"再加一箱矿泉水。"大鲍翅补充说。

吊上去的箩筐又送下来，里面放着两包墨菊牌香烟一瓶娃哈哈矿泉水。

"黑了点吧，癞哥？"本田不满地说。

"就这个价！"癞哥说，"一张屁眼里沤臭的烂货还想换多少？要是留到明天，还换不到两包香烟呢。大难临头，也不看看行情，市面上的矿泉水早就抢光了，给你一瓶就不少了。"

表现出心安理得的是大鲍翅，他默默地接受了这笔交易。作为一个曾经的商人，他对奇货囤积，漫天要价的事情看得比本田平淡，忍受敲诈勒索的涵养也没有让他对癞哥的贪婪大惊小怪。作为一个二期糖尿病患者，他需要用洁净水服药，所幸药品没有受到洪水浸泡，可看守所送进的开水几乎就是浑浊的泥汤。是舍财还是舍命？他没有理由不选择前者，命要是没了，钱还有什么用？

大鲍翅拿了矿泉水和一包香烟，另一包甩给了本田。

把香烟叼到嘴里时，本田才发现自己没有火，这真是让人撮火的事。

在号房，本田属于三等烟民，无烟又无火。一等烟民是有烟有火的酋长，二等烟民是有火无烟的老官司、金太子，人家陈哥是不抽烟不要火的局外人。烟和火的完美搭配，在号房总是奇遇，有火没烟的时候多，有烟没火的时候少，只要有烟，即便没有火也能就地取材自力更生地解决。古老的钻木取火技术没有失传，在看守所的牢房里得以薪火相传，发扬光大。

今天的有烟没火，却是个难题。漫过猫洞的洪水早已把光头们私藏的家底给露了出来，洗劫一空。大鲍翅的巧克力泡成了可以做紫砂壶的烂泥胎，金太子提审时从警察叔叔衣兜里"顺"来的打火机也沉入水底，漂浮的油花留给他的是无尽的惋惜。受灾最惨重的是酋长，他在猫洞放着的几包玉溪烟全都像茶叶泡在水中，沤烂的残渣余孽都被光头捞出来当作槟榔咀嚼得津津有味。酋长在号房吸烟是公开的秘密，对于酋长私藏的香烟，干部并不在意，洪水却无情地予以没收。

此时，酋长难忍的不是焦渴不是饥饿，是烟瘾上来后的无法满足。

本田以为酋长是在装蒜，这个藏而不露的家伙，自己兜里揣着打火机，却故意用若无其事刁难他等烟民。本田心想，你酋长能把香烟带进号房，就一定能把打火机带进来。就像他怀疑酋长不仅私藏烟火，而且还私藏硬通货的道理一样，既然有人能给他送进人参蜂王浆，就一定能送进人民币。本田要用香烟当榔头，把属核桃的酋长的私财给砸出来。

本田摸出一支香烟冲着酋长把玩，眼睛瞅瞅，鼻子闻闻，又夹在耳朵上显摆，见酋长不理不睬，本田又把第二只香烟摸出来，丢给大鲍翅。

大鲍翅顺手就把这只香烟甩给酋长，杨晓易发现后，想拦都没有拦住。

对面铺的酋长看得明明白白，一面把香烟回敬回去，一面郑重地说："从今天起，我戒烟了。我本来就有心脏病、哮喘病，医生和我家的老太婆都劝我把烟戒掉，可苦于官场上的应酬，总也戒不了。没有想到住监狱却把这件事给办了，也算是坐牢的一个收获吧。"

酋长用诙谐的话语宣布了一个仅仅几秒前才做出的重大决定。就在癫哥出现在窗户的那一刻，他还想拿出在裤裆里焐热的大钞去兑换香烟。如果说过去香烟只是他官场礼尚往来的一项必不可少的内容，甚至是一个暗藏货币的道具，现在香烟已经成了他坐牢的忠诚伙伴。只要点上一支香烟，深深地吸上一口，再望着袅袅升起的缕缕青烟，他就觉得有一个温柔的朋友在跟他说悄悄话，一经氤氲的抚慰，孤独感便不再缠绕和烦恼自己。他克制着涌上咽喉的烟瘾，没有掏出钱来向癫哥讨换香烟，是可怜的尊严在作祟。他不能像大鲍翅那样为了两包香烟而向一个地癫低三下四地乞求，他的身份不允许他掉这个价。他更无法容忍癫哥的敲诈勒索，号房是一个三教九流混杂的地方，保持与众不同的形象是必需的。其次是习惯使然，酋长没有自己掏钱买烟的习惯，他的香烟都是人家孝敬的，就连坐牢，外面都有多种渠道供应。再者，几张来之不易的大钞也是必须保存的，这点钱要用在刀刃上。对润江顽固的水患和糟糕的地下排水管道，他有更深切的体会，他得把未来几天的困难设想的充分些。

酋长几乎是强迫自己接受戒烟决定的。心中的悲哀还在于，从自己想掏腰包买第一包香烟的念头一出现，他已经意识到，一向依靠别人无偿提供香烟的日子已经一去不复返了。嗜好一旦需要自己掏钱来满足，精打细算便成了首要问题。他不能给大墙外面的老太婆增加额外的经济负担。

酋长拒绝了大鲍翅甩给他的那支香烟，表明他说到做到的戒烟决心。见酋长没有理这个茬，本田忍不住了，直截了当地说："酋长不当瘾君子，也得关心一下群众的疾苦，您就把火柴奉献出来吧。"

　　酋长把泡成秃头的火柴棍排在铺板上，问本田："你看能用就拿去。"

　　本田傻了眼。

　　"还是钻木取火吧，你的身边不是坐着一位能人吗？"金太子装着提醒的样子说。

　　本田明白，这是来自东铺的挑衅。号房有钻木取火本事的只有金太子、老官司两个人。同样是用北京懒汉鞋搓棉花丝和洗衣粉，老官司凭的是经验，金太子凭的是技巧。老官司动作慢，但搓出的火苗经用，可以点一支香烟，还能燃起一堆包装纸板烧一茶缸开水或煮一包方便面。金太子搓得快，搓出的火星只够点一支烟，就赶紧把火熄灭，把家把什藏起来。毕竟在号房煽风点火是违规的事情，一旦被干部发现，就得吃白蜡棍。犯不上为这点屁事犯事，劳驾警察叔叔动用戒具。

　　杨晓易也算是见过世面的人，一见金太子叫板，还真的动手搓起火来。他要用实际行动给金太子一点颜色看看，钻木取火是祖先的发明，并不是你等小人们的专利。

　　自从升到二号位，杨晓易就时刻准备在缺火的时候露一手，干棉花和洗衣粉一直在衣兜里掖着，没有遭到水浸，现在真的派上用场了。

　　看杨晓易钻木取火的架势，还算是行家里手，可就是搓了半天没有搓出火来。别说火星，连烟也没有冒出一缕。

　　讥笑又回到光头们的眼神中。

　　只有老官司和金太子看得明白，永远也搓不出火的原因是杨晓易用的洗衣粉是无磷的，不对路子。他俩要做的事就是等着收拾残局，取而代之。

　　杨晓易万般无奈地把棉花、洗衣粉连同懒汉鞋一脚踢到铺下的污水中，表示自己的窝火和恼火，也承认了自己的失败。

　　该金太子出场了。

　　"我用火换你们的烟。"金太子开门见山。

　　"怎么个换法？"本田问。

　　"搓一次火点两支烟，你我各一支。"

　　"打劫啊？"

"你看着办。"

"算你狠！"本田咬咬牙说。

金太子玩儿似的搓出火来，点上两只香烟。一支丢给本田，一支递给酋长。

酋长犹豫了片刻，还是婉言拒绝了。既然当众表态戒烟，就要把誓言进行到底，不能半途而废。

老官司回敬了一句半是规劝半是提醒意味的话：

"坐牢讲究的是一个混，别老想着自己在社会上的身份，就算说深入到社会的最底层，你也得和群众打成一片。我记得你以前可不是这个样子，你还记得十三年前，你在天堂镇劝阻我们上访时的情景吗？那时你很体贴我们的苦楚，事情办得很实在。"

酋长茫然地看着老官司，好像要在他的脸上找出往事的遗迹。在酋长的记忆中，他不曾和眼前这个江洋大盗有过任何交往，哪怕是一次意外的邂逅。理智地讲，社会身份决定了他们俩人的人生轨迹注定没有交会点，号房相遇，纯属偶然。号房如同病房，我们害得不是同一种病，愈后出院，也是各走各的路，形同路人罢了。

东铺飘起的烟霭绕过酋长，从老官司的嘴上开始传递，一人一口，直到陈默的手中，把它摁在短墙上。陈默不吸烟的妙处没想到在牢房得到了充分的展示和意外的体验，少一份嗜好就少一份诱惑，少一份折磨。

本田摆出一副独吞的样子，贪婪地吸着香烟，回味无穷的表情好像是在挑逗别人的烟瘾。杨晓易则像一只哈巴狗盯着骨头似的盯着本田，看着烟头一闪一闪地变短，烟灰一点一点地抖落。他的耐心得到了某种想象的支持：本田一定会给他留下一段烟蒂，他会在耐心的等待中获得这个结果。

本田大口大口地吸着，连喷出的烟雾都带有一股发自肺腑的恶臭。火星燃到过滤嘴处，本田才恋恋不舍地把烟屁股丢进放风场的水中。

光头们看到两种迥然不同的表情：本田的绝情和杨晓易的绝望。

<h1 style="text-align:center">五</h1>

除了雨不停，号房的一切活动全都停止了：提审、开庭、发起诉书和判决书、生产劳动、点名查号、分发包裹，连洪水也停止了上涨。最能让光头们理解

的是停止放风，除非你想把自己泡在放风场的污泥浊水中腐烂。

表示灾情严重的是牢饭从一天三顿变成两顿又减为一顿。

闲饥难忍。不知谁开了个头，下板的光头们开始用精神会餐打发无聊的时光。

"下雨天，扯闲篇。谁起个头？"有人嘟囔了一句。

"闲饥难忍啊，东北虎起个头吧，吹吹你们那疙瘩的满汉全席。"河南人贩子撺弄着说。

"东辣西酸，南甜北咸，"东北虎禁不起鼓动，开板就说，"带毛的除了×，带腿的除了板凳，我他妈什么没吃过？"

"屎！"河南人贩子继续挑逗说，"满汉全席你吃过？人肉包子你吃过？"

"我是想吃，可就没人给哥们儿做。"

"别吹牛，东北有一道名菜，保准你没吃过。"云南的毒贩子打着哈欠说。

"不会是白粉拌大麻吧？"东北虎带着挖苦说。

"是一道带毛的菜，地球人都知道。"

"咋的，想把老子肚子里的馋虫勾出来？"东北虎急了。

"那道菜叫清蒸乳房红烧×，你是那疙瘩的人，咋就没有吃过这道菜呢？"

东北虎恍然大悟，笑着说："你别不懂装懂，你说的那道菜是一个卖×的幌子，写在路边店的招牌上，勾引你上炕罢了。不像我爱吃的四川阴枣，那才大补呢。"

"你又不是刘文彩，你吃的阴枣都是尿素里泡出来的。"

四川抢劫犯的一句话，说得东北虎只想呕吐。

下板人刚一沉默，中板人开始扯起来，话题由菜转到酒。

老官司问金太子："什么酒最好喝？"

金太子故弄玄虚地说："当然是杏花酒啦。"

"没听说过。"

"有诗为证。"金太子晃着脑袋说，"清明时节雨纷纷，路上行人欲断魂，借问酒家何处有，牧童遥指杏花村。"

"我记得你们搬家公司从不在雨天进酒家，你们总是在雨天忙着到落锁的人家去办溜门撬锁的业务，免费给人家搬家。"

"雨天搬家趟趟不落空呢。"金太子得意地说。

中板人一开口，下板人立马闭嘴，只有洗耳恭听的份儿。杨晓易自恃西铺中板，不知好歹地插上一句：“那你说什么酒好喝？”

“看过张艺谋的电影吗？”老官司爱答不理地问。

“你是说用马尿勾兑的高粱酒，是吗？”杨晓易套着近乎说。

“不是马，是驴！”老官司没带好气地说，“童男子的尿勾兑到酒里是色香味俱全呢。”

金太子附和着对杨晓易说：“不信你试试，歌手可是我们号里的童男子，你用嘴含着他的尿壶喝口尝尝就知道了。”

歌手从光头们的嬉笑声中觉得有些异常，不好意思地低下了头。

“你想尝鲜，歌手还不肯奉献呢。”老官司对杨晓易说。

“歌手想奉献，我也不敢喝。”杨晓易不以为然地说，“童男子的尿什么滋味，我不知道，但我敢说歌手的尿绝对是迷魂汤，你看他整天五迷三道的样子，就知道迷魂汤喝多了，不信，你们去问问他。”

下板就有人问歌手：“哥们儿，你是喝什么长大的？”

歌手眨眨眼，不加理睬。

下板又有人问歌手：“哥们儿，你说世界上什么东西最好吃？”

歌手明白了问话的意思，板着脸沉默着。

下板的光头发起了起哄式的追问，他们觉得歌手也是下板人，下板人对下板人交谈不犯忌。

“烤鸭？烧鹅？肯德基，麦当劳？总不会是臭豆腐吧？要不就是猪肉炖粉条子可劲造！”东北虎给歌手开了个清单。

光头们期待着半疯半癫亦真亦幻的歌手给他们一个开心的回答。

“咂！”

歌手被逼无奈地说了一个词，就把光头们砸晕菜了。光头们不明白歌手说的“咂”是什么鸟语，什么渣，砸什么？

“是豆腐渣还是油渣，你小子怎么好上这一口？难道这咂比粉儿还勾魂？”云南毒贩子问道。

歌手涨红着脸说：“不是渣是咂。”说着，用嘴深情地吸吮了一口。

东北虎立刻想起了家乡的俚语，他问歌手：“敢情这咂是你妈妈的奶头？”

歌手羞涩地点点头。

完了！光头们不禁悲从心来：歌手还没有从婴儿状态走出来，整个一个吃奶的孩子。

这回连中板人也冷场了。

本田觉得该他出马了，不齿于与下板人过话的他，决定用一个新话题打破上板人的沉默。

"您老人家吃过国宴吧？"本田向酉长提出一个可望而不可即的问题。

"吃过，在人民大会堂。"酉长平静地回答道。

光头们顿时肃然起敬。乖乖，人民大会堂！国宴！那可是他们永远也到不了的地方，永远也吃不到的盛宴。

"听说吃国宴不要钱？"本田想要证实免费白吃的疑问。

"要的是身份，起码得是人大代表。"杨晓易好像很懂。

"没问你！"本田让杨晓易闭嘴。

老官司叹了一口气，接过杨晓易的话题说："身份这东西，咱们是没有的。咱们这一辈子可能有钱、有车、有房，可就是没有身份。咱们的身份都在公安局、法院和监狱的档案袋里装着呢，一亮相就是在押犯、在逃犯，起码也是坐过牢的刑满释放犯。"

"听酉长说。"本田喝住老官司，然后问酉长，"国宴是不是满汉全席？上多少道菜？"

"我记得是四个冷盘，八个热菜。"

"有大鲍翅、龙虾、猴头和果子狸吧？"

"没有，都是些宫保鸡丁、清蒸鲈鱼的普通菜，没有生猛海鲜。"

"靠！我们在外面随便撮一顿也没有这么寒酸。"金太子说，"更不能和慈禧老佛爷的日常三餐相比了。"

酉长只是笑笑，他觉得没有必要对这些人做解释。国宴没有他们想象的那么奢华，国宴跟摆阔没有关系，国宴是一种礼节，一种规格，一种氛围。彬彬有礼是出席国宴者的风度，饭菜虽然精致，却远不如在家吃便饭那么轻松自在。

偏偏金太子缠着酉长不放。酉长难得放下架子与光头们聊天，他要逗逗这位沉默寡言的老头子开心。

"您老人家口福不浅，上大会堂吃过国宴，又到国外吃过洋餐，那你说说，到底是什么饭菜最好吃？"

"这可是一个众口难调的问题，不好说啊。"酉长回避着。

"您总得说说好哪一口啊，总不会是歌手爱吃的呱吧？"金太子不依不饶地说。

酋长沉思了片刻说道："平常过日子是粗茶淡饭，眼下受审是看守所的牢饭。它不是味道好、分量足，而是吃起来放心、舒心。"

"哇塞！"没等金太子缓过神来，本田先发出鬼叫，"老爷子不愧是共产党人，落到这步田地还没有忘记共产党的教导。"

酋长还是笑而不答。他不想把酒席上应酬的烦恼像对牛弹琴似的做一番发泄，更不愿意提及"吃人家嘴短"的懊悔。"和而不同"是他在号房与各色人物共处的底线，相逢何必曾相识呢。

本田在心中骂了一句"假正经"，心想，这个大贪污犯太虚了，我们又不是查你公款吃喝，唱什么高调？为了不冷场，本田又转向大鲍翅，想在他身上挖掘出酋长不愿深谈的话题。

"大鲍翅，世界上免费的午餐不止是牢饭吧？"

"公款吃喝也是不掏钱的嘛。"大鲍翅一钓就上钩。

"不掏钱怎么结账？打白条啊？"

"自然会有人埋单。"

"你就是这样的冤大头吧？"

就像被人冷不丁地揭开了假面具，大鲍翅的脸唰地一下红到了脖子跟。不管在收审站还是在看守所，他都是顶着"走私"的罪名在号房混的，他不敢说出自己的真实案由，怕被光头耻笑。为了封口，他不停地给巡洋舰进贡，没有想到一包香烟没有封住本田的嘴。他怕本田道出他的真情，连忙给本田递眼色说："本田老弟，你知道我是个小老板，我的尿壶里没有酒，都是他妈的苦水。"

本田笑了笑说："食色食色，不是食就是色，有啥不好说的？"

大鲍翅好像被本田剥光了外衣，赤裸裸地站在光头们的面前。但是嘲笑和鄙视没有发生，光头们对他的涉色问题没有大惊小怪，好像跟犯罪不搭界。在他们看来，请人吃饭和请人睡觉都是稀松平常的事，别拿这些屁事说事，大鲍翅可是一个重量级的走私犯。

本田不想为难大鲍翅，又把矛头对准了陈默。

"陈哥，你见多识广，你也觉得牢饭好吃吗？"本田先给陈默戴上一顶高帽，然后发问。

"不好吃。"陈默毫不掩饰地说，"因为看守所不是慈善机关。"

"那我们就不该做假善人，对吗？"本田不怀好意地问。

"我的意思是，所有的免费午餐都是不好吃的。"

"陈哥说的是大实话。"老官司说，"除了看守所、监狱，我们这些人也没有吃免费午餐的地方。"

"看守所也有特供，有钱可以点菜嘛，照样不吃牢饭。"金太子愤愤地说。

"所以免费午餐不好吃嘛。"老官司见怪不怪地说，"陈哥，号房原来可不是这样，就是县长的小舅子进了班房，也得吃牢饭，光头就是光头，没有特殊待遇。"

金太子说："这是哪年的黄历了？现在号房变了，光头分成三六九等了，只要有钱，可以不吃牢饭吃小炒，看着都眼馋……"

陈默不想就这个问题表明看法，就含糊地说："你们不是爱说混刑度日吗，有条件的自助也是一种混法嘛。"

"我要是有自助的条件也就不进来了。"金太子说。

"进来了，就无怨无悔。"老官司一通百通地说。

酉长听了这些闲言碎语，心中不是个滋味。他更愿意获得陈默的理解，避免在号房遭到孤立。

酉长问陈默："北京可是东西南北餐饮文化荟萃的地方，不知道你这个北京人最赏识什么菜？鲁菜还是粤菜？"

"我不是美食家，也没有吃过国宴。"陈默谦虚地对酉长说，"我记得三年前我在海口吃早茶时，一个香港媒体的记者也曾向我问过这个问题。"

"你是怎么回答的？乖乖，这可是现场采访呀。"本田一听就来了神。

"我是这样说的，"陈默回忆道，"如果我们国家的儿童都能吃上这样丰盛的早餐，中国的足球一定会冲出亚洲走向世界。"

"靠！"本田失望地说，"陈哥讲的虽然是实话，可我还是觉得有一股靠近政府的味道，你跟酉长一样，中毒很深。"

颇有同感的老官司也借机敲打说："我算看明白了，解毒药才是陈哥和酉长的最好饭菜，可惜呀，吃了这么长时间的牢饭，也没有把你们两个人吃明白。"

精神会餐带给大家的共同感受是饥饿感实实在在需要牢饭来解除。此时，光头们才发现，开饭的时间已过，一天一顿的牢饭却没有从窗户送下来。

六

　　暴雨经过短暂的歇息后又卷土重来，硬要把重新积蓄的能量狂泻出来。天地一片混沌，闪电格外恐怖。上涨的积水漫过铺面，漫过光头们的膝盖，漫上腰际。号房变成了水世界，光头们失去了最后的栖息地。

　　断电将号房陷入可怕的黑暗中，每一道闪电照亮的都是惊慌绝望的面孔。探照灯依靠发电机输送的电力把光束投向每一个放风场，配合着雨中巡逻的武警班长警惕的眼睛。

　　凭借着牢房四面墙的抖动，可以判定发电机就在号房的屋顶。电灯重新亮起来时，已经没有了昔日的光彩，时亮时暗，像鬼火忽闪。酉长突然感到了那是死亡的幻影在向他召唤。

　　酉长想起了八年前在润江抗洪抢险第一线经历的往事。

　　也是这个季节，也是百年不遇的特大洪水。为了确保长江下游城镇人民生命财产安全和经济金融命脉免受损失，舍车保帅的方案已经中央批准。酉长临危受命，由"坚守到底"改为在三十分钟内"炸坝放水"。持续上涨的洪水被引入天堂湖，淹没了天堂镇方圆几百公里的农田、村舍，还有自己脚下的这座城市润江。一个民族一个国家有时在难以征服的自然灾害面前必需的决策是两害相权取其轻，水淹润江和天堂镇是为了顾全大局，承担必要的牺牲。中央给予润江和天堂镇重建家园的财政拨款，酉长主持制定了重建规划，并亲自担任防洪大堤加固工程的总指挥。

　　他记得，当年他在组织城镇居民转移时，对已经成为孤岛的润江看守所发出的指示是"严防死守，等待洪水回落"。

　　今天，他又在洪水进犯时面对着坚守的考验，只是身份有了一个本质的改变，昔日抗洪抢险的总指挥变成了阶下囚，他不再主宰命运而将被命运主宰。

　　让光头们感到事态不妙的是一日一餐都断顿了，他们在洪水面前唯一能做出的退让底线，眼下也像防洪堤坝一样崩溃了。饥寒交迫把光头们逼进了绝境，死牢的意义不再针对躺在刑板上的死刑犯，而成了人人有份的灭顶之灾。洪水包围的牢房，你注定无处可逃。

　　发动机的轰鸣夹杂在咆哮的风雨声中若隐若现，在光头们的想象中，这声音像敲响的丧钟，传递的是死神的召唤。

陈默对这声音并不陌生，那是冲锋舟和快艇划过水面的怒吼。可以肯定部队已经出动，正在解救被洪水围困的群众。

"我们有救了！"陈默把自己的判断告诉大家说，"解放军正在解救老百姓，也不会抛弃我们。"

到底是当过兵的，酋长觉得陈默的判断非常精准，但因不了解情况而过于乐观。出动部队疏散群众是炸坝放水的前奏，决口之后，巨浪般的洪水即将以泰山压顶之势席卷而来，看守所等待的只能是自救。在钢筋混凝土封闭的牢房，自救也许就是咎由自取的代名词。酋长从洪水一开始上涨就隐隐约约地感到八年前炸坝放水的举措是今天唯一的选择和重演。

老官司也有自己的看法，他对陈默说："想得美！你以为我们是谁？别忘了我们的身份，人家解放军驾着快艇抢救的是公民，不会是囚在牢笼里的人犯。我们的命不值钱，都淹死了，也不过是洪水造的孽，跟当官的失职没有关系。"

酋长好像听到了对自己的谴责。当年他对看守所的"严防死守"的指示多少带有一点弃之不理的意味，这个指示可能出现的后果只有在自己品味到今天的危险后才有了切肤的体会。

"八年前，我就在这个看守所蹲着，当时的洪水已经上涨到我的胸口，武警班长的枪就架在窗口上，监视着号房里的动静。要不是洪水退了下去，我早就打水漂了。"驼背的老官司比画着，光头们看到洪水已经上涨到他的双肩，横在他的脖子下面。

酋长凭经验断定，洪水已经从炸开的堤坝冲进市区，看守所能否坚守成功，完全取决于洪水在老官司的脖颈处的涨落。一旦淹过老官司脖子抵达下巴，号房大多数人将难以逃命，其中包括他这个体重达九十公斤的秤砣。

老官司挺直的脖子成了水位上涨的标杆。人们看到的是水位一点一点地漫上他的下巴，窒息即将死死地封住他的呼吸。冲锋舟和快艇的轰鸣声早已远去，他们已被无情的滞留在洪水中，绝望地等待着死神乘着暴雨的翅膀降临到他们身边。绝望之际，有人失声哭泣，有人拍打着水面发出咒骂，有人痛苦地闭上了双眼……

突然，老官司出人意料地浮出了水面，绑在他身上的塑料拖鞋成了救命的稻草。

坐以待毙的光头们忽然获得了自救的启发。

陈默近水楼台，迅速把歌手安顿在身边的短墙上，还没有等自己转过身，余下的空地就被本田和杨晓易迅速占领了，他俩的屁股挪动的速度比任何人都快。

与放风场相隔的两个窗台也成了争抢的高地。东北虎、四川人贩子抢先把住铁栅栏站稳双脚，又把跟跟跄跄的云南毒贩子拉了上来。金太子和大鲍翅扶着酋长抢占了另外一个窗台。

杨晓易庆幸在短墙上抢占了一席之地，脱离危险的轻松让他对在水中挣扎的同类们发出嘲弄：

"我现在才知道老鼠为什么要搬家，人家是捷足先登啊！"

"可惜啊，你现在知道已经晚了。"金太子回了一句。

"不晚又能怎样？不信你能打洞钻出去？"

"我他妈的金太子是条汉子，不干鼠辈的事。要死也得和弟兄们一起死！"

"别说得那么凄惨好不好？"老官司听不下去了，他说，"我们可是社会精英，这么死去损失也太大了，对不起人民对不起政府。"

"那你就等着解放军用直升飞机把你的尸体打捞上来，开个隆重的追悼会吧。"本田不失时机地帮助杨晓易敲打老官司，他恨透了这个跟他作对的老家伙。

"我在这个号房经历过一次浩劫，大难不死的我有逃生的经验。"说罢，老官司对在水中瑟瑟发抖的陈默满怀同情地说，"如果你不想死，就用你的双手把这个活儿做得结实一点。"

老官司说着就把两双塑料拖鞋甩过去，却被本田抢先捞到自己怀里，像捞到一根救命稻草。老官司只好从窗台上跳进水中，把腾出的一点地方让给陈默。

陈默说："我得守着歌手。"

老官司在水中劝道："现在是爹死娘嫁人，各人顾各人，等到大水没过你的嗓子眼，你想逃命都来不及了！"

"那我也得把歌手举到水面上！"陈默坚定地说。

一道闪电劈开乌云，瞬间的强光把滞留在水中的光头击得晕头转向，六神无主。借着强光，老官司浮到陈默身边，摘下身上的两双拖鞋和两个空塑料瓶递给他，又递过一根布条编成的绳子和一把牙刷柄磨成的锥子。陈默明白他送的是就地取材的自救工具，把这些东西串在一起，绑在身上就是一件救生衣。陈默相信自己的水性和体力，一旦情况危急，他就把这东西绑在歌手身上，无论如何，他要保证歌手活下来。他不能让歌手倒在污泥浊水中，以不清不白的死亡了结一场不清不白的官司。

又一道闪电消失于黑暗后，雷声在天边隐隐滚来。野营训练的素养令陈默猛然间领悟到一种危险可能带来的极大不幸即将发生。

"当心雷击！"

陈默用急切的呼喊向攀附着窗台铁栅栏的光头发出警告。

陈默的喊声几乎与炸响的惊雷同时撼动了站在窗台的光头，电火花追着他们落水的背影忽闪着，像无数条吐着毒信子的响尾蛇。

反应迟钝的酉长抽搐着滚落水中，像一个沉重的沙袋，没有挣扎，没有响动地沉入水底。

黑暗与水面一样死寂般平静。惊魂落魄的光头纷纷靠着墙打着哆嗦，惊恐地看着酉长被洪水吞没。

陈默一个猛子潜入水中。他仿佛像一条泥鳅钻进洪荒的洞穴，凭借着闪电的投影，搜寻着酉长。足足半分钟的时间，好像过了一个漫长的世纪，陈默才在东西铺板之间的过道捞出窒息的酉长。

陈默抱着酉长，登上东铺，对坐在短墙上的本田和杨晓易做出一个让开的表示。本田和杨晓易岂肯舍弃这个高台，离去就意味着会有生命危险。陈默已经没有了耐心，他掏出老官司给他的那把塑料锥子，顶着本田的额头说道："我数三个数，你看着办！"

数到一时，本田满不在乎地一动不动。

数到二时，杨晓易冷笑着离开了短墙。

数到三时，本田不情愿地犹豫了片刻，最终还是选择了灰溜溜地抬屁股走人。

酉长被放在短墙上，吐出几口污水，睁开了眼睛。他不是自然的苏醒，而是被杨晓易敲打牢门的声响惊醒的，那茫然的双眼好像看到了不祥的迹象。

敲门是号房发生重大事情向政府干部报告的讯号，非紧急情况不得此举。光头们以为杨晓易一准是昏了头，用声响发泄对陈默的不满。没想到，牢门不祥的敲打声还是引来了孙所长和陈干部，他们站在放风场上面的巡逻道上，隔着敞开的窗户，用手电射出的光柱顶着杨晓易脑袋瓜子问道："搞什么名堂？"

"报告政府干部，有人要越狱逃跑！"杨晓易指着陈默给歌手身上披挂的土制"救生衣"说。

孙所长用手电在歌手身上打量了一番，问道："谁的手艺？"

"我。"陈默回答道。

"是我出的主意。"老官司当仁不让地说。

"这个主意不错，值得推广。"孙所长带有赞许的口吻说，"陈干事，我想起来了，我们小卖部不是还有几箱库存的拖鞋吗，你把这些东西全部拿出来，分给各个号房，让大家动手制作救生器材。"

"我记得仓库还有许多用过的空饮料瓶，如果没有漂走，也能派上用场。"陈干部颇受启发地说。

孙所长格外关心地问酋长："你挺得住吧？"

这一句话把酋长感动得热泪盈眶。

"有药我就能支撑下去。"酋长的意思是急需救心丸之类的药物，他随身必备的药物早已被洪水销蚀了。

"我会让医生送来。"

"孙所长，我还想问一个也许不该问的问题。"酋长故意停顿了一下，见孙所长没有打住的意思，便接着说下去，"这次抗洪抢险的举措是不是当年的炸坝放水？"

孙所长不假思索地回答说："洪水还是当年的洪水，可防洪大坝却不是当年的大坝了，这次是决口，不堪一击的防洪大坝简直就是一个腐败的豆腐渣工程，连编织袋和稻草都混进钢筋水泥里了。"

若不是惊雷的掩饰，光头们准会看到酋长一脸惊恐和沮丧的表情。只是在孙所长离开后，光头们才发现，刚才还稳稳坐在短墙上的酋长不见了。歌手急着用手势比画着，告诉陈默，酋长听完孙所长的话后，禁不住地颤抖让他再次落水。

陈默又一个猛子扎了下去。

七

本田无意间看见水面上有一把牙刷磨成的锥子，像个水漂似的从陈默潜入水中的涟漪中漂浮上来，他趁机把它揽入怀中。

本田自信没有人看见他这个藏匿的动作。黑暗已经统治了号房水上和水下两个世界，除了闪电照亮一双双恐惧的目光，这里早已没有了生命火花的闪烁。

揽在怀中的虽然不过是一把塑料牙刷磨成的锥子，陈默却拿它当成匕首逼着他离开了短墙。原本为陈默的武器，现在却成了本田手中的暗器，不断地刺激着本田冒险的冲动。从看到放风场水面上老鼠尸体漂浮的凄惨下场，本田就联想到了死亡的结局。冒险的冲动就在那一刻浮出心头，如果他不想成为瓮中之鳖，他就要想法冲出这个死亡的牢笼。

盗窃罪没有了死刑后，本田窃喜逃过一个死劫。从绝望中看到活下来希望的他，决不能让洪水把小命吞噬掉。老官司说得好，我们可是社会精英，这么样死去损失也太大了，对不起人民对不起政府是瞎掰，对不起自己才是真格的。

脱逃不仅需要勇气和胆识，更需要机会。以往，限制本田在这方面自由想象的是高墙电网和紧闭的铁门钢窗。现在机会伴着死亡的威逼来了，洪水对别人也许是灾星，而对他来说却是救星。只要洪峰给号房的水位再上涨二十厘米，他就会从短墙跃起，借助洪水的浮力，窜到放电视机的水泥平台。蹬踏上这个方寸间的立足之地，翻过二层窗户就是易如反掌的事。这扇窗户距离铺板约三米高，没有安置铁栅栏，越过这扇窗户，就是政府干部的巡逻通道，也是他通往自由之路：这是政府干部忙于抗洪抢险而留下的一个死角，又能避开与警觉的武警班长相撞的危险，一阵撒丫子猛跑，仅三五步之遥的看守所外墙不再是高不可攀，断了电的电网也不再是电网，墙外的水面就成了接纳越狱者着陆的软垫。黑暗淹没了他的身影，暴雨洗刷了他的足迹。

这就是本田抢占短墙赖着不动的原因。短墙是他脱逃的第一块基石，一旦失去，全部行动便无从实施。本田决定靠着短墙站着，任凭冷水的浸泡，他也不会离开。别看陈默把酋长捞了上来，让他坐在短墙上大口大口地呕吐，那也是徒劳的。只要时机来到，本田会把酋长出其不意地踹进水中，他屁股坐过的地方依旧是他越狱脱逃的起点。如果反应敏捷的陈默胆敢有任何阻拦的举动，那家伙就死定了。我要先捅了这个龟孙子，用他的血祭我手中的刀——塑料锥子！然后一路杀下去，杀开一条血路，夺取一条生路。

一想到见血，本田胸中涌出的杀气让全身的骨头节都振奋起来，脉管里充满了野性的张力，即将到来的成功一定要用鲜血开路，他在心中默默地告诫自己。

不知什么时候，杨晓易也挪到本田身旁，用手精确地摸到了他怀中揣的那把塑料锥子，轻轻地拍了一下，似提示，又像是告诫。好在这个动作是在水下进行的，除了他两个人心知肚明，没有人发现。

本田没有言语。此时需要的是捕捉时机和迅速行动，而不是表白或掩饰。语言往往是行动的出卖者，他不想跟杨晓易废话，唯恐舌头惹事。这小子刚刚还无中生有地向政府干部举报陈默越狱，保不齐也会拿我的事立功。在号房，你的左手都不能相信你的右手，凭什么跟杨晓易交底？

杨晓易又用手拍拍本田怀里的塑料锥子，递过来不要轻举妄动的眼神。

"你什么也没有看见，什么也不知道。"本田抢先告诫说。

"你最好不要蛮干。"杨晓易悄悄地说出他的发现和担忧。

"我什么也不想干。"本田极力否认。

"别以为这是一个机会。"

"这是你的想法吧？"

"是，又不是。"杨晓易直言不讳地说，"从进了看守所，我没有一天不想跑。可我不想走你这条道，等于送命！"

"你……？"本田不得不重新打量这位能看穿他内心的小白脸。

"我劝你放弃。"

"我想干的事谁也拦不住。"本田索性打开天窗说亮话。

"洪水没有灌进你的脑壳吧？"

"洪水给了我机会。"

本田一向认为，三分把握七分冒险的事就值得去干，何况是逃命？他相信不断上涨的洪水会给他创造一个越狱的机会，这是天意。现在的问题是让杨晓易闭嘴，天机不可泄露，绝不能让这个乌鸦嘴露出一丝风声。

在本田的示意下，杨晓易不情愿地离开了。

本田只剩下焦急地等待。洪水每上涨一厘米，都给他增加一分信心。他在心中暗自祷告，乞求老天成全他的铤而走险。

洪水慢慢地没过老官司的脖颈，抵达他的嘴唇，本田看着他在艰难地呼吸，借助塑料拖鞋的浮力拼命地挣扎。其他人还能勉强把自己的光头露出水面，身体却都被洪水紧紧地束缚住。此时，他们的头脑是清醒的，只要洪水再上涨几厘米，他们就会被死神扼住咽喉，那时死牢就变成了水牢。

本田渴望洪水继续上涨，还差几厘米，他就可以一跃而起，腾空而去，撞开生命的大门。

杨晓易像他妈的幽灵似的又蹭到他的身边，只是不再多嘴，好像在目送他翻过窗户，消失在干部巡逻通道的黑暗中。

本田决定不能再延误了，玩命的时刻到了，杨晓易的靠近就等于是催命符的到来，任何的犹豫都会是自取灭亡。

所有的场景几乎都是在同一时间猝然发生。就在本田把酉长踹进水中，以迅雷不及掩耳的速度登上短墙蹿到水泥台起身扒住二层窗户框时，陈干部正好出现在窗口。陈干部意想不到地成了封住逃犯的屏障，但是他掏手枪的速度还是比杨晓易慢了半拍。杨晓易步本田的后尘，也蹿到短墙爬上水泥台，不过他是用死死地抱住本田大腿的动作和欣喜的吼叫表明了自己的意图：

"报告政府干部，我抓住了一个越狱的逃犯！"

陈干部收起震惊的表情，丢下三样东西：四个充足气的汽车轮胎和一箱塑料拖鞋，外加一副手铐。

陈干部看着杨晓易用手铐把本田的双手铐住后才离去。背后是杨晓易锲而不舍的叫喊："陈干部，别忘了给我记功。"

第八章

功罪：谁人曾与评说

一

洪水与看守所对峙了三天三夜，终于悻悻退去。

迅速下降的洪水让光头们看到了生还的希望。大难临头，他们只能听天由命，大难过后，他们只知道酬谢天意。大鲍翅带着几个光头在湿漉漉的铺板上不住地叩头祷告，他们与洪水告别的话语是：老天有眼。

一味捣蒜般地磕头被陈干部和刘狱医给喝住了。洪水刚退，看守所紧急处理的一件事就是派干部进号把本田押走审查，同时指定酉长为号长。金太子和老官司还没有来得及骂别本田，就高喊着"起驾"，半起哄半诚服地把病怏怏的酉长抬到本田留下的铺位。那时，酉长还在昏睡中，尚未完全清醒过来。

自知难逃加刑下场的本田出门之际，恶狠狠地对杨晓易说："你他妈的是一个骗子。"

"你以前可不这么看我。"杨晓易终于获得一个与本田太君平等对话的机会，他不再掩饰内心的秘密。

"你说你是大上海富豪的儿子。"

"那是骗你的。"杨晓易说，"可我不想说对不起你，因为我不止是骗了你，也欺骗了大家。不这么骗，我在号房就活不下去。你要知道，一个人在社会上怎么混，他就在号房怎么混，我是本色的！"

"你他妈的出卖良心。"

"我劝过你，良心无愧。"

"看着我加刑，你特高兴吧？"

"看着我减刑，你特沮丧吧？"

"山上见，我等着你！"

"你只能在山上等到我自由的消息，那将是对一个弱智者无情的讥讽。"

没有人理会本田与杨晓易的斗嘴，更没有人联想到杨晓易吹嘘的鬼话预示着什么。庆幸之余，他们发现洪水扫荡过的号房像个难民营。窗户的铁栅栏搭着五颜六色的湿衣服，放风场堆满了被洪水沤烂的破棉絮，等待着刚刚露出头的太阳把它们晒干。光头们有气无力地靠着放风场的围墙站着，任裆下的那个肉铃铛不停地晃荡。纯爷们儿的天下，自有一番赤身裸体的风情。

号房待不下去了，腥气弥漫，恶臭熏天。痢疾尾随洪水而来，恶狠狠地扑向身体极度虚弱的光头。厕所的唯一一个蹲位，成了两个人共用的地方。急便的光头排着队在放风场催促着，恨不得给屁眼安个拉锁，免得止不住地往外窜稀。

只有酋长无奈地躺在西铺一号位，孤独地收拾失落的心情。

把酋长击倒的不是落水后的短暂窒息，而是孙所长的那句话。至今，那句话还在酋长晕晕沉沉的脑海里回响：

"洪水还是当年的洪水，可防洪大坝却不是当年的防洪大坝了。这次是决口，不堪一击的防洪大坝就是一个腐败的豆腐渣工程，连他妈的编织袋和稻草都混进钢筋水泥里了。"

酋长心里清楚，自己就是这段防洪堤坝的直接责任人。防洪大坝的坍塌，不仅引来了洪水肆虐，暴露了豆腐渣工程，也给自己一直抗拒的审查打开了一个缺口。

酋长曾以润江市副市长的身份出任防洪大坝加固工程总指挥。那时还没有工程招标一说，工程设计、工程预算和工程施工还都在体制内进行，不过是按照条条块块的一次正常的分工合作。因为工程进展的要求紧急，在工地安营扎寨的酋长恨不得把自己变成一台推土机，日夜不停地推动工程赶在汛期前完工。

一次普通的工程质量检验，酋长发现一段省建委下属的工程公司承担的施工中存在着严重的质量问题。以次充好的水泥，标号不对的钢筋，未按施工质量要求的蛮干，把这段工程搞成了银样镴枪头。坚固表面掩盖着深层的质量缺陷，像一颗定时炸弹一样埋在即将竣工的大坝内部，让酋长想到了白蚁蛀空故乡老屋的惨景。

酋长当即下达了返工的指示。

当天晚上，该公司的王经理敲开了酋长所住的工地帐篷。王经理诚恳的检讨和应允汲取教训的承诺，并没有打动酋长下令返工的决心，他带来的一箱双沟大曲，也被酋长轻蔑地踢回到他的脚下。倒是他的一句看似不经意的话，触动了酋长敏感的神经。

"这是我伯父的一点心意。他说，防洪大坝工程总指挥可能是你最后一个工作岗位，辛苦了大半辈子，总得为退下来后的生活着想吧，起码不能到菜市场挑挑拣拣，在地摊上吃早点，再不济咱也得是超市和餐馆的顾客。"

酉长恍惚记得这位王经理是某位副省长的侄子，这位副省长主管农田水利建设，是他的顶头上司。当他还在揣摩这位不速之客这番话的潜台词时，人家已经转身离去。丢下了一句再清楚不过的话：

"我不是一个吃独食的人。"

纸箱里五十八捆人民币验证了不速之客的来意。他刚刚在工地过完五十八岁生日，没有蛋糕、蜡烛，也没有宾客，只有帐篷里的灯光摇曳，照着自己的孤影。那一晚，他想了很多，想到了老骥伏枥，也想到了无法越过六十岁退休的这道门槛。他不甘心，也很无奈。因为他在官场上的人脉只在地委这一级，要想从副市长扶正，省里得有后台。这是他的弱项。官场的潜规则是"四化加一化，得有人说话"，没人说话，你的文凭、资历、能力、业绩等于没人赏识。不速之客转达副省长的意思，不过是把这张应该在两年后捅破的窗户纸提早揭秘罢了。其实，他已经预感到六十岁退休前景的逼近。润江市副市长的职位虽然没有免去，也不过是为了协调工程进展的需要，自己在润江市的那份工作，早已被省里派下来的新任副市长接管，明显是断了后路。眼下的职位只是一个过渡，工程竣工之时，他的仕途也就顺理成章地走到了终点。

人真的很怕回头，回头一想，酉长竟有些凄凉之感。他是从天堂镇走出的农家子弟，村子里的困难户给了他一份穷志气，初中毕业后回乡务农，挣工分帮助父亲供养弟妹读书。后来当村干部当公社干部，那一身不变的行头都是从叔伯兄弟身上扒下的旧衣服。农忙时节回家插秧，割稻，怕弄坏衣服，就光着膀子干。他结婚晚，妻子是一位干了一辈子的民办教师，离开三尺讲台也没有转成非农业户口。她没有跟着夫荣妻贵，依旧在老家侍弄菜园子，扶持一个读高中的儿子和一个读大学的女儿，那是他们俩的骄傲。他们仅有的一点积蓄，没有用来翻新老屋，而是支付了两个孩子上学的经费。唯一让他担心的是，他晚年的生活质量和儿女的学习成长会不会因他的退休而发生变化。因为他的退下，就是从终点又回到了起点，他能耐得住一如既往的清贫，守得住门前车马稀的冷清，可时间的轮回简直就是对他的无情嘲讽，至少在有些人的心目中，两袖清风不再是清廉的美誉，而是无能的表现，甚至是以装穷来掩盖自己的"露富"。

他不甘心这样的结局。

但此时的酉长，欲望还没有冲昏理智。望着五十八万人民币，他知道这是黑金，接受它就是受贿，就是犯罪，一旦暴露就要受到法律的制裁。在经过激烈的思想斗争和审慎的安全评估后，酉长还是选择了退回。王经理再次登门拜访，他挑明地说："我连你的生日都不知道，哪会给你送寿礼？告诉你吧，这是我伯父对你的一点心意，他让我在你生日的当天送给你，还特别交代不要惊动旁人。"王经理抬出了副省长，碍着面子，酉长只好收下了这份沉甸甸的厚礼。他独善其身的操守也在此时顷刻瓦解。慎独只是出于对不显山露水的考虑：只有天知地知你知我知的私人往来，在没有第三者在场的情况下，贪婪轻而易举地取代了对防范的重重疑虑。

第二天，酉长签署了正式的整改和返工通知书，只是没有向施工现场派工程监理。他的良苦用心也来自当晚的周密思考，必要的虚晃一枪也是天知地知你知我知的。

酉长找了个机会把这笔赃款藏在自家堂屋的一个隐蔽角落。没有告诉老妻的原因是不想连累她，只有让她成为一个局外人才能保证她的安全。老妻有心脏病，经不起事。

在做完了这件天知地知我知的事后，酉长才体会到他不过是把大坝的隐患移到了自己的心中，仿佛老屋隐藏的巨款就是埋在心中的定时炸弹，说不定在什么时候来个石破天惊灰飞烟灭。

为了消除内心的恐慌，为了偿还所欠的孽债，酉长曾多次走进佛门，求助解除烦恼的开示。

酉长猛然想起了双规前最后一次去青峰寺闻到的一句禅诗：

青鸟不传云外信，丁香空结雨中愁。

不可说的轮回中，真的不能免除的就是因果报应吗？

二

青峰山，万里长江挽起的最后一座高山，巍然耸立在江海汇合处。舒缓的江水在它的脚下徘徊回旋，把对大陆的眷恋化作一阵又一阵温柔的拍打，然后拼足力气义无反顾地冲向大海。

云天刚刚收住雨脚，青峰山如出浴的美女，苍翠欲滴，婀娜多姿。暴涨的溪水从山涧奔泻，汇集成巨流，在断崖处纵身一跃，珠帘似的瀑布劈空而来，飞珠溅玉，气势如虹。

山静林幽，只有江涛海浪和瀑布的轰鸣回应着青峰寺的钟声，在云雾迷蒙的空谷中回响。竹林掩映着湿润的石径，行人依稀，多是山下疗养院晨练的人们，徜徉在返回的途中。酋长混杂在人群中，拾级而上，吃力地攀登着。他一副香客打扮，头戴草帽，足蹬布鞋，敞开夹克衫，露出圆领衫，尤其是携带的那把黄油布雨伞，极富本地民间特色。酋长是当地上镜率极高的人物，脸熟，怕人认出，只得破帽遮颜过闹市。此行纯属私人性质的神秘之旅。

对青峰山、青峰寺，酋长并不陌生。无论是陪客人游览还是进山疗养，他曾来过多次，每次都是前呼后拥地迎来送往。这次独自登山固然有些冷清，却正是他需要的"天马行空，独往独来"的了无踪迹。没有官场上应酬式的热闹，才能深切地体会到孤独永远是个人生存的真实背景，危机永远是需要自己面对的深渊。

笼罩在青峰山山顶的晨雾渐渐散去，青峰寺的廓影依次显现，如漂浮在云海之上的琼楼玉宇。远远望着青峰寺熟悉的身影，酋长凄凉的心境平添了高处不胜寒的悲凉，脆弱的内心世界顿时被搅得周天寒彻，如履薄冰如临深渊的危机感震撼着每一根神经。

世事无常。就在大坝加固工程即将完工时，意想不到的时来运转给了酋长一份意想不到的惊喜：省政府任命他为正厅局级的润江经济技术开发区管委会主任。听说提名推荐他的伯乐就是那位副省长。走马上任之际，他在滩涂地上插上一面红旗，作为自己晚年事业顶峰的象征。打开局面后不久，省委拟调他担任省城市委书记的消息不胫而走，又为他的远大前程抹上了一层诱人的亮色。善良的人们有理由相信酋长是一位如日中天的好干部，酋长本人却最清楚，他已经成了卖柑者手中的柑橘，金玉其表的皮一旦剥落，败絮其中的核必将暴露。那时，普通百姓、父老乡亲、各界人士就会看到另外一个他，一个隐藏极深的贪污腐化分子。

事情败露的出乎意料。一个开发区征地项目引发了多米诺骨牌效应，把他推上了人生悬崖。

副省长亲自给他推荐了一个高尔夫球场的项目，说投资人是他熟悉的老朋友，酋长立刻想到那位副省长的侄子王经理。酋长交代国土局长，着手规划，履行正常的审批程序。没想到投资方的动作是如此迅速，立项报告还没有送上，就把推土机、挖掘机和施工设备开进他们选定的田间地头。正是水稻收获在望之际，即将失去土地和劳动成果的农民开着手扶拖拉机闯进省城，他们要找政府讨个说法。

酋长怒问国土局长，职能部门为什么不亮红灯？国土局长无奈地说："我能拦得住？人家要征地六十亩，却只出八十万的土地转让费。我们还没有同意，人家就把款打到国土局的账号上。"

强行圈地！酋长意识到来者不善。

国土局长又唯唯诺诺地说了一句话："您不是告诉我这个项目是省里直接交办的吗，闹出事情来，总得有人出来替我们说句话吧？"

副省长亲自出面指示酋长主动承担责任，平息事态。

酋长来到静坐的农民中间，用自我批评化解矛盾。他说他不是一个称职的"两院院士"，开发区前院发展超前，后院发展滞后，他对不起后院的农民兄弟。他当场表态，高尔夫球场择地修建。

在酋长随同进城农民返回开发区管委会的当天晚上，国土局长神秘失踪。有人看见国土局长是在下班的路上，被一辆装满蔬菜的手扶拖拉机拉走的。如果情况属实，酋长断定一定是少数被激怒的农民把他当作罪魁祸首劫走了。

酋长立即给他的老熟人润江市公安局常局长打电话求援。常局长吞吞吐吐，好像知道这件事，又不肯直说。他爱莫能助地告诉酋长，你还是问问省纪委书记吧，没准你的下属正在省纪委交代问题呢。

酋长硬着头皮拨响了省纪委书记办公室的电话，秘书告知他，书记正在开会，不便联系。

常局长含糊的推托在纪委书记秘书推诿的回答中得到了证实。

那是一个黑色的星期五。

酋长还没有从最初的震惊中恢复精气神，又一个打击接踵而来。首批在开发区落户的润海电子科贸集团老总宋超也失踪了。有了国土局长的教训，酋长不再向有关方面打探消息。尽管对宋老板的失踪，开发区流传着各种说法，但酋长坚信他已经到纪委或监察部门报到去了。酋长表面的镇定和沉默，只是一种避嫌。

半个月后，酋长获得常局长的通报，宋超携巨款外逃，在罗湖口岸被润江公安局派出的刑警抓捕归案，投入异地关押。

酋长心中暗暗叫苦，宋超贸然出逃，实际上等于自我暴露，给人家送去一个

守株待兔的机会，而他那张乌鸦嘴，如今肯定成了人家的突破口。

酉长后悔与宋老板为伍。鱼贩子出身的企业主，头脑活泛，本事不大胆子大，敢借公款，敢花贷款。他曾假借各种名义，多次陪同酉长出国考察，一路上给他在香港、澳门、东京、拉斯维加斯、巴黎等处的银行存了大笔外汇。这是他后来才知道的，拒绝已经晚矣。宋超拍着胸脯对酉长说："你是我见到的唯一没有启发我进贡的领导干部。我敬佩你，才孝敬你老人家。再说，这些钱存在国外银行保险，账面上我处理得干干净净。你放心吧，不会有事的。"酉长知道，宋超的钱都是来自他这个管委会主任亲自出面为他拉的赞助和引进的外资，这层关系和往来，放在审判席上，便是行贿受贿罪。

好在各种洋字码的存单都放在自己办公室的保险柜里，情况不妙，一焚了之。

一个神秘电话透露出的危情，让酉长的幻想破灭。"'两院院士'，你家后院起火了。"不肯说出姓名的女士在电话里说完这句话后，立即挂机。无需脑筋急转弯，酉长立刻明白消息的通报者非常局长莫属，因为"两院院士"绰号的发明人就是他。

知道事情的危机并无法阻止它的到来，那种心情相当复杂。惧怕令酉长坐卧不安，他把自己反锁在办公室，偷偷地翻阅一本干部普法小册子，《全国人大常委会关于惩治贪污罪贿赂罪的补充规定》的几项条款让他额头沁出层层冷汗。不算副省长的侄子送的五十八万人民币，仅宋超送给他的四十多万港币、美金和日元，足以领刑无期，这把老骨头算是交给监狱了。惶恐之余，他问自己，怎么以前没有读过这些法律文书？哪怕是随意翻翻也好。原因只有一个：利令智昏的他只觉得自己是一个执法者，而永远不会被法律制裁。可怜的执法者只读过一部交通法规，因为考驾照，不好让别人代劳……

青峰寺的晨钟在黎明时分响起时，酉长正在自己营造的地狱中苦苦挣扎。抵赖、推诿和侥幸的心理防线一旦崩溃，六神无主的酉长好像听到了神灵的召唤。渴望在佛门找到逢凶化吉的启示，成了酉长悄悄走进青峰寺的缘由。

青峰寺就在眼前。两扇红漆剥落的山门半掩着，透着空旷和神秘。历尽沧桑的绛红色的外墙执着地穿过苍岩和古柏，为寺庙围起一片祥和天地。平时熟读的山门两侧镌刻的一副对联，一旦跟自己命运的关切联系起来，给酉长的心灵震撼不啻是当头棒喝：

万法皆空问祖师携来何物

一尘不染只当人直下承担

对联的一问一答，似天语般喝道：不再是一尘不染的人，只有直下承担自己造下的业障。酉长呆呆地杵在山门前，长长吁了一口气，一时无法归拢识破天机惊煞人的杂乱心情。

诵经声穿过晨雾，唤醒失惊的酉长。他努力地平静着乱麻似的心绪，迈着沉重的步履步入寺院。只见古殿巍巍，经幡悠悠，翠竹绕阶，遍地清凉。佛门的清净，是对俗世繁杂的观照。酉长感慨良多，又不便久留，便直奔大雄宝殿而去。

此时此刻，如果有一个人能用坦荡的胸怀接纳酉长，用会心的微笑倾听他内心的声音，给他善意的启迪，并为他保持永恒的沉默，那便是眼前的释迦牟尼佛。

酉长双手合十，双眼紧闭，心中的独白是祈求佛祖开示，为他指出一条转危为安的捷径。

在长明灯摇曳的光晕和香炉升腾的缭绕香烟中，释迦牟尼佛金身稳坐，慈祥地沉思着、注视着。他真的是一位沉默的智者、慈悲的先哲和开悟的上师吗？酉长无法否认自己在这一刻顿生的敬畏心。

当酉长睁开眼睛时，不由得眼前一亮，他找到了归还赃款的去处。释迦牟尼佛脚下摆着一个功德箱，正是舍弃身外之财、了却罪孽、洗刷自己罪孽的最佳归处。

酉长当即决定明天就把所有的赃款如数捐献给青峰寺，既可减轻自己的罪恶感，又可以对不可避免的组织审查有一个完美的交代。酉长随后在功德箱后的竹筒里抽了一支签，想验证自己的解脱之感。

签文竟是五个霹雳般的字："阶前万壑深"。

酉长不由得大吃一惊，飘忽不定的心又忽悠般地悬了起来。正在哀叹进退无路之际，酉长猛然听到身后有人招呼他：

"施主清晨而至，老僧有失远迎。"

蓦然回首，酉长认出青峰寺住持净心法师正在向他合掌致意。都是经常见面的熟人了，可净心法师却没有对他指名道姓地称呼，而是视为施主。

酉长摸摸空荡荡的衣兜，难为情地说："施主难当，你看我的口袋是空的。"

"不空，你会来到佛祖面前许愿吗？"净心法师当机反讽，机锋直指酉长内心的隐秘。

"我明天会带上足够的资粮供奉青峰宝寺。"

"施主错矣，"净心法师说，"凡所难求皆绝好，没能如愿便平常。"

"难道法师不欢迎我捐献资粮？"

"布施可以积德，却无法消业。"老僧说，"如果施主许愿用布施消除罪孽业障，那就错啦。自己造下的孽，须由自己承担，功德水是洗不掉的。这是因果报应，自作自受。只怕这灵界的道理难为欲界的你所理解和接受吧。"

"善归善，恶归恶，我只想做个了断。"

"守不住真如，你如何了断？"

"但求法师开示，'阶前万壑深'是何意？"

净心法师吃惊地看了酉长一眼，稍作停顿后说："佛门不打诳语，悟者自悟，迷者自迷。"

酉长无言以对，只得告辞。酉长刚刚转身离开大雄宝殿，老僧梦呓般的一句话从背后传来：

"青鸟不传云外信，丁香空结雨中愁。"

酉长再转身回望，净心法师已拥衣入定，渐入禅境。

上山时急切切的祈盼难于与下山时落寞的心情相比。酉长像是落荒而逃似地冲下山去，他的行动要往前提，一定要赶在落日前把罪证销毁，把赃款投进功德箱。能不能填平阶前万壑深以免坠落地狱，那就看造化了。但他必须争分夺秒地完成这件事。无论对自己对亲人对组织，都是最好的交代，最好的了断。

山下人流如潮。停车场成了旅游大巴和各种自驾车的集散地，簇拥着一群又一群香客和游人向青峰寺走来。酉长顾不得遮挡面孔，飞快地钻进奥迪车，在拥挤的人群中慢慢地挪动。这时，左顾右盼的酉长从反光镜里发现了一辆熟悉的桑塔纳，那是省报记者开到开发区的采访车，挂着省城的汽车牌照，还配有警灯。平时就停在管委会楼前，随时准备出发的样子。两位记者挺干练，整天在他办公室的走廊里走来走去，也不知道忙些什么。

酉长驾车驶入公路，那辆桑塔纳紧紧地跟着后面，像是甩不掉的影子。酉长故意放慢车速，让出超车道，桑塔纳也不予理睬，依旧不紧不慢地咬住自己。一个"来者不善"的不祥预兆给了酉长闪电般的一击，他想起来了，这辆车是宋超失踪后出现在开发区管委会的，它要关注的不是别人，正是自己。

酉长无法把思路调整到对即将到来的灾难如何应对上，幻灭感使他的思维停滞在茫然中。他不知道是怎样把车开到管委会楼前的，那一路的摇晃肯定像个醉汉。

酉长的奥迪还没有停稳，白色桑塔纳就踩着油门冲上来，一个急刹车，顶在酉长的奥迪车后，挡住了他的退路。

酉长看到楼前台阶上站着两位熟人，一位是省纪委的专职委员，一位是润江市纪委书记。

正欲起身的酉长又一屁股坐在驾驶座上，他明白了，坠落"阶前万壑深"的时刻已经到来，他没能跳出三界外。

三

杨晓易提审回号，鬼鬼祟祟地从怀里掏出一个乳罩，当着幌子显摆。这个极易引起光头"性"趣的物件，立刻成了号房的抢手货。把玩的欲望和难耐的欲火竟让他们捐弃了对杨晓易的前嫌，围着他争吵着要占为己有。在号房这个单一性别的部落里，乳罩就是美女胴体的象征，看一眼就让他们浑身发热，萌生出按捺不住的冲动。

一时间，杨晓易成了备受关注的人，曾几何时的冷落在这一刻得到了补偿，竞相叫价的吆喝声给了他昔日招摇过市的回味，得意之色又浮现在他贼眉鼠眼的脸上。

检察院来人提审杨晓易，给了他这个意外的收获。他本想扯着厚脸皮地跟人家要一盒香烟，回号后好孝敬酉长。本田上山后，他立马被酉长的两位哼哈二将金太子和老官司赶回到下板，封了一个"环卫所所长"，专事清洁厕所和给上板中板人洗衣服。要想改变生存环境，他必须改换门庭，投靠酉长，以期重返中板。杨晓易知道，香烟是号房的无价之宝，号房顶缺这货，酉长快熬不住了，只有香烟才能打动酉长这个老家伙难以揣摩的心。

可检察院的人没有理睬他的赖皮赖脸，公事办完，抬屁股走人，连丢在桌子上的烟屁都收拾进烟盒里带走了。一无所获的杨晓易不成想在押回号房的路上竟然意外地看到了这个乳罩，趁着值班干部不在意，他就装着挽裤腿把乳罩揣进怀里。洪水冲塌了女监放风场的围墙，晾在外面的五颜六色的衣服像飘拂的万国

旗，杨晓易恨不得跑过去把内衣内裤全都收罗到怀里，回号好显摆显摆，提高一下身价，说不定还能卖个大价钱。

果不其然，一个乳罩就让号房乱成一锅粥，光头们争着喊着要先用为快。

"别急，哥们儿。只要有货，保证人人有份。我只收方便面、火腿肠、卤鸡蛋和榨菜，谁出的货多，今晚就归谁用。明晚接着易货交易。"杨晓易像一个拍卖人，正在对踊跃争抢的光头们吆喝着。

就在这时，一个病恹恹甚至有些哀求的声音传了过来："卖给我吧，我出二百元现金。"

这个羸弱的声音极具震撼力，因为它发自病中的酉长。

即便杨晓易脖子里装着轴承，肚子里有一千个心眼，他也没有想到一个破乳罩会引起酉长这么大的兴趣。酉长的高价着实让他吓了一跳，他无法从酉长的虚肿的脸上寻觅出缘由，也不肯贸然回应，只是在心中飞快地计算着自己手中的这件宝物是被酉长一次性买断好，还是零打碎敲地租给饥渴的光头划算。

没有人站出来跟酉长叫板。不是因为老家伙的身份和尚存的余威，是因为他出的价码太高，完全出乎光头们的意料。他们只能用酸溜溜的目光打量着酉长，心想，难道这个老家伙也和我们一样好色，也他妈的在号房熬不住啦？

酉长从内衣里摸出尚带体温的两张老头票，叫金太子拿去给杨晓易，把他索要的乳罩换回来，害怕杨晓易和光头们玷污了它。金太子半点犹豫也没有地扣下一张老头票，把另外一张丢给杨晓易，抢过乳罩，放在鼻子底下，嗅了好一阵子，才恋恋不舍地交给酉长。

酉长接过乳罩，像辨认什么似的看了一眼，便郑重叠好，放进衣服包里。那衣服包是他白天的坐垫，晚上的枕头，有着肌肤之亲。

杨晓易趁着这个空当，把酉长那张老头票摸索了半天，在肯定这张老头票很干净，不是从屁眼里抠出来的后，才算成交。

交易让酉长和杨晓易各有所得，感到失望的却是那些被晾在一边的光头：把玩这件来之不易的异性用品是没戏了，夜晚只会变得更加烦躁更加闹心。他们搞不懂的是，酉长买下这东西不像是出自癖好，也不像是出自青睐，而是为了收藏。酉长的用意很明显，他不想让这件东西成为光头们手中的玩物，玷污了它的圣洁。看着酉长郑重其事地把乳罩包进衣服包，好像锁进保险箱，连光头们想睐一眼的机会都给无情地剥夺了。光头们便断了念想，不满只能在心中发泄：扫

兴，真他妈扫兴。

　　杨晓易并不这么看，因为他的鬼心眼多。他觉得酋长好像在演戏，故意当着众人的面把乳罩郑重其事地收起来，其实是一种掩饰。作为一个老道的骗子，障眼法这种小把戏他见得多了。酋长的拙劣表演在他看来，不过是在关老爷面前耍大刀，小巫见大巫罢了？哪个当官的不好色？不养几个情妇？就连自己老家那个贫困山区的一个小小副乡长，不也都是天天晚上一只"鸡"，村村都有丈母娘吗？整天吃生猛海鲜饮鹿龟酒吞三鞭丸，不就是冲着荷尔蒙来的吗？酋长能逃得过色戒？他身体里的荷尔蒙难道会因为坐监而自动消除，不会在号房发作？那种火烧火燎的滋味，杨晓易最有切身的体会，靠着年轻力壮，自摸就能解决饥渴。酋长这个老色鬼怕不行，得借助泄欲工具才能成功放纵。当然酋长是有身份的人，干这种事总得需要掩饰一番。

　　杨晓易这窍一开，决计要瞄着酋长，彻夜不眠，看个究竟。如果能抓住酋长的"热赃"，不必等干部撤换他，他就羞得乖乖地从号长的位置上滚蛋。

　　卧谈和此起彼伏的手冲运动相继结束，号房开始沉寂下来。

　　酋长早早就扯过一条厚被子蒙着头躺下了，杨晓易看得真真切切，衣服包被酋长搂在怀中裹进被子。接下来的名堂是不言而喻的，肯定不会像金太子、老官司蒙着被子拱猪斗地主。

　　盯人的功夫是练出来的，杨晓易相信自己的眼睛不会放过酋长猫在被窝里的一举一动。杨晓易有这样的自信，凡是被他盯上的人，肯定逃不过他执着的视线。

　　果不其然，功夫不负有心人。盯到下半夜，杨晓易终于端倪：酋长像熬不住似的在被窝里蠕动起来。杨晓易窃喜，酋长已经被欲火焚烧得按捺不住，一个劲地辗转反侧。好戏既然已经开始，接下来就需要用足够的耐心等待，等待火候到再揭锅。

　　酋长的蠕动越发肆无忌惮，随着身体的起伏，平展展的被子也像平静的水面刮起了风暴掀起了巨浪，不断地翻滚着涌动着。杨晓易咽了一口唾液，骂道："老不死的，还真他妈的宝刀未老，颠三倒四的动作让我瞅得眼晕。"

　　瞅着瞅着，酋长像乱了阵脚似的挣扎起来，呼哧呼哧的喘息声让杨晓易想起了淫荡的宣泄，心中又是一阵冷笑，心想，就一个破乳罩就值得你这么折腾啊。你他妈的也太色了吧？难怪人家说贪官个个都是色鬼。

　　杨晓易眼瞅着酋长手脚胡乱蹬了两下，隆起的被子就像泄了气的皮球瘪了下去，两条腿伸出被子外面抽搐着，浑浊的喘息声从露出的被角里面传了出来，像是兴奋过后的余音。

这声音给了杨晓易一个提醒，揭锅的火候已经到了。他把熟睡的光头一个一个推醒，好让他们看到酉长道貌岸然的真面目。他相信，只要揭开被子，不堪入目的景象一定会让酉长原形毕露。趁着酉长狼狈不堪无地自容之际，他要夺回那件乳罩，他只给酉长一次使用的机会，而不能让他长期霸占。明天，他还要出租给其他人用呢。

杨晓易猛地跳到酉长身边掀开了被子，闪电般的动作受到了闪电般的回击。杨晓易没有如愿以偿地欣赏到他在想象中勾勒的场景，奄奄一息的酉长像一个拼死挣扎的恶鬼横在他的面前。

杨晓易下意识的鬼叫打破了看守所深夜的死寂。

四

陈默注视着铁栅栏上挂着的吊瓶，准备在药水滴尽前按响门铃，通知刘狱医换药。

酉长已经输过三瓶药液，这是第四瓶。每次换药，刘狱医都说接着输，直到酉长的病情稳定。

杨晓易歪打正着。昨夜，酉长突发心肌梗死，要不是及时发现和报告，酉长早就一命呜呼，成了号房未经宣判和执行的非正常死亡者。在看守所，只有死刑犯被处死，是正常死亡，除此之外的死亡，哪怕是病死，都是非正常死亡。

刘狱医没有理由不对杨晓易心存好感，要不是他的报告，一起重大责任事故就难以避免，酉长的生命或许因为丧失抢救时间而终结。酉长的身份毕竟不同于普通刑事犯，上面一直关注着他的案情进展，这时候死于号房，作为狱医和代管号房的干警，他无法向上面交代。

杨晓易岂肯放过这个请功邀赏的机会，他缠着刘狱医说："我还阻止过逃犯越狱，你要给我立两个大功。"

刘狱医答应给杨晓易申请立功，又让他从操作台撤下来专职照顾酉长。杨晓易没有得意五分钟，又被进号探视的七科长给换下。七科长指定陈默接替酉长担任号长，并且负责看护好酉长。七科长神秘莫测的脸上展现的是无法拒绝的严肃。

陈默坐在了酉长的身旁，看着淡黄色的药液顺着透明塑料管流进酉长的体内，催发着红晕重返他苍白的面孔，冰凉僵硬的手脚也渐渐变暖变软。这是生命复苏的迹象。尽管酉长依旧闭着双眼抿着嘴唇，但痛苦的表情已荡然无存。酉长活过来了。

照看病中的酉长，陈默获得一个探究他内心的机会。过去，两个人虽同在一个屋檐下，同在一个铺面上，但上板和下板的咫尺间隔却如同相隔万水千山。仅靠眼神和表情的交流、几句话的沟通是难以抵达内心世界的。何况酉长又是一个鹤立鸡群、自视清高的人，一副倒霉不倒架的样子，令人难以接近。虽然，酉长对陈默一向客气，但在陈默看来，这种客气是某种警觉的掩饰罢了。

陈默想探究酉长突发疾病的原因。他猜想这个原因一定来自外界的刺激，这个刺激比冰冷洪水的浸泡和无法求生的绝望更猛烈。

尽管神智已经清醒，酉长始终保持着沉默。通过问候，他知道陈默在他身边服侍他，可无动于衷，勉强挤出一丝微笑，也因面部肌肉的不配合而显得僵硬。陈默觉得酉长的内心还在痛苦中挣扎，没有走出绝望的阴影。

药水就要滴完了，陈默按响了门铃，拎着氧气袋的刘狱医陪着七科长来到号房。与往日相比，对七科长的光临，光头们表现得极为规矩，只顾埋头干活，跟没事似的。洪水退去后，看守所的生产任务加倍翻番，决计要把洪水造成的损失补回来。频频而至的提审、开庭、发起诉书和判决书，乃至产品质量检测等必须事项，也在抢占劳动时间。于是看守所规定，正在劳动的在押犯遇到干警和外宾进号，可不必像往日似的起立示意，但不得纠缠和无理取闹。光头早已被繁重的生产任务压得喘不过气来，光着膀子挥汗如雨的劲头不亚于社会上的劳动竞赛。

不过，光头们对于七科长的到来，还是有些畏畏缩缩，不由自主地放慢了搓二极管的速度。

一时间，嘈杂的号房变得安静起来。

见酉长闭着眼睛，刘狱医抢先说：“科长看你来了。”

酉长只是点点头，连眼皮也没有抬一下。

七科长上前主动问候道：“你比我凌晨来看你时好多了，那时你还在昏迷中，我没能把省里领导对你的关怀转达给你。现在你脱离危险了，我们会向省里领导汇报的。”

酉长长长出了一口气，算是回答。

刘狱医量完酋长的血压和脉搏，告诉七科长说："一切正常。"

七科长又关切地对酋长说："还有什么困难需要我们帮助解决吗？"

见酋长无意回答，七科长叹道："不要不相信我们，好歹我也曾是你的老部下，官司方面的事我帮不上什么忙，但是你在看守所生活方面有什么困难，我会尽力照顾的。我已经安排人在号房安上了一个门铃，如果遇到不适或需要帮忙的事，可以按门铃，值班干警会随时赶到。"

酋长举起手来摆了摆，示意七科长可以离开了。

七科长拍拍酋长的被角，告辞地说："凡事要想开点，谁还没有一个三长两短呢？无法拒绝的事情也要学会面对，你要往宽处想，吃官司也是考验嘛。"

七科长即将走出号房时，猛地听见酋长在背后喊他道：

"请你告诉我家老太婆，让她在号房买矿泉水喝，别舍不得花钱。她得过伤寒，一喝不洁的水就闹病。她买矿泉水的钱从我账上划，我账上的钱是干净的。"

七科长先是一愣，然后迅速用质疑的目光瞪了刘狱医一眼，好像在责问他是谁走漏了酋长老伴关押在看守所的消息。刘狱医也一头雾水似的在对视的眼神中表示不置可否。

七科长只好告诉酋长："你老伴是一个月前进来的，据说她有些问题需要说清楚。她在女监很好，我一会儿就去看她。眼下的自来水确实浑浊，好在矿泉水保证供应。这些事不用你惦记，当务之急是安心养病。"

七科长刚一离去，金太子便离开操作台，在通铺上捏着鼻子学着七科长的样子一问一答地演开了独角戏：

"还有什么困难需要我们帮助解决吗？"

"报告七科长，我们加班加点劳动应该付给的工钱，您能帮助解决吗？"

"凡事要想开一点，谁还没有一个三长两短呢？"

"要是想不开，您能借我一根三长两短的绳索套在脖子上一命呜呼吗？"

"眼下的自来水确实浑浊，好在矿泉水保证供应。"

"我们账上没钱，矿泉水能免费供应吗？"

金太子演着演着，突然卡壳了。他自鸣得意的讥讽神情还没有来得及消失，就僵住在脸上。

七科长威严地站在巡逻道上，透过敞开的窗户，冷冷地看着忘乎所以的金太子。

金太子顿时傻了眼，好像遭到雷击似的杵在铺板上，不知所措地"嘿嘿"了两声，便没有了下文。

杨晓易趁机跳到铺板上，按着金太子的头，用讨好的眼神请求七科长对违规者从重发落。

老官司跟着喝道："还不赶快蹲到厕所反省去，难道还要让七科长发话不成?"

金太子明白老官司的意思，不顾杨晓易的拉扯，翻过短墙，对着厕所的便池，来了一个标准的弯腰请罪。

七科长指着陈默说："你出来。"

陈默走到门口，金太子低声恳求道："给小弟说句话，要罚就让我进小号，上全套的家把什也行，千万别让我吃白蜡棍。"

陈默也以为此行是与惩罚金太子有关，他不愿意看着白蜡棍落在金太子的屁股上。

七科长单刀直入，问的却是另外一个问题。

"你的前任号长是怎么知道他家的老太婆也关押在我们看守所? 是不是有人通风报信?"

陈默想到了那个通风报信的媒介可能是乳罩。在此之前，他没有做过这个联想，他难以相信一个大贪官的老婆竟然会带这么个土里土气的乳罩。但是酉长对它的熟悉和呵护，以及当夜的发病，又不能不做这方面的联系。

陈默告诉七科长说："昨天，杨晓易提审回来，带进号房一个乳罩，被酉长用现金买下。我想，他一定是认出这是他老太婆用的东西。"

"现金?"七科长疑惑地问，"哪儿来的现金?"

陈默心想，你问我，我问谁?

七科长启发道："是不是外面有人在暗中策应?"

"不可能。"陈默断然道，"号房封闭得像个沙丁鱼罐头，既无报纸又不让看本市的电视新闻，哪儿来的信息传播渠道?"

"明面上没有，不等于暗地里没有。"七科长用大小手指贴着脸比画着问，"也没有这个?"

"你是说手机?"陈默惊讶地说，"怎么会? 那手机有半块砖那么大，他怎么能带进号房，又能藏匿在什么地方? 总不会是藏在肛门里面吧。"

陈默惊诧于七科长的想象力，因为想象酉长私藏一部手机如同"文革"初期

红卫兵想象漂亮的女老师一定是化妆成美女的特务，家里的收音机是伪装的发报机一样可笑。如果靠这种主观臆断办案，肯定会造成先入为主的错误判断。

七科长却坚信自己的怀疑不是空穴来风，他对陈默说："他不会有，不等于别人没有。我们的干警不是每人都有一个手机吗？"

陈默一听这话，就觉得扯得太远了，干部的事不应该是他和七科长之间的话题。他不想沿着七科长提供的思路误入大盖帽之间的事情。老官司有一句话说得好，自家的祖坟头都哭不过来，还哭哪门子的乱葬岗子？

七科长既严肃又透着信任地对陈默说："你是一个外地关押的刑事犯，不知道这里的情况有多么复杂，多了我也不说了。你给我留点神，密切关注号房里的动向，如果发现异常情况，及时向我报告。重点是那位挂盐水的病人。"

凭着几个月号房生活积累的经验，陈默知道七科长给他派下的角色叫卧底的"眼线"，是号房里的第三只眼，是光头们又恨又怕的奸细。陈默心想，我不是杨晓易那样的人，肯定不能完成你交给的任务。他选择了婉言拒绝。

"谢谢科长对我的信任。干这活儿，得跟光头们打成一片、不分你我才行，可我找不到这种感觉，油滴进水里也是油，总不会变成水吧。"

七科长还是执着地说："我相信你是一个聪明人，不会随意放弃一个立功机会的。难道你不愿意早一天走出大墙？"

陈默感到恶心，直到回到号房，呕吐的感觉还在折磨着他。

七科长让他关注的目标不在号房，铁栅栏上挂着的药瓶也不见了。陈默一问才知道，刘狱医把酋长接到医务室去了。

"到底是医务工作者，蛮人道的嘛。"陈默内心涌起的感叹抑制了呕吐的冲动。

陈默一向对刘狱医颇有好感，因为他不像其他警察那样，总是板着面孔，说起话来绝对带有教训人的口吻。能在看守所看到警察们脸上的笑容，就像见到满月一样难得。刘狱医是一个把笑眯眯的小眼睛藏在眼镜片后面的警察，再穿上一件白大褂，简直就是看守所的天使。

还有，医务室也像天使工作的地方，温馨而清净。看守所过于阴森，干部的办公室过于严肃，审讯室过于张扬，号房过于压抑，放风场过于狭窄，只有散发着来苏儿味道的医务室才显得和蔼可亲平易近人。可那是个光头们可望而不可即的地方，一般的头痛脑热，也就是发几片药，看着你服下去就算完事。好在光头们能扛，闹点小病小灾的，一扛也就过去了，麻烦不到人家刘狱医。

能在号房给酉长输液，已经是格外关照了。进而带到医务室治疗，实属特殊。毕竟，酉长是个人物，上上下下都高看一眼。或许，上面有指示，刘狱医是奉命行事。

不到半个小时的工夫，号房两个有头有脸的人先后被七科长和刘狱医叫走，光头们都觉得蹊跷，处置闯了祸的金太子不过是干部一句话的事，难道还得号长和酉长同意才行？号房早已被搓二极管的单调声音弄得晕头转向，巴不得来点白蜡棍风驰电掣的声响调节一下沉闷的情绪。

金太子自知难免皮肉之苦，偷偷在嘴里塞进一块湿毛巾，当止痛药用，这是老官司亲授的经验。白蜡棍落在屁股上，要用牙齿紧紧咬住毛巾，硬挺着，千万别吭气，更不能鬼哭狼嚎地求饶。扛不住求饶，丢人现眼，不仅光头看不起，连干部也不怜悯，反而打得更凶。

陈默看着金太子撅着屁股一副认打认罚的样子，就说："搞笑的节目早已收场了，还不回到操作台干活儿。"

"你说话算数？"金太子似信非信地问。

"除非你想加班。"

"好嘞，有你这句话，我干个双份定额。"金太子如同得了特赦令似的窜回操作台。

操作台上一阵一阵的山响，宣泄着光头们疲惫的精力。对白蜡棍呼啸的期盼，因金太子的归位不得不放弃，剩下的事就是玩命地干活儿，只有完成定额，晚上才能看录像。放录像是看守所对光头完成劳动定额的嘉奖，而百看不厌的武打片又是光头们饶有兴趣的关注。

晚上放录像时，酉长被刘狱医送回号房，依旧躺在铺板上却不再输液，说明治疗已经在医务室完成了。陈默见他喜形于色的样子，好像输的不是药液而是吃了一颗宽心丸。

被电视屏幕模模糊糊的武打场面所吸引的光头们，没有心思顾及酉长情绪的变化。倒是酉长按捺不住自己的兴奋，急不可待地把陈默拉到身旁，在他的手掌上写了两个字："放人。"

陈默知道已经苏醒的酉长写的绝不是昏话。他不便直说，就用手指比画着问：是你还是你家老太婆？

"一起放，我早就预见到这个结局。"酉长毫无顾忌地说。

倒是陈默没有那么乐观。七科长传达的信息与酋长的预见是那么的截然相反，他越是感到酋长的乐观相当盲目，越是对"放人"的说法不敢相信。

见酋长没有躲躲闪闪的意思，陈默也就不打哑语了。

"无罪放票吗?"

"怎么会?"酋长相当肯定地说，"不予起诉。"

陈默想到酋长至今没有收到检察院的起诉书，案子可能真的不再往下走了。

酋长抑制不住地说："我是主动坦白交代的，数目本来就不大，又如数退赔，不予起诉应该是双方都能接受的结局。"

"消息可靠吗?"陈默问。

号房里的事，大多是当局者迷，旁观者清。陈默不得不问清楚消息来源这个敏感问题。如果是道听途说或是干部廉价的宽慰，那就应当三思了。

酋长做了一个接电话的手势，得意地说："外面的一个朋友从省城打进来的，消息绝对可靠。"

与酋长在绝望中听到峰转路回消息的兴奋截然相反，陈默反而吃惊于酋长接电话的手势。这个手势仿佛就是为了验证七科长的猜测而惟妙惟肖地做出来的。

手机真的带进来了，只是没有藏匿在号房而是放在医务室。四面高墙围起来的看守所，并不是一个针插不进水泼不进的禁区，与外界的沟通恰恰就在干警和囚犯之间暗中进行，除了不传六耳的悄悄话点拨，先进的科技通讯手段也被应用在大墙内外的直接对话。这真是魔高一尺道高一丈呀!

陈默不再怀疑七科长的想象力。

五

酋长轻松地走进审讯室，见两位熟识的检察官正在恭候，便礼貌地点点头，默默地坐在他们面前的石墩上，用微笑等待他们说明来意。

号房称之为"进检"的程序，在酋长看来，不过是对他履行放票的一道手续罢了。不管是无罪释放还是不予起诉或免于起诉，自由的到来总是让当事人兴奋不已，甚至受宠若惊。听到检察院来人提审，酋长立刻意识到自由的时刻来到了。若不是昨天电话里透露的消息，酋长还不知道案子进展的真实情况和最终的结局。他近来感到事态不妙的猜测并不都是来自内心的忧虑，意外的知道妻子银铐入狱和他被圈进号房形同严管，是案件升级的证明。就在他丢掉幻想，面对新一轮恐惧的时刻，陌生女人的来电让他把提心吊胆变成豁然开朗。

酋长没有将陌生女人在电话里说的话全都告诉陈默，甚至有意隐瞒了通风报信者是常局长托付的信使。他知道，陈默的案子是常局长一手抓的，一手抓就是一手遮天。官场上历练出来的城府，令他懂得深浅，懂得适可而止的重要性。

酋长不想对陈默隐瞒的是此刻的心情。一听到检察院来提审，他以为是向他兑现"免予起诉"。自由在即时，他把一床经过洪水洗涤的毛毯送给陈默，又掏出掖在裤腰里的几盒香烟放在陈默的手中。酋长颇动感情地说："毛毯留给你用，香烟给大家发发，其他日用品由你做主分给不来接见的人吧。"

"是不是早了一点？"陈默提醒道，意思是即便开释，也可以回号处理这些事。

"是比我预计的要早些，有什么法子，好运要是来了，你想挡也挡不住呀。"酋长显然误解了陈默的意思。

"哦，对了，毛毯上写有我的电话号码，如果你判下来了，给我打电话，我会上山看你，你在润江没有亲朋，山上的一切花销和打点都包在我身上了。"酋长叮嘱道。

患难之交的暖流在陈默心中涌动，这一刻，酋长终于把他视为知己，提防的隔膜已经洞开。

检察院的提审的确比酋长预计的要早。一想到那个陌生女人不过是常局长的传话筒，传递的常局长的声音，而常局长又是一个不到火候不开锅的人，让那个女人传递那番至关紧要的话，其实就应该看是对他最终处理决定已经报批下来的通知。免予起诉的决定虽然是检察院做出的，但审批权绝对掌控在省里。检察院的提审不过是传达这个决定的必要形式，与酋长一年来经历的无数次审讯相比，不过是走走过场罢了。酋长极为放松的心情正是因为提审压力的消解。

冰冷的石墩没给酋长清醒的刺激。那个离审讯台两米远的石墩，就像是栽在水泥地上的半截电杆，处乱不惊地保持着清醒的沉默。

酋长坚信自己的判断。在落座的一瞬间，酋长瞅见审讯台上没有通常所见的厚厚案卷，只是放着一张写着几行字的纸片，一枚红红的印章格外耀眼，酋长相信那是即将颁发给他通往自由之路的通行证。

"你已经知道了吧？"检察官干咳了一声，然后用一个双关语问道，口气既像

是提示，又像是探究。

"在你没有宣布前，我一无所知。"酋长心想，事到临头还故意卖关子，我偏偏要装糊涂。

"你老伴已经被刑事拘留，也关在这个看守所。"检察官轻轻点了一下。

酋长没有想到主题扯远了。他不情愿地点点头，表示已经知道此事，因为乳罩带给他的这个消息不再是秘密，泄密者也不牵涉与他暗中保持关系的那个人。

检察官的兴趣并不在于消息的来源，他们要郑重宣告的是酋长老伴的收审与接下来的审讯内容有关。

"你注意听好了。"检察官停顿了一下，见酋长轻松的神态改为聚精会神地倾听，才照着桌子上的纸片一字一字地慢慢道来：

"你家老太婆涉及一笔刘超给你儿子和女儿出国留学的赞助费，这事与你无关，你不知道的事就不要承认，免得节外生枝。你以前讲得太多了，让人家抓住了把柄，再讲下去，省市领导就不好为你说话了。只要你稳住神，管住嘴，就能争取到不予起诉的结果。"

一字一字道来的话，恰似一个又一个闷雷在酋长心中炸响，酋长惊愕地说不出话来。检察官一字不落地复述的正是昨天电话里的内容！神秘的来电被窃听已是无须怀疑的事实！

酋长被意外的震撼击倒，额头上渗出一层冷汗。他能拼命抓住的唯一意象就是昨天接电话的情形，他能断定没有第三者在场。

昨天中午，刘狱医接他到医务室打针，针管刚刚拔下来，桌子上的电话就响了，刘狱医好像知道来电话的是何许人，她要找谁，顺手就把电话推到酋长面前。酋长还未明白怎么回事，刘狱医就躲到屋外望风去了。酋长不再犹豫，拿起电话就听到"'两院院士'，你好吗？"的问候。"两院院士"就像一个双方心照不宣的暗号，立刻让酋长稳住神，忙说是我是我。可以断定，陌生女人传递的是常局长的意思，万千话语都化作字字珠玑，像强心剂注入他的脉管，流进他的心脏。他没有想到，也不可能想到这个来自省城的电话竟会被监控窃听，而且发生在对他的审查陷入无法取证的微妙时刻。

是常局长落井下石？还是那个陌生女人的疏忽造成的失误？这是酋长稍作镇静后预见的两个无须怀疑的事实。检察官还没有进一步提问，酋长已经被这两个可能的判断搅得乱了方寸。他不愿相信姓常的设局出卖了他，又无法否定那个陌

生女人是一个惹祸精，甚至是一个化作美女的双面线人。

检察官在察言观色。他们没有对证据确凿的通风报信问题揪住不放，明显的不感兴趣也让酋长有理由怀疑这事先设下的陷阱有着深不可测的背景。

"给你一个机会，现在讲清问题还算是主动交代。"检察官启发式地点了一下酋长。

"请组织相信我。"酋长有口难言地说，"我确实不知道刘超赞助我孩子出国求学这件事。"

"现在总该知道了吧？"检察官的反问中加进了讥讽的味道。

"我不知道的事，总不能算到我头上吧。"

"电话串供后，你对这件事的任何辩解都已经没有意义了。"检察官把电话串供视为突破口，紧紧揪住不放。

酋长这才意识到私通电话的结果是授人以柄，自己反倒说不清道不明了。

检察官见酋长沮丧地沉默着，又敲了一句："你老伴和刘超已经分别做了交代，时间、地点、数额和具体情节都能互相印证。你交代与否，并不影响我们对你受贿事实的认定。"

酋长听了这话，倒平添了几许清醒，心想，如果你们真的可以认定，干吗还要我开口？检察官急于要我的口供，说明我家老太婆没有把我卖了。我们俩人暗地里的约定内容，不是窃听器能够盗取的秘密。

自信的微笑又浮上酋长苍白的脸颊，他想把沉默坚持到审讯结束。

两位检察官交换了一下眼神，桌子上的纸片便换上了一台微型录放机。

低着头沉默不语的酋长，猛然间听到自己的声音在审讯室回荡：

"刘超的事我是不会承认的，票据和国外银行的存单已经被我销毁，无证可查。老太婆的事是她的事，我也不知道。我只是不甘心，不甘心以不予起诉结束政治生命。检点平生，我有过，更有功，组织上为什么不全面衡量一个干部的功过？官场险恶啊，连个悔过自新的机会都不给。"

酋长只觉得自己的话响过之后，脑袋嗡地一下炸开了，那是自己引爆自己埋下的定时炸弹的轰鸣。顿时一个头两个大的酋长再也没有抵赖的勇气，他在检察官递过来的审讯笔录上签下自己的大名。

结束如同开始，都是那么始料不及。

气急败坏的酋长失神地念叨着"想不到，想不到"回到了号房。面对光头们

惊愕的目光，酋长一反平日刻意的慎独，气急败坏地说："想不到人家会用地下工作者的方式办我的案子。"

经历过各种各样办案手段而不觉稀奇的光头们顿时明白酋长中了人家的圈套，只能对他的长吁短叹嗤之以鼻。在他们看来，与公检法打交道，原本就不存在想不到的事。即便在法理之外，也应该在自己的预料之中。跟大盖帽过招，要想不中圈套，你得多长几个心眼。

倒是杨晓易操着哭腔对酋长发出了讥讽："您老人家想不到的事多着哪！"

酋长用眼睛寻了一圈，才看见杨晓易在厕所弓着身子撅着屁股反省，褪下裤子的屁股布满了血红的鞭痕，他不知道那是七科长抡起的白蜡棍留下的印记。

为了杀一儆百，或者是出口恶气，七科长一直等到检察院来人提审酋长。七科长让值班干部把酋长带进审讯室后，立刻返回号房杀了一个回马枪。皮开肉绽的惩罚破灭了杨晓易妄想立功的美梦，呼啸的白蜡棍伴随着鬼哭狼嚎的求饶，光头们看到他成了一个弄巧成拙的冤大头！他们心知肚明，这出戏也是演给他们看的。

"为了一个破乳罩受罚，我冤不冤？"杨晓易冲着酋长哭诉道，"早知道是你老婆身上脱下来的，打死我也不捡它。"

第九章
家贼：盗可盗，非常盗

一

号房躺倒两个人：酉长和杨晓易。

酉长躺在东铺一号位，默默地忍受着剜心的绞痛和突然降临的绝望。酉长不是被心脏病复发击倒的，一张检察院送达的起诉书把他推向了濒临死亡的绝境。一百八十万的贪污款项，五十六万的灰色收入，以权谋私的手段，"数额特别巨大，情节特别恶劣"的认定，把酉长逃生的希望洗劫一空。陌生女人的神秘来电被录音后，成了他堕入死亡的陷阱。难道常局长向他伸出的手是推而不是拉？亦或他的身后还有一只看不见的手？恐惧、失望和被暗算的恼怒纠结在一起，不断地敲打他脆弱的神经，直到把他彻底击垮。

杨晓易则是把站着反省变成了躺着绝食。他躺在东铺末尾，故作悲伤地哼哼，尤其是巡逻的武警班长身影出现在窗户时，他便起劲地喊叫，好让武警班长把他绝食的行动报告给看守所领导。

就生存环境而言，十三号号房才是杨晓易真正的死牢，老官司和金太子是他的克星。本田脱逃加刑离开号房后，立功受奖的好运不但没有降临到他的头上，反而让他成了号房里的丧家之犬。他对本田行之有效的骗术，在金太子和老官司看来，都是他们用过的小儿科。无论是酉长当权，还是陈默执政，号房的大权都落在这两个丧门星的手中。只要金太子、老官司稳坐中板、杨晓易就不会再有出头露面的日子。幸好，雅马哈已经上山，要不，他们三个中板沆瀣一气，还不把他当成练拳脚的沙袋子，活活地折磨死他？

没有靠山的丧家之犬，日子苦不堪言。以前，木兰欢欢喜喜干的活儿，如今成了杨晓易愁眉苦脸的职责。除了清洁厕所洗刷饭盆饭碗，还要拖地擦板，该干的生产定额一点不减。一旦不能按时完成定额，屁股就得挨金太子的鞋底子，那家伙抽起鞋底子来比陈干部的白蜡棍还要狠。心狠手辣的金太子，总是在鞋底子

和白生生的屁股即将接吻时，就启发他免除皮肉之苦的诀窍，是把那私藏的一百元现金捐献出来。一说到这张来之不易的老头票，就像要挖掉杨晓易的心头肉。这是他的买路钱，他暗中窥视和策划的越狱逃跑行动全靠它来启动和润滑。他不是本田，小脑筋动的不是蛮劲，是心计。

不怕贼偷就怕贼惦记。金太子是何等身手？这一百元钱只要被他盯上，怕是保不住了。人活着，钱没了，别说践行他的冒险计划，就是给号房的老少爷儿们当三孙子，也没人待见。出路只有一条：调号，换一个新的生存环境，他的舌头才能展现魅力，他的轴承脑袋才能瞅准机会，鞋底子才能借助百元大钞铺路抹油开溜。

绝食是他调号的鬼招，也是他企图脱逃的试探。这是杨晓易三天面壁反省获得的启示。

三天的反省明早就要结束，他还得重返工位搓那堆永远也搓不完的二极管，金太子照旧会把返工的二极管滥竽充数地发给他，那些返工的二极管个个都是难剃的头，任你使出吃奶的劲儿，也搓不成合格品。挨鞋底子是免不了的。要想一劳永逸地逃过这一劫，只有躺在铺位上装死，我不吃你的牢饭，当然也就不干牢活儿。人一躺倒绝食，必定惊动干部，讨价还价的结果就是调离号房结束绝食。这是杨晓易心中的小算盘。

当杨晓易咬牙切齿地宣布绝食时，谁也没有把他当回事。正在饭口打晚饭的金太子立马把杨晓易的那份饭扣在老官司的饭碗里，瞥了杨晓易一眼说："叫你跟饭过不去！"

此后的三天九顿饭，金太子就是喊着这句话把杨晓易的饭菜分给了干活儿卖力气的光头。光头们好像也看透了他心里的小九九，故意用冷落给他冷场。

再看人家酉长，同样是不吃东西，却受到光头们的嘘寒问暖。尤其看不下去的是金太子的小殷勤，变着法地给酉长冲调奶粉、麦乳精，像他妈的孝敬亲爹似的忙活。陈默当上号长后，照顾酉长的差事便由金太子自告奋勇地担当起来。"他算找到爹了！"杨晓易一百个瞧不上眼地在心中鄙视道。

鄙视归鄙视，冷落归冷落。再也没有比一个刻意制造渴望轰动效应的行动遭到冷场更让人沮丧的了。杨晓易的被冷落与酉长被热情簇拥，号房的同此凉热已经演绎到极致。杨晓易的情绪一落千丈，那种瓦凉瓦凉的感觉简直就像是掉进了自己设下的冰窟窿里。咕咕叫的肚子不时地用痉挛折磨他的意志，可又找不到开

口吃饭的理由，戏已经装腔作势地演到这个份儿上，他只好忍着饥饿硬着头皮等待终场的时机。

杨晓易暗自把绝食三天定为最后的期限，九顿饭后，如果干部还没有过问他，他就要按响牢房的门铃，向看守所发出警报。事情不闹大怎么能收场？金太子的小殷勤算什么，我要的是政府干部的关怀，量他们不敢把我饿出个好歹。

就在杨晓易默念熬过最后一顿晚餐开始大闹看守所时，孙所长和陈干部给他和酉长送来了特殊的饭食。

孙所长、陈干部送给酉长的是一碗热腾腾的鸡丝面。杨晓易受到的款待是鼻饲，由癞哥带着三个经验老到的劳役犯伺候。

癞哥拎着一把铝壶跳上东铺，对着紧闭着眼睛和嘴巴的杨晓易说道："哥们儿，配合点，好歹也得让我们完成政府交给的公差。"

杨晓易扭曲着脸连连摇着头，表示拒绝。

"不给我面子是不是？"癞哥有些不耐烦地说，"那就别怪我不客气了。"

杨晓易还是硬挺着，一副死猪不怕开水烫的样子。

癞哥一挥手，三个劳役犯蹿上来，死死按住杨晓易。癞哥就势蹲下来，用钳子般的大手捏住杨晓易的鼻子，任他怎么挣扎，硬是不松手。只见杨晓易的脸憋得像猪肝似的，渐渐地由红变紫，由紫变黑，一道血沫子顺着嘴角流下来。癞哥不动声色，反倒像一个经验丰富的厨师，极有耐心地观察着火候，不时地用壶嘴扒拉着杨晓易青紫的嘴唇。

就在杨晓易迫不得已微微张开唇缝吸气的一刹那，癞哥迅速把一把改锥伸进去，用力撬开了杨晓易紧锁的牙关。杨晓易痛得刚要大喊大叫，壶嘴倾泻的玉米糊已经糊住了他的嘴巴。温馨的玉米糊带着食道里涌上来的血腥一股脑地灌进他干瘪的肠胃。

抵抗无效，杨晓易放弃了拒绝，像一个饥渴的乞儿把壶嘴当成乳头吸吮着。

癞哥看着一壶玉米糊全都灌进杨晓易的肚子里，这才罢手。杨晓易被折磨得连哼哼的力气都没有了，只能像死猪一样横在铺板上，挺着大肚子，像打足气的足球一起一伏。

离开号房前，孙所长、陈干部交代陈默一件事，找两个人把杨晓易架起来溜溜，别把肠胃涨坏了。

为了把杨晓易演出的节目完美谢幕，陈默安排东北虎和大鲍翅架着他像拖死

狗似的在铺板上溜着，样子极像"文革"时期的游街。杨晓易洋相出尽，光头们笑声不断。闹剧把光头们的眼球都吸引到杨晓易的身上而忽略了酋长。

开心的笑声中，陈默出人意料地按响了门铃。

陈默想去喂酋长，发现他不会吃饭了，他哆哆嗦嗦地挑起一根面条，却无法准确地塞进嘴里，眼睄着它们顺着嘴角和下巴乖乖地摔断在铺板上。陈默吃惊地发现，酋长抽搐的面部像挨了一枪托似的变了形，嘴巴赌气地移到了脸颊的左边，牵动着两只眼角一齐向左斜。坚挺的牙齿并不配合嘴唇的移动，它坚定地与下巴站在一起，共同跟嘴巴较着劲。眼球固执地坚守在原位，不肯随着眼角漂移。酋长无可奈何的表情是由嘴角和眼角神经质的抽搐完成的，目光的游弋变得捉摸不定，面孔因扭曲变形而陌生，甚至有几分狰狞。

陈默意识到酋长中风了。

<h1 style="text-align:center">二</h1>

因洪水阻隔中断了大个半月的信件邮包，还有家属探监送来的食物像小山似的堆在铺板上，除了杨晓易、老官司，其他人都有收获，酋长、歌手、大鲍翅简直就是大丰收，吃穿用一应俱全。

没有人把属于自己的东西拿回去。按照巡洋舰、本田留下的规矩，凡是进号的物品，打入账上的钱款，都以"共产"的名义交由号长"统管统用"，实际上是被牢头狱霸占为私有、变相的侵吞。

陈默从光头们犹豫不决的眼神中读懂了这层意思，他喝道："都愣着干啥，想让我给你们当保管员？"

也许是收到女儿寄来的包裹和余湘的来信，陈默有了一份难得的好心情，加上他一向对牢头狱霸的野蛮行径心怀不满，还有脉管里流淌着崇尚自由平等的血液，他毫不犹豫地摒弃了号房这个恃强凌弱的陋习。

看着大家伙发愣，陈默像发表执政宣言似的对大家说："牢头狱霸侵吞大家财物的规矩不再是号房的行为准则。号房应该尊重和保护每一个人的人格和他的私有财产，任何人不得以各种名义侵占，独吞。今后，自己带进号的衣被用具，亲朋好友送来的食物，归个人所有，自己保管自己使用。当然，号房是一个特殊的地方，应该提倡互相帮助，互通有无，但是必须尊重个人的意愿。我们有责任帮助那些困难的牢友，他若出庭，应该穿得整整齐齐干干净净，他要是上山，我们也应该尽力给他配齐必要的生活用品。这也要出于自愿的原则，不得强行剥夺他人的财务，哪怕是一针一线。"

号房无疑是遇到了一次解禁。当晚，东西两铺就变成了自由市场。光头们按照自己的拥有和需要，或者纯粹出于兴趣，进行着"五马倒六羊"的物资调剂。一条短裤换四包方便面，十根火腿肠换两双袜子，茶叶叫价最高，因为可以当香烟吸而成了抢手货。一袋茶叶需要一件真正的羊绒衫才能换取，就这样，奇货可居的茶叶也是供不应求。只有酋长把私藏的香烟抛出来，才平息了这股抢购茶叶的风潮。

毕竟江湖的落难者和庙堂的落魄者不同。酋长因为中风不语，以往点燃一支香烟叼在嘴里吞云吐雾的享受，现已是无法实现的奢望。但他还是不肯与光头的活动搅和在一起，好像那是一种自我贬低。作为一个旁观者，他甚至对陈默的新举措并不欣赏，他听完了陈默的施政演说后，曾吃力地摇着头表示不可行。

毕竟谁也无法阻止自由的空气在号房蔓延。物品的交换和食物吃光后，劳动成了可以出卖的商品。替人洗两件衣服，可以换到一包方便面；替人值夜，坐班两个小时可以换取三根火腿肠；要想让人替你完成劳动定额，你得用物品与帮工讨价还价。"三替"业务想象不到的繁忙，效益也出奇好。陈默取消了鞋底子的要挟和惩罚，劳动进度却不再是伤脑筋的事。光头们不是为了能看上录像而加快了搓二极管的速度，而是为了能在放录像时小赌一把。

小赌在铺板上进行，大赌则是在被窝里暗斗。老官司和金太子各据东西铺，成了两大赌场的庄家。每天晚上与放录像同时开局，就寝后，又窝进被窝接着赌。赌具都是就地取材的代用品，饮料瓶盖制成的军棋子，香烟壳制成的扑克牌，虽然土气了点，却并不妨碍光头在上面做暗记。争吵由此而来，又适可而止。如果不想被干部发现，大家一起玩儿完，就得学会克制。吵归吵，甚至闹翻了脸，也不会掀翻赌局。输掉的总是不甘心，哪怕脱下裤子做赌资，也要做翻盘的孤注一掷。赢家更并不必说，恨不得一夜成为号房的暴发户。赌场也就成了资财再分配的市场，要不老官司这个穷光蛋怎么会囤聚那么多方便面火腿肠呢？

几乎被人遗忘的歌手也奇迹般地从铺板上爬起来，坐在操作台的工位上干起活来。这是陈默动员的结果，想让劳动驱散歌手心中的迷雾。歌手到底是弹吉他的高手，搓起二极管有如风卷残云般的利落。金太子为增加一个劳动快手高兴地

咋呼道："真人不露相耶，人家一听死鬼的名额被别人抢走，没有自己的份儿了，又活回来啦。"

老官司忙给金太子递眼色，用眼睛示意酉长锣鼓听音后的惊慌抽搐。金太子一下子就明白了老官司的告诫，在酉长面前绝不能笑谈生呀死呀的，他脆弱的神经禁不起死神吹过来的风声鹤唳。此前，陈默警告过他。可他还是没有管住自己的八卦嘴。

下一个死鬼是谁？这是死牢里永恒的追问。继木兰上路后，死鬼已经锁定酉长，起诉书提前打过招呼，酉长难逃死劫已是号房公开的秘密，连酉长也明白这个结局非他莫属。陈默有意设置的这个语言禁区，不全是出于对酉长的怜悯，他相信酉长的主动交代，积极退赔会获得从轻处理的。只是他想让酉长绷紧的神经在轻松的环境中松弛下来，不堪一击的心脏禁不起要死要活的恐吓了。

聪明的金太子立刻对歌手改口说："你小子别以为下一个死鬼是你爷爷，没准是你叔叔呢。"金太子没有忘记他和巡洋舰立下的那个赌咒，那个刻在墙上的赌咒正在提醒着金太子。

金太子说这话时，陈默正围着操作台抽查产品质量。他没有理会金太子的废话，只是远远地瞄着正在输液的酉长，希望他能从迷惘中振作起来。

老官司和大鲍翅却锣鼓听音地品出了金太子的鬼话，他在诅咒陈默陈哥呢！在金太子给号房安排的死鬼序列里，酉长之后是陈默，陈默之后是歌手……

陈默按响报警门铃后，迅速赶来的刘狱医看到酉长中风不语，手脚发凉，任他用橡胶锤敲打酉长的脚趾脚心脚背，都没有反应。再一量血压，舒张压高达两百一，所有的症状都表明酉长的冠心病发作。刘狱医只能用强心剂先做救急处置。

陈默觉察到酉长的发病与接到起诉书有关。接到起诉书的第二天凌晨，酉长曾把陈默推醒，乞求般地示意他到自己身边聊聊。酉长已经给陈默看过起诉书，这是一种信任，也是想听听陈默看法。同是铁窗沦落人的境遇，他们能心照不宣地了解彼此的需求和慰藉，两个心灵在面对生死考验时，会相濡以沫似的靠得更近。

老实说，陈默看过酉长的起诉书后，透过一连串的白纸黑字，他看到了酉长的另一面，心中泛起的不只是深恶痛绝，还有惋惜。他没有想到酉长会这么贪婪！也没有想到官场上以权谋私的勾当会是那么轻而易举，好像国民党兵败大陆时的腐败成全了他们这些贪官接受的遗产。想着想着，连他在号房享有的某些特

殊照顾都顿生反感。陈默的悖论是理念和情感的错位。他没有接受七科长的委派，去做一名监视他的密探，是出于自己做人准则的谢绝。眼下他无法拒绝酋长的邀请，则是出于对一个行将死亡的老人的同情。

既然我不是法官，那就让我扮演一个不称职的牧师罢了。怀着这样的想法，陈默来到酋长的身旁。

酋长一脸的憔悴告诉陈默，即将过去的夜晚是他的不眠之夜。浮肿的眼泡，发青的印堂，表明他内心的焦灼不安。

"你看，"酋长沉思了一会儿说，"做一个呆子在监狱里度过余生会怎么样？"

"你是说像歌手那样？"陈默不解地问。他不相信这是酋长思索了一夜的结果。

"我怕……我怕死又死不了，活又活不清爽。"酋长叹了口气说，"要是判个死缓或者无期，我这把老骨头怕是熬不出去了。"

难道酋长排除了死刑的判决结果，不必从死牢直接走向生命的终点，而是在漫长的服刑中耗尽心血，油尽灯灭？这倒和陈默的判断不谋而合。

"我知道你罪不当死。"陈默由衷地说了一句宽慰的话，"毕竟你有从轻的情节，虽然检察院没有提及，法院不能不考虑。只要能活下来，不会让你在大墙里面待一辈子的，不是还有保外就医的出路吗？"

"那种活法有意义吗？"酋长反问了一句。

"我不是说好死不如赖活着。其实，任何事情的意义都是由你赋予的。"陈默说，"上山就上山，哪怕满园春色都关住，你就不能活出个一枝红杏出墙来？"

肢体麻木而头脑清醒的酋长摇摇头说："起诉书只告诉我一个事实，人家早已把我这盘菜配好了，只等到法庭上照猫画虎地翻炒一下就出锅，至于处理，那不是他们能决定的事。"

"你是说……"陈默刚要把这层幕布捅开，被酋长用眼神制止了。

"经济犯罪毕竟不同于刑事犯罪，决定权不在法庭。"酋长说出了他的经验判断。那是一个最终能够决定他命运的幕后力量，也是他寄希望的所在。

酋长以为，对像他这样的经济犯罪，开庭不过是一个形式，不过是需要他像一个蹩脚的反面演员，按照导演的脚本，配合演出的成功罢了。

酋长不像是在挑战司法审判的独立性，可他又对"功夫在庭外"深信不疑。

哀莫大于心死！陈默感到酋长不是怕死，而是怕死刑。害怕用这种方式结束自己的生命，像一棵被蛀虫蛀空的大树被直挺挺砍倒在故乡的土地上。他把刀下

留人的希望寄托于他的上级领导，可一旦绝路逢生，又怕侥幸走出死亡的阴影却不能活着走出大墙。酋长的内心世界充满了自相矛盾的纠结：活的机会渺茫而艰难，死的方式羞愧难当又不得不就范，听天由命的每一个结局都是他不愿接受又不得不面对的。生死迷茫，身不由己啊。

失去自由的酋长能左右自己的命运吗？

自从接到起诉书，酋长一直沉浸在自己的两难思索中，甚至在中风后，也没有停止这种思索。陈默发现酋长在迅速地苍老，仅仅过了三天，酋长好像变了个人似的，松弛的脸颊僵硬起来，歪斜的眼角被层叠的皱纹挤成了一条细缝，收敛了以往深邃的目光。干枯的头发根处冒出一层层茂密的白茬，像撒上的一层盐花。不协调的举止像卡通片的慢动作，努力挤出的苦笑竟像是哭……与其说酋长在中风，不如说他在风干，等待开庭的也许会是一具风干的木乃伊。审判还有意义吗？

不知为什么，陈默想到了第三种结局。或许这只是"杞人忧天"罢了。

三

还没有到中午开饭的时间，隔壁十二号号房就率先响起了鞋底子抽打屁股的尖叫。紧接着各个号房都热烈地响应起来，斥责声，叫骂声，哭爹喊娘的求饶声和鞋底子飞扬跋扈的呼啸声，皮开肉绽的撕裂声响成一片，煞有气势地渲染着看守所午间的热闹。

洪水耽搁的不仅是生产，而且还影响了公检法审案判案的进度。洪水退去，公检法和看守所都在竞赛似的加紧工作。办案速度的加快，看守所羁押人员便陆续领到判决书离所上山，十三号号房"摩托车系列"的光头快要走光了。劳动力的减少，并没有影响看守所生产任务的递减。没商量的硬性摊派，逼得你一个人要完成两个人的定额。号长变成了工头，恨不得政府发给他们每个人一根皮鞭。要知道，没有报酬又没有奖励的付出是没有动力和热情的，积极性只能来自惩罚的胁迫。

同样身为号长的陈默却进退两难。生产劳动已经成为号房的主要活动，学习和反省早已名存实亡。号长的职能不再是维护号房的秩序、安排生活起居等琐事，而是承担安排生产、保障进度、保证质量的重任。安排生产好说，早上一起床，便把料箱搬进号房，按照定额分给每个光头就行了。难就难在保障进度和保证质量。正常的收工规定在晚饭前，如果完不成定额，就得加班。一加班，不仅号房的正常秩序打乱了，连续十二个小时的劳作，已经把光头逼近了体力和精力的极限，筋疲力尽加心里发毛，反叛的情绪就会像瘟疫一样蔓延，消极怠工，以次充好便成了对付加班的灵丹妙药。

陈默也曾尝试着开展劳动竞赛，以期调动光头们的积极性。无奈，快手们一时拼足了力气创下的高产纪录，竟被看守所当作新的定额加派下来。靠体力透支难以消受水涨船高的定额，光头们纷纷把怨气撒向陈默。偷懒磨洋工的没有受到惩罚，快手们的积极性却给伤害了。光头们不再诅咒和仇视苦役，而是把恼怒对准了陈默。

其他号房知道提高定额是缘于十三号号房的别出心裁，陈默也变成了众矢之的。飞来的怒骂终究无法阻止看守所提高生产定额的决心，他们只好把鞋底子当成霸主的皮鞭。

看守所也在用另外一种方式满足号长们的要求，小卖部特意进了一批北京懒汉鞋，敞开供应；生产任务紧迫的时间段里，放风场的铁门总是敞开的，这就为号长们祭起鞋底子行使职权提供了方便。

中午的惩罚不过是略带警示性的毛毛雨，晚上的惩罚则是一天的清算，那场面更加火暴，更加惨烈。

每当这时，十三号号房的光头就觉得自己的号房有些单调乏味，甚至有些冷清。固然那片狼舌头一样的鞋底子不会落到自己的屁股上，可是没有鞋底子的拍打声，就像没有动听的乐曲为枯燥的劳动伴奏，干起活来要多没劲就多没劲。

再说，号房也不是没有可以惩罚的对象，见天完不成定额的杨晓易就是一个。金太子暗地里一撮弄，号房顿时罚声一片。拿杨晓易开刀，人心所向。这个外无外援内无人缘的家伙，倒是挺自觉，他在众人的声讨中，乖乖地来到放风场，脱下裤子，撅起屁股，等着陈默的手起鞋落。

只怪陈默心太软，他下不了手。

"都是蹲大狱的，吃一样的牢饭，凭什么让我们替他干一份活儿？"

"社会上都奖勤罚懒，难道我们这里是世外桃源？"

"这种人就是欠揍，不信你一巴掌扇下去，保证能完成生产定额。"

"可惜，咱们号长是东郭先生。"

"他那是没有遭蛇咬。"

"杨晓易的屁眼里夹着老头票呢，它张不开，怎么咬？"

提前完成定额的光头决计不再给杨晓易帮忙，他们站在放风场向陈默说风凉话，策动陈默放开手脚收拾杨晓易，杀一儆百。

陈默无动于衷，连杨晓易都感到莫名其妙。

"下不去手吧？"杨晓易提起裤子对陈默说，话里话外还带有挑逗的味道。

"我不惩罚你，是因为我还把你当人看。"陈默竭力克制地说，"你不会连这点道理都不明白吧？"

杨晓易不耐烦地说："讲什么大道理？要打要罚，任凭你一句话。做什么伪善人？"

陈默受到了意想不到的羞辱。陷入囹圄已经半年，他已经适应了号房的封闭、浑浊、困苦和难言的压抑，也努力地消解了些许苦闷。但是，他无论如何不能接受号房固有的粗俗、野蛮和恃强凌弱。号房遮蔽了阳光，但我们不能把黑暗滞留在心中，不能在黑暗中把号房变成山洞，把自己蜕变成野人。站在你面前的同类不管多么无耻多么可恶，内心多么鄙视他，你还要把他当作一撇一捺的人来看，因为他不仅是你的同类，而且还是你的一面镜子。你以完不成定额为借口对他的惩罚，也许会受到光头们的喝彩，看守所的干警也会睁一只眼闭一只眼予以默认。但是，这面镜子映出的却是你的丑陋、残忍和野蛮。你在不把他当人看待的同时，你也不是人了。突破了做人的底线，人就不再是人而是魔鬼，这是陈默永远不能逾越的屏障。

这种高尚的道理自然是不配说给杨晓易的。在杨晓易这个骗子的眼里，世界充满了欺诈、谎言，真话，哪怕是肺腑之言也无法打动他的鬼迷心窍。

陈默不能跟杨晓易玩虚的，他要实打实地解决现实问题。

"定额是政府派下的，一人一份。"陈默问杨晓易，"你干不完自己的那一份，你说怎么办？"

"让他加班。"光头们见陈默不肯惩罚杨晓易，不约而同地叫喊着，"政府实行的是承包制，自己的孩子自己抱。"

杨晓易认账地说："我也不想让别人帮忙，这个人情我还不起。我连夜加班还不行？"

见陈默点头应允，杨晓易附带着提出一个要求：上半夜的值班就由他兼了，

反正他得干到下半夜。

陈默想也没有想就答应了。

四

号房响起了久违的歌声，那是金太子和歌手的杰作。歌手借助人们熟悉的流行歌曲填上了金太子胡诌的歌词，一首欢快的牢歌便由他带头哼唱起来：

> 我们都有一个家
> 名字叫看守所
> 兄弟姐妹都很多
> 无罪也有错
> 身居斗室练硬功
> 齐把那二极管搓
> 全凭一手铁砂掌
> 搓出了苦和乐
> 搓呀，那个搓呀
> 日月那个穿梭
> 搓呀，那个搓呀
> 岁月那个蹉跎
> 吃牢饭得干牢活
> 重出江湖还得搓
> 你不搓呀他不搓
> 我们怎么活
> 这个问题谁想过
> 谁能回答我

光头们没有忘记搓二极管曾经带给他们最初的快乐，那是一种新鲜的烦闷调节剂，一种解除正襟危坐拘束后全身心投入劳动生产的悲情忘却。千万个闪着银色光芒的二极管像活蹦乱跳的小精灵，搓着搓着，小精灵就在手底下舞动起来，

沉淀在心中的焦虑、郁闷、惆怅全都化解开来。人们只是一门心思地搓下去，搓到哪天算哪天……

后来，活儿越来越多，二极管的品种越来越繁杂，加工的质量要求也愈加严格。从进料的周转箱的标志看，至少有四家电器工厂或公司在看守所搞来料加工。激烈的市场竞争让独具慧眼的企业家发现了看守所里的廉价劳动力和号房这个现成的车间，他们通过各种关系挤进大墙，看守所又是来而不拒……

再后来，劳动失去了往昔的快乐，沉重的定额压得光头们喘不过气来，鞋底子也失去了往日的威严，众怒难罚啊……

陈默庆幸自己率先打破了大锅饭，实行了承包制，给疲惫的劳动注入了奖勤罚懒的动力。单干就别指望会有人来帮助你，物品的匮乏，业已丧失换取他人帮助的可能。老官司和金太子几个快手如释重负，每天都能在晚饭前完成任务，然后就扎到放风场撒欢。几个慢手也都使出了吃奶的力气，紧追慢赶也能在晚上睡觉前齐活儿。就连死猪不怕开水烫的杨晓易也能在快手和慢手之间完成定额，而且有着光头们想象不出的潇洒。面对光头们的惊诧，杨晓易的解释是："我他妈的是蹲在刑板上干活，我干得快不说，连睡过刑板的死鬼们都从阴间跑出来帮我搓。我的屁股底下是块风水宝地呀。"

"给点颜色就开染坊。"光头们以为杨晓易在故弄玄虚，又埋下头搓起来。

歌声再次响起，充满着忧伤和戏谑。

踏着歌声，一群人走进号房，为首的是那个女老板。因为是深秋季节，女老板一袭黑衣黑裙黑风衣，像一个女侠客，跟来的一群警察反倒像她的保镖，占尽了鹤立鸡群的风光。光头们齐刷刷地抬起头，滚动着绿眼珠子向她行注目礼。

被目光冷落的孙所长喝道："集中精力干活，别东瞅西望的，一点规矩都没有。"

无奈，喧宾夺主的场面使孙所长和他的部下的往日威严荡然无存。光头们依旧用贪婪的目光像探照灯一样追逐着女老板，聚焦在她的胸脯和臀部。那目光像探囊取物的尖刀，要剥皮、剜肉、剖腹、挖心。

女老板一言不发，只是四处踅摸，好像要找什么东西。陈默感到，女老板不像上次进号为传授技术而来，也不像是来检查产品质量，倒像是防疫站医生来号房检查卫生。她感兴趣的地方不是操作台、成品箱、报废的料堆，而是厕所、被垛、储物架、猫洞。看到女老板疑惑的眼神，孙所长又讨好地建议她去放风场看看。女老板没有推辞，硬是把放风场的角角落落寻了个遍，连巡洋舰留下来的破棉絮都抖搂开，灰尘和碎絮纷纷扬扬，给了女老板一个大大的失望。

纵然女老板对号房充满着正常人的好奇，也不会探究藏污纳垢的阴暗角落，更不会有孙所长陪着她四处搜索。光头们看不懂了，忍不住地议论纷纷。

"闷骚呢！"金太子趁着女老板和孙所长等人还在放风场翻腾，赶紧发表高见说，"要不怎么会像一只发情的母猫到看守所寻野汉子的气味来了。"

光头们开心一笑。

女老板孤独地伫立在放风场，陷入深思，她突然听到身后传来一句从电影《地道战》里扒下的俏皮话。

"报告太君，我家也有个地洞。"

"吆西，到你家看看。"

这本来是光头模仿孙所长刚才对女老板发出到放风场看看邀请的恶搞，女老板仿佛从中获得了意外的启示。

"让人都出来，我要回去再看看，有什么漏洞没有。"女老板对孙所长说。

纳闷的孙所长不便拒绝，就吩咐陈干部把号房里的人轰了出来，只留陈默一个人在号房听喝。

"你们号房有人偷料。"女老板道出这次来号房突然袭击的目的。

"不会吧，"陈默疑惑地说，"偷二极管干什么，又不能吃？"

"这是发货收货的记录。"女老板翻着手中的一本账簿说，"据七天的统计，你们号房少交了十五公斤二极管。"

七天？这正是陈默临危接管号房的时间。陈默不相信这么一大堆料会无端地从号房从他眼皮底下消失。他解释的理由是：

"十五公斤料足以堆成一座小山，藏都没有藏的地方。就是全号房的人集体吞二极管自杀，也用不了十五公斤料。"

"如果没有人偷，一定是你们把它送给了另外的加工单位。"

望着四壁皆空的号房，女老板似乎更相信后一种可能，它一定会有一个另外的出处，用警察的惯常思维来分析，她怀疑的对象是与她竞争的对手，这些厂家个个都有可能是销赃的下家。因为她发现了看守所这个新大陆后捷足先登，挖到了第一桶金而颇受同行的妒忌。

陈默断然不能接受女老板的这种判断，这无疑是在怀疑自己与其他加工厂家

联手搞鬼。因为收料和交活儿都是他和看守所值班干部之间的事，不可能有任何差错。可他的表白无法消除女老板那一脸的自信。

"不管是哪种方式偷料，查不出来，就得用你们号房账上的钱赔偿厂家的损失。"孙所长避开争执，先把丑话说在前头。他的首要职责是保护看守所不受任何经济损失。

"要是找不到十五公斤料，非要我们赔偿，那就划我账上的钱吧，总不能让厂家和看守所蒙受损失。"陈默双手一摊，爽快地说。

躺在铺板上挂盐水的酋长欠欠身子，又默默地躺下了。账上有钱的还有他，他觉得没有担当的必要。

陈干部有点看不下去，他提醒陈默说："你先想想，会不会有人偷工减料？"

把偷料和偷懒联系起来，陈默豁然开朗。既然早期的工人阶级为了反抗资本家的盘剥和压榨，也曾捣毁过机器设备，这一屋子的流氓无产者保不齐就会有个把人把仇恨劳动的怨恨发泄到二极管的头上，或者为了减轻劳动负担逃避惩罚而不择手段。

陈默想到了杨晓易。没有透着狠劲儿干活的他，怎么会不前不后的完成定额？他哪来的轻松和潇洒？

陈默对孙所长、陈干部说："你们给我一点时间。"说着，陈默来到放风场，对大伙儿说："你们当中有谁把干不完的二极管藏起来了？我给这个人一个机会，希望他能主动站出来认账。"

光头们终于明白了事情的由来，一齐把目光锁定在杨晓易身上。

杨晓易淡定地靠着墙，用沉默的微笑接受着大伙儿的质疑。那微笑极富挑逗性，看不出做贼心虚的样子。

老官司提醒大家说："答案不会写在骗子的脸上，得找出赃物来。"

"对，对，捉奸要捉双，捉贼要捉赃，咱们也当一回办案的刑警，来个挖地三尺。"金太子跟着提议。

"不用挖地三尺，他不是说他有一个风水宝地吗？掀开看看嘛。"老官司学着电影《地道战》里日本鬼子的东洋话，巧妙地点出了杨晓易可能藏匿赃物的地方。

金太子豁然想到了杨晓易坐在屁股底下的刑板，也许那就是他搞猫腻的"托儿"。金太子跑回号房，掀开刑板，果然看到铺板上裂开的一道口子，像吞噬赃物的暗道机关，借着钻进号房的阳光，可以看到老鼠们废弃的家园里银光闪烁。

金太子用兴奋的眼神告诉陈默，铺板缝下面确有名堂，是杨晓易的"贼窝"。

陈默拎着杨晓易的脖领子来到他家的"风水宝地"前。

"告诉我，铺板下面藏着什么东西？"陈默问。

"我在刑板上干活儿，谁知道铺板下面有什么东西。"杨晓易不以为然地说。

"那你把手从铺板缝里伸进去，把里面的东西拿出来给我们大家看看。"

"我不干这种事。"

"那好，"陈默说，"我成全你。"

当着看守所干警的面，别说是掀铺板，就是砸墙也不算违反监规。陈默的怒气加勇气，一下子就把一扇老朽的铺板给掀开了。裸露的二极管出现在女老板和孙所长、陈干部面前。

一条被饥饿的老鼠撕咬出来的铺板缝隙，竟然成了杨晓易藏匿二极管的掩体。谁说骗子不走贼道？此盗非彼盗，盗可盗，非常盗呢！

陈默恨不得把足足十五公斤的二极管全部扣到杨晓易的头上。他克制着自己，等待着杨晓易承认这是他干的好事，哪怕说一句"对不起"或"我干了一件蠢事"的人话，也会熄灭他心中升腾的怒火。

杨晓易没有放出一个屁来。

女老板饶有兴趣地等待观看事情的结局，孙所长、陈干部半推半拉地把她带走，给光头们留下一个解决自己内部问题的空间。

光头们发出了怒吼：

"头儿，干部都躲开了，你还愣着干什么？上家法上规矩！"

"不把他打得满地找不到牙，算我们白在社会上混了。"

"让他把二极管吞下去，他不是懒吗？不是不爱搓二极管吗，让他把二极管吃到肚子里，再从屁眼拉出来，保证二极管搓得直直溜溜，个个都是极品。"

"那得让我先扒开骗子的肛门，看看里面的保险箱藏着什么东西？"金太子惦记着杨晓易那个隐蔽的地方夹着酋长给他的一百元钱，他要借这个机会把它搂到自己手里。

杨晓易死死地捂住裤子，不让金太子得手。

金太子一个巴掌扇过去，用吼声勒令道："自己掏出来，别让我弄脏了手。"

杨晓易蹲在厕所，不情愿地摆出一副公鸡下蛋的姿势，吭哧磨蹭地挤出了两张污浊的老头票。

"还有！"在杨晓易提起裤子的一刹那，金太子看到老头票的后面竟然还拖出了一卷老头票。他的怒斥变成了凶吼。

杨晓易不情愿地又把那一卷老头票掏了出来。

五张百元人民币摊在铺板上，光头们的眼珠子一下子全都贴上去了。这是没有主儿的钱，就是有主儿，他也不敢认这个私藏现金的账。招灾惹祸呢！人民币在看守所的号房绝对是违禁品，是抄监和防范的重大目标。一旦查出来，不但要被没收，藏匿人还要挨罚，轻者吃一顿白蜡棍，重者要"苏秦背剑"式的带上背铐。正因为钱的主人不敢认账，又不是干部抄监发现的"热赃"，这意外之财应该归公。细水长流地通过癞哥搞香烟，可以享用到大年夜呢。

美梦被酉长的惊呼打断。

"我的钱，杨晓易偷了我的钱。"

其实，这话是酉长伏在陈默耳畔悄悄说的，大家伙听到的是余音加猜测。能把这么多现金带进号房又不可能查抄被没收的只能是他，别人门也没有。

光头们除了失望还是失望。陈默却在看到了杨晓易丑恶嘴脸同时，也看到了自己的轻信。杨晓易是个骗子加窃贼的双料货，白天，他是偷料的贼，晚上，他是偷钱的贼。陈默轻信了他的谎言，取消上半夜值班，给他造成可乘之机。

赃物赃款仿佛是对陈默出任号长七天业绩的盘点，自叹弗如的羞愧动摇了他的自信，号长这个活计，绝不是他能干好的。别看他在部队当过指导员，能带好一个连，他在企业当过车间主任，能把生产安排得有条不紊，他在公司当过办公室主任，文得上去武得下来，事无巨细，件件有着落。但他当不了号长，就像学校的老师无法胜任动物园的饲养员一样，除了斯文扫地，你只能退避三舍。

面对杨晓易一副无赖的嘴脸，陈默想打，却举不起手，想罚，又没有高招。光头们被杨晓易挑起的冲动，早已化作摩拳擦掌，只要陈默递过一个眼神，金太子、老官司等一帮子人就会蜂拥而上，非把杨晓易搋残了砸扁了不可。可一时的疯狂过后，结局怎么收场？看守所的干部绝不会为此承担任何责任，查处的对象只能是他。

没容进退两难的陈默做出任何选择，杨晓易就把他逼进到绝地反击的角落。

一声清脆炸裂的爆发，让陈默看到这样一个想象不到的场面：杨晓易箭步窜到铁窗前，操起正在给酉长挂盐水的吊瓶，狠狠地往铁栅栏砸去，一个半截玻璃瓶子瞬间就像一个龇牙咧嘴的匕首握在他的手中。

选择了图穷匕见的杨晓易冷笑着向陈默走来。

号房空气顿时凝结，光头们在沉默中等待血腥的爆发。

怒火就在这一刻从心头腾起，热血催促着手脚击发反击的行动，陈默不再犹豫，他给光头们奉献了一出被动擒敌的绝妙技艺展示。

一个迅雷不及掩耳的飞脚，把半截玻璃瓶子踢到半空，稳稳地落在陈默手中后，又被他轻蔑地丢到放风场。

"我不想溅血！"陈默向杨晓易发出警告。

杨晓易的回答是一头撞来，被逼到墙角的陈默只得用肘击解围。无法承受重击的杨晓易像断了脊梁骨的癞皮狗趴在铺板上。痛快的感觉像电流贯穿全身，陈默长长地吐了一口恶气。

事情应该到此收场了。陈默转身离去，免得与癞皮狗纠缠。突然，一股阴风从背后掀起，陈默本能地嗅到凉飕飕的杀气直逼脖颈。陈默猛地回头，杨晓易已经扑到眼前。

"我他妈跟你拼了！"杨晓易带着一股杀气吼道。

作为自卫，作为回击，陈默扬起了巴掌，火山爆发般的愤怒在这一刻化作了闪电般的一击。

杨晓易应声倒地，他的左脸颊印上了五个红红的手指痕迹。

五

对行为意义的思考，是在发作之后。陈默对杨晓易扬起的那一巴掌，使他陷入了深深的自我拷问。

当时，他的心在冒火，全身心迸发出的声音是"上帝啊，让我当一回野蛮人吧。"而现在，他的心在滴血，全身心充斥的声音是"上帝啊，我是不是应该为自己鲁莽野蛮的行为而忏悔？"

那一巴掌让陈默真真切切地体味到感情风暴的力量。它起于无端挑衅之后，山崩地裂于块垒之中，瞬间如洪水猛兽般爆发，气势之凶，来势之猛，绝非理智所能制止或阻挡。率性而动的情感在这一刻挟持了理智，驱动了筋骨，烧灼了热血。你不在风暴中暴发，就会在风暴中崩溃。身居洞穴般的号房，如果不想退化成野蛮人，除了最后的崩溃，你还能期望什么？

也许，在号房做一个疯子是快乐的，做一个傻子是幸运的，做一个长着狼牙的恶霸比做一块案板上的肉是值得的，但是，在号房做一个富有正义感的正人君子肯定是背时倒运的。因为你既不会忽悠，又不肯睁一只眼闭一只眼，偏偏还喜欢探求事实真相，固守着可怜的公平正义和做人的道德。陈默不肯接受七科长的指派当号房线人，和今天对杨晓易的义愤填膺，皆出于洁身自好不肯同流合污的秉性。

难道这有什么错吗？陈默问自己。

面对号房发生的丑事，就像圣洁的人民币受到玷污一样的丑事，你能无动于衷吗？值得挺身而出吗？陈默在一连串的拷问后，竟然肯定了自己。为了不让丑恶的人和事扭曲我的灵魂，压扁残存的正义感，我不能装傻充愣，不能冷血。既然不能与狼共舞，又不能被狼挟持，我只能做一个斗牛士。困兽犹斗啊！那一巴掌的冲动，不是人性的沉沦而是人性的张扬。

陈默却为此付出了意想不到的代价。

第二天早晨查号时，干部还没有进号，躺在刑板上耍赖的杨晓易突然打着滚地叫喊起来："报告干部，我要看病。我的耳膜被打穿了！"

杨晓易一见是七科长带队查号，好像见到了青天大老爷，立刻从刑板上跳下来，扑通一声跪在他的面前。"七科长！您可得为我做主啊！我的耳朵被号长打坏了。"杨晓易哭诉着说。

"你怎么知道耳膜被打穿了？"富有证据意识的七科长对杨晓易的咋咋呼呼不以为然。

杨晓易把一团粘着血污的棉花从耳朵眼里掏出来递给七科长说："七科长您老明察，这是陈默故意伤害的证据。你要是不信，让刘狱医检查确认好了。"

七科长被激怒了，脸一下子就沉了下来。号房时不时地发生打架斗殴事件，原本是看守所的家常便饭。只要人脑子不打出狗脑子，司空见惯的干部一般不会当作一个"事儿"来查处，就是查处也是不分青红皂白各打五十大板。七科长与众不同之处是不能够容忍像陈默这样有点社会身份的光头为所欲为。地痞流氓扒手骗子吵监闹狱是本性难移，像陈默这号人的违规违纪，则是对看守所的犯上作乱，甚至是对他本人的挑衅乃至蔑视。他已经感到陈默对他的不敬，像一个手下败将对胜利者的傲慢和不屑一顾。没有囚犯不对看守所指派在号房充当政府耳目而感激涕零，陈默的不配合让七科长始料不及，他仿佛看到

了陈默脊背后面的反骨。

七科长紧抿着铁青的嘴唇，用审视的眼光向光头们发出了解情况的讯问，却没有人响应。他又向刘狱医和陈干部努努嘴。

刘狱医对杨晓易的耳朵做了初步检查，吃惊地向七科长点点头，表示他的耳膜真的受到了伤害，因为有耳朵眼里流淌的血污尚未擦净。陈干部欲言又止，最终以沉默放弃了对陈默的辩解。

陈默对那一巴掌的起落记忆犹新，出手谈不上迅雷不及掩耳，因为长期囚居造成的手脚僵硬，动作并不连贯。正是动作并非一气呵成，给了杨晓易用手掌下意识保护耳郭的机会。陈默扇过去的手掌其实是被杨晓易的手掌"垫"起来，连他脸上的红肿都是他自己手掌留下的隔垫印记。

但凭自己的一张嘴，陈默能说清楚手掌与手掌撞击的经过吗？因为眼下的身份和面对的政府干部并不能平等地对话，他的任何解释肯定是不能取信于七科长的。那一巴掌其实把他自己给扇到了被诬陷的泥潭里，成了被告。

老官司"嘘"了一声。七科长不满地瞪着老官司说："有话讲，有屁放。"

"七科长，您不会忘了杨晓易的出身吧？一个诈骗犯能把地球当气球吹，他的话不可信。"老官司仗着号房三朝元老的老皮老脸，对七科长说，"我看见号长的巴掌糊在杨晓易的脸上，没有糊在耳朵上。"

"什么号长号头？"七科长气哼哼地说，"在号房囚着的，都是在押犯，替政府管点事，也没什么特殊！"

老官司的实话实说给呛回后，他明显感到了七科长对陈默不是不信任而是不满。通常，政府干部在处理号房类似事件时，总要给号长一点面子，毕竟他要替干部管理号房。今天，老官司没有摸准七科长的脉搏。

拎勿清的大鲍翅扶着操作台站起来。整天价弓着腰搓二极管，大鲍翅的肚子和脊椎来了个换防，肚子瘪下去，后背却鼓起来。

"七科长，我想冒昧地跟您单独谈谈。"大鲍翅用的是社会上的客套话，希望得到恩准。

"就在这里讲好了，不要藏着掖着。"

大鲍翅迟疑了一会儿，才决定道出事情的真相。

"我晚上值班时，看见杨晓易用二极管捅耳朵，捅流血后用棉花团捂着。"

"那个二极管呢？"七科长要的是物证。

陈干部搜遍杨晓易全身，也没有见什么二极管。这个纯属多余的动作给杨晓易一个喜形于色。

"你胡说！"杨晓易冲着大鲍翅吼道，"二极管成堆成箱，你给我把那个自残工具找出来。"

"你把它丢进大便池啦。"

没想到歌手会癔癔症症站出来道出他的亲眼所见。他指着杨晓易的裆部说："我看见你用二极管掏耳朵，还看见你用棉花团擦屁股流出的白浆浆。"

"什么乱七八糟的！"七科长刚说了一句，光头们跟着忍不住笑起来。歌手提供的不仅是杨晓易自残的线索，还有他晚间自摸的嗜好。

七科长唻着个脸走了。光头们绷紧的神经松弛下来，如果七科长再查下去，那五张老头票肯定会被发现没收。这钱一经浮出水面，只能有一个出路——归公，不是归号房这个小公，是归看守所这个大公。现在，五百元人民币成了号房的公共财物，急需交给癫哥这个过路财神爷给号房进点水货，只有迅速变成烟酒糖茶和糕点吃进肚里，这才算物尽其用。

等待交易时机还没有到，大家一面搓着二极管，一面把杨晓易当成嘲弄对象寻开心。

"耳膜不是处女膜，怎么会一捅即破呢。"

"再说，你的屁眼早就被本田太君给捅破了，你怎么不报告政府干部。"

"人家只扇你一个耳光，没见捅你耳朵一个手指头。"

陈默心情却没有那么轻松，他知道自己惹上麻烦了，事情既然闹到了七科长那里，结局就难以预料。其中的过节可不是始于今天，在拒绝七科长赏识和委派时，不幸的祸根已经埋下。

他在内心叮嘱自己得防备着点，可又不知道暗算来自何时何方。号房不是平静的港湾，却又把停泊在港湾里的船只锚得死死的，你不能摊上"事儿"后抬屁股走人。

陈默只得囚在号房等待暗算。

第十章
面壁：坚硬地触摸

一

如果说，四面高墙围起来的看守所是一座森然而神秘的城堡，那么，号房便是整齐坐落在这座城堡"井"字形巷道里忧郁的民居，而巷道尽头的禁闭室又是城堡远离尘嚣的枯井。

此刻，陈默正在这个黑暗的枯井里漫游。前进三步，撞墙；原地转身再走三步，又撞墙。陈默不得不打住脚步，停止丈量，靠着泛潮的墙，抬起头，改用目光打量自己的新居。借助屋顶泄露出的一缕光线，陈默获得了井底之蛙的印象。四面约五米的高墙在那束光线的集结下，沉重地向他挤压过来，窒息的感觉贯通全身。

好久好久，陈默的双眼才适应了黑暗。他断定，屋顶的光线来自一个和号房相同的高高在上的天窗，可怜的光线正是随着空气从天窗半开的空隙一起挤进来的。于是枯井般的禁闭室就有了光，像井水里映照出来的浮光掠影，飘忽不定。

光尽管灰暗缥缈，陈默的搜寻却不再盲目。陈默看见了床，一个好像是镶嵌在三面墙体上的铺板，硬是占据了枯井的半壁天下。一米八身材的陈默无论如何也不能把自己放倒在不到一米五的"床"上，或许蜷曲着身子的卧睡更有助于整夜的不眠，而白天，他已被告知只能坐在铺板上反省，不准靠墙，不准打瞌睡。

沈干部把陈默带进禁闭室时，当着七科长的面，不忘警告说："不老实，就把你铐在墙上。"那意思是眼下的待遇尚属优惠，别不知趣。

陈默能体谅沈干部的心情。被七科长一个电话终止了警校业务培训的沈干部一头雾水地赶回看守所时，才知道号房出了大事，杨晓易借外出治病的机会逃之夭夭，已成为省厅督办的大案，此案不仅牵出了号房的一系列诡异的事情，也涉及刘狱医的受贿和渎职。

　　陈默没有想到的是，他的那一记耳光使得杨晓易获得了一个外出就医的机会。也不知道杨晓易这个骗子是怎么成功游说了刘狱医，竟然开具了离所看病的条子，还亲自监护他到润江一家耳鼻喉专科医院检查治疗。走出高墙的杨晓易瞬间就变成了一条泥鳅，把个医院的候诊室当成烂泥塘，趁着刘狱医稍不留意，消遁得无影无踪。陈默只记得杨晓易离开号房时向他投来的一脸坏笑，陈默不免心里一沉，想到这家伙的耳膜一旦真的穿孔或受到伤害，他就是肇事者。现在回想起来，杨晓易绽放的一脸坏笑不是对他的警告而是得意的嘲弄。杨晓易是带着得意的神情离开号房的，他暗自策划的脱逃已经成功地迈出了第一步。

　　陈默更没有想到他要为杨晓易越狱逃跑的恶性事故埋单。他扇的那一记耳光已经不重要了，是否造成伤害，因杨晓易的脱逃已无从查起。但杨晓易是穿着他的外套脱逃的，这个事实是七科长迁怒于他的理由。

　　"看来得给你安排个单间住几天了。"七科长放下这句话离开时，陈默还不明白"住单间"是什么意思，禁闭室被光头们称之为"小号"或"独居"，陈默不具备这方面的联想能力，他的猜想是干部要找他到办公室了解有关杨晓易的情况。

　　金太子早已把毛巾牙具手纸等物品备齐，推到陈默面前说："你也该歇歇啦，关禁闭的期限最多不超过一个月，咱们还能在号房见面。"

　　"关禁闭？"陈默恍然大悟。

　　金太子又叮咛说："那五百元现金的事千万不能泄露，屎盆子扣到谁头上，罪名都是资助逃犯潜逃，小弟担待不起呀。"

　　杨晓易临走时，不仅穿着陈默的一身新衣，而且还从金太子手里带走了从他肛门里抠出的五百元现金。杨晓易许诺要借助外出治病的机会，为号房买些香烟和老酒，他发誓说有办法让刘狱医放行。号房差一点就要为杨晓易开欢送会了，他难得的外出带走了现金也带走了光头们的期许。

　　杨晓易是吃过早饭后被刘狱医带走的。按照在押犯外出开庭或就诊都是警车接送一路绿灯的惯例，杨晓易最迟中午也该回来了，而且应该是拎着大包小包满面春风而归。

　　意识到杨晓易是肉包子打狗有去无回的是老官司。晚饭后，他对陈默说："把杨晓易中午和晚上的饭分给值夜班的弟兄吃了吧，他一半天是回不来了。"

　　金太子也从武警班长突然加强了对号房密切关注的动向断定，杨晓易已经溜之乎也，连呼上当上当，惋惜地说："妈的，咱们的老头票算是打水漂了。"

果不其然，各个号房依次打开，响起了报数声。晚上干部进号房点名出乎寻常，竟对十三号号房的缺席者熟视无睹，再没有人不相信杨晓易脱逃已经成为事实。

那时陈默还没有想到连带责任，只是与金太子有上当受骗的同感。他记得杨晓易向他借衣服时说的那句话："号长，你说过，咱们号房有责任把出庭的人打扮得像迎亲的新人一样。你不会让我破衣邋遢地出去影响市容吧？"

陈默就把余湘寄来的一套休闲服甩了过去。猥琐的杨晓易一旦穿上了这套新衣服，竟也人模狗样的像个正人君子了。

陈默的那身衣服既不是避弹衣，也不是遁服，却在杨晓易脱逃案中成了"逃犯的伪装"。

沈干部说："杨晓易是跑不掉的，只要归案，就能搞清情况，但愿你不是共谋。"陈默没有辩解，心想，若不是监护他的刘狱医失职，杨晓易就是穿上皇帝的新衣，他也不能在人间蒸发。

陈默一句话没有说，就进了禁闭室。处罚不止是对自己一个人的，在他关禁闭的同时，号房要严管一周。严管期间，除了吃饭睡觉，光头们一律盘腿坐在铺板上反省，停止放风和放录像，严禁嬉笑打闹交头接耳，每一个人还要签订不越狱逃跑的保证书。孙所长陪着七科长拿着处罚决定一进号房，光头们就明白了严管的日子开始了。

"看来得给你安排个单间住几天了。"七科长的这句话就是一进号房时对陈默说的。

七科长说过这话不到五分钟，他已经被关进禁闭室。七科长好像完成了一件大事似的离开了。沈干部在锁上铁门时不忘说了一句："七天。孙所长只批了七天，要是有事你就敲门，值班室就在隔壁，到时间我来接你。"

很高兴能在禁闭室品味穴居生活，很高兴能在穴居中享受两耳不闻窗外事的恬静，很高兴能在恬静中放松神经收拢思绪。在经历了收审站的孤独，看守所的陌生，牢房的恐惧、烦闷、焦灼和疲惫不堪后，他需要的不是优哉悠闲，而是静下心来，沉淀自己繁杂的思绪。半年来，他的心一直处在混乱状态，他看不到事情的因果链条，摸不到演绎下去的脉络。事实上，他成了任人摆布的木偶或者是道具，不幸一个接着一个地向他袭来。包括这次意想不到的禁闭，也该是这个链条上必然的一环。只是当局者迷。

陈默摸索着坐在铺板上，按照号房的设施，铺板底下应该有一个猫洞。陈默尝试着用脚探了探，碰到了响动。原来是一个便桶和一个饭盆很般配地扣在便桶上面。朦胧的灰暗中，陈默拉出一看，果然是一个饭盆像盖子似的扣在便桶的上面，勉为其难地遮住了里面的肮脏和异味。陈默想笑却笑不起来，吃饭的家把什和排泄的家把什像难兄难弟似的连在一起，象征性地构成了他穴居生活的两项重大活动。

既来之则安之吧，七天后，心灵应该复活。陈默这样宽慰自己。

二

依据号房的经验，陈默把目光投向墙壁，渴望在灰暗中发现点什么。牢房是文化的荒漠，这是不言而喻的，但不是说荒漠就没有一片绿洲或一抹绿色。没有书报可读的日子里，你可以读墙。这是陈默在号房的宝贵发现。

回想起这个意外的发现，还真有些刻骨铭心。

陈默刚进号时，每个星期天下午，看守所照例要放录像。清一色的武打片让黄飞鸿、霍元甲等英雄豪杰轮番上场厮杀，从少林寺杀到龙门客栈，明明是录像带放错了，时空的颠倒、情节的不连贯反而增加了故事的奇妙，光头们看得津津有味。

放录像时，是号房最安静最规矩的时候，甚至有点像法庭宣判前的肃静。这却是陈默受罪的时刻，因为无法排遣无聊，无处置放自己的眼睛和耳朵。你可以视而不见却不能充耳不闻，武打片张扬血性的打拼厮杀和自由狂奔的喧嚣无意间给了你一个挑逗，一份悲哀，一种折磨，让你感到外面精彩的世界已经不再属于自己。

那是一个雷雨交加的周日下午，陈默坐在铺板上无所适从。窗外的世界电闪雷鸣，乌云压城；屋里的电视屏幕上也是血雨腥风，昏天黑地。陈默被排斥在这两个场景之外，无法进入其中的一个。

孤独就在这时袭上心头。这种孤独不是独处时的寂寞，更不是遗世独立的孤傲，而是当众的离索。你是这个群体的一员，却不能融入这个群体而保持生命的"和而不同"。这种特异的孤独只能萌发于深深的水土不服，因为他乡不是故乡。

一道闪电劈空而来，狂舞的银蛇倏地窜过铁窗，闪着光鳞亮甲扑向号房的墙壁。石光电火的那一刹那，惊现"物竞天择""乘风归去"八个大字。

闪电过后，号房陷入黑暗。为了证明自己刚刚看见墙上的这八个大字不是幻化，陈默站起来，向牢门挪过去。就在牢门上方的狭窄墙面上，他真切地触摸到字体的刻痕。

牢门千百次地打开关闭，陈默却没有发现写在门楣上的这一行字迹，或许是它被遮挡在放电视机台子下面的缘故。光头们克制地提醒陈默，他在电视机下面摸索的身影挡住了他们的视线，他才恋恋不舍地停止了寻觅。

号房另外一个离群索居者酋长告诉他，这是一位青年画家留下的手笔。他因篆刻了一枚艺术委员会的公章而光顾号房，二十九天后放票。一心想在法庭上大声呼唤公理何在的青年画家离开号房前，兴奋地用手指甲在墙上勾勒出这八个大字。

这个意想不到的发现和传奇般的来龙去脉激发着陈默的想象。自由的梦想即将变成现实的那一刻，仰天长啸的壮怀激烈和酣畅淋漓的大写意激发了青年画家的情感，一挥而就的书写成为人生难得的高峰体验。这是当年饱受战乱困厄的杜甫惊闻"剑外忽传收蓟北""漫卷诗书喜欲狂"心情的再现，这是当年书圣王羲之微醉中草就"兰亭序"精神张力的迸发。号房不再是寸草不长的文化荒地，高墙上的涂鸦或许就是一个未知的新天地。

以往，陈默认为最能体现牢房森然冷酷的是铁门铁窗铁锁链而不是墙。牢房生活改变了他的偏见。在各种金属材料制成的防盗门防护网遍及各种民居的时尚中，铁门铁窗已经失去了特定场合的含义而成为流行的大众化实用装饰。只有五米高的钢筋混凝土筑就的四面墙，才体现了牢房囹圄的意义。与四面墙相比，铁窗铁门充其量不过是威严的装饰，打开时，它们是墙张开的嘴巴和牙齿，一旦关闭，它们就成了墙的一部分。本来，铁窗铁门就是从属于大墙的。

思绪若是能穿越厚厚的墙壁，我们会看到祖先如何用围猎的经验来对付反叛者、战俘和异类，关押囚禁他们的土围子或山洞便是牢房的雏形。虽然是就地取材，形态各异，但必须是封闭的，像藩篱，像畜圈，像陷阱。周文王拘羑里的囿园，司马迁受宫刑幽禁的圜墙，还有鲁迅先生笔下那位讲义气的红眼阿义供职的那个地方，都是用四面墙围起来的囹圄。粗俗地叫"班房"也罢，借用外来语命名为"笆篱子"也可，委婉地叫"蚕室"也好，文明地称之为"舱"也十分形象，进化只是把土墙变成了石墙又变成了钢筋混凝土浇筑的水

泥墙，而密闭是永恒不变的构成。

当严丝合缝的四面墙成了牢房的主体，无情地把人的天性封闭和扼杀在牢笼时，面壁也就成了坐牢人的主要生活内容。它冰冷的面孔永远向你传递着隔绝、窒息、压抑和强制的信息，逼得你在它的面前要么唯唯诺诺，要么碰得头破血流……

录像和雷暴几乎是同时收场的。趁着大家伙忙着在铺板上伸懒腰打哈欠和神吹海聊的机会，陈默又一次在那一段墙上寻觅起来。

收获是新的发现。就在"物竞天择""乘风归去"八个大字的下面，还有一行俊秀端庄的小字，像是用大头针一类的利器刻上去的楷书："生者必死，聚者必散，积者必竭，立者必倒，高者必堕。"从划痕的陈旧上判断，这一行字应该写在青年画家挥洒之前，而且书者必须有宽松的时间，才能精雕细刻上去。青年画家用双线条勾勒出来的阳文，与这二十个阴文有意或无意间构成了风格迥异内容相承的佳作，一经对比，耐人寻味。想必是那位青年画家早已发现了这二十个字，触景生情的凝视，心有灵犀的参悟，最终将那八个字从心底呼唤出来，为这二十个字的深邃内涵做出了画龙点睛的提炼。

问及号房所有的光头，别说酋长，就连老官司也不知道这二十个字的写家是哪路高人，何时混迹于号房。对于陈默莫名其妙的打探，光头们无不嗤之以鼻。陈默的读墙已经成为号房的怪异，在他们看来，陈默读墙不过是面壁发呆而已，距离面壁抽风已经不远了。精神崩溃的歌手，只对刑板情有独钟；陈默若是也崩溃了，准是一个墙痴，肯定能把墙上的蚊子血和苍蝇屎都得当天书读。号房比大千世界还无奇不有。

又是一个周日下午，老天照样瓢泼大雨，录像片照样又是从少林寺一路杀到新龙门客栈，光头们照样看得兴高采烈。已经读完了四面高墙的陈默，利用这个机会寻觅到厕所，想在布满污垢的短墙上发现点什么。

金太子发出了嘲弄："陈哥，自摸哪？那么忘情！"

陈默没有言语，他从水池里捞出一块抹布，把墙上的污渍擦掉。那些顷刻显露出来的符号和图画无须多看一眼，便知道这是社会上不少公共厕所留下的生殖器临摹癖更加露骨更加夸张的劣作。

陈默失望了。老官司看出陈默的不屑一顾，顿生恻隐之心，他说："想必你也是一个臭老九，几个臭字就能把你迷住。不就是闲着没事找些字给眼睛过把瘾

吗？告诉你吧，除了墙上写的，刑板上也有字，你去找找看，可千万别牵出死鬼冤魂来，咱们死牢阴气重，你得小心点。"

刑板此刻就立在放风场的墙上，蒙受着暴雨的洗礼。陈默恨不得冲进放风场，冒着风雨探究刑板的秘密。无奈铁门早已关上锁死，刮风下雨的日子，看守所从来不安排放风。

陈默只能隔着铁窗望着咫尺之遥的刑板发呆。这种发呆是他坐牢时的最佳精神状态，每当面壁，大脑一片空白，发直的眼光似乎能把对面的墙壁穿越。之后，凝固的思绪才慢慢化开，在眼前幻化出一幕幕似曾经历的场景，如同电视连续剧一集一集演下去。

突然，一个响雷炸开，陈默不由自主地颤抖起来。他看到刑板伫立在一堆冉冉升起的火中，先于响雷之前的闪电点燃了放风场的破棉絮，给了刑板一个浴火自焚的机会。

雷电再次躲藏在乌云的后面，伺机反扑。它们留下的那堆熊熊烈火却围绕着沉默的刑板不依不饶。火苗舔着刑板，上下窜动，扑朔的火光中，陈默猛然看到刑板上有四个血字：天生天杀！

如潮的热血瞬间收缩到心脏，又在脉管里鼓胀着冲向脑海，陈默被惊奇后的疑问震慑了。"天生天杀"，这是咒语吗？这是神谕吗？这是"物竞天择"的解读吗？如果不是，此刻我的耳畔回响的是什么声音，它来自何方？

"天发杀机，移星易宿，地发杀机，龙蛇起陆，人发杀机，天地反复，天人合发，万物定基。"

啊！这声音是那么真实，不同虚化，不似幻听。循声而去，陈默看见电视屏幕上有一位童颜鹤发的老者端坐云端，一手指天一手指地，振振有词地念叨着这句话。

陈默脑子"嗡"的一声巨响，他想起了老官司死鬼冤魂的那句话。

死牢，你是不是真的阴气太盛？

刑板最终在烈火中化为灰烬。那些古怪的念头却缠住了陈默的脑壳，他萌生了这样一个愿望，为了读完读懂大墙这部天书，他愿意把看守所的每一间牢房都住个遍。

机会终于伴随着禁闭来到了。陈默把目光投向禁闭室的门楣，他希望能像牢房那样，从这里开始他的探寻解读之旅。

三

电灯亮起来，陈默立刻被罩在无处不在的光线中，四面墙上不时地晃动着自己疏密的影子。原来以为将要在黑暗中度过七天独居生活，没有想到自己头顶的天窗下面悬挂着一盏灯，是沈干部回到值班室后开启的。他想起了号房的长明灯，那灯是整夜不熄的。

有了光，摸索式的探寻好像引进了火把，把原始洞穴的遗迹从黑暗中凸显出来。陈默看到门楣上有一篇"忌日"的短文隐隐约约地镌刻在这里，字迹相当模糊，除了"忌日"两个字之外，几乎看不清其他字迹。号房读墙的经验帮助了陈默，努力辨认加仔细揣摩，他很快就把短文理顺了。

"朋友，请在每年的今天为我点燃一支香烟，让我的灵魂在烟霭的指引下重返死牢，与你们共话我在另一个世界的打工生活。"

有如冥冥中不可思议的巧合，短文写于六年前，落款的日期竟是陈默今天入住禁闭室的日子：十二月十三日。

陈默为不能点燃一支香烟而难过。入住禁闭室的搜身远比入住看守所严格，陈默是净身进来的，连牙具都收缴了。

这位六年前上路的死囚没有想到，他当年住过的死牢已经变成了禁闭室，他渴望延续的香火已经不可能。听老官司戏说死牢往事，六年前的死牢是单间，死囚不是被手铐铁镣缚在刑板上，而是用一根铁锁链串起脚镣锁在镶嵌于墙上的钢环中，相当于死囚背负着一面墙而寸步难行。陪号形同虚设，他们只能在外间昼夜值班，近身照顾只限于喂饭和解便。陈默记住了这个格局，一进禁闭室的里外间，他就猜到了这是以前的死牢。从现在的死牢能来参访以前的死牢，不能不说是一种幸运的时空穿越。

可以肯定，这位死囚是个打工仔，死后依旧希望在另一个世界打工。一个既无政治野心，又无敛财暴富欲望的他，犯罪和死因不能不说是个谜。在等死的日子里，生命处在日渐萎缩的煎熬中，因为死囚的单独关押远比与其他人犯同居一室更富有摧残性。他是如何把"忌日"这篇短文刻在门楣上的，只能让陈默浮想联翩了。

毕竟死囚写下的是渴望，可是，就连这点可怜的恳求都遭到了后来者的指责。陈默看到在"忌日"的四周还有别样的文字：

"我也是一个打工仔，我永远诅咒都市噩梦！"

"假如缥缈的香烟能带你回家，我愿意把自己的头发点燃，为你招魂引路。"

"我不想给你点燃一支香烟，我只想送你一把刀，再借你一副胆，让你在地下世界当一回英雄豪杰。"

"与其要烟，不如要火！"

号房不乏同情心，却永远蔑视胆小鬼。"忌日"的作者不属于横行江湖鼎鼎大名的死囚，他可怜的乞求是那么廉价，换来的是意想不到的冷落和轻蔑。陈默默默地把一碗清水洒在门下，遥祝这位打工仔的孤独灵魂安息。那碗清水是刚刚从铁门的饭口递进来的，是一天的生活用水，或洗或饮都是它了。

陈默想到了木兰，他会不会也在另一个世界打工？木兰与这个世界的告别留言是写在纸上的，他有机会获得却没有能力把它保存下来。洪水过后的一次抄监，它被刘狱医从藏在自己贴身内裤中搜出来。刘狱医吃惊地望着自己，好像在说这不应该是你干的事吧。陈默不觉得尴尬，只是一个劲儿的惋惜。他是看着刘狱医把信件一张张撕成碎片，丢进放风场的污水中。污水埋葬了木兰的遗愿，却无法葬送陈默的誓言。他曾暗中发誓，一旦走出看守所，他要办的第一件事就是亲自把信送到木兰姐姐的手中。他把这件事视为木兰的生命相托、真诚回报和应尽的义务。单凭法院送达的死刑判决书，木兰的姐姐永远不会知道事情的来龙去脉，永远不会知道弟弟的遗愿。一个简单的死，永远不能概括生命的全部内容。生远比死复杂得多，深刻得多，死可以作为生的结局，却永远不能作为生的结论。

陈默的眼睛里噙满了泪水，他无法读墙了。一想到木兰走了，他的姐姐依旧留在世上，背着他的判决书不明不白的活着，陈默就内疚。他不能原谅自己的过失，他本来可以找机会把木兰四川老家的地址刻在牢房的墙上，把这份记忆固定下来。他太自信了，以为自己是关押在牢房的另类，凭借着正人君子的身份，刘狱医也会高看一眼，不会成为抄监的重点对象。刘狱医的高明在于没有说一句责备他的话，只是用行动轻而易举地撕碎了陈默可怜的自视高洁。刘狱医给陈默上了一课：狱医首先是狱警。

陈默只能在心中庆幸，他记住了四川仪陇县，那是木兰的故乡。

木兰的遗书已经零落成泥碾作尘，与无法保存的纸片相比，唯有刻在大墙上的字迹能够抗拒时光的消磨，经得起干警抄监的不屑一顾。陈默是大墙文字的寻觅者，发现者，却没有想到用它来为自己留下备忘的手迹。

陈默念及书写者的勇敢和率性，更加坚定了自己去仪陇探访木兰姐姐的信念，当一个无信的信使是来自良知的驱使。

四

不眠之夜是在思念木兰和懊恼自己的熬煎中度过的。若不是饭口又一次打开，递进来早饭和一碗清水，陈默不知道新的一天开始了。禁闭室的优越性在于枯井般的沉寂，沉寂到你能听见自己的心音。怦怦的心跳好似上课的钟声，催促你抓紧时间读墙。在汲取了木兰的那封信毁于一旦的教训后，陈默有了"机不可失，失不再来"的紧迫感。

陈默选择了面对铁门左边的墙，作为今天的阅读课本。

那面墙竟是一个绘画的长卷。一把吉他琴居于大墙中央，后面飘逸着浪漫的五线谱，几个跳荡的音符展开了无尽的意境。陈默的耳畔立刻响起了《绿岛小夜曲》哀婉凄楚的旋律，孤寂的心灵仿佛注入了忧伤的乡愁。陈默情不自禁地用手触摸着蝌蚪大小的音符，像按响琴键，渴望能听到大墙的回声。几个音符摸过后，陈默的指尖触摸到一些互不相连的凸凹处，像墙体龟裂的疤痕。头上的电灯毕竟不是可以移动的火把，它只是一味地把光线贴着墙壁滑下来，把一片片阴影留在凸凹处，有如云翳遮住它们的真实面貌。

陈默想到了对油画的审视需要用一定的距离，他后退了几步。凸痕凹痕渐渐清晰，像在显影液里露出了本来面目：十字架！大大小小十九个十字架像十九颗破土而出的禾苗，顽强地彰显着不息的生机。

带着直观的印象，陈默再次靠近大墙对十九个十字架一一触摸，敏感的触觉告诉他，十九个十字架不仅大小不一，深浅各异，最明显的是划痕来自不同的书写工具，细痕如指甲抠出来的，粗大的凹陷只能出自利器的撕咬，有些光滑的红色抹痕显然出自手指尖的血书。各种书写工具留下的十字全都挤在这面墙的一端，与跳荡的音符遥相呼应，用讴歌与诅咒组成了吉他琴飞翔的双翼。书者选择用十字和五线谱而拒绝用文字表达深邃的意想，仅此可以断定，简洁线条的后面绝不是颇费心计的斟酌和锲而不舍的雕琢，而是迫于时间仓促的临机作为。背负墙壁寸步难行的死囚不具备刻画的自由，即便死囚要放风，也只能蜗居在这死牢里进行，手铐脚镣的

束缚，怎能挥洒自如。唯一的可能就是陪号的囚犯留下的印记。每当一位死囚上路后，他们借助收拾遗物打扫死牢的机会，用十字架为他送行。他们的书写必须快速而准确，见机行事的紧迫只能求救于简洁的横竖和点划，便不难理解了。

他们先后送走了十九个死囚，用十九个十字架为他们的生命做了了断。十字架融入大墙，像十九个破土而出的禾苗，大墙由此不再沉默，成为接纳和滋润生命的沃土。因为任何生命的消亡，最终都是对泥土的回归。

搜寻和辨认带给眼睛的疲劳与带给大脑的兴奋恰恰相反，枯涩的眼睛闭上了，翻飞的思绪仍在黑暗中飞翔。陈默尽情地徜徉在自己营造的想象中，那灰暗的意境给了他难得的沉醉。就在这时，意想不到的咣当声像不祥的惊雷袭来，震得脑壳欲裂。陈默不得不中断思绪睁开眼睛，声响来自铁门的敲击，陈默以为外面有事，可又不见任何动静，铁门随即也沉默了。鸦雀无声中，陈默又闭上了眼睛。铁门又被击响，陈默听清楚了，那是用脚踹门的声响，显得有些故弄玄虚的咋呼。陈默再次睁开眼睛，瞪得溜圆，仿佛要把铁门望穿，看看门外究竟在搞什么名堂。铁门知趣地偃旗息鼓了，只留下冰冷的面孔遮住陈默的视线。凝视了一段时间，陈默觉得无聊，又闭上了眼睛。铁门就像被激发似的再次尖叫起来，仿佛陈默脸上长的不是眼睛是电门，只要眼睛一闭，相当于按下电门开关，铁门就像一面锣被敲响，咣咣当当像凄厉的吼叫。眼睛一睁，踹门声立即偃旗息鼓。

傻子也能明白，门外有个"周扒皮"！他不断用铁门发出半夜鸡叫的怪声折磨陈默。他不能容忍你片刻的宁静，更不要说睡眠了。

毫无疑义，这是一种惩罚。问题是"周扒皮"是怎么密切观察到他的一举一动，准确地盯住他眼皮的一张一合的？陈默没有找到门镜，也没有发现电眼之类可疑的装置。越是找不到这些暗藏机关，越是感到它无所不在。牢房的可怕就在于你时刻处在监视之下，而又不知道这种监视来自何方。

果然，陈默整整一夜都在铁门的暴戾声中熬过来的。难耐的困意令陈默刚刚眯瞪一会儿，就会被铁门变本加厉的怒吼惊醒，再眯再被惊醒，几番轰炸后，陈默索性坐起不眠，铁门立刻装聋作哑。

陈默极想知道这个"周扒皮"是何许人，他为什么这么折磨自己？

"周扒皮"也不愿意隐姓埋名，趁着值班干部交接班之际，他打开了禁闭室的铁门。

陈默看到了刘狱医带着一脸的倦意站在门前，无法掩饰的是得意的微笑。这

是刘狱医交班前对他的告别，含有告诫的意思。

陈默无法想象，文质彬彬的刘狱医为什么如此气急败坏？他把紧闭反省的惩罚创造性发展到禁止睡觉的地步，惩罚的内容不仅要忍气，还要"吞声"。

连禁闭室也是树欲静而风不止，何况大千世界？

五

陈默约摸着刘狱医已经结束值班，"周扒皮"式的半夜鸡叫也该停止了。他定定心，又把探索的目光锁定在身后的墙上。如果铁门连同饭口几乎占了一面墙的话，这面与铁门相对的墙应该是第三面墙。

穴居禁闭室的第三天读第三面墙，就像升入三年级就该念三年级的语文课本一样合情合理。

只是袒露的大墙无须像课本似的翻动。最先进入陈默眼睑的是居于墙中央的那个钢环。这个与大墙融为一体发着寒光的钢环充满着敌意，傲视着任何一个不肯屈尊者。陈默酸胀的眼皮，烦躁的心绪，耳畔依旧的鸣响一下子被眼前这个冷漠的镶嵌物激活了。

钢环是固定在墙上的"桩"，用来拴住死囚。连接钢环和死囚脚镣的铁索链给了死囚一个有限的空间，并不妨碍他们转过身来在墙上恣意涂抹。于是一个奇特的景观出现了，钢环更像一个井口，任凭地下奔涌的岩浆把一段段文字涌泉般喷洒在它的四周。

"先行者友情提示：在枪响之前，你的生命早已在等待执行中被一点一点地扼杀了。等待死刑远比死刑可怕，所以你要挺得住。"

无疑，这位提示者是这面墙最先的登陆者，不仅因为字迹的陈旧且位于墙体最便于书写的位置，只有捷足先登者才能在这里驻笔。而他在无意间发出的对死刑判决和执行的切身体会和斗胆疑问，好像留下一篇作文题，给予后来者思考和表达。

"哥们儿，我懂，等待死刑的执行是一番痛不欲生的折磨，它其实是死刑的附加刑，只是没有写在判决书上罢了。"

这是第一个响应者留下的话。

在死牢，在陈默接触过的各类囚犯中，从未对死刑的合法性表示过质疑。包

括他自己也从未对死刑的必要性和正义有过一丝怀疑，哪怕是对木兰的死刑心存怜悯，他都没有动摇过这个信念。但是，他不能否认这两位死囚亲身体验的真实性。死刑的残忍不在于绑缚刑场枪响命终的那一瞬，而在于死刑执行的漫长等待。死囚从法庭宣判死刑之日起到执行，至少要有半年以上的等待。这漫长而无望地等待会把每一个死囚先一步折磨成"死鬼"，把对上路的恐惧变成"快点送我上路吧"的乞求。此后，随时降临的执行已经失去了原本的法律意义，押上刑场的不过是一具只留下一口气的行尸走肉，在代表惩罚的枪声响起之前，他的灵魂早已不堪凌迟而逃逸出窍，惩罚最终只能落在肉体上。

死刑的不可抗拒，令看守所干部出于人道，每每对死囚上路前都要作几番言不由衷地安抚。他们不时地进号探望死囚，给死囚点烟，说几句"上诉有希望""省高院会改判的"宽心话，尽量满足他不太过分的要求。再不就是规劝他们揭发他人犯罪线索，争取立功改判。陪号们出于同情心，像执行神圣任务般地照顾着死囚，除了喂饭、擦身、伺候解便，还要逗他乐，陪他哭，听他噩梦惊醒后的仰天长叹，看他无端宣泄后长久的沉默不语。此时，陪号们更需倍加小心，提防死囚在沉默中爆发自残自杀的念头和举动，宽心丸也就是像瓦西里安慰娜达莎那样，说些"会有的"屁话。死牢的禁忌有二，一是忌"死"，尤其不能当着死囚的面谈"死"；二也是忌"死"，死囚绝对不能死在死牢里，只能按照法定的时间法定的方式死在法定的地点，哪怕是行刑前死囚破了相，都是看守所相关人员无法承受的重大事故，一旦追查下来，倒霉的还是陪号。

等待死刑执行是难以言喻的熬煎，生不如死的惨烈是局外人无法想象的，个中滋味只有死囚才能切身体会到，陪号者的观察再具体再细致，也只能设身处地而不能取而代之。两个死鬼的"提示"和"懂得"至少说出一个事实：死刑是由两个刑罚组成，死刑的执行是依法剥夺死囚的生命，等待执行是一种凌迟，是死刑的附加刑，相当于对死囚的心灵和肉体先行摧残后再置于死地。

"提示"和"懂得"两段文字有如一石激起千层浪，引起了后来人的强烈反响。辐射般展开的文字，都是各抒己见的有感而发：

"黄泉路不好走，怕死就别铤而走险。"

"屁话！我要的是开枪为我送行的痛快，不接受零打碎敲的批发。"

"只要死刑存在，等待执行就是必然的过程，生死不由你了。"

"那死刑真的公正吗？"

"反正我图谋的是钱财，法院断送我的是生命。"

"谁叫你的生命成了钱财的等价物了呢？"

"你们这疙瘩盗窃案值只要超过四万元，就过了阎王爷的鬼门关，我在南边也掉过脚，这个数至多三五年刑期就打住了。做贼有差距，没想到判刑也有差距，找谁说理去？"

"要说理，你得去找阎王。"

"冤死的事，阎王爷也管吗？"

"管个屁！冤死的事小，法律的权威事大，明白不？"

"该死的不死是命大，不该死的被处死是不公。严打期间打头的，有几个是罪该一死？"

"严打"二字仿佛是一个禁忌，它一出现，墙面上就像沉默似的留下了大块无人填补的空白。

一条浅浅的画线从"死刑真的公正吗？"句子引向钢环下面的开阔墙面，仿佛另辟蹊径，用质疑的口吻对这个提问做了回答，议论才延续下去。

"如果死刑是公正的，为什么贪污犯的死刑由最高法审核，而像你我这些普通罪犯的死刑只需由省高院审核就行了。因为贪污犯是大官而我们是平头百姓吗？程序的不公正才是最大的不公正，这无关法官大人的事。"

"如果以命抵命是公正的，报复性杀死仇人就该是合理。"

"等到报复的对象只剩下鱼肉百姓的土豪劣绅时，再谈废除死刑岂不更公正？"

"别痴心妄想了，我保证，下一个废除死刑的国家绝对不是咱们中国。"

……

探索完这面墙的所有文字后，陈默萌生了记录的渴望。因为这些文字是死囚自己的书写，表达的是他们自己的临终遗言，无论对与错，都是人之将死其言也善也恶的直言不讳。

汲取木兰遗书被查抄撕毁的教训，陈默脱下了衬衣，那上面可以记下所有的文字，可以随时翻阅。

可惜没有笔！

由此笔联想到彼"笔"，陈默不由得面壁发问，这么多的文字是用什么"笔"镌刻其上的呢？应该有一个得心应手的利器，才能"写"下这些从容不迫的文字。问题是这里是死牢，利器从何而来？而且从这些文字的雕刻痕迹看，他

们使用的是同一个利器。这个利器纵然可能因"漏网"而在死牢混迹一时，无论如何也不可能长久保存、数人利用而不被发现。

陈默带着这个疑问开始了对禁闭室的新一轮搜寻。在搜遍犄角旮旯和便桶后，陈默失望了，他没有发现那支"笔"。想象中的存在，或许并不存在，死囚们或许借用的是手铐的棱角，那倒是极为方便的书写工具。

就在陈默放弃搜寻时，目光又随意地回到了第一位死囚书写的文字上面。"先行者友情提示"这一行字的后面还有一个大大的惊叹号曾被陈默一带而过，忽视了这个不规则的符号明显的异常。眼睛贴上去才看清，那个大黑点竟是一个洞，里面端端窝着一颗牙齿！

像考古的发现澄清了历史迷雾，先行者是用自己磕掉的一颗牙齿为后来人作"友情提示"的……

这就叫于无声处听惊雷吗？对黑洞和牙齿的专注竟没有听到饭口打开的声音，是癫哥不耐烦的叫喊唤醒了陈默。

"怪不得一天两顿饭也没有饿得你眼珠子发绿，敢情是迷上了大墙文学。"癫哥嬉皮笑脸地说，"那玩意要能当饭吃，我就收摊了。"说着，就要把递进来的饭和凉开水收回去。

"饭我可以不吃，水也可以不喝，只求你给我一支笔。"遇到癫哥送饭，陈默觉得是个机会，他想要一支笔，把墙上的文字记在衬衣上。饭口就是走私货物的通道，只要癫哥肯帮忙。

癫哥沉思了一会儿，顺手又把饭碗和水碗推了进来，说道："记住！你他妈的欠我一个人情。"

陈默把米饭扒拉到嘴里，发现碗底下面藏着一支用餐巾纸包着的笔芯。

陈默开始了照搬照录。

六

刺耳的踢门声再也没有响起，通宵的熟睡，给了陈默别样的精神。饭口打开后，癫哥先把手伸进来，冲着陈默摇摇。陈默尽管不舍，还是把圆珠笔芯还给了癫哥。陈默已经有了些许经验，与癫哥这班人打交道，义气和信誉最重要。

饭后，陈默又把目光投向第四面墙。

死亡依然是这面墙的主题。陈默看到一个赫然的"死"字被一个硕大的圆圈包围着，像花圈一样醒目。"死"字写得实在不敢恭维，像一个孕育中的胎儿蜷着手脚地缩在子宫里。倒是包围它的圆圈画得极为得体，两条优美的弧线恰到好处的吻合，竟没有留下反复描画的痕迹。

"死"字有它固有的含义，无论是拒绝还是接受，它都是生者生命的终点，问题是终结方式的不同。被一个封闭的圆圈禁锢在绝境的生命，无疑是死囚真实的生存写照。

圆圈被一条粗大的横线托举着，横线下写着带着加重点的四个小字："认识死亡"。圆圈和加重点让陈默想到了可圈可点。

"认识你自己"，这是镌刻在德尔斐阿波罗神庙门上的一道神谕，"认识死亡"则是镌刻在死牢墙上的一道命题。

后来者不甘寂寞，用指甲和牙膏皮写下了他们对死亡而不是单单对死刑的见解：

"油尽灯灭""堕入黑暗""一走了之""大幕落下后的卸妆""上帝的安排""遭遇误判""红色风暴折断的翅膀""尘埃落定""无言的结局""撞上枪口""赶上风头""无非从地上折腾到地下""回归""一个人的专列"……

掠过这些警句式抑或充满幽默诙谐的文字，陈默发现了稍纵即逝的思想光斑。当死亡无法拒绝只能接受时，死囚对死亡的拷问不知不觉地平添了哲学、宗教和艺术的意味。你看这句话似乎说到了佛教的轮回，"死亡不是生命的结束，只是命运的结束。"而另一句话则蕴含着深刻的哲学命题，"生命通过死亡走向永恒"。"死亡像流星一样划过夜空"，把这个如此沉重的话题说得这么富有情趣，一定来自艺术的想象和比喻。

沉思之际，陈默耳畔响起了苏格拉底行刑前发出的呐喊：

"死亡带来两个后果，其一，死者变成虚无，失去对一切事物的想象能力。或者其二，如他们所说，死亡仅仅是灵魂换个地方居住，一切死去的人都在另外的地方活着，我们难道不认为这是一件大好事吗？"

以法律名义的死刑判决，绝不能掩盖苏格拉底死于被谋杀的事实真相，他的声音能穿越两千年时空而抵达禁闭的囹圄，本身就足以证明生命的不死。

死结打开了。每一面墙都是通向未知的门，每一条划痕都指向回家的路……

突如其来的开门声打断了陈默的思绪，猛然间回过神来的他才发现自己是如此的专注。

沈干部站在门外，做了一个招呼他出来的动作。

"不会这么快就结束禁闭吧，七天还没有到呢。"陈默吃惊地问。

对大墙文字的挖掘和阅读已经渐入佳境的他，打心眼里不愿意提前离开。

"找你了解情况。"

陈默恋恋不舍地跟着沈干部来到值班室。他担心这是一次有备而来的搜查，录满大墙文字的衬衣此刻就穿在身上，必然的结局是没收后的一焚了之。

两名自称是驻看守所监察室的检察官开门见山地问陈默，杨晓易是带着什么违禁品脱逃的？

陈默心想，莫非是杨晓易的逃跑真的把我牵进刑事案件中来了，要不驻所检察官找我干什么？

"我借给了他一套新衣服，想让他体面地走出看守所。"

"我们问的是违禁品。"检察官对衣服不感兴趣。

"那你们应该找刘狱医核查，是他带着杨晓易外出看病的。"

"这还用你提醒？情况我们已经掌握，只是想核实一下违禁品的数额。"

陈默明白了，检察官要查的违禁品一定是指杨晓易窝藏的五百元钱现金，否则，不会亮出数额。

对这五百元钱，陈默不好说，也不能说。因为始作俑者不是杨晓易，是酋长，还可能牵出看守所的干部。杨晓易若是逍遥法外，多少现金也不能作为罪证追回来。若是杨晓易落网，无须找他对证，这小子立马就会变成王连举，死死地咬住酋长不放。陈默只能装聋作哑。

陈默看到了沈干部赞许的目光，尽管他是装着若无其事的样子。

"告诉你吧，杨晓易已经归案了，找你无非是多一个旁证。如果你想保持沉默，禁闭期限就要延长。"驻所检察官失望地说道。

陈默做了个无所谓的样子。

回到禁闭室，陈默再也不能把注意力集中到墙上。他在替酋长的处境担忧，五百元现金惹出的麻烦，很有可能是压死骆驼的最后一根稻草，也许他还没有躺上刑板就一命呜呼了。

那一夜，酋长的游魂一次次闯入陈默的梦境，把他从噩梦中惊醒，瞅着空落落的四面墙发呆。

七

第五天的早饭后，陈默又把搜寻的视线转回到了第一面墙上。严格说，这不能算是一面墙，它更像是一张狰狞的兽脸：镶嵌的牢门像冰冷的鼻子，分辨着空气中的不安气味，用水泥封堵的两个窗户则是凹陷的眼睛，监视着禁闭室的风吹草动，饭口的一开一合就像嗜血的嘴巴，磨着牙齿期待着对猎物的咀嚼。

陈默觉得像是在面对人面狮身的拷问。陈默告诫自己，这面墙是搜寻和阅读的起点，第二遍的复读应该有新的发现。它将取决于寻觅的细致，视野的开阔，在目光所及之处，不要有疏忽，疏忽造成遗留，遗留将留下遗憾。

陈默站在铺板上，努力使自己从远处高处打量这面墙，以便获得更好的视觉效果。

陈默的目光停止在牢门的右面。他看到了"死者书"三个清晰的大字，像一篇文章的标题那么醒目。可惜，下面的文字被铅灰色的涂料粉刷得无迹可寻。可以想象，原来对窗户的封堵不只是砖头和水泥的堆砌，涂料的加入使得留在水泥墙面的字迹，遭到了一层厚厚的遮盖。

陈默死死地盯着"死者书"三个字，想通过思辨复活它的全部内容。虽然他无法进入"死者书"的思想意境，去体验告别生命的悲欢离合。不过他由人面狮身想到了古埃及的金字塔，法老墓穴中不是也有"死者书"陪葬吗？陈默记得古埃及的"死者书"有一个浪漫的名字："将于白昼中到来的篇章"。

金字塔有很多迷，"死者书"是其中之一。只要走出看守所大墙，我一定要找到"将于白昼中到来的篇章"，把它当作天书尝试着破译它的密码。

陈默带着这个意愿又把目光向牢门左边的墙面移去。

同样是被白粉粉刷得白茫茫一片干净的墙面，痕迹遭到了无情的覆盖。陈默只能期望在白粉尚未涂抹的地方发现些许蛛丝马迹，供他联想。

功夫不负苦心人。陈默在接近地面的墙上隐隐约约看到了三行不甚清楚的小字，借着高高在上的灯光，他费力地辨认出一篇题为"我不信"的短文：

我不信生命会终止得这么简单

我不信公检法存放的档案是我人生的真实全部写照和概括

我不信你打我这个活靶时手不发抖

从笔迹书写的特点看，这三行字是出自三个死囚之手，在生命弥留之际，他们先后对生命终结的方式，法律文书的真实，行刑方式的残忍，死者离去后留给执行者长久的心理折磨而发出了的最后质疑。这也是死牢这口活棺材里面的"死者书"，书写在墙上的"将于白昼中到来的篇章"。不幸的是这个"死者书"难得传到大墙外面，引起社会对死囚最后的，也是微不足道的声音的关注，因为光顾这里的人便是走到人生的最后驿站，他只能把它带到坟墓而不可能带回社会。他甚至难以相信后来的禁闭室房客们也会注意到它。只要哪位房客不开心，就会把小便或精液发泄般地喷射到这个旮旯处，让它在污渍中毁于一旦。也许有一天看守所整修或拆迁，它就将永远埋葬在废墟中，成为永远沉默的文明碎片。

陈默是个另类的拜访者，他面对的是人面狮身的拷问。

无论是作为禁闭室的前死牢，还是他入住了近半年的现死牢，它四面墙上留下的字画，都是难得一现的社会背投，是人们正常生活中永远看不到的真实场景。尽管字幕的寻觅变得越来越困难了，陈默不敢放弃。他在断定四面墙已经没有遗留的痕迹后，才把渴求的视线移到牢门。

原本无意的一瞥，却发现一抹淡淡的暗光在斑驳的绿漆上闪烁。陈默抑制住惊喜，把眼睛贴了上去，果然发现这是用牙膏皮写在漆面上的字。遗憾的是漆面的擦痕和龟裂已将它们弄得面目全非，剥落的漆片甚至把大段的文字连根拔去。

满目疮痍又藕断丝连的文字是这样排列的：

……人……心中……黑暗……罪恶……滋长……有罪……犯罪……制造……黑……人。

若不是最后的"雨果"两个字被清晰地保留下来，陈默将无法把这些零打碎敲的文字拼凑成完整的句子。陈默想起雨果在《巴黎圣母院》一书中有过这样精彩的篇章，他半是回忆半是推敲地尝试着把这些字的空缺填满，顺理成章地再现雨果的名言：

"当一个人心中充满黑暗，罪恶便在那里滋长起来，有罪的并不是犯罪的人，而是那些制造黑暗的人。"

陈默情不自禁地在内心欢呼起来，为自己的拼读成功，为书者的精准记忆，更为雨果精辟和深邃的论述，为对人面狮身拷问的回答。在前不见逝者，后不见来人的禁闭室，陈默看到了历史的一个断面，文明的一种底色，另类的一面壁画、岩画和墓志铭。关禁闭是一次意外的造访，对死亡论坛的意外造访。蹲大

狱，关小号带给自己所有的愤懑和怨恨都在这一刻樯橹灰飞烟灭，留下的只是审视、深思和感慨之余萌生的联想。

陈默有了大墙留言的冲动，因为他毕竟也是禁闭室来去匆匆的一位过客，应该表明我来过，我读过，我思过，我歌过，我哭过。在众声喧哗又鸦雀无声的死亡论坛，应该有自己留下的"劣迹"。

陈默静下心来，开始沉淀自己的思绪，提炼自己的感慨。

八

第六天的早晨，陈默期待的早饭没有按时送来。

禁闭室每天只送两顿饭，早饭是给各个号房送完后再给禁闭室送，晚饭则是先给禁闭室送，这样就不会因为取消中午饭而显得间隔太长。因此早饭永远是凉的，像是从冰箱里端出来的冷饭冷水。没有筷子，饭是吞进去的，免于咀嚼的好处是能让肠胃的饱胀感更持久些。冷水用来洗面和漱嘴后，所剩不多，谈不上解渴，只能润润嘴唇罢了。焦渴成了燃烧在心底的焦灼，汗越来越少，尿越来越浓，五天五夜的排泄物全都存放在便桶里，成了释放毒气的催泪瓦斯。假如第七天不开禁，充斥禁闭室的熏天恶臭也要把陈默驱逐出境。

晚饭稍好一些，一是有热气，二是饭上面浇盖了几片菜叶，能让你闻到一丝咸滋滋的芳香。水照旧不敢喝，在汗臭和尿骚之间，他不想二者必居其一，擦完身后要狠狠心地倒进便桶，稀释从自己身上分离的尿液。五天的尿液积累，把个禁闭室搞得臭气弥漫，除非你关闭嘴巴堵塞鼻孔，可你不能停止呼吸，那是你活着的脉息。

感谢面壁，感谢大墙文字给予的精神馈赠，让陈默摆脱了孤独，忽略了生活的简陋和艰难，让他在有限的空间延伸了无限的精神视野，也让禁闭失去了惩罚的意义。

陈默的入住其实是一次意外的登陆，一片自新大陆的发现。他全身心地投入寻觅和解读，忘记了歌手的痴迷，酉长的危机，也没有工夫遐想杨晓易归案后对他的解脱。整整五天，他沉浸在发现的兴奋和阅读的快感中难以自拔。今夕是何夕，只有天知道。

陈默的幸运在于找到了打开禁闭室丰富宝藏的钥匙，好像阿拉丁神灯一下子就照亮了封闭的洞窟。墙上的雕琢是生命在弥留之际的回光返照，是生命融入虚无后的投影。所有犯罪学的理论和据此制定的司法程序和惩处条文都将在这里得到可惊可愕的观照，所有的研究者、执行者都应该在它的面前驻足反思。这是一道又一道充满悖论的难题，足以令人类的理智陷入难堪。陈默对此深有感触，因为他苦苦思索了一夜，也没有收拢飘逸的思绪，更没有酝酿出满意的告别留言。

陈默只能说，我走进了一个特殊的群体，看到了一群承担着各种罪名的灵魂，触摸到了他们生命的最后脉搏。但愿我的闯入没有打搅逝者原本不安的长眠。此外，我还能说些什么呢？陈默心中的惶惑让他的思绪无法清晰地浮出悖论的旋涡。已经离去的人们，若说我认识了你们，可我只看到了你们的背影；若说我理解了你们，却难以原谅那些属于黑暗的罪恶；若说我宽恕了你们，可我又不是上帝的使者。我看到了你们生命的终点，却无法知道你们生命的起点和拐点，你们一路走来一头撞去的人生轨迹是出于必然，还是缘于偶然？我只能说，你们原本就是我们人类社会的一员，哪怕殊途同归，也是我们这个临时凑合起来的大家庭演绎的悲欢离合阴晴圆缺……

思绪就在这反复诘问中清晰起来，他思索了大半夜的八个大字破茧而出：死牢离曲，挥泪问天。

延误的早饭不知道为什么还没有送来，趁着这个空当，陈默把衣服上的一颗扣子拧了下来，用牙齿咬成两半，锋利的碎片正是挥洒和雕琢的最好工具。他要把八个大字写在牢门的门楣上，"忌日"的旁边似乎有意留下一块空白，只是等待它的不是点燃的香烟或蜡烛，而是"离曲"和"天问"。

既然书写是死囚的告别仪式，是一个人的葬礼和哀歌。陈默心想，我的书写也应该庄重，清水浴手已经等不及了，焚香又没有这个条件，陈默就默默地向绿漆斑驳的牢门行了三个大礼，然后扑到门楣的上方，一笔一画地写起来。

塑料扣子碰到了铁板，每一个划痕都需要金石般的力气，陈默手中的半拉扣子不是犁刀，难以切开凸凹的漆面，让裸露的金属映射出字的真迹。只有锲而不舍，只有笔耕不止才能如愿以偿。陈默不敢怠慢，仿佛冥冥中有一股力量驱赶着他，一定要赶在第七天来到之前完成这个心愿。

书写刚刚完毕，陈默还没有来得及仔细端详，牢门就打开了。杨晓易沮丧地站在他面前。

陈默恍然，该来的已来，该去的也将去，禁闭提前结束了。

第十一章
圣诞：铃儿响叮当

一

那句话是怎么说来着？洞中才数日，世上已千年？恍如隔世的陈默就想用这句话来形容自己回到离别六天的十三号号房的万千感慨。

陌生的面孔都埋在操作台的料堆里，不敢抬头看他一眼。气氛的肃杀，新犯的低眉敛气，说明号房依然没有解除"严管"，超强的体力劳动仍然压得人们喘不过气来。

老面孔也少了几个。酋长的坐垫还在东铺一号位，可人不见了，福建老板大鲍翅的行头还在，他的工位坐了个新犯。金太子、老官司用欣慰的微笑向他打招呼，示意他回到西铺一号位，那是他离去前的老地方。

歌手嗷嗷叫着跑了过来，把陈默的被褥拿到西铺三号位，好像一号位另有所属，不再是陈默的归处。歌手比比画画的解释让懵懂的陈默只能茫然一笑。士别六日，莫非歌手当刮目相看？

直到傍晚收工，陈默才从老官司和金太子那里听到号房六天的变化，一连串不亚于推倒多米诺骨牌的事变都出自于杨晓易的脱逃，而牵涉出来的不只是刘狱医，还有一位警长和大鲍翅。

就在陈默关进小号的当天，号房发生了两件事，看守所给号房空降了一个新号长，作为号房严管的执行者；大鲍翅被意外放票了。离别时他的淡定，给光头留下了羡慕，也留下了惊疑。因为此前没有任何放票的征兆，大鲍翅也从未提及过这种可能。

"你要是不介意，行李就留在号房，不必带走了吧。"

沈干部的这句话再清楚不过地表明对大鲍翅的传唤，不是审讯是开释。大鲍翅的定力就在这一刻表现得异常沉稳，没有遭遇幸免的狂喜，更没有受宠若惊的恍惚，只是冷冷地踢了几脚留下的行李，长舒了一口气，算是告别。

"你没有想到吧?"金太子问陈默,"他一船的走私货可比我搬家公司一车的赃物案值大多了。"意思是想不到罪大恶极的走私犯也会无罪释放!

老官司插上一嘴说:"你也不想想,他一船的走私货是比你一车的赃物值银子,可人家孝敬刘狱医的银子也比你多。"

金太子不得不承认自己没有外援支持,属于没窗户没门一族。

陈默知道他俩误解了大鲍翅,他不是什么走私犯,也不是什么大老板,他不过是一个来自福建跑石材销售的业务员,后来在润江开了个小建材商店,销售石材、瓷砖、涂料和砖瓦灰沙石,至多是个小业主罢了。他出于可怜的自尊,不愿意说出自己的真实案由,实在是因为皮条客的帽子让他感到羞愧难当,只好给自己戴上了一顶走私犯的大帽子,做个遮掩。

在收审站,大鲍翅曾对陈默哭诉过他太多的冤枉:他没有想到两个上海来的客户还有这么一口嗜好,在吃进他一大批库存后,还表达了另外一个想吃"鸡"的意思。大鲍翅哪敢拒绝,可又苦于找不到"鸡窝",就到偏僻里弄公厕的隔墙上找到了两条"保你满意""不会后悔"的信息,按照留下的手机号码打过去,约了两位小姐到指定饭店。一切安排就绪,大鲍翅就坐在大堂等待事毕付账。其时,扫黄的警察正在这里布控,他的上海客户就成了瓮中之鳖。大鲍翅代为交过罚款后,却没能留住两位上海客户,也没能留下那笔只差打款的生意。大鲍翅自认倒霉,哪知又一轮扫黄专项活动竟会把他扫了进来,罪名是"介绍卖淫嫖娼"。

陈默知道大鲍翅的底细后,承诺为他保密。

"他给号房送过鲍鱼饭和小笼包吧?"陈默想起大鲍翅在收审站的承诺,他不是一个杨晓易那样的骗子,这回放票一定会兑现他在收审站的许诺。

"鲍鱼饭小笼包?"金太子问道,"什么鲍鱼饭小笼包,他吃的是'回锅肉'。"

老官司赶紧解释:"大鲍翅出去转悠了没两天,又折回来了。"

这回轮到陈默吃惊了,因犯最怕炒"回锅肉",他不知道大鲍翅祸起哪端?也许大鲍翅没有对他讲实话,他隐瞒了自己的重罪,只是给自己扣了个虚假的大帽子。

"大鲍翅花银子买通了刘狱医,走的是不予起诉的路子。"

"哦?"陈默吃惊地问,"他是怎么和刘狱医勾搭上的?"

"你还记得有一次七科长查号,他要求与干部单独谈谈吗?"

陈默想到了那次大鲍翅堆在脸上的卑微笑容。他还想起了刘狱医确实找他谈过一次话，只是大鲍翅回到号房没有提及。

"对。"老官司说，"就是这一次谈话把交易谈成的。回到家里后，大鲍翅立马给刘狱医打电话表示兑现诺言，闻讯赶到的却是七科长派去的刑警。"

"糊涂啊！"陈默哀叹了一声。

"还有你没想到的，"金太子说，"比大鲍翅归案还快的是杨晓易，不知道这家伙是在哪儿落网的，就知道在押解回预审科的警车上就把刘狱医给咬出来了。"

"这么说……"陈默顿在了话口上，他不知道该怎么断定刘狱医的事，是真是假，孰大孰小？

"刘狱医值过一个晚上的夜班后，就在看守所消失了。估计是被双规了吧。"老官司说。

陈默想起了刘狱医值班的那个夜晚，擂铁门的举动确有些神经错乱的疯狂。难道他预感到了大难临头？抑或是把囚在禁闭室的他当成发泄和恐吓的对象？

再想到禁闭期间两个办案人员对他的讯问，人家是冲着刘狱医来的，那五百元钱肯定被杨晓易当成了买路钱贿赂了刘狱医，又被他咬出来了。杨晓易和刘狱医不过是互为因果的相互利用罢了，可大鲍翅的脖子上并没有安装杨晓易那样的轴承，杨晓易害了刘狱医，刘狱医害了大鲍翅。

"酉长呢？"陈默关切地问。

"到省城治病去了，人家后面有人挺着呢。"金太子说。

"住院怎么还带着行李呢？"陈默觉得不太对头。

老官司说："是呀，住院又不是蹲笆篱子？一准是到省城开庭去了，因为起诉书下达有一个月了嘛。"

老官司知道酉长曾当过润江的父母官，他不相信润江中院有权审判这么大的干部。

"瞎掰！我开庭回来，亲眼看见酉长坐在省城牌照的救护车上跟沈干部打招呼呢。"金太子惟妙惟肖地比画说，"老家伙招手的姿势太有派了，哪像囚在号房的狼狈样。"

不管怎么说，酉长没有受到私藏现金的牵涉。

"怎么，你的案子判下来了？"陈默由对酉长的挂念转到对金太子的关注。

"法院没有接受，又给发回去重新处理了。"金太子无所谓地说。

这对陈默来说又是一个意外。全号房的人都知道金太子犯下的盗窃罪，"数额特别巨大""情节特别严重"，符合全国人大提出的法定从重依据，逃过死刑也逃不过无期，怎么又给发回去了？发给谁了？难道除了法院这个法律赋予的审判机关外，还有一个执行裁定大权的专门机关？

"你小子是不是举报有功，感动了法官大人？"这是陈默能够想到的唯一可能。

"是检察官、法官大人昏了头，眼睁睁看着我在他们眼皮子底下溜掉。这就叫好运来了，你躲都躲不开。"金太子说，"你知道，我的搬家公司是被堵在案发现场的，赃物俱在，铁证如山啊，这不是我想赖就能赖得掉，想推就能推得掉的。可没想到进检时，检察官没有问这件事，法官来送传票，也没有提这件事，好像我金太子徒有虚名，从来没有干过惊天大案似的。"

"小心别另案处理你。"陈默心有余悸地提醒道。

"有老官司指点，怕在润江没人敢另案处理我。"金太子不以为然地说，好像老官司才是左右他命运的幕后高手。

老官司只是故作高深莫测，含笑不语。

"还有一个人你也没见着，怎么也不问问？"金太子换了一个话题问道。

"不会是杨晓易吧？"

老官司和金太子把个头摇得像拨浪鼓似的。

陈默拿眼睛在号房巡视了一圈，确认自己的视线没有遗漏。光头们都正襟危坐在铺板上，盯着电视屏幕。即将开播的节目是看守所召开的"坚决打击越狱脱逃犯罪，整肃监规纪律大会"，杨晓易的抓获归案无疑是这场大会高奏的胜利凯歌，看守所遭到重创的权威也将借此机会来个大树特树。光头们知道提前收工开饭是为了召开这样一个大会，念头和兴趣就是一个，看看杨晓易这家伙是不是他们想象中能飞檐走壁的超人，他成功脱逃的路子是不是像癞哥吹嘘的那般神奇。别的号房不用说了，就连十三号号房的新犯也没有见过杨晓易的尊容，只能在想象中把他揣摩得高大凶猛，身手不凡。

陈默没有发现还有哪个熟悉的面孔不见了。

老官司笑着说："恐怕连你都不知道自己还当了一回驱鬼的钟馗吧？"

陈默一脸的莫名其妙。禁闭室确实是死魂灵的部落，可他没有撞见鬼，如果有鬼，就有了解惑答疑的交谈对象，他也许就不孤独了。可惜，他只在无声的鬼话中活了有意义的六天。

"如果还有一个人我没见着，那一定是你们说的那位空降我们号房的短命号长？"陈默终于想起这个从未谋面的神秘人物。

"看来还没有把你关迷瞪了。"老官司说。

"我和他连面都没打过，怎么成了驱鬼的钟馗了？"

"说来话长呀！那货……"金太子卖关子的话还没有说完，就被东北虎给打断了。

"各位老大，能不能消停点，热点直播就要开始了。"

金太子打住话头，看着电视屏幕出现了影像，调转话题说："先看看演的什么节目再说吧，没准还要拿你说事呢。"

杨晓易果然在电视屏幕上露面了，一副满不在乎的样子，好像是登上了春晚的舞台，全然没有了早晨撞见他时的落魄相。

二

"那货，是他妈的一条大色狼，竟然要占歌手的便宜！"

金太子的这句话在陈默的脑子里整整转了一个晚上。

那货是在陈默前脚离开号房后调入的，说是空降，并不为过。金太子、老官司无法忘记他目空一切的样子，要不是那货在沈干部的眼皮子底下一屁股坐在了陈默留下的空位上，光头们还都以为他是新犯呢。

那货很上路子。沈干部刚一离开，他就向大家撒了两圈香烟。第一圈是紫南京，第二圈是玉溪，他本人只是饶有兴致地嚼着口香糖。香烟是号房的身份象征，敬烟又是难得的抬举，抽着抽着，光头们的"看不惯"的不自在就随着烟霭飘散了。能把香烟带进号房，香烟的牌子又这么硬，那货不仅是位财神爷，而且还是一个爱施舍的善主儿。再看着酋长难堪的脸色，还有他故意发出的冷笑，不少人还以为那货的爽快让他这个小气齐啬的阿巴贡自叹弗如，无地自容，硬是让人家给比下去了。若不是当天夜里酋长突发心梗，被送往省城医院，光头们无法想象一山怎么能容下二虎？

那货稳坐在一号位，自然就成了歌手的邻居。歌手本来就是一个黑夜比白天兴奋的怪人，加上那货对他表现出来的关切，源源不断的香烟供应带来的刺激，歌手很快就把对陈默的依赖转嫁到那货身上，又放肆地手舞足蹈起来。那货也是

个夜猫子，晚上的精神头比白天足，趁着歌手夜里当班的闲暇，两人抽着聊着，亲热得像爷俩。爷爷扮演的是倾听者角色，乖乖的歌手则是一个没完没了言不由衷的倾诉者。

光头们好生炉忌。撒过两圈香烟的那货不过是一种客气，一个见面礼而已，接下来的日子里，香烟就成了歌手的专供。吃不着葡萄而酸溜溜的金太子、老官司跟着起了疑心。与歌手聊天无疑是对牛弹琴，那货怎么会有那么大的瘾？还这么富有耐心？细听起来，也不过是些东拉西扯的闲篇，鸡零狗碎的绯闻，无关艺术也无关音乐。

"都他妈的有病！"金太子、老官司骂了一句便不再理那货。

用闲聊和香烟送走一个又一个白天黑夜的歌手和那货，渐渐地把漫无边际的话题扯到了案情，歌手的案情。牢房里互相通报案情和商讨如何对付进检和庭审，是囚犯互相信任，关系铁到家的表现。光头们并没有在意他们的密谈，虽然高谈阔论已经变成耳语般的悄悄话。

那货好像是一个爱刨根问底的人，他不满足歌手用迷茫和含混不清的语言来回答或遮盖自己的案情，他要让歌手说出他想要听的细节。内心从不设防的歌手不知所措，好像在说一个与己无关的故事，用凄迷的双眼顺应着对方小心翼翼的探寻，像一个无法解答老师提问的孩子。那货就用一个拥抱把迷途羔羊似的歌手揽进怀里，裹上棉被，用温暖的双手轻轻抚摸着他的脊背，传达着慈祥长辈的宽厚和爱怜。黑暗中，歌手破天荒的没有惊恐地叫喊，光头们当然也听不见蒙在被子里面的其他声音。

当金太子起夜时发现那货和歌手睡到一个被窝，相拥而眠睡了两个晚上。心想，这货的"病"可不轻！

金太子推醒了老官司。鸡奸？他问老官司。同性恋，老官司不愿意说的那么丑。

"不管怎么着，歌手肯定是受虐者。我得给那货上点眼药！"金太子颇有正义感地说。

金太子找了个号审的机会告了那货一状。沈干部耐心地听完了金太子的亲眼所见，竟一言不发地笑笑，告诉金太子即将留所服刑，号房的事别跟着瞎掺和瞎起哄了。

金太子沉默不语了，光头们却看不下去了，驱逐色狼的呼声在搓二极管的劳

动中传递着，老官司也在暗中寻找着揭露那货的机会，策动了驱鬼的运动。捉奸要捉双的古老经验启发了他，在武警班长夜巡到号房窗户时，他猛地掀开了那货的被子虽然没有发现预想的不轨，但是，老官司想把那货羞出号房的目的总算达到了。

早上点名的孙所长一见那货把行李放在过道上，似乎明白了他的去意已定，二话没说就把他带走了。

那货依旧是目空一切洋洋自得的样子，好像他不是落荒而逃而是不虚此行的满载而归。

这事发生在陈默结束禁闭回号前几分钟，那货的离去有点给陈默腾地方或者有意回避的意思。要不光头们怎么会把陈默当成驱鬼的钟馗呢？

陈默觉得那货非同一般，至少他和那货的擦肩而过不是巧合，他的来去是为了歌手，却又在躲避着自己。问题就在这，如果那货是伸向歌手的一只黑手，只有斩断了自己和歌手的亲密联盟，那货才能接近他心仪的猎物。或许，对他的禁闭，还真有一层为那货制造方便的意思。

歌手应该告诉他有关那货的情况。陈默对歌手比画着要打破砂锅问到底的意思。

歌手好像还没有走出离别的忧伤。陈默一提到那货，歌手就嚷嚷道："他不是流氓，他是警察叔叔。"

"你怎么知道他是个警察？"陈默惊诧地问。

"他给我看过警官证，人家是个所长呢。"

"该不是润江看守所所长吧？"金太子、老官司以为歌手又在说昏话，故意逗他。

"人家是车管所所长，还是长江750的哥们儿呢，我不骗你们。"

"那货认识我？"陈默难免受宠若惊地问。

"他说你们是老朋友了。你想想，你一定认识他。"

有一个人，连同他的警察身份和名字一起闯进陈默的脑海。

"那货姓夏？"陈默脱口而出。

"对，是夏所长。"歌手为自己的诚实获得陈默的证明而兴奋起来。

陈默像被火烫了一把，灼痛在心中变成哀叹：歌手呀，你这个迷途羔羊真遇到了大灰狼啦！

三

那货叫夏根宝，是踏着福建老板大鲍翅的哭声进到收审站号房的。

"不是让我单独反省吗，怎么还安排了两个在押犯陪号？"夏根宝冷笑着对站在身后的收审站警察说，"怕我寻死吗？笑话！"

"两个在押犯"就是指大鲍翅和陈默。陈默也是刚刚被送到收审站，还在号房发蒙，"在押犯"的称谓令他异常反感。

"你也知道，六天六夜的扫黄大搜捕，我这个小庙关的人都要码起来了，连我们干警的办公室都给占用了，你先凑合着住几天，总归还得官复原职，你那个办公室可比我们这里的单间舒适多了。"收审站的警察赔着小心地边说边把夏根宝的行李放在靠窗的铺位上。

陈默好生奇怪，该不会是大水冲了龙王庙吧，收审站怎么也会收审警察？夏根宝的举动和派头，还有他一身没带警衔警徽的警服，加上收审站警察的毕恭毕敬，分明告诉他来者不善，是位警察。

倒是大鲍翅收住了哭泣，透着亲热地叫了一声："夏所长！"

"不会是他乡遇故知吧？"夏根宝不屑一顾地望着大鲍翅，审视的目光中游弋着一丝警惕。

"我在车管所上牌照时见过您。"大鲍翅带着由衷的敬畏说出这句话，渴望套上近乎。

"中轴肇事进来的吧？"夏根宝用自己熟悉的职业语言点出了大鲍翅的案由。

本来正在跟陈默诉苦的大鲍翅，好像发现了更亲切的倾诉对象，跟着就像一块膏药贴了上去。

"我冤枉啊！"

"别得了便宜卖乖，搞了就不冤。"夏根宝一副训斥犯人的口吻，好像大鲍翅就是一个提起裤子不认账的嫖客。

"我是代人受过呀。"大鲍翅拖着哭腔对夏根宝说，"嫖小姐的是上海的两个客户，都处理过了，又把我给卷进来了。罚完款后又抓人，这还有完没完？"

"你不知道润江正在开展扫黄专项运动？"夏根宝问，"你他妈的知道自己在派出所有案底，怎么不出去躲躲，避避风头呢？"

"我的店开在润江，我上哪儿去躲呀。"大鲍翅哭丧着脸说。

"派出所要完成抓捕指标，现行的抓不着，只好翻历史旧账，捞着谁就算谁倒霉。"夏根宝在辩解中道出了些许实情。

"我没有嫖，滥竽充数也不够格呀。"

"你是罚款不够格，还是劳教不够格？"夏根宝门清地说，"就凭你这个拉皮条的，犯的是介绍卖淫嫖娼罪，少说也得劳教两年。"

大鲍翅吓得蒙着被子就号啕起来。

"这下可全完了！我去吃官司，店就垮了，货款也收不回来了，老婆孩子喝西北风去呀。上海的霉鬼呀，你们可把我害苦了！"

夏根宝司空见惯地摇摇头，转身倒水沏茶。热水瓶是收审站干警刚刚带进来的，这个号房唯一的奢侈品好像是他的专用。

大鲍翅的悲鸣搅得陈默心里乱糟糟的。从凌晨三点关进收审站，无人过问，滴水未沾，茫然的他渴望从两个陌生人的谈话中获得一点对自己有益的信息，毕竟这两个陌生人都在润江工作和生活，任何一个话题或许都能给他一点启迪。面对突发的人生巨变，始料未及，一头雾水，不知所措，如履薄冰，如坠深渊，茫然无助，所有的迷惘、疑虑都在困惑中袭来，刺激着无可奈何的中枢神经，连大鲍翅的哭啼都是一种同病相怜的感染。他只能站在窗前发呆。

号房不是病房，却传染着同一种惶恐不安的疾病。

夏根宝凑了过来。

"你也是扫进来的吧？"夏根宝把第一杯水倒掉后，又往紫砂壶里续上新水。等待啜饮的空闲，想必是想拿陈默开涮解闷。

尽管夏根宝盛气凌人，又把他当成了嫖客，陈默碍着面子，还是回了句一语双关的话："怎么进来的不也是殊途同归嘛。"意思是警察犯法也不必高人一等。

"哎呀呀，这不是北京来的陈总经理吗？怎么，郭大昌还没有归案哪！"夏根宝从口音断定临窗而立的那个人是陈默，口气不免在惊奇中平添些许恭谦的味道。

转过身来的陈默也认出了这个人，以主任的身份充当了他来润江的第一个接待人，仅仅说了两句话，就拂袖而去。

再次相见，又是在这种鬼地方，夏根宝透着几分尴尬，陈默带着几多恼怒。

"我没有这么大的头衔，只是不知道我现在的头衔是什么？"陈默的话里夹带

着不解不满不爽的"刺"。

"按说你不应该在这里。"

"哦！你应该知道点内情。"陈默抓住夏根宝的一点口风追着问，渴望能披露一点内部消息，让他看到幕后的端倪。

"老大亲自抓的事，不明底细。"夏根宝一口回绝。

陈默隐约感到，夏根宝对他的事是了解的，因关系重大，只能点到为止。

陈默绕过这个敏感的话题，接着又问了一个令他起疑的一件事：

"这收审站是干什么的，润江有几个收审站？"

"是不是你在来这里前曾在别的什么地方呆过？"夏根宝很感兴趣地问。

"昨晚，我被告知收审后并没有直接来这里，我不知道中间停留的那个地方是不是也是一个收审站？"

夏根宝似乎明白了什么，探询地问："那个地方是不是离火车站很近？"

"能听见火车驶过的声响，还有调动车皮催促卸货的嘈杂声。"

"你没有被铐起来，行李就放在你的脚下，而且房间的窗户是敞开的，警察又不在你的身边，对不对？"

夏根宝精准地描述令陈默惊愕得无言以对。

描述再一次让陈默身临其境。可惜他的境遇不过是惊鸿一瞥，恍惚的印象远没有夏根宝说的那么清楚，那么准确。

"你为什么没有跑？"

陈默意想不到地给问住了。夏根宝用极其轻松的口吻说出了一个他想都没有想过的问题，好像逃跑是一个顺理成章势在必行的行动，把你放在那个地方，就是给你一个那样的机会。只是陈默不开窍，没有配合行动。

"我干吗要跑？我又没有犯法。"陈默耿直的表白带有冲撞的火气。他没有逃跑的想象和冲动，不是因为心虚和理亏，而是相信自己能光明正大地走出这个鬼地方。陈默觉得夏根宝再次把他看成了不伦不类。

陈默的质问让夏根宝愣了一下，他睃了大鲍翅一眼，看见他还在蒙着头哭泣，就对陈默摆摆手说："我不是那个意思。我是说你没逃跑是对的，你要是有这方面的举动，也许我们就不会在这里见面了。"

"你是说那是个陷阱，诱惑我走上绝路？"

"没准是个机会呢！随你怎么理解，我的意思是人一走茶就凉。"夏根宝把刚

刚沏好的茶水倒进便池，意味深长地表白着。

陈默看出夏根宝一副天机不可泄露的样子，模棱两可躲躲闪闪的话语，不知道是惋惜他失去跳出三界外的良机，还是庆幸他逃过一劫的幸运，难怪天机难测，他根本没有想到那几个钟头的独处面临着两种选择，或者说背后隐藏着两种设计。

这时，收审站的大小领导一齐挤进号房，礼貌性探视自家落难的老同事，一口一个"夏主任"地叫着，纷纷透着虚情假意，说些"天气闷热，当心中暑"的废话。好像这种事情只能集体行动，既显得不失交情，又避开通风报信的嫌疑。

听着"夏主任"不变的称谓，夏根宝满不在乎地微笑着，极力表现着自己处变不惊的沉稳和无事一身轻的坦荡。

"告诉他们，出水才看两腿泥呢，不搞清我的问题，看他们怎么向局党委和常老板交代。"

夏根宝的这番话不像是充满意气的发泄，倒像是扯着常局长的大旗在给自己打气。

大小领导一离开号房，夏根宝就闷了起来，好像满腹愁绪似的。晚上，陈默和大鲍翅早早躺在铺板上，想着各自的心事，辗转反侧地难以入眠。熬到天明，才看到夏根宝通宵达旦的成果展示：满地的烟屁、纸屑和厚厚的材料。

见陈默和大鲍翅起床，夏根宝赶忙把材料装进衣袋，若无其事地伸着懒腰说："该答的题要答，该交的卷要交啊。"

夏根宝的这副神态是他留给陈默最后的的印象。在他早饭后出去"交卷"之后不久，陈默和大鲍翅被调离了这个号房。在归置东西清扫房间时，大鲍翅看见夏根宝丢弃的废纸屑和纸团，就恭恭敬敬地捡起来，递到陈默手中，满脑子疑惑地说："你看看他是什么主任，明明是个车管所所长，怎么又成了主任了呢？"

陈默从断断续续的残留文字中发现，夏根宝的现任职务是润江市公安局"三产"办公室主任；他写的"答卷"内容是涉及公安局走私汽车、私上牌照的问题。仅凭那些露出冰山一角的数据，就足以引发润江市的一次反腐风暴。

来者不善，善者不来啊！

可惜的是，他们的萍水相逢，不过是一个偶然。调到新号房乃至转到"市看"后，陈默再也没有见到或听到夏根宝的消息。纷至沓来的烦心事压得他喘不

过气来，夏根宝早已被当着擦肩而过的路人而淡忘了。没想到他在看守所号房又一次与夏根宝擦肩而过。

夏根宝进死牢也是"来者不善，善者不来"。陈默离开号房的空当给了他一个可乘之机。他像一只泥鳅潜进号房钻到歌手的身边，把歌手当成他觊觎的目标。

陈默想探明夏根宝在号房短暂停留后的去处，只要他人还在"市看"，一定会有他的踪迹可寻。

"十三号号房的陈默有事要找夏根宝"的信息很快就在各个号房传开了。写着这几个字的鞋底子像长了翅膀的鸡毛信，从一个放风场飞到另一个放风场，如过无人之境。看守所的高墙铁网难以把号房打造成"鸡犬之声相闻，老死不相往来"的隔离区，各种信息的交流仍在有限的空间中秘密进行。隔墙喊话、飞纸条、托劳役犯捎口信、按约定俗成的节奏敲墙，都是沟通信息交流情况的方式。

不过陈默选择这种方式并敢写上自己的大名，一是要用公开的方式提醒大家对夏根宝的注意，再就是为了事情一旦败露后独自承担责任，不关他人的事。万一鞋底子被发现，一目了然的干部找他比他找夏根宝更方便、更有理由。

没有想到，陈默因入住禁闭室，一时"陈哥"的名声大振，早成了各个号房谈论和关注的对象。名气相当于信任，当天晚上，有一个鞋底子飞回来了，上面写着一行字：

"夏根宝是一个耳目，他刚刚为检方立了一个大功，我们给他的奖励是任命他为号房环卫所长，监督他擦板洗衣服打扫厕所。"

除了歌手，号房每一个看过这几个字的光头都如梦方醒。

"我靠，这家伙一直在套歌手的案情呢！"老官司吃惊地拍着大腿叫了起来。

"那货套走了什么？"陈默问。

"歌手五迷三道的，他能说些什么。"东北虎说，"还不是全凭那货胡编乱造？"

"言者无意听者有心啊！"陈默心中哀叹，"歌手一定是掉进卧底者的陷阱里了！"

四

歌手拖着沉重的脚镣回到号房。

令人肝战的砸镣声已经提前将这个不幸的消息告知了号房的光头。歌手的判

决结果验证了他们的预料，在那货"为检方立了一个大功"之后，这个结局已成为必然。歌手离开号房前去开庭不过个把钟头，便匆匆跨过生死的阴阳界，那副砸在他脚踝上的铁镣如同套在脖子上的追命索，忠实地执行着死刑判决书下达的任务。

法院已经对歌手下达了两次补充侦查的退诉书，似乎有些迫不及待了，只等那货提供的举报证据材料进入案卷，开庭宣判就会按照法定的程序走完一个圆满的过场。杀人致死，证据确凿并且互相印证，被告在公安机关和看守所的供述，足以采信……一旦案子铁证如山，法官们写下死刑审判裁定的双手是坚定有力的。至于那货的揭发或举报是否合法、真实、有效，那不关法官的事，谁能说卧底者提供的补充侦查的材料不是证人证言？

陈默的忧思还没有向深层延伸，就被歌手的狂喊打断了。

"我拿到诊断书啦！"

"嘻嘻，我病好了，就要回家了！"

歌手欣喜而茫然的神态，凄绝而散乱的目光，上气不接下气扯着嗓子呼喊出的胡言乱语，表明他迷乱的神经在死神的偷袭中再次崩溃。

沈干部给歌手点上一支烟，歌手愣愣地不敢接，只是一个劲儿地捂住判决书，好像死死地守护着自己的命根子。

沈干部把香烟丢给金太子，示意让他把手舞足蹈的歌手按倒在刑板上，然后，亲自动手铆紧螺栓，把戴在歌手身上的家把什牢牢地锁定在刑板上。歌手几经挣扎，终于在钢圈铁环的压制下，屈服地倒下了。

躺在刑板上的歌手仍在迷惘中，冲着沈干部大喊大叫："我要回家，我的家在呼伦贝尔大草原！"

沈干部看见歌手完全被束缚在刑板上动弹不得，便有了大功告成的轻松，他惋惜地叹了一口气，对大家表白地说："这套刑具是我特意为他挑选的，在咱们看守所，凡是带过这套刑具的死刑犯都交了好运，不是改判死缓、无期，就是无罪释放。但愿这个好运也能落到他的头上。"

原来的刑板被雷火焚烧后，沈干部为歌手挑选了一块崭新的刑板，配上分量最轻的镣铐，算是照顾。

死牢本来就是一个出生入死的地方，对死囚迎来送往的场面干部们见得多了，难得沈干部对歌手的这份关照。可惜，歌手是一个死到临头还没有清醒过来

的死活人，他把法院的死刑判决书当成了医院的诊断书。判决书隐含的杀气，凸显法律的威严，全都在他的眼里失去了原有的意义。

沈干部接着又宣布说："按照看守所的规矩，你们号房从今天起停止生产劳动，昼夜值班看管好刑板上的死刑犯。"

给歌手当陪号可是十三号号房光头们的缘分哪。光头们只差欢呼呐喊了。

其实，歌手还没有押去开庭，大家就有了预感，因为别的号房已经开始干活了，该送的料箱却没有送进号房。沈干部的话不过是一个权威性的确认，他的音刚落，金太子就赶忙招呼人把操作台给抬了出去，像生怕沈干部一旦反悔，二极管的搓功还得接着练。

"我要回家！"

"你们送我回家！"

歌手见沈干部要离开号房，挣扎起来哀求道。

"咱先不回家，咱先写一份上诉书好不好？上诉，你懂不懂？"

沈干部安抚的口吻极像哄小孩，歌手乖乖地把判决书交了出来。

沈干部顺手就把判决书递到陈默手中说："你替他写吧，别啰里吧嗦的就行。"那意思是无非走个程序，说多了也没用。

陈默接过判决书一看，果不其然，把歌手推向死亡绝境的就是夏根宝的那份证言。在歌手的案件因证据不足退回补充侦查期间，夏根宝的证人证言是唯一的一份补充材料，足以让法官再审时确认歌手的杀人罪"事实清楚，证据确凿"。可有谁知道这份证人证言是出自一个卧底者的套取，又有谁知道歌手早在侦查阶段就神智错乱，甚至被"洗脑"，他的胡言乱语概不可信？歌手能把死刑判决书当成诊断书，误认为无罪的释放证，可以想象，他在法庭上的精神状态该是怎么的迷茫混沌，要么是胡言乱语，要么就是沉默不语。而在法庭看来，胡言乱语就是狡辩，沉默不语便是在人证物证面前无可辩驳的认可。正是夏根宝写的这份材料弥补了证据的不足，封杀了歌手解脱的希望。

可悲的歌手在身陷陷阱后不仅要面对死亡，还要面对迷惘。

夏根宝面对的是什么？是立功！无论是受命于他方的委托，还是为了挽救自己的可悲下场，他都在歌手身上捞取到了救命稻草，达到了自己卑鄙的目的。问题在于他套取的材料为什么那么靠谱？如果不是出于事前的托底，他怎么能想象出与司法认定如此相符的细节？

魔鬼在细节中！魔鬼的面目和动机就隐藏在对细节的探究中。

细节在哪里？能够看清凶手真实模样和施暴过程的吴老师已经永远地闭上了眼睛，歌手在刑警大队的"交代"只能封存在案卷中，可偏偏歌手杀人的犯罪经过竟在号房出现了两个版本：巡洋舰版本，夏根宝版本。他们本是局外人，却对案发现场的细节有着惊人的了解和惊人的相似！这细节绝不可能是他们凭空想象的产物。要么，巡洋舰复述的是自己的作案经历，要么，夏根宝是根据案件对细节的需要而编造的"真实谎言"。他俩携带着各自的"事实真相"逃之夭夭后，歌手被钉上十字架。

陈默感到为歌手澄清事实真相的难度，除非把他唤醒，否则，事实真相将永远隐藏在他失忆的迷乱中，最终将被不可抗拒的死亡永远地埋葬。

这是歌手的生死悖论，他如果不能证明自己是冤枉的，他将被处死，他若要能证明自己的清白无辜，必须先"活"回来开口讲话。歌手能"活"回来吗？在他后脑勺挨枪子之前，他的背后已经先被人捅了一刀，这一刀即将置他于死地！

陈默看到的事实是多么令人绝望：躺在刑板上的歌手已经"死"去，"我要回家"的呢喃变成了黄泉路上的招魂曲。

只要歌手不开口，陈默就无法有根有据地为他写一份上诉书。沈干部的委托可能是出于死马当活马医的抚慰，但他可不能应付差事，拙劣地扮演一个捉刀的角色。

陈默渴望歌手能在七天之内复活，但他不是上帝。

一个偶然的发现让他惊喜若狂，这不是上帝的指引，是歌手的无意展示。

歌手又挣扎着坐了起来，他那迷茫的眼睛直勾勾地盯着陈默手中的判决书，伸手做出来索回的样子。就在这时，陈默看到歌手裸露的手臂上流淌着鲜血。

这是怎么回事？还没等陈默发问，金太子抢先说道："难道你没有见过木兰胳膊上的针眼吗？死刑犯在接过判决书后，都要奉献一管鲜血，留着打头时验明正身用呢。"

陈默想起木兰胳膊上用棉花球掩盖的针眼，和歌手胳膊上的针眼涓涓冒出的鲜血不同的是，那针眼里的鲜血已经干枯。

歌手胳膊上的针眼却在不屈不挠地用鲜血诉说着什么，"于无声处听惊雷"般的启示就在这一刻出现在陈默的脑海里：歌手即便不能说出蒙受不白之冤的真相，也要发出惊雷般的呼喊，去回应那一纸判决！

陈默用手指做笔，蘸着歌手胳膊上的鲜血在沈干部留下的信纸上写下四个字的上诉状：

我没杀人！

五

如果不是歌手收到的包裹里有一个精美的圣诞贺卡，谁也没有想到今晚是平安夜。陈默能记住这个日子，是因为这天是歌手法定上诉期的最后一天。他在短墙上刻下了七条横杠，第二条横杠是个箭头，标明那份血写的上诉状是第二天交上去的，至今已经六天了。

陈默正在给歌手喂饭。看着歌手像个婴儿似的吮着吸管，慢慢地吸着塑料瓶里的维维豆奶，他无法想象明天将会发生什么？他只能断定歌手今天还活着，他不能断定歌手明天是否还能活着，此后还能活多久。上诉期一过，死刑的执行随时都会降临。号房里没有人相信那份血写的上诉状会阻挡这个结局的到来，老官司和金太子甚至嘲笑陈默多此一举："没有新的事实和证据，你就是把歌手的一腔热血全都倒出来，也不能推翻法院的判决。"

"难道歌手活着的目的就是为了等死？"陈默反问道。

"不是为了等死，要咱们当陪号干什么？"金太子断然回答。

好在歌手听不明白他们的对话，还以为是在晚饭之余发泄无聊。

光头们正在品味着菜汤。不多的饭菜几乎都是仰着脖子倒进肚子里的，只有剩下淡淡的漂浮着些许油星的菜汤，才勾起他们细细品尝的欲望。尽管它不过是一碗刷锅水，你可以在想象中把它当成酒当成茶当成咖啡，品味出你想要的那种滋味。加餐是随着取消劳动而拜拜的，喝汤的益处就显而易见，它能填饱肚子。

十几口人吸吸溜溜喝汤的声音极有气势，生生把沈干部开门送包裹的声响给消遁了。

"是歌手的包裹，"金太子抱起被沈干部一脚踢进来的纸箱告诉陈默说，"许是上路的行头。"

包裹一摊在铺板上，光头们就知道金太子的话应验了：崭新的内衣内裤，毛衣毛裤，还有一双白色的耐克休闲鞋，另外两件是洗过一水的外衣，米色条绒的

棉夹克和湛蓝色的牛仔裤，唯一缺少的皮带肯定是被看守所没收了。

只要头脑清醒的死囚看到家里送来这些衣物，便明白大限将至。这无言的告别具有万念俱灰的摧毁力，每每面对亲人送来的衣物，多么冷酷多么死硬多么残忍多么不悔的死囚大都会瘫在刑板上，失声痛哭成一摊烂泥。此后，每一个活着的晚上，他们都要把这些衣物叠得整整齐齐，放在脚前，然后弓着身子顶礼膜拜。是谢罪？是诀别？是忏悔？号房浸染着一片依依惜别的凄楚。

幸好，歌手无法领略到这份死亡的暗示。天地间，不知道还有什么力量能把他唤醒。

光头们仿佛看见了不祥的丧服，纷纷把脑袋埋进饭碗里，继续喝着那没完没了的菜汤。陈默也嗅出一丝不祥的气息，他还是没有放弃对衣物的搜寻，虽然这些衣物已经被看守所的值班干警细致地检查过。从歌手以往云山雾罩的话语中，陈默知道他的女友苏娅是一个细心且聪慧的人，而且曾和余湘结伴来过看守所。她不会不知道歌手的审判结果，也不会不把这个判决告诉余湘，可以肯定的是，她们不能见死不救，况且苏娅是证人，余湘是律师，是一对天造地设的绝佳组合。陈默极想从中捕捉到一些蛛丝马迹，证实自己的这个判断。

陈默从条绒棉夹克口袋里掏出一张贺卡！

"不会是漏检的吧？"陈默举着贺卡问老官司。

"明天是圣诞节，看守所开恩放行一张纸片片也没啥稀奇。"老官司不以为然地说。

"这么说，今晚是平安夜？"陈默仔细一看，果然贺卡上写着"圣诞快乐"四个字。

"靠！看守所哪个晚上不是平安夜？我只知道今天别的号房没有完活就收工了，人家厂家的技术员要去参加晚会。"

一阵伤感袭上心头，世界就是这个样子，同样的夜晚，同样的明月照九州，不一样的是有人欢笑有人愁。

"漫天大雪为歌手送行，也算是上天有眼了。"金太子指着窗外飘飞的雪花说，声音有些伤感。

"歌手活着也是受罪，早死早托生。"老官司开导陈默说，"你别以为死刑犯里没有冤屈的，不少人是熬不过刑板的折磨和绝望而放弃上诉，他们宁愿带着冤魂上路，也不愿意躺在刑板上苟延残喘。除了痛快地死去，还有什么能让他们获

得解脱呢?"

陈默望着一堆摊开的衣服，陷入了失望。他没有从中找到任何一个外面的信息，他相信信息是有的，它的丢失是因为在看守所的细密地检查下无法蒙混过关。这时，老官司、金太子两位哼哈二将的嘀咕声就显得格外刺耳，好像在规劝他放弃最后的努力。

陈默火了。"你们不是说过，赶在冬天睡刑板是歌手的福气吗？什么不会生褥疮，被铁镣钢铐磨烂的骨肉可以避免感染，天气冷不出汗，也不必常洗澡换衣服……为什么我们不能让歌手活下去呢？我们是陪号，为什么非得陪他死而不能陪他活呢？"

陈默的发问表明他不甘心放弃歌手生存的希望，哪怕是一线渺茫的希望，他都要抓住它，帮助歌手逃过鬼门关。

老官司、金太子知道自己说过的这些话，不过是此一时彼一时罢了，上路的行头都送来了，还有啥可说的。他俩无意和陈默争辩，乖乖地回到铺位上等着看电视。

电视播放前，号房出现了惯常的宁静。无意间，陈默打开了圣诞贺卡，突然，一股像暖风似的清脆铃声从画面响起，在空荡荡的号房低旋徘徊。惊讶之余，陈默看见歌手的眼角和嘴角同行抽动了起来。

电视播放的演唱会，用先声夺人的鼓乐齐鸣覆盖了贺卡里发出的欢唱，可歌手瞬间的面部表情告诉陈默，贺卡里流淌出来的音乐拨动了他的神经。

号房没有开关，陈默没有能力关闭电视机，他用一床棉被把它罩起来，封杀了它的音响，为的是烘托贺卡里流淌出来的乐曲。

乐曲是《铃儿响叮当》。乐曲对歌手的魅力，陈默已经领教过了。同样知道乐曲必定能震撼歌手的，当属苏娅无疑。聪明的苏娅在用这种巧妙的方式传递着她的呼唤。

欢快的铃声从茫茫雪原深处徐徐传来，和着马蹄踏雪的矫健节奏，把坐在雪橇上的姑娘甜美的歌声送到歌手的耳畔。知音之间的交流在雪夜中默默地涌动，也许这才是昭示歌手灵魂回家的神曲。

陈默尝试着把贺卡从歌手的一侧耳畔换到另一侧耳畔，歌手竟追随着乐曲扭动着脖颈。显然歌手在用心倾听，尽管他没有睁开眼睛，却更有一番陶醉的神情。

乐曲反复吟唱，歌手痛苦扭曲的面部肌肉渐渐松弛下来，血色漫上了苍白

的脸颊。在语言无法抵达的混沌处，音乐变成了长驱直入的福音，回荡在心灵的空间。

铃声渐渐减弱，变缓，最后无声无息地消失在陈默渴求的祈祷中，像一片雪花融进皑皑雪原。可恨的纽扣电池耗尽了最后一点能量，无力地切断了电路。

歌手睁开了眼睛，期待地看着贺卡，渴望它吟唱下去的表情让人目不忍睹。

从乐曲中，从歌手朦胧的眼神中，陈默看到了歌手尚存的生命之光，那是圣诞贺卡给他的一丝希望。

六

从歌手被押解出号房的阵势上看，歌手不是被绑缚刑场，而像是一次提审。头戴钢盔荷枪实弹的武警班长没有光临号房，号房管教沈干部也意外地没有出现，只有管狱政的陈干部一个人把歌手给带走的。没有死刑犯上路时大驾光临大动干戈的场面，陈默悬着的一颗心放了下来，庆幸中夹杂着些许欣慰：或许歌手上诉"有戏"！

中午开饭时，陈默叫金太子给癞哥甩过两双棉袜，套套歌手在外面的情况。癞哥想到别处去了，他说："歌手的那份饭我就不扣除了，留给号房的弟兄们吃吧。"

金太子一听这话反倒觉得有"情况"，一阵"谢癞哥"的恭维后，问道："是不是鸠山队长请我家小兄弟赴宴去啦？"

"你家的小白脸傻归傻，还他妈的挺能折腾，竟然把公安部给惊动了。这会儿，公安部的刑侦专家正在看小白脸扭秧歌呢，又是拍照，又是量脚印，省高院的法官端着盒饭在一旁候着，润江中院的法官只能在圈外面傻站着，也不知道这是在演哪门子戏。"

陈默心中叹道，果然是复查，歌手上诉的血书有了回应！

圣诞节刚过，沈干部亲自动手把歌手从刑板上"卸"下来，让陈默带他到放风场"溜溜"，"给两条腿长长劲儿！"

春节将至，没人怀疑这是政府的人道主义关怀。一般情况，看守所的死囚都在秋后斩尽杀绝，再开杀戒将是明年春天的事了，春节前后，别说执行死刑，就是正常的提审和宣判都会消停下来。繁重的劳动也因为厂家拖欠劳务费而停止，光头们又恢复了吃饭—睡觉、反省—放风的生活套路。看守所就像进入了冬眠，号房安静得像禅房，牢门难得在哐哐当当的声响中打开一次。沈干部拆卸脚镣的动作很是小心，生怕弄出声响打破号房的宁静。

猛地一下子摘去十六公斤的脚镣和八公斤的铁锁链，歌手像脚下没跟似的，站也站不起来，挪也挪不动脚步。在陈默的搀扶下，歌手扶着铺板颤颤巍巍地在过道上磨蹭，距离放风场不过五米，他足足磨蹭了十几分钟。那时，陈默根本没有想到歌手会潇洒自如地走到今天，歌手是从放风场开始艰难起步的。

冬季的放风是真正的放风。紧闭的门窗让号房变成了一口大酱缸，存储、发酵着光头们自产自销的恶臭和腥臊。憋得光头们只想到放风场去撒欢、大口地呼吸新鲜空气。可放风场一旦真的开放了，他们又裹步不前了。衣薄腹空，是耐不住寒风侵袭的，何况不少光头脚下都没有鞋，结着薄冰的水泥地没有放脚的地方。能缩着脖子窜到放风场跑两圈，或躲在背风的墙角哆哆嗦嗦地站一会儿，只是少数人的奢侈。往往还没等到放风场关闭，光头们就早早把铁门关上了，他们不能让冷风肆无忌惮地灌进号房，驱散那点可怜的热乎气。

十二平方米的放风场，此时显得格外空旷和落寞，只留下陈默架着歌手"邯郸学步"式的活动身影。弱不禁风的歌手本能地拒绝到放风场去挨冻，明显的肌肉萎缩也让他寸步难行，他是经不住雪的诱惑才来到放风场的。毕竟他是在北国长大的，与雪有着与生俱来的亲昵，陈默就用"冬天到润江来看雪"的歌吟来引诱他。可江南的雪毕竟没有北国的雪来得迅猛和洒脱，它播撒的雪花还没有飘落下来就在半空中凋谢了，化成了惆怅的雨丝，欲语还休似的下个不停，最终化成一层薄冰铺展在放风场。好在歌手依旧茫然，只是和着陈默哼哼出的节拍，扶着墙跟跟跄跄地挪步，抗拒着刑板造成的肌肉萎缩功能退化。

那时，陈默还不知道这种邯郸学步的意义，更没有想到歌手大腿机能的恢复对他命运的改变是多么至关重要。

直到晚饭前，陈干部才把歌手送回号房。歌手没有戴手铐，他的双手习惯性地并拢在一起，僵直地往前伸着，一副无喜无忧的样子。

看到歌手没有戴戒具，光头们惊讶之后意识到，歌手从死亡的阴影下走出来了。因为看守所通行一句话叫"宽大不能无边"，尤其对死刑犯的宽松管制是有限度的，哪怕可以不背刑板，不带脚镣，但是，作为法定的戒具，手铐是永远不能解除的。死刑犯手铐的摘除，除非死刑犯案情发生变化，抑或是验明正身后绑缚刑场。歌手赤裸着双手而归，至少表明他眼下的案情已经发生了微妙的变化，这种变化不再是政府的人道主义关怀能解释得了的。

"谈得还好吗？"陈默不知从何问起，下意识地冒出了这一句。

"人家不和我谈话。"歌手有些难为情地说，"人家要学我走步，可我又走不好。"

"你不是已经能走了吗？"

"可我没有在铺着白纸的路上走过，还要我退着往回走。我摔了好几次，脚和腿使不上劲儿，他们就递过一个拖把，让我扶着。"

"是光着脚吗？"

"穿着鞋呢，"歌手说，"是我丢失的那双鞋，也不知道他们是怎么找到的。"

"是不是你穿着去吴老师家的那双鞋？"陈默启发道。

歌手怔了片刻，似乎想起了什么，又不敢肯定，拍着脑袋说："也许吧。可他们不让我把这双鞋带回号房，说用过后再还我。"

陈默并不指望歌手能清醒地描述刚刚过去的活动经过，清醒地说出他的判断。仅仅是穿着丢失的鞋，在铺着白纸的"路上"拿着拖把倒退着走步这几个情节，就已经构成了一个奇异的场景。歌手走在复制的杀人现场中，他留下的足迹应该是辨别事实真相的依据。这个科学检测的启动，应该始于歌手从刑板上卸下来的那一天。

多日苦练的邯郸学步终于体现出它的实用价值。

"你在吴老师家中用过拖把吗？"

"你怎么跟七科长一样，特别关心这件事？"歌手用一种警惕的眼神瞪着陈默说。

"这么说，七科长还关心你是不是退着走出吴老师家的？"

"你怎么知道的？"歌手好奇地问陈默，"七科长关心这件事，人家夏所长也关心这件事，还说要给我弄明白呢。"

在陈默的追问下，歌手无意间道出的这两个情况，是老官司、金太子这些二进宫三进宫的老犯们似曾相识、见怪不怪的把戏。这两个人带头惊呼起来："你他妈的叫人卖了还不知道怎么卖的呢！"

歌手像一截点不着的湿木桩，任凭老官司、金太子直言不讳地敲打点击，愣是没有任何反应。

　　晚饭后，歌手又收到苏娅的包裹，包裹中依然夹着一个贺卡。陈默不再小看这个无言的传话信使，它承载着很多的意境需要解读。如果能把圣诞老人的光临看成是命运转机暗示，那么，这张印着一支萨克斯的贺卡又意味着什么呢？

　　知道是苏娅送来的礼物，歌手出现了难得的兴奋。他把贺卡抢过来，看了又看，爱不释手的样子让人顿生怜悯。

　　陈默看到贺卡的画面是一幅充满怀旧情感的俄罗斯老照片，一片温馨的烛光笼罩着金色的萨克斯，无声地凸显了伤感的主题。

　　"它是什么？"陈默问歌手。

　　"萨克斯！"

　　好的，陈默心中叹道，歌手没有误认为黑管或圆号。

　　"它在吹奏什么？"陈默又问。

　　歌手木呆的面部竟有一缕惬意掠过，他给了陈默一个惊喜地回问："你难道连《回家》都没有听过？"

　　"听过。"陈默说，"像是吐着血吹出来的。"

　　"那是肯尼基特有的忧伤。"歌手仿佛陷入了深情的旋律，呢喃地说，"回家，回家，我要回家啊！"

　　只要神智返回歌手的心中，陈默相信他离回家的日子不会太远了。能够请动公安部的刑侦专家来润江提审歌手，只能归于余湘和苏娅的锲而不舍。歌手血写的上诉书未必能够直达北京，它只会像一枚定时炸弹藏在案卷中，等待引爆。公安部刑侦专家的复查，至少是对润江警方的认定有异议，其中包括对夏根宝小报告的否定。这就是希望所在。苏娅送来的贺卡表明她还在润江，在大墙外面与歌手共度艰难时光，等待水落石出的那一天。

　　《铃儿响叮当》的优美旋律回响在陈默的心中。

第十二章

猝死：只缘身在号房中

一

就在光头们的记忆中早已把酉长抹掉时，病愈的酉长又回来了。按照在册的羁押犯名单，号房总算在春节前团圆了。

酉长是挺着胸脯倒背着双手走进号房的，那样子像是父母官深入基层访贫问苦，亲和又不失派头。难得酉长的神色和气色这么好，红润润的脸庞透着一股无法掩饰的兴奋，一直保留的干涩长发因为营养充足而变得油光光的，光头们熟悉的绝望双眼已经恢复了自信。

酉长的康复，使陈默不再怀疑酉长是去省城治病的。

陈默还没有来得及和酉长寒暄，就被沈干部带到办公室"号审"。沈干部问过号房的情况后，含蓄地交代陈默把看护的重点由歌手转到酉长，好像酉长更需要陪号似的。

"我回去找个小鸡巴服侍他。"陈默觉得这事不难，号房不安排生产劳动，个个都闲得发闷，闷得发慌，找个年轻机灵的年轻人照顾酉长那可是求之不得的美差。

沈干部不悦地摇摇头，好像陈默没有听懂他的意思。

"回到号房，他就不再是病人了。"沈干部再次叮嘱道，"由你负责看护他，不能出任何问题。"

酉长能出什么问题？病都好了，精神也不错，无非是身份特殊，或有人打过招呼，干部不能不格外关照吧。

直到把陈默带回到号房铁门前，沈干部才露出一句没有主语的口风："……就要开庭审判了。"

陈默愣住了，沈干部的言外之意是不是要我做酉长的卧底，去监视他的一举一动？这可是我不能干的活儿。

"不是回省城开庭吗？"陈默想到酉长一向标榜自己是异地关押归省高院审理的说法，欲借这个说法证实心中的判断。

"我们润江中院有权审他判他。"

"他知道吗？"

"也许吧，不过……"沈干部支支吾吾地打开牢门，让陈默一头雾水地回到号房。

光头们正在用规规矩矩靠墙盘坐的标准反省姿势聆听酉长介绍"域外风声"。

"这次严打是党中央的重大战略部署，重点打击持枪抢劫和黑社会危害社会安定的刑事案件，各省市的党政一把手亲自挂帅，集中兵力，打歼灭战，不获全胜，绝不收兵……"

酉长仿佛换了一个角色，更像一位在职的领导干部在滔滔不绝地作报告，尤其把个"刑事案件"说得格外清楚。

"又要大开杀戒啦？"老官司想到了几年前的严打风暴，心有余悸地说。

"乱世用重典嘛。"酉长说，"抢劫和涉黑的暴力犯罪已经引起了广大人民群众的愤慨……"

"什么是涉黑？"有人问。

"就是涉嫌黑社会的刑事犯罪。"酉长耐心地解释。

"什么涉嫌黑社会？说白了，就是以前的流氓团伙。"东北虎接着道。

一听流氓团伙又卷土重来，光头们都竖起了耳朵。不搓二极管，号房生活简单到只剩下三件事：反省、吃饭和睡觉。陈默这个号头当的太正经，从不带着大伙磨嘴皮子。东北虎一起头，光头们就七嘴八舌地议论起来。

酉长愿意看到自己带回的消息引起大家的关注。

"这个黑社会，八成是从香港、台湾引进来的吧？"河南人贩子五迷三道地猜测道，"原先觉得只有港台和西方国家才有黑社会，咱们只能在警匪枪战片中看看热闹，什么时候咱们中国的黑社会已经初具规模了？"

"你老外去吧！黑社会是咱们的国粹，压根儿就没有断子绝孙，用不着靠从港台和外国引进。"老官司不以为然地说。

云南毒贩子响应说："反正啊，干我们这一行的就得靠帮会。"

"对嘛，自古以来，有江湖就有码头，有码头就有帮会，你说帮会是什么社会？别以为黄金荣、杜月笙、张啸林一死，黑社会就寿终正寝了，他们人还在心

不死，没准台湾的竹联帮还是从大陆和平演变过去的呢。"老官司对自己的借题发挥甚为得意。

"这么说，你们要刀片的扒窃高手应该属于小刀会吧？"

金太子对老官司的挖苦，表面上看，是"搬家公司"自诩的江洋大盗对一向看不起的"大众银行提款员"的讥讽，其实，这不过是他借题邀请老官司一块讥讽酉长的"二人转"开场白罢了。

金太子知道老官司吃过严打的苦头，对此深恶痛绝。

"这事你得请教酉长，反正我沿街乞讨时是属于丐帮。"老官司给金太子递过去一个忽悠酉长的话题。

老官司容不下酉长的得意之色。社会上的身份虽然不同，号房却讲究一视同仁，掉进茅坑的都是屎，是龙你得趴着，是虎你得卧着。谁摆谱，谁就是找不自在。没有人认你以前的闪亮头衔。

"请教酉长还不如我去问强哥呢，张志强才是我心中的偶像。"金太子抬出张志强，没有尿酉长。

酉长不知道张志强是何许人也，只是感到金太子的玩世不恭，很是失望，没想到自己带来的严打消息，竟引起了大伙对黑社会的关注和联想。回到号房的兴奋心情顿时像浇了一盆冷水，凉了下来。

只有四川的抢劫犯奓拉个脑袋，渴望酉长多透露更多的消息。抢劫是严打的重点，若是有命案呢，肯定在劫难逃。他担心同案落网，自己的余罪穿帮掉底，撞上枪口。他对酉长说："看守所连中央电视台的新闻联播节目都不给我们放，也不知道重庆发生了什么大案？"

酉长刚要回话，金太子抢过话头对着四川抢劫犯说："别杞人忧天好不好，你不是收到起诉书了吗，怕个屁！"

号房收到起诉书的只有两个人，这话既是对四川抢劫犯说的，也有敲打酉长的意思。严打当头，酉长以经济犯自居的高傲，还有那种教训人的口吻，幸灾乐祸的侥幸，都是在往金太子和老官司的眼睛里揉沙子。

"收到起诉书也是未决犯，不像你拿到发回再审通知书那么定心。"老官司借着金太子的话，直指酉长的隐忧，言外之意是别高兴得太早了，拿到起诉书并不能认为是个好兆头。

酉长以为老官司是在说四川抢劫犯，一脸的不以为然。

"横竖你没犯死罪，总不会打头吧？"金太子偏偏往"死"里说，简直是哪壶不开提哪壶。

酉长还是以局外人的身份无动于衷。

"你小子是没吃过严打的苦头，风头上的量刑标准不同以往，罪不该死的拉出去打头的还少吗？在家里约几个朋友看了段黄片就以流氓罪判了个无期，不服上诉，竟改判死刑。你上哪说理去？杀了还不是白杀了。风头过去了，也不会给你改判。不像人家老干部，风头过去了，还给平反纠正，恢复官职。"老官司改用恭维的口吻忽悠酉长。

果不其然，酉长的脸上真的浮现出得意之色。经济犯毕竟是经济犯，不同于刑事犯罪，连老官司都意识到中央对刑事犯罪和经济犯罪的政策是有区别的，况且严打的锋芒不是对准经济领域的案件，与自己无关，可以高枕无忧地等待省委对自己的宽大处理。

金太子故作惊讶地问："难道大人物犯法会从宽，小老百姓犯法就一定从严吗？"

"你还别跟我较劲，号房有病的人多了去了，哪个能像酉长去省城大医院治病？这就是大人物和小人物的区别，你不服不行。"

老官司言不由衷的话还真的说到了酉长的心坎上。

"区别对待是党的一贯政策，拿号房来说，同居一室也不等于合并同类项。"酉长为了表明自己落难后依然保留的特殊身份，也是为了镇镇金太子，故意透露底细地说，"我去省城治病是乔副省长亲自批示的，看守所哪敢不办？"

意思相当明显，我的情况就是特殊。

偏偏金太子不买账。他故作糊涂地问老官司："没听说严打期间政府对贪污犯的惩治叫停了吧？"

"你没有听酉长说，这次严打的重点是你我这样严重危害社会治安的刑事犯罪分子吗？你总不能不让人家经济犯松口气，偷着乐一把吧。"

"我不是那个意思，我是替酉长担心，万一政府来一个声东击西，趁着严打风头，杀经济犯一个回马枪，那酉长不就中了奸计了吗？"

"酉长的事再大，也是人家内部的事，你一个社会渣滓操哪门子心。"

"他是怕我睡刑板呢。"酉长似乎明白了老官司和金太子的良苦用心，恶狠狠地回了一句。

"你老人家怎么会从医院的病床上一下子折到死牢的刑板上呢，乔副省长不发话，谁敢对你老人家下手？"老官司假模假式地打着马虎眼。

听着老官司、金太子针对酉长斗嘴似的忽悠，陈默想到了沈干部的"交代"，好像他们的关心都是对酉长潜在危机的担忧，老官司、金太子可能是出于狭隘和偏见，沈干部的话可不是随随便便说出来的。

沈干部说酉长开庭在即，可酉长本人却没有一丝一毫的预感。能让他放松心情和警觉的，绝不会是对刑事犯罪遭遇严打于己无关的幸灾乐祸，而是另有隐情。

这段隐情是什么呢？不会是自作多情的当局者迷吧，陈默喜忧参半地想。

二

酉长告诉陈默，死里逃生是他在省城医院一个月经历的简单概括。冠心病的突然发作和急剧恶化，一度把酉长推到死亡边缘，省城医院CT和彩超检查结果表明心脏后壁大面积心肌梗塞正在吞噬他的生命。处在深度昏迷中的他，对抢救过程毫无知觉。待他醒来时，病魔已经远去。他看见鼻孔里插着输氧管，有些凉意的药液正通过手臂上的针头缓缓输入体内。意识依旧恍惚，牢房和病房两个场景的切换就像发生在梦中，蒙眬中，他有一种归家的感觉，安静的病房如同自己家中温暖的卧室。

只是在看到床边立着两位陌生的警察后，他的身份意识才连同悲哀一起清晰地浮现在脑海。

负责监护的警察见酉长醒来，告诉他说，乔副省长一直关注他的病情和抢救，在送往省城的路上，他两次心脏停止跳动，血压几乎降到零，乔副省长指示警车开道，医院开通绿色通道，确保抢救及时有力。

酉长被感动了。他认为，对他抢救至少有两个意义，生命的复苏和死刑阴影的解脱。前者已经成为事实，后者只是一种直觉或者是一种推测，是对乔副省长指示意义的合理延伸：如果法院即将判处我死刑，抢救就纯属多余。

"可以不抢救嘛，毕竟我是一个在押的经济犯，况且已经收到了起诉书，按照起诉书罗列的罪名和数额，我活下去的意义只是等待法院的死刑判决和执行，对于一个戴罪之身死到临头的死因，抢救还有什么意义，反正都是一个死嘛。"

酋长对陈默说。

或许这就是陈默想探询的那段隐情。

避开金太子、老官司的旁敲侧击后，言犹未尽的酋长只能把陈默当成倾诉的对象。

"毕竟法院没有对你开庭审判嘛，没经法院判决，你还不是一名罪犯，抢救是司法机关应尽的人道主义义务。"陈默找不出更多的原因来解释抢救酋长的这段隐情，唯恐酋长想多了。

"法院审判？"酋长抿着嘴笑笑说，"有权对我做出处理决定的是组织，是省委，是乔副省长，不是什么纪委、检察院、法院。如果组织要我死，我就是有九条老命也要搭上，如果组织不要我死，还有什么司法机关能置我于死地？什么罪行、民愤、法律面前人人平等，这都不是决定因素。我不同于刑事犯罪，全在组织，组织决定一切。"

见陈默不以为然，酋长又说："你大概不知道乔副省长还是省委常委吧，他的一票举足轻重啊！他对我的抢救应该是代表省委对我的挽救！"

陈默不忍心把酋长的感恩之情说成一厢情愿的矫情，他不能泼冷水，善意地保护酋长的良好愿望也是一种同病相怜的关怀。陈默理解酋长的这种心情，虽然他在移送司法机关前已经被开除党籍，但他对组织依旧抱有极大的信赖、期望甚至是幻想。你说这是一种情结也好，说是一种迷恋也好，反正乔副省长的关怀让他摸到了组织处理他的态度，就像吃了一颗定心丸。

"在出院前，我写了一封信交给乔副省长，以戴罪之身向组织表示痛悔和感谢。"

酋长习惯官场的公文旅行，对来自乔副省长的关怀，酋长充满感情色彩的信，不仅是一种表达、一种感动、一种投桃报李的回应，还是一个投石问路的试探。无论是投桃报李还是投石问路，结果都会在开庭审判时见到分晓。

"没有想到疏通的机会来得这么巧。"酋长的感叹中夹杂着成功的窃喜。

酋长曾多次萌生过给省委领导写信的念头，这是陈默知道的。虽然他也曾是笔杆子出身，可一旦升迁到官位上就和笔杆子疏离了，凡需动笔，无非是简单的画圈、批示、签名，提笔写长篇大论的文章或信函，那是秘书处和政策研究室秀才们的事。在号房，酋长成了孤家寡人，为了弥补笔力不足，他曾想把陈默当成秘书，也放下尊严地乞求过好几次。陈默应允后，又迟迟不见酋长的动静。可想而知，他内心的冲突和彷徨是何等的激烈。

后来，酋长告诉陈默说："写这封信太难了，既要讲清问题，又不想牵涉他人……再等等看吧。"

陈默听出了他心中的纠结，开始是尚存的自尊令他不愿意在大难临头时扮演一副乞怜的软骨头，继而是可怕的自卑又让他丧失了表达的勇气。

获知他的老伴收监审查后，酋长写信的念头变得强烈起来，甚至有些急不可耐。由他口述陈默执笔写出初稿后，他又一段一段地修改，郑重向省委表示："放弃在犯罪事实方面的狡辩和顽抗，彻底向组织缴械投降""痛悔贪污巨款资助儿女出国留学的罪行""自己是一个被权力腐蚀金钱收买的罪人""渴望组织念我坦诚认罪，主动退还赃款赃物，过去也曾为党和人民做过好事，给我一个悔过自新、将功补过的机会"。信写好后，一直揣在他的身上，却没有适当的机会递上去。七科长来看过他好几次，他都无动于衷。

"再等等看。"他对陈默解释说。

陈默知道他在斟酌传递的方式。在他看来，通过七科长和看守所传递并不是可以信任的渠道。起诉书的不期而至，给了酋长闪电般的一击，那时陈默正在禁闭室面壁。可以想象，发信的念头变得切实而迫切，疾病发作和成功抢救却给了酋长最佳的沟通和表达时机。酋长没有详细披露信的内容，那是陈默闭上眼睛都能熟悉的一些文字。酋长给乔副省长的信只会是原来那封信的异曲同工。不言而喻的是酋长赋予了这封信太多的渴望，执着地相信这封信一定会改变他的命运。

如果真的像酋长所说的那样，组织才是他命运的决定者，掌握着他的生死大权，那么，只要酋长的信能够打动不乏恻隐之心的乔副省长，也许转机就会出现，从轻发落的幸运就会落到酋长的头上。酋长的要求不高，只想苟活，不想用打头的方式屈辱地结束自己的生命，哪怕是削职为民，退回全部赃款后变成一个穷光蛋，只要能回到天堂镇，在故乡的土地上了此残生，就是他无悔的结局。

酋长好像握着一张底牌，却不知道对方要出什么牌。沈干部说的是开庭，酋长求的是开恩。是开庭还是开恩？犹如难辨庐山真面目，横看成岭侧成峰，只缘身在号房中。

三

润江市中级人民法院选择在酉长出院后第二天开庭，显然是出于既定的周密安排。两位法警提着钢铐在号房门外喊着酉长的姓名，光头们还以为两位押差摸错了庙门，莫衷一是的原因是没人知晓"万家鑫"是酉长的尊姓大名。

酉长正在吃早餐。酉长依旧是号房的特殊人物，起来的比别人晚。泡好的一碗方便面刚刚端到嘴边，听见法警喊他的名字，饭碗顿时就粘在下巴上。随着嘴唇的抖动，溅起的汤汁洒落在衣服上。

拿到起诉书后再被法警提出去，一定是开庭！酉长概莫能外。

酉长很快就恢复了镇静，"开庭不过是走个过场"的念头稳住了他始料不及的慌乱。酉长甚至很有气度地跟大伙儿挥挥手，表示了他的洒脱。

事情来得太突兀，那一刻在陈默心头冒出的疑问是：安排酉长昨天出医院难道是为了送他今天走进法院？他向酉长做出了一个动脑筋的手势，意思是不要掉以轻心。庭审是过堂不假，但不是你想象的走过场。庭审是没有硝烟的战场，你在孤军作战。

中午，陈默让金太子把酉长的那份饭给下板分了。酉长的开庭即便是走过场，起码也得开一整天，中午得吃法庭给他备下的盒饭。

金太子刚把饭分下去，酉长回来了。

没有人不相信这是酉长庭审结束后的回归，尽管他的脸上写满了疲惫，却极力掩饰着沮丧，保持着沉稳的样子。

酉长径直走到陈默跟前，显然有话要对他说。老官司看出来点不祥的端倪，知趣地拉着金太子回到东铺。

酉长见老官司、金太子离开，对着陈默连连叹道："没想到啊！没想到啊！"说着，眼圈就红了，泪水一点点漫上了眼眶。

果不其言，酉长在法庭遇到了不测。

酉长回顾刚刚结束这次意外的"中箭"，依旧心有余悸，好像完全不知所措。

酉长是保持着从容的神态被押上法庭的。既然在他的眼里，庭审不过是走过场，他应该给自己担当的角色赋予坦然的神情，正像法官的形象是庄严自信，检

察官的形象是咄咄逼人，律师的形象是针锋相对一样，他选择了不卑不亢，一心想把这个形象保持到底。

宣读起诉书时，酉长甚至还在心中发出了对检察官的嘲笑，心想，宣读起诉书不过就是念个文件，又不是演戏，干吗像念脚本的台词，语调夸张，咄咄逼人。起诉书是酉长应该熟悉的文件，可他收到起诉书后，都把心思用在了写信上，因为相信组织，相信乔副省长，没有把检察院的起诉书当作一份法律文件很好地推敲。他想自己与台上的两位检察官打过多次交道，可谓知己知彼。完全可以根据自己的既定方针去应对检察官的提问，

酉长应对审查审讯的既定方针是"既不回避自己，也不牵涉别人"和"以不变应万变"。不能不说这是官场历练给他的宝贵经验。

有了这两条既定方针，面对即将开始的法庭调查，酉长认为是毫无悬念的表演。

法庭调查的第一个问题是起诉书指控他在加固防洪堤坝工程中受贿五十八万元。平心而论，这也是酉长为官以来收到的第一笔黑金，虽然觉得有顶头上司乔副省长做保护伞，心中一直像揣个活蹦乱跳的小兔子似的忐忑不安。埋在自家的池塘下面的五十八万现金像是埋下了一颗定时炸弹。好在事后酉长用回礼的方式摆平了这件事。在从王经理那儿获得乔副省长的六十寿辰日子后，酉长立刻让王经理转送过去一块价值六十万的"满天星"手表。当然，酉长是不会舍得花巨款买这么贵重的物件去孝敬顶头上司的，他用的是借东墙补西墙的办法，奉献的是开发区一位李经理送他的礼物。在省城"金陵宾馆"参加会议时，他意外地看到宾馆商店里摆着一块和李经理送他的那块一模一样的满天星手表，一看标价，乖乖，整整六十万人民币。正好符合他还那份人情的标准：价格、品位和不事张扬。

于是，李经理的礼物一拐弯就成了酉长的礼物转给了王经理，王经理一拐弯又归了乔副省长。酉长只是隐瞒了李经理。

"这是我收到的生日礼金。按照朋友间礼尚往来的习俗，我也回赠了价值相当的满天星手表。"酉长向法庭坦言，意思是高官也是人，朋友之间，上下级之间也会有人情往来，总不能把这些人际交往定为行贿受贿，以权谋私吧？

检察官接着问："满天星手表是你买的吗？"

"是。"

酉长不止一次的回答过这个问题，未见检察官有何异议。

“在哪儿买的？”

酉长心想，这不是明知故问吗？

“省城金陵宾馆。”

“还记得价钱吗？”

“记得，六十万。”

“嗯。”

检察官故意停顿了一会儿。好像有意让这句话延长保留时间，以加深法官和律师的印象。

这个问题也就到这打住了吧。酉长心想，预审期间，每每讲完满天星的来龙去脉后，检察官都无言以对。

没想到检察官又追问了一句：“你没有搞错吧？”

酉长笑笑，意思是哪能呢。明码实价的满天星手表就摆在金陵宾馆商品部的柜台上嘛。

“如果被告没有记错的话，那就让这份证明材料做一个提示吧！”

一位女检察官起身宣读金陵宾馆商品部出示的证明：“金陵宾馆商品部标价六十万人民币的满天星手表至今尚未售出一只。”

酉长的微笑顿时僵在脸上。

公诉人一次成功的迂回包抄巧妙地引导他的对手步入事前设下的陷阱。酉长可以轻松地编造一个谎言，却无法编造另一个谎言去圆这个谎言。谎言被当庭戳穿后的难堪，只能用无地自容来形容。检察官得意的微笑，法官惊讶的眼神，律师爱恨交加的叹息，彻底摧毁了酉长的镇静，真正的惶恐降临了，那是从心底漫上来的不知所措。

上午休庭时，在返回的过道上，酉长听到李经理从旁听席上发出的斥责声在审判大厅回荡：

“你为什么不说实话？那个满天星手表是个水货，是我在深圳的地摊上买的，一万块钱买了五只，除了你和开发区的两位副主任，我还送给检察院的检察长和副检察长一人一块呢……”

假作真时真亦假，酉长只能把自酿的苦酒默默地吞进肚子。

上午的庭审在检察官得意的微笑和酉长始料不及的慌乱中结束，人家没有留饭，酉长饿着肚子回到了号房。他想归拢一下思路，庭审是一个布满陷阱的舞

台，不是他想象的走过场，在"是"与"否"的回答之间充满了"想不到"。上午不过是个开场，下午才是重头戏。

酉长一声长叹，充满了自责的意味。陈默感到酉长面临的前景并不像他预感的那么好，检察官咄咄逼人的态势和引君入瓮的技巧，岂非是酉长能应对得了的，站在被告席已经表明了劣势和下风，何况他又因过分轻视而失于周密的思考，像一个根本没有复习功课的考生，进了考场接到试卷，就傻了眼。陈默知道酉长此时急需的不是安慰，而是帮助他从慌乱中恢复镇定。陈默本想说"丢掉幻想，面对事实"，又觉得口气严峻了些，变了个说法提醒酉长道："事到如今，除了实事求是，咱们还有什么本事？是则是，非则非嘛，别搞得那么的解释，人家不听你的表白。"

陈默在忐忑不安的焦虑中度过了下午。他知道酉长说的下午的庭审是重头戏果然没错，开晚饭时，酉长没有回号。金太子不断地用眼神催促陈默，示意他开口把酉长的那份饭菜分给下板，下板的光头都在眼巴巴地盯着呢。

陈默没有点头。他要避免中午的疏忽，为酉长保留这份晚餐，这是号房能够给他的唯一温暖。不管开庭延迟多久，他都要回家，看守所的牢房就是他的家。

提前打开的电视机，显示出《润江新闻》的画面，这是一道监内禁止的节目，它的播放，吸引了光头们的眼球。一定是外面严打取得阶段性胜利的报道，他们想看到有没有熟悉的面孔摄入镜头，犯的是什么科，能不能牵涉自己。

十几分钟过后，就在光头们失去兴趣时，酉长出现在银屏。

光头们看到了一个陌生的酉长。他显得有些紧张和迟钝，衣服上涂鸦般的汤汁更是表达了他的落魄。记者捕捉到这片污渍，抢下一个特写的镜头，一经电视台播放，把法庭的庄严和被告的卑微展示在润江的父老乡亲面前，其中包括他在看守所羁押的熟人。

酉长这副尊容虽然只在电视上展现了几秒钟，镜头闪过后，号房的怒骂此起彼伏不绝于耳：

"靠，一副活不起的样子！""水裆尿裤，丢人现眼！""早知今天，何必当初！""真他妈的没骨气，简直就是一条断了脊梁骨的癞皮狗！""原来大人物也怕秋后拉清单！""当官的都这个德行，老百姓面前前襟短后襟长，法庭面前前襟长后襟短。""怪不得中午回号时，一副无精打采的样子，原来是丢了魂儿。""陈哥考虑的周到，晚饭给他留对了，他不吃牢饭，谁还会摆一桌筵席请他呀。"

那一晚，光头们集体罢眠。他们要耗到酉长归来，看着他饥不择食地吞下那碗冷饭。因为酉长的鹤立鸡群，不肯与他们打成一片，因为他的抠门，宁肯香烟被洪水沤烂，也舍不得发给大伙儿过把瘾。

光头们的报复性想象和小肚鸡肠的算计在午夜时分受到了无情的嘲弄：满脸绯红打着饱嗝的酉长由七科长陪着回到了号房。冷场依旧是冷场，那不再是对酉长故意做出的冷落，而是对七科长大驾光临的鸦雀无声。

七科长很欣赏这种夜晚的安静，那是看守所有效管理的体现。配合着号房的安静，他也悄无声息地锁上了牢门。

酉长摇着头一屁股坐在了陈默的身边，脸上的沮丧溢于言表。

酉长有话要说。陈默示意他等等，赶忙把冷饭递过去说："别急，吃完饭再聊。"

酉长把冷饭推回去说："吃过了，看守所招待了我一顿晚餐。"

"不会是最后的晚餐吧？"东北虎立刻从被窝里钻出来喊道。

酉长仿佛被点到穴位，无言以对。餐桌上，他看到了自己在电视里出现的惊慌失措的样子，那是满天星手表带给他背后一击的茫然。号房的光头一定是看了庭审现场的转播，必然的结局无法瞒过他们的眼睛。

陈默连忙摆手，令东北虎闭嘴。他和酉长的卧谈也转入耳畔的悄悄话。酉长已经满不在乎了，陈默觉得还是提防点好。他们的谈话不能重蹈酉长大意失荆州的教训，保不住七科长在号房外面蹲墙角呢。

酉长反倒坦然说："那个东北人没有说错，七科长出面请我吃饭，是安抚，也是最后的晚餐。"

"不会是当庭判决吧？"陈默觉得酉长一定听到或感觉到某种不妙，才会有这样的哀叹。

随着酉长抑制不住的倾诉，陈默果然看到了不祥的噩运已经降临到酉长的头上，他不能不体会到酉长此刻万念俱灰的绝望。

下午的庭审，酉长依旧没有摆脱上午庭审的噩梦。对于来自检察官的发问，他无法搞清哪些是事实真相，哪些是隐藏在事实真相后面的陷阱，过度的警惕让他放弃了弄清事实的争辩，而是用含糊其辞的躲躲闪闪，小心翼翼地避免出丑。主动就在这种心态中丧失，成了被动应付。在法庭轻而易举地对酉长几笔收受贿赂的罪行逐一调查、质证后，涉案宋超的四十万美元和港币的赞助费成了压轴的

重头戏。

一步步逼近的态势，终于让酋长猛醒。他意识到当王经理那五十八万黑金蹩脚的掩饰被当庭戳穿后，已经构成了足以认定的标准。宋超的这四十万各种外币，就成了酋长必须死守的底线，否则，这两项钱款加起来的数额就构成"巨大"，超过了掉脑袋的亡命线。检察官提出这项指控后，酋长压抑的心态升起了迟来的勇气：他可以对天发誓，他真的不知道宋超给他老妻的这笔钱。

"我负责任地说，我不知道这码子事，是宋超和老妻背着我搞的。"酋长能够为自己洗刷的就是这一句话。

检察官严厉斥责酋长当庭翻供的行为。

律师提请法庭宣布宋超和酋长妻子的证人证言。

宋超的证言不下十几份，几乎所有的审讯笔录都在重复相同的供词："我知道万主任的子女出国留学的费用没有着落后，我就用四十万人民币兑换成美元、港币送给万主任的老太婆。我说孩子上学的事可不敢耽搁，算是我这个当叔叔的赞助吧，就不要跟万主任讲了。"只是在最后的一份供词中，前言不搭后语地补充了一句："我想，万主任的老太婆会把这件事告诉他的，毕竟这不是一个小数目。"

辩护律师当即表示："证人的证言只是出于想象而不是基于事实。据此不能断定我的当事人知道宋超赞助费一事，而且关于宋超最后的那份证言，只是在多达十六份证言中唯一出现的一份，是不能采信的孤证。"

辩护律师请求宣读酋长老妻的供述作为回应。

"我向宋厂长借钱的事，没有告诉老万。我瞒着老万是因为背着他用老屋作了抵押，我不想告诉他，让他分心。"

宋超的赞助费原来是老妻的抵押贷款，这是酋长从来没有想过的事：宋超把高利贷都放到我头上来了！

老妻说的情况与宋超的多次交代是相符的，都记录在案卷里了，为什么专案组和检察官一直纠缠这件已经清楚的事，摆出了一副证据如山，不厌其烦劝我主动交代，争取从轻处理？

说不上是猛醒还是出于对老妻的感激乃至愧疚，酋长擦去额头上冒出的虚汗，从被告席上腾地站了起来，急赤白脸地申辩说："我妻子说的是实话，我请求法庭传唤宋超到庭，我要和他对簿公堂。"

在法警摁住酉长逼他坐下后，检察官带有告诫的口气说："请问被告，你真的不知道这件事吗？"

酉长想到了在看守所医务室接到的那个神秘电话，和接踵而来的检察官的提审。无论回答是与不是，可能又是一个圈套。酉长只能以沉默应对。

检察官紧紧盯着酉长说："比宋超的交代更有价值的是你的交代。本院对被告的这一罪行，是经过审慎调查的，足以证明被告对宋超奉送赞助费的事一清二楚。被告不会忘记你在看守所私下和外界通电话的事吧？那个狱医已经涉嫌贪污受贿落网，你是不是也要传唤他出庭为你作证？况且被告还在另外一个场合表示认罪，有记录在案，希望不要狡辩抵赖，狡辩抵赖是没有用的。"

"另外一个场合"真是一个绝妙的提示，酉长立刻想到了他在医院写给乔副省长的那封信，在双规和囚禁中，除了在看守所医务室接过电话外，只有医院是检察官暗示的另外一个场合。由感激涕零而写的那封信简直就是另类的"供述"，违心的"坦诚"，等于画地为牢，自己把自己圈进来了。自作多情纯属多此一举，白纸黑字没有给自己留下解释的余地。

就在酉长看到检察官把自己写给乔副省长的信当作证据呈交法庭的那一刻，他完全失去了自信。两难境地把他逼进了绝望的深渊：说实话，等于以前对组织说了违心的话，那封信可是自己亲笔写的，如果默认，就等于把自己推到死亡的边缘。

噩梦方醒，为时已晚。突然冒出来被告人的信件，对检察官是撒手锏，对辩护律师不啻是一记闷棍。他们此前不知道有这个节目的插入。

尽管在针锋相对地辩论中出现了始料不及的变化，律师没有放弃最后的努力。庭审出现的形势是严峻的，宋超的赞助倘若不被认定为当事人老妻的抵押贷款，四十万的贿款就要归到酉长的头上，酉长肩膀顶着的那颗头就保不住了。

辩护律师坚持这笔钱因证据不足且互相矛盾不能定为酉长贪污。

检察官反驳说："不能否定的事实是这笔钱落到被告人的家中，而他的老屋并没有据此而成为抵押，抵押不过是行贿受贿犯罪的一种掩饰。"

"有双方签字的抵押文书在卷，我们没有理由否认被告的老妻把老屋作为抵押还贷这一事实。"辩护律师抓住案卷中的书证把问题归于抵押贷款。

检察官发现对方在钻空子，迅速封口说："抵押协议没有公证，是无效的。据此不能把受贿与虚假的抵押混为一谈，也不能改变被告犯罪的性质和应

得的惩处。"

"这份抵押协议书本来就没有法律效力，因为房主是我的当事人，他的妻子无权在协议书上签字。这反倒说明我的当事人不知道这件事，与此事无关。"

"请辩护人不要故意贬低你的当事人的智商。"

"他的主动坦白，积极退赔，历史上为人民做过好事是不容贬低的，被告人应该获得法律的从宽处罚。"

律师的意见立刻遭到检察官的反驳："被告在拘禁期间还与外界秘密通话，订立攻守同盟，何谈悔过？"

律师针锋相对："这不是我的当事人的错！我们反对制造一个事实强加在当事人头上。法律的公正只能体现在对被告人认定事实的准确上。"

"本案事实清楚，证据确凿充分，足以认定被告人利用职权为他人谋私收取贿赂，数额特别巨大，根据我国刑法和全国人大有关规定，提请法庭对被告人做出最高量刑判决。只有判处被告死刑，才能体现法律的尊严。"

检察官话音刚落，酋长像受到惊吓似的猛地站了起来，身后的法警闪电般的一摁，又怅然地坐在被告席的椅子上。

"法律的尊严并不靠死刑来维持。"辩护律师加重语气说，"如果案子办错了，那才是对法律的亵渎。在涉及本案被告人子女出国留学的赞助费问题上，控方提供的证据明显不足，为了避免出现错案，提请法庭不予采信。"

检察官把案卷整齐地放在桌子上，用自信表示对律师的辩护不屑一顾。他不相信法庭会否定这一指控。

控辩双方的辩论终于在检察官胜券在握的微笑、律师充满鼓励的眼神和酋长放弃反驳的沉默中结束。

"被告人做最后陈述。"

审判长波澜不惊的语气仿佛要有意缓和法庭突然降临的紧张空气。

酋长早已准备好的腹稿全都烟消云散，太多太多活下去的理由和恳请都成了多余的话。不是"死刑"来得太突然，而是"绝望"来得太突然，以至于他没有听清审判长的话。他只听到了生命的气息被击退出天灵盖的抨击声，思维中断，瞠目结舌，那一刻，他已经变成一个灵魂出窍的躯壳，一具等待腐烂的肉身。

"被告人听清楚了吗？你可以做最后陈述。"审判长又说了一句，平缓的语气好像是在提醒一个不在状态的人。

残留的意识终于让酋长回过神来。他对法官摇摇头，用缓慢的摇头做了最后的表达。辩护律师恳切地望着酋长，充满着不能放弃最后拼搏的鼓励和渴求。酋长却把回避的眼光转向公诉人。他早已认出检察官是润江检察院的副检察长，也算是一个老熟人了，之所以感到陌生，是因为那身官衣穿在他身上就像变了个人似的。

庭审结束后，酋长瘫坐在椅子上站不起来。审判长走了过来，酋长这才看清，审判长也是熟人。

"公诉人的求刑你听清楚了吧？"

酋长对审判长的回答是："我听明白了，清算已经结束，我只欠一死。你们做决定吧！"

律师也没有离开，他对酋长说："我们会关注你的案卷审理情况的。"

酋长对辩护律师的回答是："谢谢，我不以成败论英雄。"

陈默终于听到了酋长两句不卑不亢有情有义的话，他却找不出一句适当的话来安慰酋长。他说去意已定，别无选择，可两只眼睛却冒着渴望生命不息的欲火。

酋长，叫我说什么好呢，该说的和不该说的，你都说了，我还能说什么？此时任何语言的安抚都显得言不由衷。

四

今晚是小年夜，傍晚传来的鞭炮声没给光头们带来欢乐气氛。小年不算是号房的节日，号房享受法律保护的节日有元旦、春节、劳动节和国庆节，好记的原因是既放假又改善伙食。放假就是放松，不干活、不反省，也没有公检法的公家人光顾。改善伙食就是中午或晚上有一份带肉的菜，即便没有中板的盘剥，分到碗里的至多是一两片白肉，不禁嚼，还没有吧嗒出味儿，就像泥鳅滑进肚子里。还有三个节日不放假，却能给你一份惊喜。如果那一天的早上，你能领到一碗汤圆，一个粽子或一块月饼，那就等于告诉你今天是什么节，于是反省时多了一份回味，多了一份思念。

鞭炮声好像催命鼓，把光头们吵得心急火燎。鲜艳的塑料花已经堆成了花果山，却只完成了加工任务的一半。看守所接到一份来料加工的订单，是急活儿，货主要赶在春节前推出塑料花装点家居和店铺，卖个好价钱。号房又开始忙碌起

来，天天加班到晚上八九点钟是很正常的事。风传的严打风暴好像雷声大雨点小，没有见到实效的标志是，号房没有添加劳动力，这让光头们很有些失望。

埋头于枯燥劳动中的光头们忽略了酉长的存在，或者说是开庭回号的酉长像个蒙上死灰的影子，不再引起光头们的注意。反正光头们知道开庭回来的酉长病情加重了，如果不送医院救治，怕是活不了几天。呼吸衰竭、印堂发黑就是行将死亡的证明。

酉长的二庭宣判怕是在医院而不是在法院进行了，这个老家伙已经处在弥留之际，只剩下一口气了。

偏偏政府干部也把酉长给遗忘了。陈默在他几次心脏病发作时按响报警的电钮，却再也呼唤不来救护车和氧气瓶。干部和新到的狱医甚至不再走进号房嘘寒问暖，只是隔着牢门的观察孔窥视一番，从饭口递进几片药便离去。好像酉长得的是传染病，需要隔离。他们的态度不再是关怀而是关注，例行公事中透着冷漠、拘谨。

干部的眼高眼低一向被老犯们视为晴雨表，看出酉长原来的特殊身份发生了重大变化。

酉长只是沉默不语，努力地压抑着痛苦的呻吟。每当他憋得面孔涨红，嘴唇青紫，额头一层一层地冒出冷汗时，陈默除了赶紧扒开他紧闭的嘴巴，往口中塞几粒救心丸，此外，他唯一能做的是打开窗户，让放风场的冷风灌进号房，给酉长注入清新空气。在照顾歌手和酉长这件事上，陈默表现得霸气十足，或许他们是这群不幸人群中的弱者吧？明知道光头们在寒风中瑟瑟发抖，也看懂了他们怨恨他不近人情的眼神，甚至谴责他在做蠢事，但陈默还是不顾一切地我行我素。号房老大的身份赋予了他这个特权，只要光头们敢怒不敢言就算是支持了。他很领情。

小年夜的加班劳动熬到子夜才结束，享受了加餐的面条汤后，离再次投入劳动仅剩不到五个钟头。稀稀落落的鞭炮声成了最美的催眠曲，光头们把自己摊在铺板上，就像醉卧在花丛的酒鬼，此起彼伏的鼾声格外揪人。尽管那是塑料花丛，透着一股假模假式的颜色和刺鼻的化学气味。

值班的歌手也在这诱人的鼾声中闭上了困顿的双眼。

发现酉长猝死是在第二天早上传他出去开庭时。牢门冷不丁一打开，懵懵懂懂的光头们还以为是厂家来催货，急着把昨晚的成品搬到走廊去。明显的睡眠不足不仅给光头们画上了熊猫眼，心智也变得麻木又痴呆。率先冲出号房的东北虎和河南人贩子被厉声喝住了，光头们这才发现门外站着干警、法警和武警，那阵势如临大敌般的严峻。

沈干部拿着光头们熟悉的法院传票，喊着酋长的名字。"万家鑫"三个字不再陌生，从酋长第一次被传唤开庭，光头们已经记住了这个名字，润江的土著更知道他当过的官比酋长大得多。

蒙在被子里的酋长没有任何反应。

沈干部大为不悦。这是酋长的第二次开庭，一个钟头后，他将领到属于自己的死刑判决。刚刚从歌手身上摘下的那套家把什已经放在号房外面，恭候着酋长领刑归来。他依旧希望酋长能戴着这套家把什交上好运，但是他不能容忍酋长对他有失恭敬的不在乎，服从管教是看守所铁的规矩，不管谁都不能违反。这不是在人后是在人前，大庭广众前，在押犯没有规矩，等同犯上，主管干部的老脸往哪搁？

沈干部恼火地从堆满料箱的过道挤到酋长的铺板前，指着陈默说："把他拍醒！"

陈默拍拍酋长的枕头，没见反应，他只好掀开被子，才发现酋长没有回应的原因是他已经死过去了，他再也不能表达，也永远爬不起来了。挣扎已经完结，生命已经交付死神，酋长异常平静安详的面容没有一丝恐惧和绝望的阴影，呈现的是解脱后的苍白和平静。

不待陈默解释，沈干部已经明白发生了什么事，他没有声张，一个劲地挥手把光头们赶到放风场，空下来的号房很快就被涌进来的警察挤满了。

陈默离去时，欲把酋长嘴里咬住的毛巾取出来，被保护现场的沈干部制止了。陈默觉得沈干部未必知道这条毛巾的价值，酋长拼命地咬住它绝不会是为了竭尽全力与病魔搏斗，而是为了抑制自己活下去的冲动去顺从病魔的摆布。病魔没有降服酋长，酋长是降服了自己而后与病魔相拥的。

死去的酋长再次受到了重视。他安静地躺在铺板上，接受着闪光灯的照耀、摄像机的光顾，法医仔细地体检和一群干警法警武警默默地注视。这些人们先后离去后，酋长独自留在号房，好像要等着光头们的最后的告别。

在寒风中瑟瑟发抖的光头们被告知，不准回号房洗漱、加衣服和吃早饭。巡逻道上游弋着持枪的武警班长，警惕地监视着钢丝网笼罩下的光头们的一举一

动。号房顿时成了禁区，只有穿着各种制服的人们进来进去，说不清是来给酉长送行还是别的公干。

光头们一齐跺脚，表示着不耐烦。

隔壁号房也知道了酉长死亡的消息，放风场不隔音，传过来的问话一清二楚。

"哎，你们号的那个老家伙是怎么死的？"

"病魔成全了他。"

"哦，死得其所呀。"

"你说的这个所是看守所吗？"

"聪明！除了看守所，你死在什么地方会有警察送葬？"

正说着，沈干部又带着一群警察来了。老官司嘘了一声，悄悄告诉陈默："瞧！润江市中级人民法院的副院长。"这位副院长的莅临，只为一件事，把一份属于酉长的判决书郑重地放进他的衣袋。无声的宣判不失为一次必要的补课，只有死者被钉在十字架上，才能宣告审判程序的终结。

酉长被抬上了刑板，这是他本来应该躺的地方。望着四名武警士兵抬着静卧在刑板的酉长缓缓走出号房，光头们才意识到真正的告别来到了。不同以往的死囚上路，这次死刑的执行变成了自行了断。不过那个阵势还真有点送葬的样子，一群干警武警和法警前呼后应，肃穆而又舒缓。

陈默感到一种说不出来的悲哀。自行了断固然豁免了酉长接受死刑判决的震慑，囚在刑板上等待处死的煎熬，子弹穿过后脑炸裂后的面目全非。但他毕竟也丧失了省高院二审和最高人民法院审核的机会，也许刀下留命的裁决会成为他活下来的可能。可酉长愿意做这样的努力吗？陈默想到酉长开庭回号后对他说的那句"清算结束，只欠一死"的谶语，好像触摸到他了断的心意。

去意已定，死神成全了他"清算结束，只欠一死"的心愿。

五

酉长不堪一击的心脏应该是在黎明前停止跳动的，小年夜即将过去的子夜，陈默还与酉长有过一段短暂的交谈。

陈默正在忙着对付那碗热汤面，冷不丁的一句"酉长喊你"让他打了一个激灵，他的反应是酉长出现了不测。

　　酉长已经拥着被子靠着墙坐起来。这是酉长从来没有的姿势，勉强支撑的样子让陈默感到他用尽了全身的气力。

　　陈默内心的紧张获得了一丝缓解。他看到酉长多日不见的潮红脸庞泛起一吐为快的急切，眼眶里的眸子又黑又亮，像两颗发烫的火球。酉长不是心脏病犯了，是另外的老毛病失眠症又犯了。陈默觉得他像往常一样需要的是"话疗"。

　　"外面在闹腾什么？"酉长问。

　　"小年夜的爆竹声。"陈默关切地说，"把你吵醒了吧？"

　　"我咋听着像枪响呢。"酉长有些癔癔症症。

　　"灶王爷可不喜欢人们用枪炮送他去西天。"

　　一听这话，酉长的脸唰地一下变白了，陈默知道自己犯了大忌，看似一句轻松的话触动了酉长敏感又脆弱的神经。死囚的大忌是"枪响""西天""吃铜豌豆、花生米""喝断魂酒"和突然喊他的尊姓大名。虽然酉长没有收到亡命牌，但对"只欠一死"的结局，却不再怀疑，不再幻想，不再做最后的努力。哀莫大于心死的万般放下成了酉长对以往成败毁誉的最后埋单，他只是不愿意背后挨枪子，这是他难以接受的了断方式。

　　陈默一时无语，他找不出一句变通的话来缓释对酉长的刺激。

　　"一墙之隔，过年的气氛就是不一样啊。"酉长用惆怅的话表达了他的不介意和别有一番的感慨。

　　"都一样，年好过，日子难熬。"陈默顺着酉长的意思应对着，他不能再轻率冒失地伤害他脆弱的神经了，那是一根根已经烧焦的炭棒，一触即碎。

　　"我熬不过这个年关了。"酉长的话透着凄凉和悲切。

　　"没有闯不过去的鬼门关！"陈默揽过酉长的臂膀安抚地说，"你的希望在于上诉。你的案值放到高院和最高院算不上大老虎，何况定你的案值有水分。"

　　这是陈默的真心话，虽然听起来有些发虚。

　　酉长摇摇头说："改判的希望在于举报立功，公检法三方面都做过这种鼓励，甚至暗示了几个与我同级或职务比我高的老熟人，让我揭发立功。我知道他们的问题不比我轻，可我下不去手。在这种时候这种地方做这种事，公检法叫立功，可旁听席上的人会这么看吗？我家的老太婆和儿女会这么看吗？你会这么看吗？历史会这么看吗？"

　　陈默想起号房流传的一句江湖老话："爹死娘嫁人，各人顾各人，死刑犯为

了活命无论咬谁一口都无须责怪。"酋长显然把自己的人格看得比生命还重,他选择了不作为。

"其实你没有必要把立功与出卖对立起来,各有各的账嘛。"

陈默硬着头皮说出来一句违心的话。

酋长用火辣辣的目光盯着他,好像打量一个陌生的人。陈默明白了,即便对这种事情的宽泛见解酋长都拒绝接受,别说付诸行动。

"这种事我不会做,可你有资格这样做。"

万万没有想到酋长说了一句让陈默瞪大眼睛的话。

"因为你是被诬陷的。"酋长又说了一句敲在陈默心坎上引起一阵轰鸣的话。

"谢谢你,"陈默突然萌生了一种天涯若比邻的感动,他对酋长说,"你没有误解我,等到水落石出的那一天,我会告诉你的。"

"王师北定中原日,家祭无忘告乃翁?"酋长到底是语文老师出身,顺口说出陆游《示儿》诗的后两句。如果不是步入官场,只做教师,不做师爷,酋长一定会是一个文采飞扬的语文教师,教书匠的生活固然清贫平淡,可桃李满天下的荣耀却是人生最好的一个结局。

"诬陷从何而来?"陈默觉得酋长难得的关照一定隐藏着什么秘密。

"你大概不知道我被双规的地方是在天堂度假村吧?那时度假村的产权和经营大权已经转到常局长老姘的名下,个中内幕我知道一些,因为涉及常局长,我的揭发可能被误解为出于保命的目的或出于个人恩怨的缘故。但你不同,你被当作替罪羊陷入牢笼,不捅破这层内幕,你就不可能洗冤。记住,牢底不是坐穿的,是戳穿的。"

"我是感觉到被罩住在黑幕中,可就是无法戳穿它。"

"你知道天堂度假村的投资人是谁吗?"

"谁?"

"你们公司的总经理郭大昌。"

"是我们公司还是郭总个人?"

"你们郭总的个人投资,经过验资已在注册中确认。"

"他一个拿工资的人,怎么会有四百万的投资。"陈默主持过天堂度假村的基建和设备安装,知道它的投资总额。

"你们公司的变频技术转让费是多少?"酋长问。

"四百万。"陈默准确地记住这个数字,是因为他是变频技术项目的责任人,他和团队的劳动成果始终没有落实到公司财务的账面上。郭总对此的解释是用于二期投资。

"这就对了,郭大昌挪用的就是这笔钱!"

"转账都是有凭据的,他郭大昌就不怕露马脚?"

"你别忘了,他还有一个伙人。"

"你是说常局长?"

"常局长帮他在转账的过程中做了手脚,这笔钱就落到他们两个人手中了。"

"这么说,这是他们两个人的合谋?"轮到陈默惊讶了,郭大昌和常局长联手是他从来没有想过的。

"这只是他们合作的初级阶段,后来常局长想独吞这笔投资,对郭大昌来个黑吃黑。"

"黑吃黑?"陈默问,"他总得有个借口吧?"

"他让他的侄子制造了一起锅炉爆炸事故,这就足以让郭大昌俯首就擒了。"

"怪不得郭大昌不敢应邀前来润江。"陈默这才发现郭大昌派他来润江当炮灰的秘密。悲剧从那一刻就注定了,不过死胡同是走到底时才知道的。

问题是酋长是怎么知道这些内幕的?

"常局长把自己的老娭安排在天堂度假村当总经理,实际上是抢占了他侄子常助理觊觎已久的座椅,安排常助理和他手下的保安看护我,正好给了他一个向我发牢骚的机会。要不是遇到你,我还想不起这码子事来。"

说完,酋长放心地闭上眼睛。

作为谢意,陈默说:"我给你用茶叶末卷支'大炮',保证爽口。"

不等酋长点头,陈默就忙活起来,一面让金太子钻木取火,一面找纸卷烟。

"大炮"点起来了,温馨的氤氲在小年夜的号房弥漫。

陈默把"大炮"递给酋长,酋长已经蒙上被子。陈默没有再惊动酋长,他被酋长虚假的呼噜声给蒙骗了。

发现斯人已去,陈默懊恼不已。

事后的回忆充满了懊悔。陈默想起酋长从怀里掏茶叶包时,还夹带着掏出一条毛巾。六个小时后,这条毛巾被紧紧地咬在酋长的嘴里,成了死神的帮凶。好像酋长把天堂度假村的内幕告诉陈默后,已经功德圆满,别无它念。陈默想起了

酉长没有念出的陆游《示儿》诗的前两句："死去元知万事空，但悲不见九州同"。陆游的绝笔不正是酉长临别的暗示吗？酉长的去意已定，病魔又肯莅临相助，在没有任何可能自戕条件的号房，酉长遂愿而去。庭审把结局打开，酉长在听到死神呼唤的同时，也看到了病魔善意的狞笑，他更愿意先行一步，把自己交给魔鬼。

第二天早上点名后，沈干部陪同七科长进号搜查酉长的遗物，他没有放过的是带有文字的纸片，渴望从只言片语中发现什么。陈默庆幸酉长留给他的几页信纸完好地保存在他的怀里，临终前成功地移交使它幸免成为漏网之鱼。

七科长看着散落在过道里一堆毫无用处的衣物，对沈干部摆摆手说："给号房留下用吧。"

"他家里人要是要呢？"老官司动了恻隐之心。

"他家里人？"沈干部见七科长捧着袖子走了，才说，"没有人来领了。他老伴放票后自杀了，被通缉的儿女在驻在国申请避难，哪敢回来？他的尸体还放在火葬场的冰柜里没有着落呢。"

"他不是有组织的吗？"金太子明知故问。

"什么组织？"沈干部问，"贪官联盟？还是腐败救助中心？"

"起码他还是咱们看守所的人嘛。"

"润江中院的判决已经生效了，看守所怎么管？"

"法院的判决在宣布和送达前，当事人已经去世，应当无效。"陈默指着发给号房学法小册子有关条文说。

"你去跟阎王爷说去吧。"沈干部的回答颇为玩笑。

光头们就在这开心的笑声中忘记了小年夜发生的事。

第十三章
窥视：黑暗中的贼眼

一

金太子把劳教裁定书挥舞成旗帜，跳上铺板欣喜地狂喊："我撞大运了，我熬过来了，我自由了！"

最先明白是怎么回事的老官司放下塑料花，从工位上一个高地蹦到金太子面前，连搂带抱地说："我说过了嘛，抗拒从严，回家过年。"

"明天放票，准确地说，今晚十二点一过，我他妈就是公民了。"

"自由万岁！"从不轻易表达感情的老官司竟忘情地高呼起来。他在为自己成功的出谋划策而高兴。

金太子在润江演绎了一出纯中国版的《警察与小偷》故事，在涉及要不要交代失窃这家主人的问题上，金太子一直不敢在七科长面前袒露真情，因为他闯入的是公安局常局长家，等于撞上了高压线。可一经老官司点拨，金太子豁然开朗。金太子还记得当时老官司对他说的那句话："七科长不是逼你交代吗？你就摊开了说，你的赃物也是贪官腐败的证据呢，一旦七科长知道顺藤摸瓜的结果是锁定他的大老板贪污腐败、金屋藏娇的罪行，他还敢查下去吗？你不懂！有时候不是小偷怕警察而是警察怕小偷，你小子不是撞上高压线，是撞上好运了。"

姜还是老的辣，你不服不行。老官司的点拨，让金太子猛然开窍：他明白了怎么把劣势变成优势，他不是要留一手，而是该出手时就出手，只要一出手，他就扼住了公安局大老板的命脉。

果然，金太子据实招供后，真的给了七科长一个闭门羹，他先是一愣，随后就用手按住了记录员的手，钢笔尖在询问笔录上唰唰写字的声音当即停止了。

"你确定？"七科长问。

"你去调查好了。"金太子回答说。

"这个问题嘛，今天先谈到这……"七科长夹起公文包离开审讯室，再也没有

回来。金太子的命运却出现了戏剧性的转变。先是案子搁置，后来又是大事化小，小事化了。在笼里关了差一天满二十四个月的今天，他领到了劳教两年的裁定书，这份裁定书等于是一份释放证，他的两年劳教生活是在看守所度过的。

"消灭法西斯，自由属于人民！"金太子举着右手，学着阿尔巴尼亚电影的著名台词，振振有词地说道。

金太子没有听到老官司的回应，却听到了沈干部的呵斥声。

"咋呼什么？现在你的身份还不是一个自由公民。"

沈干部在巡逻道的窗户上探着半拉身子，对着金太子训斥道。

"沈干部，您要是心疼我，就赶紧把我回家的路费给领回来，明晨零时，我还要去长途汽车站赶头班车回家过年呢。这等大事可不能给耽误了。"

"我明天一早送你去火车站。"

"不敢劳您大驾。"金太子客气了半句，又改口说："你们是不是怕我滞留润江，闹几起大案给你们增加点节日气氛，要不怎么像清仓甩货似的在这个日子口放我回家，还要您亲自送站？"

"你是润江有名的三只手嘛，应当礼送出境。"

"沈干部，这您可是说错了。"金太子一本正经地说，"我不是润江的三只手，我是润江的第三只眼。"

"这么说，那我得恭敬你一句二郎神了。"

"是不是二郎神，你们的大老板最清楚。"

"劳教一两年的小案子，惊动不了我们常局长。你不过是一个小庙里的二郎神，有多大的道行我还不清楚？"沈干部永远不会习惯金太子这样的得意忘形，不能眼巴巴地瞅着他对自己的顶头上司出言不逊。只要你没有走出看守所的大门，你就得服从管教。

"我有多大的道行，还是你们常大老板拎得清。不信，您去买二两棉花纺纺（访访）。"

沈干部的脸绷起来，表明他的容忍到了极限。

"抓紧时间干活吧，二郎神，别忘了，只要你一天不离所，你就得完成一天的劳动定额。"

"明天您还能给我派活儿吗？"

金太子这句话只在号房里回荡，没有追上沈干部离去的身影。

号房炸锅般的热闹。金太子交上的好运就像一缕冲破乌云的阳光，驱散了酋长活着时带来的严打预警和死后带来的郁闷。光头们似乎从对金太子的处理结果摸到了政府对羁押犯从快从宽处理的脉搏，为了给严打蜂拥而入的新犯让位，没准看守所真的要在年前来一次清仓甩货大扫除呢。

即便是瞎子摸象，光头们也愿意做出这样的判断。因为在他们眼中金太子是个货真价实的江洋大盗，他经营的搬家公司掏空了一个警察的家，足足装了一卡车的家电、洋酒、服饰、金银首饰、古董、字画，折合的案值高达百万元，可以打几个脑袋瓜子了。金太子说他是"瞎猫碰上死耗子"，光头们无不担忧地认为金太子的结局只有一个：打头。

就在金太子离开号房去领劳教裁定书的空当，光头们不约而同地把下一个死囚锁定在金太子头上，明摆着的秋后拉清单，不判金太子一个死刑，严打还有什么威力？

即便给这些光头们的想象插上飞翔的翅膀，他们也不会预计到金太子怎么会由死刑候补变成劳教两年？正因为他们不知道其中的奥秘，就想不到真正的原因，不知道原因就只能瞎猜胡琢磨。

陈默也不知道个中隐情，但他从金太子的裁定书中发现了疑点。

陈默感到惊讶的是金太子唯一的一条罪行竟是偷了一个BP机，这与金太子本人自诩的"江洋大盗"相去甚远。要么金太子也像大鲍翅故意隐瞒了真情，要么就是他刚刚狂喊的那句话："我撞大运了，我熬过来了。"

"这也太小瞧我了！"作为当事人的金太子对裁定书的不服，不打自招地表明裁定书认定的罪行大大的缩水了。

金太子指着裁定书对陈默说："那个BP机是我在歌厅的沙发上捡到的，比起我登堂入室搬家式的盗窃活动，连触犯刑法都够不上。有本事把我真实的罪行写上，让我吹牛也有个板上钉钉的依据。"

"要是把你的罪行都写上，还能送你个劳教吗，那不得送你上路吗？"老官司示意金太子千万别卖乖，还是装呆为好，他以教师爷的口吻说，"还有几个小时就放票了，不说话憋不死你吧？"

金太子乖巧地闭上了嘴。

老官司和金太子是牢房里的哼哈二将，一向真话假说假话真说。陈默反倒证明了他的预感：金太子真实的罪行被隐去了。BP机作为赃物好像是精心筛选的结

果，目的是给金太子两年劳教一个恰如其分的理由，不然不好结束他在看守所的关押。纸面上无可非议的裁定书和金太子不买账的说法，把陈默的思索引向歧点。

陈默把金太子喊到放风场，躲在巡逻道下面，悄悄地问："你真的钻进警察的宿舍啦？"

"确切地说，是警察头子的窝点。"

"还记得那是什么地方吗？"陈默想核实自己心中的疑点，那个疑点是酋长给他留下的，他没有理由不相信，但是，把怀疑的目标锁定常局长和顶头上司郭大昌，他需要证据。他要让金太子说真话，或许他能解开这个谜。

"那地方？靠！死都不会忘记，莲花公寓B座401室。"

莲花公寓B座401室？陈默心想，自己的猜想靠谱了，莲花公寓B座401室的房主就是常局长。在陈默主持天堂度假村装修工程时，郭大昌总经理曾指示他给常局长报销一笔家居装修款，打入天堂度假村的投资。那个装修地点的确切名称，陈默至今还没有忘记：莲花公寓B座401室。

登堂入室的盗窃案发生在非同寻常之处，当然就有了非同寻常的特点：贼不仅与赃物发生了关系，而且也与赃物的物主发生了利害关系。隐去贼主动交代的罪行，绝不是出于对他犯罪的赦免，而是为了保护物主的声誉、官位和锦绣仕途。如果按正常的司法程序，案件一旦移送检察院起诉和法院审判，曝光的不止是贼的罪行，而且也会暴露了物主的真实面目，因此，遭到法律严惩的也绝不单单是贼，必然会把物主牵进班房，乃至坐穿牢底。

因为公之于众的赃物既是贼的盗窃证据，也是物主搜刮民脂民膏藏污纳垢的证据。

常局长当然知道，涉及身家性命的威胁来自何贼，对他处理的最好的办法就是把这个贼捂在看守所，不让它见到天日。捂在看守所嘛，就等于握在自己手中，可是又不能捂得天长地久，因为除去偷他家的东西，再也没有发现这个贼还有其它构成判刑的罪行。只能用一个BP机说事，给个两年的劳教。

这就给金太子钻了个空子。如果金太子闯进的是灰狗摩托车公司老板的别墅，那他只能像木兰一样，找阎王爷喊冤了。

只是金太子没想到，他闯入的窝点还能牵出常局长和陈默顶头上司郭大昌两个人的内幕。

一想到金太子闯入常局长窝点后面的复杂背景，陈默远没有金太子那么愤愤然和欣欣然，他能逃出看守所，未必能逃出那只看不见手的掌控！一个刑满释放犯的出狱还要由看守所的干警亲自送上火车，防范和押解的安排必然出之于上峰的意图。陈默的担忧就在于：金太子具有双重身份，贼的身份解除了，知情者的身份依旧存在，常局长能放过他吗？

陈默要把心中的这个疑虑告诉金太子，金太子却对他摆摆手说："晚上接着谈，反正今晚我也睡不着。"

"我这儿有茶，给你泡水喝。"那茶是给酉长卷"大炮"剩下的。

"别介，留着茶叶给我卷'大炮'提神。"

二

金太子说他是在一次偶然的遭遇中成为润江的第三只眼的。

刚刚躺下，光头们还没有进入梦乡，金太子就急不可耐地钻进陈默的被窝，声言要把自己的经历向他彻底坦白交代。

"没想到陈哥对那座公寓那么熟悉，想必你更想听听这件趣事的来龙去脉。"金太子没有绕圈子，甚至有些不吐不快的迫切。

用江湖轶事、监狱奇闻、作案经过，和警察斗法的经验当成故事来吹牛，打发牢房无聊的生活，是牢房最普遍的活法。能把自己的案底告诉对方，则是信任的证明，透着一份难得的交情。陈默相信今晚金太子的袒露一定很精彩，他愿意洗耳恭听。

"你别以为我是一个夜游神啊。"

担心陈默误解，金太子用了这样一句话说出了自己的这个近似于怪癖的夜生活。

金太子讲的经历就是从夜游开始的。每天晚上在润江大街上夜游的金太子，那一天晚上遇到了不测。他在一所新落成的三星级酒店徘徊时，顿觉便急，就躲进停车场一处黑暗角落准备排水。一声吆喝让他不由自主地把开闸的水又给憋了回去，一束手电筒的强光封住了他的眼睛。金太子不知道从这一刻起，他已经被当作贼盯住了。他本能的逃跑又加大了巡逻的联防队员的怀疑，一呼百应的包抄，把金太子逼到饭店后面的一个小巷。

巷子是个死胡同。联防队员封死了巷口，等待着束手待擒的毛贼落网。他们看到的却是一幕只有在武打片中才能看到的镜头：煮熟的鸭子飞了。金太子展示的飞墙越脊的功夫，把个围追堵截的联防队员看得目瞪口呆。

随后而来的警察由此断定这是一个涉嫌数起盗窃大案的飞贼，慌不择路的逃窜是因为负案在身。于是在金太子可能经过的地方布下了天罗地网，恭候他走投无路后的缴械投降。

其实，金太子那时候还真的不是个贼，连捡到一个BP机都是后来的事。他的攀高本领是在建筑工地上练出来的，超乎寻常的发挥是因为像狗一样被逼急了。如果那天晚上他被警察逮住了，他会告诉他们，自己是欧罗巴装饰公司的工人兼润江"夜大"的走读生。

润江有许多欧罗巴，什么酒店、饭店、夜总会、装修公司都挂着这个洋味十足的名字，可就是没有欧罗巴"夜大"。但金太子说的是实情，也是苦衷。对于一个相信自己的天赋会在建筑和装饰领域获得发展而又求学无门的金太子来说，润江日新月异的现代化的建筑群体，和掩映在它们背后的古朴店铺、民居，便是他的老师，笔直的大街和弯曲的小巷便是他的课堂，华灯初上的润江便是他的夜大学。他用走读的方式观察和感悟这些建筑的风格、结构、装饰效果、立面展示、灯光照明，然后潜入书本寻求理论的解答。回到建筑工地和装修现场，他的一些别出心裁的施工建议总能收到意想不到的功效，赢得老板和客户惊诧不已的赞赏。他们哪里晓得，金太子对新兴建筑材料的熟知，对装饰风格的构想和把握，并非全都来自灵感，还来自他在润江"夜大"走读的知识积累。

夜晚永远充满了诱惑。生猛海鲜诱惑着食欲，灯红酒绿诱惑着色欲，跑官鬻爵诱惑着权欲，坑蒙拐骗诱惑着利欲，求知的欲望诱惑着金太子在每一座建筑物前流连忘返，默默地学习无处不在的建筑学。

建筑是一座城市的风骨，装饰则是它风情万种的服饰。相伴万家灯火时，高耸入云的现代建筑被灯光激活，像浮出灯海光河的一颗颗夜明珠，熠熠生辉。古老的小桥流水人家则像是一群出浴的少女，羞羞答答地把笑声抛向夜空。润江清新多情的夜晚怎能不让人着迷？它是一副看不够的清明上河图，透着岁月的沧桑和时代的辉煌。金太子觉得自己一头撞进了包容古典与现代的画卷，玻璃幕墙、旋转屋顶、空中花园、观光电梯，给了他无穷的遐想；古朴园林、粉墙黛瓦、画船渔歌、长巷短桥，给了他无限的感动。

每晚夜大学的走读，总会在莲花公寓结束。那是他参与建筑和装修的豪华住宅，熟悉的小路总是把他疲惫的脚步引向这里。望着笼罩在夜幕中黑黝黝的别墅群，他像看到了空荡荡的教室。没有灯光的窗户证明主人的缺位，他只能通过想象让这群建筑物亮起来，凭借着记忆，用自己学到的知识尝试着分析它的成功和不足。更多的时候，他只能悻悻离去。他琢磨不透城里人的心思，巨资买下房子，又雇人装饰一新，却把它遗弃在城市的边缘，任风雨蹂躏荒草疯长。

凡是在黑夜中无法看清的东西，都有一种神秘感。金太子很想钻进莲花公寓找到电源开关，点亮这朵璀璨的润江夜明珠。他不忍心看着自己和哥们儿用汗水凝固的作品被冷落，被抛弃在荒郊野外。

也不知是警察和联防队员锲而不舍的追逐，把金太子逼到莲花公寓，还是自己的那双脚认识熟路，或者是惯性把他带到了莲花公寓。反正金太子跑到莲花公寓就像跑到了天涯海角，遁路跑到了尽头。

金太子后悔了。慌乱中选择逃跑实在是一个愚蠢之举，事出有因合情合理的说明，不再取信于警察，他无法证明自己的清白无辜。作为逃跑的开始，只能在继续逃跑中找到新的遁路，才是唯一的结局。可眼前这座沉默的建筑却像一座高山挡住了他的去路。

金太子听到了警犬兴奋的喘息，看到它们几双蓝幽幽的眼睛穿透黑暗的夜幕舔在他的脸上。金太子在心中哀叫着："还是撒丫子跑吧，跑到哪儿算哪儿吧！"他把自己交给了运气，双脚却用执着的步伐在一条熟悉的楼道奔波，带领他从四楼过道的窗户爬上了一个阳台，通过厨房没有关闭的门，他堂而皇之地进入了一个华丽的房间，像一个古堡幽灵隐身在卫生间。熟悉的装饰材料，洁具品牌和置放的位置，还有昂贵的进口浴盆，都似曾相识。直到第二天早上，一缕阳光透过厚厚的窗帷，把客厅卧室书房的面貌从黑暗中廓清后，故地重游的惊喜立刻驱散了惊魂未卜的战栗。

"乖乖，我闯进了莲花公寓B座401室！"

当年的虎口脱险已经成为过去，为此而坐牢的厄运行将结束之际时，金太子对陈默说起这件奇遇时依然充满了惊讶的口吻，仿佛这是一个宿命。另一个无法掩饰的惊讶是他更像刘姥姥进了大观园，落满灰尘的一应陈设，看一眼就知道它华贵气质、不同凡响的格调。他知道房主是阔绰的，虽然没有见过面，但他对装饰的挑剔多次给金太子出了难题。他没有想到房主是那么有品位，简直就是按五星级酒店总统套房陈设买进的家具，而且都是从国外进口的地道洋货。

"那一刻，我真想见识见识这位房主是哪路的鸟人。"

"你不是后来见到他了吗？"陈默问。

"用一句文绉绉的话说，我只闻其声，未见其人。"

"哦！"陈默也有些意想不到。

"正因为未曾谋面，才是真正的奇遇呢。"金太子故意停了下来说，"贡献点茶叶好不好，我得卷支'大炮'提提神。"

原来，真正的奇遇还没有开始。

三

金太子滞留在401房间的原因是他吃错了食物服错了药，假如不犯这两个错误，他早就逃之夭夭了。现在回想起来，那些食物和药物好像故意扯住他的脚，留下他等待公寓主人的大驾光临。

饥饿感是伴随着危险的解除而开始折磨他的肠胃的。在确定尾追的警察和联防队员因为失望而撤离后，金太子想填饱肚子再跑。万一中了埋伏，好有力气杀出重围。

厨房可供充饥的食物太多也太精美了，不能遂愿的是他不敢点火把这些干海参干鱿鱼和燕窝火腿腊肉煮熟，再大快朵颐。任何一个响动，都有可能招来麻烦。只要精明的警察和联防队员留下一个人，死死地盯住楼道里的电表水表燃气表的指针，只要出现摆动，就等于把他锁定在401室。金太子不能干这号傻事。

一盒巧克力和一瓶洋酒成了他的快餐。他没有在意巧克力不太对劲的味道，听老乡说那玩意就像炒煳的米粉，又没嚼头，还挺粘牙。那瓶洋酒也不像老板吹嘘的XO，不辣嗓子的酒不能叫酒，只能算是饮料，他是扬着脖子把那瓶酒灌进肚里去的。翻江倒海似的腹疼，上吐下泻的宣泄立竿见影般显示出两味洋货的威力，两个卫生间成了金太子不能离开须臾的地方，充斥着恶酸恶臭的气味，连自己闻着都要发呕。

金太子意识到如果这时候跑掉，唯一的去处应该是医院。那可是打工仔不敢问津的地方，收费高不说，还不受待见。金太子和他们那帮工友对大医院从来都是望而却步，你是去讨药，不是去讨冷眼的。

金太子提上裤子捂着肚子开始满屋子找药，就地解决需要就地取材。凭着卧室散乱的衣被，弥漫的香水味，金太子就知道，有人在这里住过、睡过，那么，居家过日子必备的常用药是少不了的。果然，他在床头柜里翻出来一大堆药盒，上面写的都是他不认识的洋字码。一个打开的药盒里有一板用过的胶囊，似曾相识的感觉诱导金太子犯了一个经验主义的错误，他把印有洋字码的胶囊当成了广告上的"泻立停"，无怨无悔地吞了下去。

药效很快就把疼痛由腹部驱到下体，着了火的下体又牵动着全身躁动起来，血管鼓胀得嘭嘭直响，只觉得发烫的血液带着一股野性冲上头顶，脑袋瓜炸裂了，是被下身那根挺起的中轴发射的液体导弹击中的。

可气的是，那根中轴撒欢之后并不疲软，任金太子怎么安抚都不肯龟缩回原位。金太子恍然大悟，他奶奶的，敢情是吃错药了！这药是他妈的春药，一旦深陷其中，别说自拔，连腿都迈不开了。

难耐又无法解脱的金太子，只好躺在床上，任那中轴把盖在身上的毛毯像帐篷似的支起来。

"小祖宗，你要搞死我呀！"金太子感觉第二冲击波即将到来，立刻翻身而起，冲进卫生间，用冷水猛浇发烫的身体，为肆无忌惮的兴奋降温。

就在这时，金太子听到了另外一种肆无忌惮的响动：钥匙在门锁里拧动的声音，接着，他又听见开防盗门的咣当声，犹如按响了报警器。

躲藏成了迫在眉睫的事，金太子闪电般返回卧室，把摊在沙发、地毯上的衣物一划拉，连滚带爬地钻进床下。这时，第二道木门已经打开，脚步声纷至沓来。金太子在惊悸中祷告，堂而皇之的闯入者千万别是警察。

抢先进入金太子眼球的是穿着警察制服裤子的一双大脚，脚套在拖鞋上，径直走到床边就不见了。金太子感到那人不是坐在床上而是沉甸甸地倒在床上的，那张足足有六平米的大床忽地沉了下来，抖落的灰尘呛得他睁不开眼睛，只想咳嗽。金太子只好把头埋在臂弯里，待尘埃落下，金太子看见床下的地毯上散落着一件件标准的警服，准确无误地表明了来者的身份。

金太子本能地用手中的短裤捂住嘴巴，拼命压制住自己发出的惊诧尖叫。眼前的警服让他悲哀地想起了家乡流传的一句老话：凡事不经念叨。你怕鬼，鬼就来了。

动弹不得的金太子，唯一的作为就是不眨眼地盯着地毯上的那双拖鞋，盯住

了它，就等于盯住了警察的行动。

看着，看着，金太子竟看不明白了，床前又落下一双纤细的玉腿，千真万确，是女人的腿，十个脚趾都涂着红漆似的什么油呢。那玲珑般的双脚伸进拖鞋里，迈着细碎的小步，走到衣柜前，找出一件透明的睡衣披在身上。金太子这才发现，人家赤裸的不光是大腿，还光着屁股呢。

一双拖鞋四条腿，不用脑筋急转弯，金太子顿时明白，那个女人是被那个警察抱进来的。金太子心想，落在警察臂弯里的女人一定温顺得像一只小绵羊，任凭那个警察摆布。孤男寡女的床上大戏就要开始了，金太子悬着的一颗心终于平稳地落了下来。他美滋滋闭上眼睛，准备带着偷听的快感，聆听着来自上方的纠缠、撕咬和喘息。身上闹事的中轴也乖乖地偃旗息鼓，在寂静中等待别人的爆发。

不料，返回来的女人还没有上床，就遭到那个警察发出了讥讽："这几天你可没闲着啊，说，是不是背着我又和别的小白脸鬼混了？"

"是不是你们这些当警察的有制造冤假错案的习惯？"女人的驳斥带有对警察职业爱好的轻蔑。

"我有证据。"那个警察把一盒药丢在地毯上，严正地说："这盒药被人打开了，少了几粒，总不会是贼干的吧？"

"不会吧？"女人不信，像一个受审者似的表示异议。

"你自己看看吧，这药可是你从香港给我带回来的，你不会不认识吧？"

金太子再次用裤头捂住嘴巴，他甚至比那女人先看到了那个熟悉的药盒，没有想到他偷吃那几粒胶囊，不仅给自己带来了莫名的鼓噪，还引起了如此这般的误会，制造了一起冤假错案。他想笑，又怕憋不住，只能死死地捂住嘴巴，抑制涌上来的冲动。

"没准是你金屋藏娇的证据呢？"女人捡起药盒摔向警察，以示反击。

"哪个女人能有你这么幸运，视为我的掌上明珠，呵护有加，要风有风，要雨有雨？"

"你的掌上明珠太多了吧？天堂度假村的按摩小姐哪个不是你的应召女郎，这些事你当我不知道？"

"天堂度假村？"陈默打断金太子的回忆，吃惊地问。

"怎么，你也对那个地方感兴趣？"金太子怔怔地反问道，"不会吧？"

"你说下去，详细点。"陈默急不可待地说，"我愿意听。"

"我这是在连续剧回放呢，你且听下回分解吧。"

"你不能添油加醋。"

"我没告诉你吗，我是只闻其声未见其人嘛。绝对是原版录放。"金太子清了清嗓子，继续绘声绘色地说起来，"我听到了那个警察的声音。他说，看来，我得把天堂度假村好好整顿整顿，免得你起疑，说长道短的不好听。

"怕你舍不得下手，天堂度假村可是你的小金库。"女人不信。

"我得提醒你，在没有把那百分之五十一的股权从北京方面收回来，天堂度假村还不属于我常某人名正言顺的产业。你可别瞎说，眼下省政法委和省委组织部正在对我进行考核，让我消消停停地过关好不好？"

"你当我不知道，那百分之五十一的股份不是已经转到你侄子常助理的名下了吗？你该给他扶正了。"

"你不知道的是，这笔款项是北京的郭大昌侵吞公司变频技术的转让费，他为了躲避北京公司的嫌疑，才把这笔资金拿来与我合作共同投资天堂度假村，名义上是他出资，我出地皮。实际是我当家。"

"你玩的是暗度陈仓的把戏，你不是地主，哪来的地皮？谁不知道天堂度假村的前身是你们的公安干校。"

"你要说是玩了个空手道也未尝不可，公安局的百分之四十九的出资，我原封不动地保留下来，我要的是郭大昌的那笔贪污资金，我给他透过话，变频公司的老总宋超已经抓捕归案，牵涉郭大昌的一笔资金走向。郭大昌是个聪明人，他岂敢来润江？"

"你就顺手牵羊，划归己有了？"

"不，眼下记在我侄子名下，将来归你经营，资产归咱们两人所有。这件事本不想这么快告诉你……"

"就这件事，你还想当市委副书记呀？"

"什么话！不是想，轮也轮到我了。市委常委的头衔都挂了两届了，论资历，论业绩……"

"别提你的业绩，润江的社会治安状况不好，你知道老百姓是怎么说的？"

"怎么说的？"

"老鼠碰上馋猫，有惊无险。"

"警力不足，经费紧张，我能维持这个局面就不错了。好在上级体谅下面的

苦衷。"

　　见女人没有吭气，他又说："再说，天堂度假村是我为自己留下的一条后路，官场风云莫测，不进则退，这是迟早的事。我不想退下后过紧日子，没有权不要紧，没有钱可不行，这不是也为你好吗？"

　　"为我好就把我手下的一号模特挖到天堂去当妈妈桑？"女人讥讽道。

　　"我是不放心我侄子，那个妈妈桑是你我都信得过的亲信嘛。"

　　"我相信你？"那个女人冷笑道，"我只会相信你把这位模特带到这间卧室过夜！"

　　"你……"

　　"我在公寓外的蓝鸟车上不止一次看到你带着她进出，想看看我用美能达拍下的照片吗？"

　　警察给憋回去了，有五六分钟的沉默。

　　"你知道的事太多了，千万要为我管住自己的嘴巴。"

　　"我是恨你在心口难开，可多行不义必自毙的规律你能逃得过吗？"

　　"也许我错怪了你，请别介意。这几天，关于我的提升问题，领导班子内部争议很大，上面也举棋不定，我的心情很不好，你就别添乱了。"警察变了个腔调，连金太子都听出了他的虚伪。

　　"其实我早就想结束这种不清不白的地下关系，如果你不想金屋藏娇，就应该给我一个名正言顺的机会。"女人一口回绝。

　　"你不是不知道，我家的黄脸婆和我的儿子早已结成了反抗同盟，他们未必想毁掉我的前程，难保不迁怒于你。你得容我从长计议啊！"

　　金太子听到女人窸窸窣窣穿衣服的动静。

　　"怎么，你害怕了。"警察赤裸裸地跳下床，拦住女人说，"你不能就这样离开我，有危险。"

　　"这种不清不白的日子，我过够了，我自信不欠你什么，有什么好怕的？"女人愤怒地甩开警察伸出的双臂，给了他一个决绝的后背。

　　"你怎么耍起姑奶奶的脾气来了？你出去散散心，我不反对，这个房间的钥匙你得留下。"

　　"你有没有搞错？我可是这所房子的房主。"

　　"那是我送你的。"

"那又是谁送给你的？又是谁让人家在房票上写上我的名字？"

警察沉了一会儿说："你误会了，我不是这个意思，这所房子已经被我儿子盯上了，你不能再在这所房子露面了。"

"你儿子？"女人一阵冷笑道，"我不信他敢动老娘一根寒毛。"

一串叮当的声音响过，金太子断定那个女人把钥匙丢进皮包里。

"要是你移情别恋，就直说。我明里暗里陪了你六七年，是块石头也该焐热了吧？不能人走茶凉。"

"小心眼不是？我又给你安排一处别墅，在天堂湖北岸，不属于润江地盘。绝对安全。等你散心回来，你将以总经理的身份光临天堂度假村。"

"那你得买个汽艇接我去天堂度假村上下班，我可不想开着小蓝鸟做环湖游。"

"好主意！我给你办就是了。"说着，警察把女人揽进怀里，一顿猛啃。

床上大戏开始了，金太子听到期盼已久的干柴烈火焚烧时发出的火暴尖叫……

讲完这一段奇遇后，金太子意犹未尽地问陈默："你说这是怎么回事，我是第三只眼呢，还是第三只耳？"

在金太子言犹未尽的诉说中，陈默能肯定以房屋主人自居的那位警察一定是常局长，他无法断定那位女人是谁，但是，他隐隐感到她处在某种危险之中，她期盼的婚约可能是一个祸根，一个幻影。

此时，除了对金太子的担忧外，陈默还莫名其妙地担忧这位陪常局长上床的女人面临不测。

四

"我再次光顾莲花公寓 B 座 401 室，是因为被老板炒了鱿鱼，失去工作和生活来源后，我想到了偷，因为那也是一条活路，特别是偷贪官的不义之财，心中没有负罪感。"

金太子点上第二支茶叶末卷的"大炮"，继续着往事的回忆。

在 401 室逗留了一天一夜的金太子耽误了他手里的活计，还导致了一起责任事故。老板不念旧情，让他土豆搬家滚蛋，当然，说出来的话还是满带鼓励的：

"你长本事了，该另谋高就了。"

"此处不养爷，自有养爷处。"这是金太子心中的回应。

夹起行李卷走人的金太子沉浸在自信的前景中，他相信凭着自己的本事，一定能在润江扎下根，闯出自己的事业。

可惜，站在过街天桥上被冷风一吹，这种豪情壮志还没有来得及让全身的热血沸腾起来就凉了下来。浮现在心头的是茫然，是茫茫人海中找不到属于自己抛锚的港湾那种惆怅滋味。当务之急不是幻想未来，而是如何解决眼下归宿的实际问题，身上仅有的三百元钱不能给他一个安定感。

金太子花了十元钱在一个浴室将就了一宿，天一亮，饿着肚子蹲在过街天桥下面揽活。那是个禁而不止的劳务市场，马路牙子上挤满了应招的手艺人，手中的工具就是他们的专业技术招牌。金太子别出心裁，在一块纸板上写的是全活："室内装修，管道疏通，安装水电，拆迁空调，制作家具。"还有"保证质量，按时完工，价格面议，特别优惠"的殷勤承诺。搭讪的人倒不少，一看金太子是个毛头小伙子，又是单干，便把挑剔的目光投向别人。等到金太子口袋只剩下几十元钱时，没有揽到活计的他感到了无助。

那天晚上，金太子没有住进浴室，在一个小酒馆倾其所有喝了大半宿，一瓶双沟大曲换来了一个大胆的念头：做贼！

这个念头一冒出，已经半醉的金太子吓出了一身冷汗。这怎么行？这是堕落！这是毁灭！他在指责自己，相当正义的指责。可是一结账，两手空空又走投无路的他在半醉半醒中听到了另一个声音：怎么不行？偷平民百姓的钱财是贼，偷贪官污吏的不义之财还是贼吗？是汉子嘛，是劫富济贫嘛，是取之有道用之有理嘛。老天有眼，才让我发现莲花公寓的那个窑，我不去取，天理不容。这个声音一出，金太子再也无法说服自己了，原本一半清醒一半醉的精神状态只剩下跃跃欲试的亢奋了。

这简直就是一次堂而皇之的搬家，毫无惊险可言。

金太子对陈默说："搬家是真的，搬家公司是假的，我从老乡那儿借来一辆倒骑驴，来回三趟就搞定了，纯属单干。为什么说自己是搬家公司的老板？吹牛呗，就像扒手自诩是大众银行提款员一样，溜门撬锁的贼们都这么称呼自己的职业。你想想，哪个贪官不说自己是清官？"

"你误打误撞的事多了，不足为奇。"陈默知道金太子并非幸运儿，他还在401房间死里逃生的遭遇，他渴望知道更多的情况，于是友善地启发他讲下去。

"这事你也知道啊，又是老官司多嘴了吧？"金太子吃惊地问。

陈默笑而不答。

"你说对了，人总不能事事顺当，五天后的晚上，我再次去401室，碰上了真正的杀手。"

陈默没有想到他撞上的不是失主，不是守株待兔的警察而是杀手，窃贼与杀手的奇遇到底是误打误撞，还是狭路相逢？

"这件事，至今我还糊涂着呢。"看到陈默感兴趣的鼓励，金太子就接着说下去……

再次光顾莲花公寓401室是因为金太子搬回去的手机、录像机、按摩器没有充电器，润江的电器商店跑了个遍，也没有找到可以匹配的型号。忍耐了五天后，金太子又一次敲响了401室的房门。

敲前门是探听虚实，如果没有动静，他会爬上阳台从厨房进入房间，那个虚掩的后门才是他进出的通道。因为是虚张声势，又早有准备，此时门里门外的金太子有两个身份：门外，他是个揽活的工匠，潜入门里，他才是一个贼。

敲了一阵子门，没见什么动静，站在门外正准备转换角色的金太子突然眼前一黑，一个巨无霸似的手掌捂住了他的脸，刚要叫喊，身后又伸出的一条胳膊勒住了他的脖子。金太子像被套住的黄鼠狼拖进了房间。

此时，金太子最清醒也最后悔的哀鸣就是中了警察的埋伏。人家都说的贼不走回头路，真是那么回事。接到报案的警察正在这里守株待兔呢。

待那个巨无霸的手掌收了回去，金太子才发现情况并不对头，一个长着苦瓜脸的男人坐在沙发上满脸狐疑地盯着他，摊在地毯上的那张老虎皮让他觉得像置身于座山雕的威虎厅。

"哪个码头的？"苦瓜脸问，手里摆弄着一把尖刀，明晃晃地刺眼。

金太子不知道那是一句黑话，只能充呆。

"快说，你是哪来的，干什么的？"立在背后的那个人揪住金太子的耳朵喝道，金太子扭头一看，是个大扁头，好像连头带脸被擀面杖擀过似的。

"找活儿干的。"金太子定了定神，按照事先编好的瞎话回答说。

苦瓜脸示意大扁头翻动他的工具包，倒在地毯上的全是金太子备下的道具：电锤、瓦刀、锯弓、皮尺，还有那块写着揽活儿的纸板。

"踩点的吧？"苦瓜脸心有余悸地问。

"踩点？我没有发财的点子，只有一点小手艺，混口饭吃。"金太子装傻充愣地说，"二位大哥要是没活儿给我干，我就不在这耽搁了。"

"这个门可是好进不好出啊。"大扁头说。

"二位大哥，别难为小弟了，放我出去找活儿吧。"

"是你老弟让我们兄弟两人为难了。"苦瓜脸把尖刀放在茶几上说，"该来的没有来，不该来的却找上门来了，你这是找死啊！"

金太子一听苦瓜脸对他称兄道弟，心中不觉好笑，反倒不惊慌了。

"大哥，我不明白你的意思，我是找活儿，可不是找死的呀。"

"有些事我们也不明白。"苦瓜脸说，"为什么偏偏是你来敲门？你也不打听打听，这是谁的密室，这个门是好敲的吗？"

一听到这是谁的密室，金太子顿觉这场意外的遭遇有些不妙，人家的守候一定与失窃有关，后悔这个门不该再敲，等于炒了个回锅肉亲自送上门。

"进来就不好出去了，说什么也没有用啦。"说着，苦瓜脸递了个眼色，大扁头就用胶带封住金太子的嘴巴、眼睛和双手，把他踢到厨房里面，吼了一句，"识相点，给我老实待着，外面的事情与你无关。"

入狱后，老官司讥笑金太子做贼的道行还没有修炼到家。老官司说："润江'夜大'读完了，你还得在监狱大学继续深造。记住我给你上的第一课，叫好马不吃回头草，贼不走回头路。回头路上有陷阱，人家在那里候着呢。"

当时只有追悔莫及。

隔了好大一会儿，外面也没有发生什么事。金太子定定心，把脑袋瓜子往墙上蹭了蹭，发热的头皮让他感觉自己还没有丧魂失魄，心里顿时踏实多了。此后，那脑袋瓜子就再没闲着，像个探头四下摸索，凭着感觉，他肯定自己被囚的房间是厨房，那是自己再熟悉不过的地方。随便摸着一把刀具就可以割断胶带，手眼一解放，通往后阳台的门便是他逃遁的机关暗道。

金太子开始行动前，摸索着把厨房与客厅相通的门插上，他得把苦瓜脸、大扁头隔在门外。耳朵刚贴到门上，他就听到了苦瓜脸打电话的声音：

"我在这里蹲了两天了，那个臭娘儿们一直没有来。"

"什么？继续蹲守？不完活不给酬金？好！我听大哥您的。"

"什么？大哥您什么也没说？是、是，我记住了，大哥您什么也没说。"

"大哥，您看……是不是出手狠了点？再说啦，干湿活儿可不是这个价码呀！"

"好！大哥够意思，我们等着您的兑现。"

……

金太子方知他遇到的是杀手，本来蓄谋已久的谋杀与己无关，偏偏给他撞上了，一迈进这个房间，局外人也成了局内人，人家不会免费让他从头到尾看一场血案的，他要为人家杀人付出灭口的代价，陪着那个臭娘儿们一命呜呼。这个险境一旦识破，逃命就成了当务之急。金太子不再迟疑，他果断打开灶具用火烧断了手上的胶带，又用烧出血泡的双手撕开眼睛和嘴巴的胶带，操起一把菜刀，轻车熟路般地翻过阳台。为了逢凶化吉，必要时，他要用菜刀杀开一条逃命的血路。

"菜刀没有用上。"金太子侥幸地对陈默说，"苦瓜脸和大扁头没有发现我的行动。如果他俩要追杀我，也许倒在血泊中的并不是我，可我还能像今天这样活着走出牢房吗？"

"幸运容易让人麻痹，你还是谨慎为好。"陈默看见值第四班的东北虎开始叫下板的光头起床，知道已经是清晨，通宵的长谈也该结束了。他的话带有告别和告诫的意思。

"难道你就不想让我这个公民为你办点事？再过两个小时我可就自由了。"

"我不想拒绝你的好意。"陈默欣喜地说，"我想把你的经历续上一个完美的结尾。"

"我的事不会与你有关吧？"金太子疑惑的话还没有说完，就被开饭的嘈杂声打住了。

"吃完饭再告诉你。"

"啰唆。"金太子嘟囔了一句。

五

"早饭没有你的份了，你就等着出去喝西北风吧，那东西是免费的，敞开供应。"癞哥知道金太子今天放票，故意开着酸溜溜的玩笑说。

"喝西北风也是自由呼吸，我还真好这一口。"金太子也打诨地说，好像自由就在眼前。

"自由呼吸？"癞哥不屑地说，"你知道多少放票的公民一出牢房就直奔作案现场，他们急不可待地干一笔，就是因为囊中羞涩寸步难行。自由的通行证不是

老头票，懂不？怎么样，跟哥们兑换点现金装在身上？"

金太子知道癫哥雁过拔毛的老毛病又犯了，他在算计自己面前的一套崭新行头，那是陈默刚刚从自己的包袱里取出来的新衣服，送给他迈步出监的。

"这套衣服穿在你身上肯定不伦不类，还是物尽其用的好。"

金太子当然懂得现金比衣服更重要，他能抵御癫哥的诱惑，是因为心里有了个底：陈默在给他的衣服口袋里放进了五张老头票，他一下子成了不缺钱的富翁了。只是他不知道这是陈默替酋长把这笔钱派上的用场。

癫哥走后，金太子一副慷慨的样子拍着胸脯对陈默说："我猜你一定有重要的事托付给我，说吧！我金太子是个讲义气的人。"

陈默伸出手掌对金太子说："记住写在这上面的电话号码，出去后给一个叫余湘的打个电话，代我问候她。"

"就这事？"

"你还要把你知道的事情跟她讲一遍。"

"靠！我可不知道你的事情。"金太子有点摸不着头脑。

"就是把你昨晚给我讲的事情原原本本地给她讲一遍。"陈默挑明了说。

"她是记者？"

"是个老师。"陈默没敢说出余湘法学副教授和公益律师的身份，怕吓着金太子。

"我当是什么大事呢，这点屁事我能办到，你瞧好吧。"金太子轻松地说，"电话号码我已经记在脑子里了，时间不多了，我还要把钱塞进屁眼里，别给号房找麻烦。"

陈默拦住金太子，再次叮咛说："你要珍惜这个机会，必须尽快离开润江，不可逗留，更不能再回来。"

金太子听着有些反感，满不在乎地问："连在润江打工都不行吗，你怎么跟老官司想到一块去了？"

"祸莫大于不知足。"陈默知道他和老官司的话无法规劝金太子，就借用古人的话来开导他说，"孔夫子的话你总不能不听吧？"

金太子并不在意。

沈干部带走了金太子，也带走了陈默的祈盼。

整整一个上午，陈默都沉浸在发现和传递的快感中，激动得总想大声吼一嗓子。金太子哪里知道，他居然在如此离奇的遭遇中扮演了三个非同寻常的角色，他不仅是个法律意义上的贼，还是一个无意中窥视了重大秘密的知情者，当他找到机会给余湘拨打电话时，他又不知不觉地扮演了一个传递秘密的信使。纵然陈默用那一声声带血的吼叫能震撼号房，也是远在千里之外的余湘无法听到的。只有获得自由的金太子具备信使的条件，亲口传递的又是亲见亲闻。陈默相信，只要金太子能原原本本把自己的所见所闻全都告诉余湘，余湘一定会作出和自己相同的判断，对相关人物做出合理的分析：

常局长是他的冤案制造者，为的是把那觊觎已久的百分之五十一的股份揽到自己的名下。这也就证实了酉长切切叮嘱他要密切关注天堂度假村的良苦用心。因为郭大昌的逃匿，姓常的还不能理顺法律方面的手续，作为鱼饵或是替罪羊的陈默只能囚在牢房。常局长不缺乏羁押他的适当理由和法定程序，只要来回转几份拘留、逮捕、延期审理、退回补充侦查，就可以把他一直关下去。陈默被迫签字的各种法律文书就像他的卖身契，转来转去既没人买又没人赎，只能当奇货囤聚，等着郭大昌出场，卖个好价钱。

苦瓜脸点头称是的大哥虽然没有露面，应该是个黑社会老大级的人物指派，或者是受雇于常局长的老伴与儿子结成的同盟，遥控这两个亡命徒的行动。苦瓜脸和大扁头杀人当然是为了钱，雇主却是意欲借他们的手将那个女人从人间蒸发。非同一般的雇佣关系表明了一个预谋：杀人灭口的罪恶交易。

苦瓜脸所说的"湿活"和"臭娘儿们"，一定是和常局长上床的那个女人有关，看来她已经锁定在亡命徒和他的雇主的黑名单上，处境危险。这个女人会有金太子那样的幸运吗，逃脱黑白两道的头面人物联手对她的堵截追杀？一个生活在权势一手遮天和黑社会图财害命的夹击中又浑然不觉的女人，又有什么力量能拯救她于水火？想必余湘获得金太子提供的信息，一定会注意到这个女人迫在眉睫的危境，她会竭尽全力调动一切社会关系救助她的。但余湘的力量毕竟有限，陈默不敢奢望她能帮助这个女人虎口脱险，因为她面对的是和这个女人同样的社会恶势力：黑白联盟，权钱交易，良知和正义需要凝结成强大的社会力量才能铲除这些作恶多端的人妖。

癫哥借着送开水的机会，发牢骚地说："你们号房怎么出这号鸟人？舍命不舍财！明明身上揣着老头票，死活要让看守所给他出钱买火车票，这下可倒好，沈干部把他送到火车站的煤场卖苦力去了，那地界可是好进不好出啊。"

老官司辩解道："这不是什么新闻，这个归宿早就为金太子设计好了的，不怪政府干部没打招呼，沈干部亲口说要送他去火车站，你能说送到火车站煤场不是送到火车站？"

陈默的希望在这一刻轰然破灭。他想起那货曾经告诉过他，那地方是公安局的一个"点"，暗藏玄机。

陈默担心金太子无法逃过这一劫。

金太子怀里揣着钱，安置他的小屋窗户打开着，外面的火车鸣叫是那么鼓动心扉，他奔向自由的心情又是那么迫切……

第十四章
除夕：爆竹声中一人除

一

旧历年的年底毕竟最像年底，鲁迅先生的这句穿越历史情境的话也在牢房里得到了印证。年关岁尾，号房出现了空前的热闹和忙乱后最为消停的平静。

牢门此起彼伏地喧响，走廊里人声鼎沸。看守所绝不留客过年的习俗，使得年前最后一批的投改进行的果断彻底。即将上山的已决犯无不欢欣鼓舞，以为离开看守所就会阳光灿烂。留下的光头只能在羡慕和惋惜中开始新一轮的等待。他们被告知，春节放假期间停止劳动也停止放风，开门开锁的声音断然消失后，看守所陷入一年之中最为冷清的沉寂。

十三号号房只剩下陈默、歌手、老官司和东北虎四个人。年前，陈默领到的是延期审理的通知，这是他早就预料到的事。歌手领到的是法院退回补充侦查的通知，无动于衷的他一副不理解不领情的样子。东北虎提前获得检察院的起诉书，显得不急不躁。老官司除了四年前领到的刑事拘留证外，再也没有收到任何法律文书，被遗忘在号房的他对超期羁押早就习以为常。

四年的牢房关押没有把老官司折磨成疯子，反倒成了一个乐天派，真不知该恭维他心理素质好呢，还是像他说的那样，把看守所当成了家？

"看守所是我家呀。"每每说起自己遥遥无期的关押，老官司总是用这句话当着开场白，叙述着他无奈的感慨："一进腊月，我就要踅摸点不大不小的事情把自己折进看守所，好在牢房过年。我早就想好了，到老了，不能动弹了，我挤也要挤进看守所，往号房一蹲，就等着老天爷点名了。乞丐无儿孝子多嘛，到时候，有人伺候，有人送终，你只管闭上眼睛就行了。人活一辈子，不就是这么点事吗？毛老爷子不是说人要死得其所吗，我们这号人该死的那个所就是看守所。"

"不会吧，老官司，连叫花子都有一根打狗棍，你怎么会没有儿子呢？你的儿子可是老有名的飞贼呢，江湖人称飞刀二世，地球人都知道。"

头一次听老官司痛说终老牢房的苦衷，东北虎不以为然，他知道老官司后继有人。老官司有个儿子从反扒中队跑掉了，带走了老官司的作案证据，找到他，警察比老官司更急。

"我那个捡来的儿子怕是不在人间了。"老官司悲切地说。

"在，闹得还挺欢实。"东北虎肯定地说。

"我已经三个春节没有见到他了。"

"别忘了，你和他隔着一堵高墙呢，进看守所又不是赶庙会，每年一次，说来就来。"

"你不知道，春节是我们爷俩聚会的日子。"

"没听说哪个码头有这号规矩？"东北虎似信非信。

"我给他定的规矩，只要我蹲在看守所出不去，他就要闹点事进来，陪我过年。"

"那可是世界上最美妙的团聚。"歌手感动地直拍手。

"你总不会盼着自己的儿子也进看守所吧？这又不是什么美誉的地方。就是你儿子进了看守所，也未必关进咱们号房，不是照样见不着面吗？"陈默倒是觉得老官司被关"痴"了，说的是呓语。

"只要我儿子能进看守所，我就一定能见着他的。做不到这一点，我老官司还在号房混个什么劲儿！"

"要是你儿子真的关进了看守所，你怎么可能知道？莫非你有特异功能？"东北虎问。

"你不知道我是牢房里的人精？"老官司很自信。

老官司没有吹牛。长期的关押迟钝了他的视觉味觉对痛苦的感觉，也丧失了对时间流转昼夜交替的直觉，却强化了他的听觉。老官司的耳朵特别灵，这是号房公认的奇迹。他凭着灵敏的听力能说出哪个干部来查号，哪个号房的牢门被打开了，哪个武警班长在站岗。他最正常的坐牢状态是昏昏欲睡，其实，那不过是一条章鱼，在闭上眼睛的同时却伸出了警惕的触须，任何动静都瞒不过他的耳朵。隔着放风场的四面墙，光头们曾听到了前院偶发一丝极像松口气的声音，巡洋舰问，谁在放他妈的罗圈屁？老官司说，这话你应该对沈干部说，是他的自行车轮胎泄气了。赌一把？好啊，一盒香烟？一言为定。晚上收监时，巡洋舰装着关心的样子问沈干部，您骑自行车回家很辛苦吧？沈干部说，辛苦不如命苦，自行车又被扎破胎了，还得自己动手补。老官司赢了，巡洋舰不得不服，不敢不兑

现。老官司把赢得的香烟给大家发了一圈说，润江看守所才多大的地方呀，南京的老虎桥，北京的炮局，上海的提篮桥，沈阳的大北都是炼我的老君炉，炼不成火眼金睛，还炼不成顺风耳？

东北虎当然不知道老官司的这段传奇，但是不乏"隔墙有耳"的警觉。他隐隐约约地听到了窗外飘过嘤嘤的哭泣声，很快消失在寒风中。他要见识见识老官司的本事。

东北虎若有所指地问老官司："你听到了吗？"

"那得让我把耳朵竖起来。"

"耳朵又不是天线。"

"女犯在唱歌呢。"老官司听了一会儿说，"到底是女人啊，坐牢都比我们多情。一到年关，她们就熬不住了，非哭个三天五夜不可。捂上耳朵吧，她们一哭，你就得发疯。受不了啊。"

"小女子哭哭啼啼是想家想亲人呢……"未闻其声，歌手的眼睛先红了。

老官司扯上被子蒙住头，躺在铺板上，像逃避伤心事似的把自己包裹起来。

陈默和东北虎都好奇地倾听着那断断续续的吟唱：

谁知道角落这个地方／爱情已将它久久遗忘／当年她曾在村边徘徊／为什么此次音容渺茫……

女犯缓缓的歌唱被武警班长的呵斥声打断，枪托敲打铁窗的震响，撕裂着女犯泣血的心，更像一阵冰雹砸在男犯们的心坎上，激起男犯号房一片声援的声浪：

"哭是我们的权利，唱是我们的自由。"

"除了眼泪和歌声，我们一无所有。"

"过年啦，人家有鞭炮，我们有歌声。"

"姐妹们，我们佩服你们，你们头发长，情意也比我们长。"

……

受到男犯的鼓舞，女犯用长歌当哭作为回报，敞开喉咙，把如泣如诉的《角落之歌》唱得像子规啼血。平静的看守所骤然刮起风暴，歌声是牵引雷暴的闪电。

谁知道角落这个地方／春天也将它久久遗忘／当年她曾在山头停留

／到何时她再愿来此探望……

　　哀婉的旋律，沙哑的哭腔，向被爱情遗忘的角落倾诉着身心失落的凄凉和天长地久的积怨。一曲终了，陈默看到歌手早已泪流满面，东北虎也低下了头。

　　寂静再次降临看守所，仿佛里面的人全都屏住了呼吸。

　　突然，一个充满稚气的嗓子再也忍不住了，她动情的独唱从女牢里一经传出，立即把所有人的心牵动起来。

　　　　我想有个家／一个不需要华丽的地方／在我疲倦的时候／我会想到它……

　　随之而起的是来自三个女犯的合唱，夹着呐喊哭泣和狂叫，穿过高墙，扑面而来。

　　　　谁不会想要家／可是就有人没有它／脸上流着泪／只能自己轻轻擦……

　　女犯们抑制不住的号哭中断了歌声苍凉的旋律。

　　歌手饱含泪水，仿佛在自言自语，又好像在回应女犯们吟唱的歌声。他喃喃地说："家，家，家在心中，家在梦里，家在一根火柴点燃的温暖中。"

　　陈默还没有听明白歌手表达的意思，歌手已经开始引吭高歌：

　　　　虽然我不曾有温暖的家／但是我一样渐渐地长大……

　　忧伤的歌曲被歌手洪亮的嗓音演绎得热情饱满，富有感染魅力。所有的舌头都被鼓动起来，所有的胸腔一齐发出共鸣。汇聚的声浪向着水泥墙撞去，像擂响一面面石鼓，在脚下震荡，在铺板上起伏，在号房狂欢……

　　人们陶醉在南腔北调的齐鸣中。滞留在心中的各种爱恨情仇尽情宣泄，化作歌声飞出胸腔，飞出牢房。

　　好像在歌唱中找到了感觉的歌手突然被老官司的一声高喊打住他了。

老官司好像从梦游中惊醒般地喊道："我儿子来看守所了！"

"你说什么？"东北虎问。

"我儿子来了，我听到了儿子进看守所的脚步声！"

痴人说梦！陈默更愿意相信这是老官司的幻听幻觉。

二

老官司的儿子是在润江火车站捡到的。当然，这是十几年前的事啦。老官司每每提起这件往事，都会用幸运的表情得意地说："老子是润江人，润江的土著，该着在润江延续香火。"

那时候的老官司正走背字。刚过而立之年的他拎着一个蛇皮袋伫立在一所煤矿监狱的门外，接受着光鲜的太阳对光鲜的脑瓜壳的点名。装过尿素的蛇皮袋在阳光下发出的怪味提醒他，一分钟前获得的自由不过是一份欣喜加无奈。几件十年前的旧衣服，一张刑满释放证，还有一双臭袜子里面塞进的五十元钱，是他的全部家当。他后悔把原籍如实地说是润江，如果说是湛江，政府发的路费可就不是五十元了。妈的，脑袋瓜子被煤屑塞满了，不灵了，一遇事就发呆，活泛不起来，这不是八年深牢大狱的后遗症又是什么？对于一个想用一个脑壳两只手正儿八经做人的他，怕是赶不上趟了。

姐没来接他，这是老官司意外的意外。踯躅的那一刻，他极想转过身重新返回监狱，没有姐姐的陪伴，就等于没有回归的立足之处，他对失去依靠流浪社会徒生本能的恐惧，好像监狱的高墙电网才是保护他的土围子。

监狱的大门都有两个相同的秉性：好进不好出，好出不好进。无言的拒绝让老官司猛然想起姐还有另一个约定，如果不能在监狱门外见面，那么，就在老地方相聚，一定的。

老地方是润江火车站。

润江火车站一旦出现在老官司的脑海中，就像一道黑色闪电照亮了他的记忆，前尘往事历历在目。老官司仿佛看到了姐正在向他风尘仆仆地走来，背后是刻骨铭心的漫天大雪，纷纷扬扬。风雪迷茫的天边，他听到了一个幼童熟悉的哭声，那是自己在哭喊妈妈……

老官司记得那年冬天的雪下得特别大，门前的水塘冻着厚厚的冰，残败的芦

苇和他一样在寒风中瑟瑟发抖。他畏缩在爸爸的怀抱里，听着爸爸一路哄着他的话，做着到外婆家吃热豆腐的美梦，流着清鼻涕睡着了。当他冻醒时，才发现自己不是躺在外婆家的竹床上，爸爸也不见了，隔着薄薄的棉絮，他感到身子下面的长椅好像裂开了冰缝，他就要掉进水塘……老官司恐慌地哭起来。

哭声没有把外婆和爸爸呼唤到身旁，却引来了一拨又一拨陌生人在他面前挤来挤去，好奇地望着他，唉声叹气地说着他听不懂的话。老官司一直在哭，哭哑了嗓子，哭黑了天，他对这个陌生的世界、陌生的人群有着本能的惶惑。

子夜的火车站候车室变成了乞丐、盲流和贼们的天堂。严寒把他们驱赶到空旷大厅唯一一个火炉旁，分食着来路不明的食物，烘烤着被雪水泥浆浸湿的鞋袜，肆无忌惮地说笑打闹。老官司不知道爸爸已经把他抛弃了，他嘶哑的哭声表达的是自己的惶恐和乞求。

有一个人骂骂咧咧地朝着他走来，很凶的模样像外婆家画在门上的门神。老官司吓得从长椅上翻到地上，逃命似的往椅子下面钻。那人把他当成一只瘟鸡拎了起来，向一扇破窗户外扔去。

这时，有个声音打了这个人一个激灵。

"羊拐子，你这是捡了件什么宝物，还要藏着掖着？"

"给你捡了个哭丧的儿子，就是不知道人家肯不肯认你这个烂菜花作妈。"

被称作羊拐子的凶汉看见一个女人挑开候车室的棉门帘走了进来，赶紧把老官司放回到长椅上，开玩笑地说。

"带把的吗？"

"你那开天窗的手摸摸就知道了，绝对是真家伙。"

"该着你王老五添丁，"那个叫烂菜花的女人说，"羊拐子，自个留着作托儿吧，省得掏钱包架拐，怪费劲儿的。"

"我可养不起！"羊拐子谢绝说，"这年头，粮票比钱票都难偷，我不能造孽，让他饿死在自己手里。你要是不收下他，那我可就把他送给老天爷了，死活由命吧。"

凄惨一幕即将发生时，烂菜花动了恻隐之心。她拦住羊拐子说："好歹是条人命呢，你不要，我要。反正都没有户口，不用惊动派出所了。"

"你可是个铁心肠，见过那么多的弃婴都没有动心，今儿个是怎么了？你不是不知道拖个酱油瓶子过没着没落的日子，该有多难，你可得想好了。"羊拐子没有想到玩笑成真，不得不劝诫烂菜花。

"命中注定的事，你是绕不过去的。"

听到这句话，老官司好像明白了什么，他伸出双手搂住陌生女人的脖子，再也没有松开。

这个叫烂菜花的女人就是老官司的姐。

老官司被搂在烂菜花温暖的怀抱，他就想叫她妈，那句最熟悉最亲切的话刚一出口，就被姐捂住了嘴巴。姐不让他叫妈，只准他叫姐。姐说："姐还要往下做人呢，年头好了，姐还要嫁人，做人妻，为人母，如果有你这么个儿子，我咋能证明自己是个黄花闺女？别人还以为我是给你找后爹呢。"

老官司听不懂这些人伦大道理，他只会看姐的脸色，只要姐高兴，叫姐就叫姐。乖，是他学会的第一个童年智慧。

姐抱着他四处流浪，冬天南下，夏天北上，春秋就在江南皖北流窜。蹲票房、睡桥洞，姐是他的襁褓；上火车、蹬轮船，他是姐的聚宝盆。姐变着戏法地把捡来的手表、钞票、钱包掖进老官司的屁股下面，然后去商店买来高价点心、奶粉，喂他那总也填不满的肚子。直到有一天，老官司无意中瞅见姐扒窃的全过程，他才知道那些手表、钞票和厚厚的皮夹子不是捡来的。天地间，除了自己是姐捡来的，那些东西都是姐偷来的。

老官司的乖就在于他瞪大了眼睛，却乖乖地闭上嘴巴。他看明白了真相，却不给姐说破。暗地里，他在向姐偷艺。

第一次掏钱包，他还在姐的怀抱里，只是擦肩而过的瞬间，他就把别人上衣兜里的皮夹子变成了自己的屁股垫。当他带着炫耀的微笑，把偷来的钱包交到姐的手里时，姐赏给他的是一记愤怒的耳光。

"我养得起你！"

姐养得起老官司，却无法送他进学校学习。一个没有户口的黑人，连报名的资格都没有。姐就把他送到皖南山区的一个老中医家中，让他告别流浪生涯，向老中医学习安身立命的杏林之术。

四面大山已经拢不住老官司的野性，他像脱缰的野马追随着姐离去的脚步窜回润江。做贼不再是生活所迫，而成了一种展示，一种炫耀，一种按捺不住的"瘾"。

他没有练到家的本事，独自在润江火车站的初次尝试就掉了脚。摁住他的不是警察，是姐。

姐把他带到火车站的煤场，叫他跪下。老官司的乖再次表现出诚惶诚恐的顺从，他跪在姐的面前，等待姐的惩罚。

姐没有打他也没有骂他，她掏出自己做活儿用的刀片横在手腕上，对老官司说："答应我，不要做贼。"口气平静，饱含着爱恨交加的威严。

老官司知道姐的脾气，一向说到做到的她一旦遭到拒绝，她会割断动脉，让鲜血在他脚下流淌成河。

老官司俯首点头，这也是他的乖，半真半假的答应。

老官司又回到皖南山里，一年后，老中医尝草药中毒，终老故居。老官司待后事料理完毕，再次出现在润江火车站，他要找姐，这儿是姐走南闯北的落脚点。

他在一张布告上看到了姐的名字：吴兰花。幸好她的名字排在打着红色对钩的名单下面，她被判刑了，但还活着。

老官司这才懂得姐的恩德：在姐的怀抱里，他躲过了饥荒的扼杀，在姐安排的大山里，他躲过全国严打风暴的袭击。今天，他算真正出山了，游走在铁路线上的日日夜夜，进出劳教所、看守所、监狱的来来回回，是为了等待姐回来。

姐一天不少地吃满六年牢饭，被老官司接回润江火车站。老官司递给苍老的姐一张火车票，说："你该歇歇啦。"姐说："江湖险恶，你不该蹚这片浑水。"老官司说："我凭本事养活你。"姐欣喜地问："你接过老中医的真传了？""我是个江湖郎中了。"老官司又一次用乖蒙骗了姐。

这次是姐回到了皖南山中，老官司留在润江混日子。羊拐子秉承姐的旨意暗中扮演着监护人的角色，一见老官司干火了，就来降温。

"江湖险恶，你得留神。"羊拐子学着姐的口吻说。

"我姐得过好日子。"

"你姐可不想看着你蹲大狱。"

"我认命不认输。"

老官司忘记了"常在河边走，哪有不湿鞋"的古训，在搂不住的兴头上挨了当头一棒，跌进高墙，领刑十年。

日后的两个见面地点就是姐在第一次探监时留下的叮嘱。第一次接见之后，并没有期待中的第二次，老官司知道姐重出江湖了，她会隐姓埋名，把自己变成一个影子，在重操旧业的闯荡中，等待他的回归。老官司的乖已经不再是乖巧，而是磨出硬茧的韧。他先后减刑两年，对姐的祝福和期待是他熬过八年大墙生活

的心理支撑。

炙热的太阳烤得老官司头昏脑涨，恍惚中，他看见羊拐子远远地朝他走来。思绪即刻回到现实，老官司意识到姐没有来接他的原因一定是陷入了囹圄。吃这碗饭的人，只要在社会上失踪，准能在大墙里面找到他。

老官司不知道，姐已经不在人间，他更不知道自己会是引诱姐上钩的鱼饵，那个简陋的接见室竟成了人家守株待兔的陷阱。时隔三年后的第二次探视，姐被蹲守在接见室的警察逮个正着，从这里走到了生命的终点。

羊拐子告诉老官司，你姐在开往北京的火车上一刀划出了一份机密文件，成了公安部全国通缉的要犯，便衣警察在你身后的接见室完成了抓捕任务。

那三页纸的文件，早已被你姐撕成碎片，丢进车厢的垃圾桶，因为它在你姐眼里一文不值，她见过的文件都是盖着政府、法院、公安局大红印章的公告、通缉令、裁定书，她万万没有想到，已经变成碎片废纸的文件，拼凑粘贴在案卷里，却成了葬送她生命的罪证。法庭设在润江一所小学校的教室，外面操场上蹲着一片临时关押噤若寒蝉的人们，等待着一场杀鸡给猴看的大戏开演。

你姐……被判处死刑，立即执行。

"就是因为盗窃了一份文件？"老官司冷冷地问。

"那些年外面一直保持着严打的态势，这件事足够打头的理由了。何况公文包里还有三千块钱。我因为不服上诉，反而被加刑三年，只能吃不了兜着走。"

"我姐的那把刀呢？"

羊拐子一愣，说："怎么，你还想……"

"留着做个念想。"老官司打着马虎眼说。

"其实不过是一把普通的手术刀，江湖上流传她用的是祖传的开口笑，那是瞎掰，咱爷儿俩还不清楚？这把刀八成还锁在公安局的保险柜里，你可不能冒险去干探囊取物的傻事。"

羊拐子已经金盆洗手退出江湖，贫穷和局促在他苍老的脸上勾画着卑琐和拘谨。他对老官司惦记那把手术刀心生疑虑，一再规劝他改弦易辙。老官司沉默着，他想的是另外一件事。

老官司登上的长途汽车就要出站时，羊拐子忍不住跑到车窗前告诉他说："没有手术刀，剃须刀片也行，吉列的最好。"

老官司报以会心的微笑。

老官司想把手术刀当成报复的武器，干几票扒窃文件的大案为姐祭奠。老官司回到了润江火车站，在等待开往北京的火车检票时，被一阵抓贼的狂喊惊动了，久违的声音唤起他本能的警觉。他看见一个小孩在人缝里钻出去，向车站广场飞跑，后面跟着两个紧追不舍的旅客。这时，检票口开始放行，老官司却选择了转身离去。待他奔到广场时，小孩已经倒在血泊中，两个报复得逞的失主扬长而去。

小孩被砍断了脚骨，这是失主造的孽。围观的旅客全都由对失主的同情而变成对小孩的叹息。

老官司突然捕捉到了惩罚报复的对象，热血冲上头脑的瞬间，两手空空，只揣着一张刑满释放证的现状克制了自己的冲动，那份正义暂时还不属于他，他能做的是把浑身是血的小孩抱起来，送进医院。

老官司卖掉300CC血，预付了急诊处置费，迫在眉睫的手术费让他面临抉择，要么走开，要么承担这个孩子的救治抚养责任。在医院附近的餐馆要了一碗面汤而吃尽白眼的老官司想到了姐对他的抚养，他看到了姐期待的目光，好像是无处不在的注视。

老官司顿时领悟，和这个孩子在润江火车站相遇，是三十年前与姐相逢的又一个轮回，是有缘千里来相会的命定。老官司只能服从命运的安排，像姐那样把这个孩子搂进怀里。

老官司返回医院时偷了一把手术刀。几近疯狂的作案不再是为了泄私愤，高额的脚骨再植手术费逼得他不得不一次次把手术刀伸向公文包、旅行袋。孩子跛着脚站起来了，成了他的儿子。

半个月后，老官司背着残疾的儿子走进皖北一个山村，推开了羊拐子破草房的柴门。他甩下厚厚一摞崭新的老头票，用一种无需讨价还价的口气对羊拐子说："你用这钱讨个媳妇，替我养好这个儿子。"

"你在学你姐呢。"羊拐子是个聪明人，他答应说。

"也给你一个学我姐的机会。"

"你得给他起个大名。"

"借你的吉言，就叫吉列。"

"靠！怎么叫这么个鬼名字。"羊拐子忘记了他对老官司的启发。

老官司源源不断的资助，让羊拐子率先富了起来，一个羊记饭铺开在镇上，由娶回家的河南妹子掌管，自己躲在家里向吉列传授扒窃技巧。羊拐子不是玩刀子出身，他是三只手，亲传的技艺是从开水盆里夹豆粒开始，直到从滚烫的水盆中瞬间夹出钱币大的肥皂片，吉列出手不凡，甚至令羊拐子自叹弗如。

羊拐子误解了老官司的意思，以为给他送来的是个关门弟子，管教就是培养，也就是教唆。

一天，趁着酒劲，羊拐子向老官司炫耀自己高徒的本事说："我是甘拜下风了，就看你们爷儿俩的比试了。"

看着吉列跃跃欲试的样子，老官司明白他铸成大错。

老官司学着姐当年的样子，操起饭铺的一把菜刀，横在吉列的手腕上，说："我不要你子继父业。你要干这一行，我先剁掉它再成全你。"

吉列收回胳膊，发誓说："不敢了。"

老官司又怒斥羊拐子说："你这是毁了他。"

"贼的儿子还能干什么，"羊拐子辩解说，"何况他原来就是个贼，你又不是不知道。"

"他是个残疾人！"老官司吼了起来，"就是沦落江湖，吉列也只能行乞，不能行窃。你难道不懂，做贼的永远在跟警察玩猫捉老鼠的游戏，你活儿做得再利落，可是腿脚不利落，跑不过警察，你就吃不了这碗饭。"

老官司把吉列带回润江，拴在自己的身边。他给吉列在火车站广场角落摆了个报摊，一是收收他的心，拢拢他的野性，二是残疾人摆摊有政策保护，工商税务不纠缠，城管也给个方便，他放心。

最终出事的是老官司。一位富婆趾高气扬地走过报摊，那轻蔑的一瞥和不必找零的施舍，等于给了老官司一个高傲的挑战，错过她简直就是有伤自己的自尊。老官司摸出手术刀，迅速贴了上去。他没有顾及到身后还有一双警惕的眼睛，很刁钻，也很职业。

老官司被警察带回收审的途中，向守着报摊的吉列递了个眼神，意思是从现在起，你长大了，你得自己照顾自己了。没想到吉列却像个影子似的一路跟了过来，坐在反扒中队的办公室，轰也不走，撵也不走，就是要跟爸爸一起走。反扒中队的候审室关了很多从公交车菜市场捕获的扒手，警察就让吉列指认哪个是他爸爸，吉列径直走到老官司面前。背铐着双手的老官司故作宽慰的微笑刚刚漫上嘴角，吉列一个佯装拥抱的动作就把他衣兜里的手术刀掏走了。

吉列送给老官司一个踏实，他就像一个老道的窃贼得手后火速离开现场，跋

脚没有减缓他溜出反扒中队的速度，神不知鬼不觉地带走了老官司的作案工具。老官司的心一下子变得沉稳了，没有了那把刀，警察对他连环作案的侦破就失去了线索，定案就没了证据。老官司嘴硬的特长就会得到充分展示，铁嘴钢牙可以帮他死扛到底。

案子像个烫手的山芋砸在七科长的手上。京沪线上的扒窃案因相同的作案手段，相同的作案工具留下相同的刀痕，因此被指令由润江公安局并案侦破和审理。七科长的经验判断，移送到他面前的老官司就是发生在京沪线连串案的制造者。可是苦于没有证据，无法撬开老官司的嘴巴。警察对付窃贼只能是魔高一尺道高一丈，不把吃大轮的窃贼的手死死地摁在失主的衣兜里，他是不会认账的。七科长采取的措施是"拖"，可以不审你判你，但绝对不会放你。七科长有足够的耐心等待真相连同那把刀一起浮出水面。

从此，审讯和调查取证陷入僵局。七科长向老官司要刀子，老官司向七科长要儿子，谁也无法满足对方。

老官司就这样成了看守所的牢底子，十三号号房的三朝元老。吉列的远走高飞，是他秘而不宣的定心丸，儿子一瘸一拐的高低音是老官司的催眠曲，是儿子走进他梦中的足音。老官司相信，按照父子俩的约定，这串高低音会在春节前夕响起在看守所的走廊。为此，他已经期盼了三个除夕，终于在第四个除夕的傍晚盼到那个久违的高低音。

三

老官司发疯了，他不顾一切地扑向牢门，拳头雨点般落在牢门上，发出击鼓的雷鸣。女犯停止了哭泣和吟唱，看守所四通八达的走廊回响着老官司的呼唤：

"我儿子来了，我要见我儿子。"

女囚们引发了母性的恻隐之心，用歌声声援老官司孤独地呐喊：

爸爸爸爸爸爸爸爸／亲爱的爸爸，爸爸爸爸爸爸爸爸／亲爱的爸爸，……

除夕傍晚的喧闹，看守所表现出从未有过的容忍。

倒是癫哥送饭时忍不住对老官司嚷嚷起来："你活腻了，想找死啊？干部们正在聚餐，你他妈的要是给搅黄了，还不得把你挂在走廊的窗户上，吊他个三天两夜！"

两辆饭车头一回改道从十三号号房开始送饭，估摸着这个照顾不会是癫哥的决定。

老官司问："新来的小鸡巴关在哪个号房？"

"是个跛脚吧？"癫哥一边忙乎一边猜测着问。

"你见到他啦？"

"关在九号房，无情剑正在教他练童子拜观音呢。"

陈默、歌手、东北虎这才相信老官司不是口出狂言，他的儿子真的进了看守所。不过，看守所的号房即便近在咫尺也远隔千山，对无情剑捉弄他的儿子，只能是望洋兴叹，爱莫能助。只有春节过后放风场开禁，他爷儿俩才能在放风时隔墙喊话。这将是五天以后的事了。

歌手和东北虎摊开冷拼，开始吃年夜饭。陈默被包冷拼的报纸吸引住了，早已成为旧闻的消息，对他依旧是那么新鲜。老官司大有罢食的举动，望着牢门，恨不得一头撞开。

一年最丰盛的饭菜没有堵住女囚的嘴，反而激起她们思念亲人思念家乡的忧伤，歌声哭声再次响起。老官司按捺不住了，擂门的轰响成了掀起哭海歌潮的巨浪，仿佛要把看守所从除夕的冷漠中震醒。

举杯投箸渐入佳境的干部们能够容忍女囚的哭闹，不能容忍老官司玩命似的擂门的嚣张。男犯不同女犯，一旦吵监闹狱，局面不好收拾，必须控制势头，防止蔓延。孙所长带着沈干部、陈干部紧急出动，来到十三号号房灭火。他们被眼前的一幕惊呆了：

与他们相距一米之处的老官司敞开了胸膛，一把磨尖的牙刷柄直抵肋骨间的皮肉。

"别胡来！"沈干部呵斥道，酒劲烧红的脸庞因始料不及的震惊而泛白。

"答应我，我要见我的儿子。"

"昏了头啦，你的儿子在哪？"孙所长莫名其妙地问。

"在九号号房，号头正在折磨他呢。"

陈干部给孙所长递过一个眼神，告诉他的确有一个新收进来的嫌犯关在九号号房。

"你去九号号房看看，别让他们胡作非为，春节是特别时期，谁要不想安安稳稳的过年，就把他铐起来送小号。"孙所长指示陈干部说。

"求你带我去见我的儿子，我们已经有四年没有见面了，只见一面，满足我这个心愿。"老官司见孙所长一本正经的样子，改变口气乞求道。

"我说过，春节是特别时期，看守所对外停止探视，对内停止放风。"

"别废话，到底让不让见？"老官司放出狠话。

"不准见。看守所有看守所的规矩，别说是你儿子进来了，就是你老子进来了，也得分开关押。"

"不准见，我就死在这里。"老官司放弃了恳求，也不再啰唆，握着牙刷柄就朝心口窝刺去。

第一滴血冒了出来，号房弥漫着隐隐的血腥味。

显然毫无思想准备的孙所长、沈干部被突发的场面骇住了，不知该如何应对。

老官司面不改色，一副以死相求的绝望。他拔出牙刷柄，准备刺出第二个血窟窿。

七科长的声音遏制住他扬起的手臂。

"你是有个儿子，捡来的，对不对？这个情况我们早就知道。今天确实收进来一个小扒手，犯的事不大，我查一下，如果真是你在反扒中队走失的儿子，明天一早，我带他来给你拜年。"

"我等着。"

"你得把凶器交给我。"七科长提出条件。

"你得先把儿子给我带来。"

"不相信我？"

"到了这个份儿上，我的左手都不相信我的右手，也不会相信来自你们的任何许诺。"

"你必须放下凶器，你知道我不会接受要挟。"

"你也别逼我。"

七科长规劝的口气变得温和而富有人情味，他说："多大个事嘛，值得你拿自己的性命开玩笑，犯不着嘛。不就是想见一见你失散四年的儿子吗，满世界找我们还没有这份精力，今天人家主动送上门，我们欢迎还来不及呢，乐不得做个顺水人情，成全你们父子狱中相聚的好事。我和孙所长核实一下情况，留下沈干部给你包扎伤口。大过年的，见血不吉利。"

七科长和孙所长轻松地走了，大有恶浪即将平息的气定神闲。

　　在属于自己的空间里，老官司没有拒绝沈干部对他伤口的清洗与包扎，他一直紧紧地握着牙刷柄没有松手，就像握住自己的命根。袒露的胳膊和胸脯该套上衣服了，沈干部微笑着指点他配合着自己的动作。老官司犹豫了一下，还是把握着牙刷柄的那条胳膊伸进衣袖中。

　　沈干部趁势抱住了老官司。

　　去也匆匆来也匆匆的是七科长、孙所长。

　　面对重新返回号房的七科长、孙所长，追悔莫及的老官司连挣扎和哀叫都免去了。牙刷柄落到沈干部手中，老官司就失去了讨价还价的本钱，他只能用讪笑怪罪自己的轻信，束手就擒让这出戏还没有进入高潮就草草结束，背铐让老官司不仅丧失了抵抗能力，也丧失了躲闪的灵巧，沈干部一脚就把他踹到厕所，以一个阶下囚的身份听候孙所长宣布处置决定：

　　老官司胁迫警察，自伤自残，加带戒具反省；十三号号房私藏凶器，九号号房凌辱新犯，两个号房合并，春节期间实行严管。

　　老官司主动伸出双手，摆出一副等待沈干部给他上铐的姿势。沈干部警惕地说："别跟我要心眼，你享受的是背铐，要不是大过节的，非上你警绳关你禁闭不可。你赶在这个日子口闹事，我跟着吃瓜落，今年的年终奖金全都泡汤了。"

　　沈干部走后，老官司竟然提出要吃饭。陈默给他泡了一碗康师傅，这是号房唯一能表达的关怀。老官司拒绝歌手喂他的好意，背着手摸索着把过节的加餐和方便面一起倒进洗脸盆，然后弓下身子探出嘴巴，像狗吃食似的把个盆里的汤汤水水舔得干干净净。

　　歌手看到了神奇，东北虎看到了本事，陈默看到了哀痛。

　　哀痛是因为陈默看到的场面不是可笑而是可怕，他从老官司身上看到了长期关押造成的扭曲和错乱。老官司的咆哮与顽横，爆裂的情感与固执的父爱，瞬间把抗争变成顺从的本能，你无法分清他是天使还是魔鬼。更可怕的是自己不能容纳这些哀痛后的迷茫，错乱的头脑一个劲儿地问自己，我们活在哪一个世纪？活在哪一个时代？我们能避免长期关押造成的心灵窒息和人性退化吗？纵然我们可能熬过超期限关押活着走出看守所，真的熬到那时，你能保证回归社会的是一个人而不是一头野兽？

　　吃完饭的老官司冒出了一句半是清醒半是自嘲的话，让陈默更是摸不着头脑。

　　老官司说："我得给自己留一把力气。"

四

为了给九号号房的光头腾位置，老官司和东北虎搬到了西铺，与陈默和歌手坐在一起。老官司早早蒙着棉被睡下了，一副养精蓄锐的样子。

此时，他不再像一条狗而是像一只虾，弓着身子卧在铺板上，那姿势再一次表现出他对看守所各种惩罚的适应能力。九号号房的光头还没有进来，他就把自己蒙了起来，他比陈默他们清楚，吉列不会和他合并同类项。

新房客在无情剑的带领下，一一坐在东铺，带着初来乍到的拘谨，等待着老房客率先打破沉默。此时，陈默、东北虎和歌手正在用眼睛给他们点名。他们想把老官司的儿子吉列从八个光头中给"叼"出来，送给老官司一个惊喜。眼珠子来回巡视了三遍，陈默、歌手和东北虎一起失望了，他们看见了老熟人杨晓易，却没有寻到吉列。吉列的缺席给了他们一份担忧。

除夕之夜，坐冷铺板反省，听着大墙外面不绝于耳的爆竹声，隔壁号房收看电视节目的欢笑声，反衬出自己内心的凄苦和悲凉。这是过年吗？连陈默开账买的扑克象棋军棋都不让玩，这倒也罢，陈默买的花生瓜子糖果也不准吃，不准吃也罢，偏偏还要摆在短墙台上供着，馋你。十三号号房的土著和九号号房的移民默默地相互打量着对方，交织着陌生的目光。

东北虎忍不住问杨晓易："你们号房少了一个人啊？"

"都过来了，一个也不少，沈干部亲自押送的，还会有错？"杨晓易见东北虎跟他搭话，顺势就贴上了。

"我问的是那个新收进来的后起之秀。"东北虎不想说出吉列的名字或扒手、小鸡巴等代名词，怕惹老官司烦恼，一时竟胡诌出"后起之秀"的恭维。

"是那个小鸡巴吧？"杨晓易恍然大悟。

"是你爷爷的小鸡巴。"东北虎不能容忍杨晓易给点颜色就开染坊的张狂，骂骂咧咧地说，也有给九号号房的光头上点眼药的意思。

坐在东铺一号位的无情剑忍不住了，他冲着东北虎说："那个玩刀子的跛脚屁股还没有坐热，就被关进小号吃禁闭去了。"

"听说你把他打惨了。"东北虎的这番话大有讨债的意味。

"要是我们老大把他打惨了，关进小号的就不是他了。"杨晓易给无情剑开脱

说，"该着他倒霉，给大家表演童子拜观音时还活灵活现，表演滴水观音时，竟从屁眼里滴出了一把刀片，恰巧被查号的七科长看见了，你说巧不巧？"

"靠！大过年的受这份洋罪，都是你他妈的闹腾的！"东北虎指着无情剑呵斥道。

"哥们儿，我也要问问你，我们号房少了一个人，你们号房怎么也少了一个人哪？"无情剑毫不示弱地问道。

"找抽是怎么的？我们号房总共四条汉子，一个不少。"

"我没有看见老官司，他是我在劳改农场的狱友。"

"既然是朋友，那你为什么还欺负他的儿子？"

"老官司连个老婆都没有，哪来的儿子？"无情剑一头雾水地说，"我只知道他有个姐，江湖人称一刀切。"

"你作弄的那个拜观音的童子就是老官司的儿子。"

"啊！这下可就真的惨了。"无情剑后悔不迭地说，"我不知道他是老官司的儿子，但也没敢小瞧他，能把手术刀片带进看守所号房的主儿，绝不是什么善茬。我还以为他是一个杀人越货的通缉犯呢？谁知道，七科长一见那把手术刀，就乐了，他说他认识这把刀的主人，已经等了它四年了，说着，就把老官司的儿子带走了。我知道他是从反扒中队送进来的，这回落到七科长手里，八成没有好果子吃。"

无情剑这话是说给老官司听的，带有愧疚的歉意。如果号房一个人都不缺的话，棉被蒙着的肯定是老官司。

老官司无动于衷。

老官司越是不搭理无情剑，无情剑越是如坐针毡。他哪里知道，这把手术刀片关系到老官司的命运，一旦落到七科长手中，等于掌握了老官司系列犯罪的证据，结账的日子到了。陈默看了看身边的老官司，确实没有任何反应。也许他没有听到无情剑的话，也许就没有也许。他静静地窝在铺板上，拱起的脊背被棉被包裹着，像隆起的火山。陈默猜不透这座火山里面的活动，有没有奔突，会不会爆发，如果钢铐锁不住老官司的冲动，他的爆发离一头野兽的疯狂还会有多远？

无情剑以为老官司的沉默是在等待制裁他的时机，毕竟他是屈身于人家的屋檐下，也曾经品尝过老官司的重拳出击。无情剑坐不住了，他跳到西铺，扑通一声跪在老官司面前。

号房东西两厢的人们都始料不及地惊呆了。

老官司在被子里艰难地动了动身子，露出半拉身子对无情剑说："你爬起来

吧，我不想给大家添麻烦了。"

无情剑一副愿打愿挨的样子，不肯爬起来。

"兄弟我作践了你的儿子，你也作践我一回吧。"无情剑哀求道，"哪怕扇我个大嘴巴，也好让我长长记性。"

"要说长记性，咱们今后不再作践新犯好不好，他们和你我一样，都是爹生妈养的人哪，作践他们就是作践自己的同类啊。这种事，我做过，你做过，连政府都睁一只眼闭一只眼，可咱们想过没有，在警察眼皮子底下恃强凌弱，侵吞人家的财物，这算什么本事？这也是罪过呀。那年，我在劳教农场，罚你给我扇了一夏天的凉风，每天夜晚，你和另外一个狱友，扯住一条被单，整夜整夜地扇。现在想起来，都觉得自己不是个东西，不配做人。咱们都落到这步田地了，再搞窝里斗，不是畜生又是什么？"

"兄弟听你的，我发誓，今后不再凌辱同犯，一定把同犯当同志，不，不，当亲兄弟看待。"无情剑信誓旦旦地恳求说，"我看出来了，你被反铐住了，动弹不了了，你就用脚踢我一下吧。"

"我这把子力气还要留着干点正经事呢。"老官司说完，又倒在铺板上，把棉被拱起一个小山包。

无情剑见老官司不再言语，便动手扇了自己两个大嘴巴，算是了结这次负荆请罪。

鞭炮伴随着升腾的烟火在看守所噼啪噼啪炸响。节日值班的干部和武警官兵的午夜欢庆，带给号房里的人们是沉重的郁闷，过年的喜庆气氛不属于自己，今夜，你被世界遗弃。

干部和武警班长自外面欢呼："过年啦！"

东北虎和无情剑在里面回应："睡觉喽！"

五

七科长还没进号就掏出手绢捂住嘴巴和鼻子，满屋子的恶臭让他闻而却步。正在蹲坑的杨晓易来不及提上裤子，半裸着下身僵在那里，一便池的腥臭愈发无遮拦地弥漫开来。无处躲避的光头们深受其害，他们连毛巾捂住嘴巴和鼻孔的自由都没有，反省的标准坐姿是一动不动。大家知道看守所的干部有除夕夜进号拜年的传统，但是看到七科长大驾光临，还真有点受宠若惊的不自在。

七科长熬夜的辛苦和得意全都写在脸上，眼球和腮帮子一齐泛红，脑门锃亮，像兴奋的光芒把额头照亮。他站在牢门旁，指着对面巡逻道上的武警哨兵，示意让他们把窗户打开通气。武警哨兵推开了窗户，也把一杆步枪探进号房，策应着七科长的行动。十三号号房毕竟是严管号房，必要的警惕和应对举措还是要有的，起码起到一个震慑作用。

杨晓易趁机提上裤子溜回铺位，生怕七科长怪罪。这个没有出息的家伙，因为夜里偷吃号房的剩菜吃坏了肚子，止不住的腹泻把个号房闹得臭气熏天，春节又不准开门放风，任恶臭弥漫，活生生要把人给憋死。要不是大过年的图个吉利，东北虎的大巴掌早就扇杨晓易一个七窍生烟了。

"来，点支烟熏熏。"七科长甩过一包红塔山，让无情剑给每个人发一支点上，他知道无情剑藏有打火机。干部到号房拜年不便说新年好，就用发香烟代替了，七科长也不例外。

香烟一点上，气氛就融洽了，光头们忘记了反省这回事。

老官司依旧蒙着被子窝在铺板上，好像跑肚拉稀的是他这个病号。

"不是发过药了吗？"七科长显然对狱医半夜进号看病的情况了解得一清二楚。

"不顶事。"无情剑俨然以号房老大的身份回答道。

"没问你。"七科长不客气地把无情剑顶了回去。

"药是发了，可都是过期的，跟没吃一样。"杨晓易知道该他回答七科长的提问了，就举起药盒说，"按照药盒上写的有效期都已经过去两年零四个月了。"

七科长看也不看地说："看守所经费紧张啊，你们也得替我们分忧解难，别一过年过节的就甩开腮帮子胡吃海塞，你们的肚子消受不起，我们的医药费也承担不起。"

闻到号房的空气不再刺鼻，七科长踱着步子来到东铺一号老官司铺位，对着棉被包说："早年，润江有个绰号一刀切的女贼，严打期间被处决了，你应该知道这件事吧？"

老官司隔着棉被动弹了几下，像伸伸懒腰那样舒展一下身体，然后翻过身来，露出半拉脑袋瓜子。

"知道，那是我姐。搁到今天，她死不了。"

七科长嗯了一声，说："外面又要严打了。"

"严打，严打，难道平时是宽打？办案又不是抽风，隔一段时间就要发作

一次。"

光头们装着打哈欠掩饰忍不住的笑声。

"我的意思是，你的事发生在严打之前，如果你愿意讲，算你主动坦白，争取宽大处理。"七科长挑明来意。

"你知道，我没有主动的习惯，逮住算我倒霉，逮不住算我走运。"

"你儿子可不像你，我跟他谈了一个晚上。"七科长拍拍手中的档案袋，暗示里面装满了审讯笔录。

"我干的事，与儿子无关。"

"我没看错你，你干的都是惊动省厅的大案。"

"既然你已经知道了，就不必问我了。我愿意接受惩罚。"

"你得配合，才能尽快结案。"

"那把刀子不是落在你手里了吗？"老官司的意思是既然掌握了证据，还要我的口供干什么。

"可命运掌握在你自己的手里。"

"这话我听多了，特虚。"

"给你个机会。"七科长不放弃劝导或者说是诱惑。

"那你得先兑现承诺。"

"承诺？"七科长早已忘记了他答应的事，反问道，"什么承诺？窃贼对警察的承诺？"

"你带来了我的刀子，却没有带来我的儿子，你不该忘记你的承诺，你要说话算数。"

"老实说，我曾一度放弃了对你的怀疑，因为在你关进看守所后，这把刀一直在外面没有闲着，你儿子的落网，揭开了这个谜。在没有查清你们父子各自问题的情况下，我不能安排你们见面。"

"他是个二指禅，不是玩刀子的。"

"这就是你想见面告诉他的话？"

"我想告诉他金盆洗手，去找残联求助，过安安稳稳的日子。四年来，我一直牵挂这件事。"

"明早再说吧，我给你准备两包希尔顿，咱们来个竹筒倒豆子。"

七科长以为交代完这件事，就可以放心回去养精蓄锐地睡上一觉，明早对付

老官司审讯需要充沛的体力。

接下来的一幕却让七科长和在场的所有人呆若木鸡。

就在七科长转身离去的瞬间，隆起的棉被包突然像一道拉开的大幕，一个魔鬼的身影蹦了出来，窜到七科长的背后，用锃亮的钢铐勒住了他的脖颈。

棉被包掩盖了一个诡计，老官司不知道用了什么魔力把背铐变成前铐，等于把被动变成了主动。棉被包又袒露了这个神不知鬼不觉的把戏，惩罚老官司的钢铐依旧在他的手腕上拷着，此时却成了扼制七科长气脉的绞索。

绞索也窒息了所有人的呼吸，人们看到了一个冲破牢笼的猛兽。

"带我去见儿子。"老官司一个字一个字地说出这句斩钉截铁的话，号房四壁回荡的却是一个困兽犹斗的怒吼。

"你不要胡来。"七科长从老官司说出这句话后，开始恢复镇定，他断定老官司的目的不是置他于死地。

老官司在表达清楚他的要求后，不再言语，他死死地勒住七科长的脖子，像拖着一件生怕碰碎的古墓文物，向号房门外走去。

尾随两人身后的是四种声响混合成一股爆发的气浪，爆竹的嘈杂，踹开铁门的喧响，击发出膛的子弹尖叫和泫然回荡后的余音震荡。

老官司光亮的后脑勺突然绽开出来一朵白里透红的鲜花，他扭过头，倚靠着门框，向对面洞开的窗户望去，应该照见的武警哨兵躲开了，挡不住的蓝天白云像一幅画镶嵌在窗框里。就在七科长努力地挺着脖颈，从溅满鲜血的钢绞索的桎梏中挣扎出来后，老官司顺着门框慢慢地倒下来，像一组慢镜头在人们眼前掠过。

除了震惊还是震惊。

为了一个不可相信不能兑现的承诺，为了满足一个无法了却无法实现的愿望，老官司向着他预先的目标仅仅跨出一小步，便走向了生命的终点。当他用手铐作为打开牢门的通行证，去拥抱自己的儿子时，悲剧已经无法挽回，冲出枪膛的子弹不过是执行索命的黑无常罢了。

陈默是老官司痛苦蜕变的见证人，长期的囚禁孕育了让他兽性般的疯狂，还有铤而走险的暴躁、以死相拼的轻率。冲出牢笼或者死在牢笼的举动，完全取决外部的诱因和内心的冲动，两个原因一旦在冥冥中暗合，命中注定的事你是逃不过去的。

以父爱作证，老官司毕竟是个富有情感的人而不是一头野兽。

第十五章
作孽：水深难鱼跃

一

白鲨进号很有气势，人未到，行李就先声夺人地搬到东铺一号位。这是春节过后第一个踏着严打风暴进号的囚犯。

行李是沈干部亲自送进号的，那天晚上他不值班，什么人物能惊动在家休息的他特意赶到看守所接驾，还让无情剑从一号位屈尊到二号位？从梦乡中惊醒的光头们看不懂了。

春节过后，风传的"严打"并没有在号房显示出人满为患的迹象。合并后的十三号号房依旧是原班人马，保持着东西两铺井水不犯河水的冷漠，好像水跟水也并不一样。

深更半夜往死牢里塞人，必定是个犯下死罪的家伙。严打一向从重从快，没准那个家伙一进号就提前背上刑板，等于替大家从扎塑料花的单调劳动中解脱出来，开始了陪号的悠闲。

黑洞洞的牢门外闪过一个小脑袋瓜，扑棱着怯怯的大眼睛向号房探望。

分明是个孩子。

"你别进来。"沈干部听到了光头们发出的唏嘘声，回头吆喝了一声，小鬼头倏地躲到门后的阴影里。

"我的儿子。"沈干部解释说，"他妈在妇教所值班，我就把他带来了。他还小，我不想让他看到号房里面的情况。"

陈默想到了老官司对他儿子近乎痴迷的关爱，原来，世上的父爱都如此的相同，一样的关怀，一样的承担，都不想让他们幼小的心灵受到社会阴暗面的污染。

无情剑不乐意了。并号后，他一直以号头自居，安排生产劳动，负责开账，让陈默落得一个清闲自在。凭什么新犯还没有进号就取而代之，沈干部的一根手指头就把他打发到二号铺？以前，无情剑只是对伙食不满，对干活不满，对干完

活还要背诵监规不满，现在，他对沈干部拉他下马不满。不满的表情就写在脸上。

"我说呢，号房就是缺一个号长，也不至于安排一个童子军接管哪，这不把看守所变成托儿所了吗？"无情剑拉下脸说。

沈干部没有理会无情剑的牢骚，把带进来的行李往无情剑腾出的地方一放，摊开的毛毯、鸭绒被、苏绣枕套，还有丝质睡衣就像打开了一个贵族卧室的柜橱，炫耀着一种说不出来的气派。

杨晓易拍马屁的本事就有了发挥的机会。

"咱们号房再缺少劳动力，也不能关地癞、杆虾、刺头，有政府干部给咱们把关，不够级别的别想混进十三号号房。"

"你在诈骗犯堆里算什么级别？"沈干部一句话就把杨晓易给呛住了。

杨晓易轴承脑袋转过神来，还了一句说："不是吹，在看守所的精英圈子里可以挂头牌。"

沈干部说："我看你是害群之马，一条臭鱼腥一锅汤。"

杨晓易的脱逃，不仅让刘狱医脱下警服，也让沈干部受牵连吃了处分。杨晓易归案后，沈干部的不满一直得不到发泄的机会，杨晓易回到的九号号房不归他管，虽然恨之入骨，碍着政策和警规警纪只能横眉冷对。不曾想，除夕之夜的严管，又把杨晓易意外地划归到自己的领地，他可以名副其实地对他严管了。

"你这是抬举我呢！"杨晓易依然讪笑地说，"见天开我的批斗会，就能把严打斗争推向高潮了吗？纯粹是给我这条臭鱼腥一锅汤的机会。"

沈干部才发现，他被杨晓易给绕进去了。

在各个号房巡回开杨晓易的批斗会，是沈干部的建议。与社会上严打运动同步进行的看守所内部的严打，是以交代余罪、检举立功和打击对抗监管、畏罪脱逃为重点开展起来的。雷声大雨点小的收效在注定遭到冷场之际，沈干部提出了面对面批斗杨晓易的建议，受到了七科长的赏识。其实，在七科长的心中，最适合充当反面教员的是老官司，因为他不同于杨晓易的地方在于企图没有得逞。七科长在看守所开展严打运动的动员报告中说，老官司的罪行是以暴力胁迫干警企图越狱脱逃，他用赞赏的口吻多次提及震惊看守所的那声枪响，称赞它是"正义的惩罚""果断的重拳出击""挟持干警行凶脱逃的现行犯被当场击毙是罪有应得""掀开了看守所内部严打运动的序幕"。

十三号号房光头目睹的事实真相，早已通过癞哥那张大喇叭似的嘴巴传遍

了各个号房。大年初一的晚上，除了被严管的十三号号房，所有号房都用焚烧的卫生纸祭奠老官司。十三号号房的东西两厢则以沉默为老官司送行。

"知道自己是一条臭鱼就好。"沈干部瞥了杨晓易一眼说，"明晚去女监号房接受批斗，你要规矩点。"

"打个飞眼送个秋波总是可以吧？这又不犯法。"杨晓易嬉皮笑脸地说。

沈干部拿杨晓易这种二皮脸也没有什么高招，弄不好还要沾一身腥。刘狱医栽在杨晓易身上就是一个教训，杨晓易给没给刘狱医钱，是给了五百元还是五千元五万元，刘狱医说得清楚吗？他是背着一个说不清道不明的罪名脱下警服受到查处的。

"给你一个茅坑，你就下蛆。"沈干部说完，不再理睬杨晓易，对东北虎吩咐道，"把走廊里的东西拿进来。"

惊讶的目光再次回到光头们的眼中。

清一色原包装的速溶咖啡、深海鱼油、金施尔康和德芙巧克力吸引了光头们的眼球，吊起了他们的胃口。发自内心的感叹是，来者不善啊！人还没有到，条子先到了，有大人物罩着呢。凭这套行头，这些食物，他好像不是来坐监的，是来做客的，至少看守所是把他当作贵客接待的。

"好了，你们先睡吧，不要等了。金太子不在了，你们谁也没有见过他，也别烦他。"沈干部见自己的儿子站在门外连连打着哈欠，决定不再恭候。

铁门刚一落锁，对这位即将入住的光头的各种揣测就迫不及待地开始交流。

"没准是个记者，化装进号采访。"杨晓易以一个骗子的可怜智慧断然说。

"滚一边去！"东北虎说，"要是个作家，还为了体验生活呢。你没有听沈干部说，金太子见过他吗？"

"靠！金太子能见过什么真神？不是打工仔就是包工头，他们哪个进号能摆这么大的谱？"无情剑拿起一块巧克力放在嘴里嚼着说。

杨晓易又有了新的判断，他向陈默问道："会不会是为搞清歌手的案子，公安部派员微服察访？"

"没准是为了你贿赂刘狱医的事来的呢。"东北虎借机敲打杨晓易说。

光头们一旦开动想象力，那真是一件匪夷所思的事。

"管他呢，来到我们号房就得归我们管，先来个打土豪分田地。"

无情剑的号召相当有魅力，他的话音刚落，东北虎带头一拥而上，光头们的

兴趣立刻由大脑思维转移到嘴巴咀嚼。

陈默心想，如果是因为金太子不在号房了，干部才把这个人送到十三号号房，个中原因一定是出于对他身份的保密。陈默不排除光头们的各执己见，至少这是个有来头的神秘人物，或许来自黑道，或许来自官场。

反正丑媳妇总得见公婆！

<h1 style="text-align:center">二</h1>

白鲨喝高了，在酒桌上指着七科长的鼻子破口大骂："不就是泡几个姐吗，没有死罪吧？你们为什么要炒我的回锅肉，在严打的风口浪尖上往死里整我？"

七科长并不恼火，他知道白鲨在发酒疯，指桑骂槐地发泄对他老爸常局长的不满。

"想大义灭亲，虚不虚伪？"白鲨把个酒杯往地上一摔，说，"惹翻了我，我把你揭个底朝上，大不了同归于尽。"

常助理起身制止说："咱能不能闭上这张臭嘴？不是你老爸把你送进来的，是受害人家属联名写信告到省人大，闹成了一个省人大督办的案件，发回润江中院重审。好在案子没有出润江地界，你先进看守所避避风头，你老爸不会不管你的。"

常助理又对七科长说："时候不早了，谢谢你做东，我去埋单。以后的事还要拜托你多多照应。"

七科长说："在我的地盘吃顿饭，还用得着你破费？号房已经安排好了，香烟嘛，包在我身上了，酒是不能进号房的，这是最后一顿，要喝好。"

两位押解的警察早已停下杯箸，不停地看表，显得有些不耐烦。再过半点钟，就是白鲨收监的最后时限，他们一定要赶回去交差。

白鲨指着手表对常助理说："还不到时间，你着哪门子急？再开一瓶双沟。"

"白酒差不多了。"七科长吩咐道，"上啤酒吧。"

两位押解的警察一看宴席一时半会儿还散不了，就对七科长说："我们就不陪了，办个手续就回。您看……"见七科长点头，赶紧掏出逮捕证，让白鲨签字。

"别难为他们了，"七科长见白鲨不肯执笔，开导说，"这就是走个程序，你又不是没有经历过。"

白鲨签完字，两位警察多一分钟都没有待，拔腿就走，好像他们才是刚刚获释的人犯，要赶快逃离这个是非之地。

他们一天的押解等于陪同。临行前，七科长有明确交代，白鲨是个特殊的犯人，他会在指定地点等候你们，你们不要惊动当地群众，更不要难为他，押解过程中，既要照顾周到，又不能麻痹大意，平平安安送到看守所就算完成任务。

好在两位警察跟白鲨脸熟，警车还没有开到天堂镇，从路边电话亭走出来的白鲨便向他们招手叫停，好像他是以主人的身份迎接远道而来的客人。

这个报亭就是七科长交代给他们见面地点。在这个上够不着村下够不着店的公路旁接上白鲨，可谓考虑缜密，部署周到，虽然是拘捕，又没有惊动左邻右舍，必要时，还可以说成是白鲨投案自首。

按照白鲨的指点，警车驶进天堂度假村，一顿说不清是为城里来执行公务的警察接风洗尘还是为即将投监的白鲨送行的午宴在等待他们就座。已经荣升天堂度假村代总经理的常助理竭尽地主之谊，频频给二位警察敬酒，二位警察不敢大意，只能以公务在身为由，以茶代酒应酬。酒过三巡，清一色的湖鲜宴竟冒出来一道野荤菜，一个袒胸露背的妖冶的女人把白鲨拉进一个包房，再也没有出来。

"二位要不要也放松放松筋骨，我这儿方便。"常助理发出邀请，想用亲身体验打消二位警察对白鲨一去不回的满腹狐疑。

二位警察立刻明白了白鲨说的去处与色情有关，摆手拒绝说："我们还不想扒掉这身皮。"

浓茶没有让他俩晕菜，知道警服远比舒服重要。

"那就委屈二位了，要吃要喝自己动手，都是自家人，不必客气。我去给表弟置办行头。"说着，常助理就把二位警察晾在席间，不管不顾地走了。

二位警察立刻成了守土有责的门卫。他俩在白鲨进去的房间门外恭候着，忍受着灌进耳朵里的淫乱放荡声浪的折磨。好容易等到白鲨心满意足地走出来，人家又一声不吭地去了桑拿房。二位警察只好换个地方接着等，反正得不见不散。

警车驶出天堂度假村时，已是夕阳西下，暮色四合。闪着警灯的警车又成了开路的前导车，在熙熙攘攘的车流灯河中为白鲨乘坐着的奥迪车开道，常助理亲自驾车尾随其后。

进了润江后，常助理又安排在华联商厦购物，让白鲨回味一下昔日挥金如土的潇洒。二位警察又当了一回拎包的马仔，提着各种衣物、食物、日用品的大包

小包楼上楼下地转。对白鲨既不便近身，又不敢疏远，只能跟在后面亦步亦趋。

满以为这是白鲨入所前的最后一次折腾，不想又被七科长当着陪客予以热情挽留。忙了一整天，二位警察手里攥着的逮捕证一直没有倒出空来让白鲨签字，又不能请七科长代劳，愿不愿意也得留下，伺机完成这道手续，才能回去交差。

白鲨好像知道这一刻自由的宝贵，在二位警察离开后，他还在一瓶一瓶地灌啤酒，决意要把自己灌醉，让七科长和常助理在收监的最后时刻把他抬进号房。

毕竟牢门深似海啊，这次折进去，何时才能被老爸捞出来，难说啊。没有想到小河沟翻了大船，一直没有平息的受害人亲属的众怒，不知道怎么闹到省人大，成为省人大严打督办的案件，老爸难以一手遮天了，这是个不祥的预兆。白鲨不是借酒浇愁，他更需要借助酒力镇住内心的惶恐。

"千里送君，总有一别，就喝到这儿吧。"常助理嗫嚅道。

白鲨看见七科长已经起身，知道分别的时刻到了。他把剩下的半瓶子啤酒往地上一泼，不情愿地挺着身子站了起来。

三

"起来，都给我爬起来，陪哥哥聊聊。"白鲨吆喝着，欲把大家从被窝里轰起来，他无法容忍号房的冷清，好像是对他的漠视。

号房充斥着白鲨喷发出来的酒气，很诱人，是久违的刺激。光头们明明知道来者是谁，却没有人钻出被窝捧场。

白鲨由七科长陪着踏进号房时，正是午夜十二时时针与分针重和之际。不过此时七科长已经恢复了公事公办的矜持，连个招呼都没有打旋即离开了，好像陪他在号房多待一小会儿，就有失身份似的。

白鲨见自己的行头乱七八糟地摊在铺位上，遭过洗劫的食物只剩下了空盒盒，有些还不知了去向。白鲨这才从刚刚过去的场景回到了现实，他知道他来到了什么地方，变成了什么人。他还知道凭着自己的吼叫，光头们决计不会理他这个茬，要是惹翻了他们，说不定还要吃一通老拳。七科长和他的手下管得了看守所，却管不了号房，尤其是夜间，号房是牢头狱霸的天下。白鲨只得掏出一包中华香烟作为见面礼，心想，你们可以不买我大白鲨的账，绝不会不买大中华的账。

"起来，想抽大中华的人们！"白鲨的吆喝变成了炫耀。

经不起诱惑的杨晓易最先从被窝里爬出来，他没有接过白鲨递给他的烟卷，而是忙着给白鲨铺褥展被，归置衣物。这种眼力见，是杨晓易与生俱来的特长，节骨眼上总能派上用场。

白鲨又换了一包中华烟甩过去，杨晓易以为是对他的奖赏，一副受宠若惊的样子。直到白鲨吩咐他给每一个人发一支点上，难免失望的他还是满心欢喜地认为这是一种信任，因为从白鲨一进号房或者确切地说从白鲨的行头搬进到号房那一刻起，他就打定了改换门庭的主意。

杨晓易先给无情剑的嘴巴里塞进一支，又接过白鲨甩过来的打火机给他点上，熏了好一阵子，无情剑才不好意思地钻出被窝。

"认识我吗?"白鲨看见无情剑是睡在自己铺位旁边的二号位，意识到这是个人物，而且一定是润江地界的人士，便想摸摸底。

"还真没见过面。"无情剑揉揉惺忪的眼睛说。

"这不就认识了吗?"白鲨反问道，带有自圆其说的吊诡。

号房不过巴掌大的一块地方，却不单单是陌生人扎堆的集散地。润江人与润江人在这里相遇的机会比外乡人多，而且多是熟人的巧遇，即便未曾谋面，说起大名或绰号，也神交已久，即便不知根知底，只要说起三个熟人，必然会找到一位他们共同的朋友，彼此自然也就成了朋友。白鲨就怕在号房遇见熟人，或者熟人的熟人。除了想隐去自己的身世和家庭背景外，他犯下的那些事最怕熟人揭老底。这里的人们有自己鲜明的正义感甚至是一种固执的偏见，杀人越货、坑蒙拐骗、明抢暗盗，在他们看来都是天经地义无可厚非的事，算不上荣，但绝对不是耻，唯有对"扣小红"一类残害少女的强奸犯和色魔恨之入骨，把他们的罪行看做是伤天害理的造孽，一千个不容忍，一万个不原谅。哪个号房一旦关进这么个孽种，"为姐妹们报仇"的怒火就会被点燃，孽种便成了人人喊打的过街老鼠，此后的每一天都是他的受难日，有吃不尽的惩罚在等待着他，尤其是冲着下三路而去的踢打，每每都是阉割的恶搞，能把根留住就是不幸之中的万幸了。

白鲨就是这么个"扣小红"的色魔。他那点可怜的孤傲和霸气是需要保密来维持的。

东铺的光头见无情剑起来了，也都跟着拥被坐起，叼着香烟，等着杨晓易来给对火。

白鲨见对面西铺没人响应，便亲自来到陈默铺前，死乞白赖地把他拉起来。

在白鲨看来，凡是坐在一号位的光头非润江人莫属，他都不希望见到熟人。

没等着杨晓易来轰，歌手和东北虎也披上衣服，想见识见识这位有来头的狱友。

白鲨用眼睛扫了一圈，没见一个熟脸，挺惬意。

"你们叫我白鲨好了。"白鲨自我介绍说，"我原先在这个号房住过几天，这次是故地重游，人生地熟，有什么事，我尽力给大家罩着，都在社会上混，相识也是缘分嘛。"

杨晓易像遇到老前辈，透着十二分的亲热问道："白鲨大哥，政府干部不是说外面的治安形势很好吗，怎么又搞起严打了？"

"好个屁！一个拿枪站岗的警卫把领导给杀了，你说这社会治安能好到哪？"白鲨煞有介事地说。

"这么大的案件，我怎么没有在政府发给的通缉令上见到？"杨晓易似信非信。骗子出身的杨晓易不乏一种天生的警觉，他看谁都像编排瞎话的骗子。

"通缉令发到号房了？"白鲨显然有些意想不到，忙问，"哪一级的通缉令，在哪？"

杨晓易指着白鲨背后的墙上说："哪一级的通缉令不知道，就贴在你身后，还有一本举报名单，都是没有破获的大案，让我们提供抓捕线索，我们把它供在刑板上，辟邪呢。"

白鲨扭过头，看到通缉令的落款是润江公安局，一颗悬着的心就放进了肚子，在润江地界，追谁也不会公开追他。不够级！

白鲨对"级"相当谙熟，上学时的降级生，看着老爸从派出所所长一级一级升到公安局局长，刚刚又坐上润江市副市长的宝座。他知道级别是地位和权力的象征，就像通缉令分A级和B级，表明案件也有不同的重视程度。这些旁门左道的见识，让他有资格嘲笑杨晓易这帮子混混的无知。

白鲨又好奇地问杨晓易："你不会是通缉犯吧？"

"我可不够格。"

"那怎么还拖着一副脚镣？"

"我跑过一回，被抓回来的。"杨晓易说，"原先还戴着手铐，因为干活不方便，给卸了。"

"还想跑吗？"

"哪个哥们儿不想跑？越狱容易，机会难得呀。"

"再跑，我先卸掉你一条腿。"白鲨突然改变口气，说了一句让杨晓易浑身发抖的话。

"白鲨大哥，你不会是警察局长的干儿子吧？"杨晓易稳住神后，半是猜想半是讥讽地说。

白鲨似是而非地笑笑，又把挑剔的目光从杨晓易的双脚移到歌手的双手。

"这位小帅哥，你不会是电脑黑客吧？"白鲨向歌手发问道，"这手怎么长得这么纤细，跟女人似的？"

"我的手？"歌手晕晕乎乎地说，"不是喀齐嚓的手，是弹吉他的手。"

"喀齐嚓？"白鲨端详着歌手问，"叫七科长吓蒙了吧，怎么还说昏话呢？"

"别小看人家啦，说出他的大名，说不定还要吓你一小跳，这位是正儿八经的润江血案制造者呢。"杨晓易见缝插针地送上一句。

"难道这位是青枫巷来客？"白鲨惊讶地问。

"青枫巷来客"是一篇报道吴老师被害案始末文章的标题，醒目地刊登在润江晚报上，备受关注。白鲨是从这份报纸知道歌手的，一向不读书不看报的他，突然觉得好生奇怪，自己一手策划的事，怎么就变成了另外的一件事了？关于这起血案来龙去脉的报道说得跟他妈的真的似的。这真是当局者清，旁观者迷呀。

歌手对白鲨脱口而出的"青枫巷来客"置若罔闻。在他已经模糊的记忆里，早已遗忘了吴老师所住艺校宿舍的地址，只保留着小巷深处古朴院落的点滴印象。他不知道"青枫巷来客"是他的一项榜上有名的桂冠。

"别紧张，朋友。"白鲨把香烟当作宽心丸夹在歌手的耳朵上，微微一笑说，"青枫巷来客是润江晚报报道吴老师被害案的一篇新闻，可我知道，说的不是你的故事。"

"我没有喀齐嚓。"歌手用手比画着说。

"你没有喀齐嚓就不是凶手，你整天叫喊也没有用。真正的杀人凶手没有归案，你就得顶着他的罪名在牢里待着，这就叫一个萝卜一个坑。"

"凭什么呀？"东北虎愤愤然说。

"凭什么？"白鲨冷笑道，"就凭判你没证据，放你没理由，事情闹大了，能错抓不能错放，免得一错再错。"

"靠！这叫什么事。"

"老弟犯的是啥事体?"白鲨借机问东北虎,口气不再颐指气使,明显带着搭讪的味道。

"说出来怕也是吓你一小跳,我是大名鼎鼎的润江西门庆!"

东北虎话一出口,白鲨好像被蚂蟥冷不丁叮了一口,脸色顿时变得煞白,面部的血液瞬间全都缩回到心脏,几乎冻结了。

白鲨被点穴了。"润江西门庆"是他的绰号,东北虎在指桑骂槐呢。白鲨知道自己遇到了挑衅者,这个人知道自己的底细,接下来还会当众剥他的皮!满口东北话的这个主儿可不是苞米面的弟弟苞米麸子,他是苞米面的哥哥苞米碴子。白鲨在号房遇到了冤家对手了。

还好,东北虎只是点到为止。从白鲨一进号,东北虎就认出这个人就是自己追杀的仇人,兴奋的心情就像一个猎手在深山老林追踪到他锁定的猎物,眼下特别需要抑制发现的振奋和颤抖,以免过早地暴露自己,引起对方的警觉。

他点出白鲨的绰号"润江西门庆"不过是给他提个醒,让他在牢房里好好回顾自己以残忍手段伤害姐妹们的罪行,然后,他会告诉白鲨,在他残害的无数姐妹中,就有他的亲妹妹。如果他忘记了这件在他看来稀松平常的往事,他还会提醒他,他的妹妹是一个盲人按摩师,长着一颗美人痣,一口纯正的东北那疙瘩的口音。如果这个混蛋还没有想起来,他还会忍着性子告诉他,那个在天堂度假村以死相拼,带着伤痕累累跳楼逃跑又落入虎口,最后在天堂湖浮现出来的女尸就是他的妹妹。当他把这段辛酸往事和盘端出时,他并不指望白鲨的良心发现,更不指望他的忏悔,他对白鲨的惩罚是鞭笞。虽然从东北老家带来的那杆赶马鞭早已丢弃在天堂度假村的墙外,但他那铁砂掌般的手掌绝不是吃醋的家伙,落在白鲨身上任何一个地方,都会留下一枚鲜红的印章。东北虎是条汉子,明人不做暗事,即便是零打碎敲了白鲨,也得让他最终明白欠债总是要还的这个人生大道理。

妹妹冤死他乡后,东北虎跻身于众多受害亲属上访告状的队伍中,到润江公安局顶状喊冤,上省城,进北京鸣冤叫屈。他相信脚下这块生他养他的土地一定会为他伸张正义,他不需要滚钉板,不需要击鼓高喊清官大老爷为小民做主,西门庆一定会受到法律的惩罚。判决下来后,他和那些杨三姐们却有了上当受骗的感觉,明明是犯罪集团首犯的西门庆却由黑桃老K变成了黑桃J,以第三被告的身份逃脱了死刑的制裁,后来又被保外就医,等于逍遥法外。杨三姐们闻讯后,个个义愤填膺,再次踏上漫长的上访路,东北虎却在这个队伍中消失了。

　　东北虎潜入到天堂度假村，那是西门庆的窝点。他的想法很简单，既然法律管不了他，他就要把自己当成正义的化身，来一把"替天行道"的壮举，替那些被迫害和被摧残的姐妹们出这口恶气。

　　可东北虎没有找到下手的机会，尽管他远远地看到了白鲨，可是无法近身。天堂度假村的通行证是钞票，没有足够的硬通货和像样的行头，无法冠冕堂皇地进去。东北虎心想，正门通不过，翻墙越脊总是可以的吧？可东北虎毕竟不是贼，走的不是贼道，翻过高墙就落入常助理的掌控中，一起失盗案始作俑者的大帽子就端端正正地戴在他的头上，他没有撞开白鲨包房的房门，却为自己撞开了看守所的牢门。

　　掉进牢房，东北虎以为再次与白鲨会面可能是下一个世纪的事啦，没有想到冤亲债主找上门来，把个牢房变成了鞭笞仇人的方便之地。东北虎一面庆幸老天给了他这个替姐妹们报仇申冤的机会，一面感叹这个世界真是太小了，这真是应了那句老话：踏破铁鞋无觅处，得来全不费功夫。

　　东北虎看到白鲨极力掩饰惊慌失措的样子，又变着法儿想再刺激他一把。他指着陈默对白鲨说："这位老哥也是天堂来客。"

　　白鲨的脸色倏地由白变青，心中响起一阵轰鸣："又是一个冤家路窄！"他惊愕地发现并坚定地认为，号房并不是他一分钟前认定的平静港湾，对面的青枫巷来客、天堂来客，还有知道他底细的东北来客，简直就是埋藏在他身边的三剑客，他们一亮剑，他和他老爸就要玩完。

　　他想到了调号，这是唯一的避难的举措。

　　恰好癞哥从打饭口递进两瓶开水，招呼白鲨说："七科长关照的，给你洗脚用。"

　　杨晓易抢先接过热水瓶，凑趣地说："正想打浴呢。"

　　白鲨见传话的机会来了，便故意对癞哥发号施令说："给这位兄弟的镣子卸了，明天号房不要安排劳动了。"

　　"别难为我，"癞哥诺诺地说，"这事兄弟可做不了主。"

　　"那就去告诉七科长，说我有事找他。"

　　白鲨不仅发现对面铺上卧着三只虎视眈眈的老虎，也发现身边有一条摇尾巴的狗，而且不需要用铁链子拴住。只等明天七科长来号，一个眼神递过去，他就会牵着杨晓易这条哈巴狗离开号房。有杨晓易在身边扶持，他愿意把禁闭室当成暂栖身的世外桃源。

四

白鲨掀开砂锅的一瞬间怔住了，原来今天是他二十八岁生日。砂锅里炖着两只蹄髈、八只基围虾，这是母亲每年为庆贺自己的生日必做的一道菜。只是他把这个日子忘记了，母亲没有忘。

涌动的凄凉没有抵得住佳肴的诱惑，白鲨甩开腮帮子一阵狂啜，连汤汤水水都一滴不落地倒进肚子里。肚圆后，他才想起向沈干部打听母亲的情况。

干部办公室没有别人，白鲨心想沈干部一定会给他吐露一点外面的情况。沈干部是母亲娘家的远房亲戚，这条通风报信的渠道却从未启动。每逢落脚牢房，总是由七科长罩着他，倒也备受关照。七科长城府极深，从不会透露外面的动静，挂在他嘴边上的话就是两句："定心点""安稳点"。说得白鲨既不定心，也不安稳。

"你母亲没有来，东西是叫我带来的，还有一个生日蛋糕，你拿回号去吃吧。"

没想到沈干部也是一副公事公办的样子，好像用蛋糕就可以把他打发了。

白鲨就用悲情启发沈干部。

"一不留神，都二十八岁了，活到这个岁数，打头也值了，我就是放心不下我的老母亲，身后的事，我能托付给谁呢？我老爸是指不上的，他养了个二奶，早就把我母亲打入冷宫了。"

"别瞎说。"沈干部恨不得捂住耳朵，为了避嫌，不想听他老板的家事。

"让我瞎说一回吧。"白鲨坦言道，"在严打的风头，把我送上刑场的是我老爸，从中获益的也是我老爸。你会看到在我死后他因大义灭亲而高升。"

沈干部只能沉默，他惊于白鲨把刑场和官场联系起来，说出的是一番让人琢磨不透的私家内幕。尽管他一个小小的看守所警察是个旁观者，无须白鲨揭示，他也看明白这种表面看似毫无关联的刑场和官场，的确存在着内在的因果互换、表里互动的关系。

在白鲨二十八年人生歧途中，刑罚乃至死刑的阴影一直紧紧尾随在身后，却又无可奈何他，每每在劫难逃又化险为夷，网开一面并不是白鲨命大，而是他有一个当公安局长的老爸。

白鲨十八岁那年，强奸了他同班的一个女同学。受害人在其家长、亲友的陪

同下向派出所报案，时任分局副局长的白鲨老爸亲自带领部下勘查现场，调查取证，毫不留情地对他的儿子签发了拘留证。同时，另一项调查取证工作也在他老爸的指使下悄悄地进行，那就是把自己宝贝儿子的出生日期由十八岁改变为十六岁。白鲨在看守所的铺板上还没有坐稳，就搬到了少管所，以未成年人身份领刑后，又凭一纸身患肺结核的医院证明而将白鲨保外就医。

细想一下，你还不能不说这件事办得非常高明，白鲨逃过了刑罚，他老爸因不徇私情而扶正，成了所辖天堂镇的区公安分局局长。只是没有人想到这个结局是一个一石两鸟的双赢。

不久，天堂镇地区连续发生抢劫、强奸案件，引起社会强烈反响。这群胆大妄为的劫匪、色魔好像摸准了公安机关的行动脉搏，只要常局长下网布控，他们立刻销声匿迹。只要常局长稍稍喘口气，报案的电话就会把他从睡梦中惊醒。

久攻不破、坐卧不安的常局长决定采用技术手段，搞定这个犯罪团伙。

近百台摄像探头被秘密安装在码头、车站、公园、娱乐场所和屡屡发案的宾馆饭店，进行昼夜监控。常局长则和刑侦大队、治安大队的领导一起坐镇监控中心，盯着显示屏幕，等待犯罪分子的出现。

监控镜头捕捉到这样一个场面：一群蒙面人跳上一条停泊在天堂湖码头的运沙船，用匕首和菜刀把船主、雇工押进船舱，开始洗劫。另一个劫匪用刀顶住一个正在淘米女孩的脖颈，把她留在船上，趁着夜色，逼着她脱下衣服，欲行强暴。

当这个家伙嚣张地摘下头套，露出龇牙咧嘴的丑态时，常局长恨不得找一条地缝让自己钻进去。

屏幕上亮相的正是他那个人称"润江西门庆"的宝贝儿子。

众目睽睽之下，常局长下达了收网的指令。"润江西门庆"及其同伙成了瓮中之鳖。

这次改变白鲨必死无疑命运的是判决书中被告人排列顺序的调整，白鲨由黑桃老K变成了黑桃J，一个白鲨在少管所结识的菜农的儿子作为本案唯一的一个死刑犯押上了刑场，用二十一岁的灰色年华完成了打头鬼的角色转换。

第一被告绑缚刑场时，白鲨也被送到一座边远山区的监狱投改。他只是在这座荒凉的监狱兜了一个圈子，剃光的头皮还没有长出一层毛茬，就被保外就医，再也没有回归。

沈干部在看守所目睹了这场以人头换人头的交易。不知情的润江的老百姓还

以为正义的枪声响起，犯罪集团的首犯已经伏法，"润江西门庆"也关进深牢大狱，舆论的拍手称快反倒成了常局长再次升迁的民意驱动。

幕后的秘密沈干部并不知道，但他隐隐约约地看到了一枚硬币的两面：儿子赢得了自由，老子赢得了官位。

要是白鲨隐居天堂老家不再惹祸，这个幕后交易的秘密或许就一直隐瞒下去。偏偏白鲨是个惹祸精，他母亲指定的监护人常助理又是一个助纣为虐的家伙，天堂度假村就成了白鲨的避风港和温柔之乡。直到他逼死了一个盲人按摩师，善良的人们才知道白鲨逍遥法外，躲在天堂老家。

愤怒的受害者和他们的亲人再次集结起上访告状的队伍，进驻省城高院。他们呈上的不再是状纸，而是白鲨祸害少女的作案工具：电灯泡、可乐瓶、手电筒、棒球杆、剃须刀和打火机，不是说定罪判刑要证据吗？这些东西就是对白鲨令人发指罪行的无声控诉。他们的诉求不再单单是对白鲨的严打严判，而是要查明真相，追究包庇罪犯的责任。他们有权知道放纵罪犯的事实真相。

事情闹大了，又赶上严打，常局长没有等上级督办，主动下令将白鲨收监。你不能不说这是一步可进可退的棋，既化解了来势汹涌的拱卒将军的危机，又可待事态平息后将宝贝儿子放虎归山。豁然开窍的沈干部又一次看到一枚硬币的正反两面。

白鲨看到沈干部陷入沉思的样子，心想一定是他充满悲情的表白起作用了，他要把他心里的话抠出来。

"你能不能也给我瞎说几句？"白鲨提示道。

沈干部想到了白鲨母亲的嘱托，那是她隐藏在心头的一个疑问，该由他来向白鲨问清楚了。

"你母亲想知道青枫巷的吴老师是不是你杀害的？她要你说实话。"

"对天发誓，这个女人不是我杀的。"白鲨毫不掩饰幸灾乐祸的心情，他坦率地说，"我不恨这个吴老师，我恨的是她的妹妹，因为她的插足几乎毁了我们的家庭，也给我母亲带来了巨大的伤害……至于她的姐姐为什么被杀，我真的不知道。反正我跟她无冤无仇，她的死与我无关。除了情杀、仇杀，我觉得吴老师像是被误杀的……"

"哦！会是误杀？"沈干部故作惊讶地问。

"信不信由你，反正我没有参与这件事。"白鲨的推脱带有吞吞吐吐的诡异，

但沈干部相信了白鲨的信誓旦旦。

"有你这番话，你母亲就放心了，她还让我告诉你，如果没有惹上这件事，不管怎么起诉怎么判刑，都不要上诉，你母亲说她有办法捞你。"

"捞"，白鲨觉得这才是他要听到的话，一字千金。

母亲说她有办法捞他，就是说他会大难不死绝路逢生。不过这次捞他的不是老爸而是老妈！他相信老妈出马绝对不是出于官场的谋略和心计，她是出于舐犊之情。

听完这句话，白鲨的一颗悬着的心落了地。他拎起蛋糕就要回号房。沈干部忙安抚他坐下，说："还有一件事，你想调号，七科长不同意。"

"有你在号房罩着我，我还不走了。但是，你们得把那三个来客给我调走，我眼里揉不得沙子。"

"哪三个来客？"沈干部只知道名册上写的尊姓大名，不知道他们在号房里的绰号，一时还对不上号。

白鲨把三个眼中钉一一道出，沈干部才知道是何许人。

沈干部用商量的口吻说："调走一个吧？我不能给别的号房增添麻烦。"

"那就把那个东北来的苞米碴子给我调走。"

沈干部点点头说："你知道七科长为什么要留你在号房吗？"

"我又不是七科长肚子里的蛔虫。"白鲨不以为然。

"号房遗留了一把牙刷柄磨成的凶器，当时忘了收缴，你得把它找出来，免得惹是生非。"

"就这个屁事呀，你们瞧好吧！"

第十六章
较量：祸起萧墙

一

干警查号的脚步声在走廊响过一阵子，新来的嫌犯还在蒙头睡觉，这种坦然而放肆的样子，简直就是对白鲨的一种轻蔑。尽管白鲨也不把干警查号当回事，但他不容许别人稍有怠慢，查号毕竟是看守所一天的最重要的考核，号房要交出满意的答卷。不然就是跟他过不去，起码是给他丢脸。白鲨把自己的面子看得比眼下的身份更重。

眼下的新犯成了白鲨的眼中钉。

新犯是凌晨三时许进号的，蹑手蹑脚地把自己放倒在刑板上就睡着了，好像疲倦的旅客躺在火车站候车室的长椅上，要把一路风尘抛在身后。白鲨看不过去，走过去踢了新犯一脚，新犯动了动身子，又睡过去了。白鲨正要再来一脚，隔壁号房的开锁声伴随着开门声已经咣咣当当地响成一片，光头们开始正襟危坐，以一种应付的神态等待干警鱼贯而入。白鲨骂了一句，赶紧窜回东铺一号位坐下来。

虽然大家伙都没有跟这位新犯打过照面，也闹不清他是个什么鸟人，就凭他一进号就往刑板上一躺，好像那就是他的领地和归宿，说明他对号房的规矩根本不懂，能躺在号房最忌讳的刑板上呼呼大睡，你就别指望一个二百五能对干警莅临号房毕恭毕敬了。

让他领教领教干警的教诲吧，看守所的警察可不是你想象中的旅馆服务员、大车店的小伙计，他们不会容忍你的放肆。

大家伙儿终于和白鲨想到一块了，那期待的表情全都写在脸上。

对新犯的训斥和惩罚最终没有发生。孙所长带头蹑手蹑脚地走进号房，好像不愿意惊醒刑板上的那位睡客，陈干部只是用目光清点了人数后，然后见怪不怪地带头离去。断后的沈干部交代白鲨，扯条被子给新犯盖上。

　　白鲨正在运气，眼前这个不识相的家伙，大逆不道的行径不再是对政府干部的不恭而是对自己的不敬，甚至是一种冒犯。气哼哼的白鲨扯了条被子，不是给新犯盖上而是把他给蒙了起来。他用眼神招呼无情剑和杨晓易过来助战，给这个装睡的家伙供养一顿豆角焖干饭。

　　无情剑一把按住了跃跃欲试的杨晓易，骂了一句："你不是他的马仔，逞什么能！"

　　白鲨装着没听见，只能自己动手了却这桩无端的挑衅，不管是来自新犯的装傻充愣，还是来自无情剑的忤逆和杨晓易的无动于衷，还有陈默等人的冷场，他得用行动表明自己的克制已经达到极限。

　　这时，白鲨看到了新犯像伸懒腰似的伸出了戴着手铐的双手，仿佛遭到闪电般的一击，豆角焖干饭的念头立刻支离破碎，无法收拢起来支撑自己的行动。手铐是一种待遇，表明新犯是一个重刑犯，无论如何，他都得退避三舍。万一下手重了，花了他的脸，残了他的手脚，那就是太岁头上动土了，看守所干警那头不好交代不说，万一检察院官前来提审，拉出去就是号房暴力展览，他吃不了得兜着走。

　　白鲨忍住了。

　　这时，新犯已经醒来，披着一件风衣式的夹大衣坐在刑板上，被手铐绞在一起的双手在大衣里面摸索出一撮烟叶和一盒火柴，卷了一支长长的雪茄点上了。单凭四处弥漫的诱人香味，绝不是关东烟云烟旱烟之类能比得了的大路货，说它来自哈瓦那也未必是胡扯，新犯身上那件黑色圆领衫印着的头像正是古巴的革命领袖切·格瓦拉。

　　新犯悠闲地吐着烟圈，像欣赏一幅变幻莫测的烟雨图，专注着氤氲在眼前飘忽四散。人都落到了这般地步，还要竭力张扬自己的个性，着实是个人物呢。白鲨只觉得这个人眼熟得很，又想不起他是润江哪个码头的老大，自尊令他不便主动地搭讪，他得端住自己的二八架子。无情剑已经看到庐山真面目，新犯是润江早已金盆洗手的大哥大，从出道的辈分上说，人家是爷爷辈的，要想套近乎，差着好几代呢。

　　"有人踢了我一脚，是吧？"

　　新犯好像从沉浸的烟霭中想起一件值得回味的往事，熄灭了烟火，做出来一个邀请的姿势说：

"我想请他站起来。"

无人响应。沉寂中涌动着一丝不安。

"都是站着撒尿的,敢作敢为嘛!"新犯站起来,说话的语气有点冲,但表情相当克制。

杨晓易从座位上蹿起来,他要替白鲨顶账,硬充大尾巴狼。

"你是太岁,动不得?"

"我的屁股你可以舔,但不能踢。"

"要是你的屁股长了两个眼,我还真愿意伸出舌头来展示一下舔功。"

"我的屁股长了几个眼,难道小雪没有告诉你?"

此话一出,杨晓易不解其意,白鲨的脸却绷不住地沉了下来。小雪是他在歌厅勾搭上的情人,也是举报他的仇人。这个臭男人睡过小雪,白鲨并不在意,因为小雪背叛了他。他只是没有想到眼前这个吃软饭的家伙竟然拿小雪来羞辱他。

藐视加恼火,白鲨不再沉默。

"小雪的便宜可没那么好占,你得当心你的那条根!"

"等我上路时,我会割下这条根给你泡酒喝,你的阴气太重,那玩意壮阳。"新犯好像认出了白鲨。

"这么说你是知道我的尊姓大名了,你……你大概不会是个隐士吧?"白鲨要新犯自报家门。

"不用自我介绍了吧,我榜上有名。"新犯坐在刑板上指着墙上贴的通缉令说。

无情剑抢先跑到通缉令前,指着名列榜首的照片说:"他是彪哥,润江地面上真正的龙头老大,你们可别看走了眼!"

这话好像是说给白鲨听的。

"别给我吹喇叭抬轿子好不好?你比通缉令上说得还离谱,我是人不是魔,也不是侠。"

光头们冷眼端详通缉令上的照片,方知离谱是怎么回事,照片分明印的是一个凶神恶煞的魔鬼影像,与他们面前的彪哥怎么也联系不到一块。

"好,有通缉令为证,我就不多说了。"无情剑借此打住话头。

"我的路走到头了,开心和平静是我最后的要求,希望各位多担待。"彪哥说完,起身把墙上的通缉令揭了下来,交给无情剑。

"这通缉令还有一个用处,我走后,你替我把它烧了,那么多难兄难弟和我

一起奔赴黄泉，需要买路钱。"

无情剑接过通缉令说："瞅瞅你印在上面的尊容，凶神恶煞的样子，只怕阴间地府还不敢收留你呢。"

"我对必死无疑不抱任何幻想。趁着我这会儿脑壳还没有开花，想结识结识咱们号房的落难弟兄。"彪哥向无情剑发出邀请。

无情剑就先把彪哥拉到了白鲨面前，那意思等同于揭发，踢你一脚的就是此人。

没等无情剑指认，彪哥好像遇到了老熟人，开口就说："你是白鲨，其实应该荣登通缉令榜首的是你。"

"没想到我一脚踢出一个臭屁来。"在彪哥面前早已变得不成一盘菜的白鲨强势着说出来一句屁话。

"知道臭就好。"彪哥虚晃一枪，并不点破。

"知道黑就更好。"白鲨见彪哥没有对他施展拳脚，又厚着脸皮回了一句心虚又不示弱的话。

"社会上传说你们父子两人形同陌路，没想到你们的观点倒是如出一辙。"彪哥冷笑着说，"说我是黑社会，抬举我了，其实我不够格。要我看，你们这对老少爷儿们倒像是一对黑蛀虫，什么社会都得被你们从里面蛀空。"

白鲨闭上嘴巴，他不想把老爸扯进来。老爸是背景，不能当被告。

彪哥转过身，对着陈默说："你是北京来的吧？看来我没有走错号房。"

一直对彪哥琢磨不透的陈默只是应酬地点点头，他飞快地搜遍记忆，也找不出和黑社会打交道的任何印记，连彪哥这个名字都没有听说过。当他确定不认识这位黑社会老大时，内心的提示是，自己要警惕，要和这个人保持距离，免得惹火烧身。将近一年的牢狱生活，他已经对号房有了来之不易的感性认识，这是个庙小神灵大、池浅王八多的地方，不管什么社会都数这里最黑。除了当心，他无需告诫自己别的什么。

二

"彪哥，小雪是怎么傍上你的？"无情剑好奇地问道，"那可是天堂镇的大美人啊！"

　　午饭后，无情剑和彪哥拉起了家常。他对彪哥的敬佩，一半来自彪哥在江湖上如雷贯耳的名气，另一半来自彪哥和白鲨的势不两立，让他在号房有了盟友和靠山。他不知道彪哥是怎么跟白鲨之类的恶少结下梁子的，也许小雪是他们反目为仇的酵母。

　　"小雪是个复仇女神，她身边不缺吃软饭的男人，但没有一个人敢帮她追杀白鲨。"

　　"这么说，她不是傍你是求你了？"

　　"起初我也以为她是为这件事来求我的，我的接待是客气有加，但拒绝是没商量的。"

　　彪哥自大西北归来金盆洗手的事，无情剑早有耳闻。他隐居在天堂湖，开了一家水上餐馆，雕梁画栋的渔船锚定在湖心，母亲采买，父亲掌勺，寡姐收款记账，还收留了几个被白鲨践踏的女孩当服务员，彪哥自当艄公，接送客人往返，每每陶醉在湖光水色间，大有宠辱皆忘的愉悦。客人多是流连忘返的回头客，图的是那份逃避世俗繁杂的雅致和宁静——月明星稀之夜，丝竹管弦之间，举杯邀月，把酒临风，乘兴而来，微醺而归。偶尔还能听到彪哥的仰天长啸：此江湖非彼江湖也！更有深夜闻钟，灵魂出窍的曼妙。

　　其间，润江地面上发生了好几起团伙火拼的事件，打得不可开交，不少有头有脸的人物请彪哥出面摆平，都遭到他的婉言拒绝，他的理由是：我已是山野之人，不想出卖昔日的声望；事情嘛，起于因果，转于轮回，相信会自生自灭。

　　无情剑想不出小雪是用什么锦囊妙计把铁心归隐的彪哥逼出山的？

　　"想必是小雪给彪哥戴上了一顶为民除害的高帽，借你的手把她的仇人白鲨送进地狱？"这是无情剑唯一能想象出的理由。

　　"我不会为白鲨这条落水狗而改弦易辙。"彪哥说，"所以我才对小雪说，如果你是为了感谢我曾向深受白鲨祸害的女孩和她们的父母提供了微薄的资助，那就免谈什么讨教、帮助。"

　　"如果不是为了雪耻，小雪还能为什么事求到你的门下？"

　　"小雪不过是一个引荐者，她还带来一个女孩。"

　　"女孩？这事听着有点乱。"无情剑摸不着头绪。

　　"告诉你吧，这个女孩叫苏娅，是歌手的女朋友。"

　　"噢！"无情剑只有惊讶的份儿，他不由自主地朝歌手瞄了一眼。

"我问她，你是来找我消灾还是灭祸？苏娅说，她的男朋友蒙冤下狱，想请我调查取证，揭示事实真相。我说，这可是警察叔叔干的活儿，我怎么能去抢人家的饭碗？苏娅说，要是警察叔叔不管这件事，你管不管？我就奇怪了，哪有猫不捉老鼠的？苏娅好像看透了我的心思，她说，这是猫跟猫之间的事，与老鼠无关。"

"猫跟猫之间的事？"无情剑有点开窍地说，"这不是诱你去添猫×吗？你千万别中了人家设下的圈套。"

"我不是一个容易上当受骗的人。尽管我此前看到过吴江媛老师被害的新闻报道，也听到了来自道上的各种说法，可是我还是觉得苏娅对她男朋友杀人案疑点的坦陈颇有道理。她说，被害人吴江媛老师是歌手的恩师，他对她敬重有加，绝不可能恩将仇报。歌手是一个左撇子，演唱时就能看出来他的左手比右手灵活，一个用左手使筷子的人，不可能用右手杀人。歌手的供述只能是屈打成招……

"我打断了苏娅的话，我有限的反侦察能力告诉我，苏娅对案情的表述竟然像个内行，可能在她的身后还有一个具有专业水准的高手。我就对她说，你有没有搞错，我开的是餐馆，可不是律师事务所。你得另请高明，最好找一位公正勇敢的律师。

"苏娅回答我说，我有一位律师，是一位不请自来的北京一所大学的法学副教授，北京的最高法院已经采纳了她的辩护意见，案子发回润江法院，却再也没有了动静。"

"走到这步就危险了！"无情剑跟着起急地说，"案子卡在公安局，人关在看守所，弄不好，在号房制造一个小小的纠葛就会把歌手给灭了，谁能说清号房的事？"

彪哥颇有同感地点点头说："这正是我动心之处。可我还是没有贸然应许，我提出要和那位不请自到的余老师见见面，不管她是有意或无意，都不能躲在苏娅的身后。"

"你见到她了？"无情剑问。

"没有。"彪哥说，"余老师回北京了，她是陈哥的辩护律师，却被润江警方拒绝会见她的当事人，又不让看案卷。她只好回北京寻求法律援助。"

"这事听着闹心，不光闹心，还有点犯糊涂。"无情剑问道："苏娅是歌手的女朋友，怎么会和陈哥的辩护律师搞到一起了？"

"她们两个人是在看守所门前认识的。知道陈哥和歌手关在一个号房,而且都是冤枉的,她们两个人就成了朋友。其实,这也算不得奇事,当年我老娘不就是在监狱的接见室结识了同来探监的大背头的老娘吗?"

"大背头就是从这个号房滚上山的,不过他在号房的绰号叫巡洋舰。"无情剑的一个"滚"字,充满了对彪哥昔日同伙的蔑视。

"听说他为一辆摩托车吃官司的,也不知道哪根筋搭错了,不像是老江湖干的事。"无情剑又补充了一句惋惜的话。

"我也不相信他会为了一辆巡洋舰摩托车重出江湖,而且会和那些不着调的人搞在一起。这里面有猫腻。"

"不提他了,反正他在看守所的名声挺臭,山上的日子也不会好过,大洋马那帮人要在山上收拾他呢。"

"我见过他了,最终收拾他的只能是警察。"

"噢?"无情剑摸不着头脑地问,"莫非有人要炒他的回锅肉?"

"苏娅怀疑他是青枫巷血案的罪魁祸首。"彪哥平静地说。

"这么说,她真的请动你了?"

"岂止是请,简直就是用鞭子抽打我的脊梁,把我驱赶出来的……我无法拒绝她们,否则,我就不是一个汉子,脉管里流淌的就是他妈的冰水。"

彪哥是个吃软不吃硬的主儿,一动情,狠劲就上来了,他要干的事,谁也拦不住。无情剑只是不晓得苏娅动了什么魔力,挑动了彪哥的神经。他能断定的是,钱是不能买动彪哥的。

"就凭一腔热血?彪哥,你也不想想,这个活儿一接手,不仅会跟你昔日的弟兄翻脸,还会跟大盖帽撞车,倒在车轮底下的只会是你。你这是以身试法呢!"

"这话你说对了,我现在的处境就是被人家碾在车轮底下了,可当时……

"当时,我还在斟酌,苏娅亮出了一双白色耐克袜,告诉我,这是条线索,顺着这条线索查下去,就会找到真正的凶手。

"我并没有在意这双普通得不能再普通的袜子,只是问苏娅,你是怎么判断它是一条破案的线索?我知道这应该是余老师的语言,偏偏她又不出面和我交谈。

"苏娅说,你一定听说过青枫巷血案,但我敢说,你一定不了解它的真相。这跟你的男朋友有关系吗?我问苏娅。苏娅说,我的男朋友正是青枫巷出事的那天离开润江去上海音乐学院读书,而且死者还是他的恩师。天堂度假村的常助理知道这个情况，就把我当着知情人举报了，我知道这是陷害，因为常助理是个大色狼，老是打我的坏主意而没有得逞，恨不得我的男朋友蹲大狱，他才有机会霸占我。起初，我还以为警察是错把我当成卖淫女了，就解释说我是音响师，已经有了身孕。后来才发现警察对胎儿的父亲远对比胎儿感兴趣，他们一直追问我男朋友的去向，还拿出他的照片让我指认。后来，他们又把常助理送来的一双溅有血迹的白袜子，摆在我面前，说是在我们员工宿舍附近的垃圾筒发现的，袜子上面粘的是死者的血迹。警察问我，这双袜子是不是我男朋友穿的。我说不是，他从未穿这种耐克牌白袜子。警察就把我铐在窗框上，让我仔细想想，什么时候想好了，什么时候再把我放下来。带血的袜子就放在我面前的凳子上，我的汗水和泪水顺着脸颊流下来，我感到怀里的胎儿也跟着我一起抖动，袜子上面的血迹就像是从我的下身流出的……

"我没有让苏娅说下去，我对她说，你已经把事实真相告诉了我，你男朋友的杀人案是一起栽赃陷害的冤案。我不能不说这是余老师帮助你分析的结果。"

"是我把他给牵进来的，我好后悔！"

彪哥看到了噙在苏娅眼里的泪水，无情剑看到彪哥的眼睛在冒火。

"庆幸，我的血没有变凉，血性让我答应了苏娅。"

"你这次成了通缉令的首犯，是不是与这件事有关？"无情剑猜出了七八分，他要彪哥点个头。

"我还没有出手调查，就传出我成立了一个私家侦探的调查事务所，包揽诉讼，替天行道，恰好给人家送去了组织黑社会的口实。"

"你能来这个号房，和你的两个当事人关在一起，怕也不是巧合吧？"

"我从苏娅那里知道他们两个人关在死牢，就要求看守所也把我关进这个号房。我只是想利用我有限的时间，让他们在号房耐心等待水落石出的那一天。"

"怪不得你昨晚和陈哥谈了大半夜，你就不怕白鲨盯上你。"

"一个要死的人，还怕鬼吗？可惜，陈哥城府很深，对我的话将信将疑，歌手受到恐吓，还没有清醒过来。"

"陈哥好像害了牢房忧郁症，他蹲过小号，又是超期羁押，你得慢慢来。"

"有白鲨在这个号房，我能多待一天都是幸运。"

彪哥轻轻地叹了口气，似乎有些不甘。他想起了为了苏娅的嘱托，他所付出的努力和代价……

三

"你们当中有谁穿着这样的袜子干过湿活儿？"

彪哥把苏娅给他的那双耐克白袜子丢在餐桌上，圆睁的眼睛一个个地打量着面前的老熟人，好像要揪出隐藏其中的一个异己分子。

这是彪哥答应苏娅出山后的第一个行动：以生日宴请的名义，把昔日在道上混的熟人叫到渔船上，从内部查起，肃清疑点。

严打在即，搞这样一个活动，有相当的风险，搞不好，就会让人"包饺子"。彪哥斟酌再三，还是发出了请帖。熟人们还真给面子，该来的都来了，不该来的，像常助理也不请自到，而且全都按照彪哥的要求，净身而来，不带礼品，不带女人，不带家把什。

满以为彪哥会举起酒杯，带头跟大家来一个开怀畅饮。没想到他举起了一双袜子。

"彪哥，你不是在自家内部搞严打吧？"场面冷落了良久，一位老资格的弟兄用开玩笑的方式打破了尴尬的气氛。

"干这种事的人逍遥法外，可有人却顶着他的罪名关在深牢大狱，我眼睛里揉不得这颗沙子。"彪哥动情地说出来缘由。

"你是说艺校教师公寓的那起命案吧？"有人回答彪哥说，"那不是我们圈子里的人干的事。"

"没有你彪哥点头，谁敢去当刀客？若是闯下大祸，你彪哥不出面，谁替他摆平？"又有人说。

"我希望这件事不是我们人干的，可你俩能保证没有人受唆使或受雇佣干下这件蠢事？"彪哥反问道。

众人这才觉得彪哥好像不是在瞎诈唬，而是有所指。场面倏地安静下来，等待彪哥挑明鸿门宴的来由。

就在这时，五短身材的苦瓜脸拉着一米八零的大扁头从角落边的餐桌旁唁唁地站了起来。

"彪哥，你不是在说我们哥儿俩吧？"

席面上仿佛刮过一阵凉风，七嘴八舌顿时就变成了鸦雀无声。彪哥用眼睛瞪着苦瓜脸，示意他说下去。

"彪哥，是有人雇我们哥儿俩干过一起这样的事，可我们哥儿俩没有下手的机会。"苦瓜脸嗫嚅道。

彪哥眼睛一亮，绷着脸示意大扁头接着往下说。

"雇主说他家招来一个女贼，让我们到莲花公寓 B 座 401 室守候，帮忙做掉她。可是等了三天三夜，除了遇见一个揽活的装修工，我们没有见到那个女人，那人就让我们撤回来了。"大扁头说。

"不知道这事跟青枫巷杀人案有没有关系，反正我们回来不久，就听说艺校吴老师被害了。"苦瓜脸补充说。

"那人是谁？"彪哥问。

"我们哥儿俩单独告诉你彪哥行吗？"

"弟兄之间没有秘密，你们只管讲出来。"

"大背头。"苦瓜脸吭哧了半天，才从牙缝里挤出这个人的绰号。

宴席上再次刮过一阵冷风，惊愕得座上客们直嘎巴嘴说不出话来。大背头？这可是彪哥在大西北一起患难的兄弟呀！

彪哥似有些意想不到，如同一根遭到雷击的木头杵在大家伙面前。

谁也没有在意，前来捧场的常助理悄然离席。

"他不是也金盆洗手了吗？再说他连个窝都没有，哪来的公寓别墅？"彪哥愣了一会儿，不相信地问。

"他呀，"正在布菜的寡姐告诉彪哥说，"他可没有闲着，一直背着你跑单帮，轧姘头，搓麻将，欠了一屁股债。没准是为了还债，受雇于他人呢。"

彪哥倒吸一口凉气。一个落魄的人是最有可能铤而走险的，他怕大背头日子紧巴，重操旧业，曾多次遣人馈赠资粮，都被大背头拒收，彪哥还以为他拒绝的理由是顾及可怜的面子。

"他不是在天堂度假村掉脚的吗，牵涉的是一起巡洋舰摩托车盗窃案啊？"彪哥还无法排除心中的疑点。

"你别忘了，大背头总是穿这种白袜子，冬夏不换，整天臭气熏天的，能把你熏一个大跟头。"寡姐又提醒了一句。

彪哥顿时想起了自己的这个真实疏忽，也明白了苏娅提供的那双白袜子的指向。尽管彪哥不愿意接受对大背头的推断，但是，他无法驱散已经在脑海里积聚起来的疑云：那双沾满吴老师血迹的棉袜子也是在天堂度假村发现的，而大背头恰恰就是在天堂度假村附近落网的，在他越来越清晰的记忆里，大背头确实有一个爱显摆的臭毛病，频频改换休闲行头，不变的是脚上穿着的白色棉袜，不沤烂了不换……

如果大背头是杀害吴老师的凶手，那么指使他出手的后台老板是谁？该是他和大背头当面鼓对面锣的时候了。

彪哥举起一杯茶，对他请来的客人不容置疑地说："干了它，各走各的路！"

十几分钟后，彪哥的"船上人家"餐馆遭到了警察的查封。

彪哥最后一个离开"船上人家"后，来到湖岸的一个游客集散点。的哥一听彪哥要去寒山监狱，面有难色地说："路上有公安设卡抓捕黑社会的大头目，你看……"

"你看我像黑社会的老大吗？"彪哥笑着把两张钞票递了过去，拍拍的哥的肩膀说，"我去大墙里面看一个朋友，也是一位司机师傅，酒驾肇事进去的。你抄个小路，免得和执行公务的大盖帽烦不清，车资我单付。"

的哥动了恻隐之心，不好拒绝地踩下油门。

对于刚刚有惊无险地从警察的突击包剿中逃离的彪哥来说，探监是最不合时宜的行动，大有关老爷面前耍大刀，送货上门的危险。彪哥不想在东躲西藏的藏匿中丧失宝贵时间，他要赶在追捕警察的前头，把杀害吴老师的凶手揪出来，给苏娅，不，给润江父老乡亲一个交代。

就在刚刚结束的生日宴请散场后，闻风而动的警察们就驾着巡逻艇靠了上来。显然有人给他们提供了消息，期望把黑社会一网打尽的润江警方没有小看这位合作者的情报，他们迅速出动，准确包剿了彪哥的渔船。当他们看到满大厅早已人去船空，酒桌上摆满了没动一根筷子的佳肴，好像在恭候另一拨客人风尘仆仆地赶来赴宴时，也都在心中嘀咕，是不是警察内部走漏了风声？

彪哥提前结束宴请是因为他急着要去见大背头。当彪哥举茶代酒时，滴酒未沾的宾客立刻意识到主人要送客了。他们太熟悉彪哥的这个举动了，这就是客客气气地让你走人，送你没商量。虽然酒没有喝成，可恭敬不如从命。在返回的路上，他们听到渔船在散席后几分钟被警察包围得水泄不通的消息后，憋了一肚子的怨气都变成了说不出的庆幸。

寡姐被带走了。彪哥心中充满了自责，唯有靠完成苏娅的托付才能平息内心的愧疚。

他终于来到寒山监狱。

彪哥自信退出江湖后还有余威，响鼓无须重锤敲，大背头一旦出现在自己面前，真相应该一点就破。大背头的心思瞒不过彪哥的眼睛。

彪哥在监狱的餐厅见到了大背头，这和他熟悉的隔着玻璃窗接见亲朋的场面有所不同，坐在餐桌前显得亲切、自在，也便于谈话。

大背头显然对彪哥探监感到意外。大墙里面是情感的荒漠，毫无外援的生活只能是苦愁加孤独，他独自品味着自己酿造的苦酒，并把翻身的渴望寄托两年后的开释。

"大背头。"彪哥叫了一声。

"叫我巡洋舰好了，让大西北的日子翻过去吧。"

"我给你带来一些食品和衣物，还有一双白色棉袜。"彪哥开门见山，故意把白色棉袜当着提示。

"里面藏着老头票吧？彪哥想得周到。"巡洋舰不怀疑彪哥是藏匿违禁品的高手，把提示当成了暗示。

"袜子里面藏着杀机呢。"彪哥觉得巡洋舰是揣着明白装糊涂，就敲了他一句。

巡洋舰足足愣了两分钟，才缓缓地问道："彪哥，你一定听到了什么？"

"有人说你在天堂度假村丢下一双这种带血的棉袜。"

"除非上面有血，我愿意你把它当成文物收藏起来。"

"这只是一个样品，那个沾满被害人鲜血的罪证保存在刑侦大队。他们认定这双袜子是证据，与青枫巷谋杀案有关。"彪哥说完这句话，目光就像锥子似的盯着巡洋舰。

"警察都不查的事，你为什么要管？"

这句话在彪哥看来，等于巡洋舰说出了事情的真相：正是警察的不查不究，他才得以逍遥法外。

"起初是受人之托，现在是良知驱使。"彪哥一旦心中有底，回答的口气掷地有声。

"现在是良知驱使？"巡洋舰恼怒起来，他讥讽道，"你以为你是谁？主持人间正义维护社会公正的大法官？披露社会黑暗面的大记者？路见不平拔刀相助的英雄豪杰？你不过是我的同类，监狱大学走出来的二劳分子！难道你做的坏事还

少吗？"

"我是做过不少坏事，这你门清。"彪哥说，"我偷过、抢过、骗过、设过赌局、贩过毒品、砸过场子，三次坐牢，十八年服刑，但我没有杀人害命，没有干过湿活！你知道，我手里的斧头是吓人的不是砍人的！你还知道，从大西北回来时，我们俩曾发誓，远离罪恶，重新生活，过人的生活。"

"原来你是靠出卖朋友过人的生活，告诉你，警察的赏钱不是好领的，你得当心在江湖上留下骂名。"

"所以我要劝你争取主动，自己的罪孽自己了结。"

"你错了，彪哥！我是有人罩着的，他是另外一条道上的老大，他的力量比你的大多了，我劝你不要蹚这片浑水，玩什么侠骨丹心，替天行道，万一摸错门投错胎，你就是去找死呢！"巡洋舰亮出了底牌，一个另外一条道上的老大护佑着他。

"这么说，你也是受人之托了？"彪哥反问了一句，想进一步探明自己的判断。

"我欠人家一个情，不能知恩不报。"

彪哥立刻明白这个人是谁了，但他不看好这位"另一条道上的老大"，他告诫巡洋舰："他不是一片天，他不过是飘在你头上的一块乌云。"

"人家落下一个雨点，都是砸死你的陨石。"

"捅破这层乌云不需要我以死作为代价！"彪哥觉得巡洋舰不是在制造恐吓，就是在释放烟幕弹，反而无所顾忌地说，"我是想给你一个活明白的机会！你应该说出真相，让雇主受到惩罚，让被顶替你杀人罪名的无辜者走出大墙。"

"那不是什么机会，那是高压线，是绞索，我还没有活腻，我不想把脚踩上去，把头套进去。"

巡洋舰绝情地说完最后一句话，起身让监狱干警带他回去。

来去匆匆的彪哥乘着月色潜回故乡——天堂湖对岸的隔桥村。一张贴在监狱大墙的通缉令，催促着他急匆匆地踏上圆梦之旅。

黑幽幽的湖水倒映着一弯明月，湖浪轻轻地拍打着寂静的柳岸，把彪哥对故乡的一往情深消融在神秘莫测的诡异气氛里。彪哥不敢断定湖边鬼影般的芦苇和岸上张牙舞爪的树影，会不会有隐藏的警察在恭候他的莅临，被追捕的通缉犯的家乡，总是警察守株待兔的首选。彪哥压根没有想走进自己的家门，尽管他知道被勒令停业整顿的父母亲此刻正在家里惦记他和寡姐，他还是选择了逃避，对家

的平安和小村宁静的馈赠是不打搅。

彪哥刚刚离开监狱接见室，就晓得了把他列为榜首的通缉令已经发出。幸而通缉令不是贴在监狱大墙上，而是出现在等待他返回的出租车的对讲机里。出租车公司的调度室正在传达这份通缉令的内容，意在发动的哥提高警惕，帮助公安局提供线索。好在对讲机无法显示彪哥的面容，这让他在返回故乡的路上不必和开车的的哥躲避这张沧桑的老脸，正好集中精力回味通缉令的内容，因为今天的通缉令内容将会是明天起诉和判决的理由。

彪哥被通缉令"罩"住了。遭到查封的生日宴会被定为"策划帮派火拼"的"黑社会聚会"，他成了"为犯罪团伙提供资金支持""带有黑社会性质的首犯"，早年间被处理过的犯罪，再次被罗列出来，不管跟他有无关系，一律列在他的名下。

通缉令给彪哥带来了一份迟来的清醒。彪哥自认为五年来人的生活早已与往事告别，没想到人家又循着往事的足印从背后追杀过来。他原以为做一个自食其力的劳动者只需在工商局注册，到税务局纳税，永远不会跟公安局打交道，可没有想到，他在公安局里注过册的案底竟成了他永远无法抹去的阴影……

彪哥仿佛听到了追捕的脚步声，知道留给自己的时间不多了。他要赶在警察追捕的前面，逃出警察架控的天罗地网。鱼死网破不属于他，他要留得青山在。亡命天涯的经验和艰难环境下的生存能力，还有与警方周旋的空间和余地，坚定了他远走他乡的信心。

在此之前，他还需要做几件事。其中一件事就是探望巡洋舰的老母亲，做最后的告别。

巡洋舰的家在一条船上。巡洋舰还在大西北劳教时，他的老母亲举债买下这条船，为的是日后给儿子留下一条生路。巡洋舰生在船上，他应该是船上人，可回来后的巡洋舰没有在船上住上一夜。故乡系不住浪子的心，闯荡的野性令巡洋舰更习惯浪迹江湖，过另一种漂泊生活。无依无靠的老母亲靠着这只船，长年扳荡在天堂镇和隔桥村之间的水路上，贩运鲜鱼水菜、砖瓦灰沙、捎带过往行人。船总是在傍晚靠岸，缥缈的炊烟寂寞地升起，渔火在夜空中透出平淡的甘苦。

彪哥登上小船时，巡洋舰的老母亲正在念佛，摇曳的烛光和飘逸的烟火映照着老人透着悲悯祥和的脸庞。

脚步声打断老人的诵经，她问："是来送山货的吗？你在家等着就是了，我明早去收。"

老人的眼睛不济了,她没有认出彪哥。

"伯母,我是阿彪,我来看您老人家来了。"

"阿彪啊,你也从大西北回来啦?你见到我儿子了吗?听说他又回去了。"老人家知道巡洋舰又犯事了,却以为关押犯人的监狱都设在大西北。

彪哥心中一阵内疚,因为跟巡洋舰的疏远而亏待了她老人家,五年来他是头一回登门拜访,难怪老人家还以为他刚从大西北回来。

"伯母,我是和您的儿子一块回来的。明天,我还要和他出去打工。"

"他怎么不回来见我?"

彪哥赶紧再编一个谎言哄老人家。

"他没脸见您,他说挣了钱回来给您盖个二层小楼养老。"

这是彪哥心中的凤愿。通缉令不再给他留下实现这个心愿的机会,他只能把一摞子钱放在老人家的佛龛下面。

"怎么还要出去闯祸啊?"

"出去打工挣钱。"彪哥解释说。

"业障啊!"老人家叹了口气,说,"没有钱,你们要学坏,可有了钱,你们就能学好了吗?"

彪哥心想,我能学好,可没有机会了。他曾经答应给村子修一个码头,通缉令也把这个愿望变成了碎片。

他还能对老人家说些什么呢?悲情只能让他沉默。

老人家接着说:"三界如火宅,能跳出来了就善哉啦!"

"那你就给菩萨求个情,让她发发慈悲,免了我们的罪孽吧。"彪哥悲切地说。

"从双手合十开始吧。"老人家闭上眼睛,合起双手,开始祷告。

彪哥默默地退出,他不想打搅老人家的念佛。

就在他恋恋不舍地回眸一望时,猛地听到一句如雷贯耳的叮嘱:"你该上岸了。"

彪哥不由得打了个激灵,好像听到了空谷回音,醍醐灌顶般的震撼令他止住了离去的脚步。老人家依旧打坐在佛龛下,双目紧闭,呢喃地诵着佛经。

他该上岸了,可他不知道自己的岸在何处?

老人家默而不答。

彪哥赶到省城已是翌日清晨。他和长途客车一样疲惫，客车停了下来，彪哥却要继续奔波，去寻找正义的支持。

彪哥怀中揣着一份材料，看看题目就够吓人的了："青枫巷雇凶杀人案的线索"。二百多字的材料写满八页信纸，字字如陨石落地，横躺竖卧，张牙舞爪。彪哥自知不成体统，因不便请人代笔，只好自己动手，连错别字大白字码在一起，总算把意思写明了。他深信自己已经从巡洋舰的口中探明了吴老师被害的凶手和他幕后的元凶，他也知道捅破这片乌云，需要权力的支持。省人大法工委没有理由不接受他的举报，哪怕眼下他的身份是一名榜上有名的通缉犯。

彪哥没有走到省人大法工委接待室的窗前，就落荒而逃了。找到省人大法工委接待室蜗居的小巷时，小巷外面挤满的警车，早已排成了车墙车巷，只留下一条独木桥似的缝隙，供上访人员辗转通过。那些来自各个地市的公安局、法院的警车毫不掩饰自己的牌照，安民告示般张扬着含而不露的告诫和阻挠。彪哥在看到润江公安局的警车后，连半秒钟的犹豫都没有，就选择了转身离去。

这一刻，他才知道高压线就横在他伸张正义的路上，他离省人大法工委接待室的窗口不过几步，可这几步就是无法飞越的万重关山。

彪哥突然萌生了一个念头，如果我怀里揣的不是揭发材料而是一枚炸弹，我会怎么样？一瞬间，苏娅焦急恳求的脸，巡洋舰老母亲慈祥祈盼的脸像一枚枚清晰的休止符在彪哥眼前闪过，他打断了突兀的念头。

虽然不能断定停在法工委接待室巷口外的警车是针对彪哥有备而来，但是呈送材料的渠道肯定是被封堵了。类似的情景在省城的其他公检法机关门前也不陌生，有警车警察护卫的地方，都是异常的诡异和冷落。彪哥不能在省城徘徊了，任何一辆润江的警车上都会有几双认识他的眼睛，落在人家手里的不只是他本人，而且还有怀里揣着的举报材料。那份举报材料一旦遭到封杀，青枫巷血案的真相就会被掩盖，甚至会牵连苏娅遭到不测。

当务之急是把这份材料抛出去。

彪哥在一个小巷深处的公用电话亭开始了另一种试探。他给苏娅打电话，无人接听。又给小雪拨打电话，小雪告诉他，苏娅被人带走了，不知关到什么地方。你不要过来，更不要给我寄什么材料。

彪哥知道自己像一头突围的猎狗被罩在网中了。他唯一能够做到的是把材料寄存在靠谱的人手中，这个人只能是远在北京的余湘余老师了，她既然能够通过

小雪苏娅找到我，她应该对我有所了解和寄望，我应当把我了解到的情况告知她。

稍加思索后，彪哥来到一家邮局，通过黄页的电话簿查到了余老师所在大学总机的电话。总机告知的电话号码是一组让他终身难忘的阿拉伯数字，关系到成败在此一举的阿拉伯数字在彪哥的手指下颤抖着，嘀嗒着，呼唤着远方陌生的熟人。

电话拨通了，接电话的正是余老师本人。她对彪哥的熟知和关切，让彪哥无法抑制住的激动终于化成泪水涌上眼眶，他只能语无伦次地把急于说出的话倾泻出来。

余老师答应他说："把材料寄给我吧，我知道该怎么处理。"

彪哥一块石头落了地，他又想到了另一个生命攸关的问题。

彪哥问余老师："我已经被通缉了，你能告诉我吗，我的彼岸在什么地方，我怎么才能上岸？"

余老师沉吟了一会儿说："你的岸在回头。"

"回头？"彪哥不解其意。

"通缉令不是裁定书，也不是判决的依据。如果你刑满释放后没有触犯法律的行为，你应该理直气壮地面对通缉令。"

"你不会是在劝我自首吧？"彪哥倒吸一口凉气，不敢相信地问道。

"我不主张你用逃避对抗通缉，那是一个懦夫，或者是一个对自己缺乏自信的人的愚蠢选择。你应该用自己的勇敢和坦荡证明自己的行为。打黑毕竟不是黑打，没有哪个权势人物能一手遮天。"

"你知道，我遭过蛇咬，我怕井绳。"

"我会关注你的诉讼，如果你愿意我做你的辩护律师，我会出庭为你辩护，用事实揭穿背后的黑幕，证明你的无辜。"

彪哥好像被余老师从背后击一猛掌，迷惘的灵魂从自我打算的圈子里跳了出来，在一片新的空间徘徊。在寡姐和苏娅先后遭到不幸后，自己再选择潜伏或脱逃，就是一个十足的卑鄙小人的作为。如果需要投石才能问路，他应该把自己作为一块顽石投进地狱。我不下地狱谁下地狱呢？如果只有监狱才是通向法庭的唯一之路，才能到达申辩的终端，我为什么不去敲它的门？

彪哥想问余老师，这是跳出三界外，这是回头是岸吗？但是他说出的却是另一句坚定的话："我去了。"

彪哥原地给七科长挂了电话。七科长已经升任润江公安局刑警大队大队长，兼严打办公室副主任。他听到彪哥愿意前来自首，如释重负地说："阿彪啊，你变得聪明了。自首投案当然是越快越好啦，我在刑侦大队亲自接待你。"

彪哥说："我有一个要求。"

"说！只要我能做到。"七大队长痛快地应允道。

"解除对苏娅和我寡姐的关押。"

"好，我答应你。"

"三个小时后，我会赶到刑侦大队。我想在到达之前，听到她们自由的消息。"

"我会让你亲眼看着她们走出拘留室。"

彪哥义无反顾地往润江市赶，他要兑现诺言。

再次路过天堂镇，意想不到的塞车把彪哥乘坐的出租车堵在这里。

彪哥以为不过是一场小小的交通事故，只要交通警察及时疏散拥堵，他还能按时赶到刑侦大队。这是他坐在车里看见闪着警灯鸣着警笛的警车飞速驶过后的最初想法，后来才知道出动的警察直奔天堂度假村而去，那里出事了。

一位刚刚离开天堂度假村的食客神魂未卜地对周边围观的人们说："……正吃着饭呢，就看见来了一群光头，每个人手里都提着一个黑布袋，里面装着挺长的杆子，像是鱼竿。我还以为他们是来天堂湖钓鱼的游客，没想到他们从布袋里掏出的是砍刀和棍棒，冲着吧台和总经理办公室砍杀过去……"

彪哥立刻意识到天堂度假村发生了什么事。多么熟悉的行为特征：光头、套在黑布口袋里的砍刀、棍棒，还有袭击的目标锁定常助理。昔日的老友背着他采取报复行动了。不用说，这是一个在错误的时间错误的地点进行的一场错误的行动。失去理智的老友们，把对反水和告密的痛恨急于发泄到常助理身上，无疑是飞蛾扑火。或许，他们还想通过这种行动去声援遭到通缉的老大，可彪哥更希望他们安稳地过日子，不闹腾，不惹事……

弟兄们，你们难道忘记了我的话了吗？仗剑只是一种神往，行侠难容社会，江湖险恶，好自为之啊！

彪哥催促出租车司机把车开到度假村，他希望能够尽力收拾残局。

餐厅像刚刚发生过强烈的地震，桌椅的废墟上，散落着杯盘和水晶吊灯的碎片，溅落在四面墙上的红酒和菜汤，勾勒出奇异的图画，好似野兽派的画廊。触目惊心的血迹从总经理办公室一直滴落到吧台，把彪哥残存的千万不要闹出人命

的希望击得粉碎。

彪哥一时不知如何是好。

突然间冒出的四支黑洞洞的枪管把彪哥逼进角落，一身防暴打扮的七大队长出现在他的面前。

"不好意思，既然在这儿碰到你，就不能算自首了。"

"任凭发落。"

彪哥不再争辩，因为他萌生了替这次洗劫顶罪的念头。

第十七章
命定：归途把结局打开

一

弥漫在走廊里的香味儿从洞开的饭口飘进号房，好像人间的烟火气息沁人心扉。闻着那诱人的酱香味，就知道癞哥送加餐来了，他故意敲打出的锅碗瓢盆交响曲，是激励光头们预备开撮的前奏。

加餐只在周六和周日的午饭时供给，属于免费供给制之外的市场调剂，得自掏腰包。这个买卖不敢说是功德无量，在满足少数富有光头们焦渴食欲的同时，也给大多数身无分文的光头带来难堪，只配在饕餮大餐的旁边吞咽可怜的馋水。加餐是外面世界的精彩，牢饭是里面世界的无奈。像陈默这样有幸品尝到这两种饭菜滋味的人，才知道浮生的甘苦，苟活的辛酸，才知道节制炫耀比节制食欲更可贵。

有钱买得起加餐的人当然是落难的经济犯居多，包括行贿的、受贿的、盗窃国库的、跨国走私的、买空卖空的各色人物，他们从不缺钱，缺的只是运气。这帮子人一多，加餐的需求量剧增。看守所反而采取了紧缩政策，周六的加餐供应双号号房，周日的加餐供应单号号房。没有说出来的理由是坐牢不能太舒服了。

今天是周六，没有十三号号房加餐的份儿。但是诱人的酱肘子和红烧肉的香气还是搅得号房的光头们心神不定。食物匮乏，肠胃难忍，唯一的解决办法是来个精神会餐或者借个由头打闹一番，给辘辘的肠胃一个虚假的安抚。

有人提议歌手唱首歌，唱什么歌？自选。但要唱得荤点，吃不上荤菜，就靠它滋补心情了。

这个提议唤醒了大多数光头对歌手长久的忽视乃至遗忘。

在光头们认定歌手变疯后，他在号房的存在只是一个孤独的影子。光头们说，歌手的魂儿是给那货带走的，又卖给七科长了。那货为了逃过死劫，却把歌手的小命给搭上了。号房里的买生卖死的勾当竟如此残忍、黑暗，连那些老道的

刑事犯、聪明的电脑黑客都自叹弗如。

陈默已经无法跟歌手交流了，无论手势还是书写，就是用《铃儿响叮当》的歌声来启发他，都不灵了。半年前，他还能吟能舞，还能夜半歌声，那货完成任务走后，迷茫的歌手还能面壁独语，七科长连续几个夜晚的突击审讯，是对歌手尚存的清醒和思辨能力的最后一击，歌手最终变成了一块沉默的石头。歌手眼中的生命之火消失了，散乱的目光总是在刑板上漂移，不时地跪在刑板前，把头抵住锈迹斑斑的钢环，说些"低头认罪""绝不翻案"的昏话。昏话表达了歌手内心的迷失，他找不到回家的路了。

陈默注意到白鲨曾说歌手是一个差一点被冤死的替身，他还说过，只有真正的凶手归案后，歌手才能走出看守所。歌手自然听不明白白鲨的意思，陈默倒是觉得歌手的无奈又加上了一份沉重的悲哀，他的清白需要凶手归案才能澄清，他的自由需要真正的凶手到来才能置换。如果凶手一直逍遥法外，歌手只能在牢房苦苦等待，问题是，他能等到渺茫的那一天吗？

彪哥的话好像是捕捉到某些信息，他把歌手解脱的时机说得更具体。他对歌手说："你是冤枉的，还你清白的日子已经不远了，你要坚强地等待这一天的到来。"

面对懵懵懂懂的歌手，彪哥如对牛弹琴。

彪哥又把这些话对陈默说了一遍，当然，彪哥的话不只是关于歌手的冤案，还有涉及天堂度假村的内幕，陈默努力地倾听着，可惜，不幸染上的牢房抑郁症让他无法集中精力，加上过度的戒心，他一直沉默着，好像对彪哥的深度交谈有些淡漠。彪哥是个爽快的人，他没有顾及陈默的漠视，而是急于把知道的情况告知他，大有机不可失，时不再来的急迫。

纷乱思绪经过一夜的沉淀，陈默感到彪哥透露的信息绝非空穴来风，想在第二天向他详细询问，却眼睁睁地看着彪哥被调号离去。这是继东北虎之后第二个突然调离号房的人，陈默看到白鲨向沈干部递过的一个眼神又朝彪哥努努嘴，沈干部转身就把彪哥给带走了。望着彪哥离去的背影，陈默后悔自己的迟疑，他再也不能与彪哥彻夜长谈了。号房是一个受人摆布的地方，凡事都不由自主，凡事都不能想当然。聚散只在朝夕间，再聚首已是不可能了。

昨夜星辰昨夜风，陈默凭借着记忆，把彪哥留给歌手的话，写在餐巾纸上，让歌手看，渴望他有些许的反应。不料，歌手看过后，抢过陈默手中的笔，在餐

巾纸上写道："以上供述，本人看过，属实。"

陈默只有仰天哀叹。

白鲨发现陈默和歌手的亲昵有些过分，便从东铺跳到西铺，欲抢过陈默手中的餐巾纸，看看上面写的内容。他的警觉来自对陈默本能的防范，白鲨通过暗示让沈干部把东北虎和彪哥调走后，陈默成了他唯一的隐患，他急于想了解陈默在餐巾纸上写的内容。

陈默一面装着用那张餐巾纸擤鼻涕，一面对白鲨说："可惜呀，我写了那么多歌名，他都不记得了。"

"忘了没关系，歌手瞎唱，我们胡听。"不知情的光头们鼓励歌手"瞎唱"。

歌手亮开了喉咙，一字一顿地唱道：

"我的家在东北松花江上，那里有……哪里有不平哪有我，寻梦而去，妹妹找哥泪花流，泪花流，荡悠悠，警察叔叔站岗楼，撒下一路驼铃声，石头剪刀布，巴掌变拳头，呜呜呜……"

开心的光头们还没有来得及笑出声来，歌手忽然停止了呜咽，一本正经地站到牢门前，念念有词地说："尊敬的警察叔叔，我向毛主席保证，吴老师是我杀死的，我使用的凶器是石头剪刀布，巴掌变拳头。我感谢警察叔叔对我的教育和挽救，我也忘不了聚光灯带给我太阳般的温暖，请允许我再奉献一首歌，表达我的谢意。"

"我的家在东北松花江上……"

歌声被癫哥的吼声打断。

"演唱暂停！"癫哥打开饭口对着歌手吼道，"先把你的加餐收下，吃饱了再唱。"

歌手显然无法理解癫哥的催促，他低头弯腰地说："警察叔叔，我向您致敬。"

"妈的。这个人算是废了。"癫哥惋惜地说，"过来个人，把歌手的加餐取走。"

"癫哥，有没有搞错？歌手已经二百四十九了，你不会比他多一点吧？"杨晓易用俏皮话提醒癫哥别忘了歌手账上没钱，怎么能买得起加餐，看守所又不是慈善机构，既不施舍也不赊账，哪来的免费加餐？

"有人请客，你们就敞开肚皮吃吧。"

陈默想到了苏娅，她已经好久没有给歌手送东西了。

杨晓易一下子就窜到饭口，想把加餐搂到自己怀里。

"数好，二十只炸鸡腿，二十个卤鸡蛋，二十个大麻糕。明天中午还是这个数。"癫哥不忘叮嘱道。

"照收不误，人人有份。"杨晓易美滋滋地说。

"且慢！"白鲨推开杨晓易，问道，"什么情况？"意思是何人竟会给一个疯子上贡，是不是脑袋也进水了？

陈默也想知道这个情况。

"四号房的刑板上睡了一个警长，是他给歌手买的加餐。"

"原来是那货！"陈默不免心中一惊，忙问，"他不是当了回眼线，到七科长那儿领赏去了吗，怎么又睡上刑板了？"

"那份材料不作数了，他被判死刑后才知道自己也被人利用了一把，立功不成，反遭羞辱，现在是后悔莫及。"癫哥一脸鄙视地说。陈默进出禁闭室后，癫哥对陈默高看一眼，有问必答。

白鲨也跟着起疑。他抢过话头问："死刑犯为什么不关在我们号房，难道我们号房的刑板不是死刑犯的戒具？"

白鲨打破砂锅问到底的用意是解除心中的疑团。

陈默没有说出的疑问是，那货又在打歌手的什么鬼主意？在歌手受到那货的欺骗后，陈默不能不多长一个心眼。

"难道你们不知道他造下的孽吗，他敢来你们号房？他给歌手这个傻帽买加餐，不过是表示歉意罢了。你们放心享用吧，那家伙账上的存款海了去了，吃到秋后算账都吃不光。"癫哥敲打着空饭桶扬长而去。

陈默意识到那货良心发现后的歉疚，给歌手送加餐，是死刑判决激发出的一点良知，是他在绑缚刑场前了却的一个凤愿。也许，那货对歌手的虚假举证遭到刑侦专家的否认和法庭的拒绝而有所醒悟，不管怎么样，死亡能逼着一个人检点一生的过失，可叹！

白鲨的悲哀也在于意识到那货不是什么警长，他是车管所所长，后来被老爸安排在润江市公安局担任"三产办"主任。老爸手下的红人、心腹睡上刑板，这可不是什么好兆头。

白鲨没有心思享用老爸部下送给歌手的加餐，难以掩饰的坐卧不安，把这家伙内心莫名的惶恐暴露得一览无余。直到下午沈干部进号，以号审的名义把他带到办公室谈话，白鲨还是惶惶的神色。两个小时后，回到号房的白鲨像换了个人似的，满面阴霾换成了满面春风，得意地挥动着手中的纸巾盒说：

"谁擤鼻涕，我这儿有纸。"

陈默不仅听出他话里有话，还看到他的手指头残留着墨水的污渍和红印泥的痕迹，那准是写材料留下的印记。

挥之不去的告密者的阴影又在陈默眼前出现，他担心歌手再次遭到暗算。

歌手带着血污来，不能带着迷魂去，陈默好像清醒了许多，他要以百倍的警惕注视着号房的动向。

二

巡洋舰面对润江警方的突然出现，知道在劫难逃，他只说了一句话："我也该回去了。"

当时，寒山监狱采石场正在排哑炮，默哀般的寂静带有刻意的压抑，只有警戒的解除才能让空旷死寂的采石场恢复生气。可哑炮不排除，武警班长不举旗，带队的干警不吹哨子，劳改犯们只能躲在安全地带等待，抓住这个难得的空闲修身养性。

巡洋舰靠在石堆的后面佯装着闭目养神，旁边停着快要散架的手推车，车上摆着两只破胶鞋，散发出的臭烘烘气味把苍蝇和蚊子都熏跑了，改在巡洋舰的光头和垢脸旁安营扎寨，轰也轰不走。本来就有心事的巡洋舰愈加闹心，恨不得干活的哨子响起来，让繁重的劳动驱散心中的烦恼。

采石场的运输工是个俏活儿，虽然定额高，活儿重，又费鞋，但是潇洒自在，推着手推车满场转，快活像神仙。巡洋舰用号房带过去的两件羊毛衫和一条毛巾被买通中队的犯人调度，才揽到这个美差。他本来是爆破工，风镐打眼，再填药引爆。挣得改造分虽然多，但风险大，他不想把命搭进去。

巡洋舰的改造目标很实际，争取减刑一年。他已经积下了一百八十个改造分，满三百分可以减刑一年，四年的刑期，干得再好，至多也只能减一年。只要减过刑，剩下的日子就是混了。混好了，干部给一件红马甲穿上，就成了脱产的小岗，专门坐在阴凉地界担任警戒，清点人数，给干部端茶递水。干部总是在余刑不到一年的犯人中挑选小岗，因为他们不会脱逃，用起来放心。

十拿九稳的改造前景忽地被彪哥毁灭了，就像好不容易摆了一桌即将到口的

佳肴被一只野猫掀翻在地，无法收拾。没有想到彪哥的探监是来揭他的老底的，他更无法想象彪哥往死里整他的缘由，即便往昔的交情是一张过期作废的支票，像彪哥这样义气的人也不会忘恩负义吧？以前的严打风暴来临之际，我没有咬你，你才逃过一劫，活到今天啊。

当彪哥拿出白色棉袜子炫耀时，心虚的巡洋舰唯一能够拿出的挡箭牌就是后台常局长了，不必指名道姓，彪哥一准会猜到。彼此之间的心照不宣，犹如知晓对方肚子里有几条蛔虫。但愿常局长这条大虫能扼制彪哥的轻举妄动。

巡洋舰亮出常局长这把撒手锏也是实逼无奈，它的作用仅在于虚晃一枪。他不敢打姓常的保票，第一，带他出道的那位大哥只是用甲方含蓄了一把，并没有挑明雇主是常局长；其二，你也没有按照人家甲方的意思办事，板子打不到姓常的屁股上，误打误撞的罪责得你自己承担。姓常的无须翻脸不认人，他只要一翻手，自己就得乖乖地到阎王爷那里报到。

闹心就闹心在这件事上。撒手锏有两面利刃，要么制止彪哥的一意孤行，要么就玩砸啦，利刃横在自己的脖子上。说出去的话如同泼出去的水，撒手锏想收也收不回来了。

亘古沉寂的采石场，布满了荒草萦绕的乱石堆，像被遗忘的荒冢，却无处埋葬巡洋舰绝望的心情。他期待着繁重的劳动把闹心的事丢在脑后，至少，劳动还能证明他今天还活着。

哨子吹响了，不是开工的哨声，是开会的哨声。

光头们孤魂野鬼似的从各个采石点懒洋洋地奔来，一心想着把开会当成合法的偷懒，眯上一小觉。巡洋舰躲躲闪闪地坐在后排，低着头想自己闹心的事，突然间，他听到了一个熟悉得不能再熟悉的名字出现在监狱管教科干部宣读的通缉令上，他敢说，在场的百十名光头，不管是不是润江籍人士，少有不知道彪哥绰号的，但是不会有人知道他的真姓大名。那个名列润江公安局通缉令榜首的鼎鼎大名者正是彪哥，他没有听错！相忘江湖的日子再久远，他也不会忘记彪哥写在作业本和考试卷上的真名实姓。这个名字一经闯进巡洋舰的脑海，像点着的雷管，巨响般震撼着虚弱的神经。巡洋舰注意到通缉令发布的日期，断定彪哥是踏着通缉令追捕的脚步来见他的，目的只有一个，落井下石，邀功求赏，摆脱严打风潮中的厄运。他的险恶用心能得逞吗？疑问刚从心头浮起，就被接下来的润江公安局的通报回答得一清二楚。原来彪哥没有退出江

湖，他在暗中组织了带有黑社会性质的犯罪团伙，在对天堂度假村进行有组织的抢劫时，遭到公安机关毁灭性打击。通报告诉了一个让巡洋舰不再闹心的消息，彪哥在天堂度假村落网了。对公安机关来说，这是一个值得炫耀的胜利：重拳出击，大获全胜。对巡洋舰来说，是喜从天降：彪哥还没有来得及把他送上断头台，自己先到了奈何桥。

宣布通缉令不过是序曲，接下来交代余罪的动员才是监狱开会的正题，巡洋舰却陶醉在沾沾自喜中。他放松了神经，挺直了腰板，若无其事地朝四周打量。他看到中队的四名小岗坐在他的周围，用眼睛的余光瞄着他，好像监视着一个图谋不轨的反改造分子，巡洋舰心中大为不快。若不是四名小岗的身后还坐着几名中队和管教科的干部，他绝对要横眉怒目，用凶狠的目光把这四双狗眼看人低的斜视给"照"回去。他觊觎小岗的位置是为了轻松和自由，他讨厌小岗跟干部的亲近，像个哈巴狗向主子摇尾乞怜。

做动员报告的干部突然加大了嗓门，严肃地问："你们当中谁有余罪要交代？"

全场的光头全都变成了哑炮。

"现在站出来坦白，还算自首，符合免除或减轻处罚的法定条件，政府说话算数。"

最后的规劝依然没有效果。

"如果你不想在这里交代，那咱们就换个地方处理你。"

没有人相信这是真诚的告诫，他们听到的诈唬太多了。

两个警察从巡洋舰身后站起来，他还没有明白发生了什么事，就听见前面有人喊自己的名字。随即，身后的两名警察就把他给架起来了，迫使他以立正的姿势聆听对他的宣布：

"你因为隐瞒重大刑事犯罪被逮捕了。"

巡洋舰这才醒悟，原来宣布通缉令和通报，还有长篇大论的动员报告不过是铺垫，对他的逮捕才是正题，才是高潮。他是这场戏的主角，道具是逮捕证、手铐，还有摆在脚下的小岗早已收拾好的行李卷，那双破胶鞋正探头探脑地打量他。

巡洋舰毕竟久经这种场面的历练，当突然降临的厄运必须面对时，他对铐他的警察说了一句不算掉价的话：

"我也该回去了。"

三

天堂湖发怒了。狂风掀起的巨浪涌向滩涂地，漫过密集的芦苇，发出讨债似的怒吼。岁月废弃的码头龟缩在昏暗的湖畔，瑟瑟地承受着风浪的袭击，在突然降临的劫难面前，它似乎预感到毁灭的到来。

就在润江警方押解巡洋舰告别寒山监狱时，另一辆警车正载着白鲨离开看守所向天堂湖驶去。

熟悉的道路，熟悉的景色，白鲨好不得意。虽然坐在副驾驶座位的陈干部没有说明此行的意图，但是看到警车在通往天堂镇的路上疾驶，白鲨想到了解脱。他是从天堂镇被带到看守所的，解脱当然也要从看守所回到天堂镇。白鲨经历过多次化险为夷的解脱，尽管时间、地点和方式有所不同，但都会出其不意地给他一个惊喜，以大难临头开始，以豁然开朗结束的惊喜。他太盼望也太熟悉这样的惊喜了，他心想，这次不过是以往惊喜的重演，自由已是必然的结局，在天堂镇等待着他。

他能想到的原因，一定是老娘转给他的那份举报材料起了鼎力的作用。四五天前，他在沈干部的办公室把这份材料抄写了一份，写上自己的名字，又按了手印。这份被移花接木的材料举报的是发生在润江的多起汽车走私案内幕，那一笔笔有据可查的走私活动，非法获得的巨额利润，足以让涉案的精英们步入刑场。只有举报这样具有轰动效应的重大案件，才能成为白鲨立功、不再加刑的法理依据。这得归功于老娘的良苦用心。

白鲨想着想着就笑起来，别人能举报我，我也能举报别人，不就是一个玩嘛，看谁能玩过谁？有老娘做后盾，白鲨相信自己独具的优势。在这场暗中的较量中，胜负并不取决于人多势众的上访告状，而是取决于后台力量的摆布。只会"告"不会"玩"的才是输家呢。

白鲨看着警车从天堂镇绕了过去，根本没有停下来的意思。这就对了，白鲨心想，恰当的地点应该是前面路旁的那个电话亭，毕竟那不是一个引人注目的地方。

警车全然不顾白鲨的心情，我行我素地驶过电话亭。白鲨的感觉不那么美妙了，他想到的是把他径直送回家，交给法定监护人的母亲。可惊动四邻的回归，

总是带有蒙羞的意味。这是他不情愿的，但又无法拒绝。

警车又不屑一顾地违背了白鲨的心愿，车轮径直穿过家乡的村庄，在没有路的滩涂地上跋涉。白鲨的心情随着警车的颠簸而忐忑不安起来，他看到了两辆警车一前一后地簇拥着自己乘坐的警车，俨然像一个车队，默契地保持不远不近的距离。这阵势是不是有点大了，白鲨想不出所以然来。

滩涂地是个令人感到恐怖的地方。昔日的刑场，多少死鬼被击毙在这里，没人收留的孤魂野鬼只能隐在芦苇里，趁着夜色，四处飘荡，刮起一阵阵阴风，把凄厉的哭泣送到人们的梦中，成了老人吓唬孩子的口头禅："当心！别让滩涂地的野鬼把你的魂儿勾去！"

白鲨没有听到风声鹤唳中的鬼哭，铺天盖地的芦苇倒像辽阔的草原，一望无际，辽远而神秘。

车队继续西行，坚定地向着既定目的地驶去。扑进白鲨眼睑的场景不再陌生，却也想不起来何时巡视过这片属于自己的领地。心慌意乱时，警车停在一个废弃的码头旁，白鲨看到了他最想见到的人——七大队长，尽管他绷着那张老脸，让人永远无法猜透他的心思，不过在白鲨看来，他脸上每一条绷紧的皱纹都闪烁着救星般的光泽。

七大队长站在警车旁，像在观赏一出电视剧的续集，把目光聚焦在白鲨的脸上，目送手下的干警把白鲨押解到码头的残阶上。残阶上一无所有，阶下的湖水一片浑浊，白鲨好像在狂风巨浪中看到了什么，他犹豫了片刻，恐惧便阻止了那双迈下台阶的脚步，仿佛阶下的湖水埋葬的一个久远的秘密现已浮出水面。

昔日的犯罪现场依旧保持着它独特的气场，一个无辜生命消失后的精神磁力充盈在天堂湖周围。白鲨一踏上残阶，便感到这个气场的存在，乌鸦发出不祥的哀鸣，连空气都在放电，好像要把他的脊梁骨击穿。白鲨死活都挪不动步了，若是没有两名警察夹着，他只有瘫在自己作孽的湖底。

七大队长捕捉到白鲨的胆怯和萎缩，看到了这出戏已经进入高潮，一个他不愿意接受又不得不确认的答案，此刻就写着白鲨苍白的脸上。那起令人发指的抛尸案是白鲨做下的。

在举报白鲨犯罪集团罪行的材料中，记载着一个被白鲨从歌厅带走的女孩从此失踪，生死不明的疑案，引起了省人大法工委领导的关注，列为严打一号督办的案件，批示润江公安局要务必查明。举报材料一直压在七大队长手里，按兵不动的原因，并非这个举报一无线索，二无证据，而是怕拔出萝卜带出泥。要想维持白鲨的原判，只能维持原来查明的犯罪事实不变，只要冒出一件余罪，就是压死骆驼的最后一根稻草，案件就要重审改判，白鲨的小命就保不住了。他不仅无法向老上级常局长交代，也等于把常局长推上了被告席。

虽然省人大法工委一催再催，七大队长还是置之不理。他应对的绝招就是一个字："泡"，就是面对"难办"，要顶着不办，拖着不办，赖着不办，让时间淡化难办，让时机转化难办，最终还得按照自己的意图去办。七大队长"泡"劲十足，他的小九九是，一旦严打风暴过去，他就会以此案查无实据为由，作为积案搁置起来。这是一个对上对下都好交代的处理结果。

没想到，天堂湖浮现的一具女尸，竟也是"泡"出水面的。

七大队长是在审批技术科的尸检报告时作出这番联想的。尸检报告表明，受害人系窒息死亡，天堂湖是移尸的第二现场，死者生前受到过性侵害和暴力摧残，死亡时间大约在三年前的冬季。DNA比对结果确认死者是天堂度假村失踪的盲人按摩师。技术科提议此案应与白鲨犯罪集团案件并案侦破。

七大队长预感到浮出水面的不只是一具女尸，还有一个无法掩盖的犯罪真相。技术科的提议无意间把七大队长推到了尴尬的境地，嫌犯已经收监，提审是一步到位的举措，而提审又是老预审员出身的七大队长不能推却的责任。难就难在他要与白鲨当面锣对面鼓地搏杀，拿下口供，常局长那边不好交代，拿不下口供，刑侦干警面前不仅不好交代，而且没有面子。事到如今，没有"泡"的余地了。他必须当机立断。

七大队长沉思了半天，从以往的预审经验中筛选出两条锦囊妙计：敲山震虎，引而不发。

把白鲨带到案发地，让他故地重游，借景生情，顺便来个察言观色，这是"敲"；让惊魂未卜的白鲨看着自己昔日的四名同案从后面的警车押到残阶前，指手画脚地表演一番，这是"震"；最后，七大队长见火候已到，亲自出面，对白鲨来了个引而不发。

七大队长上前主动握住白鲨的手。这个动作，在白鲨看来无疑是安抚的举动，在七大队长看来，则是进一步的试探。白鲨的手心沁出一层冷汗，七大队长好像摸到了无言的证据。由此断定此案是白鲨所为不再是悬念。

七大队长说："你是聪明人，不需要我多嘴多舌了吧？"

白鲨先是一愣，接着才露出不屑一顾的神情。

"现在说还来得及。"七大队长又说了一句近似许诺的空话。

"我要说的话都写在一份举报材料上了，想必沈干部已经交给你上报了吧？"

"那份材料叫我没收了。"七大队长板下脸来说，"如果你不想没事找事，给你老爸惹麻烦，你就不要再提这件事！"

"难道你不想让我逃过一劫？"

"我不想让你搬起石头砸自己的脚。"

"你这话是什么意思？"

"那份材料会把一个姓常的副市长推上绝路！"

白鲨似乎明白了什么，他哀叹了一声，绝望地闭上了眼睛。

四

相同的安排引导着巡洋舰故地重游。

警车进入润江市区，故意放缓了车速，像一个闲情逸致的少妇在逛街。巡洋舰心想，耽误这工夫干什么，此时，我应该坐在审讯室里陈述往事，让你们尽快结案、尽快审判、尽快上路。要死就要死得痛快一点，不要拖泥带水。刑板上的日子不好过，知道不？等于凌迟。

警车穿过老街石桥，绕过西市牌楼，驶进青枫巷，停在艺校教师公寓遗址前的拆迁工地旁。巡洋舰顿时明白了送给他的这份良苦用心，从那一刻起，作为抗拒的反应，他故意闭上了眼睛。

察言观色的警察看不出巡洋舰丝毫噩梦重温的表情。

巡洋舰可以视而不见，但是抑制住的触电感觉却引爆了内心的轰鸣，大脑一片空白之后，亲身经历的场景清晰地闪现出来，仿佛往事历历在目……

……风声雨声敲门声从耳畔响起，紧闭的房门微微开启，一个身穿着睡衣睡裤的女人正用陌生的目光打量着他，像打量一个不速之客……那个目光再也没有从他心中消失……就是她啦，该出手啦，他在心中督促着自己……他走进去，按照自己的预想走进去……时间仓促，下手太狠……甚至有些不忍心……还有不该出现的疏忽大意……摸错了门找错了人不说，那双沾上污血的袜子怎么能丢在天堂度假村？也是机关算尽吧……那么，侥幸心理呢？替身究竟是靠不住的，就像不幸的吴老师是她妹妹的替身，不幸的歌手是我这个真正杀手的替身，我不过是常局长的替身一样，都是靠不住的……假戏难以真唱……假戏该收场了……这出戏该叫什么？我无法说出的懊悔是"搬起石头砸自己的脚"……玩砸啦，你得认账。我不能拿人家姓常的说事，当挡箭牌使，再说谁信？因为我只有猜测没有证据。当着警察的面，揭他们顶头上司的犯罪企图，非把警棍塞进你的嘴里不可……唯一知道我有这个甲方的是彪哥，此时，他正在看守所的牢房面壁呢，他就是想说出真相，也没有人理睬他了……该着我死，就不要拉着姓常的一道奔赴黄泉了……打头是现世报，不是不报，时候没到……现在，我听到了丧钟响起，不要问它为谁而鸣，他就是为你而鸣……有遗憾吗？没有，这是命！只是有点小小的疑问，我实在想不到是谁举报我的？七科长不会告诉我的……带着这个疑问下地狱也好，有个念想总比空落落的好……

真真切切的轰响把巡洋舰从幻灭中震醒，他看到眼前的教师公寓在腾起的粉尘中倒塌，露出后面一栋危楼的墙面上写着一个醒目的"拆"字，被粗糙的白圈禁锢着，无处可逃。

巡洋舰认定这是上天给他的启示。

没有熄火的警车重新启动，围绕着坍塌的教师宿舍楼默默地转了一圈。在它归于废墟归于消失前，终于等到了凶手的归来，等到了告慰吴老师亡灵的那一天。只有老天晓得，警察押着凶犯默默地绕行是迟来的哀悼。

巡洋舰还是紧闭着双眼，把没有表情当成最好的表情，意在让警察琢磨不透。故地重游不过是进入审讯的前奏，他想，七大队长早已在看守所的审讯室里等得不耐烦了。

原以为的通宵达旦的突击审讯并没有进行，空荡荡的审讯室竟然用白粉铺地迎接巡洋舰的归来。在一群恭候的便衣警察中，七大队长好像降格为普通狱警，忙前忙后地安排。

"给他穿上一双袜子。"七大队长吩咐道。

巡洋舰才想起了自己是光着脚从寒山监狱拉回来的，那双可以探头探脑的破胶鞋还湿答答地躲在行李里。

地面铺着白粉的审讯室随即成了巡洋舰上演独角戏的舞台，按照人家的指令，巡洋舰是倒着出场走进角色的，把一连串的脚印清晰地留在他的面前而不是背后。这和他曾经出现在吴老师家中的动作极为相似，他也是提着鞋子倒退着离开的，留下的足迹成了今天人家认定的根据。

何必呢，我又不是不认账，出什么洋相？巡洋舰一脸的反感。

七大队长瞪了他一眼说："我们是重证据的！"

巡洋舰只得一遍又一遍地重复着倒退的动作，供人家欣赏，评头论足。直到他被带到另一间审讯室，坐在七大队长面前。

"我配合的怎么样？"巡洋舰抢在七大队长干咳之前，喧宾夺主地问了一句。干咳是七大队长审讯前的信号，巡洋舰不想听到这个噪声率先发出自己的追问。

"我想听你的交代。"

"这不成问题，只是我想知道，是谁把这件事捅出来的？"

"你以为天衣无缝吗？"

"我毕竟已经蒙混过关了。"

"你没有保住这个秘密。"

"我？"巡洋舰更相信这是七大队长惯用的弯弯绕手法。

"你没有管住自己的那张嘴。"七大队长挑明了说，"你想想，你在号房闹了些什么，说了些什么？"

巡洋舰无从在记忆中打捞自己在号房的言行。

七大队长从案卷中抽出一张纸，提示了一句："你怎么知道死者是被剪刀杀死的？"

此时，七大队长拿出这份材料意在证明自己的说法不是空穴来风。尽管他的声音显得极为轻描淡写，却如雷贯耳般在巡洋舰耳畔炸响。他看见了自己在餐巾纸上写的悼词，歪七扭八的字迹比七科长的提示还令他震惊！巡洋舰想起自己操办的追悼会那场闹剧，他把自己写的这片纸当着纸钱抛在刑板上。你的那张臭嘴露出的是马脚，你写下的文字留下的是证据。你他妈的总是在得意时忘形。

七大队长见懊悔的巡洋舰埋下了头，知道时机已到，又顺势敲打了一把：

"知道杀死吴老师的凶器是一把剪刀，除非……"

"除非我在作案现场。"

"说下去！"七大队长摊开了审讯笔录。

审讯名正言顺地回到了主题，七大队长没有多费口舌，巡洋舰就道出了作案经过，口供与技术科的现场勘查报告完全相符。七大队长也没有深究巡洋舰的作案动机，尽管他不相信巡洋舰称自己因强奸未遂而杀人灭口，他更愿意把这张纸

留给检察院捅破。不知道深浅地盲目追究，不如就此打住。连常局长都在极力避嫌的事，吃不准来头的他怎敢多嘴多舌？

可以结案了。很难用一句话形容七大队长此时此刻的复杂心情，是喜是忧？是进是退？是如释重负抑或如履薄冰？两件积案同时告破，两个凶手查明归案，可以回复公安部和省人大法工委了，对润江的老百姓也有一个交代了，谈不上立功，至少没有渎职。可是，七大队长没有高兴起来，他的脑海里出现了常局长冷冰冰的面孔。就像他无法归拢自己面对白鲨真相毕露时的复杂心情一样，他无法揣摩常局长听到他儿子犯下死罪的复杂心情。可这又不是一件拖着不办、瞒着不办的事，纸里包不住火比火烧眉毛更可怕。他只有如实禀报了，好在女尸是浮出水面的，作案经过也是白鲨自己交代的，面对突如其来的始料不及，自己只能接受不能拒绝，更无法掩盖。这是职务行为，不得已而为之。

五

歌手无法理解"自由"这个高贵字眼的含义，当陈干部向他宣布"无罪释放"的通知时，换来的是一脸傻笑。

看守所愿意把无罪释放当着喜事办，不像送死囚上路打靶，唯恐看守所降临的惊恐变成其他羁押人员的噩梦。恐惧和喜悦一样，都具有传染性，但是恐惧的杀伤力更大，难得遇到的无罪释放，当然要当着喜事办，像要对冲掉死囚在看守所留下的不祥阴影。

歌手正在躬身反省，口中念念有词，不知叽咕些什么，光头们也懒得去听这些噪音。光头们早已对歌手在号房"活着"的方式熟视无睹，要么手舞足蹈、长歌当哭，要么沉默得像一具僵尸，只有两只空洞的眼睛飘着幽光。除了陈默，没有人相信自由对他的"活着"有何意义。

陈干部见歌手毫无反应，又喊着他的名字道：

"叶翔，你自由啦！"

歌手还是无动于衷。他不仅不理解自由的宝贵，也忘记了自己的名字。他仍在专心致志地做着自己的"功课"，继续着他永远不会结束的请罪和反省。

"叶翔，你放票了，明白吗？"陈干部不再倚门而立，他走进号房，用手指着歌手说。

歌手看到陈干部伸出的手指，恍然大悟地回应道："石头、剪刀、布！"

陈干部哭笑不得。释放证一到，当事人的身份就由罪犯嫌犯变成了公民，开门放人来不得半点迟疑，可是面对歌手的不理解不配合，陈干部有点始料不及。他不如管号房的沈干部熟悉歌手的情况。

陈默早已从苏娅寄来的生日贺卡中知道歌手的名字叫叶翔，由此，他萌生了一个联想，用一个鸿雁展翅的动作，比画着飞出号房门外，来启发歌手的回归。歌手愣了片刻，似乎才明白这是"开飞机"的惩罚，受罚的对象竟然是他！

歌手不情愿地弯下腰伸平双臂把头顶在墙上后，发出了"喀齐嚓"的怪叫，鸿雁和飞翔成了他心中恐怖的暗示。审讯和关押像一把双刃剑，钝刀子割肉般斩断了歌手联想的翅膀，《铃儿响叮当》的呼唤消失在心中的黑暗中，他找不到回家的路了！

陈干部没有想到开门放票这种顺水人情皆大欢喜的事情，居然在歌手面前变成了一种麻烦。他显得束手无策，公民是不能押解出境的，手铐、井绳、白蜡棍一概用不上，这真是请神容易送神难哪。一纸法律文书可以轻而易举地恢复歌手的公民身份，却难以换回歌手的公民意识。没有歌手的主动配合，迈步出监就是举步维艰。

陈默急中生智，给陈干部出了一招。

"叶翔，提审！"陈干部换上一副严肃面孔，敲打着牢门喊道。

这一招果然奏效。歌手听到"提审"二字，转身从通铺上跳下来，站在陈干部面前，立正、低头、弯腰，诚恳地说："服从政府，接受审判，石头、剪刀、布！"

陈干部让陈默给歌手换上一套干净衣服，脏兮兮臭烘烘的歌手乞丐般地走出看守所到大街上亮相，丢人现眼的一定不是他本人。

"我不换衣服！"歌手好像受到刺激，拒绝地说："我不是伪装的杀人犯，我是真正的杀人犯！"

"穿上干净衣服，警察叔叔会喜欢你的。"陈默骗他说。

"胡说！"歌手自以为是地反驳道，"我要是换上这身衣服，警察叔叔就认不出我来了，他们会通缉我的。"

"通缉令在我手里呢。"陈干部不失时机地晃晃手中的释放证，成功地打了一个马虎眼。

"我跟你走。"

这是歌手留给号房的最后一句昏话。他是在跟着错觉走，迷魂拉住了他的手。

空落落的感觉骤然降临到陈默心中，歌手走了，却把深刻的孤独和无尽的郁闷留给了他。惆怅还没有来得及梳理抚平，就被打开的饭口搅乱了。

"多留下两份饭菜，你们别私吞。"癫哥交代陈默说。

陈默一时没有回过神来，盯着饭盆发愣。

"歌手不会是把你的魂儿带走了吧，北京人？"

陈默才发现癫哥在同他讲话。

"你说，歌手走出大墙，他能走出阴影吗？"

"你他妈的太哲学了，我替你问问歌手吧。"癫哥说。

"他还在看守所？"

"别大惊小怪的好不好？润江只有一个看守所。"

"他不是放票了吗？"

"他还得作一份翻供的笔录才能离开，要不，谁替他承担错案的责任，是你还是我？"

这又是一个折磨，歌手的噩梦来自翻手为云覆手为雨。

几乎是尾随着癫哥离去的脚步，预留的两份饭菜的主人一前一后地回来了。

一个是白鲨，还有一个是久违的巡洋舰。

牢房像一个永远不会散场的舞台，各类角色轮回出场。陈默一见巡洋进号就明白了他的结局："青枫巷来客"这出戏的A角来了，B角还能不走吗？不同的是，巡洋舰无奈地走进了自己的角色，而歌手至今也没有走出强加给他的角色。歌手从杀手的迷惘中淡出可能是相当缓慢而痛苦的过程。

第十八章
黑打：死牢成就死亡

一

"余湘是谁？"

陈默听到一只蚊子在耳畔哼哼唧唧，这是他的幻觉？

巡洋舰又问了一句："余湘是谁？"

声音从耳畔钻进来，在心中引起反响，陈默感到了莫名的敌意甚至是挑衅。本能的警觉和深深的忧郁让他再次置之不理。沉默是对无端发问的最好回答。他不想招惹是非。

随着巡洋舰回归号房，白色恐怖再次降临。一度销声匿迹的挑衅、谩骂、凌辱和盘剥因巡洋舰与白鲨结成魔鬼同盟而再次猖獗，号房成了沦陷区，陷入了黑暗。无情剑不愿沦为二等难民，既没有逆来顺受的好脾气，也不甘心为了讨得一杯残羹而俯首称臣，只好远走他乡——找了个理由请干部把他调到十二号号房，哼着"此处不养爷，自有养爷处"的高调离开了伤心地。

其他光头哪有无情剑这样的神通和幸运？

忧郁的陈默选择了退让。巡洋舰回来了，可酋长、金太子、老官司、东北虎和歌手却不在了，东西铺对峙、冷战的态势已经成为过去，变成了巡洋舰和白鲨的一统天下。他没有能力保住一号位这个权位，为了避祸似的躲开巡洋舰，他挪了铺位。与魔鬼打交道的经验是，你吃不掉它时，一定不能让它吃掉你。明哲保身是牢房生存的最高哲学。陈默要保住的是自己的尊严，保住自己在号房的正常生活的小天地，免受打扰和欺辱。陈默把自己安排在西铺最末的一个位子上，白天靠着被垛，晚上靠着墙，小角落的好处是多了一面墙的保护，靠着踏实。

巡洋舰乘机霸占了西铺一号位，大有当仁不让的霸道。

角落里，陈默独吞独饮着无边的焦虑和忧伤。这焦虑和忧伤是漫长等待无望之后在绝望心理孕育的恶之花，溃烂而不凋谢。歌手被那货咬了一口后，险些丧命，他由此看到了号房隐藏的危险，光头不单是身份的标志，也可能是身份的伪装。老鼠啃坏了通铺下面的窃听器，可安插在光头中间的耳目、线人、卧底者，你是无法辨认的。人心隔肚皮，每一张向你扬起的笑脸，每一声向你发出的同情叹息，都可能是一个陷阱。陈默关注每一个被干部叫到外面谈话的光头，总觉得是与打探自己有关，也疑心每一名新进来的嫌犯，怎么看都觉得像是政府派来的王连举。他唯一能够做到的是关上自己的嘴巴，离群索居。

嘴巴关上了，可心灵的天窗却没有打开。可怕的沉默消解了他的正义感和同情心，也缺失了自信。酋长的意外死亡，给了他始料不及的打击，他看到了死牢还存在着另外一种死亡——非正常的生命消逝。那种命运从他步入牢房之日起，就如影随形。关押一年多的无望，倍感到这种结局随时都有可能降临到自己头上。他幽闭的心中不再盼望还我清白的那一天，而是时时刻刻警惕自己一觉醒来却没有睁开眼睛。他只得把眼睛瞪得大大的，用昼夜不闭证明自己还活着。

尽管遭遇叵测的魔咒没有在自己身上应验，却不幸在老官司身上了展现了它的魔力。老官司被击毙的那一声枪响，至今萦绕在已经变得脆弱的心头，像警钟长鸣。死牢里的死亡，不一定经过检察院起诉、法院审判，在刑场完成。生命之轻，有时取决于看守所执法手指的轻轻一扳。此后，陈默的眼睛花了，看什么都模模糊糊，狱医说是缺乏维生素，这话等于没说。他索性在闭上眼睛的同时也关闭上耳朵，只是无法抹去那枪声的回响。

歌手的离去，带走了歌声和"喀齐嚓"的呐喊，反倒把深刻的孤独和忧郁留给了他。他的心仿佛被掏空了，只留下一个大大的问号：他会有歌手那样的幸运吗，牢房也存在以人换人的潜规则，如果郭大昌不来换我，谁来换我呢？陈默甚至觉得他不是在等郭大昌，而是在等待戈多……他不能沿着这样的思路想下去，剧烈的晕眩仿佛受到紧箍咒的挟持，只想一头撞到墙上去。

陈默完全陷入了黑暗中。这黑暗无边无际，像牢房的墙壁那么厚重，像铁窗铁门那么冰冷坚硬，像电网一样密闭。黑暗最终没有彻底吞噬他的原因是黑暗中有一双黑色的眼睛在注视他，那是他唯一能够感受到的来自余湘的一缕温暖阳光。

这黑暗没有完全窒息自己，却决绝地阻隔了余湘的音信，特别是余湘的律师身份公开后，他再也没有收到她的明信片。在他多次追问下，沈干部证实了这件事，余湘多次来看守所要求面见她的当事人，都被陈默尚未结案为由予以回绝，至于信件，因涉嫌互通案情，只能予以没收。

陈默痛恨这黑暗，又不得不接受和适应这个黑暗。

陈默更加沉默了，既然无法跳出三界外，也不能躲进小楼成一统，只有曲蜷在号房的一角，独自咀嚼忧伤和像等待戈多一样等待不可知的未来。他的沉默除了百倍警觉外，还多了一份与号房格格不入的疏远。就连巡洋舰归来，也是相当的淡然。号房里的任何事情都不能引发他的兴趣了，哀莫大于心死。

他好像还记得巡洋舰刚回到号房时与他的那番对话。

"歌手呢?"巡洋舰一进号房就问他道。

"A角来了，B角就不能再演下去了。他还能不走吗?"

"你怎么知道我是A角?"巡洋舰不是惊诧，而是感兴趣地问。陈默沉默。不是回避，是懒得搭理。

"A角B角这话像从歌手嘴里说出来的?"

巡洋舰换了一个角度追问，意在打探虚实。

"只要是实话，谁说出来都是宣判。"

"可惜你不是法官大人。"

"可你难逃法网。"

"你不是还在这里吗，也是等死吧?"巡洋舰发出了恶魔的诅咒。

陈默看到巡洋舰的脸上掠过一丝不易察觉的冷笑，感觉告诉他，这是一种蔑视，或者是一种仇恨。那一刻，他想到了规避和退让，为了不与魔鬼对抗和纠缠。

他哪里知道，就在这一刻，巡洋舰已经把他锁定为不共戴天的仇人，举报他把他推到死亡边缘的始作俑者应该就是这个长江750。七大队长的暗示再明确不过地告诉他，临上山前他导演的那场追悼会胡诌的悼词，已经露出马脚。听者有心的人非酋长和陈默莫属。酋长虽然可疑，但人已经死去。与陈默短短的交锋，巡洋舰深信向他背后捅刀子的就是他。真他妈的是冤家路窄！这次重返十三号号房不仅是等死，而且还能将仇人置于死地。

巡洋舰心想，别看你陈默嘴硬，有本事你就在一号位囚着，看我怎么零打碎敲了你。你屁也不放地离开一号位，不是心虚又是什么？想用远离逃避我的惩罚，那是有窗户没门的事，我就是不坐在一号位，号房也是我巡洋舰的一统天下。

巡洋舰稳稳地坐上一号位后，先把号房的大账收到自己手中，又挑选了一个小鸡巴坐在他身边；中板的事都交给了杨晓易，这是他和白鲨妥协的结果。杨晓易对"一仆二主"的安排心领神会，干得欢欢实实的，一副小人得志的样子。

陈默知道自己和大伙的钱粮都被巡洋舰扣下，唯一的希望是余湘不再寄钱，他宁可过苦日子，也不愿意看着巡洋舰用余湘的钱满足自己的贪欲。巡洋舰的贪得无厌，实属狼级别以上。

"余湘是谁，是个姐还是个娘儿们？"巡洋舰走到陈默的铺位前，尖着嗓门问道。

陈默终于听清楚了"余湘"两个字，不管什么由头，"余湘"这两个字从巡洋舰口中吐出就是对他心中女神的亵渎。

"想知道余湘是什么人吗？"陈默掀开被子正告说，"她是我的未婚妻！"

巡洋舰没有意识到他的这句话像点燃了导火索，引爆了陈默的满腔怒火，直到他看到陈默从被窝里蹿起来，冲着他横眉冷对时，才醒悟到冒犯可能导致殴斗。他想到现在还不是时机，他还没有从采石场繁重劳动的体力透支中缓过劲儿来。

捂在被窝里的光头都在暗中伸直了耳朵，听着陈默冒出一个未婚妻无不感到新鲜，有业无家的陈默怎么会有一个未婚妻？

陈默也知道脱口而出的不是事实，是自己的祈盼。余湘已经成为他心中的圣女，对她的任何不敬，都是他不能容忍的。仓促反击中，情感的驱使让他说出了自己的愿望。

"我听说她还是个律师，在润江刮起了一股北京旋风。"白鲨冷不丁插了一句，就像热锅里浇上了一勺油，炸开了。

狗嘴里竟然吐出来象牙！陈默好像在郁闷中嗅到一股清新气息，想象到了外面世界的精彩：北京旋风，北京旋风，旋风竟然来自余湘！

摸不着头脑的巡洋舰看到了白鲨给他递过的眼神，晓得该偃旗息鼓了。因为余湘和北京旋风的事是白鲨告诉他的，他要汲取追悼会的教训，不能让嘴巴没个把门。

"未婚妻给你来信了，可就是没有甜言蜜语。"巡洋舰把一张明信片丢在陈默的枕畔，悠悠地回到白鲨的铺位旁。他要向这个带天线的家伙讨个究竟。

陈默琢磨了大半宿，也没有悟出余湘隐藏在明信片文字后面的意思，那是一份送来包裹的清单，清一色的黑芝麻糊、黑巧克力、黑鞋黑袜和黑妹牙膏，注明东西都是在润江当地买的。除了肯定这绝不是黑色幽默外，迟钝的陈默什么也没有猜到。只是觉得茫然把他的思索引向了深邃的黑暗。黑暗的尽头，他看到余湘在向他招手……

二

"明早我要上路了。"

躺在刑板上的彪哥向陪号的光头发出了告别的信息，语调伴随着嘶哑的叹息，好像不过是出一趟远门而不是奔赴黄泉。

小雪送来的衣物表明，明天将是执行的日子。衣物就在彪哥刑板上摊着，除了全套衣服鞋袜外，令陪号的光头搞不懂的是还有一包婴儿用的尿不湿。

这东西令人匪夷所思。

"小雪到底是一个敢于犯忌的人，知道死牢的规矩。她这是给我送行呢。"彪哥心怀感激地说。

"哪有送行送尿不湿的，这算是哪门子的规矩？又不是陪葬品。"陪号的不理解，又偏偏要往好处揣摩，接着说出了他们的想法，"会不会暗示你像一个新生婴儿获得新生呢？毕竟北京来的律师为你做的是无罪辩护。"

"这你们就不懂了。"彪哥说，"人嘛，在死亡降临的恐惧时刻，都会本能地排泄尿液和浊物，我也一样，该出血时要出血，该流泪时要流泪，该冒冷汗时要冒冷汗，该滴尿时也要滴尿。体面地死去，在正常情况下都难以做到，何况是在森然的刑场上背后挨枪？我也当过陪号，送走过不少死囚，死亡都是从大小便失禁开始的。小雪想得周到，让我干干净净地走人。"

在彪哥的想象中，最后一滴尿和最后一滴血，应该是他与这个世界告别时的最后一滴红白体液。

彪哥因为全军覆没，失去了外面的一切联系，没有人探望送食物，号房的日子过得挺清苦，就连庭审现场也冷冷清清，他没有看见一个熟悉的面孔。昔日的朋友不来也好，谁愿意在严打的风口浪尖上抛头露面呢。一审判处死刑后，彪哥向余湘投去了感谢的目光，仿佛是在说我不以成败论英雄，然后迅速扭过头去，去寻找那来自旁听席上的灼热目光。短短的宣判，他自始至终都感到了那个来自背后如芒的焦灼，这不是虚幻，背后注视的目光是一个真实的存在。

他看到了小雪。

相顾无言。彪哥强作惜别的微笑还没有展开，就被蒙上的黑套头给罩住了。顷刻间陷入黑暗的彪哥被拉到润江展览馆亮相，作为严打的成果示众。人们以为

罩在头套里的黑社会头目是一个青面獠牙的魔鬼，就像美国的三K党。贫乏的猜想在嘈杂的场面下面像暗流一样涌动，却没有淹没一个声音。

彪哥听出来这是小雪的呼喊："上诉、上诉！"好像远山在呼唤。

一审法官陪着彪哥从展览馆回到了看守所，他急着要问的一件事就是彪哥要不要上诉？甚至表示如果上诉，可以当场写出来，由他转呈。

彪哥问："诉状能送到北京最高人民法院吗？"

"你的上诉法院是省高院。"

彪哥反问："你不就是省高院派来介入的法官吗？"

"是余律师告诉你的吗？"

"这说明我对你的身份没有猜错。"彪哥绕了一个圈后又说，"既然省高院是我的上诉法院，你又是省高院的主审法官，那我的上诉还有什么意义？除非省高院没有对我的死刑核准权。"

"可你不是贪污犯。"

"这就是我等草民与贪官污吏的区别，他们的死刑由最高院核准，而我的死刑只需省高院核准，死都不平等何来生的平等？"

"这么说你放弃了上诉，我能记录在案吗？"

"我不上诉，不等于承认和服从了你们的判决。判决书的罪名和黑头套一样，是强加在我头上的，不戴都不行。我不上诉，是想以死作为一种承担，尽快了结这段遭遇。……趁着我骨肉丰满的时候，你们把事情办了吧，我不要求执行什么注射，只要求你们别让我带着黑头套去挨黑枪。"

"七天之内，你还可以改变主意。"

主审法官给彪哥留下一支笔几页纸。

当晚，带着全套刑具、死死锁在刑板上的彪哥要做的一件事就是让陪号用这支笔在白衬衣上写下一份遗嘱。

"写给谁？"陪号拿着笔问。

"请朋友转告朋友。"

陪号记下了彪哥遗嘱的内容：

> 所有朋友欠我的钱财，一笔勾销。
>
> 我欠朋友的钱财，凭借据由我的寡姐代为偿还，分文不差。

本人在润江的一处歌厅产权遗赠小雪，两处餐馆归寡姐所有，任何人不得觊觎。

彪哥在遗嘱的下面签署了自己的名字，他没有用判决书上的真名实姓，用的是江湖诨号：彪哥。

"朋友能收到你的这份遗嘱吗？要是托我转告，起码得十年以后，我可是重刑犯呀！"陪号哭丧个脸说。

"这你就不知道了。"彪哥说，"明早我离开号房后，他们还要为我办三件事：剃头，卸下脚镣手铐换成绳子捆绑，对！就是你说的五花大绑，还要让我确认有无债权债务。到时候，我就解开衣服，给他们看就是了，他们会记下来的，否则，我还不签字呢。"

"老警们会为你转告吗？"

"余律师和小雪会知道的。"

陪号好奇地问："你不是说树倒猢狲散了吗，怎么又蹦出来一个小雪？没听说呀！"

"只要你们活着，就能听到她的故事。"

"这么神秘呀！"陪号不以为然叹谓道。

彪哥把包裹单上的签名拿给陪号看，陪号还是没看明白，小雪送来了一包尿不湿，彪哥还给她一座歌舞厅，这叫什么事！

彪哥看重的是情意。好像心有灵犀一点通，凭借着衣服和尿不湿，彪哥领悟到生命进入了倒计时，不可预知的行刑正在一分一秒地接近他。他相信小雪送给他的这个暗示。

这是死刑的三部曲吗？死刑判决和放弃上诉；必死无疑——上诉期过后或上诉被驳回；死到临头——验明正身，绑缚刑场；枪响——抑或是先于枪响的是灵魂出窍。最难预计的是知道属于自己死亡的准确时间，这是看守所的干部、武警严格恪守的机密，非到验明正身的那一刻，你不会知道行刑在即。早已绝望的死囚害怕这个时刻的到来，又在惶恐不安中揣摩这个时刻的降临，却总是在意想不到的早晨仓皇出行。彪哥有幸提前获知，免去了猜想，多了一份淡定：该来的就快点来吧，明天早上，荒郊野外，挖好的沙坑，五花大绑的血肉之躯成了活靶，冷枪，冷风，冷血，子弹冷冷地飞过来……

余下的时间属于回顾。遗嘱写好了，遗憾早已留在心中了，要说的话都让余律师在庭上说完了，身后的一段故事任凭后人评说吧。难道没有一点念想？彪哥问自己，老母亲的恩情山高水长，寡姐的重负责无旁贷，我不求来世回报，只求刑场上响起的枪声不要让她们听见。最后，彪哥想起了隔壁的巡洋舰，他一审也判了死刑，展览馆的亮相，看到他浑身筛糠，硬是让法警给架起来的。那时候，我无法吼他一嗓子，我的脖子上勒了一道细麻绳。

彪哥让陪号帮忙扶他站起来，背着刑板像乌龟背着一个重重的壳，一步一步地在过道挪动。

"趁放风场的铁门还未关，我要送两片尿不湿给一位老朋友，这家伙怕死，我得开导开导他，别把刑场搞得凄凄惨惨的。横竖是个死，你得仰起头来吞下送给你的子弹。"

三

放风是最惬意的时刻，因彪哥的到来而变成伤感的时刻。

阳光偏西，依旧明媚，早春的新鲜空气无处不在，让你感受到了自由的舒畅，可是你却不能放飞郁闷的心情。放风场不过是封闭号房的延伸，有限的延伸不过是号房的一个组成部分，心情被笼罩在四面高墙和铁网之中，舒展不得。

可光头们依旧喜欢放风，盼望放风，除了享受有限而又短暂的放松外，还祈盼与同案及熟人隔墙通话。放风时各个号房关押的光头倾巢而出，高墙阻隔了他们的身影，隔墙有耳甚是隔墙有声却是难以阻隔的。一旦脱离干部的监视，隔墙通话就成了号房之间相互联系的秘密管道：打探、问候、调情，还有短缺衣物食物的调剂——瞅准机会的空投，都会给双方带来额外的惊喜和满足。

放风时，光头们的耳朵都像天线一样竖起来的。不能眼观六路，不妨耳听八方。

十三号号房的光头刚一听到隔壁放风场传来稀里哗啦的脚镣声，立刻想到这鸣锣开道似的声音是一个告知，彪哥背着刑板出来了。

不只是怜悯，还有几分惋惜，光头们都停止了活动，屏住了呼吸，细细地品味着墙那边沉重的镣铐声，有这个声响存在，表明彪哥还活着。一个判处死刑睡上刑板的人是难得被抬出来放风的，何况他是自己背着刑板走出来的。

巡洋舰先把耳朵贴在墙上。他有预感，彪哥要和他讲话。

"明天早上要上路了。"

果然，墙那边传来了彪哥的声音。因为彪哥曾在号房有过一夜的短暂停留，光头们对他富有磁性的语调并不陌生。

"可惜我不能陪你过奈何桥了，明天的铜蚕豆没有我的份儿。"巡洋舰庆幸地回答道。

"你上诉改判了？"彪哥几乎被意想不到的惊奇搞晕了。

"我没有上诉。"巡洋舰说，"省高院发回中院重审，说我只回答了一个问题，还有一个问题没有回答。"

彪哥立刻想到了寄给余律师的那份举报常局长的材料有了回应，巡洋舰的确隐瞒了一个问题。

"这是我欠你的一个情！你要是嫉恨我这个始作俑者，就痛骂几句吧，带着你的诅咒上路，我心里踏实！"彪哥既大包大揽又无怨无悔地说。

"咒你？为哪般？"已经把告发者认定是陈默后，巡洋舰放弃了对彪哥的怀疑和怨恨。

巡洋舰更愿意相信七大队长对他的点拨，始作俑者应该是陈默这个昔日号房唯一留下的光头，他是追悼会的见证者，又甘当歌手的监护人。如果说七大队长说出的仅仅是个谜面，那么，陈默说出来的就是谜底：他是A角，歌手不过是B角。他是在自编自导的那场追悼会上，得意忘形地走进了杀害吴老师的犯罪现场，暴露了自己的真面目。揭开了这个谜底，他也看到了陈默的真面目——能够举报他这个A角，置他于死地的不会是号房的第二个人。我曾告诉过彪哥，我是受人之托当了一回刀客，那个人对我有恩。幸好，这样的话我没有和第二个人说起，明天是彪哥的大限，谅他想去摸老虎屁股也没有机会了。至于说我还有一个问题没有回答，这个问题的答案在彪哥死后只属于我一个人了。案子发回再审，与其说给了我一个和法院摊牌的机会，不如说给了我一个跟陈默摊牌、清算的机会。眼下，我还得提防着陈默，这家伙的忧郁是装出来的。彪哥，我还有一句话想对你说，却说不出口：你就不要自作多情了！在润江这场打黑除暴中，你也不过是一个B角，A角需要一颗黑社会头目的脑袋来彰显业绩，用杀一儆百来整肃社会治安，你是最恰当的人选，不杀你杀谁？

……

沉寂了一会儿，那边又传来了彪哥的声音。

"你真要是不记恨我，我就死得圆满了。"彪哥依旧认为巡洋舰的落网应该归于他的作为。

光头们听着倍感凄凉，巡洋舰也唏嘘地说："你在下面的世界等我吧！到时候咱们还作弟兄。"

"你不能滥杀无辜！"

"你别想出卖朋友！"巡洋舰心有余悸地说。

沉默了一小会儿，彪哥转了一个话题说：

"我真想让你给我净身。"

"我怕看见你身上的伤疤，勾起我对往事的回忆。"

"那是啊，第一道伤疤就是你给我留下的。"

"我要砍南城大毛，被你拦住了。刀刃就在你的肩膀上留下一个纪念。"

"要不，你能活到现在？"

"你的报复也够狠毒的，偷偷地端掉大毛的老巢，硬是把大毛的脚筋给砍断了，这家伙再也没有站起来。"

"为此，我付出了十年劳役的代价，搁到今天，我不会再干这种损人不利己的傻事了，冤冤相报何时了？"

"你什么时候醒悟的？不做狼，你会甘心当牛做马？"

"在大西北的戈壁滩，我看到了另外一种生活。"

"这是表白，还是一文不值的死牢情话？"巡洋舰问。

"我已经这样做了，你又不是没看到？"

"可你没有成功。"

"不用提醒，我知道自己是个失败者。"

"他们说你是带有黑社会性质的犯罪团伙头子，我听了都感到好笑。照这么说，我应该是带有杀人性质的罪犯了。"

"什么时候你也变得聪明了？"

"独行侠不是独眼龙，瞪着两只眼呢。"

"有你的独到之处。"

"可惜，我独到的搓功不能给你派上用场了。"

"那也是在大西北练出的本事，如果开个洗浴中心……"

"我不想伺候人。"巡洋舰打断彪哥说。

"所以你的天堂就是你的地狱。"

"我没有天堂。如果地狱有十八层，我就在最底层折腾。"

"下地狱时，你得带上几块尿不湿。"

"知道我会跑马?"

"反正用得着。"

"你有吗?"

"给你两片。"

"我正缺跑马裤头呢。"

彪哥的陪号还没有把尿不湿抛过墙，就被陈干部喝住了:

"哎! 哎哎! 聊聊就行了，别外带走私!"

陈干部站在头顶的通道上听到了他们的交谈，觉得该出面制止不轨行为了。

"收监了吗?"彪哥在问，好像言犹未尽。

"回吧! 明天再聊。"陈干部晃动着手中的钥匙说道。

"我还有明天吗?"彪哥问。

"明天又不是你的忌日，想那么多干什么?"

陈干部还嫌掩饰的不够，又补充了一句:

"今夜我值班，想不通时跟我聊聊。"

巡洋舰听得明白，彪哥只剩下最后一夜了。

陈干部开始清点人数。收监就是放风的结束，牧羊人把羊群赶回羊圈，只待清点完毕存栏的头数，关闭栅栏，一天的劳作就算结束了。

回到号里，巡洋舰才想到没有跟彪哥告别。

同样，彪哥也想起有一件事没有告诉巡洋舰，他已经把巡洋舰的老母亲安置妥当了。这是巡洋舰应该了却的心事，不管他逃过死劫还是在大墙里面苦熬，都会多一份轻松。

四

这是一个注定无眠的夜晚。

彪哥明天早上要上路的消息不胫而走，陡然而降的惊愕窒息了每一个光头，

号房在沉寂中弥漫着肃杀的气氛。平时只有死牢号房的陪号能够体验到的永不谢幕的生死离别，顿时成了所有光头们集体的感同身受。

要不是那货突然冒出的一声掀翻牢房屋顶的惨叫，光头们还不知道与彪哥一路同行的还有另一位打头鬼。

"我不应该死！"

"我不想死啊！"

可惜，能够从声音上辨别出那货丧魂失魄的尖叫的，十三号号房的光头中，只有陈默、白鲨和巡洋舰三个人。其他人既无想象，也无法探听，只是暗自庆幸彪哥奔西的路上不会是孤魂野鬼了。

那货声嘶力竭的叫喊像垂死挣扎的哀鸣，在陈默、白鲨和巡洋舰三个人心中激起了不同的反响。

陈默萌生了"善有善报，恶有恶报"的惊喜，那货的罪恶莫大于为了免于一死而提供虚假线报，险些把歌手推到了死亡的边缘。可以肯定，这件办砸了的事不是他被处死的原因，也不会写到判决书上，但是，死神的公道就在于没有收下歌手也没有放过那货。

在白鲨看来，那货只能算是一条咬人的疯狗，你咬别人也就罢了，后来你又咬我老爸，这你可就玩砸啦。只要伤心的老爸不再替你说一句话，你就活到头了。但愿你死到临头能醒悟到这样一个道理，因为你知道得太多了，所以你不能在这个世界上活得太久。

巡洋舰收藏起兔死狐悲的伤感和逃过一劫的幸运，他要做的是极力表现对那货的蔑视，发泄在一个劲儿地叫骂上："你这个断了脊梁骨的癞皮狗""二十年后，你他妈的还是一个挺不起来腰杆子的哈巴狗"。巡洋舰对关注着号房动静的武警哨兵说："你们把门打开，让我去教训教训那个怕死鬼，牢房不相信乞求，收起你那没有用的哀号吧。"

哨兵没有反应，今晚的吵监闹狱非同寻常，那货是个死囚，不能施以暴力镇压，而规劝式的平息又是看守所干部的事，与他们的职责无关。哨兵是看守，干部才是监管。

干部终于来了，不是一个，是一帮子人。纷至沓来的脚步声告诉号房不眠的光头，今晚值班的干部人数众多，他们的出动带来了如临大敌的紧张气氛。

"你有什么话要对我讲吗？"

陈默凭借着声音断定，干部簇拥着七大队长在二层巡逻道的窗户上对那货讲话。

陈默想起了老官司告诉过他的经验，号房是一个与外界封闭隔绝的钢筋水泥罐头，但也给有心人留下了一双眼睛——高墙上面洞开的两扇窗户。只要你把目光投到窗户上，那你就是在观看看守所天气预报的银屏。虽然，八面来风黑云压城都不会引起看守所的风吹草动，但是，它总会在这块银屏上留下一些细小的动向。要是夜晚巡逻的武警全副武装，干部带队，看守所值班的干部有七大队长、孙所长坐镇，明天一定有打头鬼上路。没跑！

那货扯着嗓门的吼叫变成了舌尖下吐出的哭诉，把"我有立功表现""我罪不该死"当成了不服判决的理由，反复诉说。后来，不是那货声音沙哑，就是封闭牢房的屏蔽起了作用，就连这点可怜的声音也都听不清楚了。

"法院没有采纳，这你是知道的。"倒是七大队长加大了嗓门，有意把自己的声音传遍各个号房，起到敲山震虎的作用。

"法没有权大，这也是你知道的。"那货好像也把声调提高了八度。这句颇有理智的话，光头们倒是听得清清楚楚。

"除了这个，还有别的想法吗？"七大队长想让那货把话说尽。

那货好像是在说"对我定罪判刑的事实和证据不充分，我不服"之类的话，声音含混不清，拒不接受的意思很明确。

"这你都在上诉材料中做了详细说明，省高院驳回了嘛。"

"他们没有开庭，没有给我对簿公堂的机会。"那货又提高了声调。

"据我所知，二审不一定开庭，可以阅卷嘛，只要事实清楚，证据确凿，就可以依法做出判决。"

沉默出现了，光头们以为那货绝望了。谁知，没过多久，那货又吼着嗓子喊了一句：

"你能告诉我，向哪级法院申诉才能推翻这个判决？"

"这件事应该由法院答复你。"

"什么时间？"

"明天。"

"明天？"那货冷笑了一声说，"明天有注射器吗？"

"明天又不是你的忌日，想那么多干什么？"七大队长安抚那货说，"时候不

早了，你该睡一会儿了。"

听着脚步声，七大队长一行来到了十二号号房，依旧推开二扇窗户，查看里面的动静。

陈默想，七大队长下一个的关注对象是彪哥。

"你们是不是全都失眠了？我可没有夜餐供应。"

陈默听到七大队长开着轻松的玩笑，却没有丁点反响。

隔了一会儿，才听到彪哥的声音，远比那货清晰。

"你当然也没有注射器供应。"

"新看守所有一个执行注射死刑的地下室，很快就要竣工投入使用，也许你能率先享受。"

"我等不及了。"彪哥说，"连你都不相信的幸运，怎么会落到我的头上？"

"你要知道，余律师一直没有放弃对你的挽救。"

"恐怕要向她表达谢意的不会是我一个人。"彪哥说，"为她在法庭辩护时说过的一句话——死刑不能结束罪恶，更不能净化脚下的大地，我不知道会有多少人因此而受到震撼。"

这是余湘的风格！陈默心中惊叹着。她总是高屋建瓴、鞭辟入里，在滔滔不绝中，挥洒着缜密和深邃，教学是这样，没想到她的辩护也是这样犀利。还得谢谢彪哥，你总算没有把这句如同春风如同雷霆的话带走，让它化作春雷回响在自己心中。这春雷驱散了心中忧郁的乌云，他心里见光了，透亮了。

陈默相信，余湘能够说出这样一句"九州生气恃风雷"的话，说明在看守所深宅大院外面最板结的土地已经开始解冻，那么，他心中冰层般的抑郁还能凝结多久？

七大队长又说话了。

"辩护权不是审判权，就像理论不能代替实践。"

"所以我没有幻想，只有一件事相求。"

"有什么事？明天讲也不迟。"七大队长更愿意避而不答。

"我估计一枪解决不了我，还得补两三枪才能把我放倒，你得多预备几发子弹。"

没有听到七大队长对这个冰冷问题做任何回答。他离去的脚步刚刚踱回到四号号房，一阵魔鬼似的叫喊再次爆发，撕裂开看守所的沉沉夜幕，也撕裂着光头们不安的心扉。那货的不屈不挠含混不清的吼叫，已经变成了哭诉般的乞求：

"我不想死！"

"我不想吃枪子儿，先给我打一针吧。"

七大队长再也没有搭理他，像厌恶一个垂死挣扎的疯狗，把他抛弃在号房阴暗的角落里。

五

彪哥和那货走了，把丧魂失魄留给了白鲨。黄泉路上不乏后来人，再也没有比候补死刑犯看着他的先行者告别号房的那一幕更为触目惊心，因为他们有着相同的命运，号房是他们人生的最后一个驿站。

彪哥照旧是用脚镣手铐的哗啦声为自己鸣锣开道。那货却没了声息，好像被武警班长抬着刑板送走的。空荡荡的走廊，充斥着死亡的气息，渗透到每一个号房。蒙着被子的白鲨只觉得浑身被冷汗浸透，从心底升起的寒战震颤着每一个关节，直达神经末梢，变成了不由自主的抽搐。他不敢掀开被子，那布满冷汗的苍白脸颊就是一个不打自招的招牌，表明他的心虚和胆怯。直到干部查房，白鲨都没有从被子里钻出来。

彪哥和巡洋舰的隔墙通话，也是言者无心听者有意。巡洋舰一句不经意的话给白鲨留下一个令他肝颤的疑问：

"省高院发回中院重审，说我只回答了一个问题，还有一个问题没有回答。"

白鲨知道这个问题的所指，一旦巡洋舰抵不住刀下留命的诱惑，说出事情的来龙去脉，他就要浮出水面。甲方的身份一经暴露，他在激起社会公愤的同时还将激发另外两个人由衷的私愤：他的老爸和老爸的情人——死者的妹妹吴江娴。老爸会放弃对他的抢救，那个小娘儿们会揪住他不放……

与其说白鲨捂在被窝里思索了一夜，不如说他瑟瑟发抖地龟缩在冻僵的身体里等待死神的降临。这个打击太始料不及了！

不知道为什么法院迟迟没有开庭，单凭天堂湖浮出的那具女尸就够掉脑袋的了。今天上路的彪哥和老爸部下的局"三产办"主任，连同巡洋舰是和他一起收到起诉书的，他没有开庭，巡洋舰开庭后又因"还有一个问题没有回答"退后重审，难道是巡洋舰这个没有回答的问题，中止了法院对他的审理和审判？记得那

个江湖爷爷辈的大佬推荐巡洋舰当刀客时说"他是个二杆子""管不住自己的手，也管不住自己的嘴"，虽然这个二杆子没有完成他的重托，让他必置死地而后快的谋杀对象依然活在人间，可这个雇佣关系已经确立就无法消除，虽然这个二杆子没有成为替他和母亲灭掉仇人的刀客，难保他不会成为杀他回马枪的刺客。为了逃避死刑，我想立功，他何尝不想立功。死刑犯不咬出个死刑犯是谈不上立功的，他的嘴巴一张，我就成了刑板上的肉了。

点名过后，从刑场回来的七大队长由孙所长、沈干部陪同出现在巡逻道上。

"把头给我抬起来！"七大队长吼道。

光头们还没有从死刑犯上路后留下的阴森气氛中缓过神来，他们纷纷把头缩进臂弯，好似在抗拒刑场袭来的寒流侵袭。

白鲨听到七大队长的吼叫，以为在叫他，好像见到救星似的抬起头来。他故作轻松地说："七大队长给我压惊，也太小看人了吧？看守所送几个打头鬼上路，就能吓着我？我又不是他妈的吓大的。"

七大队长没有理睬白鲨，而是对着巡洋舰说："谁叫你坐在这个位置上的？还想当牢头狱霸？"

"我这不是想在上路前发挥点余热，替政府分点心吗？"巡洋舰故意用"上路"来向七大队长打探虚实。

其实，巡洋舰的心比谁都虚，好像彪哥把他的魂儿带走了。虽然案子已由法院发回重审，毕竟没有逃脱死刑的厄运，一审死刑判决依旧像一把锋利的断头刀悬在他的头上。发回重审不过是诱他张开血嘴咬人罢了，这事他不能做。他不是不想临死找一个垫背的，他是因为咬不着人家姓常的，也不敢咬人家姓常的。对吴老师的死亡，只能是他的难逃罪责，板子打不到雇主的屁股上，反而会把事情搞糟。二审的发问逼得很凶，甚至都点到了莲花公寓的女主人，他是咬紧牙关扛过来的。姓常的对此不会不知道，知道了不会不领情，领情就不能不有所作为。他的救命菩萨就是常局长，只要常局长不忘旧情，给他罪减一等，哪怕领刑死缓，也算虎口脱险，捡条活命。

巡洋舰想到从寒山监狱押回后，七大队长亲自出马，连夜对他突审，竟然只字未提"还有一个问题没有回答"，甚至连这方面的暗示都没有，如果有真凭实据，一向高深莫测的七大队长应该从牙缝里给他露一个口风。"敲山震虎"是七大队长预审时每每见效的高招，偏偏在这个问题上，七大队长没有跟他"过招"。

巡洋舰还没有站起来向七大队长提出号审的请求，七大队长先一步发话："沈干部，你把他带出来！"

白鲨见巡洋舰被沈干部带走了，心中顿时就像开了锅似的，每一个冒出的水泡都冲向喉咙，窒息着他衰弱的气脉。他不是容不得冷落，而是无法接受无情的抛弃。七大队长对他的置之不理，表现出十足的遗忘和不屑一顾。难道他已经知道我与巡洋舰"还有一个问题没有回答"有关，在获得巡洋舰的口供后，再与我摊牌？

我不能坐以待毙！

"沈干部，我也想找你谈谈。"白鲨从铺板上跳起来，发出乞求的声音。

当着光头们的面，沈干部给了白鲨一个不理不睬。

六

白鲨先于巡洋舰回到了号房。沈干部没有忘记白鲨，他把巡洋舰带到审讯室七大队长面前后，就踅回号房提白鲨。白鲨想起刚才沈干部的不理不睬，就用不紧不慢的四方步踱出牢门。要不是落在人家屋檐下，要不是沈干部是他母亲娘家的远房亲戚，能够告知母亲方面的消息，他才不尿这个狱卒呢。

沈干部把陈默调回到西铺一号位后，才离开号房。给人的感觉是他来号房调整座位的，随便把白鲨找去号审。

两个死刑候补先后被干部提出去，肯定凶多吉少，等于预告死牢在沉寂多时后即将开张。陈默极不情愿地坐回老地方，不论给白鲨或是巡洋舰当陪号，都是他不情愿的事。哪怕是整天搓二极管或扎塑料花串满天星，他都不愿意指挥下板人给他们端屎端尿，喂吃喂喝。

白鲨很快回到号房，故意用坦然的表情无所谓的神态告诉光头，你们的希望落空了。他从沈干部那里吃到了一颗定心丸，行将到来的死亡阴影已经消失，你们别指望我会背上刑板等待挨枪子。法律面前从来都不是人人平等，你们应该拎得清，别老是用幸灾乐祸的目光瞧着我，我是谁，你们可能不知道，但我绝对不是你们想象中的打头鬼！

巡洋舰还没有回来，说明七大队长跟他不是谈话是审讯。七大队长出面，不同于沈干部，他是正儿八经的提审，不录下能够呈堂的笔录，七大队长岂肯善罢甘休？

　　七大队长肯定要揭开巡洋舰"还有一个问题没有回答"的谜。巡洋舰会怎么回答呢？表面看来两个在押犯分别被两位干部提审谈话是件毫无关联的事，只有白鲨心里明白，巡洋舰张开的嘴巴就是他的地狱。

　　几分钟前，白鲨忧心忡忡的探问，被沈干部退回的材料制止住了。那份材料正是他视为救命稻草的举报信。

　　"你妈老糊涂了，她花了二十万元钱为你买来的举报材料是一份过期无效的马后炮。"

　　"我知道了，材料被七大队长给扣押了。"

　　"他告诉你原因了吗？"

　　白鲨气急败坏地问："我老妈捞我，关我老爸屁事？我老妈再怎么恨他，也不至于对他落井下石！"

　　"今天执行死刑的那位警察败类就是这起走私汽车大案的参与者，案子虽然了结了，可余波不断，有人向省里告状，说你家的老爷子是后台，那个败类死前也有揭发，咬住你老爸不放。这份材料好像就是他留下的，不知道怎么倒腾到你妈手里了。"

　　"七大队长干的好事吧？"

　　"别瞎说，给你妈出谋划策的人多了去了。"

　　"我老爸怎么不伸把手，他总不能对我见死不救吧？"

　　"你也不想想，他刚刚提为润江市副市长，屁股还没有坐稳，要捞你，也得慢慢想办法。反正你的案子已经搁置起来了，急什么？你妈也是怕你在号房折腾出事来，特地让我叮嘱你安稳点。"说着，沈干部当着白鲨的面要用打火机把这份材料烧成灰烬，被白鲨一把夺了过去，揣进怀里。

　　"让我来自己解救自己吧，这个世界没有他妈的救世主。"

　　"你不能带进号房。"沈干部急了。

　　"只用一个晚上，明天早上还你。"

　　也是急中生智，白鲨想到他能给这份材料派上用场。权当是废物利用，试试吧。

　　"还有一件事，你要替我在号房留点心。"沈干部关照说。

　　"我知道，盯着点北京人呗。"

　　"不，是青枫巷的那位真正杀手。"

"一个秋后的蚂蚱，他还能蹦跶几天？"

"他的案子涉及一个甲方，如果他能露点口风，你不是具备了法定的立功条件了嘛。你刚才说要自己解救自己，我才想到这么个机会。"

"这么大的案子，难道你们一点都没有掌握甲方的情况？"这是白鲨最想知道的底细。

"若是知道这个人是谁，咱这位青枫巷杀手不就成了第二被告了吗？"

白鲨想想也是，如果沈干部知道警方要追查的"甲方"此刻就坐在他的面前，他还会把立功的机会指引给自己吗？

沈干部还告诉白鲨，彪哥曾在上路前，让他转告巡洋舰，彪哥把他的老母亲给安置好了，让他放心。这事由你去说，效果也许比我会更好。

本来白鲨废物利用的目标就是巡洋舰，竟然与沈干部的想法不谋而合，而且手里多了一个能够打动他的消息，比用那份过期无效的举报材料向他讨价还价的效果好得多。

白鲨刚刚在东铺一号位坐下，巡洋舰就回来了。一看他满脸的沮丧，跟个丧门星似的，白鲨满腹狐疑的心忽悠一下就沉下去了。他担心七大队长撬开了他的嘴巴，说出了他这个甲方。

白鲨示意杨晓易给巡洋舰让个地方，表示有话要对他说。巡洋舰求之不得地贴了上去。

"有好事体吧？"巡洋舰故作欣喜问。

白鲨愣了半分钟，才说："打头鬼能有什么好事体？七大队长不过是找我聊聊罢了。"

"你的案子他门清，还有什么可聊的？"白鲨似信非信地说，"还不是找你套点破案的线索。"

"他关心我还有一个问题没有回答。"

"你回答他了吗？"

白鲨几乎是用颤抖的声音发出询问的。冰冷的恐惧从心底一路蹿上来牵动了嘴唇和牙齿的磕碰，手里攥着一把湿漉漉的冷汗。在等待巡洋舰回答的短短几秒钟，他简直就是在等待命运的宣判。唯一的后悔是雇佣巡洋舰这个二杆子实在是一招臭棋，不仅没有杀掉自己和老母亲的仇人，反倒置自己于死地。

"没有。我巡洋舰至死也不会出卖人家甲方。"

巡洋舰看到白鲨心神不定的样子，知道他是在为自己的命运担忧。他用坚定口吻的快速回答更像一个发虚的表白。

重返号房的当天晚上，巡洋舰就知道白鲨是常局长的宝贝儿子，虽然白鲨没有张狂到自报家门的嚣张，巡洋舰还是从他的涉案断定他非同寻常的身份的。白鲨的疯狂作案和屡屡漏网，那是润江黑白两道无不知晓的事，巡洋舰只是碍于落魄而无缘结识这位衙内罢了。

牢房相见不是因为世界太小，而是黑白两道并非泾渭分明。

听到巡洋舰信誓旦旦地表白，白鲨不敢确信他的话是真是假。他要捅破两人之间的那张心照不宣的窗户纸，探探底。不过，他的口气完全是关切甚至带点责怪：

"你知道甲方是什么人，就敢听命于他？"

巡洋舰在白鲨的手心上写了三个字："你老爸。"

所有的担忧和疑虑都在这一刻遭到意想不到的颠覆！白鲨搞不懂他一手策划的事体怎么又便成了另外一件事？

"你不是我老爸的干儿子吧？"

"我有难时，他帮过我，他有难时，我也要帮他。"

"就这么简单？"白鲨如坠五里云雾。

"简单到我分文未取。"巡洋舰拍着胸脯地扯着谎言。

"难道佣金叫别人截留了？"白鲨没有忘记前期付给的十万元定金，这是个必需的提示。

"你问我，我去问谁？"巡洋舰装着满腹委屈地说，"若不是那个江湖大佬已经死去，他能见死不救？"

"啊！他死了？"白鲨简直不敢相信他两人之间唯一的联系会意外地出现"短路"。

"不信，你去问七大队长。"

不由得白鲨不信！他相信那个江湖大佬没有向巡洋舰亮出他这个甲方的真名实姓，死无对证必然导致有惊无险。吊诡的命运让他再一次跳出三界外，不在嫌疑中。

白鲨想笑都不敢笑，还得装得像惊诧的样子，摇摇头说："不会是你一厢情愿吧？"

"连七大队长对此都不怀疑。"

"哦!"白鲨急促地催问道,"他是怎么说的?"

"他嘛……"巡洋舰干咳了一声,又打了一个哈欠。

白鲨会意地摸出一包希尔顿,放在巡洋舰的手里。

"七大队长说有一封举报信指明甲方就是你老爸。"巡洋舰伏在白鲨的耳畔说。

"这事他也敢查?"

"劲头还不小呢!"

巡洋舰知道自己说的是假话,他更愿意看到白鲨六神无主的样子。

其实,七大队长没有明确点出甲方是何许人,他只是把一封举报信连同信封摆到桌子上,当着钓意十足的鱼饵罢了。巡洋舰望着稳坐钓鱼台的七大队长,顿时就乱了负隅顽抗的方寸。巡洋舰的有限的反审讯能力,不过是两个凡是:"凡是警方掌握的,我就交代;凡是警方不掌握的,我就否认。"

巡洋舰沉不住气的原因就是感到七大队长已经掌握了甲方的底细,七大队长越是不急于发问,巡洋舰越是急于表白。

"这中间还有一个经手人。"巡洋舰"招"了,可又没有直接回答那个问题。他抛出那个江湖大佬无非是可进可退,如果七大队长想查,就能查个水落石出,如果七大队长不想查,就别怪我隐瞒案情,没有老实交代。

"可惜,这个中间人已经死了。他在澳门赌场输掉八百万后,突然中风不语,回到润江没几天就死在医院了。"

七大队长毫不掩饰自己的幸灾乐祸。

巡洋舰绷紧的心弦不由得松弛下来,原来老家伙不是来提审他的,是来告诉他江湖大佬永远闭嘴的消息的。那个没有说出来的意思是,没有了中间人,你也与甲方失去了可以查证的关系,你咬不着人家,就咬住自己的舌头吧。

巡洋舰以沉默表示理解七大队长宝贵的开导,闭嘴是他唯一的选择,江湖大佬的死去,等于甲乙双方失去了关联。他的多嘴就是多事!

白鲨听完了巡洋舰真真假假的表白,才晓得七大队长爆料的良苦用心。他不是追查巡洋舰"还有一个问题没有回答",而是转达了中间人已经猝死,甲乙双方的关系死无对证的消息。当然,七大队长亲自出面爆料,是为了给他的顶头上司消灾免祸。一唱一和的七大队长和巡洋舰永远不会想到真正的甲方就是他白鲨!

这是白鲨意想不到的完美结局。江湖大佬把甲乙双方的秘密永远地带走了,

上面的追查将一无所获。这个结局一旦形成，摆脱干系的他该出场了。

"还有一件好事，我得告诉你。"白鲨透着关怀地说。

"是吗？"巡洋舰实在想不到还会有什么好事体会像雨点似的砸到他的头上。

"你的老母亲安居乐业了。政府给她盖了一所新房子，还有一个大院子，可以种菜、养花，她老人家能够安安稳稳地活着等你出狱了。"

"我妈借了地下钱庄的高利贷？"巡洋舰反倒吃了一惊。

"你妈有钱，可都捐到庙里去了。这是政府领导的扶贫举措。"

"那一定是你老爸的关照。"这是巡洋舰想到的唯一可能。

白鲨故作沉默。

白鲨的一句移花接木的花言巧语，不仅让巡洋舰看到了甲方的关怀，还看到了某种"出狱"希望，他似乎有些不相信地问："我妈能活着等我出狱？这话是你说的还是你老爸说的？"

"要是我说出来的管个屁用？"白鲨从怀里掏出那份过期作废的材料，在巡洋舰眼前虚晃了一下说，"这是他花了大价钱买给你的一份举报材料，让你立功，逃过一劫。"

"我怎么递上去？"

"你只管在材料上签上你的大名，其他事不用你操心，由他在外面打理。"

巡洋舰乐不可支地写上自己歪七扭八的大名，郑重地对白鲨说："你得替我好好谢谢他。"

白鲨索要的一句话终于由巡洋舰说出来了。

"怎么个谢法？"白鲨笑着问，好像并不在意巡洋舰的口头感谢，而是要他付出行动作为报答。

"我巡洋舰是讲义气的汉子，知恩图报，可眼下是虎落平川，圈在号子里，会有什么作为？待将来出狱后报答吧。"

"号子里也有机会。"白鲨提示了一句。

"我不明白。"

"号房里有一个一直想把你送上刑场的人，难道你不想教训教训他吗？"

"我知道这个人是谁，"巡洋舰说，"他是一个在我背后捅刀子的仇人。"

"岂止是在你背后捅刀子，也是润江不得安宁的祸根。"白鲨晓以利害地说。

"这个人难道也会伤害你老……爸？"

"反正得让他闭上嘴。"巡洋舰恶狠狠地说,"就是判不了刑,也得让他拖着两条残腿少了一根舌头走出润江看守所,这是一个警示,也是送给他未婚妻的最好礼物。"

"我不想在号房惹事,我不是猫,没有九条命。除非这是你老爸的意思。"

"问题不是你不想惹他,是他一直在暗中算计你!"

"暗算我?"巡洋舰愣住了。

白鲨见火候已到,悄悄掏出他奉命在号房找到的塑料牙刷,还有连带捡到的陈默开导歌手的那张纸片,一起推给巡洋舰。

巡洋舰认识这把牙刷,这本来是他的杰作,磨成匕首防备号房的光头造反。他相信这匕首一旦握在陈默的手中,谋杀的对象一定是他。那张纸片已经把陈默对他的怀疑和仇视说得再明白不过了。

巡洋舰只有一个选择:图穷匕见,先下手为强。

白鲨看见巡洋舰的眼睛在冒火,顺手甩过一支香烟说:"你一个无期怕什么?你是作废了他,又不是做死了他。就是再犯一个可判无期的伤害罪,合并执行也不过是无期。你是不赔倒赚。"

"你知道我下手重,做残了好说,万一做死呢……"巡洋舰想到了自己一见血,就搂不住拳脚了。

"有我在呢。"

"你?"巡洋舰不得其解地问,"你掺和进来是为哪般?"

"只有你做残了他,我的报警才能算作立功,否则我怎么能死里逃命?你的那个甲方能保你,却不便出面帮我过关。我得借助你闹的事找到减免刑罚的理由,才能免得一死。"

巡洋舰骇得无言以对。原来这是一出精心设计的双簧戏,他充当的依旧是B角。白鲨才是A角,是鹬蚌相争的得利者。人家动的是心眼,咱们动的是拳头。

巡洋舰这才发现白鲨一旦说出他的要求,自己就没有推辞的余地。那份刚刚签过名的举报材料已经揣在白鲨的怀里伺机而动呢,你不动,他就不动,这是他妈的以行动换行动的买卖。白鲨和他老爸如出一辙,玩的是一样的把戏。

巡洋舰只好应下这件事。好在号房闹个打架斗殴的"死掐"也算不了什么,大不了吃顿白蜡棍,咬咬牙就挺过去了。再说,他挺恨陈默这个北京人,早就想找个机会教训教训他。

"咱们哥们儿也算是甲乙双方的一次合作吧?"巡洋舰讨好地说。

"其实,咱哥儿俩的甲乙方合作早有默契。"

"不会吧?"巡洋舰实在想不起高攀白鲨的事来。

"你参与盗窃的那辆巡洋舰摩托车就是本人的坐骑。我没有报案,让你们这个案子减轻了处罚。"

"好,我就再做一回乙方。"

"好,我这个甲方就不推辞了。"白鲨亲自点上一支烟,递到巡洋舰的面前,以示合作愉快。

七

腥血是拔出牙刷柄时喷溅出来的,像勃发的恶之花。

所有的耻辱、郁闷、愤怒和躲闪不及的仓促应对都在这一瞬间悄然退去,留下大脑的一片空白被迅速升起的快感充斥着,洋溢着死里逃生的庆幸。陈默直勾勾地看着巡洋舰捂着胸口的血窟窿挣扎着站起来,吃力地扶着短墙,想做点什么,终究因支撑不住,像个醉汉晃晃悠悠地倒了下去,无可奈何地完成了最后的垂死挣扎。

陈默警告过巡洋舰,"胜利者未必是你",这句话竟在几分钟后应验了。只是他不明白,巡洋舰为什么要暗算他?用牙刷柄磨成的匕首置他于死地?

茫然是停留在陈默脸上的唯一的表情,也是心中无法消除的疑问。此时,巡洋舰已经不能对他的行动作出合情合理的解释,尽管陈默给了他解释的机会,他那扭曲的脸面上凝结的是一派决绝,这是他的最后表情,好像是对这种结局的意想不到和心有不甘……

当灼热的焦灼感把陈默从睡梦中烫醒时,他看到巡洋舰正拿着一支点着的香烟在他眼前比画着。久染的牢房抑郁症迟钝了陈默的反应,他以为这不过是巡洋舰虐待狂的老毛病又犯了,就连值班的杨晓易带着几分吊诡的微笑都没有引起他的警觉。

陈默蒙上了被子,像鸵鸟一样躲避着戏弄。他以为觉得没趣的巡洋舰会就此罢手。

不一会儿,陈默再次被锥心的灼痛震慑,厚厚的被子没能阻挡巡洋舰把火红

的烟头摁在他的肩胛和脖颈，嗞嗞作响中，他嗅到了皮肉烤焦的味道。剧痛撕破了抑郁症对他身心的束缚，他懵懵懂懂地看到了魔鬼的狞笑。巡洋舰的举动不再是虐待和调戏，他是在挑衅，明目张胆地挑衅。

曾经的军旅生活经验本能地提示陈默，凡是带有明显敌意的挑衅必然是在为更大的行动寻找借口或制造理由。除了保持警惕外，他得向挑衅者提出告诫。

"胜利者未必是你"这句话就是这时候脱口而出的。在这之前，巡洋舰说了很多气焰嚣张的话，陈默已经记不清楚了，他能记住的是刺痛他自尊的那句叫嚣："你是个告密者，想把老子送上打靶场，老子今天先成全了你。"

本来，陈默想正告巡洋舰，这是你的罪有应得，可情急之中却犯了一个致命的错误，他过于轻视巡洋舰的叫嚣，就像他轻蔑巡洋舰那套不堪一击的拳脚一样。他相信巡洋舰嫉恨他，却不相信巡洋舰敢在号房对他下毒手。他没有回应巡洋舰的诬陷，不想给他一个挑衅的理由。

作为躲避，陈默装着解手走进厕所，蹲在便池上故作便秘地磨蹭着，让时间缓解紧张气氛。没有想到这个不明智的选择，给了巡洋舰一个极好的机会。短墙隔挡的厕所正是避开武警班长巡逻视线的盲区，也是他下手的最佳地方。

埋下头的陈默没有看见对手得意的眼神。

巡洋舰瞅了瞅窗户，没见武警班长的身影，又用眼睛的余光递给杨晓易一个放风的暗示，便从短墙上纵身跳下去。他要借助全身的重量塌陷陈默的脊椎，让高肢瘫痪成为他永远的痛。

拍蒜！这是巡洋舰调动全部牢狱生活积累而想出的绝招——又准又狠又不落痕迹。他知道陈默的脊背原来就有伤残，无法承受如此迅猛的冲击和蹬踏，即便脊椎断裂，那也是久病复发。不愿小题大做的政府干部决计不会深究。

巡洋舰有些志在必得的侥幸。他没有想到陈默会如此这般的配合，更没有想到在他向陈默狠狠砸下去的那一刹那，比他的双脚率先落在陈默脊背上的是风。

陈默嗅到了风。不是寻常耳鸣的噪音，是鼻子闻到的一股自上而下的诡异腥风。

尽管一年多的关押耗尽了气血，深深的忧郁麻痹了一切感觉，灵魂连同骨肉一齐被锈住了，思维变得麻木，反应变得愚钝，雄风不再的昔日侦察连副指导员，却没有被深牢大狱磨灭了本能的警觉。腥风轻轻一吹，陈默完全是凭借着下意识甚至是无意识把身体挪到墙角。

　　风出卖了巡洋舰，巡洋舰把自己狠狠地砸在厕所的水泥地上。"胜利者未必是你"那句话顿时就成了一个令他恼羞成怒的讥讽。

　　穷凶极恶的巡洋舰掏出来匕首——那把在号房失传已久的牙刷柄，满脑子不再是"废了他""废了他"的轰鸣而是"搞死他""搞死他"的狂叫。他要把两平方米的厕所变成置陈默于死地的绝境。

　　陈默认识那把用塑料牙刷柄磨成的匕首，它在号房演绎了一连串风波：巡洋舰从十二号号房带来的秘密武器，又把它当成镇宅之宝传给了本田，本田曾用它作为越狱的帮凶挥舞过，后来不知道怎么落到老官司的手中，变成了威胁干警自伤自残的凶器，招来了杀身之祸。匕首神秘消失之后，今天是物归原主，陈默不能小看了这把土制的匕首，它表明，一场格斗是无论如何也躲不过去的，问题是谁会接受它锋利的洞穿？

　　巡洋舰到底是见过血的人，他知道面对陈默，他的匕首只有一次的使用机会，成败在此一举。他先转身上步，飞起一脚，直奔陈默的裆部而去，相当阴险的动作不过是一个掩护。接着，他握着的匕首便冲着陈默的胸口刺来。

　　反击是躲不开了，就在匕首挟持着一股已经熟悉的腥风扑面而来时，早年间练就的徒手夺刀的本事令陈默大显身手，原本握在巡洋舰手中的匕首转眼间被陈默踩在脚下。

　　陈默以为只要自己不还击，一切都该结束了。陈默不在意他成了胜利者，而是希望恰到好处地结束这场突如其来的暴力袭击。就在他弯腰捡起匕首那一瞬间，眼前突然一黑，喉咙发出的窒息传遍了全身，他意识到遭到了丧命的暗算。他小看了巡洋舰的狡兔三窟，在挥舞拳脚和图穷匕见这两招暗算失败后，他还有一根用作皮鞭的腰带！

　　巡洋舰抓住了最后的机会，拼命勒住陈默的咽喉，将他的那个腰带变成扼杀对手的软枷锁。

　　不消片刻，陈默的意识就被可怕的窒息淹没了。一年多留在心中未泯的期盼，思念里的痛苦挣扎，抑郁中的长久沉默，一一离他而去，留下空乏的身心，像砧板上等待任人宰割的羔羊。

　　巡洋舰像一个纤夫用肩膀和双手收紧绞索，把他身后的陈默连背带拖地拉到墙角，他要看着陈默在他眼前轰然倒下，趁着他昏死过去，再把那把匕首握在他的手中，行凶未遂的罪名就此成立。

濒临死亡的窒息中，一股血腥的热浪越过喉咙冲向陈默的头颅，他听到一个宁死不屈的呼喊："起来，不愿做奴隶的人们！"这声音恰到好处地出现在巡洋舰渴望转身看着陈默瘫在他脚下的那一刻。

就是这一声呼喊，就是这一点点的松弛，令陈默清醒地捕捉到巡洋舰带给他的一线生机，他拼尽全身的力气拉住脖颈上的绳索，顺势一蹲，奇迹般完成了已成桎梏的脱套。

如果说那个不屈的呼喊照亮了陈默的灵魂，那么，获得了解脱的陈默最终看清了巡洋舰真实面目和狭路相逢的绝境，鼓起了反击的勇气。号房虽然不是原始洞穴，但是，他面对的是一个已经退化成了吃人的野兽。巡洋舰的思维和行动、逻辑和语言都来自一头发了疯的野兽而不是理智的人类，眼下的真正处境是在与狼共舞！

狼又一次扑了上来！

"起来，不愿做奴隶的人们！"的声音再次响起。

陈默舔了舔发干的嘴唇，握紧了拳头。他最后的理智是希望那头野兽能在他亮出的匕首前停住反扑的举动。

巡洋舰还是扑了上来。他是对着陈默亮出的匕首扑了过来的，这是兽化的流氓惯用的套路，想用死逼退陈默的匕首，就像在赌局中以炭火烫身以利刀断指的无赖行径逼迫对方退让。

可惜，陈默不懂这一套，也没有回旋的余地。当他的拳头没能阻挡巡洋舰的反扑后，另一只手握着的匕首起作用了。说不清是他的出击还是巡洋舰恼羞成怒的反扑造成了最终的结果，反正匕首像一根喷血的导管移植在巡洋舰的胸前。只是在它拔出时，陈默才意识到这个不情愿接受的结局。

唯一能够接受这个结局的是白鲨，他迫不及待地按响了报警的电铃。他深信一手策划的这场暗算会两败俱伤，但他没有想到巡洋舰会输得那么惨，更没有想到竟是陈默替他消除了乙方这个心腹大患。

白鲨才是真正的赢家。

"你杀人了，你死定了！"白鲨对陈默发出了恶狠狠的诅咒。

陈默丢掉手中的匕首，对白鲨吼道：

"死亡不属于我！"

可惜这个声音不能冲破封闭的号房，在外面的世界回响。

尾　声
魂归：拣尽寒枝不肯栖

　　死亡到来的时刻，时间停滞了。子弹慢慢飞了过来，像亘古沙洲上刮过的一缕轻风，幽幽地撞开了陈默的后脑壳，旋即，一束白光逆着涓涓血流穿过黑暗的肉体，为他的升腾抑或告别引路。

　　这是梦吗？还是一次生命的真实分解？天上的归于天上，地下的归于地下，灵魂归于飞翔，肉体归于腐烂？

　　陈默顺着血窟窿不由自主地飞了出去。

　　轻柔的白云裹挟着陈默，飘逸在高邈的天空，鸟瞰着无边寂寥的大地。陈默看到了天堂湖畔芳草萋萋的荒滩，只是恍若隔着一层薄雾，朦朦胧胧。三五个戴着口罩的警察正在用刀子割断一个五花大绑的人身上的绳索，一松绑，那人随即倒在面前的沙坑里，大口的喘息竟然把埋在下面的沙子喷出了一个又一个小小的蘑菇云。又一个警察不知从哪走出来，熟练地掏出手枪朝着那个倒下的人的额头补了两枪。倒下的那个人抽搐着被掀翻过来，接受闪光灯下的照相机拍照。

　　闪光灯让陈默看到了自己。锃亮泛青的脑壳枕着一摊污血，苍白的面孔像一块破抹布，被红白脑浆伙同沙粒渲染成惨不忍睹的面具，嘴唇绝情地抽动着，好像要诉说着什么心事，黑洞洞的眼窝蓄满了疑问的阴云，身体剧烈地抽动，像一只咆哮的公牛，不知所措地窝在沙坑里抽搐。

　　这是陈默一年多时间里第二次看到自己的面容。第一次是剃过光头后在一盆清水中浮现出来的陌生面孔，他无法抑制的冲动就是想把这张脸从水中打捞出来，洗净后放在太阳下面晒干。那冲动表明他还有激情，对明天还充满希望。可今天，他却彻底失望了，他面对的是一张没有生命脉动的死水微澜——他的遗容！

　　前一刻的记忆豁然开朗，那不过是瞬间发生的事。

　　真实的刑场，真实的死亡。置身刑场就像置身舞台，枪声响起，不过是为了把结局打开。陈默有一千个理由表明自己是出于正当防卫而失手，谈不上为民除害，至少不是故意杀人。闻讯赶来的余湘在法庭辩护时也再三强调当事人没有故意杀人的主观动机，而被害人又是一个货真价实罪大恶极的惯犯，整个过程是挑衅和侵犯在先，退避和防卫在后，希望依法减免刑事处罚。检方认为没有证据证明陈默的行为属于正当防卫，号房的人们保持着奇特的沉默，白鲨和杨晓易以见证人的身份提供的是相反的证言，把个陈默描绘成一个蓄意行凶报复的杀人狂。法院采信了他俩的证言。宣判的那一刻，陈默预感身在异乡为异客的日子即将结束。

陈默面对法庭，面对死刑，更是面对余湘高喊："死亡不属于我，牢房不属于我，刑板不属于我！"

余湘回应说："坚持，等待，我回北京为你上诉！"

法官程序性地落下法槌。

陈默随同刑板和全套戒具回到了号房。号房依旧，唯独不见白鲨和杨晓易，他两个人的离去表明了胆怯和心虚。虽然死牢终因陈默背上了刑板再次有了名副其实的意义，但是白鲨和杨晓易造下的孽足以让他们钉在耻辱架上，接受正义的唾弃。

既熟悉又陌生的刑板，是枷锁的翻版，是死亡之舟。陈默只有在被刑板折磨得皮开肉绽时，才体会到此前的对刑板的认识是多么肤浅！刑板是消磨你生存意志的钝刀子。

先于死神到来的是噩梦，每每把陈默纠缠得死去活来。

总有一团自天而降的绿色鬼火驱赶着他，逼迫着他，把他逼出牢房，逼到一条黑咕隆咚的大街上。鬼火舔着他的脊背和后脚跟，令陈默不能停下脚步。恍惚中，他看到大街两旁挤满的人群，酒楼茶肆将丰盛的宴席摆在门口，伙计们争先恐后地向他发出用膳的邀请：

"吃饱了喝足了上路！"

"死也不要当饿死鬼！"

陈默知道大限已至，他正走在阿Q走过的老路上。

"老陈大哥，这边有请！"循声而去，陈默看见了当炉而立的卓文君，旁边站着的那个风流才子应该是司马相如吧？待那个人举着一杯酒走到陈默跟前，他才认出歌手来。歌手依旧是"喀齐嚓，喀齐嚓"地说个不停，疑似卓文君的女子恰是苏娅。陈默指着歌手一身蓝白道相间的衣服问苏娅："歌手为何这般打扮？"苏娅答曰："我刚把他从矫正院拉出来，为的是送你一程。"

啊！歌手走出了看守所的牢房，又进了精神病院的病房。

陈默正在叹谓着相见时难别亦难的感慨，又被一声"慢回身"的招呼打断了缥缈的思绪，要不是金太子熟悉的声音，陈默一定会误认一路追来的是卖炊饼的武大郎。陈默指着五短身材的金太子问道："你怎么成了土埋半截的人了，莫非火车站的货场把你变成了小矮人？"金太子答曰："我想扒火车逃跑，被车轮压断两条腿。好在苏娅收留了我。"

"你拣了条命。"陈默想起了那货的暗示，由衷地说。

"还有一个人也拣了一条命。"

"哦，我认识吗？"

"老官司的儿子吉列！"

"我只知道他是一个跛脚。"

金太子说："他在新看守所的建筑工地劳动改造时，从脚手架上跌落下来，摔成了高肢瘫痪。苏娅帮他办理了保外就医，也在店里养着呢。"

"我会把这个消息带给老官司的，告诉他吉列在这边活得很好！"

"拜托啦！"金太子抱拳揖别。

陈默感慨他们终于千难万险地活了下来，活着该有多好！

一座当街而立的牌楼挡住了陈默的脚步，匾额上写着辨不清的字迹。牌楼下面立着一座临时搭建的大棚，几个亲兵护卫着一把盛气凌人的太师椅。

一路窜来的绿色火苗伏在陈默脚下无声熄灭，像是完成了一项特殊的押解任务而功成身退。

一个大汉向陈默走来，手里提着一把大刀，贼亮贼亮。

"喀齐嚓！"

"喀齐嚓！"

四周的人们拥上来，伸着长脖子，探着脑袋，向那大汉发出狂喊，渴望刽子手亮出削铁如泥的绝活儿，让他们在手起刀落的瞬间感受到灰飞烟灭的振奋和快活。

在"午时三刻，开刀问斩！"的呐喊声中，陈默被摁住脖子，等待在刀下成鬼。

刽子手在陈默的脖颈上面摸索着，好像在找合适的切口。他摸到的是疤痕，苔藓般的疤痕。

"受之父母的肌肤为何长出这般东西？"他问陈默。

"这是疥疮，刑板留下的疤痕。"

"刑板为何物?"

"死牢里的戒具。"

"老夫为何没有见过? 莫不是开封府的滚钉板?"

陈默无法解释，刑板是不长钉子不长牙齿的老虎凳。

一个画着红圈圈的竹牌从大棚掷了过来，还没有落到刽子手的脚下，陈默就听到公鸡嗓子的叫喊:"时辰已到!"

刽子手扬着脖子饮尽一碗烈酒，把发辫围着脖子绕了一圈，放在嘴里咬住，举起了大刀。

催命鼓响起来了，断魂锣也响起来了。围观的人们屏住了呼吸，肃杀的场面期待着血雨腥风刮过。

陈默拒绝了刽子手端给他的一碗酒，拼足了力气说:"如果我不得不死在你的刀下，请捅在这里。"

陈默撕开了上衣，胸前露出用血肉刺出的"冤"字。

刽子手一愣，随即放下屠刀叹道:"老夫不杀冤鬼。"

第二块竹牌投了过来，上面有朱笔写着的"立斩"二字。

刽子手置之不理，转身向大棚走去。太师椅上坐着的监斩官才是决定陈默生死的人。

监斩官在刽子手的陪同下来到陈默面前。

"这是自伤自残，休得欺骗本官验明正身的法眼。"

刽子手再次把身后的发辫衔到嘴里，举起了断头刀。"二十年后又是一条好汉"的哀叹像是操刀人在为他送行……

噩梦在这一刻惊醒。陈默下意识地摸着胸前的血字，像摸到了魂兮归来的定海神针。血液解冻，活力回升，归来的魂魄挟着黑色的闪电，在胸前的"冤"字上掠过。无数个不眠之夜用可乐瓶的碎片在血肉之躯上划出的"冤"字，是对死刑的拒绝，也是对生命的最后留言。

死囚的悲哀在于你无法选择告别世界的方式，无论枪击、注射或绞刑、电椅，都是强行剥夺你生命的一种暴力。陈默能够做到的是，赶在这一天到来之前，趁着意识清醒，把身体当成一张白纸，写上一个血字"冤"。他相信，这份一字之书承载的是生命的呐喊。

　　袒露的胸脯平滑而洁净，像一块未开垦的处女地，热切地期待着犁刀的划过。陈默握着可乐瓶的碎片，坚定地朝着胸脯按下去。腹部的起伏变成了猛烈的痉挛，反抗着对肉体的伤害。剧痛没有制止陈默的行动，他毫不迟疑地划了过去，完成了最初的一笔。当涓涓涌出的血珠被一抹精盐覆盖后，撕心裂肺的刺疼令陈默几乎昏厥。他拼命地咬住塞进嘴里的毛巾，顽强地抵抗着来自四面八方暴痛的紧逼围剿，在棉被包裹的黑暗里，坚韧地写着写着……

　　我写，故我在。

　　我写，故能让人们看到那个血字！

　　飘浮在刑场上空的陈默期待着血写的"冤"字在生命离他而去的时刻展现出来。束缚身体的绳索被剪除了，俯卧的身子也被掀翻过来，照相机的镜头对准他的头部胸部拍照着，拍着拍着，终于在袒露的胸脯上捕捉到那个血字。执行人员惊呼而至，又默然而去。他们匆匆忙忙地在各种文件上签字，急于完成手续后开始撤离。

　　毕竟，他们在文件上的签字比陈默在肉体上的书写更轻松更重要。

　　该走的都走了，陈默依旧恋恋地滞留在半空中，云海苍茫，不知所归。

　　一阵清风袭来，挟持着陈默御风飞去。就在他留恋地回望他倒下的那片土地时，他听到了一个久违而熟悉的声音：

　　"爸爸，我不让你走！"

　　是女儿的呼唤！

　　陈默四处张望，渴望看到女儿。万里晴空，茫茫云海，哪里有她的身影？小黄帽不会变成大气球，带着女儿升到空中。他们之间隔着关山隔着天河隔着奈何桥隔着忘魂川。

　　是风执着地传来女儿急切地呼喊：

　　"爸爸，我说的话你能听见吗？你不要走，余湘阿姨已经给常局长打过电话，告诉他最高人民法院正在研究你的事情，她让常局长暂缓执行，等待指示。余阿姨已经进到最高法院好半天了，我在门口等她。这是我第一次来到这里，一看到最高人民法院坐落在正义路上，比邻天安门广场，我就相信正义一定会战胜邪恶，你不会被冤枉的。"

　　陈默感谢余湘和女儿为他做出的最后努力，可惜，一切都过去了，或者说常局长赶在你们前面下手了，把生米煮成了熟饭。

就在陈默被摁在沙坑前，等待子弹的洞穿、魂飞魄散的一刻，他确实听到了北京来电。那是一段令人绝望的对话：

"你是常局长吗？"

"我是常盛。"

"我是最高人民法院的法官苏正，你是不是正在现场负责执行对陈默的死刑？"

"是的。"

"我现在口头通知你，立即停止对陈默的执行。最高人民法院的书面裁定随后下达。"

"报告苏法官，对陈默的执行已经完毕。"

"余湘律师不是口头通知过你暂停执行吗？"

"您知道，余律师毕竟不是我的上级领导。"

随即，常局长举起了右手，骤然响起的枪声消遁了苏法官的惊叹，追命似的执行变为既成事实。

陈默不知道该怎么向女儿解释这件事，他只知道此恨无计可消除，但愿不要成为毒害女儿纯洁心灵的怨毒，他对着浮云疾呼："孩子，这件事不过是一个历史的悲剧，而不是生活的全部。认识这件事和认识你爸爸，需要时间，需要成熟。你快快长大吧，我已经把你托付给余阿姨了，她是我战友的遗孀，我愿意看到你把她当成妈妈她把你当成女儿，如果有来世，我们一定会在下一个轮回中成为一家人……女儿，我说的这番话你听见了吗？"

天边传来的却是空空荡荡的回声。

陈默悲哀到了极点，身无彩蝶双飞翼，他不能飞落到女儿面前，和她拥抱亲吻，耳鬓厮磨地说些真心话。他也无法跟余湘告别。此时，余湘已经知道了事实真相，无力回天的她该是怎样的愤懑和决绝？她在一生中失去了很多很多，但愿不要因此而失去信念和勇气，不要离开法律援助中心这个阵地。人民需要你，我的女儿需要你！

陈默没有理由悲观，因为死亡只能消解他的肉体，子弹却催发了灵与肉的分离，让灵魂飞向了星空。广邈的星空是灵魂相聚的地方，因为心有灵犀一点通！他会问候吴刚，与嫦娥一道舒展长袖，翩翩起舞，在翱翔中期待"忽报人间曾伏虎"。

白云乘着清风袭来，陈默觉得自己在温柔的白云包裹下，变得越来越轻越来

越小，像一个精灵躲进一粒飘浮的尘埃营造的卵巢里，向远处飘逸而去。

他真的不愿意离去，不愿意离开养育他的大地，不愿意离开女儿和余湘，可"他"已经不是他了，现在的"他"正在听从天边的呼唤，向虚无缥缈的远方飞去。

那个呼唤是无法拒绝的委托："去吧，前方有一座山，一块巨石等待你把它推上山顶！"

"山在哪儿？"陈默问。

神祇竟是女儿背诵唐诗的声音：

"蓬山此去无多路，青鸟殷勤为探看。"

图书在版编目（CIP）数据

羁旅 / 于德立 著. -- 北京：作家出版社，2016.5
ISBN 978-7-5063-8941-9

Ⅰ. ①羁… Ⅱ. ①于… Ⅲ. ①长篇小说 – 中国 – 当代
Ⅳ. ①I247.5

中国版本图书馆CIP数据核字（2016）第109332号

羁　旅

作　　者：于德立
责任编辑：张　平
装帧设计：意匠文化·丁奔亮
出版发行：作家出版社
社　　址：北京农展馆南里10号　　　　邮　　编：100125
电话传真：86-10-65930756（出版发行部）
　　　　　86-10-65004079（总编室）
　　　　　86-10-65015116（邮购部）
E-mail:zuojia@zuojia.net.cn
http://www.haozuojia.com（作家在线）
印　　刷：三河市北燕印装有限公司
成品尺寸：170×240
字　　数：420千
印　　张：25.5
版　　次：2016年9月第1版
印　　次：2016年9月第1次印刷
ISBN 978-7-5063-8941-9
定　　价：38.00元